新 潮 文 庫

星 夜 航 行

下 巻

飯 嶋 和 一 著

新 潮 社 版

11502

目次

第三部 …… 9
第四部 …… 265
終 …… 769
解説　佐久間文子

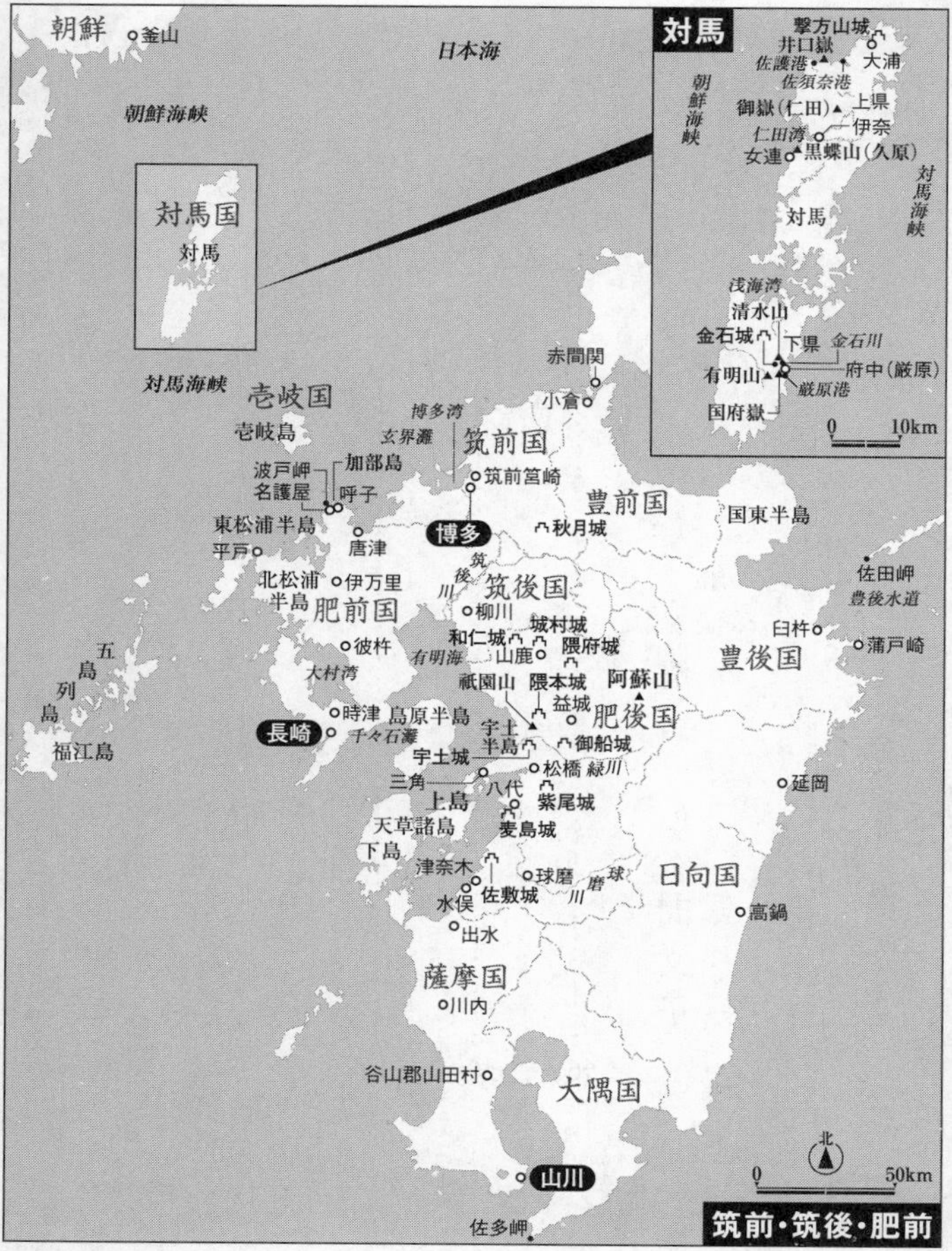
朝鮮
釜山
日本海
朝鮮海峡
対馬国
対馬
対馬海峡
壱岐国
壱岐島
対馬
撃方山城
井口嶽
大浦
佐護港
佐須奈港
朝鮮海峡
御嶽(仁田)
上県
仁田湾
伊奈
女連
黒蝶山(久原)
対馬海峡
対馬
浅海湾
清水山
金石城
下県
金石川
有明山
府中(厳原)
厳原港
国府嶽
0
10km
赤間関
小倉
博多湾
玄界灘
筑前国
加部島
波戸岬
名護屋
呼子
筑前筥崎
博多
豊前国
国東半島
東松浦半島
唐津
秋月城
平戸
筑後川
佐田岬
豊後水道
北松浦半島
伊万里
筑後国
肥前国
柳川
臼杵
和仁城
城村城
蒲戸崎
彼杵
有明海
山鹿
隈府城
豊後国
五島列島
大村湾
祇園山
隈本城
阿蘇山
益城
時津
島原半島
肥後国
長崎
千々石灘
宇土半島
御船城
福江島
宇土城
松橋
緑川
三角
八代
延岡
上島
紫尾城
天草諸島
麦島城
下島
津奈木
球磨
球磨川
日向国
佐敷城
水俣
高鍋
出水
薩摩国
川内
谷山郡山田村
大隅国
北
山川
0
50km
佐多岬

筑前・筑後・肥前

琉球・東南アジア
女真国(満洲)
遼東
北京
白河
山海関
渤海湾
平壌
漢城
朝鮮
黄海
釜山
京都
岡崎
浦賀
下田
明国
平戸
博多
長崎
土佐
南京
甑列島
大隅海峡
口永良部島
種子島
舟山
寧波
東シナ海
屋久島
浙江
奄美大島
鳥島(硫黄鳥島)
福建
大琉球(沖縄島)
福州
那覇
糸満
広東
トンキン
(東京)
石垣島
澳門
高山国
(台湾)
蘭嶼
宮古島
ヤミ島
呂宋島
シャム
交趾
南シナ海
アユタヤ
マニラ
太平洋
カンボジア
フィリピン
北
0
1000km

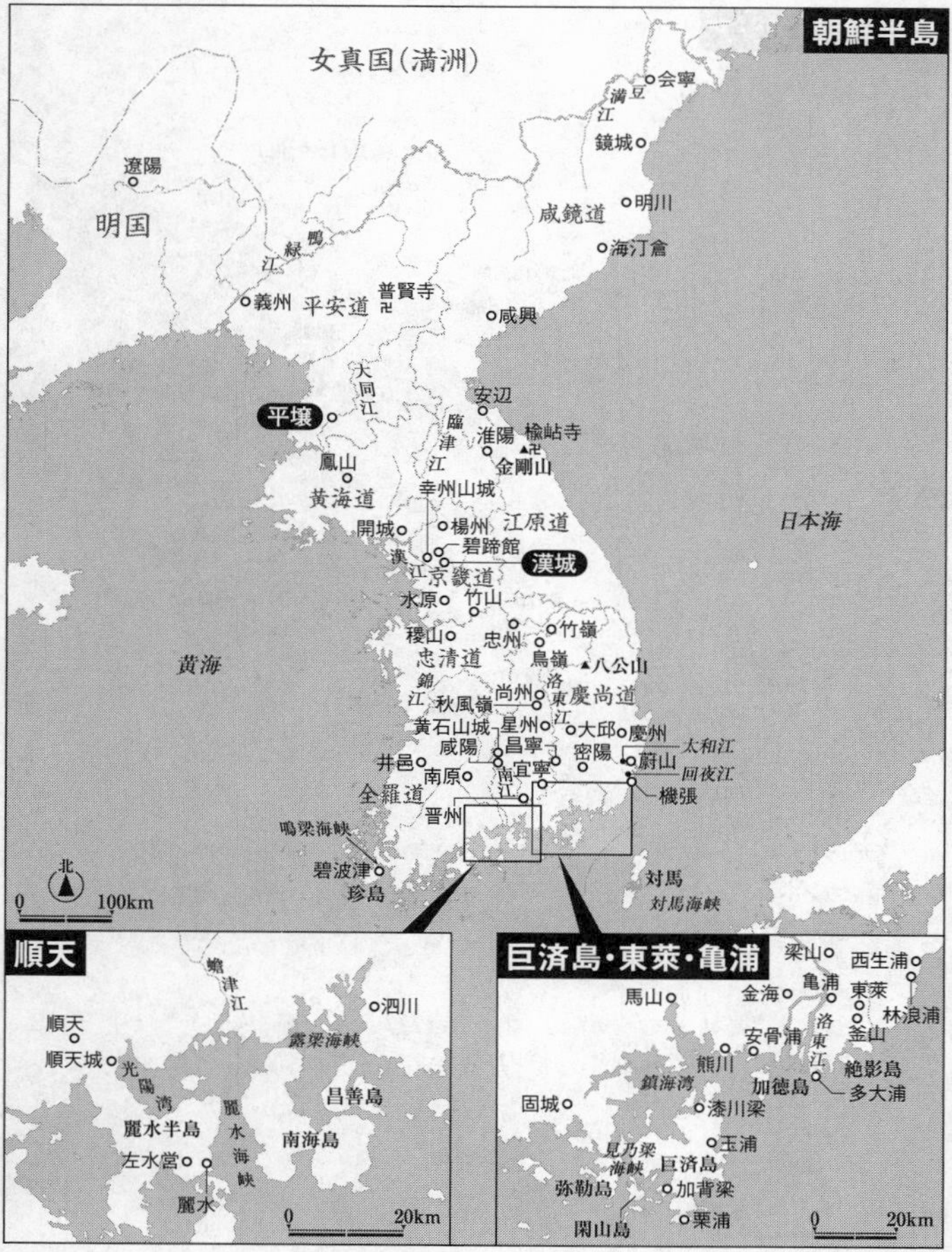

地図製作／アトリエ・プラン

星夜航行

下巻

章扉デザイン　ミルキィ・イソベ
（ステュディオ・パラボリカ）

第三部

天正二十年（一五九二）陰暦七月

一

加藤清正《きよまさ》と鍋島直茂《なべしまなおしげ》の第二軍が咸鏡道《かんきょうどう》へ侵攻を開始すると、それまで朝鮮国府から不当に抑圧されてきたこの地の民は、あたかも解放軍が到来したかのごとく迎えいれた。秀吉軍に内通することをもくろみ国王と漢城府《かんじょうふ》に反逆した民は、これまで押さえつけられてきた各鎮台《ちんだい》へ押し寄せた。反逆民は、咸鏡道北部の軍司令官韓克誠《かんこくかん》や鏡《きょう》城《じょう》の行政官李弘業《りこうぎょう》など、守備将や赴任していた中央官吏を次々と捕らえ、清正の陣営に突き出した。咸鏡道南部の司令官李《り》渾《こん》などは反逆民に斬殺《ざんさつ》され、その首を清正の軍門へ送られた。結果として、咸鏡道は、朝鮮八道で唯一《ゆいいつ》、秀吉軍による検地が執行されることとなり、一部地域では租税帳までが作成された。

会寧《かいねい》は咸鏡道の北端部に位置し国境を守る市街城の一つで、女真国《じょしん》（満洲）との境をなす豆満江《とまんこう》の南岸に位置していた。朝鮮国で山間《やまあい》の村落が大抵そうであるように、城内の家々は低い屋根を木の板で葺《ふ》き、寒気が厳しいために厚い土壁で天井や柱までが塗り込められていた。米はほとんどとれず、会寧の民は山畑で粟《あわ》と黍《きび》とを作っていた。

七月二十三日、清正軍は会寧市街城に到着した。清正とその重臣は、両班《ヤンバン》（特権官僚）の館《やかた》に入った。臨海《りんかい》と順和《じゅんわ》の二王子は、小役人となって不遇をかこっていた鞠景仁《きくけいじん》らの手によって捕らえられ、会寧府判官《はんがん》の館内に監禁されて、随臣の金貴栄《きんきえい》ら四十余名も、加藤清正に引き渡される手はずとなっていた。

内通を求めながらも鞠景仁は清正の軍勢を恐れ、「二王子の引き取りには十騎にて来られたし」との報《しら》せを清正へもたらした。強引に判官の館へ攻め寄せ、反乱民を制圧するのは簡単だが、鞠景仁らが混乱して二王子を逃がしたり殺したりすれば元も子もなくなる。だが朝鮮土民の計略に乗りわずか十騎にて向かえば、逆に闇討《やみう》ちに遭うことも充分にありえた。清正の命で、岡本慶次郎《けいじろう》が二王子の引き取りに出向くこととなった。

岡本慶次郎は、かつて阿蘇《あそ》大宮司《だいぐうじ》惟光《これみつ》の側近で「越後守《えちごのかみ》」の受領名《ずりょうめい》まで与えられていた。肥後国衆《ひごくにしゅう》が秀吉に征伐され、初め佐々成政《さっさなりまさ》の家臣団に併合された。が、成政はまもなくして起こった旧国衆の反乱によって詰め腹を切らされた。その後、慶次郎は、新たに入封《にゅうほう》した加藤清正の家臣となり、そのまま朝鮮へ駆り出されることになった。旧主の阿蘇惟光は当年十一の若さで清正の監視下に置かれ、隈本《くまもと》に身を置いていた。言ってみれば岡本慶次郎らは主君を人質に取られ、そのために朝鮮で転戦することになった。

朝鮮に渡海して以来、岡本慶次郎には身につまされる日々が続いていた。この三月以来朝鮮の地で見てきたものは、郷里の肥後と何ら変わらぬ凄惨《せいさん》な光景だった。むしろ、朝鮮に侵略する側となって初めて、秀吉が肥後の地で何をしたのかがよくわかった。

肥後では、それまで在地支配してきた国衆をことごとく征伐し、代わりに新たな領主を送り込み、畿内地方と同一基準の検地を強行して租税帳を作った。肥後の土地も、京や大坂と同一の基準による石高《こくだか》で、すなわち数値によって一律に表わされた。そうすることによって初めて思いのまま大名をどこへでも動かせるようになり、佐々成政らを移封《いほう》した。

秀吉は、朝鮮国や明国《みんこく》も九州とさして変わらぬ地ととらえ、その延長として朝鮮征伐を決行した。そして有無を言わせず検地を強行し、租税帳に書き込まれた通りの貢《こう》税《ぜい》を強要しようとしていた。咸鏡道は山岳が迫り、耕地少なく、民は山畑に粟や黍をかろうじて作り細々と生きていた。そこでも日本の畿内地方と同一基準の貢税が課せられ、咸鏡道の民は飢餓に直面することになった。

秀吉軍の兵糧《ひょうろう》の不足分は現地調達とされていた。それはあくまでも、当初聞いていたように朝鮮国王が秀吉に服属しているという前提の話だった。ところが釜山《ふさん》に上陸して以来、慶州《けいしゅう》、安東《あんとう》、栄州《えいしゅう》、忠州《ちゅうしゅう》、竹山《ちくさん》、漢城（ソウル）と軍を進めるうちに、慶次郎はどうも渡海前に聞いていたものとは話が違うと気づかざるを得なかった。現に清正は、首都漢城を捨てて姿を消した国王を探し続けていた。二年前、聚楽第《じゅらくてい》にやってきた朝鮮国王の服属使節とは何だったのか。むしろ朝鮮国王は初めから服属などしていないと受け取る方がずっと自然だった。

二

咸鏡道《かんきょうどう》でも、これまで漢城府から虐《しいた》げられ抑圧されてきたこの地の民は、当初こそ秀吉軍を歓迎した。だが、清正や鍋島直茂の支配が始まると苛政《かせい》を恐れて山野に逃亡する者が後を絶たなかった。城番支配となった鍋島直茂の家臣は、六伯《ろくはく》という朝鮮の地方官吏を呼び出し、産物一切の年貢台帳《ねんぐ》を作った。そして、家族を人質に取って牢《ろう》屋《や》に押し込め、年貢を強要した。重過ぎる年貢を滞納すれば、法度《はっと》にそむく反逆人として糧《かて》や家財は強奪され、家々を焼かれ、家主は見せしめのために殺された。年貢を始め秀吉軍の収奪は以前の朝鮮国府以上に過酷なものだった。

秀吉の第二軍約二万三千人と数百頭もの馬の飼料までを一方的に奪われることになれば、飢えるのは朝鮮の民だった。統治などというが、服属などしていない民にしてみれば、秀吉軍はかつての倭寇《わこう》と何ら変わらない盗賊団以外の何ものでもなかった。あまりの収奪に肥後の民が飢餓に瀕《ひん》し、旧肥後国衆が佐々成政に対して反乱を起こしたように、いずれは朝鮮全土で火の手が上がることになると、同じ目にあわされた慶次郎にはわかっていた。

慶次郎は、九州征伐後、阿蘇惟光を人質に取られ佐々成政に仕えた。その結果、蜂《ほう》起《き》した旧肥後国衆と隈本城で戦うことになった。次いで阿蘇惟光を保護した加藤清正に仕え、今度はその家臣団の一員として朝鮮国に侵攻した。ここでの慶次郎らの働きによって阿蘇家を滅ぼされずに済むゆえにほかならなかった。だが、かつて全く同じことを秀吉に味わわされた身であれば、むしろ慶次郎は朝鮮の人々のなかにおのれを見ていた。朝鮮の民は肥後の同胞そのものと映った。

渡海した加藤清正の家臣団は、以前からの馬廻衆《うままわりしゅ》はわずか百騎ほどで、ほとんどがこの外征を機に抱え入れられた連中だった。新参家臣は、たいていが各地で秀吉に主人を滅ぼされた浪人たちである。ここでの働きによって高禄《こうろく》にありつけると踏んで渡海した食い詰め者が多かった。清正自身が、彼らを「胡散《うさん》なる者」と呼び、全く信用を置いていなかった。朝鮮渡海以来、連中は軍律に従おうともしなかった。戦闘では目立つ働きをしようと果敢に鉄砲で攻めるが、市街城を征服すれば食糧ばかりか財貨を強奪し、婦女子はさらい、家には火を放つという蛮行を繰り返した。慶次郎の配下三百人は、阿蘇家を始め多くは旧肥後国衆ゆかりの者たちで、彼らも新参者の蛮行には耐えがたいものを感じていた。

去る五月三日、すでに国王が去った漢城の市街城に入った時、慶次郎配下の肥後衆と新参の者たちとの間でひと悶着《もんちゃく》起きた。漢城では朝鮮の下層民が暴徒化し、宮殿や役所のいたるところに押し入り、掠奪《りゃくだつ》しては火を放った。慶次郎の配下にいた新参の者たちもそれに乗じて家々を物色し掠奪を開始した。それを制止した肥後衆に新参者八人が刀を抜いた。慶次郎は騒ぎを聞いて、馬で駆けつけた。馬上から新参者の一人を槍《やり》で突き伏せ、下馬するなり三人をその場で斬《き》り倒した。

清正は、配下の鉄砲衆四人を手討ちにした慶次郎を呼び出して詰問《きつもん》した。

「朝鮮国内での掠奪狼藉《ろうぜき》は殿下様から厳しく禁じられております。軍律を乱す者は敵と同じです。以後も、法度およびわたくしの下知《げち》に従わず、放埒《ほうらつ》をなしたる者は、ためらわずわたくしの手で処罰します」と慶次郎は答えた。ところが、清正はそれ以来何を思ってか、慶次郎の阿蘇隊を常に先手軍《さきて》へ置くようになった。

七月二十三日、岡本慶次郎ら阿蘇隊の十騎は、両王子がいるという会寧《かいねい》府判官の館へ向かった。通詞《つうじ》の呉孝植《ごこうしょく》なる者は、釜山の近くで清正軍に捕らえられた。かつて漁民だった時に嵐《あらし》で漂流し、五島《ごとう》列島に漂着して五年を過ごした。日本語が話せるばかりか、漢字も読み書きできた。呉孝植は、新参者を手討ちにした一件以来、慶次郎と同行することを望んだ。誰に聞いたものか、「越後様」とかつての受領名で慶次郎を呼んだ。漂流して瀕死の目に遭ったために呉孝植には胆《きも》のすわったところがあり、鞠《きく》景仁《けいじん》らの反乱軍が長刀や槍で武装し三十名ほどで周りを取り囲んでも、動じる気配がなかった。先頭にいた慶次郎のすぐ脇《わき》で「王子両君を受け取りにきた。すぐに案内せよ」と呉孝植は馬上から鞠景仁らを見下ろして言った。

会寧府判官の館といっても、構えが大きく屋根が瓦《かわら》で葺《ふ》かれているだけで、朝鮮特有の土壁で塗り込められた家だった。民家と変わらず、寒さの防ぎに部屋は細かく仕切られ、天井も柱も土壁で塗り込められて出入りする開閉口が極端に小さかった。なぜか利休《りきゅう》好みの茶室も朝鮮の家と構造がよく似ていた。

臨海君《りんかいくん》と順和君《じゅんわくん》の両王子は、隅の南に面した狭い部屋に押し込められていた。武装した鞠景仁《きくけいじん》の手下八人が戸口を警固していた。慶次郎は、鞠景仁の手下どもに下がるよう言いつけた。

「王子様だ、じかに見るな、くれぐれも丁重な言葉を使え」

慶次郎は前もって呉孝植にそう言い含めておいた。

慶次郎は、太刀《たち》を配下の者にあずけ、出入り口前の石敷きにひざまずいた。外からしか開けられないはめこみ式の板戸を呉孝植に開けさせた。

窓もなく天井も土壁で塗り込められた二畳ほどの薄暗い部屋だった。信じがたいことに両王子は荒縄で後ろ手に縛り上げられていた。第一王子の臨海君は髭《ひげ》を生やした成人だったが、順和君の方はまだ十代半ばの少年だった。慶次郎は「ご無礼を」と言って部屋に入り、まず年若い順和君の縄を解いた。次いで臨海君の縛《いまし》めをほどいた。そして、戸口から出ると、再びひざまずき「ご無礼をご容赦ください」と頭《ず》を低くして詫《わ》びた。

「わたくし、加藤主計頭《かずえのかみ》が臣、岡本慶次郎なる者でございます。御座《ぎょざ》をお移しいただきたく、お迎えに参上いたしました」

面《おもて》を上げず石廊に両手を着いたまま口上した。

「水をくれ」と臨海君に言われ、水を運ばせた。両王子とも衣服は汚れ、恐怖と疲労とで顔は青ざめていた。鞠景仁に衣服を持ってくるよう命じた。判官の館からは慶次郎の馬に臨海君を乗せ、呉孝植の馬に順和君を乗せ、慶次郎は轡《くつわ》を取って両班《ヤンパン》の屋敷へと向かった。

翌二十四日、岡本慶次郎は、清正に命じられ南へ二十五里（約百キロ）離れた鏡城まで二王子と随臣合わせて五十人ほどを護送して行くことになった。護送には慶次郎配下の阿蘇隊ばかりでなく千人の兵を付けるという。両王子が「オカモトを護衛に付けてほしい」と望んだとの話だった。

三

清正はその後、明国への通行路を模索し、国境を越えて女真《じょしん》国へ侵攻した。だが、明国への通行路はないばかりか明川《めいせん》より北は地味乏しく、清正家臣団による直接支配を放棄した。明川から北の鎮台八城は、朝鮮二王子を引き渡した功によって鞠《きく》一族ら在地の反逆軍にゆだねられた。鞠世弼《きくせいひつ》ら反乱軍は、秀吉軍の手先となって北部の市街城を拠点とし、異を唱える者は反乱蜂起を画策したとして次々と殺していった。

九月十五日、咸鏡道《かんきょうどう》北部、鏡城《きょうじょう》の池達源《ちたつげん》らは、密《ひそ》かに鄭文孚《ていぶんふ》を主将とする義兵軍を組織した。鏡城に赴任していた評事《ひょうじ》官の鄭文孚は、中央官吏が次々と反逆民に捕らえられ秀吉軍に突き出されていたなかで、鏡城の民家に身を隠して難を逃れた。三十を過ぎたばかりのこの若い中央官吏は、珍しく公平にして高潔なことで知られ、鏡城の郷校で儒学を講じたりもする学究肌の人物だった。また、これまでの評事官とは違い、笞《むち》や棒で領民や奴婢《ぬひ》を打つような真似《まね》をけしてしなかった。鞠世弼らは執拗《しつよう》に鄭文孚の行方を追ったが、彼が鏡城市街内にかくまわれていることを知っていても密告する者はなかった。そればかりか、ひとたび鄭文孚起《た》つの報に接するや、山野に逃れていた鏡城の民も、思い思いの武器を手に彼のもとへ駆けつけた。

鄭文孚は、鏡城を占領した鞠世弼らを制圧するため、三百の義兵を率いて鏡城に迫った。鞠世弼は、突然押し寄せた義兵軍に館を包囲され、投降して鏡城を明け渡し捕らえられた。鄭文孚は、鏡城を奪還すると、「武器を取って反逆民を制圧し、倭賊《わぞく》を撃《げき》退せよ」との檄を咸鏡道各地の両班《ヤンバン》や官吏へ向けて飛ばした。それに呼応して北の会寧《かいねい》でも中世俊《しんせいしゅん》らの義兵が決起した。会寧を占拠していた鞠景仁らの反逆民も、義兵軍の勢いに抗しきれず、会寧城を脱出したところを捕らえられた。

鄭文孚は、秀吉軍の手先となっていた鞠世弼ら首領格十三名だけを処刑し、配下の反逆民は放免するという寛容さを示した。そして、彼らを倭賊撃退のために義兵軍に吸収し、鄭文孚率いる義兵軍は、秀吉軍が咸鏡道統治の拠点の一つとし清正配下の加藤与左衛門《よざえもん》が城番となっている吉州《きっしゅう》城奪還のため、南下を開始した。

吉州でも年貢を納められず山野に逃亡せざるをえなくなった民が多かった。結果として、吉州城在番の加藤与左衛門始め家臣団五百名も食糧に事欠く状況となっていた。吉州から北へ十里（約四十キロ）離れた明川《めいせん》の海辺には官倉《かんそう》があり、清正家臣団は兵糧掠奪のため吉州から明川へ向かった。鏡城から吉州城までは二十里（約八十キロ）離れ、そのほぼ中間に明川は位置していた。清正家臣団百余名が明川海倉《かいそう》へ向かったとの報を得ると、南下中の鄭文孚は、明川の北東に位置する長徳山《ちょうとくざん》でこれを待ち伏せすることを義兵軍に告げた。南下するごとに義兵は数を増し、長徳山にいたった時には四百名を超えていた。

秀吉軍が備える鉄砲の威力は知れ渡っており、真正面から戦《いくさ》を構えたのでは勝ち目はなかった。清正家臣団が明川海倉から兵糧を掠奪して長徳山にさしかかるのを待ち、義兵軍はまず山の崖《がけ》斜面から大岩を落として清正家臣団の行く手をはばんだ。そして崖上から義兵百五十が一斉に矢を射込んだ。清正家臣団は鉄砲を構えてこれに反撃した。だが、その背後の森に義兵二百五十が身を潜ませているとは清正家臣団の誰も気づかなかった。鉄砲での反撃に崖上の義兵軍は矢での攻撃を突如停止した。それを合図に伏兵の義兵二百五十は、長刀を振りかざして背後から清正家臣団に襲いかかった。

清正家臣団は二十余名が討たれ、残りの兵は我先に吉州城へと敗走した。そもそも朝鮮に渡った清正家臣団は、ほとんどが諸国からの寄せ集めだった。勝ち進んでいる間こそ一応の統制を保っていたが、その勢いが陰《かげ》り始めると陣営からの逃亡兵が相次ぎ歯止めが利《き》かなかった。鄭文孚の義兵軍は、吉州城めざして逃げる清正家臣団をそのまま追走して吉州市街城へいたり、包囲した。

吉州城に続いて、その南に位置する城津《じょうしん》、その南の端川《たんせん》と、義兵軍は数を増しながら南下して清正家臣団が占拠する市街城を次々と取り囲んだ。城津は近藤四郎右衛門《しろうえもん》らが在番となり、端川城は九鬼四郎兵衛《くきしろべえ》らが守備していた。彼らも突然の義兵軍襲来に籠城《ろうじょう》して防戦するしか手がなく、冬を前にして燃料の薪《たきぎ》すら集められない状況へ追い込まれた。ここに秀吉軍による咸鏡道北部の支配は崩壊した。

九月二十日、加藤清正は、吉州城から南に七十五里（約三百キロ）離れた安辺《あんぺん》に戻っていた。岡本慶次郎も、二王子と随臣らを連れて護送を果たし、安辺にいた。安辺は咸鏡道の南端入り口に位置する要衝である。その清正のもとに、咸鏡道北部から危急を報ずる早馬が次々と到来した。

「北部の土民が蜂起し、鏡城は占拠され、吉州、城津、端川の各市街城も土民軍に包囲されて、籠城を余儀なくされている。兵糧は心もとなく、毎日大豆ばかりを食している」という。

ところが、加藤清正も吉州以南の在番家臣を救出に向かうことはできなかった。安辺には七月に捕らえた朝鮮二王子を伴ってきていた。義兵軍がいずれ二王子の奪還を目指して攻め寄せることは明らかであり、そのための守備兵を確保すれば、家臣の救出に差し向けられる兵数は千名ほどしかなかった。その千名の軍勢を割《さ》けば、今度は安辺の守備が心もとなくなる。朝鮮の国土に対して兵の絶対数が少なすぎた。吉州から端川までの各城にはおよそ千二百名前後の家臣団がおり、それを見捨てて二王子を連れ自分だけが漢城へ赴くわけにもいかず、清正は咸鏡道南端の安辺で身動きがとれない状況に追い込まれた。

鍋島直茂は、安辺から北に二十五里（約百キロ）離れた咸興《かんこう》に本陣を構えていた。直茂らもまた、後方からの補給は届かず、年貢の米穀も集まらないという食糧欠乏の状況で厳寒の季節を迎えようとしていた。

四

黒田官兵衛《かんべえ》は、八月に帰国して視察したままを大坂の秀吉に上申した。李舜臣《りしゅんしん》ら朝鮮水軍によって秀吉水軍は敗戦を重ね、加えて各地義兵の蜂起によって、小西行長《ゆきなが》ら最前線への物資補給がとどこおる事態となっていた。戦線を縮小し、占領した南部四道と漢城防衛に徹すべき旨《むね》を官兵衛は伝えた。軍師として長年秀吉の傍《かたわ》らにあった官兵衛の戦況判断には、秀吉もかつてより一目置いており、その進言には素直に耳を傾けるしかなかった。ただし小西行長が占領している平壌《へいじょう》と平安道《へいあんどう》は明国貿易の経路となっており、漢城まで行長を撤退させることには難色を示した。ともかく、釜山と漢城、そして漢城と平壌間の補給路を確保し、その間に位置するつなぎの城に集中して兵を集め、まずは占領地を固めるしかないと追認することになった。

九月九日、慶尚道《けいしょうどう》の巨済島《きょさいとう》に布陣していた秀吉の養子、豊臣秀勝《ひでかつ》が病死した。岐阜宰相秀勝は、関白秀次《ひでつぐ》の実弟で享年《きょうねん》二十四の若さだった。慶尚道の統治を任された毛利輝元《てるもと》も、朝鮮渡海以来体調を崩し、星州《せいしゅう》で病臥《びょうが》したままの状態にあった。錦山《きんざん》に遠征している輝元の叔父、小早川隆景《たかかげ》から名医の曲直瀬《まなせ》道三《どうさん》を輝元のところへ派遣してくれるよう依頼され、秀吉は曲直瀬道三とともに一鷗軒宗虎《いちおうけんそうこ》を渡海させ、豊臣秀勝の治療に当たらせていた。渡海した秀吉軍は、疫病《えきびょう》の蔓延《まんえん》によって大名が客死《かくし》するほどの状況となっていた。義兵に補給路をおびやかされて前線では燃料も食糧も窮乏し、しかも厳寒となる朝鮮の冬が近づいていた。

秀吉は、日本に近い慶尚道、全羅道《ぜんらどう》、忠清道《ちゅうせいどう》、そして首都漢城を擁する京畿道《けいきどう》、これら朝鮮南部四道の領有だけはどうしても保持しておきたかった。慶尚道とそれに西接する全羅道の統治を不安定にしているのは、慶尚道の郭再祐《かくさいゆう》ら義兵軍の存在であり、釜山の西二十五里（約百キロ）に位置する晋州《しんしゅう》城がいまだ秀吉軍の征服を拒んでいることにあった。義兵が拠点としているのはその晋州城であると秀吉は受け止めていた。全羅道との道境にも近く、晋州城を制圧し占領を急ぐ必要に駆られていた。

十月四日、秀吉の命を受け細川忠興《ただおき》を主将とする秀吉軍二万の兵は、晋州城を包囲した。五万六千坪もの敷地をもつこの市街城は、洛東江《らくとうこう》の支流、南江《なんこう》に面した台地上に築かれ、三方は険しい崖となって、その上に高い城壁が巡らされていた。この時、晋州城内には、晋州牧使《ぼくし》（地方長官）の金時敏《きんじびん》と守兵三千八百、そして多数の民衆が立て籠《こも》っていた。

翌五日、細川忠興、長谷川秀一《ひでかず》、片桐且元《かたぎりかつもと》、加藤光泰《みつやす》らの諸勢は、陸地三方から晋州城攻めにとりかかった。秀吉軍は城壁上の朝鮮守備兵めがけて鉄砲を撃ち込み、守備兵は弓矢でこれに応戦した。秀吉軍兵が城壁の下まで迫ると、民衆も加わって城壁上から岩を落とし、石を投げつけ、熱湯を浴びせて秀吉軍兵の城壁登攀《とうはん》を必死に防いだ。高い台地の上に堅牢《けんろう》な城壁を巡らしたこの市街城は、高所から攻撃するための井《せい》楼《ろう》(櫓《やぐら》)や大量の梯子《はしご》がなくては、攻め口が開けそうになかった。細川忠興は、移動式の井楼を造らせ、竹梯子を大量に造るよう役夫《えきふ》たちに命じた。

この夜、朝鮮の軍勢は、秀吉軍がこれまで予想もしなかった展開を見せた。晋州城の危機を耳にした郭再祐ら慶尚道の義兵軍千が到来し、晋州城を包囲した秀吉軍の背後から弓を射かけてきた。しかも松明《たいまつ》を盛大に灯《とも》し、秀吉軍を幾重にも包囲していると威圧した。

城攻めで最も注意を払うべきは、後詰《ごづめ》となる軍勢の有無である。細川忠興や長谷川秀一ら歴戦の武将にとって、それは常識の範疇《はんちゅう》だった。そもそも籠城戦というものは、敵勢を城に引きつけ、それを背後から味方の軍に襲わせるという捨て身の戦法である。城攻めにかかる秀吉軍の背後から義兵軍が襲いかかることになれば、朝鮮軍にとって立派な後詰勢となる。この晋州城攻防戦は、気がつけば後詰を背負う陣形となっていた。包囲された細川忠興らは、義兵軍の動向に極力注意を向けなくてはならなくなった。秀吉軍が朝鮮の城攻めにとりかかって以来、後詰の軍勢から背後をおびやかされたことは一度もなかった。朝鮮軍に後詰勢が存在したとなれば、これまでのように市街城にのみ兵力を集中すればよいというわけにはいかなくなった。そればかりか、城攻めの秀吉軍が逆に壊滅の危機を背負う状況になっていた。

朝鮮の正規国軍と義兵軍はむしろ互いに憎み合ってきた。義兵たちは無能で非力な官軍を軽蔑《けいべつ》し、官軍も義兵を賊徒の集団と決めつけていた。彼らが統一戦線を組むことなどありえなかった。しかし、七日夜には全羅道の崔慶会《さいけいかい》率いる義兵二千までが晋州城外へ到着した。慶尚道の義兵と合わせて三千の義兵が、秀吉軍の隙《すき》を見ては後方から弓を射かけ、秀吉軍は城攻めばかりか義兵軍との戦いにも忙殺されることになった。

十日早朝、秀吉軍は、数十基の井楼と数千の竹梯子とを用意して、総攻撃にかかった。井楼の上から銃撃して城壁上の朝鮮兵を掃射し、城壁へ梯子を掛けては城内突入を図った。城内の金時敏《きんじびん》率いる兵や籠城の民は、到来した義兵軍にも励まされて士気衰えず、弓矢ばかりか投石や熱湯を浴びせ抗戦した。天険にめぐまれた晋州城の地勢にも助けられ、しかも三千近い義兵軍が後詰となって背後から襲撃を繰り返し、秀吉軍兵の城内突入を阻《はば》んだ。結局、総攻撃は失敗し、秀吉軍は多数の犠牲を重ねて釜山との中間に位置する昌原《しょうげん》まで撤退するしかなかった。

官民一体となった朝鮮軍が、二万の秀吉軍を撃退した。この晋州《しんしゅう》城攻防戦での勝利は、これまで落城を重ねるばかりだった陸での戦いを双方に見直させる契機となった。未曾有《みぞう》の国難に遭遇した領議政《りょうぎせい》（総理）の柳成龍《りゅうせいりゅう》は、すでに義兵軍を取りこんだ統一国防軍の編制に向けて動き始めていた。宗主《そうしゅ》国の明に救援軍を要請して秀吉軍を撃退できたとしても、この機に乗じた明国軍が朝鮮国内に留《とど》まり、事実上は明国に占領され直接支配されることにもなりかねなかった。ここは過去の経緯《いきさつ》を捨て、義兵を朝鮮国軍に取りこみ、統一国防軍を編制して、朝鮮国の民による祖国防衛を果たさなくてはならない。そこで、柳成龍自身が、京畿道・黄海道《こうかいどう》・平安道・咸鏡道の体察使《たいさつし》（臨時行政総監兼軍司令官）となり、右議政《うぎせい》（副総理）の李元翼《りげんよく》が、慶尚道・全羅道・忠清道・江原道の体察使を兼任することになった。これまでの朝鮮国軍に義兵軍をも加え、統一した国防軍を編制してこの国難に立ち向かう以外に朝鮮国の生きる道はなかった。

慶尚道の義兵将、郭再祐《かくさいゆう》は、白馬にまたがり、かつて明皇帝から下賜《かし》された紅色の鎧《よろい》を身に着けていた。朝鮮の民衆は、郭再祐を「天降紅衣将軍《てんこうこういしょうぐん》」と呼んで熱狂し、彼のもとへ弓矢や刀を手に駆けつける農漁民が絶えなかった。彼ら義兵将は、民衆からも熱狂的に支持される存在となっていた。彼らを官職に任じ、正式な首長兼司令官に位置づけることで統一国防軍の編制は可能となる。柳成龍は、義僧軍の松雲大師《しょううんだいし》を朝鮮八道の義僧兵総司令官として「義僧都総摂《とそうせつ》」に正式任命していた。いずれ郭再祐らを牧使格に叙任するという方向は固められていた。

五

秀吉軍の問題は、渡海して陣頭指揮を執るはずの秀吉がいつまでも不在であることだった。平壌《へいじょう》を占領している小西行長は、七月に祖承訓《そしょうくん》率いる明国軍を打ち破ったことを背景に、戦線縮小を勧める黒田官兵衛の忠告に耳を傾けず、ひとり漢城への撤退を拒んだ。

「明人すでに胆《きも》を奪わる。いかに朝鮮が援軍を請《こ》うも再び鴨緑江《おうりょくこう》を渡りて来る心配なし」行長はそう言って譲らなかった。

八月二十九日、明国軍の軍備が調《ととの》うまで平壌に小西行長らを足止めさせるべく、北京《ペキン》の兵部尚書《へいぶしょうしょ》（軍務大臣）石星《せきせい》は、講和の使者として沈惟敬《しんいけい》を送り込んだ。行長は、沈惟敬との交渉で、明国皇帝に服属し封貢《ほうこう》を求めること、また平壌からは撤退するが大同江《だいどうこう》より東は秀吉の領地とすることを講和の条件とした。封貢は明国皇帝の許可を必要とするため、沈惟敬《しんいけい》が北京往復に要する五十日の期間を限定して停戦に合意した。沈惟敬は、掠奪を慎み平壌で回答を待つよう行長に言い残して去った。

北京から沈惟敬が戻る十月二十日までの五十日、小西行長らは平壌にとどまり、その回答を待つしかなかった。海上からの補給路は李舜臣《りしゅんしん》の朝鮮水軍に断たれ、大同江河口からの舟による兵糧輸送は不可能となっていた。釜山から漢城を経由して平壌まで長く延びた陸上の補給線は、各地の義兵によっておびやかされ、平壌にとどまった第一軍の兵糧を危うくしていた。米、味噌《みそ》、塩、酒や肴《さかな》の類《たぐい》はとうに払底《ふってい》し、せいぜい粟《あわ》と黍《きび》しか残っていなかった。宗義智《そうよしとし》、松浦《まつら》鎮信《しげのぶ》、有馬《ありま》晴信《はるのぶ》、大村喜前《よしあき》ら諸大名もすっかり痩《や》せて肌の色はくすみ、皆鬱《うつ》々《うつ》として日々を耐えしのぶしかなかった。兵や役夫は疫病によって次々と生命を落とし、平壌と隣接する中和《ちゅうわ》との六里十三丁（約二十五キロ）間を物資補給のため行き来すれば義兵の襲撃が待っていた。平壌から逃亡する兵や役夫も絶えなかった。そして九月半ばからは寒気が襲来した。四月に釜山侵攻した時には、十月の時点で占領を終え、秀吉が北京に着陣するはずだった。まさか朝鮮半島の北部で越冬することになるとは、つゆも考えてはいなかった。兵や役夫は皆単衣《ひとえ》を身に着け、素足に草履《ぞうり》や草鞋《わらじ》履きだった。

その中にあって、行長ひとりは生気を失わなかった。行長は、これからの秀吉帝国の展望と素案とを明確に描いていた。

秀吉は、これまでの明国皇帝を中心とする「冊封体制《さくほう》」を秀吉自身が力で乗っ取ることを希求し、明国討伐を決行した。だが、行長はその実現には途方もない年月と労力とを要することを知っていた。秀吉の存命中はおよそ不可能である。むしろ行長は、明国皇帝の冊封体制の中に秀吉が組み込まれることで、秀吉の権力をまず確定させ、秀吉亡《な》き後も豊臣家が実権を維持したまま存続することを目指していた。そのためには、かつての足利《あしかが》将軍と同じく、まず明皇帝から秀吉を日本国王として認めてもらう必要があった。そして、明国皇帝の権威を後ろ楯《うしろだて》とした秀吉の揺るぎない権力のもとで、行長と石田三成《みつなり》、増田長盛《ましたながもり》、大谷吉継《おおたによしつぐ》、宇喜多秀家《うきたひでいえ》が実権を握る。秀吉帝国の集権体制を五人で掌握し、諸大名を集団指導していくことが最善の道であると信じていた。行長自身は、外交と貿易権とを握るため九州と西海道を支配することが狙《ねら》いだった。

先に平壌へ襲来した祖承訓率いる明国軍を撃退したことで、北京の明国政庁は講和の使者として沈惟敬を送ってきた。もし明国が再び大軍で反撃してくるのであれば、敗れた直後に講和の使者など送っては来ない。ここまでの労苦と多大な犠牲を無にしないためには、行長の条件を神宗《しんそう》皇帝が受け入れたという報せがもたらされるのを平壌で待つしかなかった。

しかし、行長の読みとは裏腹に沈惟敬《しんいけい》が行長と五十日の停戦を結んだ時点で、北京では秀吉軍撃退のため着々と軍備が調えられていた。神宗皇帝から対秀吉軍の全権を任された軍務経略《けいりゃく》（総司令官）の宋応昌《そうおうしょう》は、九月二十六日に遼東《りょうとう》（満洲）へ向かって北京を発した。宋応昌は、北京と遼東との境に設けられた万里長城の山海関《さんかいかん》を出ずに、新兵二万七千を募り、まず渤海《ぼっかい》湾に面した要衝の警固を厳重にした。平壌での祖承訓率いる明国軍の敗退は重く影を落とし、宋応昌にとりわけ慎重な対応をとらせた。秀吉軍が北京に侵攻するならば、海路で黄海から渤海湾に入り、山海関から白河《はくが》河口付近に上陸して北京を目指すにちがいないと宋応昌は予想した。明国における軍務長官は文官がこれに就くことが慣例で、軍を直接指揮する李如松《りじょしょう》は、まだ寧夏《ねいか》遠征から帰還していなかった。

宋応昌が、三万五千の兵と兵器とを調え遼東統治の中心地、遼陽《りょうよう》へ向かって山海関を出たのは、十月に入ってからだった。宋応昌は、遼陽で李如松の到着を待つことになった。義州《ぎしゅう》の朝鮮国王宣祖《せんそ》からは、しきりに平壌奪還のための進軍を求めてきていた。宋応昌は、ここでもまず兵糧の分担を朝鮮側と取り決めた。鴨緑江より東、つまり朝鮮国内での兵糧はすべて朝鮮国側が負担し、明国兵五万人分を三ヶ月間供出するように求め、朝鮮国王に同意させた。

沈惟敬は、停戦期限の十月二十日過ぎに、やっと遼陽までいたった。沈惟敬は、明国軍が充分に軍備を調えるまでの時間稼ぎのため懸賞で釣り上げた無頼の徒に過ぎず、行長の出した条件など明国政庁が一度の敗戦で飲むはずもなかった。すでに軍務経略の宋応昌は三万五千の兵とともに遼陽に駐屯《ちゅうとん》し、李如松の到来を待っていた。宋応昌は、そもそも兵部尚書（軍務大臣）の石星による和睦《わぼく》政策に腹を立てており、遼陽に着いた沈惟敬に対しこう言い放った。

「皇帝の命令を受け、わたしは倭《わ》を討伐する。ただ戦いあるのみだ。お前は倭どもと会って宣言せよ。『どうしても封貢を求めるのならば、朝鮮一国をすべて返し、釜山に退《しりぞ》いて、降参の意を上表し、臣下を名乗れ。さすれば、願いは聞き入れられるだろう』とな。

倭どもは、今になって譲歩し平壌を退くという。しかし、それはわれらの油断を誘おうとする謀略に過ぎない。倭どもを力で撃退する。お前は天帝の使者として威厳を保ち、倭どもにへつらうような真似はけしてするな」

六

沈惟敬《しんいけい》が平壌へ姿を現したのは十一月も末、二十六日になってからだった。沈惟敬は、宋応昌《そうおうしょう》に前もって釘《くぎ》を刺された通り、朝鮮の全面返還と無条件の降伏とを行長に求めた。それに対して行長は返答した。

「大同江《だいどうこう》より東には別に五人の武将が領地支配している。これは返すことができない。朝鮮国の二王子を返すことも、咸鏡道《かんきょうどう》には他の大将がおり、わたしの一存ではどうにもできかねる。わたしが占領している平壌は引き渡す。軍の撤退は、当方の通商船が浙江《せっこう》にいたったことを確かめ次第、すみやかに行う」

行長もまた以前と同じことを繰り返すしかなかった。譲歩条件は平壌を明け渡すというそれだけだった。ここまで飢えと寒さをしのいで朗報を待ったが、交渉の進展は何も見られなかった。沈惟敬は、またも年末まで停戦を引き延ばし、北京へ再び引き返して石星《せきせい》と交渉するという。明国との交渉窓口は沈惟敬しかおらず、彼にすがる以外に方法はなかった。

氷点下の日々が続き、北風が吹きつけて雪が舞い、河川には氷が張った。兵糧も途絶え、いかに行長が制止しようとしても、配下兵士の掠奪は収まるはずもなかった。兵や役夫が掠奪のため平壌城外に出れば義兵の襲撃が待っていた。第一軍の松浦鎮信、有馬晴信、大村喜前ら九州生まれの諸大名やその家臣団、兵、役夫らは、その尋常でない寒さに食糧不足も手伝って、平壌にとどまっていること自体がすでに耐え難いものとなり、行長以外は一刻も早く明国と和睦し南へ戻ることばかりを願っていた。

十二月八日、ついに東征提督《とうせい》の李如松《りじょしょう》が遼陽に到着した。この時李如松は、李如柏《じょはく》と李如梅《じょばい》の弟二人とその軍勢とを伴っていた。軍務経略の宋応昌は満面の笑みで李如松を出迎えた。

「わが国中を見渡しても将軍に匹敵する人物はいない。将軍でなくては倭どもを打ち破ることはできない。兵糧は充分用意してある。将士もすでに集結を終え、火薬も兵器も不足なく備えてある。西方での勝利の勢いで、一撃のもとに倭軍を殲滅《せんめつ》されたい」

「わたしは、代々国恩を受けてきました。この国難に際し、どうして力を尽くさずにいられましょうや」李如松がそれに答えた。

「李」姓の示すごとく、李如松の五代前に当たる父祖は朝鮮人だった。李如松の父李成梁《せいりょう》は、女真族や韃靼《だったん》族の反乱を鎮定し、その戦功によって伯爵《はくしゃく》に列せられ、遼東の寧遠《ねいえん》に封ぜられた。長男の如松始め如柏、如楨《じょてい》、如樟《じょしょう》、如梅《じょばい》と続く息子たちもまた武功めざましく、今や遼東の李家は明国屈指の武門として知られていた。

神宗皇帝は、寧夏の韃靼族反乱を鎮定して帰還した李如松に、秀吉軍討伐の東征軍提督に就くことを命じた。李如松は三度とも、任にあらずとして辞退を上申した。李如松の直感は、倭賊がこれまでの敵とは勝手が違うことを教えていた。それでも皇帝は許さなかった。父李成梁は、それを戒め李如松にこう語った。

「汝《なんじ》、ことごとく倭奴《わど》を滅ぼし、朝鮮を回復すべし。汝の死、惜しまず」

ちょうどこの時、沈惟敬が行長との二度目の交渉を終え、平壌から氷結した鴨緑江を渡って遼陽へ戻った。沈惟敬は、軍務経略の宋応昌に謁見《えっけん》し、行長の要求を報告した。

「倭酋長《しゅうちょう》の行長は、封を願い、平壌から西へ撤退して、大同江を境界としようと申し入れてきました」

宋応昌は、秀吉が封貢を受ける条件として、朝鮮からの軍全面撤退と無条件の降伏しかないことを先に沈惟敬へきつく言っておいた。それにもかかわらず、行長に条件を提示されて再びおめおめと戻った沈惟敬に、宋応昌は怒りが収まらなかった。こんなことをだらだらと繰り返していたのではいつまで経《た》っても秀吉軍の滅ぶ日はこない。

明国軍の進撃態勢はすでに調った。行長らは平壌にとどまったままである。また、このまま沈惟敬が北京や平壌を行き来することになれば、秀吉軍討伐のため遼陽に四万三千もの明国軍が集中していることが、沈惟敬の口から行長へ漏れないはずがない。もはや沈惟敬の利用価値はないばかりか、逆に足を引っ張りかねなかった。

兵部尚書（軍務大臣）石星の意図はどうあれ、宋応昌は、先に命じておいたことをきっぱりと行長に通告しなかったとして、百たたきの刑で沈惟敬を葬《ほうむ》ることに決めた。

宋応昌の処断に対して、李如松は同意せず、自分の軍中に拘束しておくことを条件に沈惟敬の助命を申し出た。

「沈惟敬は、石星がつかわした者ですので、もし、かの者をここで殺せば、北京との不和も生じ、ことは成就《じょうじゅ》しません」

実は、参謀の李応試《おうし》が、「沈惟敬を使って行長らをあざむき、その虚《きょ》を突いて平壌を襲う」という奇策を前もって李如松に助言していた。

文禄《ぶんろく》元年（一五九二）陰暦十二月

一

十二月二十三日、李如松《りじょしょう》率いる四万三千の明国軍は、遼陽《りょうよう》を発し、氷結した鴨緑江《おうりょくこう》を越えて朝鮮国の義州《ぎしゅう》へと向かった。天帝の軍を示す黄赤の軍旗は大河のごとく視界のおよぶ限り続き、行軍を促す鉦《かね》や太鼓の響きは山間《やまあい》にこだましていつまでも鳴り止《や》まなかった。

二十五日、朝鮮国王宣祖《せんそ》は、義州の龍湾館《りゅうわんかん》にて李如松の到着を出迎えた。李如松は、その長身を紅錦《こうきん》の官衣でつつみ、宣祖に拝謁《はいえつ》した。

宣祖はまず遠征を感謝した後、「わが国の命運は、すべて提督にかかっている」そう李如松に語った。これに対して李如松は恐縮の意を表しながらも、きっぱりと応《こた》えた。

「天帝からの命を拝受し、わたくしは死すことも辞しません。かつまた、わたくしの先祖は貴国の人でした。こちらへ赴くに際しまして、父はこのことを強くわたくしに諭《さと》しました。そのわたくしが、どうして貴国のため力を尽さずにおられましょう」

同じ二十五日、明国軍の先鋒《せんぽう》隊三千は、査大受《さたいじゅ》と銭世楨《せんせいてい》の両将に率いられ、三十里（約百二十キロ）ほど先行して平壌《へいじょう》の北二十里（約八十キロ）の粛寧《しゅくねい》にまで迫っていた。

小西行長は、これまで捕虜となって寝返った江西《こうせい》人の金順良《きんじゅんりょう》ら四十数名を明国遼東から平壌にいたる地域に放ち、明国軍に関する諜報《ちょうほう》に当たらせていた。彼らは、平壌から粛川《しゅくせん》、安州《あんしゅう》、義州を行き来し、明国軍の動向を偵察し通報していた。ところが十二月の初め、金順良が朝鮮義民に捕らえられ、拷問《ごうもん》にかけられて小西行長が放った諜者の存在が明らかとなった。朝鮮軍は、秀吉軍の耳目《じもく》となっていた者を徹底して探索し、次々と捕らえては誅殺《ちゅうさつ》した。その結果、小西行長は、明の大軍が鴨緑江を越え粛寧まで押し寄せてきていることに全く気づかず、講和の特使となった沈惟敬《しんいけい》の戻るのをただ首を長くして待っているだけだった。

二十八日、明国軍本隊は、とうとう平壌の北十五里（約六十キロ）に位置する安州にまで到達した。朝鮮国領議政の柳成龍《りゅうせいりゅう》は、安州へ出向き、李如松に会見を求めた。

安州の市街城は明国軍兵であふれ、林立する旗幟《きし》を寒風になびかせていた。これまで柳成龍が見たことのないほどの大砲が台車に載せられ、市街城をすっぽりと囲むように配されていた。

安州城の南に宿営していた李如松《りじょしょう》は、柳成龍《りゅうせいりゅう》と会見した。柳成龍は携えてきた平壌の地図を李如松の前に広げた。

平壌の市街城は、東に大同江《だいどうこう》、西に普通江《ふつうこう》が流れ、北には山岳が迫って、外郭の城壁は北を頂点とする三角形を成して築かれていた。街道は北の七星門《しちせいもん》から入り、南の含毬門《がんきゅう》へと抜ける形で走っていた。内城は含毬門を出入り口として東南角を占めていた。三角形の底辺に当たる南の城壁中央に正陽門《せいよう》があり、大同江に沿った東の一辺には、船着《ふなつき》を兼ねた大同門とその北に長慶門《ちょうけい》の二つがあった。山岳が迫る北の端から南西を流れる普通江沿いに城壁は長い斜辺を描き、その中央に普通門、その北に義州からの入り口として七星門が築かれていた。

柳成龍は、ここまで収集した秀吉軍の配備を李如松に示した。平壌の秀吉軍は総数約一万五千の兵で守備していた。南辺の正陽門には兵数約二千、含毬門もほぼ同数の二千の兵が固めていた。北西の長い斜辺には、北からの入り口となる七星門に二千、中央の普通門にも二千の兵を配していた。そして、城外の北に位置する牡丹峰《ぼたんほう》と呼ぶ小山に砦《とりで》を築き、そこにも三千の兵を置き、さらに明国軍が進攻してくるであろう義州からの街道筋をにらむ形で牡丹峰上に一軍を配置し、いざ明国軍が七星門に攻め寄せた時には、その山上の兵三千が側面から攻撃する構えだった。残り五千の兵は、平壌の中心部に当たる内城の二重に城壁をめぐらせた一画に集中していた。

李如松は、柳成龍の言うことに一つ一つうなずきながら、朱筆を手にして秀吉軍兵の配置と市街城内を走る経路の形状を丹念に書き込んでいった。小西行長ら第一軍は、城外北方の峰に伏兵部隊を配置し、東南の内城を中心として北と南の四門に兵を分散していた。平壌は一万五千の秀吉軍が守るには広すぎた。

それに対して明国軍は約三倍の兵数を有し、しかも、仏狼機《フランキ》砲、虎蹲《こそん》砲などの大型火砲を運び込んでいた。李如松は、自ら朱書きで秀吉軍の配置を示した平壌の地図を眺め渡し、柳成龍にこう語った。

「倭《わ》どもは、ただ鉄砲を頼みとしている。わたしには大砲がある。我が軍の砲は、すべて射程五里（明国の単位、約三千三百メートル）を超える。賊の鉄砲など、我が軍まで届くことはない」

平壌を占領した小西行長らの第一軍が、秀吉の各軍で最も手強《てごわ》いことを李如松は知っていた。李如松は、名将の名にふさわしく、はるかに兵力に勝りながらも慎重に策を講じることを怠らなかった。講和を願う小西行長を生け捕りにすれば、戦わずして勝利を得られる。

文禄二年（一五九三）正月一日、まず先鋒隊の査大受《さたいじゅ》を平壌の北六里（約二十四キロ）離れた順安《じゅんあん》へ差し向けた。そして、査大受は順安に駐留する小西行長の斥候《せっこう》兵に告げた。

「天朝はすでに講和を許し、沈惟敬《しんいけい》がまもなくそれを報《しら》せに来るはずだ。ひいては行長殿ら貴国の高官と斧山院《ふさんいん》にてまず会見したい」

順安から講和成立の報せを受け、平壌に留まっていた第一軍の一万五千の将兵は、これでやっと帰国できるものと思い込んだ。

三日、小西行長は、講和特使の沈惟敬を出迎えるべく、配下の竹内吉兵衛《きちべえ》と通詞《つうじ》の張大膳《ちょうだいぜん》に三十騎をつけて、四里半（約十八キロ）北の斧山院へ差し向けた。明国軍の先鋒隊を率いる査大受は、行長が策略に乗らずその家臣をよこしたことには気落ちしたが、竹内吉兵衛らを駅院で迎え、早速酒宴を開いた。吉兵衛らは、振る舞われた酒に酔い、講和の成立に何の疑念も持たなかった。

夜半にいたり、査大受が席を外し館《やかた》の外へ出ると、それと入れ代わりに槍《やり》と長剣とで武装した百五十名もの明兵が突然乱入してきた。すっかり酔いが回っていた吉兵衛らは、何事が起ったのか解する間もなく次々と捕らえられ、雑兵《ぞうひょう》は殺された。わずかに三名のみが駅院外へ逃走した。脱出したこの三名によって、小西行長ら第一軍は、到来したのが講和使節などではなく、明国の大軍であることを悟った。

二

一月五日、李如松《りじょしょう》の明国軍四万三千は、都元帥《とげんすい》（総司令官）の金命元《きんめいげん》率いる朝鮮軍八千を従え、平壌に押し寄せた。

李如松は、平壌の北西、普通江《ふつうこう》を隔てた高地に本陣を構えた。李如松は、普通門の秀吉軍二千に対して弟の李如柏《じょはく》を将とする兵一万一千を対峙《たいじ》させた。その北の七星門《しちせい》には、楊元《ようげん》と張世爵《ちょうせいしゃく》率いる一万の軍を当てた。南からの街道出入り口となる含毬門《がんきゅう》には、一敗地にまみれた祖承訓《そしょうくん》を将として兵一万を差し向け、金応瑞《きんおうずい》らの朝鮮軍をその援護とした。それに隣接する正陽門《せいよう》には李鎰《りいつ》率いる朝鮮軍の八千を当てた。そして秀吉軍の救援軍が到来するであろう南からの経路を遮断するため、金敬老《きんけいろう》らの朝鮮軍二千を大同江《だいどうこう》の南へ配置した。黒色で身を包んだ明国兵に対して、朝鮮兵は白い衣を身にまとっていた。

圧倒的な兵力を誇る明朝連合軍において、目障《めざわ》りなのは北の牡丹峰《ぼたんほう》に築かれた砦だった。ここに置かれた二千の秀吉軍を放置すれば、七星門に攻め寄せた明国軍の側面から攻撃される危険がつきまとっていた。李如松は、まず牡丹峰の城砦《じょうさい》を落とすために、査大受《さたいじゅ》率いる先鋒軍三千に攻撃命令を下した。

牡丹峰の城砦に陣取る秀吉軍二千は、明国軍の激しい砲撃に耐え、麓《ふもと》から攻め登ってきた三千の明国軍を引きつけるだけ引きつけた。そして明国軍兵の顔がわかるほどの距離となって初めて、高地からの一斉射撃で応じた。

いかに大軍とはいえ、明国軍の革と布製の鎧《よろい》は弾丸に対する防備が弱く、明国軍は多数の死傷者を出し、たちまちにして崩れた。明軍が退却したのを見た牡丹峰の兵五百が、鉄砲を手にして次々と城砦を越え、山を駆け降り明国軍を追撃した。牡丹峰の守備兵の多くが砦を出て平地に誘い込まれる形となった。

明国軍はそれを待っていた。呉惟忠《ごいちゅう》らの伏兵が、高所から降りてきた秀吉軍の背後を突いて逆襲した。不意をつかれて牡丹峰からの秀吉軍五百は、山上の砦へ戻ることもできず、平壌の城壁内へそのまま逃げ込むしかなかった。査大受と呉惟忠の明国軍は、牡丹峰の城砦を陥落させることこそできなかったが、その兵力を削ることには成功した。

その夜、小西行長は、牡丹峰の城砦守備を再び強化するため、まず宗義智《そうよしとし》の軍に夜襲を仕掛けさせた。牡丹峰の麓に駐留する明国軍は、突然の銃撃にたちまちにして陣形が崩れた。それでも兵力に勝る明国軍は、陶製球に火薬と鉄片を詰め導火線を付けた焙烙《ほうろく》を投げつけ、しかも大量の火箭《かせん》を打ち込んできた。火箭は、大型の銛《もり》の先端部に火薬を詰め、それに点火して大砲から放つ兵器である。爆発した火箭は、真昼のように牡丹峰の山すそを照らし、さしもの宗義智軍も死傷者が続出して、城壁内へ引き戻るしかなかった。

小西行長ら第一軍は、渡海してからここまで一度も敗北したことがなかった。祖承訓率いる明国軍すら打ち破り、平壌から敗走させていた。明国軍が、雲霞《うんか》のごとく押し寄せて平壌を包囲しても、恐れる気色《けしき》も見せなかった。

行長はこの夜、自らの配下と松浦鎮信《まつらしげのぶ》勢に城壁を抜け出させ、七星門の外に陣した楊元と張世爵軍を襲わせた。また、普通門に迫った李如柏の陣にも夜襲を敢行させた。鉄砲の威力は、明国軍に多数の死傷者を出させた。ところが、明国軍は秀吉軍の夜襲と見れば、物量にものをいわせて火箭をおびただしく放ち、これに激しく応戦して撃退した。

行長は、すでに平壌から南へ十四里九丁（約五十六キロ）離れた鳳山《ほうさん》で城番に当たっている大友義統《おおともよしむね》へ早馬を出し、救援の要請をしていた。含毬門《がんきゅう》前の敵を撃退して南との経路を確保しておく必要があった。平壌の北西側で攻防が繰り広げられ、明軍がそちらに集中する間に、行長は東側の大同門から密《ひそ》かに夜襲部隊を出撃させた。含毬門外に宿営していた金応瑞《きんおうずい》らの朝鮮軍は、秀吉軍の夜襲部隊が大同門を出て凍った川沿いに移動し、背後に回り込むことなど予想もしていなかった。夜襲部隊は、明国軍の後方を固めていた朝鮮軍の背後から急襲した。鉄砲を乱射され、不意をつかれた朝鮮兵は多くの死傷者を出し、敗走するしかなかった。含毬門前に布陣していた明国軍は、先に平壌で惨敗《ざんぱい》した祖承訓《そしょうくん》率いる遼東の兵だった。おびただしい後方からの銃声に、遼東の兵はてっきり救援の秀吉軍が到来したものと錯覚し、挟撃《きょうげき》される恐怖に駆られ、反撃するより先に正陽門へ向かって一斉に逃げ出した。

城門に迫る明国軍に夜襲を仕掛けて排除しても、平壌奪還を期す朝鮮の義兵が続々と到着し、朝になれば何事もなかったかのように各城門外は敵兵であふれていた。南からの経路は依然として遮断されたまま、大友義統の援軍どころか兵糧弾薬の補給もなかった。

小西行長ら第一軍は、厳寒の最前線で敵軍に取り囲まれ完全に孤立した。

三

一月七日、李如松《りじょしょう》提督は、機は熟したと見て、この夜明け全軍に総攻撃を号令した。

明と朝鮮の連合軍は兵力を四分した。三つの軍はそれぞれが、北西側の七星門《しちせいもん》、普《ふ》通《つう》門、そして南の含毬門を突破し、内城を征圧にかかる。また、もう一軍は、北の牡《ぼ》丹峰《たんほう》を一気に攻め落とす作戦だった。

夜明け前、李如松は身を清め、香を焚《た》いてこの日の戦勝を占った。そして、金兜《かぶと》と紅の鎧とで身を固め、月毛《つきげ》の大馬に騎乗すると、親衛騎馬隊二百を率い本陣を出撃した。

曙光《しょこう》が差すなかを明と朝鮮の大軍は、氷結した普通江を渡り、凍った大地を削って各城門目指し前進を開始した。明国軍四万三千に朝鮮軍の八千、そしてこの機に応じて朝鮮各地から馳《は》せ集まった義兵も合わせ、明と朝鮮の連合軍は八万を超える兵数となり、その足音は凍結する大地を震わせた。

明国軍の仏狼機《フランキ》砲、虎蹲《こそん》砲を始め、荷車と馬車に引かれた大砲が、七星門、普通門、含毬門それぞれの楼閣《ろうかく》に照準を合わせ砲口を並べた。陽光が大砲、長剣、槍を輝かせ、天帝の軍を示す太陽光の色、黄赤の旗が視界を埋めていた。

辰《たつ》の刻（午前八時）、普通門に撃ち込まれた一発の号砲を合図に、四ヶ所から一斉に砲撃が開始された。砲声は雷鳴のごとく山々にこだまし、天地を震わせた。七星門の高層楼閣は、浴びせられた砲弾で屋根ごと崩れ落ち炎上した。

平壌を守る秀吉軍は、鉄砲に弾込めを終えて城壁上に身を伏せ、敵兵が城壁へ押し寄せるのを待っていた。

遠距離からの大砲には抵抗する術《すべ》を持たない秀吉軍に、明国軍の砲撃は砲身が焼けるまで続けられた。おびただしく撃ち込まれた火箭は、いたるところで爆発し城内各所で炎を吹き上げた。城壁内は炎上する家々からの煙が充満し、折からの西風に煽《あお》られた火は、東へ、内城に向かって燃え広がった。しかも、城内の家々ばかりか秀吉軍の頼みとする兵糧庫《ひょうろうこ》も類焼をまぬがれなかった。

李如松は、砲撃で圧倒し、そのまま全軍を城門から突撃させるべく太鼓を打ち鳴らさせた。外郭の城壁は十三尺（約三・九メートル）ほどあった。明国軍は、用意していた多数の梯子《はしご》を城壁へ掛け、兵がそれに取りついた。

それまで鳴りをひそめていた秀吉軍の鉄砲が一斉に火を吹いた。秀吉軍兵は、激しい砲撃にも闘志衰えず、城壁に取りついた明国軍に至近距離から鉄砲を乱射した。鉄砲は、守りで使われれば遊撃の野戦より数倍の威力を発揮する。兵数に任せて怒濤《どとう》のごとく寄せてきた明国軍も、梯子を掛ける先から銃弾を浴びせられ死傷者が続出した。城壁をよじ登ってきた明国兵に対し、秀吉軍兵は長柄《ながえ》槍と長刀《なぎなた》とを振るって城壁越えを許さなかった。

李如松の率いる明国軍はいわゆる北兵で、騎馬隊を主力とする。これまで韃靼《だったん》族や女真《じょしん》族の反乱軍を騎馬戦で圧倒してきた。だが、接近戦での鉄砲乱射には遭遇したことがなかった。凍結した普通江の氷片を巻き上げて普通門に迫った明国騎馬兵は、押《お》し寄せたまではよかったが、頭上から浴びせられた銃弾に死傷者が続出し、弟の李如柏《じょはく》率いる一万二千の兵も、攻めあぐねて退却し始めた。鉄砲のあまりの威力に、李如柏や参将の李芳春《ほうしゅん》が突撃を命じても、一度恐怖に駆られた兵は後方へ逃げ出し歯止めが効かなかった。

李如松提督は親衛騎馬隊二百と攻め口各所を往来して城内突入を下知《げち》し続けた。普通門から逃げてきた兵団と遭遇するなり、李如松提督はその一人を馬上から斬《き》り捨て、前線から逃亡する兵は死をもって償わせることを示した。そして、「城壁に先登した者には銀五千両を賞与する」と叫んだ。

だが、城門楼閣を丸ごと吹き飛ばされた七星門でも秀吉軍はひるまず、接近戦になるとたちまち息を吹き返した。鉄砲の乱射で崩れた城門を堅守し、明国軍の城内侵攻を許さなかった。

昼になって引きぎみの明国軍にいらだった李如松提督が、弟李如柏《りじょはく》の軍を促して普通門に迫った時、射程距離の長い大狭間《おおはざま》鉄砲の銃弾が提督の馬を射貫いた。月毛の大馬が崩れるように倒れ、乗っていた李如松提督は投げ出された。これまでの女真族や韃靼族とは相手が違うことを、李如松も自らの身をもって知ることになった。

城門を突破されたのは、意外にも明軍の主力が投入されなかった南の含毬門だった。含毬門攻めを任された祖承訓は、同じ平壌において先に小西行長ら第一軍に壊滅させられ、初めから及び腰だった。だが、金応瑞《きんおうずい》らの朝鮮軍は平壌奪還の意志を堅持し、集まってきた義兵軍にも助けられて白衣の軍団は執拗《しつよう》な攻撃を続けた。含毬門に隣接する正陽門でも李鎰《りいつ》らの朝鮮軍が激しく火砲を放ち、南側城壁を守る秀吉軍は兵力を分散させて防戦する必要に迫られた。騎馬戦を得手《えて》とする祖承訓らの明軍北兵は城門での攻防戦では打つ手がなかったが、歩兵を主体とする明国軍の南兵は朝鮮軍と力を合わせ、しぶとく城壁の登攀《とうはん》を仕掛け続けた。とうとう駱尚志《らくしょうし》が、足を傷《いた》めながらも城壁を登り切り、秀吉の「五七《ごしち》の桐《きり》」旗を城門から抜き取り、代わりに黄赤の旗色を含毬門にひるがえした。

含毬門を突破しそのまま内城になだれ込んできた明と朝鮮の連合軍に、小西行長は抜刀し、陣頭に立って銃撃を指揮した。内城の真ん中に位置する練光亭《れんこうてい》を拠点として、松浦鎮信、有馬晴信、大村喜前《よしあき》、五島純玄《ごとうすみはる》ら諸将も、それぞれの軍を率い、力戦して支えた。刀剣と槍での白兵戦になれば、激戦を生き抜いてきた秀吉軍の精兵に一日《いちじつ》の長があることは否めなかった。明と朝鮮の連合軍は、寄せては押し戻され、結局力で内城を征圧するまでにはいたらなかった。

日没を迎え、攻めあぐねた李如松は、諸軍を城外の各陣営にまで撤退させた。明国軍は数倍の兵力を誇りながら、その一日かけても平壌の奪還は果たせなかった。

内城は死守したものの、秀吉軍の何よりの痛手は兵糧を蓄えていた倉をことごとく焼かれたことだった。闇《やみ》が降りると寒さは一段と厳しさを増した。援軍の到着を待っている余裕はなかった。小西行長は、平壌を捨て十四里（約五十六キロ）南に離れた鳳山《ほうさん》まで撤退することを決断した。

牡丹峰を死守してきた兵も撤収を終え、最後の糧《かて》を腹に入れると、小西行長は内城の各所に火を放たせた。秀吉軍は西風に煽《あお》られた煙にまぎれて東の大同門を出、凍結した大同江を渡った。激戦に疲れ切った兵は、厳寒の中を重い足を引きずりながら南を目指し落ちて行った。

朝鮮国宰相の柳成龍《りゅうせいりゅう》は、小西行長ら第一軍が平壌から撤退した時に備えて、大同江の南を固めていた金敬老《きんけいろう》と李時言《りじげん》らに退路で待ち伏せさせ、行長ら諸将を生け捕りせよと命じていた。だが第一軍の勇猛さは金敬老の脳裏にしみついており、へたに奇襲を仕掛ければ、鉄砲で逆襲され皆殺しに遭う恐怖が先に立った。行長らの第一軍は激戦で兵力を大きく損耗していたが、それでも六千を超える大軍には違いなかった。金敬老は、目の前を過ぎていく秀吉軍をただやり過ごした。李時言は、軍を率いて追尾はしたものの、後方から襲いかかるまでにはいたらず、撤退する軍から脱落して路上に取り残された兵を六十余人殺しただけにとどまった。

一月八日、前日朝からの明国軍による激しい砲声は遠雷のごとく鳳山にまで届いていた。鳳山では、この二日、秀吉軍の落ち武者が平壌から続々と到着していた。鳳山の北に設けた柵《さく》を固めていたのは、大友義統の家臣、志賀小左衛門《こざえもん》だった。この朝、這《は》うようにして鳳山までたどり着いた小西の兵から、明国の大軍に砲撃されて行長が戦死したと聞かされた。

小西行長戦死の報は、大友義統を浮足立たせた。鳳山もまた寒さがひどく、義僧軍によって補給部隊が襲撃され兵糧も全く届かなくなっていた。頑強に平壌の死守を主張していた行長が死んだとあれば、もはや大友軍が鳳山に留まっている理由は何もなかった。次は鳳山目指して明の大軍が襲来する。小西行長ら第一軍の一万五千が守っていた平壌が陥落するくらいなのだから、兵六千の鳳山城などひとたまりもなかった。大友義統は、すぐに兵を撤収し漢城へ戻ることを下知した。

小西行長ら第一軍が鳳山に到着したのは、八日の昼過ぎだった。鳳山にたどりつけば温かい食事にありつけると、兵たちは着の身着のまま凍土を歩き続けてきたが、たどりついた鳳山城はもぬけの殻で、出迎えの兵一人いなかった。鳳山に到着した行長ら第一軍は、多くの将兵を失い、渡海した時の一万八千七百名から六千六百二十六名を数えるほどとなっていた。

四

正月八日昼、海を隔てた博多では、沢瀬《さわせ》甚五郎《じんごろう》が東町《ひがしまち》の嶋井《しまい》宗室《そうしつ》の屋敷を訪れていた。屋敷奥の離れには、宗室の他に神屋《かみや》宗湛《そうたん》と、小西行長の弟与七郎《よしちろう》とが待っていた。

小西与七郎は、前年秋、兄行長に遣わされ平壌から肥前名護屋《なごや》へ戻っていた。前年七月十六日、行長ら第一軍は平壌に襲来した祖承訓《そしょうくん》率いる明国軍を撃退した。その戦勝を報告し秀吉に明国侵攻を断念させるための帰国だった。行長率いる第一軍は、漢城の一番乗りを果たし、平壌を陥落させ、そして明国軍をも撃退した。行長は、これらの軍功をもって以後の明国との交渉を自らが主導しなくてはならないと考えた。明国征服など事実上不可能であり、朝鮮出兵を強行した以上、秀吉に最も意義のある形で終結させるしかなかった。

ところが、戦況は、与七郎が帰国した八月初めから予想を裏切って悪化の一途をたどった。朝鮮では、何よりも秀吉軍における兵糧の確保が困難になっていた。現地調達が可能だったのは渡海してわずか二ヶ月、せいぜい五月いっぱいまでのことだった。対馬《つしま》経由で釜山《ふさん》から運び込むにしても、当初予定していた漢江《かんこう》河口からさかのぼって漢城の秀吉軍に補給する水路は、李舜臣《りしゅんしん》率いる朝鮮水軍に制海権を奪われて断たれてしまった。制海権が朝鮮水軍に握られていることは、陥落させた平壌でも大同江《だいどうこう》河口から遡上《そじょう》しての補給が一切できないことを意味した。残るは陸路での運び入れしかないのだが、釜山から漢城、漢城から平壌へと長く延びた補給路は、朝鮮各地で起こった義兵によっていたるところで寸断されていた。前年九月一日には、釜山にまで朝鮮水軍が襲来し、今では対馬から釜山への海路さえおぼつかない状況となっていた。

小西与七郎が、この日甚五郎に手渡したものは秀吉から下された命令書だった。それによれば、鉄砲七十挺《ちょう》を始め槍と刀などの武器をそろえ、平壌の行長のもとへ届けよという。秀吉は、小西行長ら第一軍が平壌で孤立することを危惧しているようだった。宗室が用意した船は、三日後の十一日に博多の沖から出発することになっていた。

「本来ならば、わたしが与七郎殿と渡海すべきところなのだが……」

嶋井宗室はそう付け加えた。宗室は昨秋より持病の痛風が出て、満足に歩けない状態だった。秀吉との折衝に当たっている神屋宗湛が博多を離れ渡海するわけにはいかない。秀吉から命じられた鉄砲などの他に、博多で用意した大筒《おおづつ》を十挺、それに弾薬と兵糧米も博多から運び込むという。

「どなたか頼りになるお人にご同行いただければと思いまして」

与七郎はすがるような眼差《まなざ》しで甚五郎を見た。

「わかりました。わたくしでよろしければ、参ります」そう甚五郎は答えた。選択の余地などなかった。秀吉の与七郎への命令は、同時に博多商人への輸送指令でもあった。

「あとのことは、すべてわれわれが引き受ける」神屋宗湛がそう言った。

九州各港から徴発され海を渡らせられた船は、昨年の夏以降ほとんど戻ってなかった。

秀吉の野望と妄想に振り回され、朝鮮との貿易は全く途絶えた。だが、呂宋《ルソン》との交易は、嶋井宗室や堺の茜屋幸右衛門《あかねやこうえもん》らの尽力によって良質の小麦がこれまでと変わりなく確保でき、昨年十月末には菜屋《なや》船を呂宋へ向けて送り出せた。甚五郎の身辺も変化していた。お綸《りん》が昨秋九月に女児を産んでいた。見世《みせ》に戻ってまずお綸に朝鮮渡海を伝えた。

「殿下様の命令で小西与七郎殿と朝鮮に渡り、平壌の摂津守《せっつのかみ》様のもとへ鉄砲を届けに行かなくてはならない」

お綸は顔をうつむけたまま返事をしなかった。すでに戦況が悪化していることは彼女も感づいていた。薩州山川《さつしゅうやまがわ》生まれのお綸は、島津義弘《よしひろ》から徴発された大隅《おおすみ》と敷根《しきね》の船が半年の期限で朝鮮に渡海したものの、年が明けても帰還していないことを小耳に挟んでいた。錦江《きんこう》湾に面する敷根は、山川と同じく島津領の要港として知られていた。朝鮮に渡れば甚五郎も敷根の船稼ぎ衆と同じ目に遭わされることはお綸にも予想がついた。

秀吉の明国征伐なるものがいかに罪作りかを、博多の女たちは直感で捕らえていた。昨年四月以降、明国征伐を標榜《ひょうぼう》しながら、老若男女そして子どもにいたるまで、囚《とら》われて売買されてきたのは大勢の朝鮮の民だった。かつて戦乱の時代、国内で戦《いくさ》が起これば人買いの市《いち》が立った。秀吉は私戦のない「惣無事《そうぶじ》の世」を作り出すなどと言うが、今度は海を渡って異国の民にまで戦を仕掛け、九州の民が味わわされてきたのと同じことを引き起しているだけだった。

罪なく縛り上げられて追い立てられる朝鮮の人々を見かけるたびに、呼び集《つど》った百人もの女たちがすぐにその周囲を取り囲んだ。大きなお腹《なか》をしたお綸も駆けつけた。そして皆で人買いどもに食ってかかった。連れてこられた朝鮮の人々の縄を解かせ、軒下で握り飯や湯茶を摂《と》り終えるまで博多の通行を許さなかった。言葉は通じなくとも女には女の世間があり、博多の女たちは町外れまで共に歩き、連れてこられた朝鮮の女たちを涙を流して見送った。博多の女たちの涙は同情ではなかった。朝鮮の女たちを救えない自らの無力に対する悔しさと、秀吉に対する怒りだった。

「太閤《たいこう》は、本当に、むごいことばかりする」しばらくして、お綸は顔を上げずにそう漏らし肩を震わせた。

吉次《きちじ》ら三人を見世奥の間に呼び、朝鮮渡海の話をした。山川から博多へついてきた吉次と幸造《こうぞう》、政吉《まさきち》の三人も、今ではそれぞれ博多で所帯を持ち、通いの身となっていた。彼らは、甚五郎が予想した通り自分たちも一緒に行くと即座に返答した。

「死ぬも生きるも、親方様と一緒です」

吉次はそう言った。幸造と政吉も、吉次に同意し、まっすぐに甚五郎を見てうなずいた。

「殿下様の命令で朝鮮へ赴く。今度ばかりは命の保証はなくお前たちを連れて行けない。お前たちには、あとのことを頼む」甚五郎はそう言うしかなかった。

五

一月十九日、加藤清正が本陣とする咸鏡道《かんきょうどう》の安辺《あんぺん》は、数日来の大雪に見舞われていた。この日、積雪をかき分けるようにして漢城から到着したのは、島津義弘の家臣、敷根仲兵衛《ちゅうべえ》らだった。彼らは朝鮮渡海軍の総大将宇喜多《うきた》秀家《ひでいえ》からの命令書を携え、二百名ほどの鉄砲衆をともなっていた。雪中の行軍ゆえに漢城から安辺まで十日を要し、皆寒さに凍えていた。

小西行長ら第一軍が明国軍に打ち破られ、平壌が陥落したとの報《しら》せは、安辺にまで届いていた。秀家からは、加藤清正と鍋島直茂らの第二軍も漢城に撤退せよというものだった。朝鮮にいる秀吉軍を漢城に結集して、朝鮮半島南部の四道、慶尚道《けいしょうどう》・全羅道《ぜんらどう》・忠清道《ちゅうせいどう》・京畿道《けいきどう》の占領を固める構えだった。

この日、安辺で朝鮮国二王子の警固に当たっていた岡本慶次郎のもとに、坂梨小平《さかなしこへい》太《た》がやってきた。鉄砲衆《てっぽうしゅ》の一人として安辺に到来した小平太は、かつて阿蘇《あそ》大宮司《だいぐうじ》惟《これ》光《みつ》の又従兄《またいとこ》、宇治惟賢《これかた》に仕えていた。宇治惟賢は肥後国衆一揆《くにしゅういっき》の時に島津家を頼って薩摩へ逃れた。小平太もその折に薩摩へ付き従って行き、その時以来の再会だった。安辺の家は柱や梁《はり》を厚い土壁に塗り込め、火を床下から焚《た》いて暖め、寒さを防ぐ手立ては施されていたが、肥後阿蘇生まれの岡本慶次郎らにとっては耐えがたい雪と氷の世界にほかならなかった。漢城から安辺までの雪中行軍で、小平太の鼻先や頰、まぶたまでが雪焼けで真っ赤になっていた。小平太は、久しぶりの再会を喜んだのも束《つか》の間《ま》、沈み込んだ表情で白い吐息とともに話しだした。

「実は、昨年六月に佐敷《さしき》で反乱を起こした梅北国兼《うめきたくにかね》の一件に連座させられ、……昨年八月十八日、大宮司惟光様が、祇園山《ぎおんやま》にて身罷《みまか》られました」小平太は顔をうつむけ、両手で袴《はかま》を握りしめた。

ひどく現実離れした夢を見ているようだった。やがて周囲が奇異な光を発してものが見えにくくなり、胃の辺りから急に吐き気が突き上げた。慶次郎は、庭先へ飛び出すと雪中に胃の中のものを吐きだした。

六年前の七月、秀吉手先の佐々成政《さっさなりまさ》による検地強行に抗《あらが》い肥後国衆が蜂起して以来、慶次郎は今日までたびたび突き上げてくる嘔吐《おうと》を何とか押さえてきた。隈本《くまもと》城下に押し寄せてきた同胞国衆に鉄砲を向け、朝鮮渡海を命じられ、かつて肥後で味わわされたものと同じことを朝鮮の民に強いてきた。慶次郎は、ただ阿蘇家を存続させるために、おのれを無にし、感情を殺して戦ってきた。その結果がこれだった。

阿蘇惟光は存命ならば当年十二の春を迎えるはずだった。秀吉に主君を殺され、もはやその秀吉の手先となってこの朝鮮で戦う理由は全く失われた。こんなことになるのならば、六年前に佐々成政と戦い、肥後国衆の一人として死ぬべきだった。

六

一月二十六日、加藤清正軍が咸鏡道《かんきょうどう》を全面撤退するに際し、岡本らの阿蘇隊三百名は、その先発隊として翌朝安辺《あんぺん》を発《た》ち漢城へ向かうことを命じられた。この日も夕方から小雪がちらついた。岡本慶次郎は通詞《つうじ》の呉孝植《ごこうしょく》をともない両王子が囚われている館へと向かった。慶次郎は、昨年七月会寧《かいねい》で両王子を引き取って以来、この半年間身辺を警固し、両王子とその后《きさき》の身を案じ、できうる限りの便宜を図ってきた。それでも、満足なことは何もしてやれなかったという悔いばかりが残っていた。いたらなかったおわびと別れの言葉だけは、側近を通じて両王子に伝えてもらおうと考えた。

両王子と后の囚われている館の狭い戸口前で、慶次郎は警固の兵を下がらせ、呉孝植に側仕《そばづか》えの金貴栄《きんきえい》を呼ぶよう言った。現われた金貴栄に呉孝植を通じて慶次郎は語った。

「わたしは配下の者を連れ、明朝この地を離れることになりました。これまで両王子様に何かとご不自由をおかけし、まことに申し訳なく思っております。数々のご無礼の段おゆるしくださるよう、貴殿からお伝えください」

金貴栄は驚いた表情を見せ、「しばらく待て」と言い残して奥へ消えた。

間を置かず戸口の前に現われたのは順和君《じゅんわくん》だった。慶次郎と呉孝植は石畳の上にひざまずいた。金貴栄のほかに従臣の黄赫《こうかく》も一緒についてきた。

「岡本、面《おもて》をあげよ」順和君の言葉を呉孝植は小声で慶次郎に伝えた。

朝鮮王室で最も若い王子だと聞く順和君は、十五歳前後に見えた。兄の臨海君《りんかいくん》は色白で小太りだったが、弟の君は痩《や》せて浅黒い肌をし、黒目がちの大きな目と高い鷲鼻《わしばな》に、若いながらも凜然《りんぜん》とした気品を漂わせていた。寒さゆえに黒い冠帽《かんぼう》をかぶり、錦《にしき》の袍《ほう》をまとっていた。皮革の靴履《かり》も着けていた。すべて慶次郎が手配したものだった。

「これまでのお前の心づかいに対しこれを授ける」

金貴栄が金色に光るものを順和君から受け取り、石畳に降りてきて身をかがめ、慶次郎の両手に載せた。金の薄い円板を鎖状につなぎ、先端に虎《とら》の姿をした小さな金の彫像が付いていた。「腰佩《ようはい》」と呼ぶ、腰帯に吊《つ》り下げる飾りだった。

「それを身に帯びておれ。きっとお前を守るはずだ。……岡本、けして死ぬな」

まさか朝鮮国王子にそんな言葉をかけてもらおうとは思いもよらなかった。朝鮮渡海を命じられ、今は亡《な》き阿蘇惟光へ別れの挨拶《あいさつ》をするために隈本城内の館へ上がった時、惟光は緋色《ひいろ》の守り袋をじかに慶次郎へ手渡し、同じことを言った。

十代半ばと見える順和君に、幼君阿蘇惟光の姿が重なった。最初に会寧《かいねい》で反逆民に捕らえられ後ろ手に縛られていた順和君を見た時、慶次郎は思わず駆け寄ってまず荒縄を解いた。あの時も、異国の王子でありながら以前から見知っているような奇妙な思いがした。おそらく主君阿蘇惟光と似たものを順和君から感じとったせいだろう。

慶次郎のそんな思いは順和君にも通じていたらしく、加藤清正に対して「警固には岡本を付けてほしい」と求めた話を後で聞いた。

「王子様が末永くご健勝であられますことを、たとえ何処《いずこ》におりましても、わたくしは常に祈念いたしております」

呉孝植が朝鮮語に訳し終わる前に、順和君は慶次郎を見て二度うなずき返した。

一月二十七日早朝、一晩中降り続いた雪が止んだ。岡本慶次郎は、阿蘇隊三百名を率いて安辺の市街城を出発した。配下の三百名は、阿蘇大宮司の旧臣を始めとして菊《きく》池《ち》や隈部《くまべ》、天草《あまくさ》、志岐《しき》の旧臣からなっていた。いってみれば秀吉に滅ぼされた旧肥後国衆の残党ばかりだった。

　慶次郎に付き従う竹崎長治《ながはる》、甲斐《かい》文兵衛《ぶんべえ》ら阿蘇家の旧臣たちも、昨年の秋に阿蘇惟光が梅北国兼の反乱に連座させられ、秀吉に殺されたことを慶次郎から伝え聞いていた。阿蘇惟光が秀吉に殺され、慶次郎始め阿蘇旧臣には朝鮮で戦う理由がなくなった。彼らは、一時も早くこの氷と雪の地獄から脱出して肥後に帰りたがっていた。

　慶次郎は、秀吉に対するやり場のない怒りが込み上げてくるばかりだった。すべてがただ馬鹿馬鹿《ばかばか》しく、日本へ帰還することにさえもはや何の意味もないように感じられた。漢城への十日間の道のりが途方もなく遠いものに感じられた。

まずはこの日、安辺から南下して道境を越え約十里離れた江原道《こうげんどう》の淮陽《わいよう》までたどり着くことだった。日本ならば三里（約十二キロ）ほども歩けばたいてい次の村落まで着ける。だが、朝鮮は十里を歩かなくては次の城や集落に行き着けない。連日降り続いた雪のために見渡す限り雪原が広がるばかりで、道などどこにも見当たらなかった。ともかくも、北流する川沿いに上流へ向かって進んだ。雪は止んだとはいえ、空には薄紅の色を帯びた雪雲が低く垂れ込めていた。騎馬した三十人が交替で先行し、道をつけて進むことを繰り返した。

三里ほど川沿いをさかのぼり、咸鏡道と江原道の境近くにいたった。その辺りは山が迫る豪雪地帯で、馬の肩まで埋まるほどの雪だった。しかも淮陽との間の山陵が横たわっていた。その辺りで再び雪がちらつき始めた。慶次郎は、山越えの前に谷間で休憩をとるよう指示した。行軍中の焚き火は敵に居場所を知らせるようなもので、最も避けるべきことだが、徒《かち》で行く二百七十名は、足に襤褸布《ぼろぬの》を巻き付け草鞋《わらじ》を履いただけで、足指は感覚がなくなるほど冷えていた。安辺から運んできた薪《たきぎ》を燃やし、湯を沸かすよう付け加えた。見張り兵を周囲に配置し、敵の襲撃があってもすぐに抗戦できるよう交替で休憩をとるしかなかった。

文禄二年(一五九三) 陰暦一月

一

一月十二日夜、沢瀬甚五郎の乗るジャンク船は、対馬《つしま》の府中《ふちゅう》、与良《よら》港に着いた。月明かりに照らされた港湾内に船影はなく、船着《ふなつき》の浜に釣り小舟が数艘《そう》引き上げてあるだけで、有明山《ありあけやま》のなだらかな稜線《りょうせん》の影がなければ、別の港に入ったのではないかと思われた。与良の船稼ぎ衆も、船ごと徴発され、ことごとく朝鮮に渡海させられていた。

小西与七郎は、船番所《ふなばんしょ》から来た伝馬船《てんません》の者に警固のための人を出すよう求めた。博多からのジャンク船には、命じられた鉄砲や弾薬ばかりでなく釜山《ふさん》に届ける兵糧米《ひょうろうまい》を千俵積み込んでいた。秀吉の輸送命令を受けての寄港ゆえに、警固のために急遽《きゅうきょ》集められた者たちも、皆年老いていた。

上陸した船着周辺も閑散として船宿も雨戸を閉じていた。かつて船着にかなりの数でたむろしていた犬の姿も見あたらなかった。大きな船が入り、大勢の人を乗せて小舟が行き来すれば、付近の犬が餌《えさ》をもらえると知って船着に集まってきたものだった。以前、甚五郎が与良港に着いた折も、船明かりに目を緑に光らせた犬がやたらと集まり、餌をねだって気味が悪いほどだった。

「犬を見かけんが、以前はここに沢山《たくさん》おったろう？」

船着で舫綱《もやいづな》を扱っていた一人に甚五郎は訊《き》いてみた。船着で人や荷の上げ下ろしをやるのも、今では戦《いくさ》に出されなかった老人ばかりだった。

「はい。渡海軍に見つかり次第捕まえられて、皮をはがれてみんな食われてしまいました」小柄な白髪頭は笑いもせずにそう返した。

去年三月に秀吉軍が朝鮮渡海を開始して以来、将兵だけでも十五万九千人が対馬に渡った。対馬の鶏は一羽残らず遠征軍に食われ、対馬では夜明けに刻《とき》を告げる声が聞かれないという噂話《うわさばなし》は博多でも聞いていた。だが、実際は鶏どころか与良港にたむろしていた犬までもが食い尽くされていた。

金石城《かねいし》まで使いの者を走らせると、対馬宗家《そうけ》の重臣、吉賀《よしが》大膳《たいぜん》が船着まで駆けつけてきた。

「お着きを待っておりました」

嶋井宗室からの船便が大膳のもとに届き、小西与七郎とともに甚五郎が兵站《へいたん》物資を運ぶために渡海することを報《しら》されていたという。すっかり髪が白くなった大膳は、甚五郎の顔を見るなり、まるで旧《ふる》くからの友を迎えたかのように表情を崩した。確かに大膳とは以前一度会ってはいたが、嶋井宗室の亡息、茂左衛門《しげざえもん》と甚五郎の風貌《ふうぼう》がよく似ているせいだろうと思った。五年前に初めて訪れた折の、柳川調信《やながわしげのぶ》らがひどく慌《あわ》てた様子さえ遠い昔のことのように思い出された。柳川調信も、無事ならば宗義智《そうよしとし》とともに厳寒の平壌《へいじょう》に身を置いているはずだった。

清水山《しみずやま》の麓《ふもと》にある金石城は、多門櫓《たもんやぐら》があるだけの、旧い館《やかた》の造りだった。背後の清水山は六十八丈（約二百六メートル）ほどの標高があり、山頂から東に延びた尾根上に四年前には見なかった石垣の城が建っていた。吉賀大膳は、ほぼ完成した清水山城を指さし、対馬における秀吉の御座所《ござしょ》はこの清水山城が当てられることになると語った。昨年秋の朝鮮渡海は中止したものの、この三月には秀吉自ら渡海して、朝鮮各地に起こった義兵を征伐するのだという。秀吉の出馬によって、一刻も早くこの泥沼にはまりこんだ戦が終結を迎えることだけを大膳は願っているようだった。

だが、船着の野良犬《のらいぬ》すらも食い尽くされている有様で、秀吉が大軍をともなって対馬に来れば、ただでさえ窮乏している対馬の糧《かて》は底をつく。対馬ばかりか、甚五郎がこのたび釜山まで兵糧米を運び入れることになったように、遠征各軍の食糧が極端に欠乏しているのは明らかだった。そんな時に秀吉が大軍で渡ってくれば、朝鮮にいる小西行長ら各軍は秀吉から兵糧攻めにあうことになりかねなかった。昨年三月以来、片っ端から百姓衆をこの軍役のために徴発した結果、九州と四国の産米は激減し、博多でさえこのたび千俵を確保するのに難渋する始末だった。

清水山城の完成を急がせたように、秀吉の朝鮮渡海は今春三月には実行されるという。その噂は再三博多にも流れてきていた。だが、名護屋《なごや》に隣接する博多ではそれを疑う声が多かった。これまでの秀吉ならば、昨年三月の時点で陣頭に立って渡海したはずだった。渡海した大名たちによる朝鮮八道の占領統治は破綻《はたん》し、今では物資の補給路を維持するのに四苦八苦している。兵と兵糧不足から戦線縮小が盛んに言われている時に、今さら秀吉が渡海しても戦況が好転するはずはないと甚五郎は思った。

大膳は、小西与七郎がともなってきた肥後宇土《うと》からの家臣や足軽《あしがる》と船乗りら五十三名を城下へ分宿させる手配をした。与七郎と甚五郎には自分の屋敷へ宿泊してくれるよう申し出た。対馬島主の宗義智も小西行長とともに平壌にいた。この厳寒に釜山から百六十里（約六百四十キロ）の平壌まで武器弾薬と兵糧の運び入れを命じられ渡海することになった甚五郎たちを、大膳は精一杯もてなそうとしているのが感じられた。清水山の南麓《なんろく》、金石城と川を隔てて宗家重臣の屋敷は置かれていた。清水山城を除けば、四年前に訪れた時と府中の景観にはさしたる変化はないように映った。だが、府中の城下や家臣屋敷の周辺も吹きすさぶ風音ばかりがして、廃村に足を踏み入れたような気がした。対馬からは五千人の将兵が渡海させられていた。

二

大膳の屋敷で酒食の饗応《きょうおう》を受けた後、庭に面した書院脇の間《わきま》で大膳を交え与七郎と甚五郎は朝鮮国の地図を広げた。

朝鮮での道のりは、釜山《ふさん》から漢城《かんじょう》まで約百里（四百キロ）、漢城から平壌までは約六十里（二百四十キロ）ほどとなる。秀吉の命令は武器弾薬を平壌まで運び込めとのことだったが、嶋井宗室は「漢城まで行ければ上等だ」と語った。

第一軍の渡海以来、連戦連勝で首都漢城を落とし平壌まで突き進んだものの、与七郎が平壌から戦勝を報せに肥前名護屋へ向かった七月の末には、各地に起こった義兵の襲撃で漢城から釜山へ下る道さえも危険な有様だった。ましてや平壌までともなれば、武器弾薬の輸送が容易にはいかないことは、与七郎にもわかっているようだった。

李如松《りじょしょう》率いる明国軍によって平壌が奪い返されたとの報せは、まだ対馬まで届いていなかった。それでも、昨年九月の朝鮮水軍による釜山攻撃によって、朝鮮半島の制海権が朝鮮水軍の手に握られていることは明らかとなった。慶尚道《けいしょうどう》を流れる洛東江《らくとうこう》を除けば、朝鮮における大河の河口は、大同江《だいどうこう》、臨津江《りんしんこう》、漢江《かんこう》、錦江《きんこう》、いずれも朝鮮半島の西海岸にあり、秀吉水軍が半島東南端の釜山周辺に押し込められている限り、黄海から川をさかのぼっての補給は不可能だった。中ぐらいの川船が一艘あれば五百俵を一度で運び込め、千俵ならば川船二艘で済む。残るは釜山から陸路による運び込みしかなかった。しかし、陸路での補給となれば、馬一頭につき米二俵を背負わせるのがせいぜいで、五百俵を輸送するのには二百五十頭もの馬をかき集めなくてはならなくなる。

「戦の最中に安全な道などあるはずもありません。中路と西路は、おそらく義兵が集結している。釜山からは、遠回りとなりますが、東路を採って漢城へ向かうしかないかと思います。釜山から東岸の慶州《けいしゅう》へ向かい、安東《あんとう》、栄州《えいしゅう》を経て竹嶺《ちくれい》を越え、忠清道《ちゅうせいどう》の忠州へと抜ける」甚五郎は考えを述べた。

釜山から漢城への街道は、東路・中路・西路の三路があった。いずれもかつては日本と朝鮮の商人たちが盛んに行き来した通商の道だった。小西行長ら第一軍は、大邱《たいきゅう》、尚州《しょうしゅう》を経由して鳥嶺《ちょうれい》を越える中路を侵攻し、黒田長政《ながまさ》らの第三軍は西路を往《ゆ》き、金《きん》海《かい》、星州《せいしゅう》を経て、秋風嶺《しゅうふうれい》越えの道を採った。東路は、加藤清正と鍋島直茂の第二軍が採った道で、釜山から北東へ進み、日本海寄りに蔚山《うるさん》、慶州へと向かう街道筋だった。

釜山から大量の物資を運ぶならば、洛東江の水運は欠かせない。だが、同時にこの流域は、郭再祐《かくさいゆう》らの朝鮮義兵にしてみればどうしても押さえておかなくてはならない地だった。とくに彼ら義兵の使命は、正面から戦うのではなく秀吉軍の糧道を断つことにあった。いかなる勇猛な軍隊も兵糧が途絶えれば、ただ腹をすかせた無力な群衆に過ぎなくなる。

秀吉水軍が黄海にいたる制海権を奪おうとして朝鮮水軍に阻《はば》まれた後、秀吉は釜山と金海から陸兵を海岸沿いに西へ進ませ、陸から朝鮮水軍の基地を叩《たた》くことを指令した。いずれも制海権を取り戻し、黄海側の河口から大河をさかのぼって兵站物資の運び込みを企図《きと》してのことだった。朝鮮水軍が制海権を握った以上、朝鮮義兵は、秀吉軍に残された洛東江の水路に沿って展開し、必然的に釜山近くから尚州へと向かう中路と西路に集中することは間違いないと思われた。

「確かに中路と西路は朝鮮義兵が大勢待ち構えている。霊山《れいざん》やすぐ北の昌寧《しょうねい》には、数千もの義兵がおると聞いています」吉賀大膳はそう言った。「……ですが、東路も、慶州や永川《えいせん》、安東辺りは水運にめぐまれているだけに、おそらく相当数の義兵がおるものと……」大膳は表情を固くしたままそう続けた。

大膳は、若き日から何度も朝鮮に足を運び、釜山から漢城への三路を知り尽くしていた。彼からならば何か得られる情報もあろうかと、北端の佐須奈《さすな》や大浦《おおうら》の港には直行せず与良に寄港したが、むしろ朝鮮義兵に陸路も押さえられている現実を確認しただけのことになった。兵糧は送り続けられていても、朝鮮国土の広さに対して補給路を警固する秀吉軍兵の絶対数が足りなかった。

「ともかく、釜山へ渡ってみて、そこでの戦況次第で決めるしかない。釜山から先はかなり厄介なことが待ち受けている、その覚悟はしています」甚五郎がそう答えると、与七郎もうなずいた。甚五郎がかつて三郎《さぶろう》信康《のぶやす》の小姓《こしょう》衆だったということもあるが、一介の商人に過ぎない甚五郎に対して与七郎は常に敬意を払い、この行程においてもまず甚五郎の意図するところを聞こうとした。

小西行長の末弟となる与七郎は、この年数えて三十になる。ジアンの洗礼名を持つキリシタンだった。物静かで、粗衣粗食を好み、放埒《ほうらつ》なところがなかった。兄行長にも武将らしからぬ細やかな知性を感じたが、与七郎は行長よりずっと純粋で繊細なところがあり、この戦にはかなり懐疑的だった。かつて秀吉の九州征伐の時には、キリシタンを弾圧する島津家という、与七郎なりの大義があった。ところが、その後の天草《あまくさ》衆蜂起《ほうき》で、行長は同じキリシタンの天草一統を攻め滅ぼすことになった。そして、このたびは秀吉の命令で明国征伐の先鋒《せんぽう》となり、平壌まで攻め入らざるをえなくなった。

行長は、キリシタンである前にまず秀吉の家臣だった。次兄の隼人《はやと》も、行長と同じ考え方をした。行長と隼人は、肥後領主として支配を徹底するためには、たとえキリシタンであっても天草衆が領主権を主張すれば、攻め滅ぼすことをためらわなかった。それに対して、この末弟は、天草下島《しもしま》の本渡《ほんど》城攻めの際、病気を理由に宇土《うと》を離れず参戦しなかった。たとえ勘当されて浪々の身になろうと城主の天草種元《たねもと》らを殺す理由はないとして動かなかった。本渡城に立て籠《こも》った天草種元以下の千三百余名は討死《うちじに》し、甥《おい》の久種《ひさたね》は行長に降伏して家臣団に併合された。それ以来、行長と与七郎は仲が悪く、与七郎を宇土に残留させておけば何をしでかすかわからないと危ぶんだ行長が朝鮮へ帯同したとの噂があった。蜂起に敗れた天草久種も、旧来の天草勢千名を率いて第一軍に加わり、行長とともに平壌にいるはずだった。

三

一月十三日夕、小西行長の軍船を示す白旗に「紅白の招《まね》き」を掲げたジャンク船は、釜山の港湾へ入った。湾内への進入路は、海側に高さ四十五丈（約百三十六メートル）ほどの小島があり、陸近くには海からそびえる黒い三つの岩によってすぐわかった。黒岩の一つは海面から二十丈もの高さがあった。おびただしい数の海鵜《うみう》が飛び交い、海の幸に恵まれた所だとわかった。湾は、松の生い茂った小高い山に周囲を囲まれ、七丁（約七百七十メートル）ほど陸地深くに入り込んだ絶好の投錨地《とうびょうち》だった。湾内は大きな絶影島《ぜつえいとう》で二つにわけられていた。この島の北側は半島の陸地に接近し、北西側の湾は浅く、風当たりがきつそうだった。島の北東側に位置する湾はやや南東の風にさらされてはいるものの充分な深さが得られた。秀吉の水軍船ばかりか各地から徴発されてきた漁船の果てまで、湾内のあらゆる船着には一本帆柱の日本船が隙間《すきま》なく繫《けい》留《りゅう》されているのがわかった。

釜山を押さえているのは、細川忠興《ただおき》を将とする第九軍約一万一千五百の兵だった。同じく釜山に駐屯《ちゅうとん》していた秀吉の甥秀勝は、昨年秋九月に病死していた。二十四の若さだった。豊臣秀勝ばかりでなく慶尚道《けいしょうどう》を統治することになっていた毛利輝元までが病臥《びょうが》しているとの話は博多まで聞こえていた。

湾の西岸に上陸し、出向いた船番所では細川家臣の長岡蔵人《くらんど》という若い船奉行が応対に出た。蔵人は船荷の帳面付けを終えると、与七郎と甚五郎を奥座敷に招いた。朝鮮釜《がま》からの湯で抹茶を勧めた後、自ら手にした白い茶碗《ちゃわん》を両手でしきりに撫《な》で、視線をそらして切りだした。

「実は、……この正月七日、小西摂津守《せっつのかみ》様始め第一軍が、明の大軍に攻められ平壌から退却いたしました。昨日、漢城より届いた報せによりますれば、摂津守様はご無事の由《よし》、黄海道《こうかいどう》の白川《はくせん》まで下られ、黒田甲斐守《かいのかみ》(長政)様の軍勢と合流し、いずれ漢城まで南下されるとのことです」

釜山から首都漢城までの補給路さえ危ういというのだから、平壌に補給のないまま孤立させられれば、いかにキリシタン大名の精鋭を集めた第一軍でも持ちこたえられない。長期にわたる遠征は兵站物資の補給にすべてがかかっていた。

昨年七月に明国遼東《りょうとう》の騎馬軍を撃退したとは聞いていたが、いよいよ明国軍が本腰を入れて秀吉軍の征伐に取りかかってきたことがわかった。平壌で撃退されたまま明国軍がいつまでも黙っているはずがなかった。だが、予想よりもあまりに早かった。

明の大軍襲来はおそらく寒気が抜けてからになるだろうと甚五郎は思っていた。確かに漢城と平壌の二都を落とされ、国王が国境の義州《ぎしゅう》まで追われて朝鮮国が秀吉軍に支配されれば、次は明国領の遼東へ侵攻してくることになる。

釜山の船番所脇には広庭を備えて倉が立ち並んでいた。一棟丸ごと空いている倉もあった。博多から運んできた兵糧米千俵と武器弾薬の荷揚げを長岡蔵人にゆだね、甚五郎は与七郎と宿屋へ向かった。船番所の西には敷石の広い街路が延び、瓦《かわら》で葺《ふ》いた商家がひしめいていた。この辺りが日本との交易で栄えた商家街だと与七郎は言った。いずれの見世《みせ》も、戸を固く閉じ、街路には枯れ葉や松葉が吹き溜《だ》まっていた。人の行き来している気配がなかった。

「かつては宵《よい》になっても人の足が絶えず、日本語で高麗人参《こうらいにんじん》を沢山持っていると話しかけてきて、うるさいほどだった……」与七郎はそうつぶやいた。与七郎が名護屋へ向かった昨年の七月、軒をならべた店先には、干し魚や朝鮮木綿、紙束、陶器や鉄器が山をなして積まれ、虎《とら》や豹《ひょう》の毛皮さえ何枚も吊《つ》るされていたという。与七郎が釜山を離れた後、九月初めの朝鮮水軍による釜山攻撃で、朝鮮の商人たちも風向きが変わったことを敏感に嗅《か》ぎ取って避難したに違いなかった。

閉鎖されたままの商家街を過ぎ、船番所で教えられた宿屋についた。石垣の塀に囲まれた中に瓦葺きの小家が三棟建っていた。松の大樹に覆《おお》われた山の麓で、そこからは釜山の湾を一望に見渡せた。水平線上には対馬の大きな山影がくっきりと見えた。わずかな残光に湾の北側には石垣のような壁が見え、海岸近くに藁《わら》葺きの小家がひしめいていた。そのあたりに釜山の人々の集落があるようだった。湾の南側は谷間となり、田と畑が続いているのがわかった。

宿の一棟には、四間が設けられていた。入り口は格子《こうし》に紙を貼《は》ったもので、寒気を防ぐため内側にも板戸を付け、二重になっていた。戸口というより出入りのできる窓のような小さなものだった。

朝鮮人の老婆《ろうば》に、銀錠《ぎんじょう》で先に三日分を支払った。土間上へ莫蓙《ござ》を敷いただけの部屋だった。部屋の隅に角材を削っただけの枕《まくら》があった。床下には煙道がめぐらされ屋内は思いのほか暖かかった。が、屋内のどこでも鼻にささる煙の臭《にお》いがした。柱も天井も土壁で塗り込められ、みな煤《すす》で汚れていた。年老いた女が、蠟燭《ろうそく》と燭台《しょくだい》とを運んできた。

老女は「お膳を運びますか」と日本語で尋ね、「頼みます」と言う甚五郎の声にうなずいた。そして、小さな急須《きゅうす》の形をした油差しで灯皿《ひざら》に油を足し、黒塗りに螺鈿《らでん》の模様が入った灯明台に火をともすと出て行った。

「平壌を落とされてもう六日が経《た》つ。話がすべて事実ならば、すでに漢城は明の大軍と朝鮮兵に囲まれているのでは？」与七郎が何もかも終わったかのように吐息まじりに言った。

「何が起こるかわからないのが戦です。しかも戦の勝敗を決するのは兵数です。結局、兵が多い方が勝つ。つまりは、その兵数を支える兵糧の調達に勝敗がかかっています。どれほどの兵かはわかりませんが、明の大軍が朝鮮に入ったとすれば、それだけの兵糧を明国軍も欲する。太閤《たいこう》様は、この外征において兵糧は現地で調達できるものと考えていましたが、それは朝鮮国王が恭順したとの思い込みからでした。おそらく、明も同じ考えで、朝鮮側に兵糧の差し出しを求めるはずです。摂津守様始め第一軍が破られるほどですから、明国軍は半端《はんぱ》な軍勢とは思えない。

　案ずるのは、朝鮮国内に明の大軍を養うほどの米穀が残っているのかということです。とてもそうは思われない。先刻見てきましたように釜山の倉ですら、すでにかなり空いている。対馬では、十五万九千もの将兵が渡来したことによって、鶏どころか与良港の犬さえ食い尽くされていました。朝鮮でも同じことです。それだけの兵が渡海して、朝鮮の民から食糧を奪った。おそらくは、明軍も、大軍であればあるほど兵糧の不足に苦しんでいる。そうなれば、漢城まで一気の追討などできない。それができるほどの余裕が明国軍にあるのならば、第一軍が落ちのびることなどありえません。平壌で壊滅させられている。

ですが、摂津守様が退却したとすれば、いずれ明国軍はそれを追ってくることは間違いありません。その先は明と朝鮮軍による漢城の奪還という筋書きとなるはずです。朝鮮義兵たちは、国都奪還のために漢城の周辺に結集する。西路と中路とは使えそうにありません。やはり行くならば、東路を、慶州から安東《あんとう》、栄州《えいしゅう》と北上して漢城を目指すしかないかと。陸路で行くとすれば、漢城まで片道十五日。警固の足軽衆や人足衆合わせて六十人。その糧《かて》も運ばなくてはならなくなる。足軽衆を半分に減らしても鉄砲と弾薬も合わせて考えれば、馬は少なくとも二十頭は集めなければなりません」

「船番所や倉のあたりでも貧弱な馬を二、三頭見かけただけだ。この釜山でさえ辻《つじ》を警固する足軽も満足にいない。まさか半年でこれほどひどくなるとは……」

平壌陥落の凶報に加え、前年秋とはまるで異なってしまった釜山の様子に、与七郎は漢城まで行くことすら難しいと実感したようだった。

「当地での心当たりは一応あります。行ってみなくてはわかりませんが。とりあえず、翌朝私が東萊《とうらい》まで訪ねてみます」

四

十四日早朝、雪雲は重く垂れ込め、粉雪まじりの北風が吹きつけた。与七郎と二人で船番所に行き、馬を一頭貸してくれるように頼んだ。与七郎一行の食糧となる百俵を除き、思いがけず九百俵の兵糧米が届けられたので若い船奉行は機嫌がよかった。

長岡蔵人が用意してくれた馬は荷鞍《にぐら》を着けていた。鞍下には藁筵《わらむしろ》を置き、鞍の前輪《まえわ》と後輪《しずわ》に荷を下げるための横木が渡してあった。荷鞍の上には藁筵と毛皮が載せてあり、手綱《たづな》も鐙《あぶみ》もついていない。人は鞍上《あんじょう》に腰を下ろしたままで、人足が馬の口綱を引っ張って運ぶだけだった。東莱《とうらい》までの道を知っているという釜山の朝鮮人が馬を引いていくために雇われていた。蔵人は、警固には槍《やり》を持たせた足軽を五人付けるとも言った。

痩《や》せた黒鹿毛《くろかげ》の小振りな牝馬《めうま》だったが、穏やかで賢そうな目をしていた。すっかり冬毛に覆われた馬の右側から近づいた甚五郎をあっさりと受け入れ、甚五郎が手のひらに載せて差し出した黒砂糖のかけらを食べた。人の受け入れ方から荷駄のため対馬から連れて来られた馬だとわかった。

「お借りできる馬具はございませんか。わたくし一人で参ります。その方が目立つことなく行けるものと思います」甚五郎はそう求めた。義兵が蜂起しているなかで、五人ばかりの足軽などかえって自ら危険を呼び込むようなものだった。

「あるにはあるが、装具に手慣れた者が今いない」と蔵人は戸惑ったままそう返した。

「自分でいたします。馬具の扱いには慣れております」

甚五郎はそう言って馬具一式を借り出した。手早く胸懸《むながい》と腹帯、鞦《しりがい》とを使って鞍と鐙を固定し、手綱に轡《くつわ》と面懸《おもがい》を慣れた手つきで甚五郎が連繋《れんけい》していく様に、蔵人は立ったまま見入っていた。蔵人は甚五郎がただの博多商人でないとその時初めて気づいたようだった。馬具の装着を手早く正確にできるのは、馬廻《うままわ》り格の武士だけだった。

「あのお人は？」と蔵人は小声で与七郎に尋ねた。

馬は、じっとしたまま馬具の装着もすべて受け入れた。やはり人を乗せたことのある馬だった。甚五郎が岡崎三郎信康の小姓だったと知って、長岡蔵人も警固足軽を付けず単騎で東萊へ行くことを了承した。甚五郎は、宿で手に入れた竹編みの朝鮮笠《ちょうせんがさ》をかぶり、足回りも革足袋《かわたび》の上に朝鮮の革製靴を履いた。対馬で大膳にもらった犬毛皮の長羽織を身に着けていた。太刀は与七郎に預け脇差《わきざし》のみを腰帯に通した。馬具は明らかに日本の様式だったが、遠目には日本人なのか朝鮮人なのかわからない格好となった。背負った荷袋には東莱で土産に渡すよう嶋井宗室から預かった香木の伽羅《きゃら》が入っていた。

釜山からの街道は、高い山々と海岸の間を北東へ延びていた。海沿いに水田と畑とが続いていた。日本と異なるのは、畦《あぜ》や畝《うね》がまっすぐでなく、田面《たおも》はみなまちまちに奇妙な格好をしていることだった。それでも所々の畑には麦の青い芽がかなりの伸びを見せていた。粉雪まじりの曇天《どんてん》のもとに見た麦の緑に、甚五郎は朝鮮の人々の不屈の心を見た気がした。藁葺きの小家がひしめく釜山の集落から北西に向かい、その後北へと進んだ。東莱までは五里（約二十キロ）ほどの距離があった。雪は降ったり止《や》んだりを繰り返した。路上の霜柱が溶けず、馬が足を運ぶごとにサクサクと音をたてた。寒さは尋常なものではなかったが、人も鳥も通わぬ凍《い》てついた世界は清浄な気に満ちていた。すっかり陽が傾いた頃、丘陵を越え、なんとか東莱市街城のある谷間へ差しかかった。針葉樹の山々に囲まれた美しい所だった。

東莱市街城は石垣の城壁に囲まれていた。城門の楼閣《ろうかく》は瓦の破損が目立ち、門扉《もんぴ》も破壊されたまま放置されていた。昨年四月十四日に小西行長らの第一軍に攻め落とされたとは聞いていたが、荒れ果てるままに任され、守備する秀吉軍の兵もいなかった。

城門から大通りらしき広い街路を進むと、そこここで煙の匂《にお》いがし、横道の所々から煙も立ち上っていた。朝鮮の家屋は、竈《かまど》が屋外にあり、煙を始終床下に流して暖を採る。床下の煙道を伝った煙は街路に吐き出され、街なかに立ち込めていた。姿は見えなかったが、避難していた人々が戻ってきていることはわかった。

東萊府庁だったと思われる石垣塀で囲まれた大きな朱塗りの門を過ぎた。その先で左に道を曲がり横道に入って山の方へと向かった。藁葺きの小家が続く市街の奥へ馬を進めた。脇道から柴《しば》の束をかかえた母親と七つぐらいの男の子とが突然現われた。馬に乗った甚五郎を認めると、母親が顔を強張《こわば》らせ一瞬子どもを背後に隠そうとした。

「チェ・ホンロク」

訪ね先の名を二度言うと、母親は緊張した顔のまま前方を指さした。

五

崔弘禄《さいこうろく》の屋敷は、すぐにわかった。広大な敷地を石垣で囲み、門構えは石段の付いた瓦葺きだった。馬から下り、厚板に黒鋲《こくびょう》を打ちつけた門扉をたたくと、髭《ひげ》を生やした大男が現れた。槍を持った男二人が背後にいた。甚五郎は嶋井宗室からの書簡を手渡した。

すぐに邸内へ導かれた。厩《うまや》の下男らしき者に馬を預けた。手振りで飼い葉を与えてくれと示した。背負ってきた荷袋を左腕にかかえて、川砂を敷きつめた前庭へ入った。瓦葺きの壮麗な屋根が目立った。どの壁面も土壁で厚く覆われていた。石で築かれた高い土台の上に回廊がめぐらされていた。回廊の正面、石段の上に黒い紗帽《しゃぼう》を頭に載せ、純白の儒服《じゅふく》をまとった背の高い老人が現われた。それが崔弘禄らしかった。

「突然、参上いたしましたご無礼をお許しください。博多から参りました沢瀬甚五郎と申します」石段を上り、一礼してそう挨拶《あいさつ》した。

「チェ・ホンロクです。遠路はるばる難儀なことでございました」

細面《ほそおもて》の白い顎鬚《あごひげ》を伸ばしたその男は流暢《りゅうちょう》な日本語でそう応《こた》えた。肌の色は浅黒く血色がよかった。彫りの深い顔だちの、眉《まゆ》は薄く、落ちくぼんだ丸い目は淡い虹彩《こうさい》をしていた。穏やかな眼差《まなざ》しだった。

「どうぞお入りください」と言われ、手すりのある広い沓《くつ》脱ぎで革製の靴を脱ぎ、髭の大男に朝鮮笠と犬毛皮の長羽織を渡した。髭の男の視線が甚五郎の脇差に一瞬注がれた。甚五郎が鞘《さや》ごと引き抜き手渡そうとすると、そのままでよいと手振りで腰へ戻すよう大男は示した。

二重扉の屋内は土間の床だったが、厚く油紙が貼られ、とても暖かだった。煙の臭いも全くしなかった。構えは大きいが寒気を防ぐために細かく仕切られた部屋のひとつに通された。日暮れを迎えて、脚の高い燭台には大きな蠟燭がともされていた。日本からの品だとわかる塗り物簞笥《だんす》が置かれていた。鉄でできた木瓜《もっこう》の引手である。螺鈿蒔絵《らでんまきえ》の唐物《からもの》風飾り棚もあった。

「それは、琉球《りゅうきゅう》から買い入れました」と崔弘禄は語った。

毛織の敷物に座るとまもなく膳が運ばれてきた。陶磁の杯で黄色みを帯びた香り高い酒を振る舞われた。琉球の泡盛《あわもり》に似ていた。料理は陶器に盛られ、牛と猪《いのしし》、鵞鳥《がちょう》の肉、餅《もち》と麵《めん》、水鶏《くいな》の卵、海月《くらげ》の糖汁など、香味を効かせた十二の品々が並べられた。

「宗室殿は、お加減が良くないとか」

「はい。去年の十一月頃より腰と足に痛みが出まして、歩くのも難儀な様子で、代わりにわたくしが参りました」

「宗室殿も、当年確か……五十五におなりか。誰もが同じように年をとった」そう言って崔弘禄は笑みを浮かべた。そして、「わたしに頼みとは」と訊《き》いた。甚五郎を見つめた時、それまでの穏やかな顔の下から、精悍《せいかん》な別の顔が現われた。

「はい。馬と荷車を必要としております。馬は二十五頭。荷車は十二台ほど。馬はかなり高値になるかとは思いますが」

「集められないことはありません。ですが、貴殿にとって良い策は、ひとつしかありません。博多から運んできた荷をここへ運び、わたしにすべて売ることです。どこへ運ぼうとしておられるのかはわかりませんが。貴殿にとって、確実に荷を運べ、しかも商いができるのは、ここ、東萊《トンネ》だけです。もしその荷をわたしに売るつもりがおありならば、馬も荷車もお貸しします。金子《きんす》は要りません」

「……つまり、東萊以外のどこへ荷を運ぼうと、じきに殺されて、荷を奪われるだけだと？」

崔弘禄が笑みをうかべ、元の穏やかな顔に戻った。

「そういうことです。貴殿が、今、朝鮮の義兵ならば、何を狙《ねら》いますか。そう考えれば、どこであろうと陸路を進むならば、自ら死にに行くようなものです。この先を進めるとしても、せいぜい梁山《りょうさん》まで。その先は、西も東も義兵が必ず待ち構えている。こんな時に、日本人がわざわざ胡椒《こしょう》を運んでくるはずがない。兵糧、武器、弾薬に決まっています。それは朝鮮の義兵も手に入れたいものです。

洛東江の水路も、陸路を行くのと変わりません。どちらかが可能ならば、秀吉の軍勢がこんな苦戦をするはずがない。糧道はすでに根元で断たれているからです。根元を伐《き》られた木の枝先が生きることはない。いずれ間違いなくすべて枯死して果てる。

これからいくら大軍をつぎ込んでも兵糧が続かない。戦そのものの流れは、もはや変わりません。

いまさら貴殿が荷車十数台ほどをどこに運び込もうと、戦には全く何の影響もありません。それで命を落としますか」

「おっしゃることは、よくわかります」

「甚五郎殿。貴殿は、若いころの宗室殿に似ている。いずれ誰もが死ぬ。生き急ぐことはない。……こんなことを口走るようになったわたしを知ったら、宗室殿もきっと笑うだろう。あの、あこぎなホンロクも年をとったものだと」崔弘禄は声を上げて笑った。

崔弘禄は荷については何も訊かなかった。もちろん買値も言わない。ただそれを運ぼうとすれば、必ず殺されて荷も奪われると甚五郎に警告した。洛東江の水路も、釜山からのどの陸路も、義兵が厳重に押さえていることを甚五郎に教えた。

その夜は、崔弘禄の屋敷に泊めてもらうことになった。甚五郎は、燭台の明かりに朝鮮の地図を広げた。陸路はもとより洛東江の水路も、土地の人間は知り尽くしている。そこを地図を頼りに進んで襲撃されれば、確かに逃げ場もない。崔弘禄の言う通りの結末が待っているだけだった。漢城まで鉄砲を運び込むならば、残るは海路しかなかった。

朝鮮水軍の四基地は、かつての倭寇《わこう》防衛のため、すべて朝鮮半島の南海岸に置かれていた。そのうち釜山近くの慶尚道左水営《けいしょうどうさすいえい》は消滅し、残るは巨済島《きょさいとう》の加背梁《かはいりょう》の右水営、そして全羅道《ぜんらどう》の左水営は麗水《れいすい》に、右水営は珍島《ちんとう》の碧波津《へきはしん》に置かれていた。

陸路や川の流域では地理に精通した義兵相手にどうすることもできないが、海ならばそう簡単に追い詰められることはない。確かにこれまで秀吉水軍が行なったような陸づたいの航行では、海域に精通した朝鮮水軍の警戒網からは逃れられない。だが、沖を走らせれば簡単には捕まらない。幸いに日本から徴発された大勢の船乗りが釜山に留められているはずだった。なかには優れた舵取《かじとり》や操帆手《そうはんしゅ》も残っているに違いなかった。漢城に物資を届けるには、半島南岸を大きく迂回《うかい》して黄海に入り込み、漢江《かんこう》の河口へたどりつくしかない。これまで秀吉水軍は、朝鮮水軍に圧倒され、黄海へ進入できないままだった。朝鮮軍も、制海権を完全に掌握したものとして釜山攻撃に焦点を絞り、専《もっぱ》ら南へと戦力を集中していた。明日、釜山に戻り次第、残っている船乗りを確認し、そのなかで傑出したものを集めて黄海を目指す。漢江河口近くの開城《かいじょう》には小早川隆景《たかかげ》の軍がいるはずだった。そこまで明の大軍が南下していれば、漢城への補給もあきらめるしかなかった。

全羅道の右水営が置かれた珍島を大きく迂回すれば黄海に入り込むことも可能だった。釜山で何もせずに手をこまねいて越冬しているわけにはいかない。与七郎は秀吉から平壌の行長へ武器弾薬の搬入を命じられている。細川忠興の家臣たちもそれには逆らえない。平壌が陥落し、行長が漢城を目指している以上、漢城に運び入れるしかなかった。

一月十五日朝、甚五郎は再び釜山へ戻るべく崔弘禄の屋敷を後にした。

「何か困窮することがあれば、迷わずここへ来なさい」崔弘禄はそう言って見送った。

六

同日夕、釜山に戻るなり甚五郎は、陸路を行くのはやはり無理であることを与七郎に告げた。そして、海路による運び込みを提案した。

「万が一を考え、少しでも兵糧や武器を運び込むためには、二艘の船に荷を分け、全羅道の珍島を迂回して黄海へ入り込み、漢江の河口から漢城へとさかのぼるしかないと思います」

それに対して、与七郎は「こうして釜山にとどまっていても仕方がない。それでやってみましょう」即座にそう返答した。

与七郎は船番所で長岡蔵人にジャンク船を一艘借り受けたい旨《むね》を告げた。荷を半分ずつそれぞれの船に積み、大きく沖を迂回して黄海から漢江河口へ向かうことも話した。

「今、釜山港にとどまっている者たちの中から舵取、操帆手、水夫《かこ》、有能な者を選んで同行させたいと考えています」甚五郎がそう伝えた。

「船は、どれを使ってくれても構わない。だが、それに乗って行ける者がおるかどうか……」蔵人は急に言葉を濁した。

薩摩の敷根《しきね》から徴発された船が、予定された半年を過ぎても全く戻ってきていないことは博多で聞いていた。まさかとは思ったが、ほとんどの船乗りがこの厳寒に陸での小屋掛けもさせられず、繫留した船内で越冬させられていた。水上は陸地とは比較にならないほど冷えが厳しい。しかも、狭い船内では火を焚《た》くこともままならず、傷《しょう》寒《かん》やら疫病《えきびょう》やらに次々と倒れ、徴発された船方衆は釜山港湾でほぼ壊滅の状態にさらされていた。釜山港の船着という船着に繫留されている船の中は、そんな有様だった。

「何をやってるんだ」与七郎は船番所を出るなり、珍しく顔を怒りで紅潮させ、そう吐き捨てた。

「ともかく、釜山にいる船を一つ一つ当たってみて、動ける者をかき集めるしかありません」甚五郎は自らを奮い立たせるようにそう言った。

文禄二年(一五九三)陰暦二月

一

一月十六日、沢瀬甚五郎は、黄海に流れ込む漢江《かんこう》の河口から漢城《かんじょう》まで、鉄砲と弾薬、兵糧《ひょうろう》を運べる船と船乗りとを探し、釜山《ふさん》港に留《とど》め置かれていた徴用船を片端から当たり始めた。

予想はしていたが、九州と四国から徴発されてきた漁船は陰惨を極めていた。寒気の厳しい釜山の海上に留められ、陸に小屋掛けも許されず、船中での越冬などできるはずもなかった。かなりの船が日本へ向けて逃走したとの話も耳にした。当然のことだった。残っていたのは逃亡する気力も体力も失われて、そのまま留まるしかなかった船乗りばかりとなっていた。船首に弥帆《やほ》を備えた二本帆柱の中型船には、板葺《いたぶ》きの艫屋形《ともやかた》が甲板上に設けられていた。その中は、傷寒《しょうかん》や疫病《えきびょう》で倒れた船乗りたちであふれ、手あぶりのような小さい火鉢のいくつかが形だけ置いてあるのみで、ただ死を待っている有様だった。

釜山から洛東江《らくとうこう》の河口までは三里十丁余（約十二・八キロ）しかなかった。そこから尚州《しょうしゅう》まで船で五十五里（約二百十五キロ）をさかのぼり物資を運搬することも、郭《かく》再祐《さいゆう》ら朝鮮義兵による襲撃が激しくなり、いまでは控えることが多くなった。船方衆はそのまま釜山に押しとどめられて越冬するしかない事態となっていた。誰もが、荷を釜山で陸揚げすれば日本に戻れると信じていたにちがいなかった。徴用された役夫《えきふ》には一人につき一日分として米五合を配るとしておきながら、釜山に到着してからは一人一日三合に減らされていた。何のことはない、船乗りに船ごと逃亡されるのを防ぐためだった。沁《し》み出した淦水《あかみず》が船底に溜《た》まり、すでに航行不能となっている船も目立った。

博多から甚五郎らを乗せてきた船頭《ふながしら》の宗太郎《そうたろう》は、長年朝鮮貿易に携わり、朝鮮の海域にも精通していた。こうなれば、一艘《そう》だけで漢江河口を目指すしかないと甚五郎には思われた。だが、黄海にたどりつくまでの航行すら危ういものとなっていた。二艘に荷を分けて危険を分散し、どちらか一方の船だけでも漢江河口にたどり着いて、四百俵の米ぐらいは漢城まで届けたかった。護衛の兵船などつけて船団を組めば、かえって偵察船に見つけられやすく、朝鮮水軍の標的にされることは明らかだと思えた。秀吉軍船番所《ふなばんしょ》がある北西岸の船着《ふなつき》でさえこの状況なのだから他岸を当たっても無駄だろうとは思ったが、三本帆柱の全長十間（約十八メートル）ほどあるジャンク船が一艘、東岸に投錨《とうびょう》しているのが見えた。甚五郎は小舟を出してもらい、単身そこまで渡ってみることにした。

ジャンク船に近づき声を掛けると、十四、五と思われる少年が現れた。

「どこの船だ」と甚五郎が問いかけると、「種子島《たねがしま》の赤尾木《あかおぎ》（西之表《にしのおもて》）からまいりました」と大声で返してきた。表情にも力があり、見習い水夫《かこ》の炊《かしき》らしきその少年は確かな生気を放っていた。病臥《びょうが》する者ばかりを見続けた後で、年若い者の活気は甚五郎に救いのごとく感じられた。

「小西摂津守《せっつのかみ》配下の者だ。兵糧を運ぶ船を探している。お頭《かしら》を呼んでくれ」

現われたのは四十前後に見える小柄な男だった。額こそ剃《そ》り上げてはいないものの髪もよく梳《す》き整えられ髭《ひげ》なども見苦しくなかった。色浅黒く濃い眉《まゆ》に細い目をしていた。

「話を聞いてもらいたい。乗せていただけぬだろうか」

端舟《はしぶね》から甚五郎が請《こ》うと、その男はうなずくなり縄梯子《ばしご》を下ろしてくれた。

ジャンク船は、船幅三間(約五・四メートル)ほどだった。真ん中の本帆柱は五丈(約十五メートル)ほどもある一本の丸太でできていた。帆はいずれも竹を編んだ網代《あじろ》帆《ほ》で、竹を何本も横に渡し蛇腹状の帆桟《ほさん》がついていた。前檣《ぜんしょう》に弥帆、後檣には三角帆を取りつける仕様だった。

「むさくるしいところですが」と船頭は言い、本帆柱後の甲板を開けると下には厚さ三寸(約九センチ)の隔壁《かくへき》が船倉を分けていた。これまで当たった船とは違い、船房内から腐臭が立ち上ってこなかった。ここで越冬させられた船でないことはわかった。飲料水の水槽や食糧庫、船乗りの寝起きする船房もそこにあった。

二

船頭の佐源太《さげんた》は、操帆手の半太郎《はんたろう》、舵取《かじとり》の四郎左衛門《しろうざえもん》、知工《ちく》(事務長)の辰三郎《たつさぶろう》とを船房のひとつに集めた。彼らは朝鮮の寒さをよく知っており、兎《うさぎ》や狐《きつね》、犬の毛皮でできた長羽織や腿《もも》までを覆《おお》う腰当てを身にまとっていた。

領主の種子島久時《ひさとき》は、島津家の支配下に置かれながら、このたびの朝鮮侵攻に兵を渡海させていなかった。このジャンク船は、島津家から再三の要請を受け、ともかく鉄砲と弾薬、兵糧とを運び込むため先んじて釜山へ送られ、三日前に到着したのだという。佐源太を始め十一人が乗り組んでいた。いずれも種子島の船方衆だった。

種子島は、堺《さかい》から薩摩《さつま》への南海路に当たる大隅海峡に面し、古くから交易を通じて堺との行き来が盛んな所だった。菜屋助左衛門《なやすけざえもん》も種子島船とは深い結びつきを持っていた。種子島から堺へ行くには、九州東岸と四国東岸を経て、堺まで黒潮に乗って直行できた。帰りの航行には沿岸に流れる黒潮の反流を使って戻ればよかった。そればかりか、種子島の船乗りは、以前から琉球を経て明国、対馬《つしま》を経て朝鮮にも交易のために行き来してきた。種子島家から物資輸送の先発船として釜山に送られてきた事実は、佐源太らがこの海域に精通していることを示していた。

「博多からまいりました沢瀬甚五郎です。このたび太閤《たいこう》殿下の御下知《げち》によりまして、鉄砲七十挺《ちょう》、弾薬、槍《やり》、兵糧とを小西摂津守のもとに届けるよう仰《おお》せつかりました。ところが、釜山からはどの陸路も、洛東江《らくとうこう》の水路も、朝鮮義兵に押さえられています。残るは海路しかないわけです。ところが、それも去年の夏以来、朝鮮水軍によって渡海水軍が打ち破られ、釜山、金海《きんかい》から西進できなくなっています。これまでかなりの武器、兵糧を釜山から内奥へと送ってきたようですが、果たしてどれだけ各つなぎの城に送り届けられているものかわかりません。何とか黄海へ入り込み、北上して漢江河口の江華《こうか》から交河《こうが》、金浦《きんぽ》、そして漢城へと、行けるところまで運び込みたいと考えています。

ただし、漢江周辺の形勢もかなりおぼつかないものとなっています。この正月七日に、明の大軍から平壌を攻められ、小西摂津守始め第一軍は平壌を捨てて、漢城へ向かっていると聞きました。第一軍が平壌を落とされたほどの大軍ですから、漢江河口を守る白川《はくせん》の黒田甲斐守《かいのかみ》(長政)様の軍、そして開城《かいじょう》の小早川左衛門佐《さえもんのすけ》(隆景《たかかげ》)様の軍も、漢城防衛のために移ることもありうると思います。漢江の河口近辺の様子は、行ってみなくては皆目わからないというのが本当のところです。漢江に着いたものの、明軍ばかりということにもなりかねません」甚五郎は知る限りの状況をありのままに述べた。

「荷は、何を、いかほど運びますので」佐源太がそう尋ねた。

「博多から千俵の米を運んできました。途中何が起こるかはわかりませんので、それを二艘に分け、兵糧米四百俵、糧《かて》として二十俵を積み込みます。残りの兵糧米と、鉄砲や弾薬は博多からの船に積み、二艘で向かおうと思います。どちらかの船でたとえ兵糧だけでも届けられればと思います」

「このままここに留められていますれば、わたしどもも、ほかの徴発された船と同じ目に遭わされるだけです。連戦連勝などと聞いてきましたが、釜山に来てみれば、陸に小屋掛けも許されず、海の上で冬を越すなど、正気の沙汰《さた》とは思えない。皆、殺されに来たようなものです。朝鮮水軍を別に恐れはしませんが、この船は兵船ではありません。わたしどもは刀と藻外《もはず》しを兼ねた槍、それに弓とを持っているだけのことです。強力な火砲を備えているという朝鮮水軍と鉢合わせしたら逃げるしかありません」佐源太は表情ひとつ変えず、簡単には口にできないことを率直に話した。

「あえて海路を選びますのは、陸路や洛東江の水路を行くよりはまだ逃げ場があると考えるからです。地図を片手に陸路や水路を行くとなれば、地の利はすべて朝鮮義兵にある。この形勢では地勢を知り尽くした朝鮮義兵に殺されに行くようなものです。もちろん、朝鮮水軍に遭遇したときの引き際《ぎわ》と退路については、すべて皆様にお任せします。海上のことについては何もわかりません。一切お任せします。

小西摂津守配下でこの船に乗せてもらうのはわたし一人です。他には誰も乗りません」

最後に付け加えた一言で、佐源太や船方衆の表情が急に穏やかになった。戦《いくさ》のさなかに朝鮮の海域を知らぬ者が航路を限定したり、退路を断ったりするのは、船方衆の能力を削《そ》ぐだけだった。かつて種子島は倭寇《わこう》の根拠地と目《もく》されていた。種子島の船方衆が、ただの海商を兼ねた漁民の類《たぐい》でないことは甚五郎も知っていた。

先々代の島主、種子島時尭《ときたか》は、とくに南蛮交易に注目し、種子島船は、硫黄島《いおうじま》や口《くちの》永良部《えらぶ》の硫黄を明国沿岸に運び、明国人の海商へそれを売った。明国商人からは、四《し》川《せん》・山西《さんせい》・山東《さんとう》などの硝石《しょうせき》を買って持ち帰り、堺へ運んで商いを行った。硫黄と硝石は、いずれも火薬の原料である。弾丸となる鉛も、種子島船が雲南《うんなん》やラオス産のものを明国商人から買い取っては、堺始め各地の商人に売り払ってきた。二十年ほど前まで明国は皇帝が利益を独占するため、朝貢《ちょうこう》貿易以外は認めず、一般商人による貿易は一切禁じられていたため、明国商人は秘密裏にこれらの売買をするしかなかった。明国の商船も、種子島船も、それぞれ武装して、いざとなれば明の官兵を殺さなくては生き延びられなかった。

三

一月十七日、博多からのジャンク船と種子島船とに荷積みを行い、同時に甚五郎は釜山を守備する細川家船奉行の長岡蔵人《くらんど》に、朝鮮軍から鹵獲《ろかく》した火砲の提供を求めた。

丸腰の状態で朝鮮沿岸を西進し黄海へ向かうつもりはなかった。朝鮮水軍と遭遇することを前提としなくてはならなかった。自分が朝鮮水軍の指揮官ならば、釜山から西進する船の監視を怠らない。海路上の加徳島《かとくとう》と巨済島《きょさいとう》には必ず斥候《せっこう》船を配置する。船頭の佐源太は、朝鮮水軍と遭遇すればすぐに逃走に入る気でいることもわかった。もちろんその判断は間違っていない。だが、逃走するにしても、距離を簡単に詰めさせないためには砲撃する必要があった。

口径が三寸余もある地字銃筒《ちじじゅうとう》、それより砲筒が長く口径の小さい玄字銃筒《げんじ》、様々な朝鮮軍の火砲が船番所近くの武器庫には残されていた。そのなかに甚五郎が使ったことのある南欧渡来の仏狼機《フランキ》砲があった。東萊《とうらい》城に備えられていたものだという。青銅製の親砲《しんぽう》は、全長約三尺五寸、重量は百斤《きん》（六十キロ）ほどで、船に持ち込むのにも都合のよい大きさだった。仏狼機砲は、子砲《しほう》に火薬と弾丸を詰め、それを親砲に差し込んで点火する。把手《とって》の付いた子砲二挺と木製の円形銃架《じゅうか》も付けられていた。この台座があれば砲口の上下と左右の角度調節が可能だった。砲弾も五十二発数えられた。

船番所から小舟を借り、甚五郎は仏狼機砲を銃架ごと積んで試射に出た。種子島船の新次郎《しんじろう》という炊《かしき》に櫓《ろ》を漕《こ》がせ、絶影島《ぜつえいとう》東側の湾口へと向かった。子砲に詰める火薬量は甚五郎が砲弾径の四割に当たる分量を五つの皮袋へ小分けにしておいた。湾口の岩に向かって四丁（約四百四十メートル）ほどの距離から二挺の子砲を交互に入れ換え四発放ってみた。口径は一寸二分（約三・七センチ）と小さいが、やはり四丁ほどの射程距離をもっていた。親砲も子砲も問題なく、充分に使える火砲だった。

「これなら弾込めも手間が少ないですね」

硝煙のたちこめるなかで、耳栓にした綿を取り出すなり新次郎は話しかけた。これまで新次郎が鉄砲を放ったことがあることもその言《げん》でわかった。この年十五になるという新次郎は、砲身に直接弾薬を装塡《そうてん》せず、子砲に詰めて親砲に差し込む元込め形式の火砲を初めて見たと興奮した顔で語った。

「手間ばかりでなく、危険も少ない。砲口から弾込めする時は、ちょうど敵の正面に背を向けて立つことになる。敵から見れば格好の的《まと》になってしまう。この仏狼機は、こうして親砲の後ろに子砲を差し入れるだけだから、弾込めする時に砲口へ後向きに立たずにすむ。いずれはこの型の砲が増えることになるだろう」

子砲の余熱が収まるのを待って、「放ってみるか」と甚五郎が問うと、新次郎はいかにも新し物好きな種子島の衆らしく「はい」と弾んだ声で答えた。子砲への砲弾と火薬の装塡も新次郎にやらせてみた。新次郎は、子砲を親砲に差し込み、最後に親砲の横穴から木栓《もくせん》を通して子砲を固定することも忘れなかった。炊には、どの地でもとりわけ賢い少年を選ぶ。新次郎は脇で見ていただけで、その手順をきちんと頭に入れていた。

一丁ばかり岩に近づき、新次郎が点火棒の火を点火孔に入れた。三丁ほど離れた位置から放った砲弾は、海面から指のように突き出た岩へ打ち当たった。

四

一月十九日早朝、荷積みを完了した二艘のジャンク船は釜山を出港した。甚五郎の乗る種子島船が先行し、小西与七郎の船は後方から続いた。西南に向かい、加徳島《かとくとう》の沖を走る頃には、与七郎の乗る船がずいぶん小さく遠のいていた。種子島のジャンク船は、博多からの船より一回り小さく、船足がやたらと速かった。

佐源太は、釜山から西南に約十里（約四十キロ）離れた巨済島《きょさいとう》の東岸をまず目指すと甚五郎に告げた。今夜、停泊するとすれば玉浦《ぎょくほ》近くになるとも言った。巨済島は、西進する閑麗《かんれい》水道で最大の島である。釜山沖からは内陸と地続きの半島のように見えた。島の周囲は海岸線が複雑に入り組み、玉浦も巨済島東岸の入り江を生かした停泊地の一つだった。

昨年五月七日、藤堂高虎《とうどうたかとら》らの水軍が、李舜臣《りしゅんしん》率いる朝鮮水軍によって二十数隻《せき》を沈められ大敗したのはその玉浦でのことだった。玉浦の島裏に当たる巨済島西岸の加背《かは》梁《りょう》には、朝鮮水軍の本営の一つ慶尚道右水営《うすいえい》も置かれていた。だが、佐源太は、それらのことを知りながらも、まず巨済島の東岸、玉浦を目指すとした。ついで玉浦の南、松未浦《しょうみほ》まで、ともかく船を進めてみるという。

海に出た以上は、船乗りたちの世界で、彼らの航路選択に甚五郎が口を挟む余地はなかった。佐源太は、甚五郎が言葉通りたった一人で乗り込んできたことで、ただの博多商人ではないと感づいたようだった。墨で描いた朝鮮南部の海域図らしきものまで甚五郎に見せ、その日の航路を丁寧に説いた。

当然釜山には諜者《ちょうじゃ》も潜んでいるはずで、米俵や荷を積んだ端舟が二艘のジャンク船に荷積みを繰り返していれば、兵站物資の輸送船であることはすぐにわかる。巨済島の警備についている朝鮮水軍にジャンク船二艘の西進があることは通報されていると思われた。だが、彼ら種子島船の船乗りは朝鮮水軍を全く恐れていなかった。

「追いかけっこなら、たとえ米千俵積んでも朝鮮の兵船などにけして負けません」操帆手の半太郎はそう言って笑った。確かに、秀吉配下の水軍船ではないのだから朝鮮の兵船と戦う必要などなかった。朝鮮水軍の板屋船《ばんおくせん》や挟船《きょうせん》ごときは、このジャンクの速度にはとうてい及ばない、追われても充分振り切れるという自信を彼らは持っていた。おそらく過去に明国や朝鮮の警備船から追跡されたことがあったに違いなかった。

折からの北風に乗って、巨済島の島影は次第に大きく迫り、種子島船は陽の高いうちに巨済島の海域に行き着いた。佐源太はいったん玉浦《ぎょくほ》まで南下しそこに入ろうとしたが、何かを感じたらしく船を浦口で反転させ、北に逆風のなかを引き返し、島の東北端に位置する栗浦《りっぽ》に入れた。今夜はそこに投錨するという。それより南に位置する玉浦の浦内は奥行きが深く風よけの港湾としてはずっと都合がよいが、浦口を朝鮮水軍に塞《ふさ》がれれば藤堂高虎らの二の舞となる危険が高かった。その玉浦に一艘の漁船さえ見あたらなかった。常とは異なる玉浦の様子に佐源太は危険を察知したようだった。浦に奥行きがなければ、それだけ陸地が迫り、岸から砲撃される危険は増す。だが、浦口を塞がれて逃げ場を失うよりはずっとましだという判断だった。

この栗浦でも、昨年六月に朝鮮水軍によって七隻の秀吉軍船が沈められていた。そもそも、侵攻した秀吉軍が、兵の少ないままやたらと北へ戦線を延ばし過ぎたために、気がつけば朝鮮南部の海域で安全といえるような停泊地はどこにも存在しない状況となっていた。与七郎らの乗るジャンク船は日没近くなってやっと栗浦に到着した。

朝鮮水軍と遭遇しても、沖での航行中ならば攻撃を避けることができる。距離さえあれば、火砲などそう簡単に動く船へ当たるものではない。船は停泊している時が、最も危険な状況に置かれる。停泊中の警固には終夜交替でつくことになっていた。甚五郎が予想していた通り、どこへ隠して置いたものか鉄砲までが二挺出てきた。

甚五郎も警固に加わり夜半には甲板へ出た。甚五郎は、仏狼機砲を銃架ごと船尾甲板室の屋根上へ置き、太綱で縛りつけ固定していた。甲板上ではそこが最も高い場所だった。釜山で手に入れた竹編みの朝鮮笠と目出しの頭巾《ずきん》をかぶり、佐源太から渡された毛皮の腰当てに対馬でもらった毛皮の長羽織を身に着けていた。皮革の朝鮮靴も履いていた。それでも手足の指は感覚が失《う》せるほどの寒気だった。火種の炭を入れた銅の火桶《ひおけ》を脇に置き、仏狼機砲を岸に向けていた。子砲には弾薬をこめ親砲へ装塡して、すぐ砲撃できる状態にしていた。

人の気配に振り返ると佐源太が甲板室の屋根上に現れた。焼物の丸い船徳利《ふなとくり》と、湯呑《ゆのみ》を二つ運んできた。差し出された木製の湯呑には焼酎《しょうちゅう》が入っていた。

「朝鮮軍から奪った火砲ですか？　弾はどれほど飛びますので」

「数発試してみましたが、四丁（約四百四十メートル）ほどです。確かなのは三丁。新次郎殿も、狙《ねら》った岩に当ててくれました」

佐源太は笑って種子島の地酒だという焼酎を甚五郎の湯呑にまた注《つ》いだ。

「もし、甚五郎殿のおいでになるのがあと一日遅ければ、わたしどもは釜山を後にしておりました。釜山に運べと命じられた鉄砲や弾薬、兵糧はすべて言われた通りに届けました。ですが、わたくしどもが生きるのに欠かせないものまで他人に差し出すわけにはまいりません。この船にはいざという時に備えて隠し場所をいくつか作ってあります。船番所の連中などには見つかりません。とくに、こんなものは大事に隠してあります」

佐源太はそう言って船徳利の肩に付いた小さな注ぎ口からさらに酒を注いでくれた。秀吉にしろ釜山警固の細川家にしろ、ひとたび海に出てしまえば陸《おか》の支配は海上の彼らまで及ぶはずがないとの響きがそこにはあった。

一昨日、まだ十五になったばかりの新次郎が、琉球国の那覇港を経て高山国《たかさんこく》（台湾）の淡水《たんすい》まで行ったことがあると話した。船稼ぎには船稼ぎたちの世間が存在し、秀吉の支配もそこまではとても及ばない。種子島に家族がいたとしても、食うには困らないだけのものを海を隔てたはるか遠方から送る手立ても、彼らは秘密裏に持っているに違いなかった。

「……腹立たしいのは、太閤《たいこう》が、どこもかしこも港を押さえて自分のふところに何もかも納める算段をしていることです。種子島は島津に支配され、その島津は太閤に支配される。『ばはん（海賊）』を禁ずる触れなど出して、わたしどもの交易を島津に取り締まらせ、結局太閤の意のままになる連中だけに交易を許し、富を独り占めにする。やっていることは、かつての倭寇などよりはるかに大がかりで悪辣《あくらつ》だ。太閤は、腹をすかせた蛇みたいなものだ。目ぼしいものは何でも自分の腹に納めないと気が済まない。

五年前には、太閤が、島津を通じて琉球国に入貢《にゅうこう》を強《し》い、一昨年には島津が琉球国にも朝鮮への軍役を求めた。言うことをきかなければいずれ琉球国も島津に攻められることになる。海の暮らしも、やたらと息苦しくなってきた。

長年、わたしどもも、琉球で買いつけた蘇木《そぼく》や胡椒《こしょう》などを釜山に運んできました。釜山からは、木綿《もめん》布や紙、人参《にんじん》、薬種《やくしゅ》を種子島に持って帰り、堺などから来る船に売った。釜山はきれいな港だ。人も親切でとてもいい。この征伐騒ぎで、釜山も東萊《とうらい》もひどい有様だ。太閤以外の者にとって良い事など何ひとつない」佐源太は首を小さく横に振って吐息をついた。

「いや、良きことなど、誰にとっても、何一つないと思います。殿下は、昨年の十月には北京《ペキン》を落とし、寧波《ニンポー》に隠居所を設けると語っていたそうですが、伏見《ふしみ》に隠居の城を築き始めたとか。博多で千俵の米を用立てるのも大変でした。農の民が、役夫として根こそぎ駆り出されたため、四国や九州の産米は例年の半分にも満たない。田畑は荒れ、民は疲弊し、怨嗟《えんさ》の声ばかりがかまびすしい。それらはいずれ殿下の身に及ぶことになる。

北京や寧波どころか、今や朝鮮の巨済島《きょさいとう》東岸ですら、こうして夜中まで気を張っていないと、朝鮮水軍や義兵にいつ襲われるかわからない」

甚五郎がそう語ると、佐源太は「まったくだ」と真顔でうなずいた。

五

翌日の朝、種子島船は、巨済島の南端、松未浦《しょうみほ》の沖合に至った。海上に霧が立ち込めていたが、対馬の山塊は東南に黒々ととらえられた。松未浦からは北西の島陰に約二里半の距離で慶尚道《けいしょうどう》右水営の置かれた加背梁《かはいりょう》が位置する。ここまで甚五郎は何艘もの漁船を見ていた。小西行長の軍船を示す白旗と「紅白の招《まね》き」などは掲げていなかったが、得体の知れないジャンク船の西進は右水営に通報されていると思われた。いつ朝鮮水軍が現われてもおかしくなかった。

前年四月十二日、加背梁の水使《すいし》（水軍司令官）元均《げんきん》は、釜山港湾を埋めつくす秀吉軍船の襲来を聞くなり、動転のあまり七十艘の軍船を自爆させ、一万を数える配下将士には軍務解除のうえ帰郷の許可を与えるという失態を演じた。加背梁に残された水軍船はわずかに三艘のみとなった。元均は、たった三艘の軍船で全羅道左水営の李舜臣《りしゅんしん》指揮下に入らざるをえなかった。李舜臣率いる朝鮮水軍によって秀吉軍船は次々と撃破され、元均もその功にあずかって慶尚道右水営の立て直しと軍船の建造に着手していた。

この日の日没近く、甚五郎の乗る種子島船は巨済島の西に位置する閑山島《かんざんとう》の沖へと差しかかっていた。突然、弾《はじ》ける砲声が響き、前方の西空に一条の白煙を噴きながら火箭《かせん》が打ち上げられた。そして前方の島陰からは幾つかの黒点が吐き出された。舳先《へさき》で弥帆の操作に当たっていた久八郎《きゅうはちろう》が、朝鮮の水軍船七艘だと報《しら》せた。板屋船と見られる大型の三艘と挟船《きょうせん》らしき中型が四艘だという。海暮らしの者たちの驚異的な視力は、甚五郎もよく知っていた。加背梁の水営から出撃した朝鮮水軍は、おそらく閑山島の北側を迂回《うかい》し弥勒島《みろくとう》との間を抜けて現われたものと見えた。種子島船の針路を塞ぐつもりだとわかった。距離はまだ半里（約二キロ）ほどあった。風は、西に向かっている種子島船に追い風だった。逆に東進しようとしている朝鮮水軍には向かい風となり難航を強いられていた。種子島船がそこから南へ向かえば、ますます追い風をまともに受けることができ、充分に逃げきれる位置にあった。

後方でも砲声が聞こえた。またも火箭が白い煙を噴いて後方の空を上昇していくのが見えた。気がつけば種子島船の十丁(約千百メートル)ほど後方を走っている与七郎のジャンク船の後にも、黒い船影が見えていた。次右衛門《じえもん》と嘉七郎《かしちろう》の二人が、主帆柱にとりつき、帆桟を足場に使って、帆桁《ほげた》の上まで登った。朝鮮の水軍船六艘が後方からも追走していると上から告げた。後方からの軍船は、挟み打ちにするためジャンク二艘の通過を待って閑山島との海峡を抜け追走してきた。巨済島を過ぎたばかりで早々と朝鮮水軍から挟撃されようとしていた。海からの補給もやはり不可能な状況となっていた。

種子島船の航行に関しては、佐源太がいざとなれば逃走を選択する。問題は後方の与七郎が乗るジャンク船だった。同じ追い風の帆走ならば、積荷の軽い船が速い。ただし、朝鮮水軍の船は、漕走《そうそう》も併用できるかわり、沖合の帆走ならばジャンク船よりずっと能力は劣っていた。後方から追いかけられている与七郎のジャンク船は、六百俵の米を積んでいても、この強い北風で南へ逃走すれば充分に振り切れると思えた。小西与七郎が西進に固執せず、対馬か壱岐《いき》にでもいったん引き返す選択ができるかどうかだろうと思われた。

前方から近づいてくる朝鮮軍船は、次第に大きくなって小豆粒《あずき》ほどに見えてきていた。むしろ追い風に乗って種子島船の方から水軍船に接近していく格好となった。

「ヒツジサル」

佐源太の潮風で潰《つぶ》れた甲高《かんだか》い声が、針路の変更を命じた。「坤《ひつじさる》」すなわち南西の沖へ船を向けろとの指令だった。甲板に残っていた水夫が、弥帆と主帆、三角帆にそれぞれ駆け寄り、帆綱をつかんで帆の向きを一斉に変えた。種子島船は南西海上へ向かって帆走を開始した。種子島船が南西へ針路を転じたのに気づき、前方の水軍船がいきなり火砲を発した。まだ十丁ほどの距離があり、砲弾は届くはずもなかった。

甚五郎は、火桶に炭をつぎ足し、新次郎をともなって甲板室の屋根上に登った。なめした鹿革《しかがわ》と油紙の覆いとを砲から取り去った。子砲に弾薬が込められているのを確かめて親砲に装着し、木栓を親砲の横穴から差し込んで子砲を固定した。

ポルトガル製の遠眼鏡《とおめがね》を出し、甚五郎は追走してきた朝鮮軍船を確かめた。その高みからは与七郎の乗るジャンク船もよく見えた。前方を走る種子島船が南西の沖へと逃走を開始したことは、後方の船からも見えているはずだった。しかも、前方の水軍船から打ち上げられた火箭の狼煙《のろし》も見え、前方からも朝鮮水軍が迫っていることもわかっているはずだった。ところが、与七郎の船はそのまま西に向かって進み、一向に南へ逃れようとする気配がなかった。

前方から迫っていた朝鮮水軍の七艘は、種子島船の動きにつられて全船が沖へと方向を変え種子島船を追走する気配を見せた。そのまま東進されれば与七郎たちのジャンク船は針路を塞がれ、付近の浦に追い込まれて焼き討ちされる。

種子島船を追走してきた七艘の軍船が次第に大きく見えてきた。朝鮮水軍は漕手《こぎて》を挙げて両舷《りょうげん》の櫓も使い、追い上げてきていた。佐源太は、南西へ逃走を開始しながら、なぜか帆を絞り速度を極力押さえていることがわかった。前方からきた朝鮮水軍を自船に引きつけ、囮《おとり》となって与七郎の船を何とか逃がそうとしていた。やはりただの船稼ぎ衆ではなかった。

甚五郎のいる船尾甲板室の屋根下は操舵《そうだ》室となっており、舵取の四郎左衛門がそこにいた。船の戦は、まず相手船の航行能力を奪い、船を止めることに主眼を置く。後方から追ってくる朝鮮水軍船は、舵の利き《き》を奪うため操舵室に火砲を集中させてくるにちがいなかった。厄介なのは、船を焼き討ちする火箭や棒火矢《ぼうびや》だった。銛《もり》の先端部に火薬を詰め導火線に火をつけて砲から放つこの仕掛け火矢によって、秀吉軍はことごとく水軍船を焼かれていた。

佐源太は、甚五郎が仏狼機砲を放つまでは速力を押さえ、朝鮮軍船を引きつけられるだけ引きつけて南の海上へ誘い出すつもりらしかった。佐源太が昨夜、仏狼機砲の射程距離を尋ねたのはそのためだとわかった。あの時、「四丁（約四百四十メートル）ほど」と甚五郎は答えた。朝鮮軍船の火砲も同じぐらいの射程距離は持っている。与七郎のジャンク船は依然として南へ逃れようとする気配がなかった。むしろこのままでは種子島船が危険にさらされることになる。甚五郎としてはこれ以上距離を詰められる前に砲撃する必要に迫られた。

新次郎がしきりに後方を気にし、振り返っては甚五郎の顔を何度も見た。陸《おか》暮らしゆえに甚五郎の視力では顔まではわからないが、水軍船団の先頭をきって追ってくる板屋船の、塔楼の人影をはっきり認められる距離となっていた。おそらく五丁ほどに迫ったものと見えた。航行中の船から動いている標的に砲など放っても、簡単に当たるはずがなかった。ただし、これまでの秀吉水軍とは異なり、威力のある火砲を備えていることは朝鮮水軍に示しておかなくてはならなかった。

甚五郎が点火棒を火桶に突っ込んだ。棒先には硝石を煮込んだ火縄を巻き付けてあり、点火棒はすぐに炎を発した。点火棒を新次郎に持たせた。仏狼機砲は太綱で甲板室の屋根に銃架ごと固定していた。砲口を上げ、砲を回して方角も追走してくる板屋船に合わせた。新次郎に「火を入れろ」と声をかけた。新次郎が点火孔に炎を差し込んだ。

砲声を響かせて仏狼機砲は火を噴き、砲弾は予想外に飛んで板屋船の右舷甲板まで届いた。甲板室の屋根上が、二階家の屋根ほどの高さをもっていたせいだろう。甚五郎の砲声を待っていた水夫たちが、再び帆綱を操作し、北風をいっぱいに受ける形で帆を開いた。

甚五郎は、木栓を引き抜くと、腰当ての毛皮の端で子砲の把手をつかみ、煙を上げている子砲を横へ放り出した。

「転げないよう足で押さえておけ。火傷《やけど》するから気をつけろ」と新次郎に指示し、甚五郎は新たな子砲を親砲に装着して、今度は甚五郎が点火した。

二発目は板屋船まで届かなかった。飛び道具は鉄砲と弓しか持たないはずの、それも物資輸送のジャンク船が威力ある火砲を放ったことで、接近すれば火箭《や》も打ち込まれると警戒したらしく、板屋船は両舷の櫓を一斉に上げたまま、それ以上の追跡を止めていた。

六

一月十六日、小西行長ら第一軍は、ようやく漢城に到着した。第一軍の一万八千七百の兵は、漢城へ至った時には半数以上を失い、六千六百二十六人にまで激減していた。

五日後の二十一日、漢江《かんこう》河口の開城《かいじょう》を守備していた小早川隆景もまた、黒田長政とともに漢城へ撤収した。平壌の陥落によって、秀吉軍は漢城に兵を結集して、首都を堅守し、朝鮮南部四道の支配を固めるしかなかった。

一月二十五日、明国の東征軍提督、李如松《りじょしょう》は、平壌を落とした勢いのまま二万の軍を率いて臨津江《りんしんこう》を渡り坡州《はしゅう》へ入城した。坡州から漢城までは十里（約四十キロ）の距離しかなかった。

明の大軍迫るの報に、漢城の秀吉軍は、籠城《ろうじょう》して戦うか、漢城を出て明国軍を迎え撃つかの軍議《ぐんぎ》を開いた。漢城の秀吉軍は総兵数約四万一千。ただし、この時兵糧米は一万四千石しか残っていなかった。兵一人につき一日五合として、七十日も持たない兵糧である。長期の籠城に耐えうるはずがなかった。おのずと結論は、漢城を出撃し明と朝鮮の連合軍を打ち破ることとなった。

一月二十六日夜明け前、明・朝鮮軍二万は、前夜からの氷雨《ひさめ》をついて坡州を発し、一路漢城に向かった。

査大受《さたいじゅ》を将とする明軍の先鋒《せんぽう》二千は、漢城の北四里半（約十八キロ）に位置する碧《へき》蹄館《ていかん》の谷間に至った。碧蹄館は明国使節の宿館としてここに置かれていた。この地は、周囲を小高い山に囲まれ、南北に約一里、東西に五丁（約五百五十メートル）ほどの狭《きょう》隘《あい》な渓谷をなしていた。北からの細流はこの谷の南側に位置する水田地帯を潤《うるお》していた。

秀吉軍の先鋒を担《にな》った立花宗茂《たちばなむねしげ》軍二千五百は、同じ日の未明に漢城を出発し、卯《う》の刻（午前六時）、三里離れた礪石嶺《れいせきれい》において濃霧の中を南進してくる二千の明国騎馬軍と遭遇した。氷雨のなかで鉄砲隊を前面に押し出すこともできず、家老の十時伝右衛《ととときでんえ》門《もん》らが騎馬して斬《き》り込み、白兵戦を展開した。明の騎馬兵二千はよく練兵され、左右に展開して、半弓《はんきゅう》と槍とで猛然と反撃した。立花軍は、十時伝右衛門を始め百余人の精鋭をここで失った。

立花宗茂と弟の高橋直次《なおつぐ》から二千余騎が左側面から一気に明軍へなだれ込み、不意を突かれた明国軍は総崩れとなって碧蹄館の谷間まで退却した。この戦闘で立花軍は、池辺《いけべ》龍右衛門《りゅうえもん》の戦死を始め手負いも合わせて二百余人の損傷を数えた。立花軍は半里ほどを追撃し、望客峴《ぼうかくけん》と小丸山の先でやがて到来する明と朝鮮の大軍に備えた。

この時、秀吉軍の陣頭指揮に当たっていたのは小早川隆景だった。隆景は当年すでに六十一歳を迎えていた。碧蹄館の南に位置する望客峴と小丸山の山地を利して、谷間の隘路《あいろ》を南進してくる明国と朝鮮の大軍を迎え撃つべく陣を布《し》いた。

巳《み》の刻（午前十時）新たに明国軍第二陣の七千が到来し、小野和泉《いずみ》らの立花軍先手《さきて》勢は苦戦に陥った。明の騎馬兵は、兵も馬も大きく、しかも隊伍《たいご》乱れず密集して攻め寄せた。小早川隆景は、配下の井上五郎兵衛《ごろべえ》の三千を右翼から、粟屋四郎兵衛《あわやしろべえ》の三千を左翼から投入した。早朝からの激戦に疲れの見える立花軍を小丸山に後退させ、前進してきた明軍を、左右に展開した粟屋隊と井上隊が挟撃した。小早川隆景は自ら八千を率いて望客峴から北へ進撃し、七千の明軍をここに撃破した。

昼近く、李如松が千の騎馬兵を率いて半里北まで進撃してきた。小早川隆景軍は正面から迎え撃ち、小早川秀包《ひでかね》、毛利元康《もとやす》、筑紫広門《つくしひろかど》の五千を右翼の山稜《さんりょう》から、同時に小丸山から立花宗茂軍を左翼の山伝いに移動させ、三方から一気に寄せた。

碧蹄館の谷間には水田も多く、前日からの氷雨も手伝って隘路は泥濘《でいねい》と化していた。明国騎兵は馬の足をとられてただでさえ難渋した。そこを三方からの猛攻にさらされた。明軍には反撃する砲兵もいまだ到着していなかった。

小早川軍の先手となった井上五郎兵衛景貞《かげさだ》の三千騎が李如松提督の本隊に遮二無二《しゃにむに》突進し、五郎兵衛は騎馬する李如松にそのまま斬りかかろうと迫った。側近の李有《ゆう》昇《しょう》が李如松の前に立ちはだかって敵を遮り、殺到した五郎兵衛らに斬りつけられ落馬絶命した。

この時、朝鮮軍の楊元《ようげん》が火砲を連ねてやっと到着した。提督の弟、李如柏《じょはく》、李如梅《じょばい》らも奮戦したが、毛利勢の勢いは止めるべくもなく、李如松は坡州《はしゅう》目指して退却を命じるしかなかった。

毛利勢はそのまま半里ほど追撃し恵陰嶺《けいいんれい》まで至った。小早川隆景は、そこで兵を引かせ、申《さる》の刻（午後四時）、碧蹄館の戦いは終わった。この戦いで明と朝鮮の軍は六千の兵を失い大敗したが、秀吉軍も将兵二千の損傷をまぬがれなかった。

七

二月十二日早朝、宇喜多秀家を総大将とする秀吉軍三万の兵は、漢城から約三里半離れた漢江下流に殺到していた。幸州山城《こうしゅうさんじょう》はその漢江北岸に位置していた。兵糧の欠乏に苦しむ秀吉軍にとって、漢江の水運を押さえられることは、兵糧攻めにさらされ続けることにほかならなかった。幸州山城はどうしても落とす必要があった。

山城には、全羅道《ぜんらどう》巡察使（地方長官兼司令官）権慄《ごんりつ》が率いる朝鮮兵と処英《しょえい》配下の義僧兵、それに女性を含む民衆、合わせて約一万人が立て籠《こも》っていた。

この山城は、南は漢江を望む急峻《きゅうしゅん》な崖《がけ》、北は沼地に続く急斜面にはさまれた天然の要害だった。小高い丘陵上の陸側に土塁《どるい》を長く築き、逆茂木《さかもぎ》を並べて敵兵の登攀《とうはん》を防ぐ構えだった。

この年五十七を数える権慄は、先月十八日に李如松《りじょしょう》率いる明軍が開城《かいじょう》まで南下してきたのを受け、明軍に呼応して首都漢城を奪還すべくこの山城に布陣した。碧蹄館《へきていかん》の敗戦で明軍が開城まで撤退し、権慄はここに孤立したまま秀吉の大軍を迎え撃つことになった。負けるはずのない天帝の軍が倭賊どもに敗退した。すでに東征提督の李如松は戦意を喪失し、柳成龍《りゅうせいりゅう》ら朝鮮要人からの再度の出陣要請にも応じようとはしなかった。そもそもこの地は朝鮮王国の国土である。権慄にしてみればこの地の人民の力で倭賊を撃退するのが当然のことだった。

夜明けとともに先手となった小西行長の百余騎が山城に駆け寄せ、その背後から野を覆う大軍が紅白の旗をなびかせて到来した。秀吉軍は、三方から攻め寄せ柴《しば》を集めて火を放ち、城柵《じょうさく》や逆茂木ばかりか山ごとを火攻めにしようとした。山城内の女たちがそれに水を浴びせて消火に駆け回った。

権慄は、射を得手《えて》とするものを集め、秀吉軍を土塁に引きつけるだけ引きつけて、一斉に矢を放たせた。民衆もまた山を登ってくる兵に投石を浴びせて防いだ。大小の火砲を惜しげなく放ち、投石機を用いて大石も投下させた。

西北の子城を処英《しょえい》らの義僧軍千名が守っていた。多勢に窮して義僧軍がひるむと見るや、秀吉軍の一手が子城になだれ込んで占拠しようとした。権慄《ごんりつ》は長剣を抜いて陣頭に立ち、大声を発して諸将を励まし、白兵戦に持ち込みこれを撃退した。

砲身が焼けるまで火砲を放ち続け、矢も驟雨《しゅうう》のごとく射続けた。とうとう弾薬と矢が尽きかけた。その時、忠清道水使《ちゅうせいどう》（水軍司令官）の丁傑《ていけつ》らが、二艘の船で黄海から漢江をさかのぼって到来し、弾薬と矢の補給を果たした。山城の朝鮮軍は漢江によって弾薬と矢を切らすことなく、秀吉軍は降り注ぐ矢と砲弾に山城の攻略を阻《はば》まれた。

秀吉軍は、将兵の討死と手負い限りもなく、第五隊を率いた吉川広家《きっかわひろいえ》、第三隊の石田三成、そして総大将の宇喜多秀家までが負傷するほどの悪戦を強いられた。

陽がすっかり傾いた頃、網代帆《あじろほ》を連ねて朝鮮の川船が数十艘、漢江をさかのぼって到着した。川船の朝鮮軍がそのまま上陸して後詰《ごづめ》となり、山城に寄せた秀吉軍の背後を突き、漢城との通行遮断を意図するものと見えた。もし挟撃されれば、秀吉軍は全滅の危機に瀕《ひん》する。戦死者ばかりか負傷者を撤収する余裕もなく、秀吉軍は日没までに急ぎ漢城への退却を開始するしかなかった。

「権慄」の名は、前年七月の梨峙《りじ》における小早川隆景軍の全州侵入を防いだ陸戦に引き続き、この幸州山城での勝利で、海の李舜臣と並ぶ陸の名将として、またたく間に朝鮮全土へと知れ渡った。

文禄二年（一五九三）陰暦一月

一

一月二十日夕、沢瀬甚五郎の乗る種子島《たねがしま》船は、傾きかけた陽光の中を対馬に向かって航行した。巨済島《きょさいとう》の沖から、天に頂きを伸ばし裾野《すその》の広い高山が東南海上にそびえて見えた。この霊峰「御嶽《みたけ》」の山容は、対馬上県《かみあがた》で群を抜き、釜山《ふさん》からも常にこの山だけが日本の指標のごとく遠望された。

小西与七郎の乗るジャンク船は、沖へ逃れ出ようとはせず、結果として前後から朝鮮水軍船に挟撃《きょうげき》されることになった。後方でひとしきり砲撃音が続き、半刻《はんとき》（約一時間）ばかりして、巨済島から白煙の噴き上がる様が確かめられた。

その白煙を認め、船頭《ふながしら》の佐源太《さげんた》は、「釜山へ戻りますか」と沈んだ声で甚五郎に訊《き》いてきた。

「この先は一切お任せする。釜山を発《た》った二艘《そう》とも、朝鮮水軍に襲われ巨済島で焚滅《ふんめつ》させられた。わたしも、皆さんも、もはやこの世にはいないことになった。後は、佐源太殿の思うがまま船を進めてくださって構わない」

甚五郎がそう答えると、佐源太は意外な返答に一瞬戸惑ったようで、まじまじと甚五郎の顔を見た。

釜山に戻ったところで、もはやどうなるものでもなかった。東萊《とうらい》の崔弘禄《さいこうろく》が語っていた通り、物資の補給路は陸海ともに根元ですべて断たれていた。李舜臣《りしゅんしん》率いる全羅《ぜんら》道《どう》水軍よりはるかに力が劣ると聞いていた慶尚道《けいしょうどう》の水軍営ですら、すでに軍船を不足なく配備していた。釜山に戻り四百俵の米を細川家に渡しても、いずれ朝鮮義兵に奪われるか、あるいは襲撃されて焼き捨てられるだけのことだった。

「……では、対馬へ向かいます」

佐源太の言葉に、甚五郎も「それでいい」とうなずいて応《こた》えた。釜山港の船中で越冬させられ病死した船稼ぎ衆や漁民たちにも、優れた船乗りが大勢いたに違いなかった。佐源太たちを再び釜山に向かわせれば、彼らもどんな目に遭わされるかわかったものではなかった。

日没を迎えた酉《とり》の刻（午後六時）、種子島船は対馬の北西海上にあり、針路を東南へと向けていた。佐源太始め種子島の船方衆《ふなかた》が、夜間航行など苦にしないだけの力量を充分備えていることは甚五郎にもわかっていた。

それから丸一日逆風の海上にあって、翌二十一日の日没、闇《やみ》が降りると左舷《さげん》前方に小さく明かりが見えた。水夫《かこ》の久八郎に問うと、大浦《おおうら》の灯《ひ》だという。対馬における秀吉軍の基地は、下県《しもあがた》の府中（厳原《いづはら》）と上県《かみあがた》の北西端に位置する大浦とに置かれていた。大浦の撃方山《うつかたやま》には、昨年新たに城が築かれたと聞いていた。その明かりらしかった。撃方山城の在番には毛利高政《たかまさ》が就いているはずだった。府中の清水山城と同じく、秀吉の御座所として急遽《きゅうきょ》築城されたものの、秀吉がそこに到来することはおそらくないだろうと思われた。

種子島船は、対馬上県の西岸に沿ってゆっくりと南下し、空が白む頃に仁田《にた》湾を過ぎた。女連《うなつら》の北に位置する佐奈豊《さなどい》浜の沖へ至り、ジャンク船はそこに投錨《とうびょう》した。船着《ふなつき》のない浜には三十軒ほどの家からなる小さな集落があった。板葺《いたぶ》き屋根には一面に石の重しが載せられていた。

陽が昇り始め、海上一面霧が立ち込めるなかで、二艘の端舟《はしぶね》が集落の裏から浜に押し出され、種子島船に漕《こ》ぎ寄せてきた。

「ここで陸《おか》に上がって一休みいたします」と佐源太は言った。ジャンク船の番も佐奈豊の衆がしてくれるという。

すぐ北に位置する仁田湾は、繋留《けいりゅう》に都合のよい港湾として博多でもよく知られていた。だが、佐源太はそこを避けるようにして夜明け前に通過した。仁田湾入り口の伊《い》奈《な》は、対馬宗《そう》家《け》の家老柳川調信《やながわしげのぶ》の領地で、船番所が設けられていた。対馬など海上航路の要衝には領主が支配する要港とは別に、諸国の船稼ぎ衆が密《ひそ》かに用いる隠れた浦が存在していてもおかしくなかった。ささやかな桟橋があるだけの佐奈豊も、その一つらしかった。

「兵糧米《ひょうろうまい》四百俵も船と一緒に巨済島の海へ消えたことになります。遠慮なく、必要なだけ使って構いません」

甚五郎は端舟に乗り移る前にそう佐源太へ伝えた。佐源太は「それでは遠慮なく頂《ちょう》戴《だい》いたします」と応じ、米五俵を下ろすよう水夫たちに指示した。

もし種子島船に乗ることがなかったら、甚五郎も与七郎らとともに巨済島の海で死んでいた。何事もなかったかのように見知らぬ浜へたどり着いているおのれが、妙に現実《うつつ》離れしたものに感じられた。

戦《いくさ》に徴用されることはあくまでも夫役《ぶえき》であり、一人一日五合の米を支給されるのがせいぜいで、戦況が悪化すればそれさえも満足に支給されない。佐源太らは、渡海した島津軍のために釜山まで兵糧と武器弾薬とを届けるよう種子島家から命じられ、それを果たしたにもかかわらず、いまだ何の報酬も与えられていなかった。ここまで至ったからには、四百俵の米を彼らが生きるために使えばよいだけのことだった。

佐奈豊吉太夫《よしだゆう》の屋敷は、集落裏手の山際《やまぎわ》にあった。長屋門を構え、石垣の塀が屋敷を取り囲んでいた。外見は旧《ふる》くからの土豪館《どごうやかた》の趣きを備えていた。高床にした板張り納屋《なや》が二棟あったものの、母屋《おもや》は存外慎《つつ》ましいものだった。

佐奈豊の村主は、贈られた五俵の米に気を良くし、朝鮮から以前運ばれてきた酒瓶を開けてふるまった。甚五郎は種子島衆と母屋裏手に建てられた一方の納屋に旅装を解いた。

「これからのことですが、いかがいたしますか」

佐源太は囲炉裏《いろり》の火を前にして甚五郎に尋ねた。「板子《いたご》一枚隔てて地獄」と語られる船稼ぎの渡世を年少の頃から過ごしてきたらしく、彼らは行き先を失ったこの状況にも困惑の色など全く見せていなかった。納屋は天井が低く、二階家の造りをなし、隠し階段で昇降する仕組みとなっていた。二夜を徹しての航行に疲れ切った水夫たちは階上の間で寝息を立てていた。階下で起きていたのは甚五郎と佐源太、そして半太郎ら船方役の合わせて五人だけだった。種子島衆は何も言わなかったが、佐奈豊家は宗家支配の網から逃れ、闇の通商を行っているらしいことはうすうす甚五郎にもわかった。しかし、佐奈豊沖にジャンク船をいつまでも投錨しているわけにはいかない。

「死んだことになっているのに、わざわざもう一度殺されるために釜山へ戻らなくてもいいでしょう」

甚五郎の言葉に四人は笑った。

「わたしも博多には当分帰れない。皆さんも、これでしばらくは種子島に戻れない。心当たりといえば、呂宋《ルソン》、マニラ。そこに菜屋の出店《でだな》があります。マニラには日本人も三百人ほどが居住していると聞いています。ですが、呂宋島は渡来したイスパニア人（スペイン人）が支配している。まあ何にせよ、生きていくのに困難は付き物です。船にはまだ米が残っています。これを使って生き延びるしかないと思います」

「甚五郎殿がそう腹をくってくだされば、わたしどもは何の異論もありません。イスパニア人も、呂宋におるのは女や子ども、南蛮坊主《ぼうず》と役立たずの役人どもを含めて千人かそこらと聞いています。何もかも力で支配できるほどのイスパニア兵はいないはずです。

今日は一月の二十二日。南方へ渡海できる戌亥《いぬい》（北西）の風が吹いているのは、あとせいぜいひと月ぐらいかと。やってみれば何とかなります」

「マニラまでならば、風に恵まれて十五日。途中で多少日を費やしても、二十日ほどあれば着けます」操帆手の半太郎はこともなげにそう付け加えた。

彼らはその時点でマニラへの航海を決めていた。彼らは、ものごとを直感で決め、後はその航路を進むために全力を尽くす。陸《おか》暮らしの者とはまるで違う感覚を備えていた。

与七郎のジャンク船は巨済島で朝鮮水軍に焼き討ちされ、甚五郎はたまたま種子島船と釜山で出会い、それに乗ることになったために生き残った。確かに、すべての人生は賭《か》けのようなもので、行く末などいくら考えても答えはどこにも見当たらない。答えがないのだから、結末をいつまでも考え続けることは馬鹿《ばか》げている。それは甚五郎がかつて戦乱続きの岡崎城で身近に死を感じていた時に思ったことと通底するところがあった。だが、武士の戦における死を前提とするものと、船方衆の感覚は明らかに異質のものだった。病と死臭ばかりが漂う釜山の船着で、突然船べりから見習い水夫の新次郎が生気を放って顔をのぞかせた時のように、彼らは生の輝きを確かに放っていた。

知工《ちく》の辰三郎は、すでに鬢《びん》に白いものが混じり、種子島船で最も齢《よわい》を重ねて見えた。

彼は、荷上げ船を買う交渉を佐奈豊吉太夫と始めた。マニラまでの航海ともなれば、水や食糧を仕入れる際、沖がかりさせたジャンク船から小舟を下ろして陸地との往来をしなくてはならなくなる。辰三郎は十俵の米と引き替えに、櫓《ろ》や帆の道具付きで小船一艘を手に入れた。

甚五郎の消息は、佐奈豊吉太夫が人を介して博多へ届けてくれるという。ただし何か不都合が起こった場合に備えて、佐奈豊の地名は伏せるというのが条件だった。確かに文字の癖をよく知る者に出せば、無事であることは伝わる。甚五郎はお綸《りん》に宛《あ》ててこう記した。

『無事対馬に着す。呂宋《ルソン》島マニラへ向かう。癸巳《みずのとみ》　正月二十二日　甚五』

二

一月二十七日、加藤清正配下の阿蘇《あそ》隊三百は、漢城への先発隊として安辺《あんぺん》を発し、約十里（四十キロ）離れた江原道《こうげんどう》の淮陽《わいよう》を目指した。

秀吉軍が専《もっぱ》ら行き来していた安辺から漢城へ至る道は、西進して黄海道《こうかいどう》の谷山《こくざん》に出、そこから南下して京畿道《けいきどう》の古都開城《かいじょう》を経由する経路だった。ところが、開城から漢城へ至るその街道は、首都奪還を目指す明国と朝鮮軍の進撃路と一致し、直接敵と遭遇する危険を伴っていた。そこで清正は、淮陽《わいよう》への山越えによる通路を模索するため阿蘇隊を先発させた。淮陽まで出て、そこから金城《きんじょう》を経由し漢城まで進む西南への道は、島津義弘率いる薩摩と大隅の精鋭が駐屯していた地域で、昨年、森吉成《よしなり》の第四軍が通過した経路だった。

午《うま》の刻過ぎ、阿蘇隊は、咸鏡道《かんきょうどう》と江原道の境に当たる山岳地帯に達した。山の北斜面一帯は雪が深く吹き溜《だ》まっていた。騎馬した三十人が交替で道を作り、徒組《かち》の二百七十名がその跡を踏んで続いた。阿蘇隊を率いていた岡本慶次郎は、山越えを前に休憩をとって火を焚《た》かせ、谷間で腹ごしらえをさせることにした。

この道境に横たわる山岳地帯にはかねてより朝鮮義兵が多いとは耳にしていた。安《あん》辺《ぺん》と淮陽、そして日本海に面した通川《つうせん》のそれぞれ約十里間隔の三角地帯は、とくに江原道の義兵が結集し、この山越えでの物資輸送を阻《はば》んでいた。明国軍の到来によって、朝鮮各地の義兵もいよいよ首都奪還のため漢城周辺へ結集しているとの情報から、阿蘇隊は淮陽への山越えを試すことになった。だが、義兵は各地の民衆によって組織されていた。彼らは、直接の交戦は避け、あくまでも補給路の遮断を第一義としている。有能な義兵将がいるならば、加藤清正軍への補給路はけして開けるような真似《まね》はしないと慶次郎には思われた。

火を焚き煙が立ちのぼっても、依然として義兵の現われる気配がなく、山は静まり返っていた。雪をかぶった山木立の間を峠道らしきものが蛇行しながら山上へ続いているのはわかった。一本道をたどることは、極めて危険であることはわかっていたが、阿蘇隊は旧肥後国衆《ひごくにしゅう》の残党で占められ、馬の肩が埋まるほどの豪雪を踏み分けて行くのには無理があった。雪中行軍のさなかに義兵からの奇襲を受ければ、温暖な九州生まれの者は全く身体《からだ》が動かない。

慶次郎は、甲斐《かい》文兵衛、市川尚吾《しょうご》、渡辺万四郎《まんしろう》、それに通詞《つうじ》の呉孝植《ごこうしょく》を伴い、騎馬してまず峠道を確かめてみることにした。

「もし我らの身に何か起こったときは、兵を率いてすぐに安辺へ引き返せ」

副将格の竹崎長治《ながはる》にはそう言《こと》づけた。

山を隔てた淮陽から東に十里（約四十キロ）ほどの金剛山《こんごうさん》には、楡岾寺《ゆてんじ》があった。

朝鮮義僧兵を統率する松雲大師《しょううんだいし》惟政《いせい》は、秀吉軍の侵略が開始されるまでその寺に身を置いていた。昨年七月、西山《せいざん》老師による義僧決起の檄《げき》に応え、松雲大師は弟子たちを率いて金剛山を発し、国王のいる義州《ぎしゅう》へと向かった。そして、宰相の柳成龍《りゅうせいりゅう》から義僧都大将《とだいしょう》に任命された。この一月の平壌の戦いにも、松雲大師は二千二百名の義僧兵を率いてこれに参戦していた。

昨年七月、元徹《げんてつ》ら十九名の弟子だけは、楡岾寺《ゆてんじ》に留まることを松雲大師から命じられた。山岳修行や作務《さむ》などで怪我《けが》を負った者と病身の者とが金剛山に残された。元徹も、夜坐《やざ》と呼ぶ不眠の坐禅修行で体調を崩したままで、結局義州行きを許されなかった。

「残った我々で、なすべきことを全力で果たし、危機に瀕《ひん》する衆生《しゅじょう》を救おう」

松雲大師が義州へ発った後も、楡岾寺に残った元徹ら弟子たちは、秀吉軍の補給路を遮断すべく道境の山岳地帯に潜《ひそ》み、遊撃活動を展開した。兵糧と弾薬を運び入れるための輜重《しちょう》隊が現われれば、崖《がけ》を切り崩して山道を塞《ふさ》ぎ、橋を破壊し、時には弓で襲撃して江原道からの山越えを許さなかった。

国教を儒教と定めた朝鮮王国では、仏僧の社会的身分は極端に低く、とくに十五世紀からの仏教弾圧によって、寺院は破却され寺領の田畑も没収されていた。ところが、己を捨てて秀吉軍に挑み、けして屈しようとしない義僧たちの働きに、戦乱に打ちひしがれた民衆は畏敬《いけい》の思いを新たにしていた。口先ばかりでいざとなれば我先に逃げ出す儒官《じゅかん》どもの体《てい》たらくに比べ、蔑《さげす》まれながらも仏僧たちは、自ら食物を作り、山岳地帯を歩き回り、時には弓を手にして執拗《しつよう》に抗戦し続けていた。

気がつけば、元徹らのもとに駆けつけた江原道の義兵は三百人を超えていた。義兵らも、自らを律する義僧に倣《なら》い、元徹の指揮に従って動き、放埒《ほうらつ》に走るようなことはなかった。義僧兵は、僧侶《そうりょ》の位《くらい》付けによって統率がとれており、それぞれが元徹の指揮通り乱れなく動いた。荒行によって手足の不自由な者もいたが、彼らもまた危機に瀕している衆生のため、自らを奮い立たせて重荷を運び弓矢も取った。

加藤清正軍の先発隊三百名が安辺から道境の山岳地帯に向かっているとの報《しら》せは、元徹のもとに届いていた。昨年九月末以来、元徹は、安辺《あんぺん》に本陣を置いた清正軍にとりわけ監視の目を向けていた。安辺の清正軍は五千五百もの大軍だった。そこには臨《りん》海君《かいくん》と順和君《じゅんわくん》の両王子が囚《とら》われていることも、義僧たちは知っていた。

その安辺からの峠道には、万が一に備えて路面の凍る前に大きな落とし穴を数ヶ所穿《うが》っておいた。自給自足を前提とする朝鮮の仏僧たちは、住む所も糧《かて》も、食器などの生活用具の果てまで自らの手で造り出さなくてはならなかった。細枝を藁《わら》や枯れ草で筵《むしろ》状に編み込み、一ヶ所に重みがかかればすぐに破れるよう細工することなど、彼らにはお手の物だった。深穴の上をそれで覆《おお》い、上に積もった雪は厳寒によって溶けることなく、どこにその落とし穴があるのか義僧と義兵以外に全く見分けがつかなかった。

岡本慶次郎は、いつものように騎馬した五人の先頭を進んだ。すぐ後には呉孝植《ごこうしょく》が続いた。山林を切り開いた峠道は幅一間《けん》（約一・八メートル）ほどの曲がりくねったものだった。人が通った形跡もなく、そこだけは雪が周囲より浅く二尺（約六十センチ）ほど積もっているだけだった。義兵の奇襲があるならば山の上方からに違いなかった。慶次郎は、高木の枝先から雪が落ちるごとに馬を止め、周囲の木立や雪の積もった岩陰に注意を払ってゆっくりと馬を進めていた。

峠道を三十丈（約九十メートル）ほどの高さまでたどると急に視界が開けた。そこからは眼下の谷間に待機している阿蘇隊が見渡せた。物見の者を置くとすればその辺りだろうと周囲を丹念に見回したが、そこにも足跡ひとつなかった。この山岳地帯に潜んでいた義兵も漢城へ向かって南へ移動しているのかもしれないと慶次郎も思い始めていた。

峠道はその先で右へ曲がり、いったん下り坂となっていた。「そら行け」と鐙《あぶみ》で馬の胴を軽く打ち、手綱《たづな》を出した。馬が下り坂を駆け出した瞬間、前のめりに馬が崩れ、上方に気を取られていた慶次郎もそのまま深い穴に頭から落ちた。すぐ後にいた呉孝植の馬もつられて勢いをつけ坂道を下りかけていた。穴の手前で急に馬が立ち止まったために、呉孝植は馬から投げ出され穴の中に落下した。

甲斐文兵衛らの呼ぶ声に慶次郎はわれに返った。穴は二丈（約六メートル）もの深さがあった。慶次郎は、瞬間受け身を取り、頭成兜《ずなりかぶと》を着けていたために死なずに済んだものの、馬の体が右足の上にのしかかっていた。馬の胴下になった右足を引っ張り出そうとしたが、馬の重みでどうにも動かせない。馬は落ちた時に頭部を強打したらしく、鼻と口から血を流し、すでに虫の息だった。

呉孝植は馬の上に落ち、気を失っていた。慶次郎は、手元にあった雪塊を呉孝植の顔になすり付け、「呉《オ》殿。呉《オ》殿」と呼びかけた。呉孝植はやっと気がついたが、己の身に何が起きたのかしばらく飲み込めなかったらしく、うつろな目で辺りを見回していた。

「落とし穴だ。義兵の仕業《しわざ》だ。足の上に馬が載ってる。引っ張り出してくれ」

慶次郎の足は、脛巾《はばき》を着け、偽装した筵《むしろ》の上に降り積もっていた雪が緩衝材となったために、幸い骨は折れていなかった。慶次郎の言葉に呉孝植はようやく起き上がり、下《さ》げ緒《お》を外した慶次郎の太刀を馬体の下に差し込んで押し上げ、右足を引きずり出した。だが腰の打ち身がひどく、慶次郎は身を起こせそうになかった。

「すぐに綱を持ってきます」穴の上から文兵衛がそう言うのを聞いた。同時に、おびただしい矢羽根が風を切る音が聞こえた。何本もの矢が穴の上を飛び越していくのが見えた。

「義兵だ。逃げろ」と穴の外へ向かって慶次郎は声を上げた。

義兵の襲撃に、甲斐文兵衛と渡辺万四郎は、馬を捨て樹間を一直線に山下へ向かった。綱を取りに馬で谷間へ向かった市川尚吾も、激しく矢が射込まれてくる様に素早く馬から降り、蛇行する峠道は避けてまっすぐ谷間へ駆け下った。

甲斐文兵衛らの報せを受け、谷間に待機していた竹崎長治は、慶次郎救出に向かうべく鉄砲隊三十名を伴い、百名を動員して、降り積もった雪をかき分け山を登り始めた。十丈ほど登ったところで高所から激しく矢を浴びせられた。先手《さきて》となった鉄砲足軽六名が矢傷を負った。松の生い茂る山の斜面は上方の視界が雪の吹き溜った枝々にさえぎられ、どこから義兵の矢が飛んでくるのか見当がつかなかった。しかも、義兵たちは朝鮮兵と同じ白い衣服をまとい、曇天下では雪の降り積もった山の斜面と簡単に見分けがつかない。矢の飛んできた方向に向かって闇雲に鉄砲を放つしかなかった。ところが、鉄砲をそろえて撃ち込めば、まるで違う方向から矢が飛んでくる。義兵はかなりの数におよぶことだけはわかった。慶次郎と呉孝植の落ちた穴に接近することもできず、竹崎長治らは何の手も打てないまま義兵の角弓《つのゆみ》による攻撃にさらされることになった。

矢傷を負う者が続出し、ひとまず谷間に退却して義兵が山を下り追撃してくるのを待つしかないと竹崎長治は判断した。同時に、救援を求めて西清左衛門《せいざえもん》を馬で安辺《あんぺん》に向かわせることにした。長治が谷間への退却を命じ、阿蘇隊が山から谷に下ると、攻撃はぴたりと止《や》んだ。義兵は後を追って山を出ることをしなかった。加藤清正軍の山越えだけはけして許さないという義兵たちの意志がうかがえた。

三

馬も息絶え、闇が降りてきた。深穴の底は風が吹き込まず、思ったよりも寒くなかった。呉孝植《ごこうしょく》は穴に落ちた際に右肩を痛めたものの、それ以外にはこれと言うほどの怪我もなく済んだ。

呉孝植は好き好んで秀吉軍の通詞をやっていたわけではなかった。かつて漂流し五島《ごとう》列島福江島《ふくえじま》に流れ着き、そこで数年暮らしたために日本語が話せた。加藤清正軍に釜山の近くで捕らえられ、無理やり通詞として付き従わされてきただけのことだった。

慶次郎は腰刀を抜いて柄《つか》を呉孝植に向け差し出した。

「今さら謝って済むことではないが、こんな目に遭わせて申し訳ない。わしはここで果てるが、貴殿はここで義兵に殺されるいわれはない。義兵は近くにいる。助けを求めて、ここを抜け出せ。そして、ありのままを義兵たちに話せばいい。自らの意志で加藤軍に従ってきたわけではない。捕らえられて、そうしなければ殺されるから通詞をしてきただけのことだ。この首を持って行けばいい。明朝には義兵に殺される身だ。構わん」

「おかしなことを真顔でおっしゃるのはやめて下さい。岡本様、刀はどうかお収めを。今さら何を言いましても、裏切り者として義兵に殺されるだけの身です。それは仕方ありません。わたくしもとうに釜山で殺されていたはずの身ですから。

岡本様や阿蘇隊の皆様は、わたくしに本当によくしてくださった。他の秀吉軍はどうであれ、阿蘇隊は立派な日本の武士だった。わたくしにも、それぐらいはわかります」

「……皆同じだ。猿冠者《さるかじゃ》は、かつての倭寇《わこう》などよりもっとひどい。わしが殺されるのは当然だ。これまで朝鮮兵を多数殺した。だが、貴殿は違う。貴殿は、朝鮮兵はもとより民の一人をも手にかけていない」

慶次郎は、順和《じゅんわ》王子にもらった黄金の腰佩《ようはい》飾りを錦《にしき》の小袋ごと呉孝植に手渡した。

「ならば、これを義兵に見せろ。あの時に順和君にもらったものだ。咸鏡道《かんきょうどう》以来、臨海君と順和君の両王子をずっと守ってきたと言え。事実なのだから堂々と話せ。これが証拠だ。義兵が聞く耳を持たない時は、いずれ順和君に会う日が来たら、この虎《とら》の飾りを持っていた者を殺したと自ら名乗り出よと言え。貴殿を殺そうとしたら、繰り返し義兵にそう言え。よいか。義兵に殺されるいわれは、貴殿にはない。

猿冠者の軍はいずれ朝鮮から退却するしかない。両王子が殺されることはない。咸鏡道の支配にしくじり、主計頭《かずえのかみ》（清正）にとって両王子だけがただひとつの戦功だ。だが、主計頭もいずれ両王子を引き渡さざるをえなくなる。この様《ざま》だ。兵糧は断たれ、弾薬もない。渡海軍は、将も兵も、義のない戦に皆つくづく嫌けが差している」

呉孝植は、秀吉に対する慶次郎の怒りを知っていた。

八日前、加藤清正軍を安辺から撤退させ漢城へ呼び寄せるための使者が安辺へ到来した。渡海軍総大将の宇喜多秀家の使者となって来たのは、島津義弘の家臣たちで、その中に慶次郎と旧知の者がおり、主君の阿蘇惟光《これみつ》が昨年秋に自害させられたことを初めて知らされた。それ以来、慶次郎は人と話すことが極端に少なくなり、よく嘆息を漏らすようになった。それまでは蔭《かげ》でも「殿下様」と呼んでいた秀吉を「猿冠者」呼ばわりするようになった。阿蘇隊には、慶次郎始め惟光の家臣だった者たちが多数いた。竹崎長治や甲斐文兵衛、西清左衛門、市川尚吾……彼らも皆怒りをあらわにしていた。とくに慶次郎は「越後守《えちごのかみ》」の受領名《ずりようめい》を阿蘇惟光に与えられ、側《そば》にあった重臣だったことは、彼らが「越後殿」と呼んで常に敬意を払っていたことでわかった。

確かに慶次郎は、他の秀吉軍の武将とは何かが違っていた。咸鏡道の海汀倉《かいていそう》で朝鮮兵と交戦した後、敵味方を問わず討死《うちじに》した者を丁重に埋葬し、深く頭《こうべ》を垂れて両手を合わせた。囚われた両王子と后はもちろんのこと、その側付きの者たちにまで心を配り保護に徹した。金貴栄《きんきえい》や黄赫《こうかく》ら随身の者まで、岡本だけは信じられると、何かあれば慶次郎を呼び、彼にのみ本音を漏らし訴えた。

「東萊《トンネ》の漁民だ。助けてくれ」と朝鮮語で呉孝植は穴の中から繰り返し叫んだ。すでに闇は降りて冷え込みが増してきていた。夜半過ぎになって、雪を踏む複数の足音が聞こえ、突然縄梯子《なわばしご》が下ろされた。

「わたくしがまず行って参ります。お腰のものをどうかお預け下さい」と呉孝植は小声で言った。呉孝植は慶次郎が穴のなかで自害することを恐れた。慶次郎は、ためらう気配もなくあっさりと太刀と腰刀を呉孝植に手渡した。呉孝植は、腰刀を後腰《うしろごし》に差し、金梨子地鞘《きんなしじさや》の太刀を小脇《こわき》に抱えて縄梯子に取りついた。

慶次郎が話したことは、確かにすべて事実だった。順和王子が、別れの挨拶《あいさつ》に訪れた慶次郎へ黄金の腰佩飾りを手渡し、「岡本、けして死ぬな」と言った。慶次郎を殺害した者は、順和王子の命に叛《そむ》くことになる。日本人にも人物はいる。たとえ自分が秀吉軍に加担した裏切り者として殺されても、慶次郎をこんな所で死なせるわけにはいかない。呉孝植はそう己に言い聞かせていた。

呉孝植は、縄梯子を登りきると、そこにいた者に慶次郎の太刀と腰刀を手渡した。曇天の闇夜ゆえに毛織の衣を身に着けた義兵が七人いた。襟《えり》首をつかまれ、穴の脇にひざまずかされ、後ろ手に縛り上げられた。歩けといわれるままに、呉孝植は樹間の雪の吹き溜まりを歩き出した。

両腕を縛られているため呉孝植は雪の斜面で転倒し続け、その度に義兵から襟首をつかまれて引き起こされた。尾根を越えて雪の少ない南斜面の岩場を一里半（約六キロ）ほど歩き、斜面の洞窟《どうくつ》に押し込まれた。奥では火が焚かれていた。白い衣を重ね着にした五人の男は皆頭を剃《そ》り上げていた。この義兵団を率いているのが義僧たちだとわかった。真ん中にいた僧が、縄を解けと呉孝植を連れてきた義兵に命じた。

その義僧は、「金剛山の楡岾《ゆてんじ》寺に僧籍を置く元徹《げんてつ》」と自分から名乗った。元徹は、呉孝植の空腹を見て取り、粟《あわ》と大麦の粥《かゆ》をまず取らせた。元徹から問われるまま、名前と住んでいた所、それに秀吉軍に従い通詞役をやっていた経緯《いきさつ》を呉孝植は答えた。加えて、落とし穴には日本の武士が残っており、その人物は、阿蘇神官の重臣で咸鏡道の会寧《かいねい》以来ずっと臨海君と順和君の両王子を身辺警固してきた。漢城占領後、掠《りゃく》奪《だつ》をほしいままにしていた倭賊を自らの手で始末し、海汀倉《かいていそう》における戦いの後も、戦死者は敵味方の区別なく丁重に葬《ほうむ》ったことをありのまま伝えた。そして、履いていた皮の長靴から順和王子が岡本越後に贈った腰佩飾りの袋を取り出し、元徹に手渡した。

「日本人にも惜しむべき人物はおります。お坊様方も、直に会ってみれば、わたしの言っていることが嘘かまことかわかるはずです。わたしを救おうとして、穴の中で刀を渡し、自分の首を持って行けと言いました。かの岡本越後を殺せば、必ずや後悔することになります。わたしは殺されても仕方ありませんが、あの人物は殺すべきではありません」

呉孝植は、元徹とそこにいた義僧たちにそう訴えた。

この年が明けてまもなく元徹のもとに松雲大師から一通の文書が届けられていた。

『もし虜《とりこ》として捕らえたなかで、傑出した人物がいた場合には、けして殺すな。厚く遇してその技能を生かせしめよ』

それは、松雲大師を義僧総大将に任命した宰相の柳成龍《りゅうせいりゅう》からの通達でもあった。

もとより秀吉軍の鉄砲の威力は、朝鮮軍を圧倒していた。朝鮮王国では、秀吉軍と対抗するため、鉄砲の製造と火薬材料の硝石《しょうせき》の生産を目下の急務としていた。同時に、鉄砲を自在に扱える兵を養成する必要から、それを訓導できる優れた日本の武士を必要としていた。すでに秀吉軍から脱走した兵と投降した捕虜の数は千名近くにも及び、一軍の将として、それらの日本人を統率できる武将も朝鮮王国はまた欲していた。

「その岡本越後は、阿蘇神官の重臣であったのか？」

「はい。その主君が、昨年秀吉に殺されたとかで、岡本越後は秀吉を深く恨むに至っております」

「日本の霊峰として阿蘇の名は聞いたことがある。火を噴く高峰だとか」

「はい。岡本越後は、その阿蘇山を本拠といたします武士団の将です」

元徹は、義兵が携えてきた太刀を見た。黄金《こがね》作りの見事な拵《こしら》えだった。

「お前がそれほど言う人物ならば、夜が明ける前にここへ連れて来い。お前が説諭《せつゆ》し、その武士をここへ連れて来られるか」

「はい。ただし、そのためには、今、北側の谷間にいる岡本越後配下の阿蘇隊と交戦しないでいただきたいのです。当国に侵攻して以来、阿蘇隊は、村や市街城で掠奪をしてはおりません。去年四月に加藤清正の軍に捕らえられ、ずっと行動をともにさせられてきましたが、あの阿蘇隊だけは、掠奪や乱暴狼藉《ろうぜき》、放火をいたしません。これは本当のことです。今、谷間におります三百名が阿蘇隊のすべてです。あの三百名だけは、どうか攻撃せずに山越えをさせてもらいたい。もし、それを約束くだされば、岡本越後をここへ連れて来られるでしょう」

「お前が言う通りの人物ならば、その配下の者たちに掠奪などさせるはずがない。わかった。その三百人だけは、この山中で攻撃しない」

四

元徹《げんてつ》は、呉孝植《ごこうしょく》を連れ、普泉《ふせん》という義僧と義兵八人をともなって尾根を越えた。呉孝植は元徹に乞《こ》うて粟と大豆の混じった飯を小瓶《こがめ》に入れ腰に下げていた。おそらく夜が白む頃には、岡本救出のために再び阿蘇隊が山を登り攻めてくることだろう。その前に岡本を穴から引き上げ、安全な場所へ移しておきたかった。

呉孝植は、阿蘇隊の誰にも死んだり怪我を負ったりしてほしくなかった。岡本慶次郎率いる阿蘇隊は、攻め落とした市街城や村々で掠奪や放火を一切しなかった。それゆえに他の隊からは「惟任《これとう》(明智光秀)の軍」などと揶揄《やゆ》されていた。織田信長を討った謀叛人《むほんにん》光秀の軍も、けして掠奪をしないことで有名だったのだという。阿蘇隊が掠奪に走らない理由も呉孝植は知っていた。阿蘇隊は、肥後各地の武士団からなり、秀吉の軍勢から同じ目に遭わされていた。

阿蘇隊が咸鏡道《かんきょうどう》侵攻の先手となり、その通詞として呉孝植が共に行動するようになってからも、彼らと同じ鍋《なべ》から同じものを食べ、酒が配られれば、「呉殿《オ》。呉殿《オ》」と呼んで酒の入った茶碗《ちゃわん》を手渡してくれた。岡本慶次郎を始め、竹崎長治、甲斐文兵衛、西清左衛門ら、阿蘇大宮司の家臣団は、神に仕えていたためか粗野なところがなく、言葉や立ち居振る舞いに気品があり、それも加藤清正軍では際立っていた。

尾根を越えて北側斜面に出ると、雪が積もったそこには北風が吹きつけ、冷えは一段と厳しくなった。峠道にぽっかりと口を開けた落とし穴に行き着き、呉孝植は穴の闇に向かって「岡本様」と声をかけた。

「呉殿《オ》か。……どうした？」

よく耳になじんだ慶次郎の声が深穴から反響をともなって返ってきた時、呉孝植はそれまで張りつめていたものから一瞬解放され思わず声が詰まった。

「……はい。わたくしです。呉孝植です。ここに布陣しているのは、江原道金剛山《こうげんどう》のお坊様が率いている義僧軍です。わたくしが、これから降りて参ります。もう少しのご辛抱です」

投げ入れた縄梯子を伝って呉孝植は穴の中に降りて行った。そして、携えてきた水の壺《つぼ》と粟飯の小瓶とをまず慶次郎に手渡そうとした。慶次郎は手のひらを向けてそれを拒んだ。

「わたしのことはいい。夜が明ける前に早く逃げろ。義僧たちにも、逃げろと伝えろ。夜が明ければ、阿蘇隊は鉄砲をそろえて本気で攻めてくる。わたしはここで果てる」

「岡本様が、この穴に留《とど》まっておられれば、阿蘇隊の皆様は救い出そうとして、攻めてこられる。義僧軍も、それに応戦することになります。岡本様が、この穴を出て江原道側に引き移られれば、義僧軍もここから立ち去ることになっています。義僧軍の反撃がなければ、阿蘇隊の皆様も戦わずに済みます。

阿蘇隊のことは義僧将に話しました。他の秀吉軍とは違うと。今、谷間にいる三百人の隊は、村落に侵入して掠奪や狼藉、放火はしないと知っています。もし阿蘇隊が山越えをするのならば、この先発隊だけは越えさせると言っています。俗世の民からなる義兵団とは異なります。江原道金剛山のお坊様たちが率いています。わたくしは、現にこうして生きております。信じてよいと思います」

「……貴殿がそうしたいのならば、わたしは言う通りにする」

「では、まずこれをお腹《なか》に入れて下さい」

慶次郎は、差し出された壺の水を口にした。粟飯は冷えて長い箸《はし》からぽろぽろこぼれ落ちるほどだったが、それも小瓶一つ平らげた。

呉孝植に支えられるようにして縄梯子を伝い登ると、白い衣服を重ね着した二人が、頭巾《ずきん》を取り、剃り上げた頭で慶次郎に合掌した。そして、若い方の僧が、慶次郎の太刀と腰刀を差し出した。

「それはどうかお納めを」と慶次郎は言い、手で示した。年上の僧は、穏やかな目をしてうなずき、左手の指を回して「構わないから身に帯びろ」と言っているのがわかった。

慶次郎はうなずき返し、差し出されるままに太刀と腰刀とを受け取った。

呉孝植が何を話したのかはわからなかったが、義僧たちが殺意を持っていないことは確かだった。まだ慶次郎の腰は鈍痛が残り、足の運びが思うようにいかなかった。二人の義僧と義兵たちは慶次郎に合わせてゆっくりと雪面を歩いた。尾根を越え江原道側の南斜面を降り、何とか夜明け前に義僧たちの軍営らしき洞窟に着いた。

五

援兵を求めに安辺《あんぺん》へ向かった西清左衛門が道境の谷間に戻ったのは、寅《とら》の刻（午前四時）を過ぎた頃だった。清左衛門がもたらした報せは、援兵どころか「安辺へすぐ戻れ」という清正の指令だった。清正軍は、江原道《こうげんどう》への山越えではなく、安辺から京畿道《けいきどう》の開城《かいじょう》へ向かうことに決したという。

竹崎長治は、夜明けとともに再び山を攻め登り、慶次郎を救出する段取りを決めていた。夜明けを待って山に入り、慶次郎を救出してから安辺へ戻るしかなかった。この寒気の中で慶次郎が無事であることを願った。空が白みかけて、阿蘇隊は粥を炊《た》き腹ごしらえを済ませた。昨日の義兵との攻防で負傷した四十二名だけを谷間に残し、鉄砲隊を先頭に再び積雪の樹間を登り始めた。

十丈ほど登って、義兵の矢がそこら中に突き刺さっている辺りまで来ても、山中からは何の攻撃もなかった。竹崎長治は、そこから一気に二十丈を直登して、慶次郎の落ちた穴まで駆け登ることにした。樹間に降り積もった雪は、冷気で表面だけが堅くなり足を引き抜くのに苦労した。いつ義兵から矢を射込まれても不思議はなかった。それでも矢の一本も飛んではこなかった。

何とか峠道に出て、大きく口を開けた落とし穴の中へ長治は声をかけた。何の反応もなかった。差してきた朝日のなかで、穴の底に鞍《くら》を付けたまま横たわった馬の姿だけが認められた。慶次郎ばかりか、呉孝植《ごこうしょく》の姿も消えていた。何か書き残したものでもあるかもしれないと、市川尚吾が綱を下ろし中へ降りて確かめたが、何も残されてはいなかった。穴からは人が通ったと思われる窪《くぼ》みが山の上に続いていた。ともかく阿蘇隊はそれを追って山の尾根まで出てみた。南側の斜面には所々雪が吹き溜っているものの、岩場が多かった。義兵の影さえ見えなかった。竹崎長治や甲斐文兵衛らは、ただ茫然《ぼうぜん》と尾根の松の間から南の方角を眺めるしかなかった。

文禄二年（一五九三）陰暦二月

一

一月二十八日朝、風に混じって鶏卵が腐ったような刺激臭がしていた。甲板に出てみると右舷《うげん》に現われた島が盛んに白煙を噴き上げていた。噴火口付近は黄色みを帯びた岩と犬歯のように尖《とが》った赤黒い岩から出来ていた。頭頂が吹き飛ばされ巨大な難破船に似た形の島には、わずかに草が生えている程度で樹木が見当たらなかった。

「鳥島《とりしま》（硫黄《いおう》鳥島）です。この分で行けば、あと一昼夜ほどで大琉球《だいりゅうきゅう》（沖縄島）に着けるものと思います」

雲間に入っていく噴煙の様を甚五郎が眺めているのに気づき、水夫《かこ》の又七郎《またしちろう》がそう教えてくれた。何度もこの海域を航行してきたらしく、種子島《たねがしま》衆は指標となる島影を認めるごとに寄港地までの距離と時とを甚五郎に伝えた。

冬の北西風が吹き募る東シナ海は荒れ、対馬からの三日ばかりは甚五郎も船酔いに悩まされた。

「釜山《ふさん》から対馬に渡る際にも、北東からの高波が来てました。むしろずっと厳しかった。甚五郎殿はあの時少しも酔わなかった。朝鮮水軍相手に火砲を構えていた時とは、まるで人が違ってしまった」船頭《ふながしら》の佐源太はそう言って笑った。

甚五郎は、博多の商人であること以外、何も種子島衆に語っていなかった。だが、かつては武士で戦乱の中に身を置いていた甚五郎の過去に、彼らは気づいているふうだった。

翌二十九日朝、種子島のジャンク船は、いよいよ大琉球に近づいた。左舷に伊平屋《いへや》島《じま》と伊是名島《いぜなじま》を見て、その奥に現われた陸地が大琉球だった。親指を立てたような尖った山のある小島を右舷に見て大琉球との水道を通った。緑の海面下には珊瑚礁《さんごしょう》が続いていた。小島は伊江島《いえじま》で、親指のような城山《ぐすく》を抱き、松の色濃いその麓《ふもと》には、畑と石垣に囲まれた草葺《くさぶ》きの家が密集していた。

残波岬《ざんぱみさき》を越えて宜野湾《ぎのわん》を過ぎ、波上宮《なみのうえのぐう》の社殿が断崖《だんがい》の前方に見えた。那覇港の進入口を示す石垣の突堤が見え、奥には大きな村落があるのもわかった。種子島のジャンク船は、那覇の港には入らず手前の小さな港へ入って投錨《とうびょう》した。泊《とまり》の港だという。

左手の岸に松の高木が密集し、石垣で囲まれた中に寺院らしき建物が見えた。泊村は、石垣で囲われた中に草葺きの家が四十軒ほど密集し、朝鮮における市街城の城壁を低くしたようなものだった。琉球王国も、朝鮮と同様に明国を宗主《そうしゅ》と仰ぎ、集落を壁で囲む同じような様式を持っているものと思われた。湾に流れ込む河口に台形をなした高い橋が架かっているのが見えた。

端舟《はしぶね》から切り石造りの雁木《がんぎ》に降り立った時、大地が揺れて感じられた。船着はすべて切り石で護岸され、二間ほどの道も石灰岩で石畳がきれいに敷かれていた。村落全体を囲んでいるように見えた珊瑚石の垣は、数軒ごとを区切って取り囲んでいた。松と竹、芭蕉《ばしょう》などの高木が道脇《みちわき》に生え、石垣の内には蔓草《つるくさ》が生い茂って陽光と風とを防いでいた。

芭蕉の広葉が目立つその家は、他の家の五倍ほどの敷地を囲って石垣がめぐらされ、母屋《おもや》と高床にした納屋《なや》とがあった。この屋敷の主は、普久嶺春鷹《ふくみねしゅんよう》という琉球の貴族だった。海外貿易を主管する高官「御鎖之側《おさすのそば》」でもあり、以前から種子島の船方衆が世話になってきたと聞いた。佐源太は米二十俵を船から下ろし春鷹に贈った。イスパニア種子島船は兵糧《ひょうろう》の輸送に徴用されたまま船籍証明を備えていなかった。

人が支配するマニラに向かうならば、海賊船ではないという証明を必要とした。佐源太が泊へ入港したのは、まず首里《しゅり》王府の船籍証を手に入れるためだった。

そしてマニラのイスパニア人との取引のため、彼らが主食とするパンの小麦粉、豚とマグロの塩漬けなどを米と引き替えに買い入れておく必要があった。小麦は、琉球においても日本と同じく米の四分の一ほどの値でしかないが、マニラへ運べばイスパニア人は米と同等の値段で買い入れた。

普久嶺春鷹は、薄紫地に紺の縞《しま》の長衣《ちょうい》、赤茶色の帯、紫の鉢巻き冠を巻いて現われた。頭に細幅の緞子《どんす》帯を巻き付けたようなものだった。口と顎《あご》の髭《ひげ》には白いものが混じり四十前後に見えたが、浅黒い肌は血色が良く皺《しわ》も少なかった。佐源太は、甚五郎を「博多からの客商」と紹介した。籐《とう》編みの敷物のある広間で、紅色に染めた茹《ゆ》で卵、塩豚、豆腐、油で揚げた甘い菓子と温めた焼酎《しょうちゅう》とをふるまわれた。

春鷹は、佐源太が贈った八石の米を「大旱魃《だいかんばつ》に突然の慈雨《じう》をもたらされたようなもの」と言って相好《そうごう》を崩した。昨年来、琉球は大量の米を薩摩の島津義久に供出しなくてはならなかった。

秀吉は、琉球王国が島津氏に従属しているものと思い込み、二年前に薩摩と合わせて兵一万五千人の朝鮮渡海を命じた。島津義久から琉球へ強要されたのは、軍役代わりに七千人の兵糧米十ヶ月分を納めることだった。琉球は、名護屋城普請《ふしん》に当たって鉄三百斤《きん》（約百八十キロ）の献上も命じられ、このたびは一万五百石の兵糧米を供出しなければならなくなった。

米はいくらでも欲しいという春鷹の話に、佐源太はジャンク船に積んでいた米二百俵を放出し、大量の小麦粉を始め塩漬けの豚肉や乾燥肉、塩漬けマグロを仕入れる商談をまとめた。

「時に長谷川法眼《ほうげん》という者はご存じか」

春鷹は佐源太にそう尋ねた。

「名前だけは聞いております」佐源太が返した。その表情が一瞬強張《こわば》りを見せた。同席していた辰三郎、半太郎、四郎左衛門も、和やかな笑みを顔から消した。

「昨今、呂宋《ルソン》に渡るため当地へ寄港した者たちが、その名と朱印のある渡海状を持って来るようになった」

「太閤《たいこう》が日本を平らげて以来、勝手な交易は許されず、昨今は渡海するのにもいちいち渡海状が要るようになりましたようで、キリシタンや、日本にいられなくなった人たちからまで有り金を巻き上げる仕組みを作ったものでしょう。太閤なのか、法眼なのか、大本のところはわかりませんが、連中に追従するろくでもない輩《やから》が、そんな海賊さえやらぬようなことを企《くわだ》てたものに違いありません」佐源太はさめた表情でそう答えた。

気がつけば渡海許可証がなくては船乗りが他国へ渡ることさえできない世の中を作り上げられていた。秀吉が日本を一手支配するようになって、自らに利益を集中させるため「ばはん（海賊）禁止令」を出して私貿易を取り締まり、今度は交易ばかりでなく単なる海外渡航にもいちいち許可証を出して統制を強め、同時に民からの収奪も強化していた。

長谷川法眼の名は、かつて信長の命により武田勝頼《かつより》の首を京にさらした人物として甚五郎も憶《おぼ》えていた。その後、秀吉に仕え、刑罰や訴訟をつかさどる刑部卿《ぎょうぶきょう》となり、今は伏見の代官も兼ねていると聞いていた。その法眼が渡海許可証を出しているのは、海外貿易にもかなりの権限を有するようになったことを意味していた。佐源太の言う通り、おそらく長谷川法眼はこの機会に法外な礼金を取り立てて私腹を肥やし、それに癒着した商人らも介在しているに違いなかった。

翌二月一日朝、甚五郎は知工《ちく》（事務長）の辰三郎と河口に架かった橋のたもとの市場へ出かけた。泊村から那覇西村へ向かう道をその橋が結んでいた。

橋脇の河口にはジャンクを小型にした網代帆《あじろほ》の小舟が四艘繋留《そうけいりゅう》されていた。橋のたもとは広場になっており、その隅で十人ほどが商いをしていた。かたわらに破れかけた籐編み籠《かご》を重ね、物品を籐編みの敷物に並べ、湯呑《ゆのみ》や薬罐《やかん》、鶏や魚、草履《ぞうり》などが売られていた。呂宋《ルソン》はかなり暑いと春鷹から聞かされ、古着を商っていた老婆《ろうば》から木綿単衣《ひとえ》を三枚買い込んだ。

「以前、ここは大勢の人が出て、市をなしてました。もう足の踏み場もないほどで……」

辰三郎はそう言って遠く沖の方へ視線を向けた。

「かつての大琉球ならば、一万や二万石ほどの米など容易に供出できたものです。それはもう大変な繁盛《はんじょう》ぶりでした。わたしどもの先々代島主、種子島時尭《ときたか》は、この地の南蛮貿易を我が物にしようと、ポルトガル国王に琉球征服の派兵を求めたことさえありました」

倭寇《わこう》王で知られた王直《おうちょく》から鉄砲をもたらされ、それを強力な武器と認知して国産化した種子島時尭ならではの話だった。時尭は、毎年ポルトガルに一定量の銅と真鍮《しんちゅう》を貢税《こうぜい》として送ることを条件に五百人の兵士を送ってもらうことを求めた。種子島とポルトガルの混成軍を編制して琉球王国を征服し、南蛮貿易の基地とする計略だったが、その書簡を託されたダルメイダなる者の船が途中で難破したためポルトガルには届かなかったという。

「その使者の船が難破してよかった。人の欲には限りがない。鉄砲などという強力な武器を手中にすれば、正気を失い、何でも出来ると思い込む。秀吉の明征伐と同じことだ」

甚五郎の言に、辰三郎は首を横に振った。

「四十年以上も昔の話です。とくにこの三十年は、急速に何もかもが変わりました。種子島もそうですが、その頃は、まだ大琉球も大いに栄えていました。琉球人がマラッカあたりまで行き、胡椒《こしょう》や陶磁器、染料、綿織物などを手当たり次第買い付けて那覇に戻った。明国府から渡海を禁じられていた唐人海商が、まあ明寇《みんこう》ですが、隠れて那覇にやってきては南方の品々を求めて盛んに商売を行った。日本の船も、堺や博多や坊津《ぼうのつ》などから頻繁にやって来て、この辺りまで売ったり買ったりの大市場でした。ご覧の通り今は見る影もありません。那覇の久米《くめ》村に住み着いていた福建《ふっけん》人たちも去ってしまった」

かつて中間貿易で栄えた大琉球の時代は終焉《しゅうえん》したと辰三郎は語った。二十年ほど前に明国府が海禁令を緩め、明の海商は安南《あんなん》やアユタヤ、マラッカに直接出かけられるようになった。それにポルトガル人までがマカオに住み着くことを許され、生糸や絹織物、陶磁器など明国の品を長崎へ直接運んで行くようになって、私貿易の大市場だった那覇は廃《すた》れるしかなくなった。同時に、「倭寇」と呼ばれ、航海力と武力、商才に任せて私貿易をほしいままにした海商たちの時代も、急速に終わりを告げた。

「先刻、普久嶺様が口にされた渡海状の話は聞いたことがあります。法眼とかいう生ぐさ坊主《ぼうず》に取り入っておるのは原田喜右衛門《きえもん》という海商だとか。加藤主計頭《かずえのかみ》（清正）などが鉛や硝石を買い入れているのも、その喜右衛門からと聞いています」

原田喜右衛門は京都の出で、かつては平戸《ひらど》の松浦《まつら》家に従属する海商の一人だった。堺商人出身の小西行長が博多の嶋井《しまい》宗室《そうしつ》らと結び、強固な海外貿易網を築いていたのに対して、加藤清正は別系列の喜右衛門と結び、南蛮貿易への参入を図っていた。これまで南蛮貿易を握っていた堺や博多商人の系列にはなかった者が、秀吉の権力支配と朝鮮出兵を好機として南蛮貿易に参入しても不思議はなかった。ポルトガル貿易でしくじった松浦《まつら》鎮信《しげのぶ》も、マニラのイスパニア貿易に活路を見いだそうとしていた。原田喜右衛門も、加藤清正や松浦、島津などの九州大名ばかりでなく、より利権を求めて秀吉に近い長谷川法眼に多額の金品を送り、取り入ったものだろう。長谷川法眼が呂宋《ルソン》に向かう者に高額の渡海状を売りつけて暴利をむさぼっているならば、おそらくはその件にも喜右衛門が深く関与しているものと思われた。

そういえば一昨年までは、菜屋《なや》船で何の制限もなくマニラへ送ることができた品々も、出荷した船荷の詳細な一覧票を博多を治める黒田家へ急に提出させられることになった。マニラ政庁もまた日本からの船に警戒を強め、とくに刀剣などの武器の輸出入にはやかましくなっていた。

二

三年前、原田喜右衛門の甥《おい》、孫七郎《まごしちろう》は、手下三十人と頭巾《ずきん》のついた麻衣《あさごろも》を身にまとい、托鉢《たくはつ》修道士の巡礼を装《よそお》ってマニラ周辺を調査していた。孫七郎らは、マニラ湾やそこに流れ込むパシッグ川の水深や、マニラ政庁の城壁と城内の区画、それを囲む郊外道なども調べ上げた。喜右衛門は、その調査をもとに長谷川法眼に呂宋征服を持ちかけた。ポルトガルと朝鮮の貿易は小西行長に握られ、そこに割り込む余地は全くなかった。法眼は、喜右衛門に持ち込まれたイスパニア貿易からの儲《もう》け話に有頂天となった。アジアの貿易網をすべて支配しようという秀吉に呂宋征伐を進言し、その許可を得るのは容易《たやす》いことだった。長崎も含め堺と博多系列の商人たちに南蛮貿易を独占されていた喜右衛門は、ここにイスパニア人とのマニラ貿易を掌握する好機を得たことになった。

昨年春、喜右衛門は、支配の輪を呂宋《ルソン》に及ぼそうとする秀吉の野望に乗じ、出兵によるマニラ征服ではなく平和裡《り》に入貢《にゅうこう》させることを法眼を通して秀吉へ進言した。そして秀吉からマニラ総督へ送る国書を手に入れた。

昨年四月二十日、使者となった原田孫七郎はマニラに再び渡海し、秀吉の書簡をイスパニアのフィリピン総督ダスマリーニャスに届けた。

秀吉の書簡は、常のごとく恫喝《どうかつ》に満ち、服属と入貢とを強要するものだった。これを受けてフィリピン総督は秀吉軍の来襲もありうるとして軍事会議を招集した。すでに平戸からマニラへ戻った船からは、秀吉の軍船数百艘が九州の肥前に集結しているという報《しら》せが届いていた。秀吉の明国征伐は表向きで、真の狙《ねら》いは呂宋島にあるとの報もマニラには寄せられていた。

フィリピン総督より各修道会に指令が発せられた。秀吉の軍勢に呼応して反乱を起こさぬよう、護衛のため土着の民に供与している銃器を取り上げること。土着民が所有する金を申告させ、マニラ城砦《じょうさい》に集めて守らせること。米・豚・鶏などの食糧を山岳地帯に貯《たくわ》え、金品などは奥地に移すこと。放火に備えて、明国人の財産を集めマニラの石蔵に収納させ、藁《わら》や椰子《やし》で葺いた建物は瓦《かわら》で覆《おお》うか、破壊すること。

イスパニアの軍人とマニラ市会に対してもフィリピン総督から以下のことが通達された。自衛の武器と食糧を保持し、日本からの船を警戒させる。軍船二十隻《せき》を各港に配置し、許可のない出航を禁じる。イスパニア人が家族や財産をマニラ市外に移すことを禁じる。マニラ在住日本人の動向を監視し、市外の一定区域に居留させる。ミンドロ島から呂宋島西部、その他の諸島沿岸の警戒防備に努め、パラニャケからマニラ湾に至る海岸を調査して、敵の上陸に備える。食糧運搬のため四隻の船を用意し、老幼婦女子、病人などの非戦闘員は、要塞《ようさい》などの安全な場所へ避難させる。

同時にイスパニア国王に対してはノビスパニア（メキシコ）に援軍を派遣するよう書き送った。

昨年五月二十四日、フィリピン総督ゴメス・ダスマリーニャスは、防備を整えるまでの時間稼ぎのためにドミニコ会宣教師ファン・コーボを特使として秀吉のもとに遣わすことにした。

七月八日、総督使節となったファン・コーボは、肥前名護屋に到来して秀吉に謁見《えっけん》し、秀吉から総督宛《あて》の返書を託された。

『予は、かつて身分卑《いや》しく、人に省みられぬ者だったが、天《あめ》の下なるこの地を征服した。いまでは天の下、地の上にある者は、すべて予の臣下である。予を認める者は泰平とやすらぎの中に何の恐れもなく生きることができる。予を認めぬ者には将と兵とを送り込み、今、高麗《こうらい》（朝鮮）の王に起きているごとく、戦を仕掛けることになる。

予は、支那《しな》（明《みん》）に入らんと決心し、高麗にその地を通過させるよう求めたが、彼らは予に約束したことを忘れ抵抗した。ゆえに、わが軍は雪に熱湯をかけるがごとく高麗の八ヶ国をことごとく掌中に収め、すでに支那の都に近い遼東《りょうとう》の境に達している。

予は、当地に近い国々の泰平を願っており、何人《なんぴと》も商船の往来を妨げる者はないゆえ、毎年来たりて貿易をおこなうがよい。たとえ些少《さしょう》であっても予に差し出すならば喜んで納める。汝《なんじ》らが、速やかに当地に来たらず、その約束を破るならば、予は将兵を遣わしてこれを罰する。高麗をよく見よ。前車の轍《てつ》を踏むことなかれ。

汝がこのことを記憶に留めるよう当書簡を送る。カスチリア（スペイン）王にこれらを正確に伝えるがよい。予を侮辱する者は逃れることはできない。予の汝らに伝えるごとく従うならば、安泰に暮らし、安らかな眠りにつける』

南方へ航行できる北西風が吹き始めた昨年十月、コーボはこの服属と入貢とを強要する秀吉の新たな書簡を携えて、薩摩坊津の久志《くし》港からマニラに向けて出航した。だが、途中の台湾付近にて遭難しコーボはその消息を絶った。

三

二月四日早朝、荷積みを終えた種子島船は泊港を出航することになった。ジャンク船には、琉球人が一人、泊港から新たに乗り込んだ。呂宋《ルソン》島までは、天候さえ良ければほとんどの航程は指標となる島を目印に航行できる。ただし大琉球を出て渡嘉敷島《とかしきじま》と宮古島《みやこじま》の間、八十三里余(約三百三十二キロ)の航路は、その五十五里(約二百二十キロ)ほどが四方海ばかりとなる。万が一に備えて普久嶺春鷹《ふくみねしゅんよう》は、糸満《いとまん》の民を水先案内としてつけてくれた。

糸満の加次良《かじろう》は、石垣島《いしがきじま》までの百三十二里半(約五百三十キロ)を同乗してくれることになった。大琉球の南部に住まう彼ら糸満の民は、琉球人の中でもとりわけ航海に長じ、加次良もかつて小さな船でマラッカ辺りまで自在に行き来していたという。

その加次良なる痩《や》せて小柄な人物は、六十を過ぎ、すでに隠居の身となっていた。腰を痛めたとかで、杖《つえ》をつき腰も少し曲がって見えた。頭頂に髪を丸くまとめ、金色の煙管《きせる》のような簪《かんざし》と、水仙の花に似た髪止めとを挿していた。目立ったものはその髪飾りだけで、白いものが多い髪も、乏《とぼ》しい口髭や顎鬚《あごひげ》も、逆に貧相を際立《きわだ》たせていた。

身の回りの品を包んで背負ってきた大きな木綿布が赤みを帯びた紺色のベンガラ染めで、それがかつて南方を行き来したことをわずかに偲《しの》ばせているだけだった。

だが、船が沖へ出るなり加次良は船房を出て、舳先《へさき》の弥帆柱《やほばしら》前に立った。杖で身は支えているものの、どんな揺れにも転倒などしなかった。加次良の身を案じ、「船房で休んでくだすって構いません。渡嘉敷島を過ぎてからお指図を頂戴《ちょうだい》できれば」と佐源太が言っても、小さくうなずき返すだけで甲板から降りようとしない。前方から寄せてくる波は高く、かなり揺れもあるのだが、陸上にいた時よりも自在に歩き回っていた。目にも喜色を浮かべ、「いい船だ。飛ぶがごとくに走る」しきりにそう繰り返した。

加次良は、一度船房へ降り、一刻《とき》（約二時間）ほど横になって休んだものの、渡嘉敷島を過ぎた夕暮れには、誰に言われるまでもなくいつの間にか舳先に立っていた。渡嘉敷島が視界から消えると、聞いていた通り四方海ばかりとなった。どこをどう走っているのか、甚五郎などは皆目見当がつかなかった。あいにくの曇天で雲が低く垂れ込め、時折驟雨《しゅうう》さえ降り注いだ。島の上には決まって現われるという雲も見分けがつかない。それでも、加次良には宮古島の位置がわかるらしく、「もっと巽《たつみ》（南東）に寄せろ」と潮風で潰《つぶ》れた声を発し、しきりに手で水夫たちへ指示を送る。それからの二昼夜、加次良はそのほとんどを甲板上に立って過ごした。普久嶺春鷹に呼ばれてやってきた加次良を見た時には、果たして本当に水先案内など務まるのかと甚五郎も思ったが、海に出た途端、眼差《まなざ》しが力を帯び、表情や身体《からだ》までが別人のように生気を放った。

四日目の朝になって前方やや左舷寄りに平らな島影が見えてきた。それが宮古島だった。南琉球のその島に近づくにつれ、雲間から青空がのぞき、陽が差してきた。海は翡翠《ひすい》の色に輝き、緑の珊瑚が海底を占めていた。陽光が力を増して、海岸の白砂と島の濃い緑とを際立たせた。甚五郎がこれまで目にしたことのなかった南方界がそこにあった。

宮古島の平良《ひらら》港で、甚五郎は海ばかりで何も目印がないのに船磁石《ふなじしゃく》さえ持たず、なぜ宮古島の方角がわかるのか加次良に訊《き》いてみた。

「うねりですよ」と加次良は当然のことのようにそう答えた。

「よくわからないが」と問い返すと、加次良は嬉《うれ》しそうに微笑《ほほえ》んで突然その場にしゃがみ込み、白砂に島を描いて説明を始めた。いつの間にか加次良は杖を持たなくなっていた。

寄せていく波が島にぶつかると「うねり」を生じさせ、それが沖を航行する船に返ってくる。そのうねりの来る角度を逆にたどって行けば必ず島に行き着けるものだという。理屈ではわかるが、陸暮《おか》らしの甚五郎にはただ波立つ海面しか見えなかった。

平良港で一泊し、一昼夜航行して十日の朝に石垣島の平久保《ひらくぼ》港へ入った。ところが、加次良はそのまま呂宋島《ルソン》まで一緒に行きたいと言い出した。

加次良の話では、高山国《たかさんこく》（台湾）の東岸を航行し、そこから針路を南に取って一路呂宋島を目指すのだが、高山国の次に指標となる約二十七里南の蘭嶼《らんしょ》を過ぎれば、次のヤミ島までの間には海上の目標物が一時見えなくなるのだという。

「晴れておれば心配にはおよびません。蘭嶼の山が水平線上に見えている間にヤミ島の山が南に見えてきますので。ただし、曇りや雨となれば、その時にはお役に立てます。陸《おか》では、わたしは豚と変わりません。ただ家の者が運んでくる飯を食べて寝るだけ。……このたび船に乗せて頂けて生き返りました。やはり海がいい。あのまま隠居小屋などで死ぬのを待っているだけの暮らしは、もう御免です。ご迷惑はかけません。マニラでも、リンガエンでも、呂宋島の港には、琉球の船が必ず一艘は入っているものと思います。それに乗って戻ります」

加次良はそう甚五郎に訴えた。船方衆の間では、甚五郎は船荷主という位置づけになっていたらしく、加次良も甚五郎には敬語を使った。佐源太も乗ってもらった方が心強いという。もちろん甚五郎にも異存はなかった。書式上は琉球王国に籍を置く船なのだから、琉球人が一人も乗っていない方が不自然だった。琉球人は、キリシタンでないにもかかわらず、ポルトガル人から畏敬《いけい》の念を持たれていることは以前から聞いていた。

「琉球人は、航海能力に優れているばかりでなく、商いにおいては正直で人を騙《だま》さない。人から騙されることよりも、人を騙すことを恥としている。それに、奴隷《どれい》を買わず、また同胞を売るような真似《まね》をけしてしない。だから、キリシタンのくせにろくでもないことばかり始終やっているポルトガル商人は、『レキオ（琉球人）』と聞くだけで一目置《いちもくお》く」嶋井宗室はかつて琉球人をそう評した。

甚五郎は、妄想や保身に取り憑《つ》かれた連中ばかりを見てきた。佐源太ら種子島衆といい、加次良といい、久しぶりに人間らしい人間と生きている思いがした。彼らとともに視界をさえぎるもののない大海に漕《こ》ぎ出すと、甚五郎は呼吸が楽になるのを感じた。

二月十五日夕、種子島船は、高山国の東岸に達し、新社《しんしゃ》湾の沖に投錨した。高山国周辺では日本からの船がたびたび消息を絶っていた。颶風《ぐふう》などの自然災害の他に、掠奪《りゃくだつ》を目論《もくろ》む海賊に襲撃され、焼き討ちに遭ったものだった。強力な王権支配が及ばない場所では、そんな危険が常に伴っていた。

甚五郎は、その夜も操舵《そうだ》室の屋根に上り、砲弾と火薬とを詰めた子砲を仏狼機《フランキ》砲に装塡《そうてん》した。炊《かしき》の新次郎は、停泊時に甚五郎が終夜の警戒に当たれば自分もそうするものだと思い込んでいたらしく、何も言わなくとも熾《おこ》した炭を鉄製の火桶《ひおけ》に入れて操舵室の屋根上へ運んできた。弾込めした鉄砲も一挺《ちょう》、すぐ手に取れるところに置いた。

夜半過ぎに櫓《ろ》を漕ぐ音がして、月明かりのなかを八挺櫓《はっちょうろ》ほどの船が二艘、艫《とも》の方から接近してきた。それぞれに十数人の人影を認めた。

甚五郎は、新次郎に「点火用意」と声をかけ点火棒の先へ火を移すよう伝えた。新次郎が持ち上げた棒先の火光に気づき、一艘の船が停止した。半丁（約五十五メートル）ばかりに近づいた船に照準を合わせ、「火を入れろ」と甚五郎は命じた。先行していた一艘へ向けていきなり仏狼機砲を放った。砲声と同時に船からは叫び声と唐人らしき語が盛んに発せられたのを聞いた。砲声に気づいて弓を手にした佐源太たちが甲板上に出てきた。甚五郎が子砲を入れ換え二発目を放つ前に、二艘は湾奥へ引き返していった。

一千丈（約三千メートル）もの高山が並び立つ高山国からは、真南へ島づたいに針路を取ることになった。二日後の十七日朝、蘭嶼《らんしょ》を過ぎると、やはり目標とする島影が見えなくなった。船磁石頼みの航行が始まった。幸いにその日は晴れて視界が利き、蘭嶼の山が水平線上に見えているうちに前方からヤミ島の山が見えてきた。それもまた加次良の言った通りだった。

四

二十三日夕、種子島船は呂宋《ルソン》島北部のアパリ港沖に達した。カガヤン川の流れ込むこの港付近で、十年ほど前、イスパニア軍船と日本人の海賊が激戦を繰り広げたことがあると加次良は語った。ともかくマニラへまっすぐ向かった方が面倒は少ないという加次良の助言で、呂宋島の西海岸づたいに南シナ海をそのまま航行し、翌二十四日の日暮れに「日本の港」と呼ばれるリンガエン湾沖を通過した。

二月二十五日夕方、種子島船はついにマニラ湾口に到《いた》った。すぐに湾口のコレヒドール島から小型船が数人の漕ぎ手を使って近づいてきた。マニラ湾の監視人だと加次良は語り、帆を下ろして停止するように佐源太へ伝えた。加次良はポルトガル語が話せた。イスパニアの監視人にはそれで通じるという。

縄梯子《なわばしご》を下ろすと、黒い帽子と剣を下げた監視人の他に短い槍《やり》を手にした兵が三人乗り込んできた。兵は大きな羽根の付いた鉄兜《てつかぶと》と鉄胴とを身に着けていた。日本に伝わる南蛮胴そのものだった。

加次良は、琉球王国から来た船で、日本の商人を含め十三人乗っていること、荷は四斗詰めの小麦粉を四百樽《たる》、それに塩漬けのマグロと豚、米とを積んでいる、と伝えた。佐源太が船籍証明と船員簿とを監視人に差し出した。荷受けの相手を問われ、佐源太が「日本人の菜屋だ」と答えた。黒い髭を生やした監視人は一通り点検が済むと、「許可が下りるまで誰も船から降りてはならない」と命じ、パシッグ川の河口へ向かい、そこに停泊するよう指示した。監視人は下船したが、三人の番兵はそのまま種子島船に留まった。

マニラ市街城は、石造りの高い城壁で厳重に囲い込まれていた。北にパシッグ川が流れ、西南がマニラ湾に挟まれた三角地だった。城壁の所々に石造りの丸い屋根を載せた物見櫓《ものみやぐら》らしきものが立っており、その小窓からは鉄砲を構えた衛兵の姿が見られた。城壁の上に教会堂らしき高い尖塔《せんとう》が四基そびえているのが望めた。

停泊を許された河口近くには切り石造りで要塞が築かれ、水面近くに大型の火砲が数門、南西の湾と北の河口とをにらむ形で砲口を向けていた。一段高い位置にも数門の大型火砲が並んでいた。その他にも中型の旋回砲が、張り出した堡塁《ほうるい》ごとに配置されているのがわかった。

翌二十六日朝、五人のイスパニア人官吏が小舟でやって来て、積荷の検数を行った。マニラ市内での販売価格を算段し、その三分（三パーセント）を輸入税としてイスパニア国王に納める義務があった。仏狼機《フランキ》砲と鉄砲、弓と矢、槍などの武器は、再び出航するまでの間マニラ市当局に預けることを命じられた。甚五郎や佐源太始め船方衆が腰に帯びていた刀だけは許可された。

舢板《サンパン》と呼ぶ明国風の小舟が何艘も寄せてきた。荷受け相手のことがイスパニア人にはきちんと伝わらなかったのではないかと思った。だが、ジャンク船に接舷した舢板の中から聞き覚えのある声が「親方様」と二度呼んだ。五年前、薩摩の山川《やまがわ》からマニラに送り出した吉助《きちすけ》だった。

菜屋の見世《みせ》と蔵はマニラ市城外に三ヶ所あった。河口から最も近いパシッグ川北岸の蔵へひとまず積荷を入れることになった。輸入税は吉助がレアル銀貨で支払ってくれた。それさえ納めれば、イスパニア人だろうが明国商人だろうが、後は自由に売り買いをしてよいのだという。

河口から五丁（約五百五十メートル）ほどパシッグ川をさかのぼり、北から支流が流れ込む角地に菜屋の見世と蔵とが建てられていた。菜屋の見世は高床にした木造の草葺きだったが、裏手にある蔵二棟はいずれも瓦葺きの切り石造りだった。支流が流れ込む東側に切り石で雁木《がんぎ》を組み、見世の出入り口もそこに設けられていた。日本風の家屋配置だった。見世の漆喰《しっくい》壁には、大きな窓が設けられ、川からの風が心地よかった。佐源太ら種子島衆と加次良もそこに落ち着いた。支流の対岸には明国商人たちがニッパヤシで葺いた軒を連ね、市場を構えていた。パシッグ川を隔てて南側には市街城の城壁が続き、その上にそびえる尖塔はドミニコ会修道院の教会堂だった。

吉助によれば、マニラにおけるキリシタン宗は、日本でポルトガル貿易の仲介などをやっていたイエズス会の修道院もあるが、多くはイスパニア系の修道会に占められているという。裸足《はだし》で托鉢《たくはつ》するフランシスコ会を始め、彼らは現世の利益を求めず、麻の粗衣に裸足で自らを厳しく律し、清廉《せいれん》と謙虚とを旨《むね》とした。

「まさか親方様が琉球の船で来られるとは思ってもみませんでした。日本からの船は取りわけ厳しく検査されます」

「種子島の船だ。いろいろと事情が生じ、船籍証明を首里王府からもらわなくてはならなかった」

「いずれにせよ、それで良かったです。日本からの船でしたら、こんなに安々とマニラに入れませんでした。去年の夏以来のことで、何でも原田某《なにがし》とかいう者が、国書を携えて来まして、秀吉軍がマニラへ攻めて来ると大騒ぎになりました。わたくしども古くからの日本商人は以前のままパシッグ河口に見世を構えることが許されておりますが、日本人もそれに合わせて反乱を起こす危険があるとの理由で、昨今渡ってきた人たちはここから東南に半里ほど奥へ入ったディラオというところに住むよう、フィリピン総督から命じられております。その折に、明国から渡ってきた商人たちも、市城外の二ヶ所に住むところを定められました。明国商人たちもそれには憤《いきどお》りを募らせています」

何のことはない、秀吉の来寇《らいこう》を口実にして、イスパニア人が呂宋島《ルソン》での支配統制を強めただけのことだろうと甚五郎には思われた。本国から遠く隔たった呂宋島のイスパニア人にとって、軍備を増強して、支配統制を強めるには仮想の敵国の出現ほど都合のよいものはない。おびただしい大砲をすき間なく並べたマニラ市街城の備えもそれを裏付けているように思えた。

「すでに朝鮮の八ヶ国を支配して、太閤が明国府の北京《ペキン》まで征伐しようとしていると聞きましたが」

「真っ赤な嘘《うそ》だ。マニラで一儲けしようとして原田某が流した作り話だろう。渡海軍は、朝鮮八国どころか釜山近辺を守るだけで精一杯だ。わたしも、つい一月前には釜山にいた。佐源太殿たちも、種子島から兵糧の運び入れで釜山へ駆り出された。朝鮮近海は、すべて朝鮮水軍に押さえられている。一緒に西へ向かった船が巨済島《きょさいとう》で沈められ、わたしはたまたま佐源太殿の船に乗っていたために、こうして両足があるままマニラへ来られた。それだけの話だ。秀吉軍の糧道は朝鮮義兵にずたずたにされ、国都漢城《かんじょう》を押さえていても、そこまで物資はほとんど届かない。糧《かて》もなければ弾薬もない。運び入れに駆り出された者たちも、兵も、大勢が死んだ。明国征伐どころか朝鮮から兵を引くのは時の問題だと思う。

博多ですら千俵の米を買い集めるのにも大変だった。民百姓《ひゃくせい》は軍役に駆り出され、供出ばかりで村々には田を耕やす者もいなければ、食うものも満足にない。太閤は、渡海して采《さい》を採ると言われているが、一向に戦地へ赴こうとしない。マニラ征伐などありえない。とうてい無理だ」

昨年冬、高山国《たかさんこく》付近で消息を絶ったフィリピン総督使節の宣教師コーボに成り代わって、すでに原田喜右衛門はマニラに到着していた。喜右衛門は、フィリピン総督ゴメス・ダスマリーニャスに馬一頭と鎧兜《よろいかぶと》、それに日本刀を贈り、おのれが日本国王の正使であることを認めさせようとした。そして総督府で喜右衛門は次のように語ったという。

「わたしは、日本と貴国が和好を堅く結ぶための使者として日本国王から遣わされたものである。日本国王の国書は、先に日本を出帆したコーボ神父が携えており、貴下に対してそれを示すことができないため、貴下はわたしに疑念をいだいているものと思うが、条約を結ぶにあたっては、全権を日本国王よりゆだねられている。マニラに来た日本人は、追放されて当地に来るしかなかった下賤《げせん》の輩《やから》に過ぎない。かの者たちのために貴国において糧や入り用の物があれば、何なりと申し付けられたい。わたしの方でそのための商人を帳簿を持たせて送ることにする。

さらに日本国王が、戦においてイスパニア人の加勢を求めた時には、貴下は援兵を送る責任を持ち、同様に日本国王もその責任を貴下に対して負うことになる。

すべてに矛盾が起こらぬよう、貴下がわたしに割符《わりふ》を与え、わたしもそれを残していくことにする。また、わたしが日本に戻ってわが国王の面前にまかり出る時、貴下の直筆の署名がある議定書《ぎじょうしょ》を差し出すことを求められている。是非それを頂いて日本に戻りたい」

喜右衛門の狙いは、フィリピン総督から真筆の署名がある議定書をもらい受け、日本に戻ってマニラが服属したと秀吉に報告することだった。

文禄二年（一五九三）陰暦二月

一

　この年明け原田喜右衛門《きえもん》は「日本国王の正使」を名乗って友好条約を結ぶ議定書をフィリピン総督に繰り返し求めた。だが、喜右衛門の述べる内容と秀吉の真意とは異なっており、秀吉が服属と入貢《にゅうこう》を強要していることは総督にもわかっていた。フィリピン総督は、喜右衛門が正使として秀吉の信任状を携行していないことを口実に、あくまでもコーボ神父の到着を待つと答え、時間を引き延ばすばかりだった。

　ダスマリーニャス総督は、すでにこの自称「日本国使」がいかなる人物なのかを日本からの内報でつかんでいた。

　昨年、イエズス会の日本巡察使バリニャーノは、マニラのイエズス会院長セデーニヨに宛《あ》て、マニラにおける原田喜右衛門の策動を警告していた。巡察使は、喜右衛門のことを「名前だけはキリスト教徒であるが、生活は異教徒と全く変わらず、抜け目のない狡猾《こうかつ》な商人である」と評した。

『私は、彼の悪辣《あくらつ》な性格を知っている。マニラで厚遇されない場合には、いかなる態度に出るかわからぬから、くれぐれも注意されたい。

総督への推薦や取り次ぎをあなたに求めて来たならば、慎重な態度で臨み、後日になって紛争が生じないよう対処されたい。

総督が、何らかの口実を設けて彼を抑留するか、彼の使命を認めず国書を受理しないことも一案である。関白の名前を使って彼が穏やかな書状を作り渡すようなことがあった場合には、国王の許可なしに総督が使節の派遣はできないと告げるのも方法かと思われる。賢明かつ厳密に総督と交渉し、私や他の日本にいる者から書簡が届いたことを知られぬようにしてもらいたい。彼が日本に戻った後で厄介な問題が生じ、私たちに危害が及ばぬよう、どうかご配慮いただきたい』

コーボ神父が日本から発した書簡のみがフィリピン総督のもとへ届けられたのは、原田喜右衛門がマニラに着いた年明けのことだった。昨年陽暦十月二十九日付けのその便りには、コーボ神父が肥前名護屋の地で出会った日本人キリシタンの切実な願いが綴《つづ》られていた。

『日本のキリスト教徒は、長く宣教師の不在に苦しんでおり、マニラからフランシスコ会士を派遣してくれることを切に願っています』

そして、コーボ神父は、日本に派遣すべき十人のフランシスコ会士の名前を列挙していた。彼らペドロ・バウチスタ神父を始めとするフランシスコ会士十名は、マニラにおいて日本人の教導と世話に当たっていた。なかでもポルトガル人のゴンザロ・ガルシア修道士は、かつて十年ほど日本に滞在していたことがあり、不自由なく意思のやりとりができるほど日本語に精通していた。フィリピン総督と原田喜右衛門との会見にも、ガルシア修道士がその通訳に当たった。

原田喜右衛門は武力による征伐ではなくフィリピン総督に服従させることを進言し、秀吉からその許可を受けた以上、このまま手ぶらで日本へ戻れば、喜右衛門自身に破滅が及ぶことになりかねなかった。フランシスコ会士日本派遣の話を耳にした喜右衛門は、派遣される修道士たちをフィリピン服属の使節団と偽って日本へ連れて行くことを思いついた。

「日本の民は、キリシタンとなるのを望んでいる。信仰が盛んにならないのは、宣教師が不足しているためである」と喜右衛門はフィリピン総督へしきりに訴えた。そして、フランシスコ会士の派遣経費は日本側が負担し、彼らが歓迎されるように計らうのが自分の責務であるとさえ述べた。

あとはフィリピン総督の署名のある何らかの書簡と、秀吉への献上品として総督からの答礼品に自らが買い上げた品々を加え仕立て上げればよい。秀吉を喜ばすには何を呂宋《ルソン》から持ち帰ればよいかは明らかだった。茶葉の保存に重宝がられる呂宋の真壺《まつぼ》である。

マニラの日本人たちは、二つの暦を使い分けていた。日本の暦では二月二十七日、この日はマニラで常用されているグレゴリオ暦で三月二十九日に当たっていた。この朝、カンボジアから櫛橋《くしはし》次兵衛《じひょうえ》の船がマニラに着いた。北西の季節風が止《や》んで、船が日本へ向かう南風の季節が来ようとしていた。

次兵衛は、パシッグ川岸の見世《みせ》にいる甚五郎の顔を確かめるなり、「足はちゃんと付いているだろうな」と言って笑った。甚五郎は、マニラに来た経緯《いきさつ》を次兵衛に語った。

「まあ、無事で何よりだった。それくらいのことをやらなければ、とても生き延びられない。秀吉を始め、どうしようもない連中が、他所《よそ》の国まで出張っていってそこら中を無茶苦茶にしている。ところで、マニラを見て何を思った？」

「ここでは、誰も飢えていない。女たちの泣く声も聞かない。異境ゆえの様々な困難はあるのでしょうが、戦《いくさ》がないというだけで楽土そのものです」

そして次兵衛は、昨年秀吉がまた奇妙な特許状を出し始めたことを話した。なんでもカンボジアへ買いつけに来た堺の伊予屋《いよや》船が、秀吉の朱印の入った許可証を見せてくれたという。次兵衛は、伊予屋の船頭《ふながしら》、玉田正兵衛と以前から顔なじみだった。その渡海許可証の話は、去年甚五郎も博多で耳にしていた。かつて秀吉は、「ばはん（海賊）禁止令」を出して日本での船による勝手商いを禁じ、今度は海外へ交易に向かう船を厳しく制限していた。

甚五郎が引っ掛かりを覚えたのは、それを与えられたという海商八人の内訳だった。長崎商人が四人、京都が三人、堺は伊予屋良干《りょうかん》一人のみで、博多商人は一人もいなかった。長崎からは、博多より移り住んだ末次平蔵《すえつぐへいぞう》だけが二艘《そう》の渡海を許され、荒木宗太郎、船本弥平次《ふなもとやへいじ》、絲屋随右衛門《いとやずいえもん》がそれぞれ一艘の渡海を認められたという。

長崎一港だけで五艘の許可が出されていた。秀吉は博多や堺を切り捨て、自らの直轄《ちょっかつ》領とした長崎一港に海外貿易の窓口を絞ろうとしている意図がありありとうかがえた。

「いよいよ日本では船商いが生きてゆけないことになった。秀吉が早く死んでくれることを祈るばかりだ」

「いや、秀吉が死んだら死んだで、ろくな跡継ぎもいない。長久手《ながくて》で家康に蹴散《けち》らされた三好秀次《みよしひでつぐ》あたりでは、また覇を争って日本中が目茶苦茶なことになりかねません。次に来る者も、自らに都合の良い秀吉のやり方はそのまま手本として踏襲する」

次兵衛がカンボジアまで買いつけに行った品は、まばゆい金色をした絹糸だった。

日本では、明国産の白糸《しらいと》に対してこれを黄糸《きいと》と呼んでいた。明国産の白い繭《まゆ》一つから引くことのできる絹糸は約四百六十二丈（約千四百メートル）あるのに対して、金色の繭からはその四分の一の長さの糸しか引くことができなかった。絹糸本来の金色は、時が経《た》つほど退色するので、灰汁《あく》で煮て一度色を落とし、改めて染色し織り上げるという手間もかかった。だが、洗濯が難しい明国産の絹に対して、このカンボジア産で織った絹はとても丈夫で、洗えば洗うほど光沢が増すという長所を持っていた。カンボジア産の黄糸は稀少品《きしょうひん》として日本では高く売れた。

次兵衛の船には、吉助らがマニラで買い集めておいた鹿皮《しかがわ》や蘇芳《すおう》の他に、壺を七十個積み込むことになっていた。籐《とう》編みの籠《かご》で厳重に梱包《こんぽう》されたこの壺は、呂宋《ルソン》の原住民が酒や油、水などを貯蔵する日用品に過ぎなかった。かつて明国から運ばれてきたこの手の壺で、肩の部分に「耳」と呼ぶ半円の取っ手が幾つか着いているものを「真壺」と賞翫《しょうがん》し、ものさびた風合いのある品ならば金三十両を軽く超える高値で買われた。

菜屋助左衛門は、絹糸と絹織物などの買いつけにトンキン（東京）へ行っていた。その船には、山川生まれの市蔵も乗り込んでいた。トンキンでは、養蚕が年に二度行われるが、四月から六月までの夏場が最盛期で、彼らは仕入れ次第そのままトンキンから日本へ向かうことになっているという。

種子島の佐源太らも、呂宋島で産出する鹿皮を始め、染料の蘇芳や木綿布、香材の伽羅《きゃら》などを原住民や明国商人から買い集めては、盛んに種子島《たねがしま》船に積み込んでいた。甚五郎は、琉球で仕入れた大量の小麦と塩漬け豚にマグロ、米などを、マニラのイスパニア人に売却し、それを折半して種子島衆に渡していた。琉球国糸満《いとまん》の加次良《かじろう》も種子島船に雇われ、この先も彼らと行動を共にすることになっていた。呂宋島で大量に産する鹿皮は、特に鉄砲の袋として用いられ、日本に運べば大きな収益が見込まれた。佐源太らは首里王府の船籍証明を持っていたので、マニラの明国商人からは「レキオ（琉球人）」と歓迎され、幾らでも商品を買い入れることができた。

去年の夏以来、マニラにおける明国商人と日本人との商取引は円滑に運ばなくなっていた。原田喜右衛門の手先、孫七郎なる者が、服属と入貢を強要する秀吉の書簡を携えてきたことによって、フィリピン総督は、呼応して反乱を起こす危険を口実に日本人をマニラ城内で働かせることを止《や》めさせ、城外のディラオに集住させる強硬手段に出た。同時に総督は、千五百人にものぼるマニラ在住の明国商人たちをもパシッグ川を挟む二ヶ所に「パリアン」と呼ぶ居住地を定めて、マニラ城内への出入りを厳しくした。マニラ城内のイスパニア人の家で、下男や下女として働いていた多くの明国人は理由もなく職を奪われることになった。

二

原田喜右衛門の手代《てだい》を名乗る男がパシッグ川岸の見世を訪ねてきたのは、気温が上がり生臭い川風の立つ昼過ぎのことだった。「文次郎《ぶんじろう》」と名乗ったその手代は、応対に出た吉助に、

「主人が留守なら、この見世を預かる下代《げだい》(番頭)を呼べ」と命じた。

「太閤《たいこう》様からマニラへ遣わされてきた原田喜右衛門殿の手代とか申します」

吉助は、二階にいた甚五郎にわざわざ報《しら》せに来た。吉助の戸惑った様子から、その者が主人同様に虎《とら》の威《い》を借り、居丈高《いたけだか》に出てきたことは知れた。だが、甚五郎に引っ

掛かりを覚えさせたのは、一介の手代が上位に当たる下代を「呼べ」などと口にするはずがなかった。ひょっとしたら原田喜右衛門自身かもしれないと思った。

「私が出よう」と吉助に言い、甚五郎はとりあえず黒紗《こくさ》の羽織をひっかけ刀を手にして階下へ降りた。次兵衛も何かを感じたらしく、甚五郎の後から梯子《はしご》段を降りてきた。

奥居間には、イスパニア人から買い入れた円卓と椅子《いす》が四脚置いてあった。刀は背後の壁に立てかけ、「喜右衛門の手代」を招じ入れるよう吉助に言った。

入ってきた「喜右衛門の手代」は、四十過ぎながら子どものように頭部の勝《まさ》った色白の小男だった。絹小袖《こそで》と赤紗《せきさ》の羽織を身に着け、脇差《わきざし》だけを帯びていた。その朱鞘《しゅざや》には金の蛭《ひる》巻《ま》きが施され、茶糸を菱《ひし》巻きにした柄《つか》は黒塗りの鮫《さめ》皮で包んであるのがわかった。商家の手代ごときが、とても身に帯びるはずもない拵《こしら》えだった。

大男の供を一人連れていた。が、その大男は奥居間に入って来ても刀を左手につかんだままだった。右手は空いており、すぐにも鞘を払えた。甚五郎が、大男の顔を見据えたまま、壁に立てかけていた刀を鞘ごと左手でつかんだ。

「手代」が、やっと不作法に気づいたらしく、供の方を振り返り、刀を指さして右手に持ち替えろと示した。

「ご無礼いたしました」と「手代」は言い、供の大男も頭を下げて刀を右手に持ち替えた。それで、甚五郎も再び壁に刀を立て戻した。

「この見世を預かっております甚五郎と申します。この者は手前どもの船頭で次兵衛と申します。何か御用でございましょうや」

立って頭を低くし甚五郎は挨拶《あいさつ》した。相手が尋常《じんじょう》の商家下代ではないと察したらしく、「手代」は急に改まった表情になった。

「実は、呂宋《ルソン》の真壺を捜しておりまして、こちらにはかなりの数があるとお聞きしました。幾つかお譲りいただきたく参上しました次第で」

「手代」は腰を低くし丁寧な言葉で出てきた。

「これから日本に向けて積み込みますのは七十壺ですが、そのうちの四十ほどは、行く先がすでに決まっておりまして、こちらで融通の利《き》きますものはせいぜい三十壺ばかりになります」

「是非拝見したい」と言うので、一つを吉助に運ばせた。

梱包した籐籠を取ると、黄褐色の釉薬《ゆうやく》を掛けたその壺は、窓から差し込んだマニラの陽光を反射して輝いた。丈《たけ》は一尺五寸（約四十五センチ）ほど、左右対称のすっきりとした曲線を見せ、肩から胴にかけて釉薬を二度掛けしてあるため濃い影が流れていた。肩には「耳」と呼ぶ半円の取っ手が四つ付いた、真壺の手本のような品だった。

「手代」の顔が強張《こわば》り、生唾《なまつば》を飲み込んだのがわかった。

「……いかほどで」

「一つにつき黄金三枚（三十両）でいかがでしょうか」

「是非、譲っていただきたい」

「いえいえ、わたくしどもも、一つというわけには参りませんで、実は、この壺も含めまして三十壺、合わせて百枚（金千両）ということで、若狭小浜《わかさおばま》へお送りする段取りには一応なっておりまして。どうしてもと仰《おお》せでございますならば、はるばる日本からお運びいただきましたことでもあり、三十壺合わせまして金九十枚（九百両）でお譲りしましょう」

若狭国小浜といえば、津軽米などの日本海の船運を握っている組屋《くみや》という豪商がいることで知られていた。組屋は、大名などの数寄者《すきもの》相手に呂宋真壺の輸入も手がけ、「手代」が喜右衛門本人ならば、実《じつ》のある話だとわかるはずだった。

「いや、金九十枚もの商いでは、わたしの一存では何とも……、これから戻りまして、主人とも相談の上、本日中には返事を持って参ります。時に、ディラオにも真壺が多数ありますので？」

「ディラオには行かれない方がよいと存じます。率直に申し上げまして、ディラオに日本人が押し込められましたのは、そちらの孫七郎殿と申される方が先年、太閤様の書状を持って来られたためで、反乱を理由にイスパニア人が居留地を城外に定めました。城内で雇われておりました日本人は職を失い、いきなり退去を命じられ、大変な迷惑をこうむることになりました。ディラオの日本人は皆怒り心頭でございまして、不用意に行かれれば何が起こるかわかりません。ここはマニラですので、日本人同士のいざこざなどイスパニア人は居留地に踏み込んでまで押さえることはいたしません。行かれましても、無駄足になるばかりか、無事に戻られるかどうかも測りかねます。

それに、この向こう岸に見世を並べておりますのは、明国福建《ふっけん》などからの商人たちで、彼らはマニラに千五百人ほどが住んでおります。彼らもまた、日本人と同時に住み暮らす場所を城外二ヶ所に定められることになりまして、マニラ市街城で働いておりました者も、すべて城外に追いやられました。事の起こりは原田殿の持って来られた太閤様の書状にあると皆知っております。太閤様が今朝鮮に兵を送り、明国軍と合戦しているぐらいは明国からの商人たちもよく通じておりまして、今では日本人というだけで反感を募《つの》らせております。明国人の立場になれば無理もないことですが、くれぐれも城外を歩きまわることは避けた方がよろしいかと。

手前どもも、近々ディラオに見世を移さなくては、何が起こるかわからないような有様で、この節、船を一通り日本へ送り出しましたら、ディラオへ移るしかないと思っておる次第でございます。明朝には、この壺も含めまして手前どもの船にすべて積み込まなくてはなりませんので、どうか本日中に、必ず払うようお願いいたします」

原田喜右衛門の「手代」は、血の気の引いた顔でうなずき、見世を出ていった。

「さすがに三郎様の元小姓衆、商人をやらせても原田喜右衛門ごときは小童《こわらわ》扱いか」

次兵衛が笑った。

「あの手の小商人は、自らの策に溺《おぼ》れるものです。秀吉への手土産として献上するつもりでしょうから必ず買いに来ます。異境で手持ちの銀がほとんど底をつけば、このマニラの暑さもさぞかし涼しく感じることでしょう」

果たして、今度は喜右衛門の本当の手代が、金九百両を錠前の付いた木箱に詰めてやって来た。

三

二月三十日、沢瀬甚五郎はディラオの日本人居留地に伊丹彦次郎《いたみひこじろう》を訪ねた。ディラオはマニラ市街城の東南裏に位置し、パシッグ川へ流れ込む東と南からの支流二筋が合流する三角地だった。パシッグ川河口は土砂が堆積《たいせき》し、百石積み程度の船でも川をそのまま遡上《そじょう》するわけにはいかなかった。菜屋の見世でも、船荷の出し入れには舢板《サンパン》などの小舟を用いるしかなかった。ディラオを流れる二筋の支流は、それぞれ幅五間《けん》(約九メートル)ほどあり、水運においてはパシッグ川岸とさほどの違いがなかった。明国人の居留地とも、支流を隔てて十丁(約千百メートル)ばかり離れていた。

支流に沿って茅葺《かやぶ》きの商家が九十軒ほど並び建ち、日本人が三百人ほど住んでいた。屋根は、いわゆる寄棟《よせむね》の重厚な造りで、屋根の天辺《てっぺん》を竹で押さえ棟飾りを施したものまであった。家並みの奥にはやはり高床にした木造の蔵も幾棟か見られた。二筋の支流が上流から運んできた土は肥沃《ひよく》で、家並みの裏手には、ヤシと芭蕉《ばしょう》、棕櫚《しゅろ》などに囲まれて青菜の畑地が開かれていた。少し掘れば真水が豊富に湧《わ》き出し飲み水にも困らなかった。極端に高床にした家の造りと周辺に生える樹形が異なるだけで、日本のどこにでもある川沿いの集落に来たようだった。

反乱の危険を口実にしてフィリピン総督が日本人居留地を定めたと聞いた時には、とても住み暮らすことのできないような荒れ地に押し込められたものと甚五郎は思っていたが、そうではなかった。

五年前、薩摩《さつま》の山川《やまがわ》港からマニラに渡った伊丹彦次郎も、ディラオに居を構えていた。肥前長崎から来たというキリシタンの若い妻と幼い二人の児《こ》がいた。彦次郎は、改宗して「ルイス」というキリシタン名を持ち、司長《しちょう》を意味する「カピタン」と呼ばれていた。

伊丹屋の見世は、かつて菜屋の見世に近いパシッグ川岸に構えられていたが、明国商人との揉《も》め事《ごと》を避け彦次郎は見世もディラオに移していた。住いは三間からなる造りで、柱こそ材木だったが、壁は竹と茅とで編み上げられた簡素なものだった。座敷には小さな祭壇が設けられ真鍮《しんちゅう》の蠟燭《ろうそく》立てと聖母の像が祀《まつ》られていた。

甚五郎にとって意外だったのは、ディラオにおける日本人の自治をフィリピン総督がかなり認めていたことだった。地方行政長官はあくまでもイスパニア人のトレド州知事であり、州の司法と行政、税務とをその人物が統括していたが、州を構成するそれぞれの村においては、伝来の社会制度を尊重し、自治に任せるというやり方をイスパニア人は採用していた。呂宋《ルソン》島土着民の村も、明国商人の集落も、また日本人のディラオも、それぞれが村の司長を選び、村内における裁判や警備を独立して行っていた。そして、村落を超えた争いや問題が生じた時には、それぞれの司長が州知事に上訴し、そこで解決しない時はさらにマニラ城内の高等法院によって裁かれるという仕組みになっていた。

彦次郎は、甚五郎を伴ってディラオ集落外れの大きな構えの家へと向かった。入り口に到《いた》る数段の階段を上り、引き戸を開けると広い二間続きに竹と籐とで作られた寝台が両脇に並べられ、四十人ほどの病人が寝かされていた。鼻を刺す強い酒と酢の匂《にお》いがした。そこは日本から渡ってきた重症の者を収容する病院だった。看病に当たっている日本人の女三人に混じって、奇妙な格好をした異国人がいた。黒い髪の頭頂部だけを丸く剃《そ》り上げ、絵に出てくる河童《かっぱ》のような頭髪だった。口の周りと顎《あご》に短い髭《ひげ》を生やしていた。頭巾《ずきん》の付いた麻の修道服と腰縄だけの姿で、しかも裸足《はだし》だった。清貧を美徳とする托鉢《たくはつ》修道会の話は甚五郎も聞いたことがあった。

その修道士は、寝かされている病人よりも粗末な身なりで忙しく寝台を巡り、化膿《かのう》した傷を洗ったり、湿布を取り替えたり、水を飲ませたりしていた。ヤシの実から造る強い焼酎《しょうちゅう》は消毒に使い、酢は小麦粉と混ぜて湿布に用いていた。

「日本から旧友が来ました」と彦次郎がその修道士に声をかけた。修道士は、日本語がわかるらしく微笑《ほほえ》んでうなずき、甚五郎にも丁寧に会釈《えしゃく》した。

「フランシスコ会士だ。あの方々には大層世話になっている。道を普請《ふしん》するのも家を建てるのにも、労を惜しまず手助けしてくれた。ああして病人の治療や看護にも献身してくれている。日本の信者から彼らを招来したいという便りがしきりにマニラへ届き、彼らも行きたがっている」

　言葉の端々に、彦次郎が彼らに対して信頼を寄せているのが感じられた。山川にいた五年前には、彦次郎もキリシタンではなかった。イスパニア人の支配するマニラで生きていくためには、異教徒のままでは何かと不都合が多いだろうことも推察できた。キリシタンにも様々な宗派があり、結局はその人物いかんによるものだと甚五郎に伝えたかったようだった。確かに、日本でよく見たイエズス会の、大勢の供を連れたり金糸刺繍《ししゅう》で飾ったきらびやかな衣装を身に着けたりしていた宣教師とは異なっていた。

　伊丹彦次郎は、フランシスコ会の病院から戻ると絹の着物を身に着け、麻の半袴《はんばかま》と黒紗の羽織に着替えた。甚五郎にも同じものを用意し、それに替えるよう言った。

「申し訳ないが、これからマニラ城内の役所まで一緒に来てもらえないか。陪席《ばいせき》判事のロハス様に会いに行かなくてはならない。この地での恩人だ。最近の日本の諸事情を知りたがっている。信用の置ける日本人が到着した折には、是非連れてきてほしいと以前から言われている」

　そのイスパニア人は、日本でいえば城代家老と町奉行を兼ねたような立場にあり、もしフィリピン総督の身に何かあった時には、マニラの政務を代行しなくてはならない重責を負っているのだという。

「ロハス判事は、これまで起こったイスパニア商人との揉め事でも公平に審理してくれた。ディラオに居留地を造った際にも、わざわざここまで足を運び、我々の意向をまず先に聞き入れてくれた」

彦次郎はそう付け加えた。通訳には病院で見かけたフランシスコ会士が当たってくれることになっており、もうじき来るという。

腰には大小を帯びろと、彦次郎は脇差まで用意していた。その刀は、甚五郎が一本差しにしていた紺組紐《こんくみひも》の柄巻《つかまき》と黒塗り鞘《さかやき》に合わせ、全く同じ拵えのものだった。革緒《かわお》の真新しい草履《ぞうり》も用意されていた。月代も剃《そ》った方がよいと彦次郎は言ったが、今さら面倒なのでそれだけは断った。

「初めましてゴンザロ・ガルシアです」

戸を開けるなり日本語でそう名乗った四十前後の修道士は、上背も五尺六寸（約百七十センチ）ほどで茶色の瞳《ひとみ》をしていた。目が大きくやや彫りの深い顔立ちはしていたものの、黒い髪と褐色の皮膚も、東洋人のように見えた。

「ポルトガル人です」と自ら語った。そして、彼は、今年届けられたものだと言って一通の和紙に墨で書かれた文《ふみ》を甚五郎に手渡した。

『父であるゴンザロさま、あなたは、わたくしどもを主《しゅ》の御言葉のもとにお導きくださったうえ、修道生活にまでお導きくださいました。

フランシスコ会士が大変貧しく、深い信仰心を持たれ、清純であられることを聞くにつけ、その方々は、魂の救いのために来られるに違いないと思うにいたりました。司祭の不足のために、みすみす多くの魂が滅んでいくこの海原に、その漁《すなど》りの網を投ずるべきではないでしょうか……』

ゴンザロ・ガルシア修道士は、かつてイエズス会の伝道士として日本で暮らしたことがあった。その折に平戸でフランシスコ会の修道士ファン・ポーブレと出会った。その老修道士の姿に清貧と謙遜《けんそん》の軌範《きはん》を見たガルシアは、フランシスコ会で修練を積むことを願った。マカオでの四年間の商人生活を経てマニラに渡り、ついに念願のフランシスコ会修練院に入る許しを得ることになったという。

「これまでわたくしのもとに、日本の方々からこのようなお便りが何通も届きました。すぐにでも日本に向かいたいという気持ちでおりましたが、教皇様のご意向によりまして日本での布教はイエズス会士のみに限られており、他の会派の神父や修道士による日本での布教は許されておりませんでした。ところが、このたび特使としてふさわしいとの判断がフィリピン総督によってなされたならば、たとえフランシスコ会士であっても、日本に向かうことができるとの話が届けられました。

太閤様から遣わされてマニラへ来られたパウロ原田殿からも、われわれフランシスコ会士が日本の信徒を救済することを太閤様も望んでおられると聞きました」

ガルシア修道士の表情には、危機に瀕《ひん》している日本の信徒を救済できる機会が訪れようとしていることへの期待ばかりがうかがえた。

四

ディラオから見るイスパニア人の市街城は、帆のない巨大な船のように見えた。高い城壁を越して、河口近くの北西側にマニラ王城や大聖堂、市会の議事堂などの主要な高層建築が集められていた。司法行政院は、マニラ王城の内にあり、そこは行政院議長を兼ねたフィリピン総督の家族が住んでいた。河口に停泊した種子島船から甚五郎が間近に見たサンチャゴ要塞《ようさい》の裏手に当たり、大中の火砲を何門も並べた厳重な備えも納得できた。

彦次郎とガルシア修道士と三人でパシッグ川に近い北東の城門へと向かった。市街城には城壁にそって幅四間（約七・二メートル）ほどの水濠《すいごう》が巡らされ、城門前には跳ね橋が渡されていた。夜間にはその橋が城壁へ引き上げられ、濠《ほり》を渡ることはできない仕組みになっていた。切り石の城壁は四間ほどの高さがあった。日本の棟門《むねもん》とは逆に、妻入りの小庇《こびさし》がついた切り石造りだった。門の上に丸い盾《たて》の形を浮き彫りにしてマニラ市の紋章が刻まれていた。南蛮の城と、剣を手にした半獣半魚だった。

剣と槍《やり》とで武装した番兵に、彦次郎が通行証を見せ、ガルシア修道士が目的を話すとすぐに通された。左手に高い塔のある教会堂が見え、フランシスコ会の修道院だとガルシア修道士が教えた。三間幅のまっすぐな石畳の道が走り、石造りと漆喰《しっくい》壁の家々が並んでいた。すべて瓦葺《かわらぶ》きだった。イスパニア人とその家族以外には城壁内に住むことが許されていなかった。イスパニア人は、女や子どもを合わせて千人ほどが住んでいた。

海に向かって進み、右に折れて大聖堂の丸い屋根と尖塔《せんとう》の方へ向かった。高層の建物に挟まれた広場を過ぎ、四隅に円筒形の塔がある南欧様式の王城があった。円塔もふくめ建物の屋上には石柵《せきさく》が並び、そこから弓矢や鉄砲で防禦《ぼうぎょ》できる造りをなしていた。王城の通りに面した門前には、大きな丸屋根が張り出し、三十人ほどの鉄砲で武装した衛兵が立っていた。

門脇の守衛所でガルシア修道士が用件を告げると、黒い上着の若いイスパニア人が中から現われた。その者に太刀だけを手渡し、名前を記帳させられた。脇差はそのまま身に帯びてよいという。

四角い中庭にそった回廊を進んだ。回廊の屋根を支える石柱の間は弓形にくり抜かれ、四角い池に沿って杉に似た樹木が、規則的に並べられていた。池の真ん中に鼓《つづみ》の形をした青銅の柱が立っており、そこからは盛んに水が噴き出ていた。小菊に似た赤や黄、紫の花が、切り石で四角に区切られた池の周りを規則的な配置で飾っていた。池から流れる水路も、切り石のまっすぐな直線で固められていた。イスパニア人は、水や植物の果てまで、直線や幾何《きか》模様で仕切らなければ気が済まないようだった。

導かれた木製の戸を開けると磨き大理石床の広い執務室になっており、海に向かって開け放たれた窓からは涼風が入ってきた。大きな机と椅子とがあった。痩《や》せて長身のロハス判事は、机の脇に立って出迎えた。上着と膝《ひざ》までの短いズボン、靴下や靴も黒だった。黒絹の織り模様が入った上着からは、襟《えり》と袖先《そでさき》に白い縁取り模様の付いた内着をのぞかせていた。短い髪には白いものが混じり、伸ばした口髭と顎鬚《あごひげ》はやや赤みがかっていた。肌の色が他のイスパニア人よりも白く、彫りの深い顔立ちをしていた。

彦次郎が、旧友で日本の九州博多から商用で来た「甚五郎」だと紹介した。勧められた椅子に着き、ガルシア修道士が最初に通訳したロハス判事の言葉は、「姓は何ですか」というものだった。意外にもキリシタン名ではなかった。

「沢瀬と申します」そう答えると、ロハス判事は執務室まで案内してきた若いイスパニア人に部屋の隅にあった円卓を指さし、何かを出すよう命じた。そして、判事は、「イタミ殿」「サワセ殿」と呼び、把手《とって》のついた同じ銅の器を二人に差し出し、自分の前にも同じ物を運ばせた。ガルシア修道士の白い陶器の茶碗《ちゃわん》には、水を入れさせた。

「マニラのヤシ酒をイスパニアの葡萄酒《ぶどうしゅ》で割ったものです。マニラでは、いつもこうして楽しんでいます」と判事は目元をほころばせて一口含み、甚五郎に勧めた。尋問でもされるものと思っていたのだが、存外客のように扱われた。

ロハス判事は学識が豊かで「学士」の称号を持つ人だと彦次郎から聞いた。終始穏やかな表情と、力を抜いた声にも支配する者特有の傲岸《ごうがん》さは感じられなかった。

「沢瀬殿、あなたがご覧になって、日本は今、いかなる様子ですか」

「わたくしが住み暮らしております九州の辺りでは、民は皆、飢えて苦しんでおります。男手は兵役や軍役夫《ぐんえきふ》に取られ、糧《かて》は兵糧《ひょうろう》として太閤に差し出すことを強いられているためです」

ロハス判事はそれまでの穏やかな表情を保っていたものの、まっすぐに甚五郎を見つめ、真剣に耳を傾けているのがわかった。

「太閤はすでに、朝鮮半島の八国を征服し、明の国境近くまで侵攻していると聞きましたが、実際はどうなのですか」

「それは違います。一月ほど前に、日本から最も近い朝鮮の港、釜山《ふさん》に行きました。太閤の支配が及んでおりますのは、わずかその周辺と漢城にすぎません。去年の春に攻め入った時には朝鮮王国もほとんど抵抗できずにおりましたが、今は違います」

「このマニラに太閤様の軍が攻めてくるとの話も何度かありましたが、それはいかがですか」

「それは無理だと思います。朝鮮に渡っております各大名の軍は、朝鮮の国都漢城をかろうじて押さえているものの、糧も弾薬も朝鮮の民による義兵に途中で奪われ、満足に国都までは届かない状態に置かれています。朝鮮の奥へと攻めこみましたために、戦線が長く延び、糧道を朝鮮各地で蜂起《ほうき》した義兵によって寸断されることになりました。マニラに攻め入る余力など、太閤にはないものとわたくしには思えます」

ロハス判事が小さく二度うなずいた。

「今、太閤の使節としてマニラに来ているパウロ原田殿はご存じですか」

「いいえ存じません。かつて平戸の領主松浦《まつら》氏に従う商人の一人に、そのような人物がいるとは耳にしたことがあります」

「パウロ原田殿は、フィリピン総督と友好の条約を結ぶために太閤様に遣わされたと話し、宣教師が少なく苦しんでいる日本のキリスト教徒のために是非フランシスコ会士を派遣してほしいと求めています」

「その話は先程ガルシア修道士様からうかがいました。修道士の皆様方の、せっかくのお気持ちに水を差すようで申し訳ありませんが、太閤が求めているのは、あくまでもイスパニアの方々との交易による利益です。信仰ではありません。日本を一手に支配している太閤は、自らを神のごとく崇《あが》める民を求めています。そのような人物は、嫉妬《しっと》深く、かつ冷酷なものです。

修道士様のように迷える魂を真に救おうとなされる方は、太閤にとって危険なものと映るはずです。太閤は、貢税《こうぜい》を納め、ただ言いなりになる領民だけを求めています。何にせよ、太閤の意に反する意志や考えを持つような者は、力で押しつぶされるだけです。フランシスコ会士の皆様方が探究しておられるものとは、全く相反するものを太閤は求めていると思います。

イエズス会士の方々にしましても、あくまでポルトガル船との交易に利用できるとの判断によって布教を許したもので、太閤の思惑から外れたら、手ひどい弾圧が待っていると思います」

思いに反することを通訳しなくてはならないガルシア修道士の顔は色を失い、言葉も詰まりがちだった。しきりに額の汗を小布で押さえた。

「わたしがわからないのは、太閤は日本を力で統一し、まだ足元も充分に固まらない状況で、なぜ強引に朝鮮へ攻め入るようなことをしたのかということです」

「以前から太閤の考えていることは、これまで明国皇帝が支配する国々に行ってきたことを、今度はおのれが明国皇帝に取って代わって行おうというものです。太閤は、明国皇帝、朝鮮国王、琉球国王、……相手が誰であろうと自らに臣下の礼をとって服従させ、貢《みつ》ぎ物を捧《ささ》げさせるという目的は変わるものではありません」

「では、このマニラに対しても太閤は同じように考えているとお思いなのですね」

「はい。そう思います。フィリピン総督に対してのみ、同等の誼《よし》みを結ぶなどということがあり得ましょうか。わたくしはあり得ないと思います。原田某が何と語ろうと、太閤は服属と入貢のみをフィリピン総督に求めています」

原田某が何を企《たくら》んでおるのかはわかりかねますが、肥後の領主、アゴスチーニョ小西行長が、かつて太閤に対して行ったこととよく似ています。

小西行長は、朝鮮国王が送ってきた太閤への祝賀使節を服属の使者と偽《いつわ》り、朝鮮王国との戦の回避を試みました。彼は、キリシタンであると同時に、これまで朝鮮王国との交易によって栄えた、堺の富める商人の家で生まれているので、朝鮮との戦乱は避けたかったわけです。だが、行長の策はすべて裏目に出ました。太閤の考えは初めから明国を征服するというものですから、服属などした覚えのない朝鮮に一方的に兵を送り、そのまま明国に攻め入ろうとしました。太閤は朝鮮王国にも軍役を求めました。アゴスチーニョ小西の策略はかえって事態を錯綜《さくそう》させ、日本と朝鮮国を収拾のつかない戦乱にまきこむことになりました」

「……これまで、マニラで見聞きすることのできた太閤の考えは、根本のところがよくわからなかった。沢瀬殿のお話を聞いて、飲み込めた気がします。とてもよくわかりました。

ところで、沢瀬殿は、ドン・アロンソ・デ・レイバというイスパニアの海軍司令官のことを聞いたことがありますか」

そして、ロハス判事は「ドン・アロンソ・デ・レイバ」とその名前をもう一度ゆっくりと言った。

「いいえ、存じません」

「司令官ドン・アロンソは、五年前の秋、イングランドとのグラヴェリンヌ海戦で敗れ、イスパニアへ戻る途中、乗っていた船がアイルランド沿岸で難破沈没して、消息を絶ちました」

ロハス判事が唐突に自国海軍の敗戦を話題にしたので少し驚いた。「無敵」と讃《たた》えられるイスパニア艦隊が、イギリスの海軍に敗れた話は、日本にもポルトガル商人によって伝えられていた。ポルトガル人は、同じ国王のもとに併合されながらイスパニア艦隊の敗戦をひどく喜んでいた。その時の奇妙な印象だけが甚五郎の中に残っていた。

「……ドン・アロンソは、戦いにおいて常に最前線に身を置き、自ら剣を抜いて指揮を取りました。しかし、部下の将兵にはとても寛大なことで知られました。イスパニアで最も人気のある司令官でした。以前わたしも会いましたが、古来のイスパニア騎士そのものでした。惜しい人物だった。……沢瀬殿も、以前はサムライでしたか」

「はい。ずっと以前のことですが」

「この部屋に入って来た時の、目の配り、歩き方、話し方、周囲に漂う気配、何もかもが違います。その刀の差し方も、初めから身体《からだ》の中心に来て、角度も浅く差している。すぐにでも抜けそうだ。髪の形など外見は変えても、その人に深く身についたものは隠せないものです」

「かつて日本でサムライだった時、沢瀬はわたしの三倍もの俸禄《ほうろく》をもらっていました」彦次郎が笑って付け加えた。ロハス判事も笑顔で応《こた》えた。

「お会いできてよかった。またいつでもお訪ねください。沢瀬殿のマニラ城内への通行証は、後ほど伊丹殿のもとへ届けさせます」ロハス判事は、そう言って部屋の戸口まで足を運び見送った。

吹き抜けにした玄関口で預けておいた太刀を受け取り、マニラ王城を出ようとした時に、ガルシア修道士は甚五郎を呼び止め、まっすぐに見つめてこう言った。

「たとえいかなる困難が日本で待ち受けておりましょうとも、わたくしは日本へ向かわなくてはなりません。それが、わたくしの使命です」

甚五郎は「人は皆、それぞれの運命を生きるものです」と返し、お気持ちはわかっているとうなずき返した。ガルシア修道士がむしろ困難であればあるほど意志を固める種類の、特別な人間であることは感じた。彼は死さえも恐れないだろう。だが、秀吉には、それが逆に脅威と映るはずだった。

文禄二年(一五九三) 陰暦四月

一

四月二十三日夕、甚五郎は、驟雨《しゅうう》の過ぎるのを待ってディラオから舢板《サンパン》に乗り、パシッグ川西岸の菜屋へ戻ろうとしていた。パシッグの大河へ出て下流に進み、北から流れ込む支流に入ろうとした小舟から、菜屋の見世《みせ》表に意外な光景を見ることになった。明らかに明国人《みんこく》とわかる黒の儒服《じゅふく》を身に着けた二人の人物が来ており、見世を任されている吉助も、逗留《とうりゅう》している種子島衆までもが卓を囲んで和《なご》やかに談笑していた。

菜屋の見世は、北からパシッグ川へ流れ込む支流の河口に位置し、見世は流れに面して東を向いていた。陽は西にすっかり傾き、見世前は日陰に覆《おお》われていた。雨上がりの川風が立ち、パシッグ川からの生臭さが消える刻《とき》だった。見世前にはイスパニア製の円卓が出され、籐椅子《とういす》が並べられて、皆がくつろいでいるのがわかった。卓上には銀の盆や小器が並べられ、彼らが血のような赤い液を路上に吐きつけるのが見えた。明国人までが広袖《ひろそで》を気にも止めず、真っ赤な液を吐き出していた。

暑さが和《なご》んだこの夕べに、彼らはブヨを楽しんでいた。ブヨは、ビンロウの白い果肉片に石灰《せっかい》の粉を少しまぶし、胡椒《こしょう》科キンマの葉で包んだもので、マニラではこれで訪問客をもてなす習慣があった。原住民ばかりか、イスパニア人も、男と女の別もなく、聖職者にいたるまで、誰もがブヨを嚙《か》んではその赤い液汁に酔いしれていた。

明国人の市場町「パリアン」の一つは、支流を挟んで菜屋の対岸にニッパヤシ葺《ぶ》きの軒を連ねていた。マニラの明国人は、約千五百人にものぼり、パシッグ本流を隔てた東岸にも大きな市場町を形成していた。東岸「パリアン」の真向かいには、マニラ市街城のサン・ガブリエル要塞《ようさい》が位置し、二つの「パリアン」は、要塞に備えてある大砲の射程距離内に置かれているのがわかった。日本人町ディラオも、サン・アンドレス要塞が対峙《たいじ》し、その大砲の射程内にあった。いずれも大規模な反乱に備えてのことだった。

秀吉が原田喜右衛門を使ってフィリピン総督へ服属と入貢《にゅうこう》を強要した昨年四月以来、日本人と明国人との関係は険悪なものとなり、「パリアン」での商取引も円滑に運ばなくなっていた。

舢板から石組みの雁木《がんぎ》に降り立った甚五郎の姿を認めると、椅子に座っていた吉助と佐源太らが立ち上がった。それで二人の明国人も椅子から立って少し強張《こわば》った顔つきをした。

「わしらの荷主さんだ。この旦那《だんな》のおかげでマニラまで来ることになった」

加次良《かじろう》が笑いながら日本語でそう話すと、正装した二人の明国人は表情を和《やわ》らげ、頭を下げて日本式の挨拶《あいさつ》をした。彼らは日本語がわかるようだった。蔡陽深《さいようしん》と林元顕《りんげんけん》の二人は、パシッグ川東岸の「パリアン」に住み、黒の儒服が示す通り明国商の頭取格だった。

佐源太らは首里王府の船籍証明を受けて渡航しており、フィリピン総督府からは「レキオ(琉球人)」として扱われていた。しかも、マニラまでの水先案内を務めた琉球国糸満《いとまん》の加次良には、マニラに福建人《ふっけん》の知り合いがいた。福建人たちは久しぶりに会った加次良を懐《なつ》かしがり、同行する種子島衆までが格別の扱いを受けることになった。

かつて那覇の久米村は、交易のために明国福建出身の商人たちが大挙して移り住んでいることで知られた。福建人は商売をするために生まれてきたような人たちで、繁《はん》盛《じょう》する地を見つけては身軽にどこへでも移り住んだ。東アジアの中間貿易で栄えた那覇が翳《かげ》りを見せると、彼らは早々と見切りをつけ、マニラへと渡っていた。

この日、加次良を訪ねてパシッグ川東岸からやって来た二人も、かつて久米村にいたのだという。彼らがわざわざ儒服を着て敬意を表したように、「糸満の加次良」は福建人たちにも知られた船乗りだった。

甚五郎は菜屋で雇っているタガログ人の若衆に刀を預け、椅子を持って来させた。吉助が慣れた手つきでビンロウの小片をキンマの葉で包み、甚五郎に手渡した。

ブヨを嚙むと、しみ出てきた液汁が口の中を灼《や》いた。やがて強い酒のように身体《からだ》が火照《ほて》って眠気をもよおし、酔った気分にさせた。味は悪くなかった。

「もし菜屋さんの方でこの見世を引き払うならば、是非借り受けたい」

佐源太がそんなことを言い出した。日本人はディラオに見世と住居を移し、パシッグ川岸に見世を残していたのは菜屋だけとなっていた。菜屋の見世と蔵はディラオにもあり、マニラの見世を任されている吉助も、この夏、船を送り出したらパシッグ川岸を引き払うつもりでいた。吉助の妻子もディラオに住まわせていた。

「これからは北風が吹くたびにマニラへ来る。種子島から硫黄と夜光貝、刃物や薬罐《やかん》を運んで蔡さんたちに売る。マニラでは、蔡さんたちから生糸や織物、蘇木《そぼく》、麝香《じゃこう》や沈香《じんこう》を山と買って、タガログ人から鹿皮《しかがわ》も買い、長崎へ売りにいく」佐源太はそう言い、「那覇の近辺は空き家ばかりだった。琉球国にも人を置いて、小麦粉、それに塩漬けの豚とマグロを集めさせる。屏風《びょうぶ》だの硯箱《すずりばこ》だのも、ここでイスパニア人に売る」

そして、いつもの口癖を繰り返した。「やってみれば何とかなる」

「そう。何とかなる。まずやってみる」福建人の蔡陽深が、ブヨに酔って気だるそうにしながら突然日本語でそう応《こた》えた。

マニラへ運ぶという品の中に「延べ板銀」を佐源太は入れなかった。日本人と明国人の交易といえば、日本の銀と明国産生糸との取引に決まっているようなものだった。明国では銀が不足し、日本からの産物では延べ板にした銀が最も明商人と取引がしやすかった。だが、イスパニア商人が明国産の絹や磁器を求めてノビスパニア（メキシコ）から大量の銀をマニラへ運んで来るようになって事情が変った。

イスパニア当局は、ノビスパニア銀が本国へ送られることを望み、マニラには年間に船二艘《そう》だけ二十万ペソまでという制限を設けていた。だが、イスパニア商人は、本国へ送るより明国商に売る方が六倍もの利益になるため、一艘の船で二百万ペソを超える銀をマニラに持ち込んでいた。日本人も銀を運んで来るため、明国の生糸や絹織物など同じ品目を買うイスパニア人との間で揉め事《もごと》を引き起こすようになった。

当初、甚五郎の目には、種子島衆がものごとを直感で決めているように映った。ところが、彼らと生死を共にしてマニラまで来てみると、陸暮《おか》らしの者とは別種の、しなやかな感覚が備わっていることがわかってきた。恐らく海洋民の特性なのだろう、まず船を走らせ、それから思考して決めるという軽《かろ》みが彼らにはあった。それでいて、見るべきところはきちんと押さえていた。

マニラからの船荷を運ぶ日本の港は長崎であり、銀を商品から外すという。その視点には、長年交易で鍛えた直感が働いていた。種子島衆が海外交易をやるとなれば、島津家の監視をかいくぐる必要が生じる。そう簡単に運ぶものとは思えないが、彼らなら紆余《うよ》曲折を経ても、いつかマニラ交易を手の内に入れてしまうような気がした。

そもそも佐源太らは、種子島家から兵糧《ひょうろう》輸送を命じられ朝鮮釜山へ来ていたものだった。気がつけば、はるか南方のマニラへ来ていた。しかも、こんな時期に日本人ならば身の危険を感じるはずのパリアン内を、丸腰のまま平気で歩き回っていた。ニッパヤシで葺かれた絹問屋市場の通路をブヨを嚙みながら歩く様は、ずっと以前からマニラに住んでいるかのようだった。パリアン内に福建人の知り合いがいる加次良の存在もあったのは確かだが、種子島衆に海洋民特有の匂《にお》いがあり、それがマニラの明国商人からも存外すんなりと受け入れられているものと思われた。

甚五郎が口に溜《た》まった余分な赤い液汁を椅子の脇《わき》に吐き出した。

「この沢瀬の旦那は、元々立派なサムライで、わたしらなんぞとは人の品《しな》が違う。道端にツバなどけして吐かない。だが、マニラに来てブヨを嚙んだ時だけは、こんなふうにお人が変わる」

佐源太がそう言い、そこにいた者たちが一斉に笑い声を上げた。めったに笑うことのない福建人までが声を上げて笑った。甚五郎も苦笑いで応えるしかなかった。

支流とパシッグ川を行き来する原住民の小船も、対岸パリアンの明国人も、菜屋の見世先での奇妙な光景を不思議そうに見ていた。日本人と明国人が同じ卓を囲んでブヨに酔い、和やかに笑っている様など、ここしばらくマニラでは目にすることがなかった。

二

この年の陰暦四月二十五日は、グレゴリオ暦の五月二十五日に当たり、マニラ湾パシッグ川河口に投錨《とうびょう》した櫛橋次兵衛《くしはしじひょうえ》の船も、あらかた日本へ運ぶ荷を積み終えようとしていた。

甚五郎はこの日も、ディラオに来た。南と東から支流二筋がパシッグ川へ流れ込む三角地に開いた日本人町は、川沿いに見世が並び、背後には畑地が広がっていた。日本では見ることのないタマリンドの木がそこここで白い花を咲かせ、緑と白の鸚鵡《おうむ》と、緑に赤の小さな鸚鵡が飛び交っていた。原住民が「モボーロ」と呼ぶ桃の木や様々な蜜柑《みかん》類の木には、尾の長い猿が群れをなして騒ぎ、盛んに葉や果実を頬張っていた。

マニラの日本人も、かつてはマニラでの通商のためにその期間だけ居留していたものだった。定住する者は少なく、北西風の吹く秋から冬に日本から船荷を積んでやって来て、南風の夏にはマニラからの船荷を満載して日本へ戻った。

だが、五年前の六月、秀吉が長崎のキリシタンを捕らえて国外追放を強行したために、信教上の理由でマニラへ到来し、そのまま定住する日本人が増えていた。ディラオの日本人は今では常時三百人を数えるまでになり、伊丹彦次郎の妻女、お周《ちか》も、その一人だった。

お周は、「ルシア」のキリシタン名を持ち、長崎から両親とともに追放されてマニラに来た。数えて三つになる長男と、去年生まれた次男の母親となった。子どもは、それぞれマニラで洗礼を受け、長男は「ミゲル」、次男は「ディエゴ」という洗礼名をもらった。

「長崎ではひどい目に遭いました。悪いことなど何一つしていないのに、いきなり家財をすべて取り上げられ、着のみ着のまま追い出されました。ここでは信仰ゆえの迫害を受ける心配がありません」洗濯物を干しながらそう言ってお周は微笑《ほほえ》んだ。

絶対神への信仰と、そのもとにおける人間の平等は、秀吉の支配下では、とうてい許されないものだった。秀吉の支配が及ばず、戦時下にないマニラに来てみて、甚五郎は博多に置いたままのお綸《りん》と幼い娘のことを思った。

娘には生まれた時に「絢《けん》」という名を付けてやっただけで、父親らしきことは何もしていなかった。お綸は、「ヨハンナ」というキリシタン名を持っていた。マニラへ来て心に不安を持たず生きられるようになったお周の姿を見るにつけ、いつまでもお綸と娘を博多に置いておくわけにはいかないと思った。

櫛橋次兵衛の船が日本に向かってマニラを発《た》つ時期が迫っていた。今夏の次兵衛の船は、長崎に寄港し、そこでの商談がうまくまとまらなかった時は、かつてのように堺の茜屋幸右衛門《あかねやこうえもん》のもとへ向かうことになっていた。甚五郎もそろそろ日本へ戻る必要があった。博多は、明国征伐の兵站《へいたん》基地として組み込まれ、厳重な統制のもと兵糧米と武器弾薬の売り買いばかりで、海外交易の商談などできる雰囲気ではなかった。

去年も、嶋井宗室の助力でマニラへ船を送り出し、何とか商売らしき格好をつけられただけのことだった。

フィリピン総督ゴメス・ダスマリーニャスは、自称「日本国王の正使」原田喜右衛門の要請に応えて、フランシスコ会士の日本派遣を検討していた。

フィリピンのイスパニア船がノビスパニアのアカプルコへ向かう時は、太平洋を北東に進み、北緯三十五度辺りまで切り上がって西風をとらえる必要があった。その位置がちょうど日本列島近くの東《ひがし》海上に当たった。フィリピン総督としては、万が一の海難に備えて「日本国王」と友好関係を結んでおくに越したことはなかった。

だが、喜右衛門の目的はフランシスコ会士たちを、秀吉に服属を申し入れるフィリピン総督の使節として仕立て上げることだった。フランシスコ会士が多ければ多いほど体裁がよいため、喜右衛門は一人でも多くのフランシスコ会士派遣を求めてやまなかった。

ディラオの「カピタン（司長）」となった伊丹彦次郎は、再三マニラ市城内の司法行政院に呼び出され、使節派遣についての意見を求められた。先に甚五郎が陪席《ばいせき》判事のペドロ・デ・ロハスに伝えたように、彦次郎も秀吉による弾圧の危険が高いことを訴えた。

マニラのイエズス会では、去年の六月、ポルトガル人の司祭ガスパル・ジョルジが平戸《ひらど》で服毒せしめられ壱岐《いき》で死んだことを挙げて、フランシスコ会士の派遣を阻《はば》もうとした。三年前の秋にもイエズス会のイスパニア人司祭カリヨニ・フランシスコが平戸で毒を盛られ同じく壱岐に渡って死亡していた。この時にはまだマニラには届いていなかったが、日本ではベネチア人フラネト・ジョゼフとベルギー人のマンテレ・テオドロの両司祭が、またも平戸で服毒せしめられ肥前《ひぜん》の有馬《ありま》で死んでいた。いずれもイエズス会の宣教師だった。原田喜右衛門は、かつて平戸松浦氏出入りの商人で、まず平戸へフランシスコ会士を連れて行くことになっていた。

フィリピン総督府も、去年日本からコーボ神父が要請してきた十名より減らし、「友好使節」として四名のフランシスコ会士を秀吉のもとへ送ることを決めた。ペドロ・バウチスタ神父、バルトロメ・ルイス神父、ミゲル修道士、そして、日本語に通じたゴンザロ・ガルシア修道士だった。彼らは、マニラにおいて日本人の教導と保護に努めた人々にほかならなかった。

四月二十七日、甚五郎は、種子島衆より一足先に櫛橋次兵衛の船でマニラを発つことになった。次兵衛はまず長崎に向かい、博多へ戻る甚五郎をそこで下ろし、長崎で商談がまとまればそれに越したことはないと考えていた。佐源太らの種子島船も一両日中にはマニラを出帆し、琉球国の那覇を経由して長崎へ向かうという。

フィリピン総督の使節として派遣される四名のフランシスコ会士は、三日後にマニラを出帆することになった。ペドロ・バウチスタ、バルトロメ・ルイスの両神父は、イスパニア人ペドロ・ゴンザレスの船で、ゴンザロ・ガルシア修道士とミゲル修道士は原田喜右衛門の船に乗り、いずれも平戸へ向かうという話だった。

三

陰暦五月二十五日午《うま》の刻前、次兵衛の船は二十八日間の航海を経て、無事長崎湾に到《いた》った。高鉾島《たかほこじま》を過ぎると、すぐに番船が漕《こ》ぎ寄せて来て停止を命じられた。長崎奉行所の下役が五人船に乗り込んできて、乗員の名簿と積荷の帳簿を点検した。長崎奉行は唐津《からつ》城主の寺沢広高《てらさわひろたか》が任じられていた。

唐様《からよう》のジャンク船だったためで、船主がマニラの菜屋助左衛門だったので、そのまま湾奥へ向かうよう指示された。

長崎では絲屋随右衛門《いとやずいえもん》が菜屋船の窓口になってくれる手筈《てはず》だった。京都の出だと聞く随右衛門は、「ミゲル」の洗礼名を持っていた。マニラにも再三来航し、「ミゲル・イトヤ」の名でイスパニア人にも知られ、次兵衛とも旧知の間柄だった。去年、秀吉から海外渡航の許可証を下付《かふ》された海商八人の一人である。

曳航《えいこう》する船が要るかと船手方《ふなてがた》の下役に訊《き》かれ、「この風ならば、引き船はいらない」と次兵衛が答えると、下役一人だけが船に残り、番船が湾奥へと先導した。

長崎は、湾奥深く、緑濃い山塊が左右に迫り、外波と横風とを防ぐ天然の良港だった。水深も十分にあり、磯浜《いそはま》で錨《いかり》の掛かりもよさそうだった。ポルトガル人がこの港湾を教会領として定め、占領していたのもうなずけた。久しぶりに間近に見上げた松の緑影は甚五郎の目にしみた。

湾奥の岬に開かれた長崎の町は、山に向かって岬を覆うように家々が建ち並んでいた。マカオから明国産生糸を運んでくるポルトガル船は長崎に集中し、その利を求めて諸国からの商人が大勢移り住んでいた。博多からも「興善町《こうぜんまち》」を開いた末次《すえつぐ》興善を始め、長崎が開港すると商人が到来して博多町《はかたまち》を作っているほどだった。

船手方から連絡を受けた絲屋随右衛門は、わざわざ端舟《はしぶね》に乗って自ら迎えにきてくれた。随右衛門が何度もマニラに渡っていることを次兵衛から聞いていたので、かなりの年配だろうと甚五郎は思っていたが、生気あふれ髪黒々とした人物だった。三十を過ぎたばかりに見えた。高価な赤紗《せきさ》の羽織など着ていたが、甚五郎はてっきり絲屋の手代が遣わされてきたものだろうと思った。

次兵衛が甚五郎を紹介すると、随右衛門は満面の笑みを浮かべた。

「マニラで菜屋の吉助さんたちから、お名前はいつもうかがっておりました。思いがけずお会いできまして幸いです」

そんなふうに随右衛門は言った。若くして海外交易で財を成し、長崎でも五本の指に数えられる海商となりながら、珍しく驕慢《きょうまん》なところのない人物だった。

「マニラへはいつから渡られましたので？」と尋ねた甚五郎に、「初めてマニラへ渡りましたのは、十六の時でした」と随右衛門は赤面して答えた。その慎み深さが、海神にも愛《め》でられたものだろうと甚五郎は思った。

次兵衛が運んできた品目の帳面をじっくりと眺め、随右衛門は顔を上げるなり言った。

「すべてわたくしが頂戴《ちょうだい》したい。次兵衛様さえよろしければ」

次兵衛の船がマニラから運んできた品は、鉄砲の袋にする鹿皮を除けば、カンボジアの黄絹《ほっけん》糸と絹織物、呂宋真壺《ルソンまつぼ》、伽羅《きゃら》、蘇木《そぼく》、蜜蠟《みつろう》など、すべて贅沢品《ぜいたくひん》だった。同じ九州の港でも、兵站基地となった博多とは異なり、長崎ではこれらの品々が盛んに売買されていた。

舟津町《ふなつまち》にある絲屋の船宿で甚五郎と次兵衛は清酒をふるまわれた。日本ばかりか侵攻された朝鮮でも、民は飢え、男手は戦に取られて、女たちが悲嘆に暮れている時に、肥前名護屋城では秀吉始め大名衆が暇を持て余し、茶の湯と能《のう》遊びにふけっているという話を随右衛門から聞いた。それが秀吉の封建支配なるものの実態だった。

原田喜右衛門が近々平戸へフランシスコ会士を伴って来る話に、随右衛門は初めて表情を強張《こわば》らせ「あの馬鹿者《ばかもの》が」とつぶやいた。

「つい先だってイエズス会の司祭が二人、平戸でまた毒を盛られ殺されたばかりです。表面は、しばらくキリシタンの弾圧をひかえているように見えますが、とりまく状況は何も変わっていません。フランシスコ会士は、イエズス会士とは違う。この先、何が起きてもおかしくないと思います。

明国征伐も朝鮮で泥沼化して、太閤《たいこう》様も国の内外でいよいよ苦境に立たされている。こんな時には目をほかに向けさせるための材料にされかねない。もしフィリピン総督が友好のために送ってきたフランシスコ会士を牢屋《ろうや》に入れたり、殺したりすれば、私どもはマニラでの商売などできなくなります。そればかりかマニラの日本人もどんな目に遭わされるかわからない」

随右衛門はそう言って下唇を嚙み、原田喜右衛門の愚策に憤《いきどお》りをのぞかせた。若き日よりマニラへ出かけ、フランシスコ会士をよく知っている随右衛門には、これから引き起こされる混乱と弾圧とが見えているようだった。

原田喜右衛門はマニラからフランシスコ会士を連れ出せば、金銭の力で彼らも言うがままを受け入れ、何とか取り繕えるものと考えているだろうが、ゴンザロ・ガルシア修道士ら四人は、いずれも強い使命感を持ち、妥協のない宗教者だった。フランシスコ会士は、常に麻の粗末な修道服に縄帯を身に着け、そして裸足《はだし》だった。いってみれば物乞《ものご》い同然の格好をしていた。粗食ゆえにひどく痩《や》せ、日本では誰が見ても、およそフィリピン総督の送ってきた使節などとは思われない。同じキリスト教の宣教師といっても、日本人がこれまで目にしてきたイエズス会士などとは、まるで異質の宗教者だった。

秀吉や大名の前にも、彼らは常と変わらぬ粗衣《そい》裸足のまま出て行くに違いなかった。喜右衛門や長谷川法眼らの俗悪な連中が何と言おうと、彼らがきらびやかな格好などするはずはなく、金銭や品物を献上するなどということも有り得なかった。たとえ相手が秀吉でも、自らが語るべきことを曲げることもない。それだけに秀吉はもちろんのこと、施薬院全宗《やくいんぜんそう》のごとき御用坊主《ぼうず》は、その危険を敏感に嗅《か》ぎ取るに違いなかった。

「……乞食《こつじき》同然の格好をしたフランシスコ会士をフィリピン総督使節と偽って名護屋城に連れて行けば、俗物ばかりの商人どもは以後喜右衛門の言うことなど耳に入れることはなくなり、喜右衛門も、親方の長谷川法眼もいずれ破滅を見るにちがいないとは思います。それは当然の報いです。ですが、ゴンザロ・ガルシア修道士たちの身も、ただでは済まない。宣教師の不在に苦しむ日本のキリシタンのために来られるのでしょうから、あの方々が布教活動をしないはずがない。この長崎も、また厄介なことに巻き込まれることになる」

随右衛門はそう言って視線を遠くへ送り、大きく吐息をついた。

長崎も、伊丹彦次郎の妻女お周らが追放された五年前とはキリシタンを取り巻く状況が変わっていた。五年前の六月に教会堂が破壊され、宣教師や修道士が追放され、お周たちのように棄教を拒んだ信徒も、財産没収のうえに長崎を追放された。だが、朝鮮出兵で軍費がかさみ、秀吉はマカオから明国産生糸を運ぶポルトガル船が長崎へ来港しなくなるのを恐れて、五年前の夏以降はこれという弾圧をしてこなかった。

秀吉が教会領を直轄《ちょっかつ》領となして、旧来の二十三町は地子《じし》税（地税）を免除される「内町《うちまち》」と定められ、それ以外の町屋は地子税を課せられる「外町《そとまち》」となった。その外町には、諸国から移り住む人が引きも切らず、人口が増え続けていた。

去年、外町の代官として、村山東庵《とうあん》なる者が就いたという。尾張名古屋生まれの人物で、元は「安東《あんとう》」と名乗っていた。秀吉に名護屋城で拝謁《はいえつ》した折、「東庵」と名を変えさせられたと随右衛門は話した。洗礼名の「アントニオ」に「安東」の字を当てたもので、キリシタンに違いなかった。おそらく長崎には、この五年間に諸国のキリシタンが大勢移り住んでいるものと思われた。

確かに随右衛門が危惧《きぐ》するとおり、秀吉は明国征伐の座礁《ざしょう》を今度はキリシタンに矛《ほこ》先《さき》を向け、弾圧の対象としかねない状況ができていた。

四

甚五郎は舟津町の船宿で一休みした後、次兵衛と別れ、一人、時津《とぎつ》街道を北へ向かった。夕刻、浦上《うらかみ》を経て大村湾に面した時津に着き、そこで一泊した。翌二十六日朝、舟で大村湾を北へ縦断し肥前彼杵《そのぎ》に着いた。

伊万里《いまり》に到り、唐津街道を北上して唐津に着いたのは五月末日の二十九日昼だった。

唐津は、名護屋城が築かれた東松浦《ひがしまつうら》半島の根っこに位置し、新たに切られた「太閤《たいこう》道《みち》」を北西へ約三里海に向かって進めば、名護屋城に到った。秀吉が明国征伐の拠点とする名護屋城へ物資を運ぶため、京都から山陽道、唐津街道を経て名護屋城まで二十五の宿、その最後の宿駅《しゅくえき》だった。長崎からここまで、明国軍との停戦と講和の話は道々耳にしていた。だが、唐津の宿場は、相変わらず兵糧米と武器弾薬の到着と運び出しとでごったがえしていた。商人たちは、このまま明国征伐が終わるとは誰も思っていないことを示していた。

唐津街道を約十二里歩き、博多へ着いたのは灯《ひ》ともし頃だった。すでに闇《やみ》が降り始めていた。東西に流れる石堂川《いしどうがわ》と那珂川《なかがわ》を結んだ大水道の脇、東町の菜屋はまだ見世《みせ》を開けたままだった。唐津の宿場が相も変わらぬ騒ぎだったので予想はしていたが、博多も同じように喧騒《けんそう》の余熱が漂っていた。

この一年、博多では小倉《こくら》から届けられた兵糧米と武器弾薬を蔵に保管し、名護屋城からの注文が届き次第、荷を点検しては唐津へ送り出すことの連続だった。菜屋の見世では休む間もなくそれに忙殺されてきた。確かに戦景気で見世の収益は莫大《ばくだい》なものだったが、朝鮮へ運び込まれたそれらの兵站物資がほとんど前線に届いていないという実態を知った目で眺めれば、何もかもがひどく馬鹿げたものに甚五郎には映った。

大戸を閉めようと政吉が見世の内からうつむき加減で出てきた。マニラの吉助《きちすけ》は明らかに肥えて見違えたが、同じく山川から連れてきた政吉《まさきち》がずいぶん痩せたのを感じた。髪もほつれを見せ、重い足の運びに疲労が見て取れた。

人の気配に政吉が振り向いた。立っている甚五郎に気づいた。一瞬真顔になってまじまじと甚五郎を見て、急に笑い出した。

「お帰りなさいませ。ご無事で何よりでした。一瞬どなたかと。驚かさないでください」

そして、見世奥に「親方様がお戻りだよ」と明るい声を投げ入れた。吉次《きちじ》と幸造《こうぞう》が飛び出してきた。嶋井宗室の所から来た使用人たちも、皆仕事の手を休めて甚五郎の帰還を笑顔で迎えた。

お綸が、お絢を連れて奥から出てきた。お絢は禿《かむろ》に髪を切り、薄緑地に白の麻葉模様の単衣《ひとえ》を着ていた。甚五郎の顔を見忘れ、泣き出すものと思っていたら、存外嬉《うれ》しそうに笑った。そして、母親から教えられた「お帰りなさいませ」を言った。人も見世も以前のままだった。わずか五ヶ月ほど離れていただけのことだったが、異界からやっと現実《うつつ》の世界に戻ったような思いがした。

翌朝、甚五郎は嶋井宗室の屋敷に出向いた。嗣子《しし》の徳左衛門《とくざえもん》が出迎え、番頭の吉兵衛ら見世の者たちも皆、甚五郎の無事を喜んでくれた。だが、これまでならば見世表まで出てきてくれたはずの宗室が現れなかった。徳左衛門は、それまでの笑顔を消して「奥で休んでおります」とだけ言った。

通されたのは、天井に早春の星空が描かれた離れの小部屋だった。襖障子《ふすましょうじ》を閉め切

り、火鉢までが持ち込まれていた。グレゴリオ暦では六月も末日に当たる三十日で、朝から陽光がまぶしく暑い朝だった。かつて冬に初めて訪ねた折には、剃髪《ていはつ》に頭巾《ずきん》も

かぶらず裸足で現われた宗室が、この暑いさなかに中綿の入った胴服《どうぶく》に指貫《さしぬき》を身に着

け、足袋《たび》をはいていた。僧形を捨て、総髪にして二つ折りを結っているのは、秀吉を

始め大名の茶席に出ないことを意味した。顔色にも艶《つや》がなく、一回り小さくなったよ

うに感じた。

「難儀をかけて申し訳ない。ご無事で何より」

甚五郎を見るなり微笑んでそう言ったが、声にも力が感じられなかった。宗室は、

朝鮮での戦を何とか回避させようと尽力したが、秀吉の意志に押し切られ、どうにも

止めようがなかった。秀吉軍の朝鮮侵攻以来、秀吉への失望とおのれへの自責から体

調を崩し、秀吉との折衝などは神屋宗湛《かみやそうたん》に任せて、政事との関わりは一切ひかえるよ

うになっていた。

甚五郎は、朝鮮に渡り、何とか兵糧米を漢城まで届けようとして、東萊《とうらい》の崔弘禄《さいこうろく》を

訪ねた話をした。

「方法は一つしかなく、荷をすべて東萊《トンネ》に運び崔《チェ》さんに売ることだと、陸路や川舟で

どこへ向かおうと、漢城へ着く前に朝鮮義兵に殺され、ただ荷を奪われるだけのことになると崔さんはおっしゃいました。『いずれ誰もが死ぬ。生き急ぐことはない』とも。そして、崔さんがそんなことを私に言ったと知ったら、宗室様があいつも年を取ったと、きっと笑うだろうと」

「……チェ・ホンロクか。若い頃は、あこぎなんてものじゃなかった。隙《すき》を見せたら身ぐるみ剝《は》ぎ取られる。金銭になるなら、あいつは何でも手がけた。阿片《アヘン》など、どれだけ朝鮮にばらまいたか。だが、若い頃から人身売買だけはけしてやらなかった。わけがわからんが、あいつなりの理《ことわり》を保っていた。……なぜか、妙にウマが合った」

崔弘禄の話をした時だけ、宗室の顔に笑みが戻り一瞬赤みが差した。

「それで、海路を選びました。ですが、海もまた朝鮮水軍に押さえられていた。巨済《きょさい》島《とう》で前後から挟み撃ちに遭い、私の乗った船は何とか振り切って沖へ逃れました。一緒に釜山を発った小西与七郎殿の船は、おそらく、そのまま……」

「与七郎殿の消息は、こちらにも届いていない。……おそらく、そうだろう。

四月十八日に、小西摂津殿を始め秀吉軍は漢城《かんじょう》を明け渡し、釜山まで退いた。頼みとしていた漢城龍山《りゅうさん》の兵糧倉を明国軍に焼き討ちされたらしい。二十三ヶ所すべてだそうだ。兵糧米は全く届かず、二ヶ月分の兵糧を失えば、退却するしかない」

秀吉軍は釜山へ撤退し、小西行長は、五月十五日に石田三成・増田長盛・大谷吉継の三奉行と肥前名護屋へ戻ってきたと宗室は話した。また、「講和使節」として謝用《しゃよう》梓《し》と徐一貫《じょいっかん》の二人が、明国の軍務経略《けいりゃく》（総司令官）宋応昌《そうおうしょう》に派遣されて名護屋城へ到着したという。

小西行長と石田三成ら三奉行は、初めから秀吉の明国征伐に懐疑的で、行長ら四人は、失うばかりで得るものの何もないこの外征を一刻も早く終結させようとしているに違いなかった。だが、実際に朝鮮に渡り、戦況を見てきた甚五郎にすれば、たとえ明国との間で和議が成立しても、そう簡単にこの外征が終結するとは思えなかった。

五

この年の一月二十六日、明国の東征軍提督李如松《りじょしょう》は、碧蹄館《へきていかん》の戦いで小早川隆景らに敗れて戦意を喪失し、宋応昌も和議へと舵《かじ》を切り換えることになった。秀吉軍の朝鮮侵攻の目的は、小西行長がこれまで再三伝えてきたように、明国皇帝が秀吉を日本国王として封じ、勘合《かんごう》貿易を再開することにあると宋応昌は考えていた。

三月十三日、宋応昌は、査《さ》大受《たいじゅ》らの兵を漢城の龍山に潜入させ、秀吉軍が頼みとする兵糧倉をすべて焼き討ちにしようとし、兵糧の欠乏に苦しむ秀吉軍は、宋応昌の和議に乗らざるを得ない状況となった。

宋応昌の条件は、秀吉軍が朝鮮国土から全面撤退し、捕虜とした朝鮮二王子とその側近たちを返還すること、また、秀吉が明国皇帝に謝罪を申し入れることだった。

朝鮮国は、頭越しに和議の交渉に入ろうとする宋応昌に対して強い反発を示した。義州《ぎしゅう》において宋応昌と会見した朝鮮国王秘書官の洪進《こうしん》は、和議の意図を説く宋応昌にこう告げた。

「倭賊《わぞく》は、嘘《うそ》と偽りにたけている。今になって降伏を願い出るのは、撤兵するとの見せかけに過ぎない。おそらく、よこしまな謀略に違いない。

先に倭賊は先王の墓を暴《あば》き、冒瀆《ぼうとく》した。わが朝鮮は、万世にわたっても必ずその復讐《ふくしゅう》を遂げなくてはならない。倭賊とともに明国皇帝を戴《いただ》くわけにはいかない。誓って死を賭《と》して戦い、この復讐を遂げるのみである。倭賊と共に生きようなどとは毛頭願わない」

四月に入ってまもなく、龍山において、小西行長と加藤清正、明国の使者として沈《しん》惟敬《いけい》の三人が会談し、秀吉軍の釜山撤退、朝鮮二王子と側近の返還、開城《かいじょう》に留まっている明国軍の帰国、そして、明国の講和使節を秀吉のもとへ派遣することを取り決めた。

これを受けて宋応昌は、配下の謝用梓《しゃようし》と徐一貫《じょいっかん》を「講和使節」に仕立て上げ、小西行長のもとに送った。行長と石田三成ら三奉行は、あくまでも和議は明国軍からの申し入れであり、「講和使節」の二人はその人質として送られたものと秀吉始め諸大名へ報《しら》せていた。小西行長と石田三成らは、この外征を一時も早く切り上げなくては、秀吉の政権そのものが危うくなると思い始めていた。

秀吉は、明国皇帝の降伏は聞き入れても、講和など受け入れるはずがなかった。秀吉の講和を結ぶ条件は、以下の内容だった。

一、大明《たいみん》帝王の王女を日本帝王の后《きさき》として差し出すこと。

一、勘合貿易を再開すること。

一、大明と日本の武官衆は、それぞれ和平の誓紙《せいし》を取り交わすこと。

一、大明に免じて朝鮮国王には漢城と北部の四道を返還するが、南の四道は日本に割譲すること。

一、人質として朝鮮王子一人と家老衆を日本に差し出すこと。

一、捕虜とした朝鮮王子二人は遊撃将軍とともに朝鮮国へ返すこと。
一、朝鮮国の家老は、永久に違約しないとする誓紙を差し出すこと。
秀吉は、明国との講和とは別に、せめて朝鮮半島の南部二道、慶尚道《けいしょうどう》と全羅道《ぜんらどう》を領地として保持できなければ、外征の失敗どころか自身の権力すら危ういことに気づいていた。ここまで慶尚道で攻略できずにいた晋州城《しんしゅう》は、慶尚道と全羅道の街道に位置する要衝だった。天然の要害に守られ、前年十月に二万の兵を投入しても陥落できなかったこの晋州城を抜き、南部二道の占領だけは何がなんでも早急に確保する必要に迫られていた。

五月二十日、秀吉は晋州城攻略の陣触れを名護屋城から発した。

鍋島直茂・黒田長政・加藤清正・島津義弘の兵二万五千六百二十四と小西行長と宗義智の二万六千百八十二が城攻めに当たる。後詰《ごづめ》として、宇喜多秀家の一万八千八百二十二、毛利秀元と小早川隆景の二万二千三百四十四を差し向ける。合わせて約九万三千の兵をつぎ込んでの晋州城攻略だった。

これに先立ち五月一日には、長引く遠征に厭戦《えんせん》気分が漂う渡海軍を締めつけるため、秀吉は大名の懲罰処分に踏み切っていた。平壌の戦いにおいて、苦戦する小西行長軍を見捨て早々と在番の鳳山《ほうさん》城を逃亡した豊後の大友義統《よしむね》をまず改易《かいえき》し、薩摩出水《いずみ》の島津忠辰《ただとき》と肥前名護屋の波多親《はたしん》を、同じく臆病《おくびょう》と怠慢を理由に改易に処した。あくまで所領は秀吉が諸大名へ預け置いているだけであり、秀吉の命令に叛《そむ》くと判断したならば容赦なく改易することを渡海した各大名に通告した。

朝鮮へ渡海した各大名は、すべて軍費を自前で遠征させられた上に兵を四割も失い、この戦につくづく嫌気が差していた。遠征軍戦費のために苛政《かせい》と飢えにさらされた諸国の民は、秀吉に対する怨嗟《えんさ》の声を上げるばかりだった。秀吉自身も直轄領から莫大な軍費をつぎ込み、消耗を強いられるばかりで、ここまで何も得られてはいなかった。

文禄二年（一五九三）陰暦六月

一

櫛橋次兵衛《くしはしじひようえ》の船で甚五郎が長崎に着いてから半月が過ぎても、イスパニア船平戸到着の報は一向に届かなかった。すでにグレゴリオ暦の七月に入り、頻繁に颶風《ぐふう》の訪れる季節となっていた。それにしても日数がかかりすぎ、彼らの船が海難に遭ったのではないかという噂《うわさ》が流れていた。

平戸から伊万里までは十里三十一丁（約四十三キロ）、伊万里から唐津まで七里半（約三十キロ）、そして唐津から博多までは十二里（約四十八キロ）、玄界灘《げんかいなだ》沿いに続くこの街道筋は、九州北部の主要港を西から東へとたどる二泊三日の行程だった。

陰暦六月十三日、博多の甚五郎のもとにその報せ《しら》は届けられた。マニラからのイスパニア船が、去る十日平戸へ入港したのだという。おそらくペドロ・ゴンザレスの船で、フランシスコ会のバウチスタとルイスの両神父が乗った船だろうと思われた。マニラで聞いた通りグレゴリオ暦の五月三十日にマニラを出航したとしたら、ゴンザレス船は平戸まで三十九日かかったことになる。

マニラからの船はそのイスパニア船一艘《そう》だけで、原田喜右衛門《きえもん》の船はまだ着いていないという。ゴンザロ・ガルシア修道士は、その喜右衛門船に乗って平戸へ向かうと聞いていた。

いずれにせよ秀吉への「フィリピン友好使節」が肥前名護屋城へ向かうのは、日本語に通じたガルシア修道士と原田喜右衛門が平戸へ到着してからのこととなる。ゴンザレス船が無事に到着したのは何よりだったが、新たな混乱の種が南方より持ち込まれたことには違いなかった。

六月十五日、肥前名護屋から思いがけない人物が訪ねてきた。その若い武家は、紺地に宝《たから》尽くしの肩衣袴《かたぎぬばかま》で東町の菜屋へやって来た。馬の口取りと道具持ちの供を連れていた。

博多の菜屋は、見世脇《みせわき》に木戸を設け、形ばかりの玄関が付けてあった。その武家が名乗った「永井」という姓に心当たりはなかったが、供を連れた武家だというので、見世の者には玄関の方へ通すよう伝えた。

式台にひざまずいて迎えた甚五郎を、その大柄な武士は突っ立ったまま見つめていた。月代《さかやき》を大きく取り、茶筅《ちゃせん》に結った髪は黒々として、薄い口髭《くちひげ》を生やしていた。何かを言おうとしたが、掛けるべき言葉が見つからず困惑しているのがわかった。その武家の目が一瞬潤《うる》み、それを隠すように天井へ視線を泳がせて強く吐息をついた。垣《かい》間見《まみ》た横顔の線が、甚五郎を戸惑わせた。

「いずれの行《ぎょう》も及び難《がた》き身なれば」

若い武家は驚くほど大きな声でそう言った。そして、甚五郎が「地獄は一定住処《いちじょうすみか》ぞかし」と答えるのを聞くと、うつむけた顔を横に振りながら笑い声をたてた。まだ十七だった長田伝八郎《おさだでんぱちろう》は華奢《きゃしゃ》な印象ばかりが強く、目の前に現われた人物は二回りほど大きく映った。今では上背が甚五郎よりも高くなっていた。

家康の陣に復帰した長田伝八郎が姓を改め、長久手《ながくて》の戦いで大将首を挙げたことは、はるか離れた薩摩の山川《やまがわ》で耳にした。姓は異なっていたが、三郎信康の元小姓衆で通称「伝八郎」といえば彼しかいなかった。伝八郎ならそれぐらいのことはやってのけても不思議はなかった。

奥座敷に入るなり、「ご無礼を」と言い、伝八郎は如才《じょさい》なく胡座《あぐら》をかいた。両手で膝頭《ひざがしら》をつかむようにして両肩を揺すった。その懐《なつ》かしい仕種《しぐさ》は、まだ十七歳だった伝八郎の面影を甦《よみがえ》らせた。噂で聞いていた通り、左の人差し指は第二関節から先がなかった。長久手で池田恒興《つねおき》と組み打ちした時に切られたと聞いていた。

長田改め永井伝八郎直勝《なおかつ》は、今や関東において相模国《さがみのくに》田倉《たくら》と上総国《かずさ》市原《いちはら》、武射《むしゃ》の三郡で五千石の所領を受ける身となっていた。昨年二月、家康が肥前名護屋へ参陣するに当たり、伝八郎もそれに供奉《ぐぶ》した。

「神屋《かみや》宗湛《そうたん》殿の茶席に招かれまして、甚五殿の名を耳にしました時は、もう夢のようで、すぐにでもお訪ねしたかった。まさか博多においでになろうとは。もちろん甚五殿のことですから、そう容易《たやす》く死ぬはずがないとは信じておりましたが……」

天正七年（一五七九）九月十五日、主君の三郎信康《のこ》が遠江国《とおとうみのくに》二俣《ふたまた》城にて自刃《じじん》させられ、小姓頭の石川修理亮《しゅりのすけ》が殉死した。甚五郎ら遺された四人の小姓衆は、浜松へ向かうよう大久保忠世《ただよ》に言いつかった。甚五郎は、天龍川塩見渡《しわみど》の渡しで伝八郎らと別れ、そのまま出奔《しゅっぽん》した。

気がつけばあれから十四年もの歳月が流れようとしていた。十九歳だった甚五郎は三十三になり、伝八郎もこの年三十一を迎えていた。

「……小左衛門殿《こざえもん》や、新六郎《しんろくろう》はどうしている」

「新六郎は武州江戸にて息災にしております。小左衛門殿の行方は一向にわかりません。あれから三人とも暇《ひま》を願い出まして、わたしも大浜《おおはま》へ帰り、しばらく蟄居《ちっきょ》しておりました」

伝八郎は、五千石取りの身となりながら自ら足を運んで甚五郎を訪ね、しかも昔の小姓時代のまま敬語を使って話した。十四年近い歳月を飛び越え、甚五郎も二つ年下の小姓仲間と対していた。

「薩州の果てに山川という大きな港があって、そこに居た時、貴殿が長久手の戦で池田恒興殿の大将首を挙げた話を風の便りで聞いた。別に驚かなかった。伝八郎殿なら、それぐらいの手柄は立てるだろうと」

「恐れ入ります。池田殿とはつゆ知らず、見事な具足の武者が、敗走の途中で休んでいたようでした。逃がすものかと、思わず名乗りを上げました折に、口から飛び出しましたのは、三郎様のお名でした。『岡崎次郎三郎信康《おかざきじろさぶろうのぶやす》が遺臣』と叫んだところまでは憶《おぼ》えておりますが、あとは無我夢中で、気がつけばこんなことに」

伝八郎は第二関節から先が欠けた左の人差し指を見せて笑った。

「……後になって、大垣城主の池田殿であったと知らされ、その時に、三郎様と修理殿が、わたしを導いて下さったものとわかりました。池田殿ら羽柴勢は、あの折、手薄となった岡崎城を突くべく進軍中でした」

三郎信康と石川修理亮の面影が脳裏に浮かんだらしく、伝八郎が一瞬涙ぐんだ。

「家康様の軍はどれだけの兵が名護屋へ？」

「五千ほどで来ています。わたしも名護屋へ来ましてから、もう一年以上になります。こちらへ参りましたときには、朝鮮へすぐに渡海するものとばかり思い、武備も調《ととの》えて来ました。なにゆえ徳川軍は、いつまでも渡海を命じられないのか解《げ》せません」

「そもそも太閤《たいこう》様が明国征伐を容易いものと考え、家康様の軍を渡海させれば大功を上げられ、それこそ北京を乗っ取りかねないと考えたからだろう。理由は何にせよ、渡海せずによかった。何が幸いするかわからない」

「この六月二日、小西摂津（行長）殿が再び朝鮮へ渡り、そろそろわたしらにも渡海の声がかかるかとも思うのですが」

「それはないだろう。このたび名護屋へ到来したという明国の使節は何のために来たと思う？」

「明国が降伏して和睦《わぼく》の証《あか》しの人質と聞いていますが」

「確かに太閤様はそう思い込んでるようだ。また、そう思い込んでいる限り、徳川軍の渡海はない」

「……降伏の使節ではありませんので？」

「この三月、漢城の兵糧《ひょうろう》蔵を明国軍に焼き討ちされたそうだ。漢城に籠《こも》っていた小西摂津らの諸軍が兵糧を失い、何とか明国軍と講和を結んで釜山《ふさん》まで退却せざるをえなかっただけの話だ。明国軍には降伏するいわれがない。四万もの明国軍をいつまでもまかなえる兵糧は朝鮮国にない。明国軍が兵糧不足から講和を結び朝鮮から退却しても、朝鮮国は侵され領有されたままでいるはずがない。

この一月、兵糧の運び入れのため釜山へ渡った。兵糧や武器弾薬も慶尚道の釜山や金海《きんかい》より先へは満足に届けられていない。各地に朝鮮義兵が起こり、朝鮮国内の糧道は陸路も海路も絶たれている。明国軍が入ってきて、朝鮮国軍もいつまでも腰抜けではいられない。聞いているとは思うが、海路は朝鮮水軍に押さえられている。たとえ明国が頭越しに和議を結んだとしても、朝鮮国は太閤様との和議など今さら結ぶはずがない。

大名衆は、朝鮮の宗主《そうしゅ》国である明との和睦が成り立てば、この戦《いくさ》は終わると考えているだろうが、それは違う。朝鮮国は、確かに明皇帝に朝貢《ちょうこう》する藩属《はんぞく》国ではあるが、明国とは言葉も異なる人々で、話は別だ。そう容易《たやす》くはいかない。現に小西摂津が、再び朝鮮に渡ったのは何のためだ？」

「晋州《しんしゅう》城の攻略とか」

甚五郎は朝鮮国の地図を持ってきて伝八郎の前に広げた。

「晋州はここだ」

甚五郎が指さして示した場所は、朝鮮半島の先端、慶尚道泗川《しせん》の入り江からわずか三里ほど陸に入った場所だった。伝八郎でさえも朝鮮国での戦況を満足に知らなかった。晋州の位置を確かめた伝八郎の顔はさすがに強張《こわば》っていた。

「……十五万もの軍が朝鮮へ渡海して一年以上が過ぎ、朝鮮半島の入り口で四苦八苦している。これが実情だ。朝鮮国の国都漢城はここ、晋州からは丸十五日はかかる。

小西摂津は、最初から朝鮮の祝賀使節を服属の使節と偽り、出兵を回避しようとした。今度は、明国の使節を降伏のための使節に仕立て上げようとしている。何とかこの消耗するばかりの馬鹿《ばか》げた遠征を終わらせようとする気持ちはわかるが、太閤様の思い込みは変わるはずがない。明国が降伏したと偽らなければ、その使節とは会いもしないだろう。

要はただ振り出しに戻ったわけだ。だが、小西摂津や加藤主計《かずえ》（清正）始め渡海した九州や四国の諸大名は、いずれも多くの兵を失い、兵糧も乏しい。朝鮮へ戦に出た時は、皆五百万石の大大名になるつもりだったろうが、見ると聞くとは大違いで、今やすっかり戦疲れしている」

「……この絵図は、博多で手に入りますので？」

「代わりの絵図は手元にある。持っていけばいい。ついでに、この絵図も渡しておく。『小琉球』などと呼んでいるフィリピンのマニラだ。イスパニア人が征服し、支配している。その城壁で囲まれているのがイスパニア人のいるマニラの城だ。

この十日、そのマニラからイスパニア船が平戸へ着いた。乗ってきたのはフランシスコ会の神父が二人。ほかに、同じ宗派のイスパニア人修道士があと二人、原田喜右衛門という商人の船で平戸へ来ることになっている。厄介なのは、マニラのフィリピン総督が服属と朝貢を太閤様に求められ、原田喜右衛門がその四人のフランシスコ会士を服属使節に仕立て上げようとしていることだ。

もちろん、イスパニア人のフィリピン総督は、服属の意志など持ってはいない。ポルトガルもイスパニアも、領土拡大の意志はあっても服属などしない。原田喜右衛門とその親方の長谷川法眼《ほうげん》、あの二人がマニラのイスパニア貿易を握ろうとして企《くわだ》てたことだ。二人とも京出身の商人だ。

ところが、フランシスコ会士は、これまで日本にやってきたイエズス会士とは、まるで異なる。イエズス会士は、いってみれば俗僧のようなものでポルトガル貿易の手代《だい》のようなことも矛盾を感じずにやってきた。大名衆との折り合いなども、その分つけ易《やす》い。ところがフランシスコ会士は、清貧と謙譲を美徳とする托鉢《たくはつ》僧だ。イスパニア貿易の手代《て》などをやるはずがない。彼らはキリシタン宗を広めることしか考えない。だが、背後にいるイスパニアは、領土への野心を持っている。フェリーペとかいうイスパニア国王から見れば、伝道と侵略とは表裏一体のものだ。

出兵前に小西摂津や宗《そう》対馬（義智）が、朝鮮国王がよこした祝賀の答礼使《とうれいし》を服属使節に仕立て上げた。小西摂津らとしては何とか戦を回避しようとの苦肉の策だったが、原田喜右衛門や長谷川法眼が今やろうとしていることは、我欲から発し、太閤様をあざむき、おのれの私腹を肥やそうとしているだけの話だ。フランシスコ会士は、真摯《しんし》な分、厄介な火種となる」

「甚五殿はイスパニア貿易も手がけておりますので？」

「菜屋の見世はマニラにもあり、この春も二ヶ月ほど滞在していた。日本人が三百人ほどマニラ城外の東南、この辺りのディラオというところに村を作って住んでいる」

家康がイスパニア貿易に強い関心を示していることは伝八郎も知っていた。ポルトガル貿易は、秀吉に独占されている。ならば、イスパニア船を関東の港へ呼べないものかと家康は常々考えているふしがあった。

「熊蔵《くまぞう》様はどうしておられる？　わたしがこういう商いをすることになったのも、こうしてここで生きていることも、元はと言えば熊蔵様に菜屋の主《あるじ》と引き合わせて頂いたお蔭《かげ》だ」

「武州小室《こむろ》と鴻巣《こうのす》の一万三千石を所領され、関東代官の筆頭として殿の蔵入地のうち百万石を治め、検地はもちろん川の流れを変えることまで、もう繁忙を極めておられます。先年お会いした折に、甚五殿のことを訊《き》かれました。何か聞いていないかと。……しかし、まさか筑前博多で、こうして甚五殿に会えようとは。何か夢を見ているようで、落ち着きません」

家康は関東の直轄《ちょっかつ》領経営を伊奈《いな》熊蔵に任せていた。熊蔵ならば寺社領などの田畑も一切斟酌《しんしゃく》せず、一律に検地竿《ざお》を入れ、すべて数値に置き換えるに違いなかった。領民の暮らしを成り立たせるためには年貢《ねんぐ》を減らすしかない。そのためには広大な寺社領の特権を奪い、一律の年貢を課すしかない。これまでの特権を剝奪《はくだつ》される側からは抵抗もかなりあるだろうが、安易な妥協がすべてを崩壊させることを熊蔵は知っている。熊蔵が他の文民吏僚《りりょう》と異なるのは、名家の出でありながら浪々の日が長かったために、いかなる領主も民百姓《ひゃくせい》の暮らしが成り立たなくては存在できないと知っていることだった。たとえ熊蔵が一万三千石取りの身になっても、それを簡単に忘れるほどお目出たい人物ではないと思えた。自分に与えられる領地や地位など意に介さず、相手が家康であろうとも言うべきことは論理立てて整然と話すに違いなかった。伊奈熊蔵を筆頭代官に抜擢《ばってき》したことで、家康は関東での基盤を着々と固めていることがわかった。

秀吉子飼いの小西行長や加藤清正が明国を征伐すれば、彼らはそれぞれ五百万石取りの大大名となるはずだった。そうなれば二百四十万石取りの家康は、彼らよりはるか格下の位置に落ちることとなる。ところが、秀吉の思惑は外れ、家康軍は渡海させられなかったため兵力は無傷のまま温存された。逆に朝鮮へ遠征した九州、四国の大名衆はひどい消耗を強いられた。何より秀吉自身が莫大《ばくだい》な軍費をつぎ込んで使い果たし、しかも求心力を失っていた。朝鮮出兵以来、家康が内乱を起こすという噂は再三聞こえていた。民はもとより、渡海したほとんどの大名衆すらも、今では一日も早く秀吉の世が終わることを望んでいた。

二

六月十八日、甚五郎は嶋井宗室から博多湾に面した蔵の一つに来るよう伝えられた。

雲の流れが速く、颶風《ぐふう》の接近を知らせる生暖かい南風が吹いていた。海岸線に沿って数十の軒を連らねる蔵は、小倉《こくら》から次々と運び込まれてくる兵糧米と武器弾薬で占められているはずだった。

呼び出されたのは、火気を避けるため瓦葺《かわらぶ》き屋根と土壁からなる耐火造りの火薬庫の一つだった。だが、その蔵の中に火薬樽《だる》はなく、十数棹《さお》の大きな簞笥《たんす》ばかりが並んでいた。

この日、常とは逆に西の唐津から運ばれてきたという栗《くり》材の簞笥は、丈《たけ》六尺（一・八メートル）、幅四尺、奥行き二尺ほどで、全く同じ形をしていた。何の装飾もなく頑丈一点張りの厚板造りで、同形の薄い引き出しが二列になって上から下までびっしりと隙間《すきま》なく並んでいた。引き出しにはすべて鉄で作られた小さな輪の引手《ひきて》が付いていた。同形の小引き出しで占められているところは薬味簞笥を思わせた。だが、引き出しの薄さはそれまで一度も見たことのないものだった。土蔵の床には、すり切れた藁《わら》の梱包《こんぽう》材が散乱していた。体調を崩している嶋井宗室がわざわざ足を運ぶくらいなのだから、収納されている中味が尋常の品でないことはわかった。

「先月、小西摂津殿が名護屋へ戻った折、とんでもないものを持ち帰った。……名護屋から唐津を経て先刻届いた。太閤様が御所へ献上するのだそうだ。簞笥が傷《いた》んでいる物は造り替え、包み直して送らなくてはならない」

そう言って、宗室はその引き出しの一つを抜き出した。開けた天窓からの光が差し込むところに唐様《からよう》の円卓が置いてあり、その上に載せた引き出しは、内側が細かく木《き》枠《わく》で分けられ、その中にはぎっしりと小さな印章のようなものが詰められていた。宗室が一つを取り出し、甚五郎に手渡した。

「勢」という文字が左右を逆にした形で浮き彫りにされていた。縦が六分（約一・八センチ）、横が五分（約一・五センチ）ほど、銅らしき金属でできていた。その引き出しには同じ大きさの「労」「勝」「募」などの印章が、それぞれ細かく木枠で分けられ数個ずつ納められていた。

「これが李氏朝鮮の『銅活字』だ。これを一つの寄せ枠に組み入れ、墨を塗り、紙を当てて上から擦《こす》れば、全く同じ文書が百何十枚もでき上がる仕組みだ。朝鮮王国の隅々まで同じ法令が間違いなく一度で行き渡ることになる。

そればかりか、高麗《こうらい》の仁宗《じんそう》の時代（一一二三～四六）に『礼《れい》』の乱れを正すため、儒教の礼書を編纂《へんさん》した『詳定礼文《しょうていれいぶん》』なる五十巻もの草紙をこれで印字して作りあげた。

甚五郎殿が東萊《とうらい》で会った崔弘禄《チェホンロク》、あの悪党がどこで手に入れたものか、なぜか五十巻揃《そろ》いで持っていた。そして、わしに売りつけようとした。多少虫食いはあったが、五十

香の焚《た》きしめられた古い書物を手にした時、思わず指が震えた。四百年も昔の世界が、突然目の前に現われたようなものだ。もちろん、あの悪党のことだ、そんなわしの有様を見て目の玉が飛び出るような高値を平然と言った。これを欲しがっている者は朝鮮にもおる、要らないなら他に売ると。わしは、もう三十半ばとなっていたが、いい年をして青臭さが抜けなかった。それで、手持ちの銀を全部使うことになった。己の銀ばかりではない。高麗人参《にんじん》と生糸、絹織物、紙などを買いつけるために唐津の者たちから預けられた銀までも、全部その古書につぎ込んだ。後にも先にも、前後の見境なく買い入れたのはあれ一度だ。それほど自分のものにしたかった。

手に入れてみて、初めて我に返った。買い込んだはいいが困り果てた。古書なんぞを持ち帰ってどうするのかと。もし、それを言い値で引き取ってくれるとするならば、信長様ぐらいなものだろうと思いついた。

唐津に戻るわけにもいかず、そのまま岐阜へ向かった。長島《ながしま》の一向一揆《いっこういっき》攻めの年だ。信長様は上京されてお留守だった。その足で追いかけるように京に上り、相国寺《しょうこくじ》でお会いして献上した。礼金は預かった銀に儲《もう》けを含め、ちゃんと頂いた。ところが、信長様の仰《おお》せは、『この書物を記した道具を丸ごと持って参れ』というものだった。金銀など幾らでも出すと。そこでまた朝鮮に渡ってホンロクにその話をしたら、王朝を滅ぼさない限り無理だと笑われた。

信長様は即座に銅活字の使い道を見抜いた。恐ろしいお人だった。考えてみれば、いちいち花押《かおう》を署さず、『天下布武』の印判一つで差し状を出した大名は信長様だけだった。銅活字を使えば、もっと容易《たやす》く速く、大勢に信長様の意志が伝わることになる。

……あの『詳定礼文』は、その後安土《あづち》へ運ばれ、城と一緒に焼けたろう。近来、南蛮世界の三大発明は、『火薬』と『羅針盤』そして『活字』などというが、李氏朝鮮はとうの昔にこれを作り、実際に民を統治するために用いていた。しかし、まさかこんな形でこれを見ようとは……。ホンロクは、わしが太閤様を煽《あお》って、これを漢城から丸ごと奪わせたとでも思っているかもしれん。だが、太閤様はこれを御所に献上するという。この道具の使い途《みち》は、やはり太閤様にはわからなかった」

「宗室様を別にして、いきなりこの銅活字を見せられても、これが何なのか大抵の者にはわかりません。誰がこれを？」

「摂津殿の話では、漢城の景福宮《けいふくきゅう》西側に『校書館《こうしょかん》』という建物があり、その中にこれが納めてあったという。確かに使い道もわからない、せいぜい銅材の切れ端が引き出し一杯に詰まっているだけだ。が、漢城へ最初に乗り込んだ第一軍には、摂津殿のほかに有馬修理《しゅり》(晴信)殿がいた。有馬殿にはこれが何なのか、目にしてすぐにわかったはずだ」

天正十八年(一五九〇)六月、イエズス会の巡察使バリニャーノが遣欧少年使節とともに長崎へ来航した。その時、同じ船でグーテンベルク活字と活版印刷機が初めて日本に上陸した。発明されてから百四十年後のことだった。少年使節の随員に「ドラード」なる洗礼名の日本人がおり、バリニャーノはポルトガルでその者に印刷技術を習得させていた。そして、活字と活版印刷機は、有馬晴信領の島原半島、加津佐《かづさ》へ送られた。翌年、その地で『サントス(諸聖人)の御作業《ごさぎょう》』という日本語の書物が、初めてローマ字によって上梓《じょうし》された。有馬晴信が朝鮮出兵に従軍する前年のことだった。

有馬晴信は、印刷機も金属活字も、そして、それによって印刷された『サントスの御作業』も目にしていたはずだった。小西行長も、おそらくポルトガル語による活版印刷の書物をこれまで何度も見て知っていたに違いない。彼らならば、銅活字の価値を理解し、漢城征圧と同時に運び出させただろう。

嶋井宗室は沈んだ表情のまま、銅活字を手にしては長い吐息を繰り返した。朝鮮文化を象徴する銅活字が、秀吉軍の手によって丸ごと漢城の校書館から奪い取られ、海を渡って博多の蔵へ届けられた。手のつけようもない戦の惨状を宗室は今さらながら突き付けられたようだった。

三

六月二十五日未《ひつじ》の刻(午後二時)、永井伝八郎が再び甚五郎を訪ねてきた。この度は供を連れず単身名護屋から馬を飛ばして到来した。暑い日で、馬は鞍下《くらした》の汗を白い泡にし、片肌脱ぎとなった伝八郎の花色小袖《こそで》も、襟《えり》と背中に白い雲形が浮きでていた。早朝に名護屋を出て、唐津と今宿《いまじゅく》で馬を乗り継ぎ、博多まで来たのだという。五千石取りの大身《たいしん》がやることではなかった。

「ご覧の通り、今ではどんな曲馬《くせうま》でも苦にしません。甚五殿からまだ暗い内に叩《たた》き起こされ、三の丸の作事小屋脇で半べそをかきながら裸馬に乗せられ、鍛え上げていただきました。小童《こわっぱ》の時分に馬に蹴《け》られ、馬だけは嫌だった」

そう言って伝八郎は笑った。岡崎城三の丸の、川霧を立ちのぼらせる菅生川《すごうがわ》の夜明けが不意に甦った。

『朝鮮国、呂宋《ルソン》、両絵図献上の功により、先年出奔の儀、御免仰《おお》せつけられ候《そうろう》』

伝八郎が油紙に包んで携えてきた文書にはそう記されていた。出処《でどころ》は「本多佐渡《さど》守《かみ》」となっており、宛《あ》て名には「沢瀬甚五郎殿」と書かれていた。

何事が起きたのかと思ったが、十四年前の出奔した罪を赦免し、不問に付すという家康の意向を伝える文書だった。

「実は、あの後、わたしはしばらく大浜に帰り身を潜めておりましたが、どうしても真《まこと》のことを修理殿の母御前《ははごぜ》にお伝えしたく、見張りの目を盗んで岡崎へ行きました。三郎様が切腹なされ、修理殿がその後を追われた。修理殿は、殿による三郎様切腹の御沙汰《ごさた》をとても受け入れ難いとして抗《あらが》う意志をその身で示された。岡崎の家臣たちには、あの折、思いを同じくする者が大勢いたはずです。修理殿の追い腹が公《おおやけ》になれば、続いて殉死を遂げる者や、一つ間違えれば反乱蜂起《ほうき》の懸念《けねん》もあった。甚五殿が出奔され、すべてが明るみに出されることを恐れて、あんな濡《ぬ》れ衣《ぎぬ》を着せ、追手まで放って闇《やみ》に葬《ほうむ》ろうとしたわけです。

ところが、わたしが申すまでもなく、母御前は何もかも正しく見抜いておられた。甚五郎がそのような真似《まね》をするはずがない。修理亮が三郎様の後を追い、それを隠すために流した謀《はか》りごとに相違ない、と。

真の話です。わたしも二俣城で起きたありのままを修理殿の母御前に申し上げました。母御前は、甚五郎が不憫《ふびん》だと涙を流しておられました。それに母御前は、下和田《しもわだ》の甚五殿の屋敷を度々訪ねられ、甚五殿の御母堂《ごぼどう》ともお会いになっておられます」

「母はあの後も下和田の家に？」

「はい。そのまま住んでおいででした。六年前に亡《な》くなられましたが、とても健やかでいらっしゃいました」

「下和田の田や畑もそのままだったのか」

「はい。そのままでした。あの謀りごとを偽りでしかないと知っていた人物の配慮かと思われます」

「石川の母御前は？」

「甚五殿の御母堂より一年先に亡くなられました。修理殿の母御前も、御母堂も、真のことを知って逝《ゆ》かれました。御家からはどう伝えられようと、世俗の噂がどうであろうと、真は真です」

「いろいろと、かたじけない。御礼を申し上げる」

「とんでもない。これで甚五殿の潔白が明かされたようなもので、徳川宗家のお赦《ゆる》しも出た。何もかも遅きに失しましたが……時に、あれほど詳しい朝鮮国の絵図は見たことがないと、佐渡殿も感心していました。当家には朝鮮国のことが満足に知らされていないと」

「本多佐渡守？」

「はい。上様付きの出頭人《しゅっとうにん》で、三河では以前に御鷹《おたか》組だったとか。甚五殿の祖父君《おおじぎみ》やご尊父のことを知っておりました。その佐渡殿が、甚五殿からじかに話を聞きたいと願ってまして。殊《こと》に呂宋《ルソン》、マニラについて伺いたいと」

「マニラのイスパニア人との交易のことだろうか」

「恐らく、そう思います」

天正十六年（一五八八）の秋、小西行長の父隆佐《りゅうさ》に長崎で買い占めを行わせた時、秀吉は銀二千貫目で九万斤の白糸《しらいと》を一手に収めた。ポルトガル船が長崎に運んでくる明国産の白糸は、日本国内で売りさばけば元値の三倍から四倍もの利益を上げた。一艘のポルトガル船が運んできた白糸で、秀吉は銀六千貫目からの収益をその時手にしたはずだった。

マカオと長崎を結ぶポルトガル貿易から得られる莫大な利益は、長崎を直轄領とした秀吉に独占され、家康の参入する余地は全くなかった。秀吉は、長崎ばかりでなく薩摩の加治木《かじき》、肥後の水俣《みなまた》・高瀬《たかせ》・八代《やつしろ》などの各港を事実上の直轄領化して、海外貿易の独占を図っていた。昨年には、渡海許可証を発給して日本からの商船渡海を取り締まり、勝手に船を海外へ送ることもできなくなった。せいぜい家康出入りの茶屋《ちゃや》四郎次郎《しろじろう》を使って交易をやれる程度だったが、秀吉はそれにも警戒の目を厳しく向けているにちがいなかった。

家康は、関東の領地経営を抜かりなく行い、そのうえ何とかして外国貿易での利益を加算しようとしていた。秀吉の手前死んだふりをしているが、家康がどこへ向かっているのかは明らかだった。

「まあ、目先の欲得で急がないことだ。そう、佐渡守様にはお伝えください。明国征伐の失敗、これは取り返しがつかない。戦は負ければ何もかも失う。加えて、先様には満足な後継者もいない。……もう先が見えている」

伝八郎は一瞬驚いた顔で甚五郎を見た。甚五郎はうなずいて応《こた》えた。

「……何とか、名護屋の陣舎まで御足労いただくわけには参りませんか」

どうやら伝八郎は本多佐渡守なる人物に甚五郎を連れてくるよう言い含められていたようだった。本多佐渡守の狙《ねら》いは、最初からそこにあったのだろう。家康や徳川家臣団には何の義理もないが、伝八郎のためになるならば何でもやろうと思った。

「何よりこの日、長崎から原田喜右衛門の船が着いたとの報《しら》せを受け取っていた。喜右衛門船は、五日前に長崎へ入港したのだという。海路の途中で颶風に出くわし、喜

日和《ひより》待ちを余儀なくされたものだろう。喜右衛門と日本語を使えるゴンザロ修道士が到着したとなれば、いよいよフランシスコ会士が秀吉に拝謁《はいえつ》する日も近いものと思われた。

『自日本（日本より）
到呂宋（ルソンに到《いた》る）船客也《なり》
右
文禄二年癸巳《みずのとみ》　正月十日
長谷川法眼　花押』

甚五郎の手元には、マニラのディラオで手に入れた渡海許可証があった。昨年秀吉が海外渡航を統制するために長崎の絲屋随右衛門ら八名の海商にのみ渡海許可証を発給した。それを逆手に取って、長谷川法眼と原田喜右衛門は長崎で渡海許可証を勝手に発行し、マニラへ向かうキリシタンから法外な手数料をかすめ取っていた。秀吉はもちろんそんなことを知らない。これを突きつけられても、長谷川法眼と喜右衛門は知らぬ存ぜぬで通すだろう。だが、甚五郎は間違いなくマニラで手に入れた証《あか》しとして、伊丹彦次郎を通じ、マニラ司法行政院の陪席判事ペドロ・デ・ロハスからその許可証の下に自筆署名と肩書とを書き入れてもらっていた。来日したフランシスコ会士が見れば、まぎれもなくマニラから届けられたものとわかるはずだった。

秀吉のもとで家康が身を処している立ち位置からすれば、この許可証を本多佐渡守に持ち込んでも秀吉まで届けられることはなく無駄に終わるだろうとは思ったが、海外渡航を統制した結果、裏で何が行われているのか、長谷川法眼と喜右衛門とが何を企てているのか、相応の立場にある人物に伝えておく必要はあると思えた。

五千石取りになった伝八郎のために旅籠《はたご》を用意しようとしたが、伝八郎は甚五郎の家に泊まると言い出した。甚五郎と膳《ぜん》を並べ、酒を酌《く》み交わしては「岡崎城にやっと戻った」と繰り返し、ただ嬉《うれ》しそうだった。

四

翌朝、博多から船で名護屋浦へ向かった。名護屋の船着《ふなつき》から西側の丘陵上を占めて名護屋城の天守と幾つもの高層の櫓《やぐら》とがそびえているのが見えた。秀吉の御座所となった名護屋の地は、道筋を挟んで商家が埋めつくし、行き交う人であふれ、おそらく九州のどこよりも繁盛《はんじょう》している一大城下町となっていた。朝鮮での戦は当分続けられることもわかった。

肥前名護屋の家康陣所は二ヶ所設けられていた。家康の本陣は、東松浦半島の名護屋城から北東に六丁（約六百六十メートル）ほど離れた松林の丘上に名護屋湾口を固める形で置かれていた。家康本陣の北東には大久保忠世《ただよ》と本多忠勝《ただかつ》の陣舎が別に設けられ、それを結ぶ道の周囲を徳川家臣団の宿舎が囲むように建ち並んでいた。名護屋浦を挟んで東の対岸にも家康の別陣が置かれ、徳川の陣所は東西から名護屋浦を押さえる形で配置されていた。

本多佐渡守正信《まさのぶ》の陣舎は、城の北東、家康本陣の北に置かれていた。伝八郎の陣舎のすぐ近くだった。本多正信は、関東で一万石を拝領すると聞いたが、木皮《こはだ》葺きの棟《むね》門《もん》が形ばかり建っている簡素な造りだった。

伝八郎は、甚五郎のための麻肩衣《あさかたぎぬ》と半袴《はんばかま》まで用意した。甚五郎の月代を剃《そ》らせ髪を茶筅に結い直させたがった。伝八郎の気持ちはよくわかった。

「貴殿のお気持ちは有り難いが、仕官を願う気はない」と甚五郎は伝え、総髪を二つ折りにしたまま、黒紗《こくさ》の羽織と麻の半袴、脇差のみを帯びて本多佐渡守の棟門をくぐった。

式台と玄関、使者の間《ま》に次の間、書院、表向きの部屋はそれだけしか設けられていなかった。陣中とはいえ、せいぜい三百石取りの屋敷だった。書院に通されたが、床の間にも軸ひとつ掛けられていなかった。

本多佐渡守は、茶の小袖に赤紗《せきさ》の羽織で現われた。痩《や》せて色浅黒く、大きな目をした小柄な人物だった。

「本多弥八郎《やはちろう》です。暑い中を遠路ご足労いただき、かたじけない」

以前から見知っていたかのように通称を名乗った。

「甚五郎でございます。出奔の件につきまして、佐渡守様には格別のお取り計らいを頂き、改めて御礼を申し上げます」

「貴殿には大変な思いをさせてしまった。いかなる弁解もできません。わたしの過怠《かたい》をどうかご容赦ください」

そう言って本多正信は、ためらうことなく両手をついて頭を下げた。家康の権力を背にすることもなければ、おのれの地位をかさに着ることもない。長年おのれの能力だけを頼みに生き抜いてきた人物だとわかった。

「どうか面《おもて》をお上げ下さい」と甚五郎は言った。

「無遠慮ながらこのたびご足労いただいたのは、直《じか》にお詫《わ》びしたかったのと、またマニラのイスパニア人との交易のことをお聞きしたかったためです。マニラにも行ったことがおありとか」

「はい。一度行きました。イスパニア人は、マカオのポルトガル人とはまた商いが違います。ポルトガル人は明国で買いつけた生糸をマカオから長崎へ運んで売りさばき、その差益で食べています。ところが、イスパニア人は、明国産の白糸や絹織物、陶磁器を直に欲しがります。日本人が欲しがるものを、銀で買い取るという、日本の交易商人と同じ商いをイスパニア人はマニラでやっているのです。わたくしどもと商いが競合するわけです」

「イスパニア人の持っている銀とは、いずこより得たもので？」

「海をずっと東に越えて、やはりイスパニア人が征服したノビスパニア（メキシコ）という地があります。そこからは銀が出ます。その銀をマニラに運び、明国産の白糸や陶磁器を買い求めます。そして、それをマニラからノビスパニアへ運んで売るわけです。それらの生糸や絹織物、陶磁器は、ノビスパニアからイスパニア本国へ送られると聞きました。

マニラには福建人らが千五百人ほど住み着き、大きな市場町を二つ作っています。かつて琉球国の久米村にいたという福建人の頭取格と会ったことがあります。福建人は自国から生糸を始め絹織物などをマニラへ運び、市場で日本の商人やイスパニア人に売るわけです。

ノビスパニアからイスパニア人が運んで来るものでは、染料の藍《あい》と臙脂《えんじ》、毛織物、木綿布、あとは葡萄酒《ぶどうしゅ》とか、乾燥させた果実、そんなところです。大きな利益を上げる品はありません。ただし、イスパニア人は、米ではなく小麦粉を食します。小麦粉は、マニラへ運びますと日本の三倍から四倍の値で売れます。日本の小麦粉は、マニラからノビスパニアへも運ばれると聞きました。

明国産の品以外で、マニラで交易いたしますならば、むしろ土民との鹿皮《しかがわ》の取引がよい儲けとなります。呂宋《ルソン》には鹿が沢山います。鹿皮は日本に運んで鉄砲の袋や羽織などに仕立てられます。これも日本へ運べば仕入れ値の四倍ほどで売れます。

ただし、ポルトガル人も、イスパニア人も、宗教や交易のためだけに、はるばる来たわけではありません。マニラ城の四隅には砦《とりで》が作られ、大小の火砲が備えてあります。マニラは、イスパニア人が武力で土民を征伐し占領した地です。ポルトガル人の、ゴアやマカオも同じです。隙《すき》を見せれば、以前の長崎のように『教会領』の名目で占領し、武装します」

「領土侵略の野心は持っていると？」

「はい。もちろんです。彼らは領土を拡大する権利があると初めから考えています。

日本や、明国に対しても同じことです。領土の拡大とキリシタン宗、交易は、一体のものと考えるべきです。ポルトガルも、イスパニアも、自国の利益のほかは、何も考えていません。交易や宗教を別にすることなどあり得ません」

「太閤様は、交易は許しておられる。バテレンの追放令もうやむやになすった」

「イエズス会は、交易で利益を目論《もくろ》む太閤様と折り合いをつけようとしているだけのことです。長崎もこのまま放置すれば以前のようになります。

イスパニア船を呼び入れるよりも、こちらから船をマニラへ送って売買を行うしかないと思います。明国産の生糸や絹織物もイスパニア人より高い値で買い入れればよいだけの話です。マニラの福建人たちは、商いさえうまく運べば、相手は問いません」

「ただ、船を海外へ送ることは難しい」

「確かに太閤様が渡海許可証を発せられて、船を海外へ勝手に送ることができないようになっています。ですが、船が出入りする港を押さえられなければよいわけです。太閤様の目の届かない港ならば、それができます」

「伝八郎殿から聞いていた通り、恐ろしいことを平気で口にされる。……たとえば？」本多正信は一瞬表情を崩したが、すぐに笑みを消した。

「わたしが船を出入りさせるならば、徳川家領の伊豆下田《いずしもだ》。あるいは相模《さがみ》の浦賀へ」

本多正信は、まじまじと甚五郎を見て「御免」と一言告げ、席を立った。その書院には、身分の高い客を迎えるため畳床を一段上げた上段を設けていた。本多正信は、上段に上がり、床の間脇の地袋《じぶくろ》を引き開けて、絵図を一枚手にしてきた。

甚五郎の目の前に広げられたのは朱入れのある日本の全図だった。

「これまで聞いてきた関東の船稼ぎたちの話によれば、『黒瀬川《くろせがわ》』と呼んでいる強い潮の流れが、この東《ひがし》海上を南から北へ流れているとか。それは強風にも左右されず、常に同じ方向へ流れ、ちょうどこの伊豆下田のすぐ近くまで来ているそうだ。外海《そとうみ》から江戸へ行くならば、関東の船稼ぎは一度下田へ入り、『黒瀬川』をよけて伊豆を回り込むようにし、相模灘《さがみなだ》を渡って江戸の内海に入るのだと。その途中に浦賀の津もある」

「わたくしも、そう聞いております。ノビスパニアからマニラまでは、冬には東風を使って二ヶ月ぐらいで来られるとか。しかし、帰りの渡海は、行きの倍の月日がかかるとも聞きました。時にはノビスパニアの港まで半年かかることもあるそうです。ノビスパニアへ向かう西風を得るために、マニラを出た船は日本の東海上まで北上しなくてはならないといいます。その時に、夏の南風ばかりでなく、イスパニア人の船乗りもその強い潮の流れを使うと聞きました。日本の近海までは、十四、五日で北上できるとも」

本多正信は、関東の船乗りから海事情報を集め、地図の上に黒瀬川（黒潮）の流れを朱入れしていた。絵図には高山国《たかさんこく》（台湾）の北半分が描かれ、その東西沿岸から北上する黒瀬川を朱の矢印で示していた。黒瀬川が、九州の南方海上で二つに分かれ、ひとつは対馬海流となり、もうひとつの本流が四国の土佐沖、紀伊半島、伊豆半島、そして房総半島の沖を流れ、そのまま海上を東北へと流れていく様を表していた。

「甚五郎殿、身どもに力を貸していただきたい。まずは、マニラから船を、豆州《ずしゅう》下田でも、相州《そうしゅう》浦賀でも、入りやすい津へ一度よこしてほしい。両津ともに手は不足なく回しておく。もちろん、貴殿には当家に対して恨みしかないものと推察してはおりますが……」

家康へのわだかまりをあまりにも率直に言われたので、甚五郎も少しあわてた。

「……恨みなどというものはございません。謀叛人《むほんにん》の小伜《こせがれ》を小姓衆にまで取り立てていただきました三郎様を、お守りできなかった。その悔いが残っているだけでございます。今となりましては、おのれの無力を悔いておるのみでございます。

わたくしは、一介の商人に過ぎません。手前どもの商いを関東へ広げることができますれば、何よりと考える次第です」

本多正信は、秀吉の天下が近い将来に滅び、すでにその後のことを想定して、多少強引でも海外との交易で金銀を蓄えようとしていた。いざとなればおのれが腹を切ればそれで済むと覚悟を決めているのもうかがえた。本多佐渡守に原田喜右衛門らの悪事を訴えるつもりで長谷川法眼の発行した渡海許可証を携えてきたが、意味もないことだと思えた。本多正信の頭の中には、すでに家康が秀吉に取って代わることだけしかなかった。明国征伐がここまで泥沼化すれば、家康の麾下《きか》にそんな人物が一人ぐらい現われるのではないかとは思っていた。

第四部

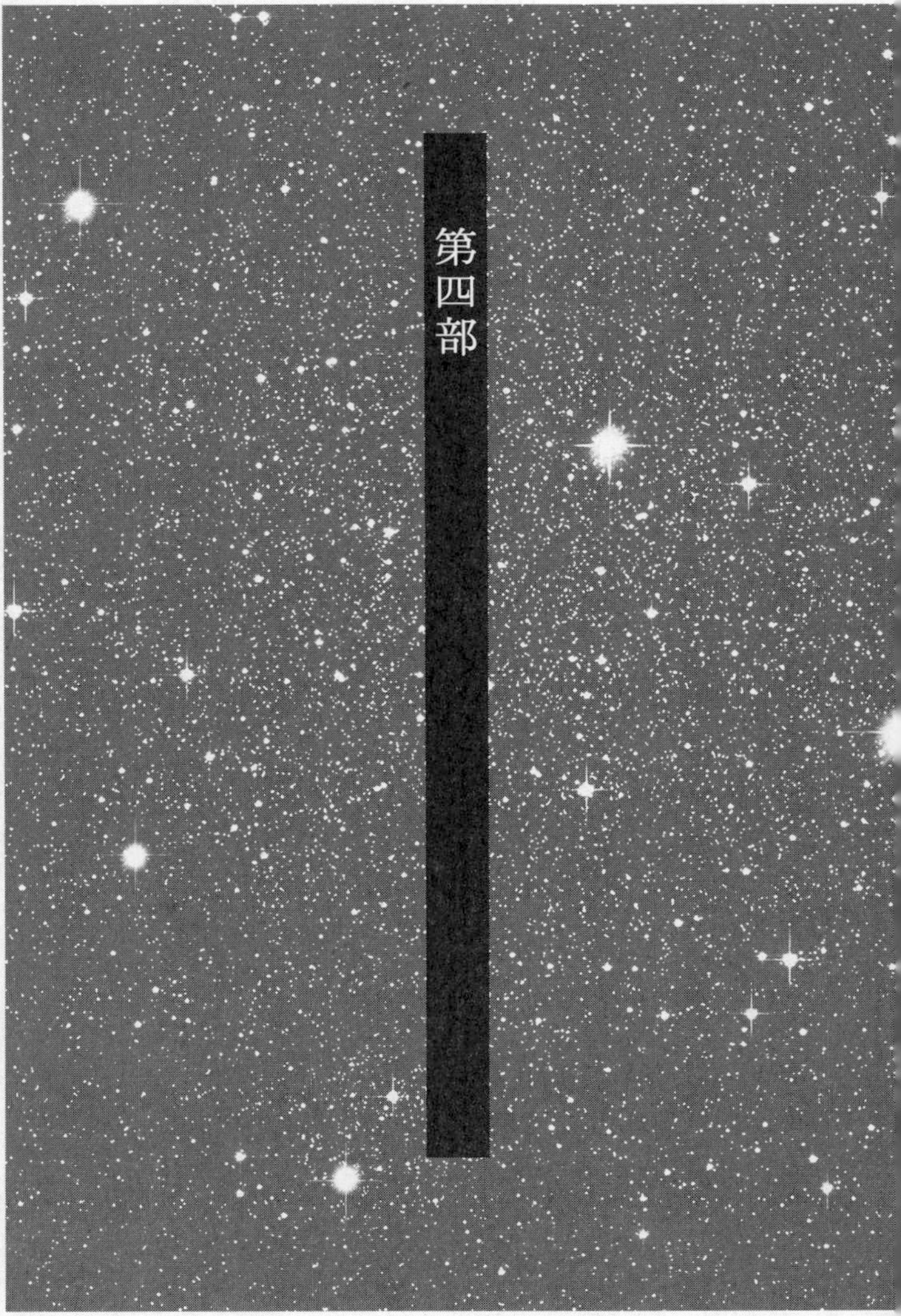

文禄《ぶんろく》二年（一五九三）陰暦六月

一

六月十八日、朝鮮釜山《ふさん》の西二十里（約八十キロ）の宜寧《ぎねい》に、秀吉軍九万二千九百名余の将兵が結集した。宜寧は、晋州《しんしゅう》城の東北五里（約二十キロ）に位置した。晋州城は、慶尚道《けいしょうどう》から全羅道《ぜんらどう》へ抜ける陸路の要衝で、前年十月細川忠興《ただおき》らが二万の兵力を投入して攻略を試みた。だが、籠城《ろうじょう》する朝鮮軍兵三千八百と避難民の奮戦、そして駆けつけた慶尚道と全羅道義兵の攻撃と攪乱《かくらん》によって敗退を余儀なくされていた。

この五月、秀吉は慶尚道と全羅道の征服へ向けて肥前名護屋《なごや》城で石田三成らに指令した。

『一、牧司《もくそ》城（晋州城）、仕寄《しより》、築山《つきやま》申しつけ、手負《てお》いこれ無きように覚悟せしめ、いかにも丈夫につかまつり、一人も残さず討ち果たすべきこと』

晋州城外へ山を築き、そこから攻撃して城内に立て籠《こも》る朝鮮の将兵と民衆を皆殺しにせよとの文言だった。

同時に秀吉は金海《きんかい》から晋州までを中継する番城《ばんじろ》を定め、武器弾薬と兵糧《ひょうろう》の輸送路を確保するよう指示した。

晋州城を守備する朝鮮軍の総指揮には義兵司令官の金千鎰《きんせんいつ》が当たり、それを補佐する将士として慶尚官軍の崔慶会《さいけいかい》、忠清官軍の黄進《こうしん》、晋州牧使《ぼくし》（地方長官）の徐礼元《じょれいげん》、金海府使《ふし》の李《り》宗仁《そうじん》らがいた。配下の朝鮮軍兵約七千。そして、城内には避難してきた五万数千の民衆が立て籠った。

秀吉の大軍が晋州を目指し進撃してくることを知った金千鎰は、明国へ援軍を要請したが、明国軍副司令官の劉綎《りゅうてい》は援兵を送ろうとはしなかった。

晋州城は、南を南江《なんこう》の大河が流れ、その岩壁は峻厳《しゅんげん》で南から登攀《とうはん》しての攻撃は不可能だった。西北には高い城壁を巡らせ、その外へ深い水堀《みずぼり》を設けていた。城を守備する金千鎰ら朝鮮軍司令官は、東門からの攻撃のみに集中し防禦《ぼうぎょ》に当たればよいと考えていた。

六月二十一日、秀吉軍は、晋州の北東、馬峴峯《ばけんぽう》に布陣した。晋州城攻めには、黒田長政・加藤清正・鍋島直茂・島津義弘の兵二万五千六百、小西行長と宗義智《そうよしとし》の二万六千百八十、宇喜多秀家《うきたひでいえ》の一万八千八百二十が当たることになった。前年の失敗を省《かえり》みて、後方からの朝鮮義兵を断つべく、後陣には毛利秀元《ひでもと》と小早川隆景《たかかげ》の軍兵二万二千三百四十を配置した。

翌二十二日、秀吉軍は晋州城に押し寄せ、そのまま東西北の三門に迫った。北の城門前に黒田長政・加藤清正らの軍が迫り、西門の崖《がけ》下には小西行長らの軍勢が寄せた。東の城門からは宇喜多秀家らの軍兵が突入の構えを見せた。

川岸の晋州城を囲んで水田が弧を描くように広がり、水田の外を取り囲む丘陵には毛利秀元と小早川隆景の兵が一文字三星《いちもんじみつぼし》の軍旗をたなびかせていた。南江の大河を隔てた対岸にも吉川広家《きっかわひろいえ》の軍が布陣し、対岸からの援兵と南江を遡上《そじょう》してくる物資の補給船を防ぐ構えだった。

秀吉軍は晋州城を二重に包囲し、朝鮮義兵による後方からの攻撃を完全に遮断する陣形を組んだ。そして、東の城門から宇喜多秀家の一万八千余が突入を開始した。

東の城門を守備していた徐礼元は、秀吉軍の激しい銃撃に肝《きも》を潰《つぶ》し何の反撃もできなかった。だが、金千鎰は障害のない東門からの攻撃を想定しており、即座に東の城門へ駆けつけ弓と火砲で応戦した。黄進と崔慶会らの朝鮮官軍も東門に集結して宇喜多秀家軍の突撃を防いだ。

ところが、東門の攻撃と同時に、小西行長らの布陣する城の西門側では、作事《さくじ》人足を総動員し南江へ向かって深い穴を掘り進めていた。城の北西に巡らされた深堀の水を南江へ流し落とすための突貫工事だった。水堀を埋めれば、三方の城門から全軍一斉の城攻めができることになる。籠城する朝鮮軍兵は東門での防戦に集中し、西門崖下での落水工事は遂行された。

それから二日がかりで空堀《からぼり》となったところに土砂を入れ、秀吉軍は北の城門前から西門までを地続きの平地とすることに成功した。

二十五日、宇喜多秀家軍は、秀吉の指示通り東門の前に土石を積み上げて山を築き、その上から城内へ鉄砲を打ち込む作戦に出た。黄進は、城内に同じく岡を造り、火箭《かせん》と火砲で応戦した。秀吉軍が周辺の山から大木を伐《き》りだして井楼《せいろう》(櫓《やぐら》)を組み上げ鉄砲や火矢を放てば、黄進ら朝鮮将兵は火砲を激しく放ってこれを破壊した。

水堀を埋められ、秀吉軍の三方からの間断ない攻撃に、籠城した朝鮮の民は女性や子どもを交え、投石や熱湯を浴びせて果敢な抗戦を続けた。だが、前年十月のような義兵による後詰《ごづめ》の援軍が到来することはなく、晋州城は孤立したまま憔悴《しょうすい》の色が濃くなっていた。

二十七日夜、黒田長政と加藤清正の軍は四輪の仕寄せ道具を造って西門側の城壁を突き崩し、黒田家の後藤又兵衛《またべえ》が足軽を率いて城内への突入を果たした。その夜西門の守備に当たっていた徐礼元は、城壁が破られたのに気づかなかった。金海府使の李宗仁は、それに気づくと文官ながら西門へ駆けつけ民衆を励まして防戦に努め、ついに戦死した。ここまで奮戦を続けた忠清兵使（官軍司令官）の黄進も、夜明けに西門で銃撃され討死《うちじに》した。

六月二十九日、秀吉軍の総攻撃に、籠城する朝鮮軍兵と民衆は死力を尽くして抗戦した。だが、寡勢《かぜい》はいかんともしがたく、南江に面した崖上に追い詰められては次々と身を投げていった。秀吉の「一人も残さず討ち果たすべきこと」の指令どおり、籠城した朝鮮軍兵と民衆の全滅によって、「李朝随一の名城」と謳《うた》われた晋州城はついに陥落した。

二

七月一日、長崎の絲屋随右衛門《いとやずいえもん》より、マニラの菜屋《なや》からの船が入港したという報《しら》せが届いた。櫛橋次兵衛《くしはしじひょうえ》の船はもとより、トンキン（東京）から直接堺へ向かうと聞いていた助左衛門《すけざえもん》の船も、とうに着いているはずだった。

甚五郎はひょっとしたら佐源太《さげんた》の種子島《たねがしま》船かもしれないと思った。マニラからフランシスコ会士を乗せたペドロ・ゴンザレスの船も、原田喜右衛門《きえもん》の船も、予想より大幅に遅れて日本に着いた。原田喜右衛門の船などは、颶風《ぐふう》を避けるために途中で日和《ひより》待ちを余儀なくされたものらしく、マニラから長崎入港まで四十九日もかかっていた。

長崎で絲屋随右衛門に会った折、佐源太の船が来るかもしれないことは伝えておいた。佐源太たちはマニラで明国《みんこく》産の白糸や呂宋《ルソン》島の鹿皮《しかがわ》などを買い入れたものの、日本での取引先がなかった。名目上マニラの菜屋が所有する船として、堺の茜屋《あかねや》宛ての荷送り状を作り、入港した先でそれを示せるよう書式だけは調《ととの》えておいた。

七月六日、長崎の舟津町《ふなつまち》、絲屋の船宿で甚五郎を待っていたのは、やはり佐源太たちだった。出航手続きに手間取り、種子島船がマニラを出たのは原田喜右衛門船の二日後となった。東シナ海で再三颶風に見舞われ、寄港した大琉球（沖縄本島）の泊港《とまり》などで長い日和待ちを余儀なくされたという。さしもの種子島衆も珍しく疲労の色を隠せなかった。

マニラからの絹糸や鹿皮は品が良く、積荷のほとんどを随右衛門が長崎で買い取ってくれた。それればかりか随右衛門は、種子島衆のジャンク船を長崎湾の常磐崎《ときわざき》へ送って船体の補修に当たらせ、ひとまず休息を取れるよう手配してくれていた。

長崎湾口に近い常磐崎には船大工が多く集まり、造船場をなしていた。中には琉球人や明国から渡ってきた唐人もいた。ジャンク船の修理もそこでこなせた。種子島船は、陸に引き上げられ船体の手入れを始めていた。船虫を燻《いぶ》して殺し、船板《いた》には熱したフカの脂《あぶら》を何度も上から掛けてしみこませた。網代帆《あじろほ》を繕《つくろ》い、帆綱《ほづな》や索具《さくぐ》も傷んだものはすべて新しくすることになった。

絲屋随右衛門は、マニラや交趾《コーチ》、カンボジアなどへ何度も渡航しており、航海というものを知り尽くしていた。甚五郎は、このたび本多正信から持ち込まれたマニラと関東を結ぶ交易について、まず随右衛門に尋ねてみることにした。

「たとえば、マニラを出た船が大琉球から北上して、黒瀬川（黒潮）を使い、関東の豆州《ずしゅう》下田、相州《そうしゅう》の小田原あたりまで渡海できましょうか」

関東での行き先は、相州浦賀ならばこの話を持ち込んできた本多正信自身の支配地であり、伊豆下田城も三河以来の徳川家譜代《ふだい》、戸田忠次《ただつぐ》が支配していた。下田と浦賀の間、相模湾の小田原に入ってもよかった。小田原城主には大久保忠世《ただよ》が配されていた。遠州灘《えんしゅうなだ》を越え、関東の海域へ出れば、その時の天候と海の状況で入港先は自由に選択できた。

「いかなる渡海でも容易《たやす》く安全なものなどありません。航海は船と船乗りの力にかかっています。が、もちろん関東へも行けましょう。紀州の漁民たちのなかには、八挺《はっちょう》櫓《ろ》ほどの船で黒瀬川に乗って遠州灘を越え、伊豆や相模どころか、房総の辺りまで行き来している者がいると聞きました。しかし、なにゆえ、わざわざ関東……」

随右衛門はそこまで問いかけて、思い当たったらしく急に表情を輝かせ、微笑《ほほえ》んでうなずき返した。

確かにマニラから関東への航路を開拓するならば、優れた船乗りと良い船とがまず必要だった。巨済島《きょさいとう》で朝鮮水軍から追撃された時、佐源太たちは小西与七郎の船を救おうと帆を絞って速度を落とし、囮《おとり》となって朝鮮水軍を沖へ誘い出そうとした。後になってみれば、彼らには朝鮮水軍船を振り切れる自信と余裕とがあった。彼らのジャンク船も、その性能はここまでの航海で充分に証明されていた。

「佐源太殿の船ならば？」

「あの方々なら、呂宋《ルソン》島の往復をこなしています。途中、颶風に三度見舞われたそうですが、日和待ちを怠らなかった。船もいい。あの方々ならできるはずです。現にマニラからここまで来ているのですから、一度大隅《おおすみ》まで南下して種子島の辺りから関東への海路を選べばよいことになります。

そういえば、先だって当地の書肆《しょし》がポルトガル製の海図を売りにきまして、その折、面白いものを一緒に持ち込んできました。ポルトガル式の図法で描かれた近海の海図です。日本の地名が正確なので間違いなく日本人の手によるもので、これがなかなか良くできています。興《きょう》をかきたてられ、つい買い入れておいたものですが、まさかこんな話が飛び込んでくるとは。船稼ぎをやっていますと、こういう奇妙なことが、不思議に連《つら》なって起こるものです。種子島の方々は船磁石《ふなじしゃく》を使い慣れているようですので、お役に立つかもしれません。後ほど持って参ります」

マニラまで渡った折、航路に精通した糸満《いとまん》の加次良《かじろう》が水先案内に就いていた。だが、視界に目標物が入らない時、種子島衆は方角を二十四に区分した明国製の船磁石を使って確かめることを怠らなかった。

「……船を使って同じ品を海外から運んでくるのにもかかわらず、禁制破りの密貿易などと糾弾されることが生じるのは、陸《おか》を支配するものが己に都合のよい交易だけを認め、他を徹底して排斥するがゆえに起こることです。わたくしども船稼ぎにとりましては、渡海して商いを行うだけのことで何の違いもありません。甚五郎さんにはおわかりでしょうが、航海というのはとりわけ力と勇気とを必要とします。わたしは海に挑む方々に敬意を払います。とにかく、こういうお話には血が騒ぎます」最後に絲屋随右衛門は白い歯をのぞかせてそう付け加えた。

随右衛門は昨年秀吉から渡海許可証を受けた海商八人の一人だった。だが、年若い頃から海外各地へ渡航し、根が船乗りである彼には秀吉の渡海許可証なるものが貿易統制以外の何ものでもなく、海にまで支配を及ぼそうとする驕慢《きょうまん》を内心では憤《いきどお》っていた。このたびのマニラと関東の港を結ぼうという企《くわだ》てに随右衛門は賛意を示し、助力は惜しまないとそれとなく伝えてくれた。

船頭《ふながしら》の佐源太と舵取《かじとり》の四郎左衛門《しろうざえもん》、操帆手の半太郎《はんたろう》、知工《ちく》の辰三郎《たつさぶろう》、そして琉球人の加次良を甚五郎は船宿の奥居間に呼んだ。絲屋随右衛門から手渡された絵図は、朝鮮紙らしき厚手の紙に木版で刷られた大判のものだった。

渡来物の円卓の上に広げられたそれは、日本六十余州が、青、赤、黄、緑の四色に色分けされ、「エゾ（北海道）」の南端部と「高麗《こうらい》（朝鮮）」の東南部がわずかにのぞいていた。蝦夷《えぞ》や朝鮮は、かなりいい加減なもので、朝鮮半島の先に巨済島らしきものが赤で描き入れてあるだけだった。

日本海の長門《ながと》沖と、太平洋の日向《ひゅうが》沖、伊豆沖に三個の方位盤が描かれ、その中心点から直線が二十四の方位へ放射状に引かれていた。そのほかに南北の海上に合わせて十ヶ所の起点が設けられ、そこからも二十四方位の線が放射されて絵図全体に網目のごとく張りめぐらされていた。

ポルトガル語で「カロタ」と呼ぶ航海図法で描かれていた。日本の近海にある船が、どの方角へ進めば目的地へ行き着くことができるのかが、引かれた方位直線によってわかる仕組みだった。

両端左右には紅、白、青の三色に染め分けられた棒状の帯が書き込まれ、それぞれ緯度が記してあった。随右衛門の話では、ポルトガル製のアジア航海図と照らし合わせて確かめたところ、方位も緯度も間違っていないという。

九州は、絵図の左下に来ていた。「薩摩《さつま》十四郡」、「大隅八郡」があり、大隅半島の先端に「サタノミサキ（佐多岬）」の書き入れがあった。

「これまでも何度かポルトガル製の海図を見たことはありますが、日本沿海をこれほど詳しく描いたものを見たのは初めてです」

その南西、絵図の下限ぎりぎりの所に赤い色で島々が記され、その中に「タ子《ね》（種子）」、「ヤク（屋久）」、「エラウ（永良部）」の表記があった。「エラウ」とは、屋久島の西方三里（約十二キロ）海上に位置する口永良《くちのえら》部《ぶ》島《じま》のことだった。

「……それにしても、こんなものを一体誰が？」

佐源太たちは、種子島がはっきりと示され、しかも北緯三十度三十分の位置に描かれていることを確かめると、珍奇なものに出くわした子どものように興奮していた。

「実は、残りの船荷についての相談です。とある人物から白糸が是非欲しいと注文を受けました。ただし、堺や大坂よりかなり遠方です。関東は伊豆の東側、ここに『下田』とありますが、ここまで運んでいただけませんか。その時々の日和にもよるとは思いますが、遠州灘を越え関東に到《いた》りさえすれば、相模の小田原でも、相州浦賀でも構いません。

残りの白糸五千斤《きん》（約三トン）を銀百五十貫でお願いしたい。荷売り先の件がありますので、わたしもご一緒させていただければと思っています。いかがですか」

甚五郎の話を受け、佐源太が航海図を指さして語った。

「伊豆の下田へ行くとなれば、長崎から種子島の北まで南下し、大隅の瀬戸を抜けて北東へ進めば、必ず黒瀬川に出る。土佐沖、紀伊沖、熊野灘、遠州灘を越えて伊豆へということに。ただし、かなり沖を走ることになります」

「よく知らない海で陸に近づくのはかえって危ない。破船の憂《う》き目《め》に遭うのは大抵それだ。日向灘で黒瀬川をつかまえ一気に沖を走ればいい。南下して日向灘まで八日。伊豆まで十二日、まあ二十日も見れば行き着きます」

半太郎がそう言うと、四郎左衛門は首を傾《かし》げて言い返した。

「いや、黒瀬川に乗ればもっと早い。全部合わせても十七、八日で行けるだろう」

陰暦七月に入ったばかりで、これから向こう三ヶ月は頻繁に颶風のやってくる季節となる。ほとんど陸地の見えない沖を走り、颶風に遭遇したらどうするのかという甚五郎の懸念《けねん》とは無関係に、航海図を目にした彼らは急に元気を取り戻し、すでに関東の伊豆下田行きを前提に話を始めていた。

彼らは常にこうだった。航海は、人生と同じく正しい答えというものが存在しない。先々何が幸いするかわからない。直感で選択し、決断したものを力を尽くして遂行するだけのことだった。

「正直に申し上げれば、今回の船荷だけの話ではありません。表向きは堺へ運ぶことにして書式を作り、マニラから明国産の白糸や絹織物などを直《じか》に関東へと運ぶ道をつける企てです。

この長崎はもちろん、九州の各港はすべて太閤《たいこう》に押さえられています。マカオのポルトガル船が運んでくる白糸や絹織物は、関東にまで届くことはない。福建《ふっけん》人たちがマニラに運んでくるものを、マニラから直に関東へ運ぶしか手はないわけです」

甚五郎の話に佐源太らは急に押し黙り真顔となった。甚五郎が、亡《な》き家康嫡男《ちゃくなん》、三《さぶ》郎信康《ろうのぶやす》の小姓衆だったことは彼らも知っていた。九州の主要な港は、秀吉とその配下に属する大名衆に押さえられ、ポルトガル貿易に家康が参入できる余地は全くなかった。その家康の支配する関東へ秘密裏にマニラから生糸を運び入れ、それを家康と結びつきの深い茶屋四郎次郎《ちゃやしろじろう》などの商人が織物師らに売りさばいて利を上げる、そういう仕組みも彼らには予想できた。

「何の支障もありません。わたしどもの船は、堺を目指したものの黒瀬川に流され、気がついた時には伊豆まで行ってしまう」

佐源太の言に、他の種子島衆も加次良も、笑顔でうなずいた。

秀吉は、日本の民ばかりか今や朝鮮国、明国の人々までを惨禍に巻き込み、どこもかしこも手のつけられない有様となっていた。種子島の船稼ぎ衆は、「倭寇《わこう》」の横行した時代にも朝鮮国と正式に通交し真っ当な交易を行っていた。交易は、あくまでも異質な部分を乗り越えお互いが補完し合って成り立つものだった。こんな戦の日々は、一日も早く終わらせるに越したことはなかった。

「別に急いではおりません。南下して種子島の近くまで行くのですから、まずは一度、赤尾木《あかおぎ》へ寄ればいい。皆さんは釜山へ向かってから一度も帰っていない。ご家族にしてみれば、無事だとは聞いていても、自分の目で確かめるまでは不安なまま日々を送っておられるはず。

皆さん方は、種子島家から命じられた務めを果たした。後ろめたいことなど何もありません。釜山で積んだ米の件も、わたしと小西与七郎殿が勝手に二艘《そう》へ分けただけのことで、細川家への届けは、すべて与七郎殿の船に積んだことになっています。種子島船はあくまでも与七郎殿の船の警固として釜山から出帆したものです。唐島《からしま》（巨済島）沖で朝鮮水軍に追撃され沖に逃れるしかなかった。これも事実です。

マニラ行きにつきましても、先日博多の嶋井《しまい》宗室《そうしつ》様からこの一月にさかのぼって荷送り書を作ってもらっています。積んでいた米は博多の嶋井宗室様からのものです。種子島家に対しまして、いかなる申し開きもわたしがいたします。種子島に寄ることには何の心配もいりません」

甚五郎は、嶋井宗室がしたためてくれたマニラの菜屋宛て米四百俵の荷送り状を知工の辰三郎へ手渡した。ところが種子島衆は四人ともがそれを確かめようともせず、首を横に振った。

「甚五郎さんのお気持ちは大変有り難いが、島へ帰るのは伊豆まで行ってからでも遅くありません。島に帰れば、急に皆肥えて動けなくなる。船稼ぎは、一度家に帰って気が緩めば、なかなか元には戻れないものです。

みな無事で長崎へ到着したという報せだけは、随右衛門さんから赤尾木へ届けて頂きます」

佐源太の言うことも甚五郎には理解できた。若い水夫《かこ》たちを除いて、船の操作をつかさどる彼らは、海上に身を置いている間、食を抑えて体を絞り、常に感覚を研ぎ澄ませていた。

七月十日、潮の満ちた酉《とり》の刻（午後六時）、絲屋随右衛門が船宿の蔵で保管しておいてくれた白糸五千斤と鹿皮の荷積みを終え、種子島船は随右衛門に見送られて長崎を出航した。

三

七月十四日夕、濃い緑の島に船を寄せた。切り立った赤い岩肌の崖を巡り、島の南西側深くに切れ込んだ奥深い湾に入った。左右の山塊《さんかい》が湾の両側を包み込むように囲み、南側の山からは噴煙が上がっていた。風に混じって強い硫黄臭《いおうしゅう》がした。そこが口永良部島の本村《ほんむら》港だった。

二日前の夕暮れ、甑《こしき》列島の西を航行していた時に、南西の空が青黒い草色に焼け、赤みの強い紫色の雲が空高く上っているのが遠望できた。遠くに颶風があることを示す空だった。

「いったん口永良部の本村に入り風波を避けます」

その時点で、佐源太は甚五郎にそう伝えた。

「颶風は、早ければ三、四日で到来します」とも言った。

時を追うごとに南からのうねりが強くなり、生暖かい風が吹きつけてきた。本村港に入った時には空全体が赤黒く焼け、それがやがて重い墨色に変わった。大きなうねりとともに驟雨《しゅうう》が繰り返しやってきた。錨《いかり》を二本とも海中に投じた。口永良部は海底火山の隆起した島ゆえに、海底が岩場で錨の引っ掛かりが良かった。

若い水夫の松蔵と弥助を海に飛び込ませ、舫綱《もやいづな》を海岸の岩に縛りつけて船を固定した。それでも、うねりが大きく湾奥にまで寄せ、舫を補強するために太綱を二本出して岸の岩に縛りつけさせた。漁に出ていた小船も次々と本村港へ入ってきた。薩摩や大隅の船が多く、若衆《わかしゅ》は戦に駆り出され、年老いた者ばかりが乗っていた。強風と驟雨のなかを種子島船の若い水夫たちは次々と海に飛び込み、小舟を陸揚げするのに手を貸した。

佐源太は、本村の宿に上がって休むよう甚五郎に勧めた。が、甚五郎は、皆と一緒に船房へ降りて颶風の行き過ぎるのを待つことにした。風はうなり雨も渦を巻いて打ちつけ、船は高波で激しく揺さぶられた。

子《ね》の刻（午前零時）頃にふっと風が止み、雨音も消えた。体が浮くような感じと強い耳鳴りがした。本村港が颶風の目のなかにすっぽりと入っていた。舫綱を確かめるために甲板へ出た佐源太らと甚五郎も船房から出てみた。周囲の低く渦巻く雨雲の真ん中に群青紺《ぐんじょうこん》の穴が穿《うが》たれ、常にも増して星々が光輝いていた。

「この後、吹き返しの強風がきます。これが一番やっかいです」

これまで目にしたことのない神々《こうごう》しい空の様に見入っていた甚五郎に、半太郎が船房へ降りるよう促した。

船房へ降りてまもなく、また強風が起こり雨が激しく渦を巻いて打ちつけた。船はまたも揺すられ続けた。

やがて、強風が間を置いて息をするように吹きつけ、しばらくして、颶風が通りすぎたことを示す旋回するような風に変わった。

七月十五日、午《うま》の刻（正午）に口永良部本村港を出た船は一刻《とき》半（約三時間）ほどして種子島の北、大隅海峡を通過した。まだ海は東からのうねりを寄せていた。

種子島の北端、浦田《うらた》の大原崎《おおばるさき》には見事な老松《おいまつ》が林立し、黒々とした山影を見せていた。

種子島衆はそこを「神山《かみやま》」と呼んで崇《あが》め、通過する時にそれぞれが手を合わせた。操帆手半太郎の話では、鹿児島から戻る時に、暗夜でも「神山」の松林は黒々として遠くから見え、それを目当てに種子島へ帰るのだという。

「遠くとは、どれ程？」

「五里、いや、三里ほど先からなら、間違いなくはっきりと見えました」

甚五郎は笑うしかなかった。陽が照っている時でさえ、三里も先にあるものなど甚五郎には満足に見えはしない。彼らは月のない夜に、三里先の松山の影が見えるのだという。吉次ら山川《やまがわ》の若衆たちがそうであったように「種子《たね》が隼人《はやと》」の視力も尋常でなかった。

大隅海峡を抜けた種子島船は、そのまま北東へ向かった。視界から陸地がすっかり見えなくなり、気がつけば北東へ強い力で流れる黒潮に乗っていた。

佐源太と半太郎ら船方三役は、絲屋随右衛門《そらん》からもらった航海図を何度も読み込み、すでに伊豆下田までの運航指針を諳じていた。陸地に近づくことを避け、ひたすら沖を進んだ。船上では火種の炭は絶やすことはないが、航行中に煮炊《にた》きはしない。餅米《もちごめ》を竹の皮で包み灰汁《あく》で煮上げた鼈甲色《べっこういろ》の粽《ちまき》を大量に作って船房に吊《つ》るし、豚肉の入った味噌《みそ》や蘇鉄《そてつ》の実で作った味噌などを付けて食した。飛魚《とびうお》や赤うるめ、鰹《かつお》を燻《いぶ》したり乾燥させたもの、梅干しや干し棗《なつめ》、干し大根、乾燥させた海藻類、食事には全く困らなかった。

彼らは太陽や月が見えなくともほぼ正確に時を言い当て、北極星の高度角も見ただけでそれを読み、船の位置を知ることができた。「船磁石」や「ヤコブの杖《つえ》」などの計器類は、あくまでも彼らの感覚がとらえた方位や高度角を確認するために使うものでしかなかった。それらの計器類さえ、陸暮《おか》らしに慣れた甚五郎にしてみれば、常に揺れている船上では磁石の針も激しくぶれ、水平線さえ満足に定まりはしないもので、とても扱えない代物《しろもの》だった。

太陽も月も見えないのに時を測れる根拠を尋ねても、「腹のすき具合ですよ」などと種子島衆は笑うだけだった。彼らには場所によって違う高度に見えるらしい北極星なども、甚五郎の目にはいつも同じ位置にあるとしか映らなかった。

四

八月二日夕、薄日の差す曇天のなか、緑の大地が左手前方に見えてきた。北緯三十四度四十分、種子島船は帆を絞って速度を緩め、伊豆半島を西から巡るように北東へと進んだ。伊豆下田、大浦《おおうら》港へ入るための目印となっている赤根島《あかねじま》が前方に見え、その背後の岬に黒々と老松の繁《しげ》る山があった。

張り出した岬の山には、接近するにつれ南側に物見櫓《やぐら》が建っているのがわかった。その位置からは周囲の海域がすべて見渡せるはずだった。切り立った山の中腹から頂上付近まで何段かの段差を刻んで平地を削りとっていた。そこには土塁《どるい》と塀とが巡らされ、頂上には天守らしきものが建っているのも見えた。

三年前の四月、秀吉の小田原城攻めの際、下田城に立て籠った北条方の水軍将、清水康英《やすひで》以下六百の兵は、脇坂安治《わきさかやすはる》率いる秀吉水軍一万の猛攻に一ヶ月もの間持ちこたえたという。よほど天然の要害に恵まれた城だろうとは想像していたが、下田城は周囲の海域を見下ろす形で、張り出した岬の山を丸ごと城に仕立てた造りだった。島全体を要塞《ようさい》にした海賊城のようなものだった。

　見慣れぬジャンク船の到来に、大浦の船番所《ふなばんしょ》から早速小早船《こばやぶね》が二艘やってきた。種子島船は湾の深みで帆を納め、縄梯子《なわばしご》を下ろして戸田家船手方《ふなてがた》役を迎え入れた。甚五郎は、本多正信から戸田忠次に宛てた書状を手渡した。

　迎えの小舟には、戸田忠次の息《そく》、甚九郎尊次《じんくろうたかつぐ》が自ら肩衣半袴《かたぎぬはんばかま》で乗ってきた。当年二十九を数える戸田尊次は、岡崎城時代に甚五郎を見知っていたようで、懐《なつ》かしげな表情を浮かべ「沢瀬殿」と小舟から大声で呼びかけた。

戸田尊次は、佐源太たちの宿もすぐに手配してくれ、船からの荷下ろしも船手方の端舟《はしぶね》と人足とを動員して早々と済ませた。

甚五郎は大浦港の居館《きょかん》に招かれ、戸田尊次から主殿《しゅでん》での饗応《きょうおう》を受けることになった。主殿は中門《ちゅうもん》を備えた接客のためだけに設けられた建物で、甚五郎が下田城主にとって特別な来客であることを意味した。そこへ城主の戸田三左衛門《さんざえもん》忠次がやってきた。

戸田忠次は、岡崎から南西に四里ほど離れた矢作川《やはぎがわ》西岸、佐々木の生まれで、永禄六年（一五六三）一向宗乱《いっこうしゅうらん》の当初、甚五郎の祖父や父と同じく家康に反旗をひるがえした過去を持っていた。一向宗徒を率いて佐々木上宮寺《じょうぐうじ》に立て籠り、大久保忠世や山田八蔵《はちぞう》ら家康麾下《きか》の豪勇と再三に渡って槍《やり》を合わせ、「槍の三左《さんざ》」の勇名を馳《は》せた人物だった。甚五郎の祖父松之助《まつのすけ》のことをよく憶《おぼ》えており、しきりに三河での日々を懐かしがった。

今は博多で商いを専《もっぱ》らにしていることを甚五郎は話した。このたび小姓仲間だった永井伝八郎《でんぱちろう》の骨折りによって出奔《しゅっぽん》の罪を赦免され、本多正信からの依頼でマニラの白糸を届けることになった経緯《いきさつ》を伝えた。

「濡《ぬ》れ衣《ぎぬ》まで着せられ、貴殿も大変な思いをなすった。真の経緯を知ったのは、ずいぶんと経《た》ってからだった。……だが、こうして三河国衆《みかわくにしゅう》の顔を見るのが、何より嬉《うれ》しく心強い」

戸田忠次は目を細め、そんなことを言った。忠次は、昨年家康の肥前名護屋行きに供奉《ぐぶ》したが、体調を崩し名護屋城から戻ってきたのだという。すでに六十路《むそじ》に入り、髪はすっかり白くなり、病み上がりの体は痩《や》せて小さく見えた。

「是非にお目にかけたい所がある」と戸田尊次に誘われ、翌朝甚五郎は用意された八挺櫓の小舟で大浦港《あかし》を出ることになった。永井伝八郎もそうだったが、戸田尊次も、甚五郎に武門の証である大小を腰に帯びさせたがった。すっかり一本差しに慣れた身には邪魔なだけだったが、紺柄巻《つかまき》に黒塗り鞘《ざや》の腰刀と同じ拵《こしら》えの脇差《わきざし》を用意されたのでは断るわけにもいかず、仕方なく帯に押し込み小舟に乗り込んだ。

帆走と櫓漕《ろこ》ぎ兼用の小舟は、伊豆半島の石廊崎《いろうざき》を西に巡り、駿河《するが》湾へと入った。伊豆半島の西側は、入り組んだ海岸線に彩《いろど》られ、入り江にはこまごまとした港が数多く見られた。あいにくの曇天で富士は見えなかったが、万三郎岳《まんざぶろうだけ》を主峰とする天城《あまぎ》の山容が東にそびえていた。

未《ひつじ》の四刻（午後三時頃）過ぎに土肥《とい》の港湾へ入った。それまで目にした西伊豆の小港とたいした違いはなかったが、湾口から船が入るとすぐに一艘の小早船が寄せてきた。しかも小早には、陣笠《じんがさ》に前懸具足《まえかけぐそく》の鉄砲足軽までが乗っていた。

戸田尊次の突然の来訪に、船番所役人や村役が大慌《おおあわ》てで船着《ふなつき》へ駆けつけた。船番所もやけに厳《いか》めしく、大きな木戸を構え、槍を手にした木戸番が二人立っていた。

温泉が出るとは聞いたが、何の変哲もない茅《かや》葺《ぶ》きの集落が続いた。だが、そこを抜けた山際《やまぎわ》に数棟の大きな板葺き屋根が並び建っているのが見えた。

金属を打ちつける音が聞こえ、屋根と柱だけからなる作事《さくじ》小屋がまず目に入った。崖を背にしたそこでは、盛んに火が焚《た》かれ、十数人の鍛冶《かじ》師が、鞴《ふいご》で風を送り、金槌《かなづち》を振るって大きな釘《くぎ》に似た鏨《たがね》を鍛えていた。近くに鉱山があるらしいとわかった。

山際に位置した取りわけ大きな建物は「四《よ》つ留《どめ》番所」と呼ばれ、坑内に出入りする人と物は、すべてここを通らなくてはならない仕組みとなっていた。そこにも門が設けられ、槍と刀で武装した木戸番が二人いた。

広い番所内は人でごったがえしていた。建物の真ん中には坑口《こうぐち》との通路となる土間が続き、入り口の両脇には、畳敷きで座敷が設けられていた。屏風《びょうぶ》のある左手の間には戸田家の山方役らが詰め、右手の小座敷にはその下役が刀を脇に据え置いて坑夫や精錬職人の出入りを検《あらた》めていた。坑口に近い奥は一面の土間となり、右手奥の広土間には鉱石運搬の藁叺《わらかます》が並べられ、その脇で精錬職人たちが品位別に鉱石を仕分けしていた。こぶし大の鉱石は、石英《せきえい》の白と、黒の縞《しま》模様が混じっていた。この土肥には金銀の鉱脈があるらしかった。

奥の左手には蔵があり、留め木や炭俵、灯火用の松脂《やに》などの出し入れが行われていた。帳面を付ける下役やら、職人や坑夫ら合わせて五十人ほどがおり、中央の通路をのぞけば足の踏み場もない有様だった。

戸田尊次の顔を見るなり、山方役が「静まれ」と番所内に大声を響かせた。森川というその山方役が、坑口まで案内に立つことになった。

坑口の近くにも、木皮《こはだ》葺きの作事小屋が二棟あり、金銀を含まない石英の白い部分を割り除く建場《たてば》と、なまった鏨を再生する鍛冶小屋が一棟建っていた。建場では専ら女たちが爪《つめ》のある金槌を手にしてその作業に当たっていた。

坑口右手の広場には材木が並べられ、数人の大工たちが坑道の支柱を削る作業をしていた。左手には小屋が設けられ、掘り出された鉱石の重量を計る横引き場となっていた。戸田家の下役が藁叺に入った鉱石を逐一計り、帳面付けを行っていた。

主坑口は、崩落を防ぐために丸太と石垣で丹念に固められ、鳥居のような横木の真ん中には山岳神を祀《まつ》る「大山祇尊《おおやまつみのみこと》」の額が掲げられていた。

黒灰色の地に石英の白い縞が目立つ岩盤をくり抜いた坑道は、高さ七尺（約二・一メートル）、幅五尺（約一・五メートル）ほどで、しばらくまっすぐ進むと下方へ階段状をなして掘り削られていた。そこから先の天井にも同じように階段が刻まれているのが奇妙だった。石段の脇には金槌、梃子《てこ》、楔《くさび》、秤《はかり》、それに鉱石の品位を見定める柄《え》付き椀《わん》が整然と並べられていた。

盛んに鏨で採掘する金属音が奥の方から響いていた。石段を二十段ほど下ったところの天井に丸穴が穿《うが》たれ換気孔となって地表へと続いていた。明かりの松脂を燃やす黒煙がそこから外へ流れ出る仕組みだった。すでに足元まで地下水が流れていた。

山方役が、そこにあった鉱石の断片を鉄皿の中で磨《す》り潰して粉末にした。柄付きの椀にそれを入れ、流れの水に浸して揺り動かした。椀の底に残った砂粒は、燃える松脂の明かりに山吹色《やまぶきいろ》の輝きを放った。

「これより先は煙と水とで難渋いたしますので」山方役はそう言って戸田尊次に引き戻るよう勧めた。

四つ留番所まで戻り、座敷に上がって白湯《さゆ》をもらった。尊次の話では、下田城に近く相模湾に面した白浜《しらはま》と縄地《なわじ》にも、有望な金銀の鉱脈があるのだという。

家康は青年になるまで人質として長く駿府《すんぷ》の今川義元のもとにあった。今川領国には富士金山と安倍《あべ》金山があり、後に同盟を結んだ織田信長は生野《いくの》銀山を押さえていた。

三方《み》ヶ《かた》原《はら》の戦いで手痛い敗北を味わわされた武田信玄には甲州金山があり、義元亡き後、信玄は富士金山と安倍金山も手中に収めていた。上杉謙信の佐渡金山、毛利元就の石見《いわみ》銀山、伊達政宗の半田《はんだ》銀山に到るまで、およそ天下の覇権を狙《ねら》うほどの武将は、その領国下に金銀を量産する鉱山を抱えていた。軍資金と物量の差が戦の勝敗を決する時代であることを家康はよく知っていた。家康は、武田家を亡《ほろ》ぼし甲州金山と富士、安倍の両金山を掌中にしたものの、関東に移封《いほう》され、今ではすべての鉱山が秀吉のもとに握られていた。

鉱山の発見と開発は、山師の経験と特有の勘によるものである。山師は、山のたたずまい、樹木の生え方、岩石の重なり具合などによって鉱脈の有無を見定めるのだという。優れた山師が旧武田家に多数抱えられていたことは以前から甚五郎も聞いていた。甲州武田の流れを汲《く》む山師たちが関東に連れて来られ、伊豆鉱山の発見と開発とに当たっているに違いなかった。秀吉の前では死んだふりを決め込みながら、家康は新たな関東の支配地でも、やはり鉱山の開発を盛んに行っていた。

五

八月四日夕、下田大浦港に戻った甚五郎は、佐源太たちのいる船宿に出向いた。以後のマニラと関東とを結ぶ交易について解決しなくてはならない問題があった。黒潮に乗って東上するという航路そのものは同じであるが、秀吉の直轄《ちょっかつ》領長崎を中継基地に使うわけにはいかなかった。

「このたびは、堺を目指したものの伊豆まで流され、止《や》むを得ず下田大浦港へ入り、ここで船荷を売りさばくしかなかった」

甚五郎の物言いに、佐源太たちが一斉に笑い声を上げた。

「一度ならばこのような話が通りはしても、とても常用はできない。絲屋随右衛門殿が賛意を示してくれていても、もし露顕すれば随右衛門殿に多大な迷惑が及ぶことになる。それだけは避けたい。したがって長崎には寄れない。

皆さんの種子島、屋久島、口永良部島、その辺りで、どこか船宿と蔵を設けるのに都合のよい港はないだろうか。もし、それができるならば、そこを中継ぎにしてマニラから下田への運び入れが円滑になり、海難の危険も分散できるものと思う。船を別に仕立て、マニラで買いつけた白糸などをその中継ぎ地の蔵に貯《た》め置き、そこから皆さんの船でここまで運び入れる」

ところが、佐源太らは一様に首を横に振った。種子島、屋久島、口永良部島の三島は、島津家の支配が隅々まで及んでいるという。九州征伐で敗れ、かろうじて秀吉に助命された島津義久《よしひさ》は、秀吉に疑念を持たれるような交易など黙認するはずがなかった。

現在の島主、種子島久時《ひさとき》は、元服《げんぷく》の烏帽子《えぼし》親が島津義久である。屋久島の杉は島津家の御用材であり、口永良部が産する硫黄は島津家が船を使って明国や朝鮮国へ盛んに輸出してきた特産品だった。

「今回は、誰が見ましても颶風を避けるために立ち寄っただけであり、口永良部本村の船役人も、荷送り状を見ただけで船荷検めまではしませんでした。ですが、平時ならばそうはいきません。ましてや船宿や蔵などを建てたりすることは、とても無理な話です」

佐源太がそう応《こた》え、長崎で絲屋随右衛門からもらい受けた日本近海の航海図を持ち出した。筒状に丸め、油紙と革とで丁寧にくるんだそれを目の前に広げた。

「この海図は誰が描いたものかわかりませんが、この図に描かれているところは、すべて太閤の天下なわけです。もし、中継ぎの船宿と蔵を設けるならば、この図に載っていない所を捜すしかないと思います」

随右衛門が与えたその航海図は北緯三十度を下限にして描かれ、種子島、屋久島、口永良部島までが出ていた。

「この図にない港となれば、奄美《あまみ》か琉球王国……」

「そういうことになります。このたびの渡海と同じように、颶風などの急難や荒天での日和待ちは、書式さえ不足なく調えてあれば、どこの港でもしのぐことができます。島津家の目を気にせずに蔵や宿を置くならば、むしろ大琉球がよいと思います。泊《とまり》でも那覇でも、首里《しゅり》王府に支払うべき船年貢《ふなねんぐ》や地子《じし》税の類《たぐい》をきちんと支払い、そこを拠《よ》り所《どころ》としてマニラと行き来し、この伊豆下田まで」

「泊や那覇なら何とでもできますよ」琉球人の加次良もうなずいて答えた。

大琉球の泊港で会った普久嶺春鷹《ふくみねしゅんよう》は、以前から種子島衆が世話になっており、首里王府で海外貿易を主管する高官「御鎖之側《おさすのそば》」でもあった。翡翠《ひすい》の色に輝く海と、珊瑚《さんご》の敷きつめられた白い道、泊村に巡らされた珊瑚の石垣塀と琉球松、竹林、芭蕉《ばしょう》や蘇鉄の濃い緑が思い出された。琉球王国には、かの地特有の様々な法や制度があるのだろうが、確かに泊港であれば春鷹の助力を得られることは間違いないと思われた。

文禄二年(一五九三) 陰暦六月

一

六月二十五日、マニラからフィリピン特使として派遣されたペドロ・バウチスタ神父ら四人のフランシスコ会士は、肥前名護屋城で秀吉と会見することになった。長谷川法眼《ほうげん》と原田喜右衛門《きえもん》は、あくまでも彼らを「フィリピン総督が秀吉に服属を表明する使節」として仕立て上げる魂胆だった。ところが、バウチスタ神父ら四人は、頭巾《ずきん》の付いた粗末な麻の修道衣に身をつつみ、裸足《はだし》で、腰には荒縄を締めていた。絵図に描かれる河童《かっぱ》のごとく頭頂を丸く剃《そ》り上げた奇妙な髪に無精髭《ぶしょうひげ》、粗食ゆえに痩《や》せ衰えた風貌《ふうぼう》は、どう見てもマニラで拾ってきた乞食《こつじき》僧としか映らなかった。

商人上がりの長谷川法眼は、フィリピン総督の遣わした正使とはとても思われないフランシスコ会士の様に、言葉も出なかった。金糸をふんだんに使い宝石をあしらったイエズス会の法衣《ほうえ》を買いつけさせ、喜右衛門ともども、日本では場に応じた服装をしなくては礼を失するのだとバウチスタ神父を説いた。だが、神父は「これがわたくしたちの礼装だ」として譲る気配もなかった。

フィリピン総督のゴメス・ダスマリーニャスからは、秀吉への贈り物として、見事な鞍《くら》と装具を付けたイスパニアの馬一頭、黄金の装飾が施された天鵞絨《ビロード》の服、多数の美しいシャツと様々な色の絹靴下、そして全身の映る大きな鏡とが届いていた。

長谷川法眼と原田喜右衛門は、太閤《たいこう》に拝謁《はいえつ》する時は多額の金子《きんす》を献上するのが恒例となっていると伝え、その用意はしてあると神父の目の前に黄金五十枚を並べて見せた。そして、フィリピン総督からの親書は親書として、バウチスタ神父の口からは秀吉に呂宋《ルソン》が服従することを上申するよう求めた。バウチスタ神父は黄金などに目もくれず、ただ哀れむような目で二人を見つめるばかりだった。

長谷川法眼に連れられ名護屋城本丸御殿に現われた四人のフィリピン使節は、裸足に麻の修道衣をまとっていた。そこいらの牛飼い童《わらわ》や荷駄《にだ》引き人足の方が、ずっとましな格好をしていた。秀吉始め列席の公卿《くぎょう》や大名たちも、乞食僧の出現に言葉を失った。それでも、彼らはフィリピン総督ゴメス・ダスマリーニャスの親書を携えており、その正使に相違なかった。

『先に使節として派遣したコーボ神父がマニラへ帰還せず、原田喜右衛門なる者が代理を名乗って渡来した。ところが、原田喜右衛門は、太閤殿下の国書も信任状も携えていなかった。今、一切の混乱と疑念を取り除くために、高徳の司祭ペドロ・バウチスタを使節として派遣する』

秀吉に宛《あ》てられたフィリピン総督からの親書にはそう明記されていた。

型通りの儀礼を済ませると、秀吉は一段高い座に着き、四人のフランシスコ会士に向かって話し始めた。

「予が誕生の折、太陽が母の胸中に入り予を照らした。易者《えきしゃ》たちが語るように、これは初めから予が、陽の昇るわが国の東西に位置する、あらゆる国の君主として君臨すべく定められていたことの証《あか》しである。

予の軍勢は勝利以外を知らず、日本のすべては予の掌中にある。これはこの国の史上、未聞《みもん》のことである。

予は朝鮮に攻め入り、予の軍勢は短日のうちにこれを征服した。明からは親交を求める使節が来訪し、王女を縁組のために送ると約束した。明国に違約があれば、予はまた明国にも軍を進めるだろう。

さらにまた、呂宋《ルソン》が予を君主として認めなければ、予は朝鮮征服の後、手すきの軍勢を駆って呂宋に攻め入るだろう」

ゴンザロ・ガルシア修道士は、およそ友好条約を結ぶため遠来した使者に対するものとは思われぬ秀吉の言葉に、血の気の引いた顔でイスパニア語に訳した。秀吉の恫《どう》喝《かつ》に対してバウチスタ神父は動揺の色も見せず、発言の許可を丁重に求めたうえで語り始めた。

「太閤殿下、わたくしどもキリスト教徒の主《しゅ》はデウス（神）です。わたくしどもはデウスに従います。国王フェリーペ二世は、あくまでもデウスから賜《たまわ》った権威によってわたくしどもを支配しているのです。わたくしどもは、デウスとわれらの国王にしか服従するものではありません。それゆえ、殿下をわたくしどもの王として認めるわけには参らないのです。

とは申しますものの、昨年マニラに送られた親書のなかで殿下が求められた通り、わたくしどもは修好条約を締結し、これを忠実に守ることをここにお約束いたします」

五十代にさしかかったバウチスタ神父は、短い髪にも、まばらな顎鬚《あごひげ》にも白いものが目立ち、粗食の習慣ゆえに実年齢より遥《はる》かに老いて見えた。しかし、穏やかな表情で淡々と語るその声には、静かな力が感じられた。法眼や喜右衛門の圧力にも屈せず、語るべきことを正しく語った。通訳に当たったガルシア修道士も、穏やかな口調ながらも毅然《きぜん》とした神父の応答に励まされ、流暢《りゅうちょう》な日本語で秀吉へそのまま伝えた。

ガルシア修道士は、かつて十六歳の頃から十年ほど日本で過ごし、イエズス会の伝道師として布教活動を行っていたことがあった。彼は日本語に精通しているばかりでなく、日本人の微妙な心情も理解していた。

秀吉は一瞬憤然とした表情を見せたものの、あまりにみすぼらしい四人のフランシスコ会士に憐憫《れんびん》の情をかき立てられたところもあって、ガルシア修道士の驚くほど自然な日本語に、やがて穏やかな表情を取り戻した。

このところ秀吉は機嫌がよかった。明国の「謝罪特使」が到来し、淀殿《よどどの》が懐妊したという報《しら》せも届いていた。バウチスタ神父ら四人のフランシスコ会士と、マニラから神父二人を乗せてきたペドロ・ゴンザレス船長を黄金の茶室に招き、自ら茶を立ててふるまった。そればかりか、バウチスタ神父が身に着けていた苦行のための縄帯を求め、自分の背中をそれで打ってみせたりもした。

「ほかに願い出ることはないか」という秀吉の言葉に、バウチスタ神父は秀吉へ言上《ごんじょう》した。

「殿下から過分なご厚情をお示しいただき、心より感謝を申し上げる次第です。殿下にわたくしどもの日本滞在と、フランシスコ会の規則に従い、巷《ちまた》におきまして人々とともに生活することのお許しを、今ここに平伏して願うものでございます」

秀吉はバウチスタ神父の願いを快く受け入れ、さらにこう付け加えた。

「日本は神国ゆえキリシタン宗の教えを広めることは禁ずる。それさえしなければ、予は、その方らがわが国で暮らすことを認め、その方らの暮らし向きにも心を配るつもりでいる」

バウチスタ神父ら四人のフランシスコ会士は秀吉の許しを得て京へ向かった。「バテレン追放令」によってイエズス会の宣教師たちのほとんどが九州へ去り、見捨てられたままになっていた畿内の信徒たちは、噂《うわさ》を聞きつけ彼らのもとに駆け集《つど》った。

日本人信徒への対応についてバウチスタ神父に尋ねられた京都所司代の前田玄以《げんい》はこう応《こた》えた。

「太閤様はキリシタン宗門そのものを嫌ってはおられぬ。イエズス会のバテレンが、地位の高い者を信徒とし、国を奪うことを恐れたゆえに追放したものである。だから、下々の者に伝道するだけであれば心配はない」

そして、ペドロ・バウチスタ神父は、「真のキリスト教とはどのようなものなのか知らせなければならない」と語り、病で苦しむ者たちを訪ね、救いの手を差し伸べた。フランシスコ会遣外《けんがい》管区長のバウチスタ神父が、裸足で麻の粗衣をまとい、病者の膿《うみ》の上から接吻《せっぷん》して祝福するなどは、これまで日本人信徒が見たことのないものだった。

この年五十一歳になるバウチスタ神父は、ノビスパニアとフィリピンで十五年の伝道経験を持っていた。フィリピンにおける準管区長の職を終え、フィリピン総督の親書が示す通り聖徳の誉《ほま》れ高い人物だった。通訳に当たったゴンザロ・ガルシア修道士は三十六歳。ガルシア修道士とともに原田喜右衛門船に乗って渡来したフランシスコ・デ・サン・ミゲル修道士は、この年四十九歳になっていた。

二

沢瀬甚五郎がその人物の名を聞いたのは、西伊豆の土肥《とい》金山を見に行った後のことだった。

伊豆下田城主、戸田忠次の嫡男尊次《ちゃくなんたかつぐ》は、鉱脈を追って土竜《もぐら》の巣穴のごとく地中を掘り進む方法を伊豆に持ち込んだ人物が、大久保長安《ながやす》という者だと語った。それまで鉱山といえば露天掘りを専《もっぱ》らとし、上部から山を深く掘り下げて行くだけのものだった。

確かに金銀の鉱脈を追跡して坑道を穿《うが》ち掘り進む方が、効率もよく労力もはるかに少なくて済むものと思えた。だが、それを可能とするには、土肥金山で見たように坑道に溜《た》まる煙を外へ逃がし地下水を外へ流しやる必要が生じ、かなりの土木技術を持っていなくてはならなかった。

大久保長安は、領主の鉱山経営にも変革をもたらした。これまでは、領主から採掘を許された山師が、一定額の採掘料を領主に献上すれば、後は産出する金銀のすべてを山師の取り分とすることができた。ところが長安は、採掘に必要な食糧や燃料、道具類を戸田家が支給し、その代わり産出する金銀の半分から四分の一を鉱脈の規模に応じて山師に貢納《こうのう》させる仕組みに変えた。以前の仕組みでは、いくら豊富な鉱脈であっても領主側は一定の運上金《うんじょうきん》しか得られなかったのに対して、「直山制《じきやませい》」と呼ぶこのやり方であれば、採掘できた金銀の量に則して領主の収入も増えることになった。

「さすがに甲州武田流、何もかもが理にかなっている」

戸田尊次は大久保長安の才覚に感嘆の声を漏らした。確かに本多正信や伊奈熊蔵《いなくまぞう》を除けば、武辺一辺倒の三河武士団には見当たらない人物だった。尊次の父、戸田忠次が「もはや弓矢の時代ではないのかもしれん」などと漏らしたのも、そんな大久保長安の手腕を目《ま》の当たりにしたせいかもしれないと甚五郎は思った。

天正十年（一五八二）、武田家が滅亡して、長安は大久保忠隣《ただちか》にその才覚を買われ、今は武蔵国《むさしのくに》八王子において代官頭《がしら》を務めていた。大久保の姓も忠隣やその父忠世から許されたもので、長安の父は大和に出自《しゅつじ》を持つ金春《こんぱる》座の猿楽師《さるがくし》だったという。その大久保長安が、縄地《なわじ》の鉱脈を検分に来ると戸田尊次は語った。縄地は下田から北東へ二里（約八キロ）ほど行った相模灘に面した地である。家康領となった関東の鉱山開発に大久保長安配下の山師が当たり、縄地に有力な金銀の鉱脈を発見したに違いなかった。

八月七日、縄地から大久保長安が大浦港へ小舟で到来した。戸田尊次に呼ばれ甚五郎も同席することになった。長安がマニラのイスパニア人事情について聞きたがっているという。

甚五郎を見ると、長安は座を正し丁重に頭《こうべ》を垂れた。穏やかな表情や声にも取り繕いや力みがなく、代官頭の要職にありながら甚五郎に丁寧な言葉を使った。器量を備えた人物であるとわかった。

当年四十九になると聞いていたが、鬢《びん》のあたりにやや白いものがまじっているものの、肌の色艶《いろつや》がよく、まだ四十前に見えた。色が白く眉《まゆ》黒々とした面長の顔だちをしていた。髭をたくわえず、月代《さかやき》を剃り上げ二つ折りに結っていた。黒紗《こくさ》の羽織に野袴《のばかま》をはいていた。

長安から問われるままに、甚五郎はイスパニア人がノビスパニアのアカプルコから大量に銀を舶載《はくさい》してマニラへ到来し、明国産の白糸や絹織物、陶磁器を買い込み、帰っていくことを話した。

長安がそれまでの穏やかな表情を変え、真剣な眼差《まなざ》しになったのは、呂宋《ルソン》島の原住民が水銀を使って金を精錬するという話をした時だった。

「呂宋島の土民が、……水銀をですか」

甚五郎は紙入れから一寸五分（約四・五センチ）ほどの金細工を取り出し、長安に手渡した。マニラの唐人市場で手に入れたもので鰐《わに》をかたどったものだった。マニラの市街城付近に鰐の姿は見られなかったが、パシッグ川の上流や山に近い湿地帯にはまだ多く棲息《せいそく》し、子牛や山羊《やぎ》などがよく川に引きずり込まれると聞いていた。鰐は原住民から畏怖《いふ》され、お護《まも》り代わりの金細工にされてマニラの唐人市場などで売られていた。

「呂宋島の北部にイロコ族という元からの土民が住んでいます。彼らは、水銀を使って金を精錬すると聞きました。この金細工もそのイロコ族が造ったものだそうです。おそらくイスパニアの宣教師から精錬法を学んだものかと思われます。

くわしいことはよく存じませんが、日本でも銅の仏像に鍍金《ときん》（金メッキ）を施す時に、水銀と金を混ぜてそれを銅像に塗り付け、再び上から火で熱して水銀を飛ばし、金だけを残します。おそらくそんな理屈かと」

「よくわかります。水銀は強く熱しなくとも金銀と交わる性《しょう》を持っています。水銀と細かく砕いた鉱石を交わらせて水銀との合金を作り、金銀を取り出す時に水銀を飛ばす。おそらく理《ことわり》はおっしゃる通りでしょう。灰吹《はいふき》法では高熱を必要としますので大量に松炭を要します。金銀分を取り出すまでの松炭を減らせれば、利も当然大きいものとなります」

「今、フィリピンの使節として日本に来ているフランシスコ会の修道士、ゴンザロ・ガルシア殿から聞いた話では、イスパニア人は征服したノビスパニアやペルーの地で専らその精錬法を用いているとか」

呂宋島の北部山岳地帯に住むイゴロテ族は、首狩りの風習を持つ原住民で、金銀の鉱山を多く抱えていた。彼らはその精錬されていない金銀混じりの鉱石を持ってきては、北部西海岸に住むイロコ族と米や豚、水牛、布などと交換して暮らしていた。イロコ族はかなりイスパニア人の感化が進み、その多くがキリシタン宗徒となっていた。イスパニア人の宣教師のなかに精錬技術を持った者がおり、イゴロテ族が置いていく鉱石を精錬して純度の高い金を採取する方法をイロコ族に伝えたものだろうとガルシア修道士は話した。

ガルシア修道士は、かつて日本にいた時分に灰吹法による銀の精錬を見知っていた。日本で行っている灰吹法よりずっと燃料の少ない「パティオ式」という精錬法をイスパニア人はノビスパニアで用いている。ノビスパニアでイスパニア人の鉱山技師が考案した精錬法だという。

鉱石を石臼《いしうす》で磨《す》り潰《つぶ》し、石板の上に積み上げ、水銀に塩と硫酸銅とを加え、足で踏んで丹念に混ぜ合わせる。水銀は銀の成分だけを吸収する性質を持っている。水銀と銀との合金を取り出し、なお水銀を加え余分な岩石分を水で洗い流す。残った水銀と銀の合金を火で熱して水銀を蒸発させれば銀が得られるという仕組みだった。

「聖武《しょうむ》天皇の天平勝宝元年（七四九）、東大寺の大仏を鍍金するのに用いた金は、七百三十五斤（四百四十一キロ）。水銀はその約六倍を用いたと聞いています。かつては水銀も日本の各地からかなり産出したようです。

沢瀬殿、マニラのイスパニア人や土民の用いるその水銀はいずこから」

「マニラにはノビスパニアから船で運ばれてきます。ノビスパニアの銀山にはイスパニア本国から船で運ばれてくると聞きました。

わたしがマニラで見たものは、とても厳重に荷造りされていました。釘《くぎ》づけされた大きな木箱に三つの樽《たる》が入っていました。しっかりした造りの樽の中には、おおよそ五十斤（約三十キロ）ほどの水銀が革袋に入れられ納めてありました。木箱の中にも木屑《きくず》などの詰め物を施し、木箱の外も古い毛織物などで破損しないよう厳重に包んで、上から麻縄で縛ってありました」

遠くを見るように視線を泳がせ思いを馳《は》せていた大久保長安が、右手に握ったままの金細工に気がつき、慌《あわ》てて甚五郎へ返そうとした。

「よろしければ差し上げます。マニラの唐人市場で求めたものです。呂宋島のお護りの一種でしょう。何か良いことがあるやもしれません」

「そんなふうに言われれば、頂戴《ちょうだい》しないわけにはいかなくなります」

初めて長安は表情を崩し、赤面しながら屈託のない笑顔を見せた。

そして、懐《ふところ》から革の巾着《きんちゃく》袋を出し、紙を二枚広げてその上に革袋の中味を注いだ。山吹色をした金の砂粒が小さな山を作った。紙を捻《ひね》って丁寧に砂金を包み、戸田尊次と甚五郎に一つずつ手渡した。

「縄地で試しに掘らせたものです。かなり有力な鉱脈と見ました。水銀をまとまった量で手に入れられませんか。水銀はさほど熱しなくとも金や銀と交わる。水銀を飛ばすにも、それほど強い火は必要としない。まず一度試してみたい」

精錬の工程に通じた長安には、どこでどのように水銀を用いればよいのか、すでに見えているようだった。

「はい。何とかなると思います」

「水銀を買い入れる費用は、すべてわたしの方で」

戸田尊次が顔を上気させてそう言った。大久保長安が実際に試掘させ、縄地の金鉱を有力だと鑑定したことで、尊次は興奮を隠しきれなかった。

長安の冷静さが際立《きわだ》って見えた。金鉱の規模などより、水銀を用いる新たな精錬法に思いを馳せていたようだった。鉱山師としての素顔が垣間見《かいまみ》られた。

三

この年の五月十五日、明国の「講和使節」として小西行長らとともに肥前名護屋へ到来したのは、謝用梓《しゃようし》と徐一貫《じょいっかん》の二人だった。彼らは、軍務経略《けいりゃく》（総司令官）の宋応《そうおう》昌《しょう》が遣わした彼の部下でしかなく、明国皇帝からの正式な使節ではなかった。秀吉は、行長と朝鮮三奉行が伝えた通り、明国側が降伏し和議を申し出て、この二名を謝罪のため人質としてよこしたものと解していた。

朝鮮での泥沼化した戦いがこのまま続行されることは、秀吉政権の致命傷になりかねなかった。小西行長も日明《にちみん》の貿易を復活させることで秀吉をなだめ、何とか講和の実現に漕《こ》ぎ着けようとしていた。

朝鮮渡海した各軍からの脱走兵は後を断たず、大名たちにまで厭戦《えんせん》気分が強まっていた。国内では、人足として徴用され朝鮮に渡海させられることを恐れ、検地による増税も重なって、百姓《ひゃくせい》衆の逃散《ちょうさん》が相次いでいた。田畑は荒廃し、人心は秀吉から離れるばかりだった。

再び朝鮮へ渡海を命じられた行長と、朝鮮奉行の石田三成、大谷吉継《おおたによしつぐ》は、一刻も早く明国との講和を結び、秀吉政権の崩壊を食い止めることで見解が一致していた。

先に軍務経略の宋応昌が小西行長へ書き送った講和の三条件は、「朝鮮の国土をすべて返還すること」「捕虜とした朝鮮二王子とその随身の者たちを解放すること」そして、「秀吉から謝罪の上申書を明皇帝へ差し出すこと」だった。これらを満たせば、明皇帝は秀吉を日本国王に封《ほう》じ、恩恵をほどこす形での朝貢《ちょうこう》貿易を許すという。

六月二十八日、「講和使節」二人が明へ帰国するのに際し、秀吉が提示した講和の条件は以下のものだった。

一、明国の皇女を日本の后妃《こうひ》とすること。
二、勘合《かんごう》貿易を復活し、官船と商船を往来させること。
三、明国の大臣と日本の主なる大名は、互いに友好の誓詞《せいし》を取り交わすこと。
四、朝鮮国については、先手《さきて》の軍勢をつかわしてこれを征伐した。今に至り、いよいよ国を鎮定《ちんてい》し百姓を安心して暮らせるようにした。このたび明国と交わす条項を遂行するにおいて、朝鮮国王の示した逆意はあえて振り返らず、明国に免じて八道を二つに分け、朝鮮国王に北部四道に朝鮮の都（漢城）を付けて返すこと。
五、四道はすでに返したので、朝鮮の王子一人と大臣一、二人を人質として日本に渡すべきこと。
六、去年、朝鮮の王子二人を先手軍の者が生捕りにした。下々の者ではないので明国の交渉担当者を通じて朝鮮へ返還すること。
七、朝鮮の大臣らは、永代にわたって日本に対し今後は違約しないという誓詞状を差し出すべきこと。

「明帝皇女の来嫁《らいか》」、「明国との通商貿易の開始」、「朝鮮国の分割占領」、これら降伏した相手国に対するような秀吉の要求を、謝用梓と徐一貫が明国へ持ち帰れるはずがなかった。

朝鮮三奉行のうちただ一人名護屋にとどまっていた増田長盛《ましたながもり》は、この七条件は秀吉の強固な意志であり、受け入れなければ和議は成立しないと二人に迫った。同時に、明国に戻り次第、和議条件を書き換えることは自由であることもそれとなく示唆《しさ》した。

去る五月十五日、小西行長はこの明使節への和議条件の原案を石田三成ら朝鮮奉行三名から知らされた。小西行長にとって最も重くのしかかったのは、四条から七条にいたる朝鮮国に関する条項だった。これらは秀吉において、三年前の十一月以来朝鮮国王が自分に服属したことをすべての前提にして述べられていた。

第四条、首都漢城を付けて北部四道を朝鮮国王に返すというのは、南部四道を秀吉に今さら割譲せよなどという意味ではなかった。朝鮮国八道は、すでに三年前の十一月に朝鮮国王の「服属使節」が到来した時から、ことごとく自分の掌中に収めた「秀吉の領土」であった。自らに臣従《しんじゅ》を申し入れておきながら、いざ明国に対して出兵を命じると、朝鮮国王が一転して拒否し抵抗したその不届きをとがめたものだった。

第五条、朝鮮国王は不届きであるが北部四道をあえて与えるのだから、朝鮮国王はそれに対して受諾を示す意味で、人質として王子一人と大臣を改めて差し出せということだった。これもまた常に秀吉が日本で征服した領主に対し、繰り返してきたことにほかならなかった。

第七条は、朝鮮国王が服属したのに、その臣下の者どもが、先兵として送り込んだ秀吉軍に抵抗した事実をもとに、以後秀吉に「逆らうことはしない」との誓詞状を取るという意味だった。

これら秀吉の思い込みのすべては、天正十五年（一五八七）六月の九州征伐の折、対馬宗家《つしまそうけ》が小西行長の仲介で秀吉に服属を申し入れ、対馬の所領を安堵《あんど》されたことに始まっていた。

明国を征伐し、明皇帝に代わって自らの手で世界に冊封《さくほう》の体制を及ぼそうとする秀吉は、対馬島主の宗義調《よししげ》に朝鮮国王を服属させるよう命じた。

朝鮮国王が秀吉に服属を申し入れるはずもなく、策に窮した対馬宗家は、秀吉の日本統一を祝賀する使節の派遣を求め、これを「服属使節」に仕立てて聚楽第《じゅらくてい》へ連れて行くことにした。宗家の後見役である小西行長の朝鮮への外征回避策も、そこから始まった。

対馬の宗義智《よしとし》に連れられて到来したのが単なる「祝賀使節」であることを知った時、

奇妙なことに行長がまず思い浮かべたのは、イエス・キリストの言葉ではなかった。

「名正しからざれば、すなわち言順《げんしたが》わず。言順わざれば、すなわち事成らず」

弟子の子路《しろ》から「衛《えい》の国に行って先生はまず何から手を着けますか」との問いに対して、孔子の「必ずや名を正そう」という返答だった。

単なる祝賀使節を「服属使節」と名を変えてしまえば、ゆがめられた名はすべて実《じつ》のない虚構で固められ、以後正しい対処が行われることはない。そして、手のつけようもない混乱と悲惨とを招くことになる。

正しい名で語らず、正しく理解しないことがいかに罪深く、取り返しのつかない災いを招くか。秀吉が対馬宗家に求めたのは朝鮮国王の服属である。彼らを「秀吉の日本統一を祝賀する朝鮮使節である」と正しく名付けて話せば、三年がかりで祝賀使節などを連れてきた宗義智はもとより、行長自身も秀吉から抹殺されることになる。先に小田原北条攻めにおいて服属交渉に当たった富田知信《とものぶ》は糊塗《こと》せず、ありのままを伝え、幽閉される身となっていた。

天正十八年(一五九〇)十一月、朝鮮の祝賀使節は秀吉に拝謁した。行長は、それを知りつつ当面の朝鮮侵攻を回避し、保身のために名を正さず「服属使節」として秀吉に取り継いだ。

秀吉は、この時点で朝鮮国王が自らに服属したと見なし、今度は朝鮮が明国征伐の先兵となることを命じた。朝鮮国王は秀吉に服属したのであり、朝鮮国の八道は日本の九州・四国・奥州《おうしゅう》と同じく、秀吉の版図《はんと》である。朝鮮国王の宣祖《せんそ》は、薩摩の島津義久と同等の、自らに臣従する豊臣大名の一人でしかなく、その旧領の朝鮮国を宣祖に預け置いただけのことだった。

そして孔子の警句通り、日本ばかりか朝鮮国と明国にまで未曾有《みぞう》の混乱と多大な犠牲を強いることになった。ここまでの経緯《いきさつ》をすべて知っていたのは行長と、対馬の宗義智、柳川調信《やながわしげのぶ》、景轍玄蘇《けいてつげんそ》、そして石田、増田、大谷の朝鮮三奉行、それに博多の嶋井宗室くらいなものだった。

四

六月二十八日、同じく講和の成立のみを急務とした謝用梓《しゃようし》と徐一貫《じょいっかん》は、ともかくも秀吉の講和七条件を携え帰国の途につくことになった。

秀吉は、明国が送ってきた「人質」の謝用梓と徐一貫を北京《ペキン》へ送り返し、その返礼として明国皇帝から正式な使者を招来することを望んだ。二人を北京まで送り届け、明皇帝の正使を連れ帰る使者として、秀吉は内藤飛騨守如安《ひだのかみじょあん》を指名した。

内藤如安は、かつて丹波国《たんばのくに》の八木《やぎ》城主だった。名が示すごとくキリシタンであり、天正十五年の「バテレン追放令」が発せられた折、高槻《たかつき》の高山右近《うこん》と同じく信仰を守って所領を捨て、以後は肥後宇土《うと》の小西行長のもとに身を寄せていた。人品卑《いや》しからず、冷静で高い見識を持つことで知られる内藤如安は、行長らの講和への意志を最も忠実に履行《りこう》できる人物だった。

この人選にも小西行長と朝鮮三奉行の意志が明らかに反映していた。釜山から漢城を経て北京までの道案内には、宗義智配下の平山吉右衛門《きちえもん》ら四人が当たることも秀吉から指令された。

秀吉は、内藤如安が北京から正使を連れ戻り和議の七条件に対する明皇帝の返答が届くまで停戦し、朝鮮の現状は維持することを、二人の「人質」を通じて明国へ通達した。

先に宋応昌《そうおうしょう》から小西行長へ示された朝鮮国からの完全撤兵という講和条件は、秀吉に伝えられなかった。秀吉の内では、自らの領土である朝鮮国について、明国から干渉されるいわれはなかった。そんなものが届けられれば秀吉は烈火のごとく怒り、停戦どころの話ではなくなることは、行長がよく知っていた。

明国との和議とは別に、秀吉は渡海軍九万三千を動員して朝鮮の慶尚道《けいしょうどう》から全羅道《ぜんらどう》への要路に位置する晋州《しんしゅう》城を攻撃させ、籠城《ろうじょう》する者はなで斬《ぎ》りにせよと命じ、六月二十九日にこれを陥落させた。

講和を前提とした明国との停戦とは異なり、朝鮮国はすでに秀吉の領地であり、前年十月の晋州城での抵抗も、自領内の「一揆《いっき》ども」による反乱に過ぎなかった。これを放置したままにしておくのは、領主として秀吉の力を問われることになる。

晋州城の総司令官となった義兵司令官の金千鎰《きんせんいつ》は、明国軍副司令官の劉綎《りゅうてい》に援兵を求めたが、講和を優先する明国軍は晋州城へ援兵を送ることはなかった。

この時、小西行長は、宗義智と晋州城の西門攻撃にあたった。あくまでも秀吉の命令によって参戦せざるを得ないものだった。黒田長政は行長の様子をこう秀吉に書き送った。

『晋州を攻めました時も、小西はそれぞれの大名より遅れ、攻め落とした後にやって来て、片桐且元《かたぎりかつもと》の家来が討ち取り、証拠として鼻を削《そ》ぎ落とした首をひろい上げ、大将の首を討ち取ったなどと言い出し、それればかりか城へ一番乗りを果たしたかのように言上《ごんじょう》いたしました……』

黒田長政と加藤清正、そして鍋島直茂らは、講和ばかりを模索する行長に我慢がならなかった。しかも清正が咸鏡道《かんきょうどう》の奥まで攻め入り捕虜とした朝鮮の二王子と、その随身たちを返還せよ、との秀吉の命令が届き、行長と三成ら三奉行の企《たくら》みに怒りが収まらなかった。

次いで秀吉は、朝鮮に在陣する諸大名へ慶尚道の蔚山《うるさん》から巨済島《きょさいとう》までの東南岸各港へ堅牢《けんろう》な永久城を築くよう指令し、在番を定めた。

蔚山の西生浦《せいせいほ》に加藤清正。林浪浦《りんろうほ》に森吉成《よしなり》と松浦《まつら》鎮信《しげのぶ》。機張《きちょう》に黒田長政。

釜山に毛利秀元。東萊《とうらい》に吉川広家。

加徳島《かとくとう》に小早川隆景、立花宗茂《たちばなむねしげ》と小早川秀包《ひでかね》。金海《きんかい》の竹島《ちくとう》に鍋島直茂。

熊川《ゆうせん》に小西行長と宗義智。

安骨浦《あんこつほ》に九鬼嘉隆《くきよしたか》と脇坂安治《わきさかやすはる》。

巨済島に島津義弘と福島正則《まさのり》。

晋州城の攻略と、いわゆる「倭城《わじょう》」の構築は、朝鮮南部四道の支配を前提として、日本から対馬を経由し兵糧《ひょうろう》と弾薬、兵員の輸送航路を固めるという秀吉の意志の表明だった。

秀吉は講和と戦《いくさ》との両にらみで、自らの講和条件を明皇帝が飲まなければ、再び侵攻する構えを崩さなかった。

七月二日、朝鮮国釜山に到着した内藤如安は、秀吉軍との講和交渉を任された沈惟《しんい》敬《けい》とともに出発した。八日には早くも漢城に達したものの、李如松《りじょしょう》に抑留され、長く足止めされることになった。平壌を経て遼東《りょうとう》（満洲）に入ったのはすでに九月となっていた。

遼東には軍務経略の宋応昌《そうおうしょう》が待機していた。宋応昌は、和議の実現には「関白降《かんぱくこう》表《ひょう》」、すなわち秀吉降伏の上奏文が必要だとして内藤如安ら一行をこの地に留め、沈惟敬を釜山に戻らせて小西行長との交渉に当たらせることにした。

先に秀吉が示した講和条件をそのまま北京へ伝えることなど初めから不可能な話だった。小西行長は沈惟敬と謀《はか》り、ともかくも講和の実現のために貿易再開の一点に絞って「関白降表」を偽造することにした。

『日本は天朝（明皇帝）の赤子《せきし》となろうとしている。しばしばこのことを朝鮮に託して伝えようとしたが、朝鮮はこれを秘匿《ひとく》して、明国へ伝えることはなかった。訴える術《すべ》もなく、怨《うら》みのあまり戦を構えることになった。故《ゆえ》なくして兵を用いたわけではない。

平壌において小西行長と沈惟敬は和議を結び、行長は約定通り境界を越えずにいた。だが、思いもよらず朝鮮が戦を仕掛けてきた。わが軍は死傷者を出し、漢城へ向かわざるをえなかった。

沈惟敬との約定通り、日本の諸将は初心を変えず、朝鮮に城郭を返し、兵糧を戻し、土地を返して、恭順《きょうじゅん》の意を申し上げる次第である。

今、内藤飛騨守を遣わし、ありのままの思いを申し上げる。旧例に照らして、特に冊封藩王《さくほうはんおう》の名号《めいごう》を賜《たまわ》らんことを、伏して望む次第である……』

明国の許す貿易は、臣下の礼をとった藩属国との朝貢貿易だけだった。そのためには、明皇帝が秀吉に「日本国王」を授封《じゅほう》し、君臣の関係を結ぶ必要があった。

藩属国の王には、明皇帝から暦《こよみ》が与えられ、明国の年号を用いたうえで年次を定め、藩属の国王や使節が土産物を献上して、明皇帝から数倍の返礼物を受ける。この時に、随行した使節や商人も交易を行うことが許された。

老いたりとはいえ、秀吉はしたたかな政治感覚をいまだ失ってはいないと、小西行長は見ていた。明国との貿易さえ再開できれば多少の妥協は受け入れる。小西行長はそこにすべてを賭《か》けるしかなかった。

文禄二年（一五九三）陰暦八月

一

八月三日、大坂城二の丸において淀殿が男児を産み、秀吉によって「拾《ひろい》」と名付けられた。同月十三日、秀吉は、朝鮮在陣の諸将を帰国させる船の条規を定めると、産まれたばかりの拾を見るため、予定を早めて十五日に名護屋を発《た》ち、一路大坂へ向かった。

昨年四月十二日の釜山《ふさん》侵攻以来、日本では久々に臨戦態勢が解かれ、家康始め名護屋に待機していた諸大名もそれぞれの領地に戻ることを許された。

八月二十日、沢瀬甚五郎の乗る種子島《たねがしま》船は、伊豆下田から堺沖へ到着した。甚五郎は菜屋《なや》助左衛門《すけざえもん》と会い、来《きた》るべきイスパニア貿易の対応を詰めておく必要に迫られていた。堺湾口の沖に停泊して端舟《はしぶね》を下ろし、甚五郎は米市場脇《わき》の橋岸から上陸して戎《えびす》ノ町《ちょう》の助左衛門屋敷へ向かった。

助左衛門は少しも年を取らず、顔は日に焼け肌の色艶《いろつや》もよかった。いつものように月代《さかやき》を青々と剃《そ》り上げ、真っ白い元結《もとゆい》で二つ折りに結った髪も黒々としていた。花色小袖《こそで》に黒紗《こくさ》の羽織をひっかけ、イスパニア製の水煙管《みずぎせる》を縁側に持ち出して紫煙をくゆらせていた。甚五郎を見ると満面に笑みを浮かべた。白砂を敷きつめた庭の蘇鉄《そてつ》が秋の光を浴びていた。

甚五郎は、まず朝鮮での停戦に伴う博多の状況を話した。そして、大久保長安《ながやす》から依頼された水銀の輸入について切り出した。

「この七日、伊豆下田の大浦にて、家康の代官頭で大久保長安なる人物と会いました。以前、甲斐《かい》武田の金山衆《かなやま》を束ねていた者で、武田家滅亡後、家康のもとに身を寄せ、今は武州八王子で代官頭を務め、同時に伊豆金山の開発にも関わっております。

その者に、呂宋《ルソン》島でイロコ族がやっておりますす水銀で金を精錬するイスパニア人の方法を話しましたところ、まとまった量の水銀がほしいと依頼されました。

大浦から二里ほど行った伊豆の縄地《なわじ》には有力な金鉱があるとかで、試し掘りした砂金をもらってきました。水銀買いつけの元手は、下田城を預かる戸田三左衛門が出すことになっております。この冬にでもマニラで水銀を買いつけ、来春に下田へ運べないかと考えております。これまでイスパニア人との交易はなされませんでしたが、このたびのフィリピン使節の到来でかなりの変化が起こるものと考えております」

甚五郎は、六月にフィリピン使節バウチスタ神父を乗せてきた船が、マニラの有力なイスパニア人貿易商ペドロ・ゴンザレスのものだったことに着目していた。貿易商ゴンザレスが副使として日本に向い、正使のバウチスタ神父はそのゴンザレスの船に乗ってきた。原田喜右衛門の船には通訳のガルシアら二人の修道士が乗っただけだった。

「カピタン（頭）」の呼称を持つ貿易商ゴンザレスは、副使として名護屋城で秀吉にも謁見《えっけん》し、黄金の茶室での饗応《きょうおう》にもバウチスタ神父らと相伴《しょうばん》にあずかった。ポルトガル系のイエズス会がそうであったように、宣教師と貿易商人が一体となって布教活動を押し進めるのがキリシタンの策略であり、「清貧と謙虚」を掲げるイスパニア系のフランシスコ会も、その例外ではありえなかった。

「太閤《たいこう》の朱印状がなければ日本からマニラへ船を送ることはできません。いっそのこと大琉球の泊《とまり》港辺りに蔵と宿とを設け、そこを根城《ねじろ》にしてイスパニア船との交易をやれないかと考えるのですが」

前年、秀吉は日本の商人が海外へ送る交易船にも制限を加え、その渡海許可証を長崎と京都、堺の交易商八名に与えた。逆に言えば、絲屋随右衛門《いとやずいえもん》ら八人以外は日本から商船を送ることができなくなった。他の商人が海外交易での利を得るためには、秀吉の許可証を受けた彼らの船に荷を委託するしかなかった。

菜屋助左衛門がマニラへ根拠地を移したのも、渡海船の統制を受けてのことだった。海外から商船を日本によこす分には厳しい統制が設けられていなかった。

「那覇でも、泊でも、港に入って売り買いだけ行うのならば差し支えはないが、大琉球はいざ見世《みせ》や蔵を設けイスパニアと貿易をやるとなれば面倒なところがある。琉球で引っ掛かるのは、ここのところ露骨になってきた薩摩島津の介入だ。

四年前に太閤は琉球王使節の僧桃庵《とうあん》を引見して服属したものと見なし、琉球へ薩摩と合わせて一万五千人の軍役を課した。それを受けて、島津義久は、琉球王へ軍役代わりに兵糧《ひょうろう》七千人分を十ヶ月分供出することを求めた。日本から大琉球に渡航する船には島津の許可証を与え、それを持たない船を寄港させるなと首里王府へ注文をつけるようになった。これから先も、何か引っ掛かることがあれば逐一横槍《よこやり》を入れて支配を強めてくる。

しかも、島津のキリシタン嫌いは徹底している。イスパニア船が大琉球に到来し交易を行えば、イスパニア人の侵略だとして、島津が軍を琉球へ送る口実を与えるようなものだ。先にも亀井茲矩《これのり》が軍船を仕立て琉球侵略を秀吉に願い出たことがあった。亀井の企ては明国征伐が優先されて立ち消えになったものの、島津もそれで琉球王国を自らの懐中に取り込む腹を固めたものだろう。

これまでの流れで行けば、太閤は南蛮貿易を長崎に集中させようとしている。イスパニア船も長崎を目指して来ることになる。おそらくバウチスタ神父らも、いずれは長崎へ伝道に向かうものと思う」

「ですが、内町《うちまち》は高木作右衛門《さくえもん》らポルトガル貿易の年寄役に握られ、イスパニア船など目の敵《かたき》にされ排除されるものと思いますが」

「太閤の意向には誰も逆らえない。太閤はしたたかだ。イスパニア人との交易でポルトガル商人を牽制《けんせい》しようと考えているのだろう。内町の年寄どもも折れざるをえない。もちろん南蛮貿易に様々な面倒は付き物だ。ポルトガルとイスパニアの両国は、相も変わらず植民地を広げるため覇権争いを続けている。キリシタン宗の布教は両国の侵略事業の一つとして進められている。マニラでも日本でも、イエズス会がフランシスコ会士の日本派遣を頑《かたく》なに反対したのは、単なる布教における問題だけではない。フランシスコ会のバウチスタ神父らイスパニア人宣教師四人による布教が進めば、そのままイスパニアによる日本市場の開拓に結びつくからだ。ゴンザレスがバウチスタ神父と一緒に来たのはそのためだ。当然それはマカオからのポルトガル貿易を圧迫して、日本にいるイエズス会の布教活動にも重大な制約をもたらすことになる」

バウチスタ神父ら四人は、京都において布教活動を始めていた。副使として来日した貿易商ゴンザレスは、フィリピン総督への秀吉親書を携えて北西風の吹く冬にはマニラへ戻ると聞いていた。

「わたしがよくわからないのは、長崎に潜伏しているイエズス会の准《じゅん》管区長、ゴメス司祭が、バウチスタ神父らフランシスコ会士四人の日本布教を歓迎し、大金を貸し与えて援助したという話です。ポルトガル貿易の利益を元手に活動している日本イエズス会の幹部司祭が、なぜかフランシスコ会の日本布教を支援している」

「ゴメス司祭はイスパニア人だ。だから、フランシスコ会が布教活動することでイスパニアの商いが広がることを歓迎している。宣教師である前にイスパニア人であるわけだ。今、日本イエズス会の幹部司祭は、ポルトガル人三名、イタリア人四人、そしてイスパニア人五名から成っているそうだ。ポルトガル人とイタリア人のイエズス会宣教師たちがフランシスコ会士の日本退去を求めたのに対して、ゴメス司祭らイスパニア人の宣教師はそれを積極的に支援する。実に奇妙なことが日本イエズス会の中で起こっている。一つのはずの『神の国』もなかなか複雑だ」助左衛門は笑った。

ポルトガル人とイスパニア人は事実反目し合っていた。ポルトガルは一五八〇年に王統が絶えて、イスパニア王フェリーペ二世がポルトガル王の位に就いた。だが、両国は合併したわけではなかった。フェリーペ二世は、ポルトガル人の権利と自由とを尊重し、ポルトガルの官吏はポルトガル人に限り、ポルトガルの領土と支配権を他国に譲渡しないことを誓った。言ってみれば、ポルトガルとイスパニアは形式上同一人を王として戴《いただ》いているだけのことだった。

「イエズス会の内で対立が起こり混乱すれば、それだけフランシスコ会の布教活動は進めやすくなります」

「おそらく、そういうことになる」

「ならばマニラとのイスパニア交易も？」

「確かに、それはあり得る。また、太閤もそれを考えていると思う。ゴンザレスをわざわざ黄金の茶室でもてなしたのはその意味だろう。今は白糸でも何でも、マカオのポルトガル人の言い値で買い入れるしかない。まあ長崎での交易はポルトガルの植民地そのままだ。マニラの唐人市場から直《じか》にイスパニア船が白糸を運んでくることになれば、ポルトガル人の独占は崩れる。ポルトガルとの交易を牽制するためにはイスパニア船を引き入れねばならない。原田喜右衛門などが狙《ねら》っているのもそこだろう。もっとも内町二十三町を支配する高木作右衛門ら町年寄によってポルトガルとの交易は握られ、喜右衛門らがそこに参入する余地はない」

「原田喜右衛門やその親方の長谷川法眼、連中は目先の欲にとらわれ、墓穴を掘っているようなものです。勝手にマニラ渡海許可証を出してキリシタン宗徒らから暴利を貪《むさぼ》っている。それはマニラのフランシスコ会士たちにもよく知られている。バウチスタ神父が喜右衛門の船に乗らずゴンザレスの船で来たのは、その含みもあると思います。マニラのイスパニア人は喜右衛門を信じていない。それでは商売はとても成り立たない」

「わたしもそう思う。もしイスパニアとの交易をやるのならば、やはり長崎しかない。見世や蔵を設けるのは内町の市外。内町とは違って開かれている分だけ、いずれ外町《そとまち》の方が栄えることになる。長崎の外町ならば、早急に見世と蔵とを設ければいい。元手は用意する。後は任せる。水銀はマニラで買いつけて貴殿へ送る。ところで、博多の見世はどうする」

「吉次や幸造をそのまま残します。このまま明や朝鮮と和平に落ち着くとはとても思われません」

朝鮮での停戦を受け、七月に入ると博多の菜屋から送り出す物は、武器弾薬はもとより兵糧米もそれまでの半分ほどになっていた。何より秀吉始め肥前名護屋に待機していた家康や前田利家らが揃《そろ》って名護屋の陣を離れ、わずかな家臣のみが残されて、小倉から博多を経て唐津へと運ばれる荷物は激減していた。名護屋城下に軒を連ねていた諸国の商人たちも次々と去り始めていた。

秀吉は、朝鮮国王が服属したものと決め込み疑いもしていないが、力で抑えつけなんとか占領した形になっているのは慶尚道ぐらいなもので、講和交渉が進めば明皇帝も朝鮮国王も秀吉の朝鮮支配などまるで認めていなかったという事実を秀吉自身が知ることになるだろう。そうなれば政権維持のために朝鮮侵攻が再開されると甚五郎は見ていた。あくまで明国との講和を取り交わす間の停戦であって、このまま和平が続くはずがなかった。

イスパニア貿易を見越して見世を出すならば長崎しかないという助左衛門の言うこともうなずけるものがあった。秀吉から渡海許可証を受けた堺の伊予屋《いよや》良干《りょうかん》や京都の茶屋《ちゃや》四郎《しろ》次郎《じろう》らの派遣船も、すべて長崎から海外へ出航していた。彼らの船は長崎出航を義務付けられていたに違いない。秀吉は海外貿易の窓口を長崎に絞り、そこで統制の徹底を図ろうとしているように見えた。

二

文禄二年七月、すでに小西行長は、実現されるはずのない秀吉の講和七条件を無視し、勘合貿易のみに目的を絞って交渉する腹を固めていた。

いわれなく侵略された朝鮮国王宣祖《せんそ》は、明国と秀吉による頭越しの講和など是認できるはずがなかった。親にも比すべき宗主《そうしゅ》の明皇帝が、秀吉を「日本国王」に封《ほう》じ講和が成立すれば、藩属《はんぞく》する朝鮮はそれに従わざるをえず、秀吉と宣祖は対等の地位に並び友好を強いられることになる。宣祖は講和を結ばぬよう使者を北京に送った。だが、明軍司令官の顧養謙《こようけん》からは、秀吉を「日本国王」に封爵《ほうしゃく》してくれるようその旨《むね》の嘆願書を朝鮮が出すことを、逆に要求された。

明国における脅威は、朝鮮を侵犯した秀吉ばかりでなかった。この時、遼東《りょうとう》ではヌルハチが台頭し女真《じょしん》諸部族を統合しつつあった。ヌルハチは常に騎馬隊の先頭に立ち周辺諸部族を次々と打ち破って、一五八八年には建州《けんしゅう》部の統一をほぼ果たしていた。

秀吉との講和が成立せず、引き延ばされれば、来春再び秀吉が朝鮮に兵を進め、明国軍もその対応に追われることになる。その間隙《かんげき》を突いてヌルハチが遼東を席捲《せっけん》し、明北京をうかがうようなことも起こりえた。

内外から同時に戦乱が生ずることになれば、それこそ明国は存亡の危機を迎えることになる。ともかくも、秀吉を「日本国王」に封じて、朝鮮からの完全撤兵を求めることを兵部尚書（軍務大臣）の石星《せきせい》は上奏した。それに対して神宗《しんそう》皇帝はこう応じた。

「卿《けい》は、朕《ちん》の委託を受け軍国の重務を担任する。すでに是《ぜ》と見るのならば、他者の言動にまどうことなく一途に断行せよ。朕みずから、まさに心をむなしくしてそれに従う。結果、功を成せば報奨する。だが、功成らざればその責めもまた避けられない」

神宗皇帝が天子の座に即《つ》いて二十年、その無軌道な浪費と遊惰な性格は、宮廷費のみならず国庫にも大きく影を落としていた。

この時代、明朝の歳入は約四百万両で、歳出は四百五十万両、年を追って累積《るいせき》する赤字に加え、遼東を始めとする辺境防衛費は二百五十万両にのぼり、北京政庁への歳出も三十四万両に達していた。

秀吉軍討伐のための莫大《ばくだい》な出費に加え、前年（一五九二）には、寧夏《ねいか》で韃靼《だったん》人のボハイが反乱を起こし、その鎮圧に百八十七万八千余両を費やした。

地大物博《じだいぶつはく》のはずの明帝国は、いよいよ行き詰まっていた。

北京の石星が秀吉との講和の意志を固め、明皇帝も秀吉との応対を石星に一任している状況から、軍務経略（総司令官）の宋応昌《そうおうしょう》や後任の顧養謙《こようけん》も内藤如安には気を配り、遼陽《りょうよう》では手ひどい扱いを受けることがなかった。

内藤如安は遼陽で足止めされたまま、ひたすら北京入りの許可が出るのを待つしかなかった。気がつけば冬に入り、広大な遼東の大地を吹き渡ってくる北風は激しく、寒気は想像を絶するものだった。随行した平山吉右衛門ら対馬宗家の家臣は、しきりに憤懣《ふんまん》を口にしたが、如安は彼らをなだめ重責の意義を繰り返し諭《さと》した。

「日本でも、朝鮮や明国でも、大勢の者が戦火の止《や》む日を一心に願っているのだ」

如安は、遼東の地に留められ、ただ無為に日々を過ごしていたわけではなかった。遼陽の市街に出かけては、この地で何が起きているのか、つぶさに確かめることを怠らなかった。如安は、遼東の民が冬期身に着ける高襟《たかえり》の綿入れ「デール」を着て、貂《てん》毛皮の帽子をかぶり、踵《かかと》のない膝《ひざ》までの長靴を履いていた。護衛と監視に差し向けられた遼東軍の兵も、モンゴル族のような身なりをして片言の女真族語で話しかけてくる日本からの講和正使に、いつの間にか心を許すようになっていた。

遼東を支配している李成梁《りせいりょう》は、明国からこの地に派遣されて三十年近くにもなり、七十歳に手が届こうとしていた。当初は女真とモンゴルの鎮圧のために派遣されながら、気がつけば遼東の地は李成梁の独立王国のようなものと化していた。

李成梁は、北京から送られてくる莫大な軍事費の半分を着服し、地縁血縁による強大な直属軍を養っていた。北京からの軍費で一大軍閥となった李成梁は、遼東の市場を支配しては女真諸部族の商業活動を保護し、馬や塩などの商税を吸い上げ、同時に北京で珍重される特産品の貂の毛皮や人参《にんじん》の取引による上前をはねて、軍を増強し維持するのに当てていた。明国軍東征提督として秀吉軍を朝鮮で迎え撃った李如松《りじょしょう》は彼の長男だった。

後に明を滅ぼし清《しん》の太祖となる「ヌルハチ」の名を耳にし、意識に留めた最初の日本人も内藤如安だった。遼陽の東北、建州《けんしゅう》から台頭してきたヌルハチは、特産品の人参など対明国貿易を握る女真族首長の一人だった。ところが、李成梁はヌルハチを庇《ひ》護《ご》し、ヌルハチによる女真諸部族の統合を後援していた。

明国の支配体制は、辺境では李成梁のような軍閥にゆだねられ、莫大な軍事費を支出しながら、防衛のための軍費によって逆に自らの内部から破綻《はたん》させているようなものだった。ヌルハチの台頭による遼東での不安が増大し、石星が朝鮮半島の安定を求めて秀吉との講和を強く望んでいることは確かだと如安には思われた。

内藤如安は、かつて丹波八木の城主であり、明国皇帝から「日本国王」に任命された足利《あしかが》将軍家の直臣《じきしん》だった。氏素性《うじすじょう》の知れない秀吉や小西行長よりも、明国の要人には信の置ける確かな身分を備えていた。天正元年（一五七三）七月、将軍足利義昭《よしあき》が信長に攻められた際、如安は丹波八木から二千の兵を率いて上京し、義昭が京を追放され室町幕府が滅びるまで付き従った。如安はまた、高山右近の父飛驒守や池田丹後守教正《たんごのかみのりまさ》とともに、いちはやくキリシタン宗に改宗し、畿内における最初期のキリシタン大名の一人でもあった。生母の年忌に際して大法会《だいほうえ》を取りやめ、その費用を領内の困窮する者たちに施《ほどこ》した逸話でも知られていた。室町幕府が滅びると、如安はためらうことなく領地と身分を捨て、信仰に生きることを選択した。

内藤如安の人となりを惜しみ、配下として召し抱える形で庇護したのが小西行長だった。行長の肥後移封によって如安も宇土の地に移り住み、質素ながらも妻子とともに平穏な信仰の日々を送ることを願っていた。だが、秀吉の朝鮮出兵によって如安は再び政事の表舞台へと引き戻されることになった。

内藤如安が講和特使として選ばれたのは、その人柄もさることながら漢詩文の教養が抜きんでて高いことにあった。小西行長でさえも、朝鮮や明国との交渉では僧の玄《げん》蘇《そ》に委《ゆだ》ねざるをえなかった。だが、如安は、沈惟敬《しんいけい》や宋応昌と筆談で直接意思を伝えることができるほどの素養を備えていた。それに加えて、朝鮮出兵までの経緯《いきさつ》を正確に知る数少ない人物の一人だった。

沈惟敬は、日本の事情に通じていると自称し秀吉軍との講和交渉を任せられながら、秀吉の考えていることが全くつかめていなかった。明国と講和を諮《はか》りながら、秀吉軍が今になって朝鮮の晋州《しんしゅう》城を攻め全滅させるような矛盾したことを何故《なぜ》するのか如安に尋ねた。それに対して如安は答えた。

「三年前、朝鮮国王が太閤の日本統一を祝賀する使節を派遣した。太閤は、それを小西や宗《そう》が上申した通り朝鮮国王が服属するための使者と受け取った。したがって朝鮮国の八道はすべて太閤の領土であり、そこでの反乱は太閤の統制力を問われることになる。それゆえに討伐を命じたものだ」

そして、何故このような無謀な戦乱が秀吉によって引き起こされたのかを、秀吉による日本国内の統一過程から如安は説き起こして語り、次のように締めくくった。

「野心というものは止《とど》まることを知らない。すべての元凶は太閤の野心にある。だが、保身のために対馬宗家の作為を虚偽であると上申できなかった小西行長らの罪は重大である。嘘《うそ》に嘘を重ね、収拾がつかなくなったあげく、朝鮮国、明国を巻き込んで、大勢の人々が殺された。いずれ一部始終が発覚し、宗も小西も無事ではいられない。

ともかく私はこれ以上の戦禍を止めたい。そのためにはどんな手も使う。だが、いずれそれらも明らかとなり、私も太閤に殺されるだろう」

如安は、物欲がなく、取り繕うことを一切しなかった。身を捨てて戦禍を止めるために力を尽くそうとするこの日本のキリシタン武将は、言葉だけでなく実に粘り強く和平に向かって耐え続けていた。

かつて無頼の徒であった沈惟敬でさえも如安と行動をともにして心打たれるものがあった。しかも、それまで全くつかめなかった秀吉の胸中と、この戦乱にいたった理由が沈惟敬にも初めて飲み込めた。沈惟敬は、如安に対し弟子のように丁重な応対をするようになっていた。

明皇帝から使節が派遣され秀吉と会見する日まで、ともかくも和平は保ち続けられることになった。現に、如安が北京へ向かったこの七月以来、朝鮮においても秀吉軍との戦闘は停止されていた。軍務経略の宋応昌らが、明国と秀吉との講和に水をささないよう、朝鮮に対して攻撃の停止を厳命していた。

和平を一日でも長く引き延ばし、意味のない戦闘から将兵や民を引き離し、この戦を一日でも早く終わらせる方向へ持っていくのがおのれの使命である。内藤如安は深くそう心に決めていた。

三

九月十日、甚五郎は佐源太の船で長崎の舟津町《ふなつまち》に着いた。海に張り出した岬の北側は深い入り江を作り、日本商人の船はこの舟津町に停泊し、長崎奉行寺沢広高《てらさわひろたか》配下の船手役人から上陸許可を受けることが定められていた。マカオからのポルトガル船は、岬の西に当たる大波止《おおはと》へ投錨《とうびょう》することになっていた。

陽暦では十月四日に当たり、日本から南へ航海するための北西風が吹き始めるのを待つばかりだった。舟津町の入り江には一際《ひときわ》大きなジャンク船が三隻《せき》投錨して、荷を満載した小船が盛んに舟津町の岸壁とを行き来し、ジャンク船の帆柱に取りつけられた滑車が音を響かせていた。長崎の末次平蔵《すえつぐへいぞう》と荒木宗太郎《そうたろう》の船、そしてマニラへ向かう絲屋随右衛門の船だった。

長崎の外町に見世を構えるについても、絲屋随右衛門に周旋を頼むことにした。随右衛門は、岬の南に当たる外町に屋敷を構えていた。種子島船で堺から運んできた小麦粉と刃物、染め上げた絹織物を随右衛門に売り渡し、甚五郎は菜屋の出店を構えたいことを切り出した。

「実は、このたびマニラのイスパニア人との交易の便を考えまして、長崎の外町へ見世を構えさせていただけないかと思いつきました。随右衛門殿には何かとご迷惑かとは存じますが、お心当たりでもございますれば、是非周旋のお骨折りをいただきたく存じます」

「菜屋が外町へ？　それで、こちらへはどなたが？」

「はい。わたくしが参ることになりますが」

「それは心強い。が、甚五郎殿が長崎に来られるとなれば、わたしも気を引き締めてかからなくては」随右衛門が頰《ほお》の辺りを輝かせてそう言った。

「上町《うわまち》に手頃な空き家があります。地所は表口十三間半、奥行き三十間、蔵も土蔵造りで、わたしの見世の一丁ほど西になります。舟津町へは水路を使って荷の出し入れもできます。見世の者に今から案内させますのでご覧になってください」

長崎の上町は、内町のある岬の北にあり、入り江を隔てた舟津町の波止場は対岸に位置していた。内町に対して外町と呼ばれるその辺りは、諸国から新たに到来した人々によって田畑が潰《つぶ》され、家が次々と建てられていた。肥前名護屋を除けば朝鮮出兵によって火の消えたようになった九州で、この地は異例の活況を見せていた。

長崎の岬を占める内町は、天正八年（一五八〇）イエズス会の教会領となって以来、ポルトガル人の旅宿街のようになった。周囲に城壁と堀とを巡らせポルトガル人に占領された要塞《ようさい》のごときものだった。

天正十五年（一五八七）六月に秀吉によるバテレン追放令が出され、宣教師は国外退去を命じられた。翌年には秀吉の直轄《ちょっかつ》領となり、長崎は武装解除させられ、堀を埋め、城壁も破壊された。教会堂はすべて破却された。

しかし、マカオのポルトガル人が長崎に運んでくる白糸を始めとする品々は、イエズス会が代理人となって仲介する仕組みとなっていた。ポルトガル貿易の継続を願う以上、秀吉もそれを受け入れざるをえず、イエズス会の宣教師五十七名は九州などに留まったままだった。結果としてキリシタンへの禁令は徹底されるはずもなく、いわば黙認された形となっていた。

文禄二年七月、増大する朝鮮出兵の出費を賄《まかな》うためにポルトガル貿易を熱望する秀吉は、マカオから来た貿易商ガスパル・ピントが謁見《えっけん》した際、ポルトガル人の宗教上の勤行《ごんぎょう》のため宣教師十名の長崎滞在を許し、破壊された教会堂も以前の場所に再建することを許可した。日本布教を禁ずる建前から教会堂への出入りはポルトガル人に限るとしたが、そんなことがいつまでも守られるはずはなかった。

菜屋助左衛門の船も、櫛橋次兵衛の船も、荷を満載して十一月半ばにマニラへ帰った。佐源太の種子島船も、マニラ菜屋の船籍証明をフィリピン総督府のロハス判事から取得しておいた。彼らもまた北西風が吹き募る十二月にマニラへと向かった。佐源太にも、マニラでイスパニア商人から水銀を買い入れ、来春届けてくれるよう依頼した。水銀の用途をイスパニア人に問われたならば、日本で仏像や仏具の鍍金《ときん》に使うためだと話すよう伝えた。

博多の見世には吉次と幸造を残し、甚五郎と政吉が長崎の上町に移った。暮れも押し迫ってからのことだった。

四

明けて文禄三年（一五九四）二月末、秀吉からフィリピン総督に宛《あ》てた親書を携えて貿易商ペドロ・ゴンザレスの船はマニラへ帰還した。

マニラのフィリピン総督だったゴメス・ダスマリーニャスは、昨年暮れにモルッカ諸島への遠征を企て、唐人漕手《そうしゅ》の反乱によって殺されていた。代わって貿易商ゴンザレスをマニラ王宮で迎えたのは、息子のルイス・ダスマリーニャスだった。彼が新たなフィリピン総督に任命されていた。

秀吉の書簡は、服属を強要し、親交を確実にするためイスパニア王国の重臣を一人、人質として秀吉のもとに送れというものだった。これに対して新総督ルイスは、先に正使として秀吉に謁見した際バウチスタ神父が述べたものと同内容の返信を記した。

『フィリピンは、神とフェリーペ国王以外に仕えることはできないことを理解されたい。もとより友好関係は望むところなので、殿下が使節を派遣されるならば歓待し厚遇する』

そして、この返書を秀吉に届ける使節として、フィリピン総督府は再びフランシスコ会士を選んで日本へ向かわせることにした。マルセロ・リバデネイラ、アウグスチン・ロドリゲス、ヘロニモ・デ・ヘススたちだった。

日本へ向かう夏の南風が吹き始め、第二次のフランシスコ会使節が日本に向かおうとした時、適当なイスパニア船がマニラには見当たらなかった。日本への航路に精通し、しかもフィリピン総督の使節団を預けられる人物として、この時マニラ湾で日本へ向かおうと船を仕立てていた菜屋助左衛門がフィリピン総督府の目に止った。

助左衛門は、貿易港堺の名族、納屋《なや》衆の出であり、これまでイスパニア人貿易商と揉《も》め事など起こしたことがなかった。キリシタンで、イスパニア語を話し、フランシスコ会に喜捨《きしゃ》を惜しまず、ディラオの日本人町でも乙名《おとな》役に就き評判が高かった。

フランシスコ会を通じての打診を助左衛門は即座に引き受けた。先にバウチスタ神父らを日本へ送り届けたゴンザレスが秀吉に謁見したように、マニラの交易商として助左衛門が秀吉に謁見する道が開かれた。

助左衛門は、秀吉への進物としてまず呂宋真壺《ルソンまつぼ》を買い足した。ノビスパニアから運ばれてきた蠟燭《ろうそく》と銀製燭台《しょくだい》、絹張りの傘、葡萄酒《ぶどうしゅ》、東南アジア各地からマニラ唐人市場に集められる麝香《じゃこう》や沈香《じんこう》、蘇木《そぼく》などの染料、象牙《ぞうげ》や水牛角、瑪瑙《めのう》などの細工物をかき集め船に積み込んだ。助左衛門は、目先の商いよりも、この機会にマニラ交易の展望を秀吉に強く印象づけ、ノビスパニアとマニラ、そして日本とを結ぶイスパニア貿易の道を開くことを考えていた。

七月二十日、平戸の港にジャンク船が入った。菜屋助左衛門の船だった。マルセロ・リバデネイラら三人のフランシスコ会使節が、頭巾《ずきん》の付いた麻の修道衣に荒縄の帯で同乗し、秀吉に宛《あ》てたフィリピン総督の親書を携えていた。リバデネイラ神父らフィリピン使節を平戸で下ろし、助左衛門は船を堺へと向けた。

八月四日、助左衛門の船は堺沖に到着した。この時、堺代官に就いていたのは、石田三成の兄木工頭正澄《もくのかみまさずみ》だった。代官所は助左衛門の堺屋敷に近く、櫛屋町《くしやちょう》を入った東南にあった。助左衛門は、堺甲斐町《かいのちょう》で乙名役を務めている一門の菜屋五郎右衛門《ごろうえもん》と一緒に代官所へ向かった。五郎右衛門も、イスパニア貿易に堺商人の活路を見出《みいだ》そうとしていた。

「わたくしは、このたびフィリピン総督ルイス殿よりフランシスコ会の宣教師を太閤様のもとへ使節として送るよう依頼され、マニラから伴って参りました。そうこの機会にマニラとの交易を押し進めたく思っております。そう申しますのは、申しますのは、長崎におきましてマカオのポルトガル商人が利益を独り占めしている交易に対し、何ら為《な》す術《すべ》もなく、唯々諾々《いいだくだく》としてそれを受け入れるしかないことに大いに不満をいだくためでございます。たとえば、マニラの唐人市場から白糸や絹織物を買い入れイスパニア船が長崎に運び込むようになりますれば、ポルトガル人の言うがままの値を受け入れずに済みます。わたくしは、屋敷のみを当地に残し見世をマニラに移しておりますす。イスパニア船ばかりでなく、わたくしども日本人の船でそれを行うこともできます。長崎におけるポルトガル人の独り占めをまず崩さなくてはなりません。木工頭様にお骨折りをいただきまして、その旨を是非太閤様へお取り次ぎいただきたく参上いたしました次第です」

そして助左衛門は、マニラから運んできた五十個の呂宋真壺を始めとする品々を秀吉に献上する労を取ってくれるよう石田正澄に依頼した。フィリピン総督ルイス・ダスマリーニャスからの使節派遣船委任状を携えて到来した助左衛門が、中浜《なかはま》の菜屋助《すけ》四郎《しろう》の裔《えい》であることを石田正澄は知っていた。マカオと長崎間の貿易を独占するポルトガル商人やイエズス会に対抗して、堺商人がイスパニア系フランシスコ会と結び、新たな交易路を開拓しようとしていた。

「その方らの申すこと相わかった。殿下にはその旨言上する」正澄はそう返した。

文禄三年（一五九四）陰暦八月

一

十五世紀の終わり、ポルトガルとイスパニア両国は、それぞれが世界帝国を夢見て「デマルカシオン（世界二分割線）」なるものを定めた。北極から南極へ線を引き、ポルトガルとイスパニア両国で地球を二分割し、発見地の領有と航海権をそれぞれが占有するというものだった。

航海権すなわち貿易は、キリスト教布教と表裏一体のものであり、一五七六年に教皇グレゴリウス十三世の文書によって、日本はポルトガルの布教圏に含まれることが決められ、同時にポルトガルの分割領内に日本が属することも規定された。グレゴリウス十三世は続けて文書を出し、日本への布教はポルトガル系のイエズス会のみに許し、他のイスパニア系修道会が布教に乗り出すことを禁じた。

ところが、昨年（一五九三）の夏、フィリピン使節としてバウチスタ神父ら四人のイスパニア系修道会のフランシスコ会士が来日した。これは、一五八六年に出された教皇シクスツス五世の文書に根拠を求めたものだった。

『自らの上長《じょうちょう》によって正式に派遣された兄弟たちは、いかなる権威の特別な認可を必要とせず、異教徒の改宗のために効果ある働きが可能と見られる場所であれば、フィリピンのみならず、インド諸国のどこにでも、新しい住居と修道院を建てることが許される』

このシクスツス五世の勅書で語られた「インド諸国」には、日本も含まれていた。ポルトガル系のイエズス会に日本布教が限定され、同時にポルトガル貿易しか許されなかった日本でイスパニア系修道会が布教することを教皇が許容した。そして、それは日本におけるイスパニア貿易の道が開かれたことを意味した。菜屋助左衛門はこの転機を見逃さなかった。

八月五日、大坂城表御殿の遠侍《とおさむらい》に堺代官、石田木工頭《もくのかみ》正澄《まさずみ》は待機していた。遠侍は七十二畳敷きの広さで、一間《けん》ほどの床《とこ》には虎《とら》の毛皮が掛けてあった。秀吉の直轄《ちょっかつ》領は総高二百二十二万三千六百余石あり、この日も各地に配された代官が報告と指令を受ける詰め詰めかけていた。

朝鮮出兵以来、徴用と重い年貢《ねんぐ》によるしわ寄せはすべて百姓衆に押しつけられ、どの地でも逃亡する者が絶えず、九州では耕作されない田畑が三、四割にも達する有様となっていたが、この秋から新たな搾取《さくしゅ》を前提に、全国の検地が実施されることになった。代官衆の沈鬱《ちんうつ》な表情は晴れる気配もなかった。

この日の謁見《えっけん》に際して、石田正澄は秀吉と北政所《きたのまんどころ》への進物として呂宋真壺《ルソンまつぼ》を三個、イスパニア製の銀製燭台《しょくだい》と蠟燭《ろうそく》、絹張りの傘、象牙《ぞうげ》の小箱、瑪瑙《めのう》細工の置物、そして、塗り物の檻《おり》には一つがいの生きた麝香猫《じゃこうねこ》を携えた。いずれも菜屋助左衛門から託された品々だった。

真壺は、いずれも高さ一尺から一尺二寸ほどのもので、美しい曲線が見事に左右の対称をなし、肩には耳が四つから五つ付いていた。二度掛けした釉薬《ゆうやく》の流れが、それぞれ黒と黄褐色のものさびた味わいを見せていた。

待つことしばらくして正澄は対面所に呼ばれた。幅三間、奥行き十一間のそこは、間仕切りの襖《ふすま》が取り払われ、二つの敷居で三間《ま》に分けていた。下座《しもざ》に当たる西側二間の襖には金箔《きんぱく》に花鳥《かちょう》が描かれ、上座《かみざ》一間の襖は松が描かれていた。真ん中に当たる次の間に思いがけず実弟の石田治部少輔《じぶしょうゆう》三成が座していた。三成が口元をほころばせ、目で正澄に挨拶《あいさつ》した。弟の顔を見るのは久しぶりのことだった。三成の背にした襖には鶴《つる》が描かれていた。

敷居を挟んで上座に当たる東奥の部屋に秀吉は座し、烏帽子《えぼし》に黒の直垂《ひたたれ》を身に着けていた。秀吉の背後にある襖は敷居が一段高く、天皇行幸《ぎょうこう》の間として設けられ、常には松の描かれた襖で閉ざされていた。

正澄は、次の間の庭を背にして座り、ちょうど三成の対面に座した。敷居を隔てて右斜め前に秀吉は位置した。正澄が秀吉に向かって型通りの礼を取った。

「木工頭、いつ見ても、そちの方が治部少《じぶしょう》よりずっと若く映る」

正澄が面《おもて》を上げると、そう言って秀吉は笑った。三成も思わず苦笑いを見せた。朝鮮での戦《いくさ》から解放され、このところの体調の良さも手伝って秀吉は表情も明るかった。

「珍奇の品々いずれも見事なものだ。礼を言う。ことに茶壺は久しく見ない逸品ばかり。呂宋《ルソン》からか」

「はい。摂州堺の菜屋の一族で、先年居をマニラへ移しました者がこのたび戻りまして、殿下へ献上していただきたいとの願いで持参いたしました。進上いたしました壺の他に五十ばかり持ち帰りまして、もし殿下がお気に召されました時には、それらの茶壺も献上いたしたいと申しております」

「その者の望みは何だ」秀吉の顔から笑みが消えた。

「はい。何でもマニラには明国からの福建人《ふっけん》などが一万余ほど移り住み、白糸《しらいと》や絹織物の大きな市を開いておるそうです。殿下のご裁許を仰ぎまして、マニラで買いつけました白糸や絹織物を堺へ運んで商いたいと願っております。

その者が申しますには、ポルトガル人は広東《カントン》で白糸百斤《きん》（約六十キロ）を八十両で仕入れ、長崎に運びまして百四十両から高値の時には百五十両もの値段で売りつけておるとのことです。ところが、同じ明国の白糸をマニラから菜屋が運んで参りますれば、百斤につき百十両で売ることができると申します。ポルトガル人が毎年マカオより運んで参ります白糸は十万斤に上ります。マニラから二万斤ほど運びましても大きな差額となり、ポルトガル人もこれまでの売り手商いを改めることにもなろうかと存じます」

色浅黒く小柄で風采《ふうさい》こそ見劣るものの、石田正澄は弟と遜色《そんしょく》のない才知を備えていた。助左衛門の狙《ねら》いを正澄は理解していた。いかにも貿易で鍛えられた港市《こうし》堺の名族、菜屋助左衛門の自在で柔軟な発想と行動に正澄は感じるところがあった。

マカオのポルトガル人が長崎へ運んでくる白糸は、仲介するイエズス会の布教活動資金を含むために高値が付けられていた。しかも、ポルトガル商人が一方的に値付けしたものを、秀吉でさえそのまま買い入れるしかなかった。いってみれば日本の貿易権はポルトガル人に支配されていた。イスパニア人が直接堺へ来航するわけでなく、日本人、しかも堺の菜屋一族が明国からの白糸をマニラを中継して安く運び入れるという。

「堺の菜屋か。もちろん勝手売買は許さない。あくまでも、そちがすべてを取り仕切るならば、ということになる」

「はい。マニラより舶載《はくさい》して参りました白糸のすべてをわたくしが買い占め、御意《ぎょい》の通りに運ぶよう取り計らいます。菜屋が持って参りました残りの真壺はいかがいたしましょうや」

その正澄の問いかけに対し、秀吉は答えた。

「持って参れ」

助左衛門が献上したいとする真壺を秀吉は受け取ると答えた。助左衛門がマニラから白糸と絹織物を堺へ運んでくる許可を与えたことも意味した。

八月二十日、助左衛門が石田正澄に託した真壺五十個は、大坂城西の丸御殿に運び込まれた。秀吉は、大広間にそれらの壺を並べ、それぞれに値段をつけて諸大名を相手に茶壺売りを楽しんだ。

日本の商人が船を仕立てて海外へ渡航することは厳しく統制されていたが、マニラに居住する助左衛門はその制限を受けず、しかも翌春には白糸や絹織物を堺へ運び売りさばくことを秀吉から認可された。

八月十六日、助左衛門の船で来日した第二次フランシスコ会フィリピン使節、リバデネイラ、ヘロニモ、アウグスチンの神父三名は、京都に到着し、前年派遣され日本に逗留《とうりゅう》していたバウチスタ神父らとの再会を果たした。

バウチスタ神父たちは、秀吉から京都の目抜き通りに「家」を建てることを許され、そのための土地も京都所司代の前田玄以の周旋で与えられていた。ほとんど完成を見た二階建てのその「家」は、修道院と教会堂からなり、教会堂には三つの祭壇と聖歌隊席とが設けられた。フランシスコ会士の建てたこの「家」が、結果として秀吉から認可された京唯一《ゆいいつ》の教会堂となっていた。

「清貧と謙虚」を掲げて実践するフランシスコ会士のもとには、河内《かわち》のキリシタン武将庄林《しょうばやし》コスメの一族を始め多数の信者たちが寄進を惜しまず、信仰を求める人々が連日集うようになった。バウチスタ神父らは、敷地内に病院も建築中だった。

八月二十三日、リバデネイラら三名のフランシスコ会士は、前田玄以《げんい》列席のもと築城途中の伏見城で秀吉に謁見し、フィリピン総督ルイス・ダスマリーニャスからの返書を捧《ささ》げる運びとなった。

秀吉は、フィリピン総督からの手紙にはさほど興味を示さず、手紙を入れた金細工の小箱の方を大層喜んだ。そして、上機嫌で「疲れているだろうから休息せよ」と遠路到来した三名の神父をねぎらった。前田玄以も「殿下は、もし威厳をそこなうことがないと思えば、もっと話しただろう」と語り、リバデネイラら三神父は秀吉に食事をふるまわれて京都へ戻った。

ところが、京都では、イエズス会のオルガンチーノ老神父が新たに建てられたフランシスコ会士の「家」に押しかけ、太閤は公的な礼拝行為を禁じているはずだとして、バウチスタ神父らフランシスコ会士の布教活動を執拗《しつよう》に妨害していた。この老神父は、ポルトガルを出て三十年以上になり、バテレン追放令が出されても病弱で帰国できず、前田玄以から秀吉へのとりなしによって京都に住むことが黙認されていた。

バウチスタ神父は、フランシスコ会士の日本滞在を承認する教皇シクスツス五世からの文書を提示した。だが、老神父は、日本がポルトガルの航海領域内であり、教皇グレゴリウス十三世からイエズス会のみに布教が許可されていると主張し、イスパニア系修道会が布教活動することに強い反発を示した。そして、天正二十年（一五九二）に秀吉が長崎の教会をすべて破壊させたのは、イスパニア系修道会のコーボ神父が使節となって来日したせいであると言って非難した。バウチスタ神父は表玄関の扉を閉鎖し、信徒たちが聖堂に入る時は横口から入るよう指示し、すべての扉を閉め切った後で説教をすることになった。

九月下旬、バウチスタ神父は、新たに到来したヘロニモ神父を伴ない、かねてから住居を持ちたいと考えていた長崎へ向かって出発した。京都で「家」を持ちたいとバウチスタ神父が願い出た際、秀吉は「京都ばかりでなく日本のどこにでも住んでよい」と言った。長崎は、良港であるばかりでなく日本におけるキリシタン宗の中心地であり、安定したキリシタン社会を作り上げていた。それゆえにポルトガル船は寄港していた。長崎にイスパニア系修道会の住居があれば、いずれ来航して病気にかかったイスパニア人船乗りは療養でき、イスパニア系修道会の神父や修道士がマニラからやって来て宿泊できることになるはずだった。

二

七月十五日、沢瀬甚五郎は、海路で長崎から博多へ向かう途中、肥前名護屋浦に立ち寄ってみた。かつて大小の船がひしめき、船の出し入れのたびに船乗りの大声が飛び交っていた名護屋浦はすっかり船影が絶え、浜に引き上げられた小舟ばかりが打ち捨てられたように並んでいた。

その地は、一年前の八月まで十四万もの将兵が在陣し、諸国からの商人と牛馬とであふれていた。ところが、船着《ふなつき》から城に向かって伸びる坂道はすでに雑草が覆《おお》い始め、道の両側に軒を連ねた商家は、どれも雨戸を釘《くぎ》打ちして人影すらなかった。どこもかしこも閑散として廃城の地を訪れたようなものだった。波の打ち寄せる音のみが際立《きわだ》ち、秋の気配が濃かった。

朝鮮での停戦を受けて、秀吉が昨年八月に名護屋城を去り、家康始め諸大名も陣屋を後にしてそれぞれの領地へ帰った。大坂へ引き上げるにともない、秀吉は名護屋城を唐津領主の寺沢志摩守広高《しまのかみひろたか》に預けた。寺沢広高は長崎奉行を兼ねていた。大坂城にも匹敵する規模の名護屋城を、寺沢広高のわずかな家臣が唐津から遣わされ守っているだけだった。明国征伐の本営と定められた名護屋城を見る限り、明国征伐のための朝鮮出兵など再び起こりえないように映った。

翌十六日、陽暦では八月三十一日に当たるこの日、甚五郎の乗るジャンク船は博多沖へ着いた。朝鮮での停戦に入ってからこの一年、甚五郎は博多に残した吉次と幸造に命じて、火薬と鉄砲、槍《やり》と刀を盛んに買い集めさせていた。そのための蔵も三棟借り入れた。

戦景気を見込んで諸国から肥前名護屋に集まっていた多くの商人たちは、昨年五月に「明国講和使節」が到来し、何より秀吉が名護屋城を去ったことによって、明国征伐は早晩終わるものと決め込んだ。それぞれの郷里に戻るに際し、仕入れてあった大量の武器弾薬を少しでも損失を減らすために底値で放出した。

秀吉ばかりかほとんどの大名たちは、明国が降伏し、謝罪を申し入れに皇帝の人質が送られて来たと信じ、疑いもしなかった。

昨年十二月からは、朝鮮へ渡海していた将兵たちの一部帰国が始まり、武器弾薬の投げ売りは止《とど》まるところを知らなかった。朝鮮にはまだ四万数千の兵が残留し、帰国したのは五千ほどだったが、厭戦《えんせん》気分も手伝って武器弾薬などに誰も見向きもしなくなっていた。

朝鮮での戦がこのまま終わるとは甚五郎には思えなかった。秀吉は、小西行長が上申した通りに朝鮮国王は服属しており朝鮮八道がすでに自分の領土であると信じて疑いもしていない。が、朝鮮は服属などしておらず、秀吉の支配がおよんでいるのはせいぜい釜山《ふさん》周辺だけでしかなかった。明国との講和交渉が進めば、現実の状況が明らかとなり、その時は秀吉が威信を賭《か》け、再び朝鮮侵攻を開始すると甚五郎は見ていた。保存の効かない兵糧米《ひょうろうまい》などは買い入れる意味がないが、投げ売りになっている鉄砲、刀剣、弾丸は、いずれまた高値で買い求められる。

甚五郎は博多で買い集めておいた火薬と硝石《しょうせき》を、乗ってきた船に積み込むよう吉次に指示した。

「これはどちらへ運びますので」

吉次は、鉄砲や刀、弾薬類の在庫を大量に抱え、さすがに不安を感じていたようだった。

「長崎へ運び、帰り荷としてひとまずマニラへ送る。じきに長崎の絲屋《いとや》の船も来るので、その船にも積み入れてくれ」甚五郎はそう答えた。

マニラのイスパニア人が欲しがるものは、主食とするパンのための小麦や、塩漬けの豚肉やマグロなどの食料品ばかりではなかった。マニラ城では砲弾にも鉄が使われ、火薬や火薬材料の硝石はマニラで手に入りにくいために取りわけ高値で売れた。

これまで絲屋随右衛門《ずいえもん》にはずいぶんと世話になっていた。長崎外町に出店を設けるに当たり長崎代官の村山東庵《とうあん》に引き合わせてもらい、東庵を通じて長崎奉行の寺沢広高にも呂宋真壺《ルソンまつぼ》を贈り、以後の商売に確たる道をつけることができた。停戦を受けて博多の見世《みせ》ではマニラのイスパニア人が欲しがる品々を買い入れており、それを原価で随右衛門に譲ることにしていた。

堺では菜屋助左衛門が、火薬と硝石、それに鉄砲の材料として備蓄されていた鉄材を買い集めていた。堺を始め畿内の鉄砲商は、朝鮮に渡海した諸大名から再三催促を受けて鉄材や火薬材料を大量に仕入れていた。それらの品々も、秀吉が大坂へ戻ったため戦は終わるものと安値で放出されていた。

助左衛門は、この冬にマニラへの帰り荷として、火薬と硝石、刀と鉄材を仕入れ、マニラへ帰ってイスパニア人にそれらを売り、マニラの唐人市場で大量の生糸を仕入れることにしていた。

この夏、佐源太《さげんた》の種子島《たねがしま》船と櫛橋次兵衛《くしはしじひょうえ》の船もマニラから水銀を運んできた。表向きは仏像や仏具の鍍金《ときん》のため、堺甲斐町《かいのちょう》の菜屋五郎右衛門宛《あ》ての荷としておいたが、堺には寄港せずそれを伊豆下田の大浦へ直接運んだ。

新たに伊豆の縄地《なわじ》で発見された金鉱で、家康の八王子代官頭、大久保長安《ながやす》が、水銀を使ったイスパニア人の精錬法を試みることになった。佐源太は、マニラ城内のイスパニア人鋳物師《いものし》からその方法を詳しく聞き取って戻った。

金鉱石を特別の石臼《いしうす》で細かく引き砕き、石の台に載せ、水銀と塩と硫酸銅を加えて踏ませ、金と水銀の合金を作る。それにまた水銀を加え、樽《たる》に入れて水とかき混ぜ余分の岩石分を洗い流す。残った合金に熱を加えて水銀を蒸発させ金を取り出す、という方法だった。

佐源太は、革袋に詰め小樽に収められた百八十キンタル（約十トン）の水銀ばかりか、鉱石を粉砕するイスパニア製石臼と硫酸銅もマニラで手に入れ、すべてを船載して伊豆下田の大浦港に着いた。

大久保長安は、この「水銀流し」の精錬を縄地で試み、簡単に成功させた。余分な岩石分を洗い流すため大量の水は必要とするが、従来の「灰吹法《はいふき》」と比べ、大がかりな設備もいらず、大量の薪《まき》も必要としない、極めて簡便な精錬法だった。主要な金銀山を秀吉に押さえられた家康だったが、家康自身が全く関知しない「水銀流し」の精錬法導入によって、伊豆金山は佐渡よりも多くの金を産出する見込みがすでに立ったという。

伊豆縄地金山での「水銀流し」の成功によって、下田城の戸田尊次《たかつぐ》からは水銀の注文が大量に甚五郎のもとへ寄せられた。甚五郎は、マカオからポルトガル船が長崎へ運んでくる水銀に目をつけた。ポルトガル船の運ぶ水銀は、仏像や仏具などの鍍金用にもたらされるもので、たいした量ではなかった。長崎でも白糸や絹織物と比べれば水銀など注目されることもなく、ほとんど雑品の扱いだった。長崎に見世を出す以上、ポルトガル貿易を利用しない手はなかった。村山東庵を通じて、長崎を代表する貿易商の末次平蔵政直《すえつぐへいぞうまさなお》に話を持ち込み、堺へ転送する名目で、佐源太が運んできたものと同量の水銀をとりあえず注文した。

三

十一月、明皇帝への講和特使として派遣された内藤如安《じょあん》は、二度目の冬を遼陽《りょうよう》（満洲）の地で迎えることになった。気がつけば名護屋を出発してから一年半になろうとしていた。

小西行長と如安は、ともかく明国との講和を結ぶことを主眼として、「封《ほう》」すなわち秀吉を日本国王に任命すること、そして、「貢《こう》」すなわち勘合貿易を復活させることと、この二点に講和条件を絞り明国経略の宋応昌《そうおうしょう》や後任の顧養謙《こようけん》と交渉してきた。

この年の二月、小西行長と協議の上、明国の使節、沈惟敬《しんいけい》が偽造した秀吉の降伏状が届けられた。

ところが明国廷臣の曾偉芳《そういほう》ら主戦派は、秀吉が明国征服の野心を捨ててはおらず、封と貢を求める講和など態勢を立て直すための時間稼ぎに過ぎないとして石星《せきせい》の方針に異を唱えた。

神宗《しんそう》皇帝は、廷臣たちの混乱を受けて「封は許すが、貢は許さない」という聖旨《せいし》を下し、朝鮮からの全軍撤収と降伏状の提出を秀吉の日本国王任命の条件とした。勘合貿易を許せば日本の貿易商人を増長させ、かつて明国沿岸を荒し回った倭寇《わこう》のような厄災がまた起こりえた。

朝鮮国王宣祖《せんそ》は、明国経略の顧養謙から講和のため秀吉の日本国王任命を明皇帝に嘆願するよう強要され、藩属国であるがゆえにやむなくそれに応じた。

十一月、明国朝廷は、内藤如安を北京《ペキン》へ迎えることを決定し、遊撃将軍の姚洪《ようこう》を遼陽に遣わした。同時に、朝鮮からの全軍撤収を求め陳雲鴻《ちんうんこう》らを熊川《ゆうせん》の小西行長のもとへ遣わし、説得に当たらせることにした。秀吉との講和を優先させる石星は、この年八月、最後まで朝鮮の星州《せいしゅう》に留め置いた五千の明国軍を撤収、帰国させた。その一方で、秀吉軍の動向を監視し、事あればすぐに北京へ連絡が届くよう釜山から北京まで三十里（明国の単位、約二十キロ）ごとに宿駅を設け、駅ごとに五人の見張り兵を配置した。しかし、秀吉軍を牽制《けんせい》する明国軍が朝鮮から全く姿を消したという事実は動かなかった。それに対して秀吉軍は、慶尚道《けいしょうどう》の沿岸九ヶ所に倭城を築き四万を超える兵がいまだ残留していた。

十二月六日、内藤如安は一年半の月日を費やし、とうとう北京に入った。石星《せきせい》は、如安をあたかも王侯のように出迎え厚遇した。十日、如安は鴻臚寺《こうろじ》で皇帝に拝謁する際の礼法を教わった。

十三日、如安は紫禁城《しきんじょう》の門を入り、瑠璃瓦《るりがわら》で葺《ふ》いた大宮殿を仰いだ。玉石の台基に竜をぎっしりと彫り込んだ柱に囲まれ、神宗皇帝に拝謁した。

朝見を終え、東の宮城において石星らから講和の条件として三項目を提示された。

一、釜山の倭衆は、封を許された後、一人として朝鮮に駐留せず、また対馬《つしま》にも留まらず、すみやかに帰国する。

一、ただ封のみを許し、貢を求めることは許さない。

一、朝鮮と修好し、共に属国となり、朝鮮を侵犯することはしない。

如安は即座に筆を取って書き記し、それらを全部受け入れる意を表した。三条件はどれも秀吉の意志と遠くかけ離れたものだった。秀吉はすでに朝鮮国王が服属の意を表し、朝鮮の八道はすべて自分の領土であると思い込んでいる。朝鮮から自軍の撤収など飲むはずがなかった。

そもそも秀吉は明皇帝が降伏を申し入れたとして講和七条件を示し、一方明皇帝は秀吉が降伏したものとしてこの三条件を提示した。妥協の余地は初めからなかった。もし秀吉に講和を同意させうるとすれば、勘合貿易を復活させることが最低の条件だった。それは如安にもよくわかっていた。それを明皇帝から拒絶されれば、秀吉が講和を受け入れる余地など全くなかった。

それでも、如安が一縷《いちる》の望みを抱いていたのは、秀吉を日本国王に任命するための冊封使《さくほうし》が明皇帝から遣わされ、その者が如安とともに秀吉のもとへ向かうことがこれで確定したことだった。石星ができる唯一のことは、明皇帝から正式に冊封使を秀吉のもとへ遣わすぐらいであることも、如安はうすうす理解していた。その冊封使を、明皇帝の正式な「降伏使節」に仕立てあげることは可能だった。

明国においても石星始め講和へ持ち込もうとする勢力があり、小西行長と石田三成らの奉行衆もなんとかこの戦を終結へ導こうとしていた。民はもちろん大名のほとんども講和の成立を願っていた。秀吉は生来の政事感覚を失ってはいない。そこにすべてを賭《か》けるしかなかった。

十二月二十九日、神宗皇帝は、永楽帝《えいらくてい》の先例に基づき、秀吉を日本国王に封じる国書と冠服、金印の作成を命じた。その冊封使として、李宗城《りそうじょう》を正使に、楊方亨《ようほうこう》を副使に任命し、年明けの一月末に内藤如安と日本へ向かわせることを決定した。

四

文禄三年四月、朝鮮の義僧軍大将松雲大師《しょううんだいし》惟政《せい》は、西生浦《せいせいほ》の加藤清正の陣を訪れた。そこで副将の美濃部《みのべ》喜八が松雲大師に示した秀吉の講和条件は、内藤如安が明国側に提示したものとはまるで異なるものだった。

一、明国の王女を日本の后妃《こうひ》とすること。

一、朝鮮国王に北部四道を返し、南部四道は割譲すること。

一、以前のごとく勘合貿易で交流すること。

一、朝鮮の王子を一人、日本に送って永住させること。

一、朝鮮の大官・大臣らを人質として日本に送ること。

秀吉はあたかも戦勝したかのごとく一方的な要求を明皇帝に突き付けていた。それに対して、小西行長配下の部将、内藤飛騨守なる講和大使は、秀吉の日本国王任命と、勘合貿易の復活だけを明皇帝に願い出ていた。どちらが本当なのかわからないが、これまでの秀吉の言動から推測すれば、松雲大師が聞きつけた五ヶ条が秀吉の講和条件である可能性が高かった。ならば講和など成立するはずがなかった。

朝鮮の体察使《たいさつし》（臨時行政総監兼軍司令官）柳成龍《りゅうせいりゅう》は、明皇帝と秀吉との講和など朝鮮にとって何ら意味のない話であり、自力で秀吉軍を朝鮮から駆逐する意志を固めていた。

柳成龍は明国軍にすっかり失望していた。名将で聞こえた東征提督の李如松《りじょしょう》すら、四万の軍を率いて到来した当初は天神のごとく映ったが、平壌《へいじょう》での小西行長との戦あたりから馬脚を露《あらわ》し始めた。小西行長らの平壌脱出を見過ごしておきながら、後方の防禦《ぼうぎょ》を忘れて漢城（ソウル）まで長駆南下した。そして、狭くぬかるんだ碧蹄館《へきていかん》では小早川隆景らに大敗した。朝鮮の地勢を全く考えず、李如松が戦功を立ててきた広大な遼東そのままの騎馬戦で押し切ろうとした結果だった。碧蹄館での敗戦の後、李如松は戦意を喪失して漢城に駐留し、いくら秀吉軍の掃討を願っても動こうとしなかった。長駆南下したために兵糧の補給線が長く延び、馬がない、食糧がないと言っては、柳成龍に当たり散らすばかりだった。とても名将と呼べるような人物ではなかった。

明軍兵も、「天兵」とは名ばかりで、劣勢と見れば我先に逃げ出し、すぐに総崩れとなった。そもそも明国で兵士といえば、食い詰め者が集まるところで、普通の良民からは相手にされぬ無頼漢と相場が決まっていた。彼らは、盗賊になるか、それとも兵となるかの選択しかなかった者たちで、上官がうわ前をはねるため待遇も悪く、掠《りゃく》奪《だつ》のために朝鮮へ来ているようなものだった。李如松らの明国軍が朝鮮にとどまれば、その食糧を調達するだけでも莫大《ばくだい》な負担を強いられた。

柳成龍は、まず訓練司令部を設立し、組織的に軍の練兵を行わせることにした。

この年には、明国将軍の駱尚志《らくしょうし》を招聘《しょうへい》し、八道の朝鮮軍に浙江《せっこう》兵の戦闘術を伝授させた。派遣された明国軍の教官は、付きっきりで銃砲兵、弓兵、槍剣兵の養成と訓練に当たった。

また、攻防に適した城塞《じょうさい》の建築法も明国軍から導入した。財貨の許す限り、明国から弓矢と火薬を買い入れ、火砲や銃砲の製作を行わせた。そのために鐘楼の釣り鐘を供出させ火砲の鋳造に当てるほどだった。

この年二月、柳成龍は、秀吉軍から鹵獲《ろかく》した数千挺《ちょう》の鉄砲を全軍司令官の権慄《ごんりつ》のもとに集めさせた。ここまで秀吉軍に従軍して渡海し、捕虜となりあるいは投降して朝鮮軍に下った「降倭《こうわ》」の数は、すでに数千名にも上っていた。鉄砲の製造も朝鮮の工人に試みさせたが、とても量産できるまでにはいたらなかった。「降倭」のなかで優れた人材に官位を与え、射撃の教官として朝鮮兵に鉄砲の訓練をさせることにした。慶尚道《けいしょうどう》陸将の金応瑞《きんおうずい》が、鉄砲術の教導として推薦してきた人物は岡本越後《えちご》なる者だった。

岡本越後は、かつて阿蘇《あそ》神官の大宮司《だいぐうじ》惟光《これみつ》の重臣で、加藤清正の軍に加わり朝鮮に渡海した。ところが、加藤家に預けられていた主君の阿蘇惟光は、梅北国兼《うめきたくにかね》の反乱に連座させられ、二年前の八月、秀吉に自害させられた。

秀吉の命令を受け渡海して戦っている最中に主君を殺され、岡本越後は秀吉に対して深い怨《うら》みを抱いていた。これまで加藤清正の配下にあっては、捕虜となった朝鮮王子、臨海君《りんかいくん》と順和君《じゅんわくん》の護衛に当たり、その功によって順和君より虎《とら》の腰佩《ようはい》飾りを下賜《かし》されていた。虜囚《りょしゅう》となってからは「降倭」軍を率いて、義僧兵とともに秀吉軍の補給路を断つ活動に当たり、すでに朝鮮朝廷から「司猛《しもう》」の官位も受けていた。

岡本は、新たに鉄砲を製造することは難しく、秀吉軍から鹵獲したものを使うこと、また防具も鹵獲した秀吉軍の鎧《よろい》と兜《かぶと》を着用するよう金応瑞に進言していた。

それまで朝鮮の軍官が身に着けていた皮革製の甲冑《かっちゅう》は鉄砲に対して全く意味をなさず、兵士などは甲冑を着けていないために鳥撃ち用の二匁《もんめ》弾丸で射殺されていた。加藤清正軍でも、弾薬を節約するため口径の小さな二匁から三匁半の鉄砲を専《もっぱ》ら肥後などで作らせ使っていた。秀吉軍から鹵獲した鉄板を綴《つづ》った鎧と鉄兜を身に着けたならば、三匁の弾丸に当たっても、そう簡単に討死することはなかった。鉄製の兜と鎧を身に着ければ動きは鈍くなり、体力もそれだけ必要となる。岡本越後は、訓練を託された朝鮮兵たちに、始めから鉄製兜と鎧を身に着けさせ、いざ戦闘となっても自在に動けるよう鍛え上げた。

また、金応瑞は、二千人からの朝鮮兵と降倭の連合軍を編制し、その指揮も岡本に委《ゆだ》ねることにした。降倭は鉄砲の扱いにも長じ、長い戦の日々で鍛え上げられていた。秀吉の武力による強引な日本統一は、九州や奥州を始め多数の浪人を生み、秀吉に対してひとかたならぬ怨みを抱いている降倭も多かった。彼らが朝鮮で見たものは、同じ秀吉の軍に蹂躙《じゅうりん》された郷里の姿そのものだった。

李舜臣《りしゅんしん》は、前年（一五九二）八月、忠清道《ちゅうせいどう》・全羅道《ぜんらどう》・慶尚道の水軍統制使に就任した。いわば朝鮮水軍の最高司令官である。すでに李舜臣は自らが率いる全羅道水軍の本営を、麗水《れいすい》から慶尚道の沖、巨済島《きょさいとう》の南西に隣接する閑山島《かんざんとう》へ移していた。秀吉軍が慶尚道の沿岸伝いに倭城を築き、当然のことながら九鬼嘉隆《くきよしたか》らの秀吉水軍もその周辺に集結していた。

朝鮮南部三道の水軍統制使となった李舜臣は、秀吉水軍を殲滅《せんめつ》できる強力な水軍の編制を目指した。何よりの問題は、陸戦に主眼が置かれ、水軍の位置づけがあいまいで、水軍の諸将や水軍兵が沿岸の陸戦に度々参加させられていることだった。指揮系統を水軍に集中させ、兵船を増やして水軍兵を確保する手立てを講じる必要があった。

沿岸に配置された各地方軍の指揮を、その地域を統括する水軍将に任せ、陸水軍が統一された指揮のもとで戦わなくては勝利などとてもおぼつかない。同時にこれまであいまいだった兵糧の所属も水軍将に預けられなくてはならない。李舜臣は、機会あるごとに柳成龍にこれらのことを願い出た。その結果、慶尚道沿岸に置かれていた地方官所属の軍を移動させず、晋州《しんしゅう》に置かれていた四軍を沿岸に配置することになった。また水軍専用の兵糧を確保するため興善島《こうぜんとう》に田を開いた。

大型の火砲は朝鮮水軍の方が勝っていたが、小火器は秀吉軍の鉄砲にとても敵《かな》わなかった。李舜臣は、水軍が鹵獲した大量の鉄砲をもとにして鉄砲の製作を試みさせることも行った。

明国と秀吉の講和などに耳を貸さず、朝鮮は自力で秀吉軍を国土から排撃する用意を着々と調《ととの》えていた。

五

十月二十三日、二人のフランシスコ会神父が長崎に到来したことを甚五郎は耳にした。バウチスタ神父に随行してきたヘロニモ神父はイスパニア系のフランシスコ会にありながらポルトガル人だった。バウチスタ神父がこの神父をともなって長崎へ来たのも、ポルトガル人イエズス会宣教師の反発を少しでも和《やわ》らげるためだろうと思われた。ポルトガル人宣教師たちは、ポルトガルの経済圏と布教圏を守るために、イスパニア系フランシスコ会士を日本から排斥したがっていた。

バウチスタ神父が長崎で最初に訪ねたのも、同じイスパニア人のイエズス会准《じゅん》管区長ペドロ・ゴメス神父の所だった。ゴメス神父は、フランシスコ会士が日本に滞在することを承認する教皇からの文書を確かめ、バウチスタ神父に日本での布教活動指針を記したイエズス会の文書を手渡した。イエズス会内部でも国籍による対立が深まり、少しでもポルトガル人の宣教師との摩擦を少なくする必要があった。そして、前年教会堂を再建するに当たって、長崎奉行の寺沢広高から日本人信徒の出入りを禁ずるよう申し渡されていることを付け加えた。

バウチスタとヘロニモ両神父は、数週間イエズス会のイスパニア人神父のもとで過ごした後、奉行所からの承認を受け、ゴメス神父の好意で内町《うちまち》の岬から離れた外町《そとまち》の聖ラザロ教会へ移り住むことになった。

聖ラザロ教会は、菜屋の出店《でだな》からすぐ近く、浦上《うらかみ》へ向かう時津《とぎつ》街道を五丁（約五百五十メートル）ほど行ったところにあった。その教会は、むしろ併設していた病院の方が有名だった。フランシスコ会の両神父は、貧しき人々も、難病の者も拒まず、献身的に病人の看護に当たった。同時に教会堂で教えを説き、病める魂の救済に努めた。ここでもバウチスタ神父はすべての扉を閉めてから説教した。

ところが、粗末な麻の修道衣に裸足《はだし》の神父たちの、その清貧と謙虚、苦行を実践する姿が評判となり、聖ラザロ教会はすぐに日本人の信徒を呼び集めることになった。内町から聖ラザロ教会へ向かう人々が日を追うごとに増えていくのがわかった。男ばかりか女たちもバウチスタとヘロニモ両神父の教えを聞くため、強引に扉の閉じられた教会堂へ押し入るほどとなった。

バウチスタ神父は、「むしろ幸いなのは、神の言葉を聞き、それを守る人々である」というキリストの言葉に従い、詰めかけた日本人にも説教を施した。このことが奉行所に知られ、フランシスコ会の両神父は聖ラザロ教会から退去するよう命じられた。

おそらくイエズス会のポルトガル人宣教師による奉行所への通報があったものと甚五郎には思われた。二人のフランシスコ会士は聖ラザロ教会を去ったものの、日を置かずに唐津の寺沢広高からバウチスタ神父へ長崎で「家」を持つことを許可する旨《むね》の文書が届けられた。

秀吉の望むポルトガル貿易は、イエズス会が仲介するものではなく、配下奉行を長崎に送り、直接生糸を秀吉の言い値で買い占めるというものだった。

天正十五年（一五八七）、秀吉は長崎を直轄領とし、宣教師の国外追放を命じた。翌天正十六年、秀吉は、小西隆佐《りゅうさ》を長崎に派遣し、ポルトガル船がマカオから運んで来たほとんどの生糸を不当に安く買い占めた。当然のことながらマカオ市のポルトガル人は利益があまりにも少なくなり、日本のイエズス会も布教活動資金が得られないことになった。

翌年、この秀吉の強引な買い占めを嫌い、マカオのポルトガル船は、太平洋を渡ってノビスパニアのアカプルコへ直行した。秀吉はポルトガル船の長崎来航がなくなったことをさすがに悔やんだ。イエズス会の巡察使バリニャーノは、もし秀吉がポルトガル貿易を望むならば、従来通りイエズス会宣教師の仲介によって、ポルトガル人の取り引きを保証するしかないことをマカオから伝えた。あくまでもポルトガル貿易は、ポルトガル人主体のものであり、たとえ秀吉の権力をもってしても、けして思い通りにはならないことを通告した。これまで通りの生糸貿易を望むならば、秀吉は「バテレン追放令」を撤回してイエズス会の宣教師に仲介してもらい、しかもポルトガル人の言い値で買い入れるしかなかった。イエズス会のポルトガル貿易における仲介を嫌い「バテレン追放令」を出したものの、望むようなポルトガル貿易などけして成立しないことを秀吉は思い知らされることになった。

天正十九年（一五九一）、秀吉は結局十人以内の宣教師が長崎に滞在することを許し、破壊した教会堂の再建も許した。

バウチスタ神父らに聖ラザロ教会からの退去を命じながら、長崎奉行の寺沢広高は一転して彼らが長崎に家を持つことを許可した。イスパニア系修道会が長崎に「家」を持ち居住することは、当然のことながらイスパニア船の来航を前提にしたものだった。長崎の海外貿易を支配するポルトガル人とそれを仲介するポルトガル系イエズス会に対して、イスパニア人とイスパニア系フランシスコ会を呼び入れ、ポルトガルの独占市場支配を崩し牽制する。ここにおいて秀吉のイスパニア貿易導入の意図は鮮明になった。

文禄四年（一五九五）陰暦四月

一

四月末、小西行長は、内藤如安から冊封使《さくほうし》派遣決定の報を受けると、それを秀吉に報告するため一時帰国した。

いまだ築城途中の伏見城において、行長は明《みん》皇帝から降伏の「謝罪使節」が到来すること、勘合貿易を再開するためには秀吉が明皇帝から日本国王に封《ほう》じられることがまず先決である旨《むね》を上申した。

明国との貿易は、あくまでも「日本国王」が明皇帝に対して臣下の礼をとり貢《みつ》ぎ物を献上して、その返礼として許されるものだった。対等の立場での貿易などありえなかった。もちろん勘合貿易を拒否されたという事実は隠した。「日本国王」の封爵《ほうしゃく》に関しては、かつて足利将軍がそれを受けており、それによって勘合貿易を行っていたことは秀吉も知っていた。

講和の障害となっているのは、秀吉軍が朝鮮から撤退しないことだった。明国の兵部尚書(軍務大臣)石星《せきせい》から交渉の全権を委《ゆだ》ねられた沈惟敬《しんいけい》が、冊封使を日本へ渡航させるための条件として秀吉軍の全面撤退を求めていた。もちろん秀吉が日本国王に封ぜられれば、日本は明国の藩属国となり、朝鮮国王と同等に位置することになる。ところが、朝鮮国王が臣従《しんじゅ》の意志を示したと解釈している秀吉において、朝鮮全土はすでに自分の版図《はんと》であった。

先に到来した明国使節の徐一貫《じょいっかん》たちへ提示した講和条件「朝鮮北部四道を給付する」というのは、南部四道の割譲を求めたものではなかった。あくまでも自らの領土である朝鮮八道のうち、北部四道のみを朝鮮国王に戻し与えるという意味だった。

この一月には、「朝鮮は九州の地域と同様に心得て、交替で在番衆を入れ、田畑を耕作させ永住の構えをなすよう」との指令が秀吉から送られていた。自分の版図である南部四道に秀吉が自軍の兵を駐留させないはずがなかった。

「わたくしが手勢を率いまして一人釜山《ふさん》にとどまり、北京からの使節を迎え、その接待に相努めます。その他の大名衆と兵はひとまず帰国されるのがよろしかろうと存じます」

行長は秀吉にそう具申した。講和交渉を任されている行長のみが釜山にとどまり、ほかの大名各軍が撤収すれば、明国側へ撤兵の体裁は取り繕えるはずだった。

「……おぬしは平壌《へいじょう》のことを忘れたのか。明帝も朝鮮王も信用できない。万が一という時に備え、赴援《ふえん》する兵を置かないわけにはいかない。いかなる場合にも対応できるよう周到に用意し、後悔せぬよう心がけよ」秀吉はそう命じた。

いずれにせよ明皇帝からの正式な「謝罪使節」が到来する。秀吉もここに明国との和睦《わぼく》が実現するものとして朝鮮から三分の二に当たる軍兵の撤収を許可した。「謝罪使節」が到来すれば、秀吉を日本国王に任命し、いずれ勘合貿易も復活されるものと信じた。明国王女の代わりには三百頭の軍馬を当てることで秀吉も納得した。小西行長は勘合貿易の再開に向け、交渉の時を稼げることになった。

熊川《ゆうせん》に城を築いていた小西行長が釜山城に移動し、宗義智《そうよしとし》は隣接する東萊城《とうらい》へ入った。熊川城と巨済島《きょさいとう》の各城は破却された。そして、伏兵として加藤清正と鍋島直茂が蔚山《うるさん》の西生浦《せいせいほ》と竹島《ちくとう》に残った。秀吉軍は三分の一までに兵力を減らし、日本に近い慶尚道《けいしょうどう》の東南端、釜山港とその周辺だけに集めることになった。

冊封使に先行して日本渡航するに当たり、沈惟敬《しんいけい》はその条件として、まず加藤清正が軍を撤収して日本に帰ることを挙げた。明国や朝鮮から最も恐れられていた日本の武将は清正だった。

二

清正も講和に越したことはないと考えていた。ただし清正における明国との講和は、秀吉が名護屋城において徐一貫《じょいっかん》らに提示した七条件を明国と朝鮮とが満たすことが当然の前提だった。文書で秀吉の命令を直接受けない限り、清正は朝鮮から自軍を撤収する意志はさらさらなかった。

朝鮮国王は天正十八年（一五九〇）十一月、黄允吉《こういんきつ》を正使とする「服属使節」を送り、聚楽第《じゅらくてい》にて秀吉に謁見《えっけん》させた。その時に秀吉は明国征服の先導を命ずる国書を黄允吉に与えた。それを拝受しておきながら、いざ明国征伐という段になると朝鮮は先導するどころか秀吉軍へ執拗《しつよう》に抵抗した。真相を知らない清正にしてみれば、朝鮮国王の裏切り行為以外の何物でもなかった。そして、小西行長はといえば、平壌まで攻め込みながら講和などを持ち出して、いたずらに勝機を逸し、明国にあざむかれたあげく敗走した。

ここまで連戦不敗の清正にしてみれば、そんな非理不明の講和や敗北など、とても受け入れられるものではなかった。

「去年の夏、行長らが晋州《しんしゅう》城を攻めた。だが、手をこまねいて敗退するに等しいものだった。そこで、わたしが攻め、たちまち陥落させた。汝《なんじ》ら、誰が晋州城を落としたと聞いているのか。

もし我軍を西に向かわせれば、わたしは攻め抜いてただちに平安道《へいあんどう》まで到《いた》り、以前の半分の日数で平壌を占領することができる。汝の国の臣民が忠であること山のごとしといえ、わたしの前では王を守りきることなどできない。今、ここに身を置いているのは、ただ汝の国の生霊《せいれい》をあわれみ、強いて出陣しないだけのことだ。汝の国がこれからどう対処するのかを見ているのだ」

文禄三年（一五九四）十月、清正は四月につづいて西生浦で松雲大師《しょううんだいし》と会談し、そう語った。松雲大師は、小西行長と清正の反目を煽《あお》ることで、秀吉軍の攪乱《かくらん》を企図《きと》していた。清正は四月に、松雲大師によって行長らが画策する「講和」のあらましを知るにいたった。松雲大師も、「明王女の来嫁《らいか》」、「勘合貿易再開」、「朝鮮王子入質《にゅうじち》」という秀吉の講和条件をその時初めて知ることになった。

秀吉を「日本国王」に封ずれば、明皇帝の至上命令ですべてが円《まる》く収まり解決するなどという明国側の理屈は遠い昔の話だった。条件を満たさない講和など論外である。明皇帝からの正使が到着するまで清正は朝鮮にとどまり、小西行長の不審な動向を監視する腹だった。

何とか明国との講和を遂げ、秀吉政権の消耗を深めるばかりの戦を一刻も早く終止したいと目論《もくろ》む小西行長と石田三成らにしてみれば、加藤清正は最もその障害となっていた。小西行長は、冊封使到来の報《しら》せをもたらすと同時に、講和を妨害する清正の召還を直接秀吉に願い出た。石田三成らからも、清正が「小西行長は堺浦の小商人」などと松雲大師に告げ、盛んに小西の講和交渉を阻《はば》んでいるとの讒訴《ざんそ》が秀吉に届けられた。

秀吉から明皇帝への講和条件には、朝鮮国に向けたものが含まれていた。「北部四道を朝鮮国王へ給付し、捕虜とした朝鮮王子二人と高位の随身を返還するので、代わりに王子一人と重臣を人質として差し出させる」というものだった。

秀吉は、条項に示した通り加藤清正の捕らえた王子二人とその随身たちを返還した。それに対し朝鮮国王が受諾した証拠としてあらためて朝鮮王子を一人と重臣を人質として日本へ送れという意味だった。これまで日本国内で征服した諸国領主へ秀吉が求めてきたのと同じ論理である。

しかし、朝鮮国王にしてみれば、王子を人質に差し出す理由はどこにもなかった。一方的に侵略を受け、人質どころか親善使節すら秀吉のもとへ送るいわれもなかった。できるならば、明国の企図する講和を破り、秀吉軍を朝鮮から駆逐したいというのが国王宣祖《せんそ》の意志だった。

十二月二十四日、沈惟敬《しんいけい》は、朝鮮の応接使、黄慎《こうしん》を釜山に招き、明国冊封使の日本渡航に合わせて朝鮮からの使節派遣を求めることにした。王子の人質を送ることは無理でも、それに代わる親善使節ぐらいは派遣しなければ、秀吉が納得するはずがなかった。

「すでに天帝（明皇帝）が派遣した冊封使が釜山まで来ており、秀吉との友好を確実にするための親善使節を朝鮮に求めている。それを朝鮮が拒むならば、秀吉軍はこのまま朝鮮にとどまり講和はそれだけ遅れることになる。その責任はすべて朝鮮王に帰することになるが、それでよいのか。

天帝からの勅書には、『沈惟敬の講和交渉に便宜を図り、朝鮮がそれを阻むことは許さない』との文言がある。わたしが求める使節派遣を朝鮮王が拒否することは、天帝の意志に反することにほかならない。すみやかに陪臣《ばいしん》を派遣すれば講和が成立し、

使にした三百余名を、秀吉のもとへ派遣することにした。

朝鮮国王も、宗主《そうしゅ》である明皇帝の命令には従わざるをえなかった。結局、黄慎を正

秀吉も撤兵する。朝鮮王に使節派遣を願うばかりである」

三

文禄五年（一五九六）正月、小西行長は、秀吉を日本国王に任命する明国冊封使《さくほうし》を釜山にとどめ、秀吉との講和交渉を任された沈惟敬と日本へ出発するところまで漕《こ》ぎ着けた。表向きは冊封使の李宗城《りそうじょう》らを接待する準備を調えるためという口実だった。

秀吉の講和条件を満たすことはとても無理だが、行長はまず沈惟敬を秀吉のもとへ連れて行くことで、明国朝廷の講和意志が確かであることを伝える必要があった。

沈惟敬は、必ず講和を実現するとの意気込みを示し、その船に『調戢《ちょうしゅう》両国』と墨書した大旗を掲げた。また、船には秀吉に献上するための、玉冠、大明国地図、武経《ぶけい》七書《しちしょ》、彩緞《さいたん》、錦帛《きんぱく》などを積み込んだ。沈惟敬は講和のため兵部尚書（軍務大臣）の石《せき》星《せい》から銀二万両の資金を預けられていた。

ここまでの行長との交渉で沈惟敬は秀吉の意図するところをほぼ正確に把握してい

た。それは、あくまでも秀吉の威厳をそこなわず、明国皇帝の方から和議を請《こ》わせ、泥沼化した朝鮮での戦《いくさ》を停止に持っていくことだった。

秀吉が持ち出した講和七条件の巻頭に挙げられていたのは、「明国王女を天皇の后《こう》妃《ひ》として迎える」という途方もないものだった。およそ実行不可能な条項であることには変わりなかった。そこで沈惟敬《しんいけい》は小西行長と図り、王女は日本に向かう途中に病死し、明皇帝がその代わりとして三百頭の良馬を秀吉に贈るということで話を運んだ。意外なことにそれで秀吉は妥協した。そして、前年十二月には密《ひそ》かに遼東《りょうとう》（満洲）の軍馬をかき集めて船に載せ、二百七十七頭を肥前名護屋へ向けて送り出していた。

沈惟敬は、小西行長がこの講和の機会に何を希求しているのかも知るにいたった。前年正月、内藤如安が北京で石星に請願したのは、秀吉を「日本国王」に封じ、関白秀次《ひでつぐ》を州の長官である「都督《ととく》」に任官してもらう、そして、小西行長、石田三成、増田長盛、大谷吉継、宇喜多秀家の五人を「大都督」に任じてもらうというものだった。小西を含めた五人を関白秀次よりも格上に置き、徳川家康、前田利家、毛利輝元、小早川隆景ら十人の大名は、その二位下の「亜《あ》都督」に任じてくれればよいとしていた。

明国皇帝の権威によって、行長と三成らの吏僚《りりょう》に別格の権限を与え、日本における政権の運営は彼ら五人が行うというものだった。特に行長は、日本の九州を中心とした西海道《さいかいどう》の「大都督」として、明国と朝鮮との海上交通と貿易を掌握できる地位に就くことを願っていた。

沈惟敬が秀吉に謁見することは、明国との講和が成立したとの証明にほかならなかった。日本へ向かう途中に病死したとされる明国王女に代わって、二百七十七頭の見事な軍馬が舶載《はくさい》され、すでに名護屋へ到着していた。遼東から集められた馬は、日本馬より二回り大きく、しかも軍馬ゆえによく馴致《じゅんち》され、とても従順だった。秀吉は名護屋城の留守をあずかる寺沢広高からその報せも受けていた。

秀吉は明の冊封使と入質《にゅうじち》する朝鮮王子を迎えるため、伏見城に千畳敷きの迎賓館を建てた。屋根瓦《やねがわら》はすべて鍍金《ときん》され、柱や欄間《らんま》も金箔《きんぱく》で覆《おお》われた。青畳はすべて金糸をふんだんに用いた高麗縁《こうらいべり》が施されていた。館《やかた》の内に足を踏み入れると、厳選された良材による柱や格子《こうし》、天井などが黄金の光を放った。

迎賓館から水堀を隔てて能舞台を設け、その床下に建て並べられた柱には丹念に溝《みぞ》彫《ぼ》りが施されていた。舞台の柱は巻き柱で、欄干《らんかん》は彫り絵した上に最上の漆で塗られていた。水堀を越えて舞台に渡るための太鼓橋は十間《けん》（約十八メートル）ほどの長さしかなかったが、それには金一万五千両もの経費がかけられた。

六月二十五日、唐冠《とうかん》に赤色の錦衣《きんい》をまとった沈惟敬は、三百人を従えて伏見城へ向かった。騎馬した二十名が前駆をなし、馬簾《ばれん》の付いた大旗、鉾実棒《ほこざね》、管弦の楽器を手にした者もいた。その後に従者から傘をさしかけられ騎馬した沈惟敬《しんいけい》が続いた。金襴《きんらん》の帽子をかぶった徒《かち》の従者、着笠《きがさ》の者達、唐人帽の従者がいずれも錦《にしき》の唐人衣装で続いた。最後に秀吉へ献上する品々を積んだ馬車が二台通った。

沈惟敬は玉冠や地図、書籍、錦の織物など、おびただしい献上品を伏見城へもたらした。秀吉はそれらの献上品を受け、厚い礼をもって応《こた》えた。伏見城の迎賓館ではすべて黄金の器にて酒食をもてなした。

「いまだ世上《せじょう》に、かくのごとき美麗なる物あるを知らず」と沈惟敬は驚嘆した。

献上した品々の返礼として、金銀珠玉をちりばめた甲冑《かっちゅう》二具、太刀、槍《やり》などを秀吉から下賜《かし》され、沈惟敬は冊封使の渡来を堺で待つことになった。

四

文禄四年十一月二十二日、秀吉冊封の正使、李宗城《りそうじょう》は千三百余人の従者を引き連れ釜山へ到着した。まだ三十歳を過ぎたばかりの若さだった。彼の祖は明開朝に功のあった李文忠《りぶんちゅう》で、代々その爵位《しゃくい》を継ぎ、李宗城は詩作に優れることで知られていた。

秀吉なる倭《わ》の賊魁《ぞくかい》は、明皇帝の「封《ほう》」を求めていた。秀吉が「日本国王」に任命されれば、明皇帝を宗主とあおぐ藩属国の王に過ぎず、朝鮮における侵攻など明皇帝の命令一つで収まるものと李宗城は考えて疑いもしなかった。自分の使命は、海を渡り、その秀吉に金印や冠服、辞令国書を与えるだけのことだと思っていた。

秀吉との講和交渉を任された沈惟敬は小西行長とともに日本へ向かい、李宗城は副使の楊方亨《ようほうこう》と釜山の城館にとどめられたままだった。その間、李宗城を動揺させる報せや風聞が相次いで届けられた。

かつての学友、萬煒《ばんい》からの書簡は、秀吉が実は明皇帝の「封」など欲しておらず、明国に従う意志など全くないのではないかとの便りだった。

『秀吉が明皇帝に従順でなければ、周囲の思惑など一切考慮せず、その事実を直截《ちょくせつ》に北京へ通知すべきである』と忠告していた。外交において、小人《しょうじん》が保身のために事実を偽《いつわ》れば、すべてが混乱し収拾がつけられなくなる。それを憂《うれ》えた忠告だった。

引き続いて、遼東の総督となった孫鉱《そんこう》も「冊封使の日本渡航を中止し、漢城まで引き上げさせた方がよい」と語ったとの報が届いた。秀吉はやはり明皇帝からの「封」などを求めているのではないという。

ここまで講和を押し進めてきた兵部尚書の石星《せきせい》までが、妻子を北京から郷里に送り出し、罪を得て処刑される日の準備をしたとの噂《うわさ》も聞こえてきた。

何よりも李宗城《りそうじょう》の不安をかきたてたのは、二年前に明国使節と称して送り込まれた徐一貫《じょいっかん》らが秀吉から示された講和条項はまるで異なっており、日本に渡った沈惟敬《しんいけい》が不実を責められ、今は獄中にあるとの風説までが届いたことだった。李宗城が日本に渡れば同じ目に遭わせられるという。

文禄五年（一五九六）四月三日の夕、李宗城は宗義智《そうよしとし》や松浦鎮信《まつらしげのぶ》らを招き酒宴を開いた。宗義智は、小西行長が秀吉のもとへ向かった後、冊封使の応接を任されていた。

李宗城は酔いに任せ常々抱いていた疑念を義智にぶつけてみた。

「天帝は、秀吉王を封じ旧臣のように遇することが決まった。それなのに、汝らはどうして速やかに兵を撤収せず、いつまでもここに留まっているのか。秀吉王は、別の要求をしているとの話も聞くが、それは本当なのか」

「その通りです。太閤殿下が天帝にまず求めておるのは、『勘合貿易の再開』、『明王女の来嫁』、『朝鮮王子の入質《にゅうじち》』です」宗義智は当然のことのように答えた。

この時まで、李宗城はこれらの講和条件を全く知らなかった。あまりに実現不可能な話ばかりである。だが、宗義智が語ったことが事実であるとすれば、これまで届いた悪《あ》しき噂や便りはすべて辻褄《つじつま》が合うことになる。秀吉は日本国王に任命されることなど望んでいない。自分がこのまま日本に渡航すれば、沈惟敬と同じく違約を理由に捕縛され夷狄《いてき》の法で裁かれ、殺されるに違いなかった。

その真夜中、破れ笠《がさ》に黄色の布包みを背負った下僕が二人、城門にやってきた。「急な用で東萊《トンネ》まで行かなくてはなりません」と一人が頭を低くして守衛兵に開門を願った。色あせた青染めの衣服をまとった下僕の風体《ふうてい》に守衛兵は何の疑いも持たず、すんなりと門扉《もんぴ》を開けた。大明皇帝の正使は、任務を放棄し、下僕の格好に身をやつして釜山より逃亡した。

宗義智が冊封正使の逃亡を知ったのは、陽が昇ってからのことだった。宗義智は、追手《おって》の兵を送り出すとともに、自ら手勢を率いて副使楊方亨《ようほうこう》の宿館を包囲した。楊方亨は、五軍営右《えいう》の副司令官だった。武装した宗義智の兵に館を包囲され、何か重大な異変が生じたことはわかったが、自らは動かず横になったままでいた。

宿館内へ通詞《つうじ》が入って来て、部屋の外にひざまずき「正使が逃げ去りました」と楊方亨に告げた。

「いつまでもこの営中に留められ、正使はその苦悶《くもん》に耐えがたかったものだろう」と楊方亭は応え、身支度を調えると北京から李宗城に随従してきた将官や兵に対して指令を出した。

「正使はすでに去った。正使の指揮下にある将官はすべて我に属すべし。狼狽《ろうばい》するな」

また、宗義智には、通詞の要次郎《ようじろう》を通してこう告げた。

「講和が成立しなければ、わたしが国に戻ることもできない。そればかりか、明、朝鮮、日本の三国は平穏な日々を得られない。もし講和が成立すれば三国の人民は皆肩を休め安堵《あんど》することができる。貴国の王を冊封するに必要な金印や冠服、勅令の国書はすべて無事である。正使をみすみす逃亡させたとして随員を罰したりはしないでくれ。正使の追跡などしたところで無駄なことだ。わたしがここにいる。正使が逃亡しても何の問題もない。心配は無用である」

冊封に遣わした正使が勅命を放棄して逃亡したとの報せを受け取った明皇帝は、「国威を著しくそこなったとして李宗城の捕縛を命じた。副使の楊方亭からは「敵の情勢に変動はなく、問題ない」との報告が石星のもとへ届けられた。

五月三日、石星の上奏によって明皇帝は、楊方亭を正使に昇格させ、勅令国書や金印、冠服などの一切を彼に託し、副使には沈惟敬《しんいけい》を当て秀吉のもとへそのまま遣わすことにした。

五

文禄二年四月に秀吉軍が漢城を撤退して以来の明国と朝鮮との停戦状態も三年が過ぎた。文禄三年から開始された全国検地は、朝鮮出兵による膨大な出費を補う必要から過酷を極めた。年貢《ねんぐ》徴収を確実にするため、百姓《ひゃくせい》は検地帳に耕作者名と推定耕作高を登録され、二公一民という苛政《かせい》の網から誰一人逃れられないことになった。百姓衆の親子や親類は、一軒の家で暮らすことを禁ぜられ、それぞれ別の家に住むことも命じられた。すべての百姓衆を秀吉の臣民に直接位置づけ貢税者《こうぜい》、役夫《えきふ》として搾取するためには、「家族」というものを破壊しなくてはならなかった。

関白秀次が謀叛《むほん》を口実に高野山《こうやさん》へ追われ、切腹させられるという政変も起きていた。文禄四年七月十五日のことだった。この政変によって、三歳の幼児、拾丸《ひろいまる》が豊臣家の世継ぎであることが確実となった。

淀殿が実子を産んだことで、後継者と定めていた甥《おい》の秀次でさえも、秀吉にとって邪魔な存在と成り果てていた。八月の初めには、秀次の子女や妻妾《さいしょう》までも京都三条河原でことごとく斬首《ざんしゅ》に処された。その数三十八人とも三十九人ともいわれた。その中には出羽山形から京都に到着したばかりで、秀次に目通りすらしていない最上義光《もがみよしあき》の娘までがいた。贅《ぜい》を尽くした聚楽第も、秀次の政庁であったがゆえに破却され、元の草原に戻された。

関白秀次に与《くみ》し謀叛を企てた大名衆として、毛利輝元《てるもと》、細川忠興《ただおき》、伊達政宗、最上義光、そして浅野長政《ながまさ》と幸長《よしなが》父子の名が取り沙汰《ざた》された。いずれも石田三成の讒訴《ざんそ》によるものだった。小西行長を含め、石田三成、増田長盛、大谷吉継の吏僚たちは、秀吉の一手集権による国家体制を維持するしか生きる術《すべ》はなかった。

文禄四年、五十九となった秀吉は、目眩《めまい》に襲われて寝込んだり、止めどなく咳《せき》が続いたりして、健康の不安をのぞかせ始めていた。秀吉の身にもしものことが起きれば、豊臣家の後継者は関白秀次となる。当時、秀次によしみを通じていた大名たちは、秀吉にすべての権力が集中されていることを厭《いと》い、かつてのように各大名による分国統治を希求していた。秀次が失脚した際に、石田三成らは、秀吉の集権を拒む大名たちを一斉に粛清しようとした。当然、加藤清正もその中に含まれた。

細川忠興は、秀吉に無届けで黄金百枚（千両）を秀次から借用していたことが発覚した。秀次からの金品受領は謀叛を共謀した動かぬ証拠となる。忠興はそれを秀次に返却しようとしたが額が額ゆえに金策に窮した。そこで家康を頼り、金子《きんす》を融通してもらうことで秀次に急ぎ返納し、何とか事なきを得た。

伊達政宗は、その年の夏、岩出山《いわでやま》城へ帰るに際し、秀次から餞別《せんべつ》として鞍《くら》十口、帷子《かたびら》二十を受け取っていた。政宗は、秀次より一歳年長になるが、お互い同年輩ゆえに日頃から親しかった。謀叛共謀の告発に対し、政宗は弁明に努めた。だが、秀吉は、家督を嫡子《ちゃくし》兵五郎《へいごろう》に譲り、政宗を四国伊予《いよ》に移封することを決めた。この時も、政宗からいち早く嘆願を受けていた家康が間に入り、「昔から奥州《おうしゅう》で生まれ育った伊達の家臣団が四国に転じることになれば、反乱も起きかねない」と秀吉に取りなし、政宗は伊予転封《てんぽう》をまぬがれた。

家康は、細川忠興や伊達政宗ら秀次謀叛の共謀を疑われた大名たちを擁護し、秀吉政権内での影響力を確実に広げていた。

八月三日、秀次切腹を受けて五大老の連名による「掟書《おきてがき》」が、各大名へ発せられた。秀吉の許可を受けない大名間の勝手な縁組や誓詞状の取り交わしなどを禁じたもので、大名同士が密かに同盟を結び、秀吉の集権体制に反抗することを牽制《けんせい》した内容だった。

この時の署名順は、隆景（小早川）、輝元（毛利）、利家（前田）、秀家（宇喜多）、そして最後が家康となっていた。同日付けで公家《くげ》や百姓へ出された「掟追加」にも、前田利家の後に上杉景勝《かげかつ》が加わっただけのことで、家康の名がやはり最後に位置した。

これらの掟書は、秀吉政権における大老格の序列と、その首座に位置するのがほかならぬ家康であることを明確に示したことになった。

十一月四日、秀吉は参内《さんだい》のため伏見から上洛《じょうらく》したが、体調を崩し急遽《きゅうきょ》伏見に戻った。朝廷では、太閤平癒のための御神楽《おかぐら》を十七日と二十七日の二度にわたって奏するほどの容体だった。この年、四月十六日には関白秀次の弟で大和中納言の秀保《ひでやす》が十津川《とつかわ》で急死していた。そして、三月後の秀次切腹によって、豊臣家の後継者は拾丸しかいなくなった。だが、秀吉亡《な》き後、三歳の幼児が大名たちを束ねて天下の政道を運営できるはずはなかった。

関八州を与えられ武州江戸に居を定めた家康だったが、旧領の三河、遠江《とおとうみ》、駿河《するが》、甲斐《かい》、信濃に比して農耕地の絶対量が不足していた。特に武蔵国《むさしのくに》北東部は、利根川を始め荒川と綾瀬川、隅田川などの本支流が入り乱れ、沼地多く、水害が頻繁に起こるため手のつけられない状態で放置されていた。

駿河三枚橋《さんまいばし》の城主だった松平康重《やすしげ》は、二万石の表高《おもてだか》で武州埼玉郡騎西《きさい》へ入封《にゅうほう》したが、その地は川の氾濫《はんらん》による荒れ地が多く、年貢の実収は一万六千石しかなかった。五分の一も実収が不足すれば、領主の勝手賄《まかな》いばかりか家臣の食い扶持《ぶち》すら事欠くことになった。

伊奈熊蔵《いなくまぞう》は、小室《こむろ》と鴻巣《こうのす》一万三千石の領主に任じられていた。関東代官頭の筆頭に位置づけられ、家康直轄《ちょっかつ》領のうち百万石に当たる地の支配を任されていた。武州北東部の氾濫地帯を何とかしなければ、家康の財政基盤は確立できない。検地に奔走するかたわら、熊蔵は利根川上流に当たる各所を丹念に見て回り、河川の流れを移し変え集約することで新田開発するしかないと判断した。

だが、河川の付け替えなど大規模な治水工事に着手すれば、農地を拡張し家康の力を増大させることに直結する。秀吉がそれを極力警戒しているのは言うまでもなかった。関八州の家康領を囲む位置には、宇都宮、佐竹、里見といった秀吉恩顧の大名衆が配置され、監視の目も注がれていた。

好機は意外に早く訪れた。文禄元年（一五九二）四月の朝鮮出兵だった。家康が肥前名護屋へ陣屋を構えて出向し、宇都宮らも海外派兵の用意に忙殺され、家康領に警戒の目を向ける余裕がなくなった。

この機会に熊蔵は、渡良瀬川《わたらせがわ》を合わせた利根川を西から東へ迂回《うかい》させ、下総《しもうさ》を流れる太日川《ふといがわ》（江戸川）に流し込むという瀬替え工事に着手することを決断した。文禄元年冬のことだった。

利根川から各河川への分流口に堤を築いて遮断し、北部を流れる会《あい》ノ川《かわ》や鷲宮《わしのみや》以南の利根川下流を干した。一帯は水害から解放され、新田開発が可能となった。綾瀬川も亀有《かめあり》でせき止めて巨大な溜《た》め池となし、亀有より下流の隅田川は廃川となってここも干拓された。江戸を直接縦断して江戸湾に流れ込む川筋は入間川《いるまがわ》だけとなって、流水量が減り、陸地が露出して江戸湾が城から一段と遠のいた。結果として江戸の城下町形成にも利便をもたらすことになった。

朝鮮出兵の間隙《かんげき》を突いて能蔵が敢行した利根川の瀬替え工事が完了したのは、文禄三年（一五九四）のことだった。家康の財政基盤は荒涼とした坂東《ばんどう》の地でも着々と固められていた。伊奈能蔵忠次《ただつぐ》もこの年四十五歳を数えていた。

六

文禄五年（一五九六）閏《うるう》七月十三日夜半、近畿一帯は時ならぬ地鳴りの響きに眠りを破られた。激しい揺れが繰り返し押し寄せ、京都の上京《かみぎょう》から下京《しもぎょう》にかけての町家が次々と崩れ落ちた。東寺《とうじ》や天龍寺《てんりゅうじ》はひどく破損し、秀吉が十年の歳月と莫大《ばくだい》な費用をかけやっと完成した方広寺《ほうこうじ》の大仏は大破した。

天正十六年（一五八八）秀吉は「刀狩令」を発し、諸国の百姓に刀や槍、鉄砲など、すべての武器を差し出させ、これらを鋳潰《いつぶ》して方広寺の大仏を鋳造し、万民の利生《りしょう》を図るのだと語った。だが、この大仏は金属製ではなく、漆で塗り固めた乾漆《かんしつ》の像だった。大仏殿はほとんど無傷で建っていたが、大仏像は激しい揺れに手の施しようがないほど割れ崩れた。

最も被害が甚大《じんだい》だったのは、秀吉自らが隠居所として建てたばかりの伏見城だった。朝鮮に渡海しなかった家康始め諸大名がこぞって勢力を注いだ伏見城は、天守を始め各城門や櫓《やぐら》がことごとく崩壊し、秀吉は無事だったものの、女房と侍女の五百七十余人が倒壊した建物の下敷きとなって死亡した。激震は数ヶ月続き、伏見に設けられた諸大名屋敷の倒壊もはなはだしく、そこでも多数の死傷者を出した。

秀吉が権力の座についてから十年余、不思議なほど大震災に見舞われるようになった。秀吉が関白となった天正十三年（一五八六）十一月二十九日夜半、大地震は中部から近畿一帯にかけて起こった。美《み》濃《の》大垣《おおがき》城は、全壊したばかりか出火によって跡形もなく焼失した。近江《おうみ》長浜《ながはま》城も大半が崩壊し、城主山内一豊《やまうちかずとよ》の娘も下敷きとなって死亡した。伊勢《いせ》長島《ながしま》は町家が泥土に飲み込まれ手のつけようがなかった。飛騨《ひだ》白川《しらかわ》では大規模な山崩れが起き、帰雲城《かえりくも》は一瞬にして埋《うず》もれ城主内《うち》ヶ島《しま》氏以下家臣の五百人が土砂の下で犠牲となった。越中高岡《えっちゅうたかおか》にほど近い木舟《きぶね》城も崩壊し、城主前田秀継《ひでつぐ》と正室が圧死した。技術の粋と財力を注いだ城郭すらひとたまりもなかったのだから、城下の侍屋敷や民家などは語る術もない惨状だった。

畿内大震災の前にも天変が現われ、人々は不安を募らせていた。

文禄五年七月二十日、京都と伏見一帯に半日もの間、灰が降り続けた。樹木や家々の屋根は灰土で覆われ真っ白となった。堺や大坂には朱色を帯びた砂が降り、まもなくして老人の白髪に似た毛が空から舞い降りてきた。白毛は、髪の毛よりも軟らかで火にくべても悪臭はなかった。

天から土や毛が降ったりすることは、唐土においても民衆が苛政にさらされ疲弊した時代に起こった。悪政で名高い殷《いん》の紂王《ちゅうおう》の時、やはり天から土が降り国が滅んだ。また、隋《ずい》の文帝《ぶんてい》時代、天から毛が降り、その月に劉昉《りゅうほう》が謀叛を起こし誅伐《ちゅうばつ》された。翌年、文帝は十万人を徴発して長城を築いた。揚州《ようしゅう》では山を崩して運河を掘削させた。それらによる民の疲弊が、隋朝の滅亡を早めた。

厳しい検地と、朝鮮出兵や伏見城の普請《ふしん》などに駆り出され諸国の百姓衆は労苦が絶えず、前年には関白秀次が謀叛により自害させられていた。天変の奇異は、いよいよ豊臣氏が滅ぶ前兆として民衆には受け取られた。

七

大地震による伏見城崩壊の話が長崎へ届く前の閏《うるう》七月十二日、九州でも豊後府内《ふない》を中心に大地震と津波が押し寄せた。別府湾が大津波に襲われ沖浜《おきのはま》では家ごと人々が飲み込まれた。地震の変動によって瓜生島《うりゅうじま》が海中へ没したと伝えられた。

建物の倒壊こそなかったものの同日長崎も激しい揺れに見舞われた。沢瀬甚五郎の見世から五丁ほど離れた聖ラザロ教会には、大勢の者が避難のため駆け込んだ。

この教会には昨冬フランシスコ会のバウチスタとヘロニモ両神父が到来して、貴賤《きせん》を問わず大勢の人々が彼らの説教を聞くために日頃から訪れていた。粗末な茶褐色の麻衣《あさごろも》をまとい、裸足《はだし》で歩く痩《や》せたその姿を甚五郎も二三度見かけていた。キリシタンではない者も、思わず立ち止まって彼らに両手を合わせていた。教会に併設されている病院で、家族にも見捨てられた難病人たちの看護に彼らが当たっているという話は常々耳にしていた。かつてマニラでも、フランシスコ会のガルシア修道士が、日本人町ディラオの郊外に建てられた病院で看護に当たっていた光景と全く同じことが長崎でも行われていた。

景轍玄蘇《けいてつげんそ》など日本の高名な僧侶《そうりょ》が秀吉や諸大名の手先となって朝鮮に渡り、イエズス会のセスペデス神父が長崎から小西行長の朝鮮熊川《ゆうせん》城へ派遣されたという話も聞いていた。秀吉が朝鮮へ出兵して以来、多くの民が困窮に追いやられ、病も蔓延《まんえん》して満足な治療さえなされずにいる時に、マニラからやって来た二人の神父が率先してその救済に献身する姿に、キリシタンとは関わりを持たない多くの人々も感銘を受けていた。

この文禄五年の夏、菜屋の各船はマニラから無事に航海を果たし、助左衛門の船と櫛橋次兵衛《くしはしじひょうえ》船、佐源太《さげんた》ら種子島衆の船、それぞれが百八十キンタル（約十トン）の水銀を運んできた。甚五郎は長崎へ来航したポルトガル船からも同量の水銀を買いつけ、合わせて七百二十キンタル（約四十トン）の水銀を伊豆下田へ送った。これらの水銀が、仏具などの鍍金には用いられず、伊豆の金山で精錬に使われていることなど、関八州を自領とする家康さえ知らなかった。

大久保長安《ながやす》が考案した「直山《じきやま》制」は、領主が山師に食糧と燃料、道具を支給し、代わりに産出した金銀の五割から二割五分を鉱脈の規模に応じて領主に貢納させるというやり方だった。家康に上納する産出金の量は同じでも、従来の灰吹《はいふき》法などによる精錬より輸入した水銀を用いるほうがはるかに安上がりなため、その差益分までが下田城の戸田尊次《たかつぐ》にそのまま収益として入ることになっていた。戸田尊次からは、「多ければ多いほど結構」と水銀の注文を受けていた。だが、どこで秀吉の目が注がれているかわかったものではなかった。怪しまれずに運び込める水銀の量は、これぐらいが限度だろうと甚五郎は思った。

鉄や火薬、火薬原料の硝石、船の索具に用いられる麻がマニラでは入手しにくいため、現地のイスパニア人たちに特に歓迎された。停戦によって大量に国内で放出されたそれらを甚五郎は博多で買い集め、堺に送っておいた。昨冬、マニラへ戻る際に菜屋助左衛門らは船にそれを積み込み、イスパニア人に売りさばいた。

助左衛門は、この夏マニラから一万斤の白糸を堺へ運び、代官の石田正澄《まさずみ》にすべて売り渡した。秀吉からの許可を得ての運び入れだったが、一部の堺商人から予想以上に反発が強かったと聞いた。確かに小西行長にしろ堺のキリシタンは、ポルトガル系イエズス会の宣教師に洗礼を受けていた。伊予屋《いよや》始め有力な堺商人も、長崎へ出店を設けてポルトガル船がマカオから運んでくる白糸を買いつけていた。新たにフィリピン経由で安価な明国産白糸が堺へ輸入されれば、彼らが面白くないのは当然のことだった。

もっとも堺商人も様々で、太平洋を越え直接ノビスパニア（メキシコ）のイスパニア人と交易をやろうとする豪胆な者もすでに現れていた。堺屋などは前年に安価な銀を買うためにアカプルコへ向けて船を出したとの話も聞いていた。もちろん石田正澄を通して秀吉の許可を得ての話であり、ポルトガル人の日本市場独占を牽制するためイスパニア貿易を導入しようという秀吉の意図に沿ったものだった。

フランシスコ会のバウチスタ神父が、長崎滞在わずか一年ほどで京都へ戻ることになったと聞いた。イスパニア系フランシスコ会士の評判が高まるにつれ、彼らに対するポルトガル系イエズス会の圧力が強まった。イスパニアの貿易圏がマニラから長崎に及ぶことを、イエズス会のポルトガル人やイタリア人宣教師が恐れたものだろうと思われた。日本におけるイエズス会の活動資金はマカオからのポルトガル貿易に依存していた。

文禄二年（一五九三）六月にフィリピン使節としてバウチスタ神父らが到来して以来、危機を感じたイエズス会のオルガンチーノ老神父らが、京都を始め畿内各地でイスパニア人による武力侵略の脅威を喧伝《けんでん》し始めた。長崎でもバウチスタとヘロニモ両神父が来て以来、イエズス会士によって盛んにそれは語られていた。朝鮮出兵による搾取で民は疲弊し、九州を中心に渡海した諸大名と兵は十五万人余となっており、この間隙《かんげき》を突いて強力なイスパニア軍がマニラから襲来するという噂は、妙に現実味を帯びていた。

だが、マニラ城内に在住するイスパニア人は、百五十軒ほどの家に老若男女合わせて千三百人ほどがいるだけだった。戦える男はせいぜい五、六百人ぐらいなものだった。周囲には一万人を超える明国からの唐人商らが住み、マニラ城は高い城壁と大砲で防備こそ固めていたものの、現実の問題として、マニラからイスパニア人が来航し日本へ武力侵略することは不可能だと甚五郎には思われた。

小人《しょうじん》によって事実が歪《ゆが》めて語られれば、言葉は独り歩きし、何か困難な事態が生じた時に対処の仕様がなくなる。バウチスタ神父が、イエズス会士の流言によって長崎から退去せざるをえなくなった。このことがキリシタンに暗雲をもたらすような予感が甚五郎の内をよぎった。

文禄五年（一五九六）陰暦七月

一

七月二十日、十二艘《そう》の小船に曳航《えいこう》されポルトガル船が夏の陽光を浴びて長崎に入港した。すでに大波止《おおはと》は常に見ないほどの人だかりで埋められ、その中にはペドロ・ゴメスらイエズス会の幹部宣教師ばかりか、ポルトガル貿易を掌握する内町年寄の高木作右衛門《さくえもん》、高島良悦《りょうえつ》らの顔もあった。見張り台のついた巨大な三本帆柱と黒い船体、舳先《へさき》に高い甲板を備え、船尾には一段と高い楼閣《ろうかく》を築いたこの船が大波止に近づくにつれ、大きな歓声とともに様々な色の花と花びらが盛大に海へまかれた。

この日迎えられたのは、ペドロ・マルチンスというポルトガル人のイエズス会司祭だった。彼は司祭たちを統括する「司教」に任命され、日本教区の長としてマカオから到来した。

このポルトガル船「サン・アントニオ」には、日本イエズス会のポルトガル人とイタリア人会士が待望するもう一人の人物が乗り合わせていた。「ツヅ(通詞)」の異称を持つジョアン・ロドリゲスだった。

ジョアン・ロドリゲスは、ポルトガルのセルナンセレに生まれ、満三十五歳を迎えていた。二年前マカオに出向き司祭の叙階を受けて、このたび再び来日したものだった。

「ツヅ」ジョアンは満十九歳の時、豊後《ぶんご》府内でイエズス会に入り、府内コレジオの第一期生となった。十代で来日したために、ポルトガル人とは思われないほど自然な日本語を使えた。遣欧少年使節が帰還した時、巡察使バリニャーノの通訳として、ジョアンは秀吉と出会うことになった。秀吉は、日本語で自在に意思の疎通《そつう》が出来るこのポルトガル人がすっかり気に入り、以来側近のごとく遇した。

「ツヅ」ジョアンが、司祭に叙せられるためにマカオへ発《た》ってからこの二年、日本イエズス会にとって何よりの変化は、バウチスタ神父らイスパニア系修道会フランシスコ会士の到来だった。すでに日本に滞在するフランシスコ会士は八人を数え、京都を拠点とし、長崎においても聖ラザロ教会で積極的な布教活動を行っていた。ポルトガル系イエズス会が苦境にさらされた時に、秀吉が無条件で信頼する「ツヅ」ジョアンが帰って来た。日本司教が初めて日本の土を踏むことに加え、「ツヅ」ジョアンの帰還は、イエズス会のポルトガル人とイタリア人会士にとって心強い加勢が一挙に到来したようなものだった。

マルチンス司教は、秀吉との謁見《えっけん》を求めて、早速「ツヅ」ジョアンを伏見城に送ることにした。ジョアンもまた、イスパニア系修道会の日本進出は、イスパニア貿易船の導入を意味し、イエズス会の布教活動に大きな障害となることを知っていた。

沢瀬甚五郎は、司教マルチンスと「ツヅ」ジョアンの長崎到着の話を聞いた時に、キリシタン修道会の背後にうごめくポルトガルとイスパニア両国の貿易圏争奪が、より一層過熱することを強く危惧《きぐ》した。果たして、翌月の閏七月十二日、マルチンス司教は、長崎でイスパニア系修道会フランシスコ会士を日本からすべて追放すると宣言した。表向きには「フランシスコ会士がイエズス会の人々に適応しない」というあいまいな理由だったが、日本におけるイスパニア系修道会の布教活動はイスパニア貿易圏の拡大を意味し、マカオと長崎間のポルトガル貿易が脅《おびや》かされることを懸念《けねん》したというのが本当の理由だと思われた。

甚五郎が長崎市外の上町《うわまち》に見世を構えて三年になろうとしていた。見世近くに家宅も設け、妻の綸《りん》と娘の絢《けん》も長崎に移り住んで二年が過ぎた。

この年は七月が二度続く閏年《うるうどし》で、いつまでも止《や》まない余震に人々は怯《おび》え、強い揺れに見舞われるごとに今度は長崎へ大津波が押し寄せるのではないかと、人々が青ざめた顔で丘の高みへ駆け出すことが繰り返された。人知をはるかに超えた自然の脅威は、人間の驕慢《きょうまん》を戒める神の怒りとして受け取られた。

住民のほとんどがキリシタン宗を信奉するはずの各町の木戸には、斎竹《いみだけ》が飾られ、家々の軒先には奉燈《ほうとう》の提灯《ちょうちん》が下げられた。神輿《みこし》を渡し神楽所《かぐらどころ》を設けて鉦《かね》や太鼓を打ち鳴らす音が終日響いた。夕刻には松明《たいまつ》を手にした人々が山を目指し、闇《やみ》がおりると四方の山頂から炬火《きょか》が輝きだした。

ポルトガル貿易はイエズス会の宣教師がその仲介に当たっていた。マカオから運ばれてくる生糸を始めとする品々を長崎の日本人が買い入れる際には、キリシタンとなって宣教師との結びつきを強くしようとするのは当然のなりゆきだった。もっとも洗礼を受け改宗はしたものの、あくまでも世渡りの手段としてのキリシタンであり、聖祭に集い宣教師の説教を聞くのも、極めて世俗的な思惑がそこには潜んでいた。天変地異による強い不安に襲われた時、長崎住民の多くが、いにしえからの神頼みに立ち帰っていた。

キリシタン宗を信奉する人々は、蠟燭《ろうそく》を手にして再建された教会に向かった。甚五郎の見世のある上町から浦上に向かう道筋に五丁ほど離れて聖ラザロ教会があった。先にフィリピン総督使節として来日し、長崎で信望を集めていたバウチスタ神父は、前年の冬に京都へ戻っていた。バウチスタ神父は長崎を去ったが、四人のフランシスコ会士が長崎に住んでいた。リバデネイラ、アウグスチン、バルトロメ、ヘススの神父たちだった。常に麻の修道衣に裸足《はだし》の彼らは、聖ラザロ教会で布教活動にいそしむかたわら、附属する病院では難病に苦しむ人々を献身的に看病していた。

これまで目にしていたイエズス会の神父たちは、ポルトガル貿易などを仲介して金糸の刺繡《ししゅう》や宝石をちりばめた衣装をまとい、世俗の生臭さを漂わせていた。清貧と謙虚とを旨《むね》とするイスパニア系修道会の神父たちは、貴賤《きせん》を問わず多くの信徒を集めた。彼らはその日常生活における質素さと実践ゆえに、困窮する者たちから特に信望を寄せられていた。

バウチスタ神父が到来して以来、聖ラザロ教会では女性信者が説教を聞くことを黙認していた。お綸は「ヨハンナ」の洗礼名を持っていた。余震の続く閏七月末、近所の女性信者たちが聖ラザロ教会へ行くのに誘われ、お綸も一緒に出かけた。

その日説教台に立ったフランシスコ会の神父は、天変地異に青ざめ強張《こわば》った顔の人々へキリストの言葉で教え諭《さと》した。

「明日のことまで思い悩むな。明日は明日が自ら思い悩む。その日の労苦はその一日だけで足りる」

お綸からその一節を聞いた時、甚五郎は確かにこの時節に語られるべき言葉だとは思ったが、教会に集った人々の不安がそれで消えるとは思われなかった。

イエズス会士にしろフランシスコ会士にしろ、南欧から渡来した宣教師たちは、日本人一般の神に対する思いというものが、彼らの説いている神とはかなり隔たったものであることに気づいていないように思われた。

寺社への「お百度参り」、あるいは「塩断ち」のごとく、日本人には「熱心に祈願すれば、神仏はそれに善き結果で必ず応《こた》えてくれるもの」という思い込みが根強かった。すべて神の心にまかせ、たとえ悪い結果でも神の意志としてそのまま受け入れるというキリシタンの覚悟までは、そう簡単に身につくものではなかった。願いをかなえてくれない神は見向きもされなくなり、日本人に棄《す》てられてしまう。

二

八月一日、古来この「八朔《はっさく》」は死霊《しりょう》が甦《よみが》える日とされていた。晴天の真昼、急に薄暗くなったかと思うと奇妙な叫び声が方々から聞こえた。甚五郎が上町の見世から表へ出てみると、道行く人々が薄闇の中で立ち尽くし、空を見上げていた。太陽が闇に隠れようとしていた。やがてとうとう太陽は闇に覆《おお》われ夜となった。しばらくして太陽は少しずつ元に戻り、秋晴れの陽差しが、入り江も、対岸内町の家並をも元のように照らし出した。だが、人々の顔は青ざめたまま、皆その場から動こうとはしなかった。中にはへたり込んでしまう者もいた。

白昼に太陽が隠れるという天変が起こった。これまで見聞きしたことのないほどの大地震が襲来し、別府の海に没したという島のように、何もかもが跡形もなく水中に消えてしまうのではないか。人々は顔を合わせればそのことばかりを口にした。

太陽が消えた八朔を過ぎて間もなく、小西行長が早船を仕立て長崎に到来した。行長は明の冊封《さくほう》使節と対馬へ着き、マルチンス司教の長崎到着を聞きつけて急遽《きゅうきょ》訪れたものだった。キリシタンとして日本司教から祝福を受けるためだけに、わざわざ行長が長崎まで来るはずがなかった。行長は、内藤如安を通じ明国皇帝へ九州を中心とした貿易と海上交通の掌握を願い出ていた。イスパニア系修道会の日本布教によってイスパニア貿易圏が日本に及ぶことを危惧するマルチンス司教に、以後もイエズス会を支援し、あくまでもポルトガル貿易重視の意志を伝えるためだろうと甚五郎には思われた。それにしても、この時期に行長が明国冊封使節団から離れ、単身長崎に足を運ぶとは意外だった。明国冊封使が来たことで講和が成立するものと、行長は安易な算段をしているようだった。

甚五郎のもとには博多の嶋井宗室から芳《かんば》しくない報《しら》せが届いていた。閏七月十日に対馬へ到着した朝鮮使節団三百余名には、「太閤《たいこう》殿下が人質《にゅうじち》を求めた朝鮮王子も、それに相当する人物の姿もない」とのことだった。このたびの単なる親善使節に、朝鮮国王が差し出すはずのない王子が同行していないのは当然だった。王子に代わる何らかの人質を小西行長と明国側が作り出さなくては、決定的な破局をもたらしかねないと宗室は憂慮していた。

先の閏七月十三日の畿内大地震で崩壊したなかに、伏見城に併設された千畳敷きの迎賓館があった。これは明国冊封使を迎えると同時に、人質となって来日するだろう朝鮮王子を迎えるためのものだった。

秀吉は、これまで人質というものを敵の大名が服属の意志を表明する重要な証《あかし》として取りわけ重視した。そして、秀吉は自らに服従の意志を示した敵が人質を差し出せば、ことのほか丁重に扱った。かつて家康が人質として送ってきた次男の於義丸《おぎまる》に、烏帽子《えぼし》親となって自ら名の一字を与えて羽柴秀康《ひでやす》と名乗らせ、わざわざ家康本貫《ほんがん》地ゆかりの受領名《ずりょうめい》「三河守」を許すほどの気づかいを見せた。秀康は、秀吉と家康との主従関係の証左であるのだから、もし秀康の身に何か起これぱその関係も反古《ほご》となるゆえだった。

このたびの講和条件で朝鮮国王に人質を求めたのは、天正十八年（一五九〇）に聚《じゅ》楽第《らくてい》にて秀吉が引見した朝鮮使節の服属の意志を追認するためのものだった。自らに服属しておきながら、いざ明国征伐の段になれば、出兵を拒むどころかしきりに抵抗を示した朝鮮の裏切りを赦《ゆる》す意味でも、朝鮮王子は欠くことのできないもののはずだった。果たして、朝鮮王子に匹敵する人物の人質がなくても秀吉が講和など受け入れるものかどうか、嶋井宗室がわざわざ甚五郎へ報せてきたように、はなはだ懸念されるのはそこだった。

三

八月二十七日、四国土佐の浦戸《うらど》湾内に、これまで漁民たちの目にしたことのない小山のような船影が夕陽を浴びて現われた。

主帆柱が折れ、舵《かじ》を失ったこのガレオン船は「サン・フェリーペ」と言い、六月半ばフィリピンのマニラ湾カビテ港を出航し、ノビスパニアのアカプルコを目指した。大量の金と磁器、生糸と絹織物、珊瑚《さんご》、木綿布、丁子《ちょうじ》や胡椒《こしょう》などの船荷を満載したこの船は、マニラ湾を出ると黒潮に乗って北緯三十五度付近まで北東に針路を採り、そこで得られる西風を使って太平洋を横断することになっていた。

日本の近海まで北上したサン・フェリーペは、この時期頻繁に発生する颶風《ぐふう》に三度翻弄《ほんろう》された。舵が折れ、打ち込まれた波に羅針盤もさらわれ、主檣《しゅしょう》まで折られて自力での航行は不能となった。司令官ランデーチョは、ともかく最も近い日本に漂着するしかないと判断した。乗船者も多く失ったが、二百三十三人が生存していた。その中にはイスパニア系修道会のアウグスチノ会士四名、ドミニコ会士一名、そしてフランシスコ会士二名が含まれていた。浦戸の湾内は水深が浅く座礁《ざしょう》する危険が高いため、翌朝の満潮を期して投錨《とうびょう》できる港へ移動することにし、乗員はとりあえず砂州に上陸してその夜を明かした。

翌二十八日、南蛮船漂着の報を受けた土佐浦戸城主長宗我部《ちょうそかべ》元親《もとちか》は、浦戸湾の近村から二百五十艘の小舟を集め、それに曳航させて城下に近い湾口の長浜《ながはま》港へ投錨させようとした。満潮にはなったがガレオン船が移動するだけの水深がなく、強引に曳航すれば船体が損傷する危険が高かった。幸いサン・フェリーペにはディラオの日本人が一人乗っていた。孝次郎というこの日本人キリシタンも、マニラの唐人市場で仕入れた磁器や絹織物をノビスパニアのイスパニア人に売るためこの船に乗り合わせていた。

ランデーチョは、孝次郎を通訳にして、湾内への曳航を取りやめ、小舟でまず船荷の陸揚げをさせてくれるよう申し入れた。それに対して長宗我部は「太閤様の許可がなければ水夫《かこ》の宿泊や荷揚げはできない」と繰り返すだけだった。長宗我部はどうしても浦戸城近くの港へ船を引き入れたいらしく、ランデーチョは領主の意志に従うしかなかった。

果たして、曳航を開始してまもなくサン・フェリーペの船底が岩礁に乗り上げた。それでも、おびただしい数の小舟で強引に曳《ひ》っ張《ぱ》ろうとしたため、竜骨の基底材が折れ船体が裂ける事態となった。船艙《せんそう》にあった船荷は次々と流れ出し、浦戸湾内の三、四里にわたって高価な船荷が梱包《こんぽう》されたまま浮かぶことになった。漁民たちは競うようにしてそれらを小舟に拾い上げては持ち去った。

その夜サン・フェリーペの乗員二百三十三名は座礁した海岸に上陸し、警固の兵に囲まれ一夜を明かした。長宗我部からは、白米五十俵と酒樽《さかだる》十五が給付された。

九月一日には、湾口の長浜に宿舎をあてがわれた。六つの部屋と蔵のある家だった。何を訊《き》いても求めても、長宗我部家臣からは「太閤様の許可が下りるまでは」ばかりが返ってきた。ランデーチョ司令官は、ともかくも船体の修理許可と乗員の保護を秀吉に願い出る必要に迫られた。「太閤様」のいるという京都には、先にフィリピン総督使節として来日したバウチスタ神父らが教会を建て滞在しているはずだった。バウチスタ神父を通じて秀吉に許可と保護を求めるため、フランシスコ会士のファン・ポーブレ神父とフェリーペ修道士、それに数名の乗組員とに、高価な進物を持たせ上京させることにした。

四

八月十八日、楊方亭《ようほうこう》の明国冊封使節から遅れること一月余、黄慎《こうしん》を正使とする朝鮮国使節団三百九名が堺へやっと到着した。そこには秀吉が人質として来日を求めた朝鮮王子の姿も、高官の姿もなかった。

秀吉が千畳敷きの迎賓所を設けたのは伏見城ばかりではなかった。大坂城にも本丸表御殿の対面所を改築して千畳敷の間を造っていた。敷地が足りず石垣から外の空堀《からぼり》にまではみ出した部分は、縁《えん》の下に柱を林立させて支える懸《かけ》造りと呼ぶ工法を使った。空堀を隔てて千畳敷の向かいに能舞台を築き、伏見城と同じく彫刻や彩色を施された橋が堀の上に渡された。伏見城と大坂城の、いずれの千畳敷も、単に明国冊封使との対面所であるばかりでなく、人質するはずの朝鮮王子を迎えるためだった。しかし、大坂城の千畳敷も畿内の大地震によってあえなく崩壊した。

堺に到着した朝鮮使節が王子を伴っていないことを知った秀吉は、ひどく機嫌をそこねた。捕虜とした王子二人を返し、また自らの版図である朝鮮八道のうち北部四道を朝鮮国王に給付した。国王はそれに対して謝恩と更《あらた》めて服属の意を示すべきだと秀吉は考えていた。朝鮮国王の意志を具体的に表すための王子入質である。ところが朝鮮使節は王子を連れてきていないという。小西行長は、朝鮮からの入質が講和成立において不可欠な条件であることは解っていた。明国側の沈惟敬《しんいけい》に交渉させてはみたが、朝鮮国王が応じるはずがなかった。当初は親善使節を送ることとさえ難しかった。

王子の入質がないということは、朝鮮国王が秀吉に対して何の恩義も感じておらず、服属の意志など一切ないと通告したも同然だった。秀吉は、明国冊封使との対面はするが、朝鮮使節とは断じて会わないと行長に告げた。黄慎ら朝鮮使節は、武装した兵に囲まれ、厳しい監視のもと、あてがわれた寺で軟禁された。

九月一日、秀吉は大坂城の本丸表御殿を急遽修築させ、明国冊封使との対面所を設けた。小西行長の先導で冊封正使の楊方亨、副使の沈惟敬が対面所へ入った。沈惟敬は「日本国王」の金印と赤色の冠服とを携えていた。

対面所は以前のように三室の襖《ふすま》を取り払い、敷居で分けられていた。「東奥の間」が秀吉のための上座で、敷居を隔てた「次の間」と「西の間」に大名諸侯がその地位にしたがって位置する仕来《しきた》りとなっていた。すでに対面所の「次の間」には、徳川家康以下、宇喜多秀家、前田利家、毛利輝元らが列席していた。「東奥の間」の北側には「上段の間」が設けられ、一段高くなったその部屋には押板《おしいた》、違い棚、帳台構えなどの座敷飾りが造られていた。普段は使われることがなく、常に閉じられていた「上段の間」の襖がこの日は取り払われ、御簾《みす》が四分の一ほど下ろされていた。

　家康のちょうど対面に小西行長、次に宗義智《そうよしとし》、そして楊方亭と沈惟敬が庭を背にして座した。明国皇帝の遣わした正使も、東奥の「上段の間」には金印と冠服を献上する時以外には踏み入ることが許されなかった。

　金箔《きんぱく》の上に濃彩《のうさい》で松を描いた「上段の間」の、左手に位置する襖が開かれ、秀吉が太刀と腰刀《ようとう》持ちの近侍《きんじ》二人を伴って御簾の内に現われた。「次の間」にいた家康以下の大名が一斉に頭《ず》を低くしたのに合わせ、明国冊封使二人もひれ伏した。

　秀吉が顔を上げることを許し、冊封使二人に慰労の言葉をかけた。

　続いて行長が「大明《たいみん》の聘使《へいし》、慎みてその礼を行うべし」との声を発した。沈惟敬が金印と冠服を両手に捧《ささ》げ持ち、擦《す》り膝《ひざ》で上座に進み入ると、秀吉にそれを献上した。

　料理の間《ま》に座を移しての饗応《きょうおう》には諸侯諸臣が参列し、盛大を極めた。猿楽《さるがく》が催され、秀吉は楊方亭と沈惟敬に黄金の盃《さかずき》を授け、二人の冊封使は秀吉から注がれるままに酒を拝受した。秀吉を日本国王に封ずる儀式は滞りなく終了した。

　九月四日、秀吉は信任する前田玄以《げんい》ら僧籍にある三名を堺の冊封使宿館に遣わした。ほかに何か望みがあれば書状にて上申せよとの玄以の言葉に、沈惟敬は『朝鮮の陣営を取り毀《こぼ》ち、戍兵《じゅへい》を退去せしめんことを請《こ》う』と記した。すなわち朝鮮からの撤兵を秀吉に要求した。

沈惟敬の書状を目にした秀吉は、憤怒《ふんぬ》をあらわにし明国冊封使の非礼を罵《のの》り始めた。秀吉にしてみれば、朝鮮国はとうに自らの領土である。そこに自軍の兵を配するのは当然のことであり、明国などに干渉されるいわれは一切なかった。

秀吉が求めているのは明国との講和による勘合貿易の復活であり、あえて冊封を受け入れたのも、その形式を整える必要からに過ぎなかった。ところが、明国冊封使による撤兵要求は、明国もまた秀吉の朝鮮支配を全く是認しないことを伝えたも同然だった。

逆上した秀吉は、堺の寺に留めおいた朝鮮使節を即座に誅伐《ちゅうばつ》するよう命じた。

「これまで他国より遣わされてきた使節を誅戮《ちゅうりく》したという前例はありません。それだけはどうかご寛恕《かんじょ》を」と前田玄以がなだめ、何とか黄慎ら朝鮮使節の殺害だけはまぬがれさせた。

「明使はこれ以上留まっていても何の益もない。明日、船に乗せて発《た》たせよ。朝鮮の使臣も即刻日本から送り返せ」秀吉は憤然とした表情でそう玄以に告げた。

ここに明国との講和交渉は決裂した。秀吉の怒りは、当然のことながら朝鮮国王に向けられていた。再びの朝鮮侵攻は避けられないことは誰の目にも明らかだった。

五

長崎は新しく開かれた港にもかかわらず、日本国内ばかりか海外の情報までがすぐに届く不思議な場所だった。特に海外貿易がらみの報せは、どこよりも敏感に船を通じて届けられた。

イスパニア船の土佐浦戸漂着の報せは、九月に入って間もなく長崎へ届いた。ノビスパニアを目指して北上中に日本近海で颶風と遭遇し、舵と帆柱を失って土佐へ漂着したのだという。マニラとアカプルコ間を航行するのは巨大なガレオン船で、呂宋《ルソン》島の金や唐人市場から仕入れた生糸・絹織物・磁器など高価な荷を満載しているはずだった。二百数十名が船に生存しているとの話も届いた。

九月四日、長宗我部元親から秀吉のもとに「南蛮船浦戸漂着」の急報がもたらされた。司令官始め二百三十三人の生存者がいること、高価な積荷を満載していること、船は自力航行が不可能な状態であることが伝えられた。

明国冊封使より朝鮮からの撤兵を求められ、自尊心を深く傷つけられた秀吉はろくに眠れず、やり場がない怒りをそのまま抱えていた。しかも、二年ぶりに日本へ帰って来た「ツヅ」ジョアンから、イスパニア系修道会のフランシスコ会士は日本から追放すべきであるとの進言を受けていた。イスパニア人は、海賊のような者たちで、ノビスパニアやペルー、そしてフィリピンを征服する時に、まずフランシスコ会士をその地に送り込み、その地の人々の心をまず奪い、それから武力侵略を開始したという。

フランシスコ会士が、京都と長崎で信者を集め盛んに布教活動をしていることも、「ツヅ」ジョアンから秀吉は初めて知らされた。秀吉は、即座に増田長盛を土佐国浦戸へ派遣することを決め、同時に漂着したイスパニア船の乗船者を漏らさず調べ上げ、その船荷をすべて没収することを命じた。漂着したイスパニア船は、日本侵略を企て、マニラからイスパニア軍を送る時のために日本沿岸の測量をする目的で来たのだと秀吉は即断した。

九月十日、浦戸の漂着船司令官から派遣されたフランシスコ会士のファン・ポーブレ神父とフェリーペ修道士、そして数名の乗組員は、バウチスタ神父らの建てた京都の教会にたどり着いた。彼らは、バウチスタ神父を通じて船体修理と人命、積荷の保護を秀吉に嘆願するという使命を帯びていた。

三年前にバウチスタ神父らがフィリピン総督使節として来日した際、秀吉はフィリピン総督への返信に、『貴地より来る者は、海陸ともに安全に来たるべく、これに何らの害を加えず、携えた物を奪うようなことはせぬ』と明記させた。そしてその秀吉の親書が、無事にフィリピン総督へ届けられたこともバウチスタ神父は聞いていた。来日以来、バウチスタ神父は秀吉から迫害されるようなことは一度もなかった。そればかりか、困窮した彼らに土地を与え教会を建てることを秀吉は許可した。むしろフランシスコ会士を敵視し布教活動を執拗《しつよう》に妨害して日本から追放しようとしてきたのは、イエズス会のオルガンチーノ老神父らの方だった。

バウチスタ神父はファン・ポーブレ神父と乗組員らの訴えを受け、これまで好意を持って尽力してくれた前田玄以を通じて進物を秀吉に捧げ、船体修理と人命、積荷の保護を求めることにした。

ところが、前田玄以の反応は以前とは違って全く不自然なものだった。

「殿下は、今とてもそんな話を聞き入れる状態にない」と玄以は言い、バウチスタ神父が求めた秀吉との謁見も「とても無理だ」と首を横に振るばかりだった。玄以はそれ以上語らなかったが、バウチスタ神父はこれまで再三行われてきたように、イエズス会士からの誹謗《ひぼう》中傷が秀吉の耳にまで達しているのを感じとった。ポルトガル貿易を守るために、イスパニア系修道会の日本における布教活動を最も嫌っていたのは、日本人ではなく彼らイエズス会のポルトガル人とイタリア人会士だった。

九月十六日、増田長盛は、秀吉から積荷没収と乗員の調査を厳命され、二百名の兵を引き連れて大坂を発ち、土佐の浦戸へと向かった。

九月十七日、浦戸の民家に収容されていたランデーチョ司令官は、警固に当たっていた長宗我部の家臣から凶報をもたらされた。「太閤殿下が、船に積んである荷を没収するため、都から奉行を派遣してくる」という。

秀吉の保護を求めて京都へ送り出したフランシスコ会士二名と乗組員からは、以後何の連絡もないままだった。サン・フェリーペで漂着した乗員たちは、彼らの目には家畜小屋同然のあばら家に押し込められ、少量の米と塩辛い汁という粗末な食事を与えられていた。船に残っていた積荷は収容された民家の蔵に収められた。座礁した際に流出した積荷は、長宗我部元親がすべて漁民から回収したのだったが、小さな蔵では収め切れず、雨ざらしのまま放置され損傷がひどかった。京都で何が起こっているのか見当がつかないまま、長く苦しい時ばかりが過ぎていった。

それから数日して、京都へ向かったファン・ポーブレ神父と乗組員が浦戸へ戻ってきた。彼らもまた、浦戸に残っていたランデーチョ司令官らに、秀吉が積荷を没収するため奉行を差し向けたことを伝えた。秀吉はバウチスタ神父が求めた謁見を許さず、進物も受け取らなかった。漂着したサン・フェリーペの乗組員と乗船者は処刑されるとの噂《うわさ》もあり、ファン・ポーブレ神父はともに京都へ向かった若いノビスパニア人のフェリーペ修道士は京都のバウチスタ神父の所に残してきたと語った。

九月二十二日、秀吉が遣わした増田長盛が三百の兵を連れて浦戸湾の長浜へやって来た。増田は、「携えている文書類はすべて差し出せ。漂着船生存者の名簿と積荷目録を作る」とランデーチョ司令官に告げた。

名簿作成に当たって、増田は二百三十人余の乗組員と乗船者を、召使いの果てまで一人残らず登記した。この時、浦戸にはフランシスコ会のファン・ポーブレ神父のほかに、アウグスチノ会士四人、ドミニコ会士一人、合わせて六名のイスパニア系修道会士がいた。彼らには船に乗り合わせた目的を執拗に尋問した。その夜、漂着船生存者が収容されている民家と蔵を囲んで頑丈な板塀が築かれ、門には番兵が配された。

二十四日、増田長盛と長宗我部元親にランデーチョ司令官が呼ばれ、司令官と書記の二名だけを残し、他の生存者は板塀の外へしばらく出ているように告げられた。板囲いの外へ出る際には、増田の家臣に一人ずつ身体を検査され所持品を調べられた。増田の家臣らが積荷に番号を付し、一つ一つ帳面に記載していった。何を訊いても満足な答えは返ってこなかった。「すべて太閤様の命令だ」という。

ランデーチョ司令官が、増田や長宗我部の不可解な行動の理由を知ったのは、二十五日になってからだった。この日、増田配下の役人たちは、乗組員と乗船者すべてに所持する金銀をすべて差し出すよう命じた。刀を抜き、隠し持っていた場合には誰であれ斬首《ざんしゅ》すると脅した。仕方なく持っていた金貨と銀貨のすべてを差し出した。

サン・フェリーペに同乗してきた日本人の孝次郎が、これまでのひどい処遇の理由を増田の家臣から聞きつけてきた。それは太閤から届いたという書状の内容だった。

『イスパニア人は海賊であり、ノビスパニア、呂宋《ルソン》、ペルーを侵略するのに、まずフランシスコ会士を送り込んでキリシタン宗を布教せしめた。サン・フェリーペ号は、日本を占領するため沿海測量するために来たのだ』

積荷と所持金の没収も、乗組員と乗船者を処刑するという噂も、それならば説明がついた。確かにサン・フェリーペは大砲を備え、ランデーチョ司令官や乗組員は剣も短銃も、鉄砲も持っていた。先年フィリピン総督だったゴメス・ダスマリーニャスが唐人水夫たちの反乱によって航海中殺害されたように、アカプルコまでの長い航海では何が起こるかわからなかった。しかも漂着船には、イスパニア系修道会士も乗り合わせていた。

「侵略の意志など全く持っていない。沿海の測量などするつもりもない。ノビスパニアのアカプルコを目指し、嵐《あらし》に三度も遭遇して舵が破壊され、羅針盤を失い、主檣を折られ、自力航海が不能となったため、やむを得ず浦戸へ漂着した」

奉行の増田と領主長宗我部へそれらのことを伝えてくれるよう、ランデーチョ司令官は孝次郎に依頼し、増田長盛へ面会を求めた。

「船体の修理さえ済めばマニラへ戻り、二度と日本には近づかない。そうはっきり伝えてくれ」そうランデーチョ司令官は増田の前で孝次郎に繰り返した。

何を語っても増田と長宗我部は聞く耳をもたなかった。長宗我部は、逆にランデーチョ司令官に訊いた。

「船にはフランシスコ会士がもう一人いたはずだが、それはどうした？」

「太閤様に船の修理と人命、積荷の保護をお願いするため都へ遣わしました」

「その者を京のどこへ向かわせた」増田長盛が問い返した。

「はい。先年フィリピン総督使節として来日したバウチスタ神父らの住む家へ」

「その者はイスパニア人か」

「いいえ、ノビスパニアの生まれで、故国へ戻るところでした」

「その者の名と年は」

「フェリーペ修道士。二十四歳になるはずです」

増田の家臣がそれを急いで帳面に記したのがわかった。

「よいか、許しを受けず、勝手に他所へ出向くことは一切禁ずる。その場合には斬《き》る」

増田長盛はランデーチョ司令官に険しい表情でそう命じた。侵略を前提とした沿岸測量のために到来したと増田や長宗我部が信じ込んでいることは間違いなかった。

九月二十七日、増田長盛は封印したサン・フェリーペの船荷を自分の船と小舟に積み込み、兵二百人とともに浦戸湾を出ていった。漂着船のランデーチョ司令官以下の者たちは、長浜の家畜小屋のようなあばら家で寒さにこごえているしかなかった。

六

九月十日、嶋井宗室からの報せが甚五郎のもとに届き、大坂城での明国との講和交渉が決裂したことを知った。やはり入質を求めた朝鮮王子が渡来しなかったことに秀吉が怒り、朝鮮の親善使節には引見すらしなかった。そのうえ、明国の冊封副使となった沈惟敬《しんいけい》が、朝鮮からの撤兵を求めたのだという。おそらく対馬の柳川調信《やながわしげのぶ》からの便りによるものだろう。間違いのない話だと思われた。

自らの版図とした朝鮮国から人質を取らず、ただ兵を撤収するなどということは、これまでの日本国内における秀吉の大名支配を、根底から揺るがせることにほかならなかった。明国にそこまで干渉されて、秀吉の怒りが収まるはずもなかった。

『明春にも、殿下様は再び朝鮮の陣へ兵を送り込むことになる』そう宗室は書いてよこした。

すでに民からは怨嗟《えんさ》の声ばかりが聞こえるようになっていた。大名衆のほとんども何の益もない朝鮮派兵に疲弊し、すっかり心は秀吉から離反していた。このまま秀吉が朝鮮に対して黙っていることは、自ら政権の崩壊を手放しで眺めているのに等しい。秀吉が起死回生を期し、求心力を再び取り戻すために朝鮮侵攻の再開を決定するに違いなかった。それに加えて、土佐の浦戸に漂着したイスパニア船も当初の予測を裏切って厄介な様相を帯びてきていた。

上京して秀吉の側にいる長崎奉行の寺沢広高から長崎代官の村山東庵に報せてきたところでは、秀吉が増田長盛を浦戸へ派遣し、イスパニア船の積荷没収を命じたという。秀吉は「京にいるポルトガル人」から「イスパニア人の日本侵略の意図」を聞きつけ、積荷没収と漂着船の人員調査を命じ、乗船していた二百三十三名は浦戸に軟禁されているらしかった。

「京都のポルトガル人」は、秀吉に「イスパニア人は、侵略する前に、まずフランシスコ会士を送り込んでキリシタン宗を布教させる」と伝えたという。イスパニア系修道会は、ドミニコ会もアウグスチノ会もマニラに教会を建てていた。ところが、わざわざ「フランシスコ会」と限定したのは、その話を秀吉へ持ち込んだ人物が誰なのかを暗示していた。

京都には以前からイエズス会のオルガンチーノ老神父が黙認されて住んでいた。だが、秀吉がオルガンチーノ老神父を引見する理由がなかった。

イエズス会のマルチンス司教は、秀吉との謁見を求めて閏七月の末に「ツヅ」ジョアン・ロドリゲスを長崎から京都へ発たせていた。マルチンス司教がフランシスコ会士の日本追放を宣言した直後のことだった。

「ツヅ」ジョアンは、日本人と遜色《そんしょく》のない日本語を話せるがゆえに秀吉から側近のごとく扱われ、いつでも秀吉はジョアンの謁見を許した。しかも、「ツヅ」ジョアンはポルトガル人のイエズス会司祭である。マルチンス司教が単に謁見交渉のため秀吉のもとへジョアンを送ったとは思われなかった。当然「ツヅ」ジョアンが秀吉と会うならば、フランシスコ会士の日本追放について秀吉の意向を確かめたはずだった。

日本からのフランシスコ会士追放には、相応の理由がなくてはならない。秀吉は、ポルトガル人に独占支配された長崎貿易を嫌い、それを牽制《けんせい》するためにイスパニア船の導入を図った。バウチスタ神父らフランシスコ会士の布教活動も、イスパニア貿易を前提とするがゆえの黙認だった。ところが、「ツヅ」ジョアンは、京都と長崎でのフランシスコ会士による布教活動が目に余るほどのものとなっていることを秀吉に伝えた。フランシスコ会士の布教活動は、ポルトガル貿易を牽制する範囲を逸脱して、マニラからイスパニア軍を招来するための先導を働きつつあると秀吉は判断した。しかも、その直前には明国の冊封使や朝鮮使節によって秀吉の朝鮮支配を否定されていた。漂着したイスパニア船の積荷没収の措置は、「ツヅ」ジョアンが求めたフランシスコ会士の日本追放を秀吉が追認したことを意味していた。

菜屋助左衛門は堺にいるはずだった。助左衛門は、マニラを拠点とし堺とを結ぶイスパニア貿易を日本で展開しようとしていた。そして、それも堺代官の石田正澄を通して秀吉から認可された。だが、秀吉がここへ来てフランシスコ会士の日本追放を決定したとなれば、イスパニアと関わる勢力は徹底して日本から排除されることになる。

これまでマニラ征服を秀吉に進言してイスパニア貿易を握ろうとしてきた原田喜右衛門や、その黒幕の長谷川法眼もただでは済まされない。甚五郎は、助左衛門のことだから敏感に潮目の変化を読み取り、むざむざ捕らえられるような過失をおかすはずがないとは思った。助左衛門ならば、トンキンや交趾《コーチ》、シャム、カンボジア……場所を選ばず、どこでも生きられる。

甚五郎が予想したとおり、助左衛門は身の危険を察知し、堺の屋敷や蔵を処分して、とうに姿をくらましていた。

慶長元年（一五九六）陰暦十月

一

十月十一日、土佐浦戸湾に漂着したイスパニア船「サン・フェリーペ」の調査に派遣された増田長盛《ましたながもり》は、積荷のすべてを没収し、この日大坂へ帰着した。

翌十二日、増田はいまだに大地震後の残骸《ざんがい》が続く道を伏見へと向かい、漂着イスパニア船の積荷没収を秀吉に上申した。

なかでも秀吉が取りわけ強く反応したのは、増田の尋問に対して航海士のオランディーアが答えた内容だった。増田から「なぜ日本に近づいたのか」と問われるまま、航海士はイスパニア人の秘密とされている北太平洋航路についても語った。マニラからアカプルコへ向かう際には、南風を得るため黒潮に乗って日本の近海まで北上することを図解して説明した。

そして増田の「イスパニア人は、他国を平らげる時には呂宋《ルソン》やノビスパニア（メキシコ）を征服した時のように、まずフランシスコ会を送り込んでキリシタン宗を広め、土民の心を奪うと聞くが本当か」という問いに、オランディーア航海士は「その通りだ。その後で軍隊を送って征服するのだ」と答えた。

その報告を受けて、秀吉はイスパニア人による侵略を差し迫った現実と受け止め、マニラから到来したフランシスコ会士はもとより、その信徒らを残らず処刑する意志を固めた。これまでフランシスコ会士の招聘《しょうへい》を盛んに働きかけてきた長谷川法眼《ほうげん》とその息子守知《もりとも》に、至急上方《かみがた》のキリシタン信徒を調べ上げ、その名簿を石田三成まで届けるよう命じた。「もし帳面に不備や遺漏があれば、そちもただでは済まさぬ。心してかかれ」との厳命だった。

父親が父親なら息子も息子で、長谷川守知が石田三成にもたらしたキリシタン名簿は、高山右近《うこん》を始めポルトガル系イエズス会の信徒までが含まれた膨大なものだった。三成は、高山右近を含むイエズス会信徒を名簿からすべて削除し、現に問題となっているイスパニア系修道会のフランシスコ会士とその信徒にのみ限定して再び差し出すよう守知へ命じた。

九月二十六日、秀吉は「ツヅ（通詞）」ジョアンを介して日本司教として到来したイエズス会のマルチンス神父を引見したばかりだった。マルチンス神父はインド副王使節の名目で謁見《えっけん》を求めたものだが、彼がいかなる人物であるかを「ツヅ」ジョアンが秀吉に語らないはずがなかった。イエズス会士の仲介によるポルトガル貿易は、以後も秀吉直轄《ちょっかつ》領の長崎において継続されることは間違いなかった。

石田三成は、加藤清正や平戸《ひらど》の松浦《まつら》鎮信《しげのぶ》らが原田喜右衛門《きえもん》を介してのイスパニア貿易で利益を得ていることを知っていた。秀吉への権力集中による全国支配を押し進める三成にとって、各大名の財力もその統制下に置き監視する必要があった。イスパニア貿易を野放しにすれば、加藤清正ら自領内の独立性を維持しようとする分権派大名に力を与えかねない危険を孕《はら》んでいた。

守知によって再び提出されたフランシスコ会士と信徒の名簿には、それでもまだ百数十人が名を連ねていた。石田三成はその中から主立った十二人だけを残し、彼らも何とか国外追放に留《とど》めるよう秀吉に働きかけることにしていた。特に京都で修道院を構えているバウチスタ神父は、フィリピン総督から正使として遣わされて来た人物だった。その後三年間ずっと日本に留まり布教活動を続けていたとしても、他国から正使として到来した人物を処刑するなどという前例のないことは避けなくてはならなかった。

三成は前田利家や前田玄以らと秀吉をなだめ、何とか国外追放処分に留めるよう進言したが、秀吉の意志は変わらなかった。夏には築城したばかりの伏見城が大地震によって倒壊し、秋には到来した朝鮮使節と明国講和使節から朝鮮支配を否定された。秀吉はそれらやり場のない怒りを、日本侵略の先導役であるフランシスコ会に向けていた。

十月十九日、秀吉は石田三成ら三人の奉行へ、京都と大坂に滞在しているフランシスコ会士の捕縛を命じた。そして、「長崎に送り、残らず磔《はりつけ》にせよ」と告げた。

フランシスコ会士は秀吉から京都に土地を与えられ、「家」を建てて布教活動と病人の治療に当たっていた。兵に包囲された京都のフランシスコ会修道院には、この時五人のフランシスコ会士が居住していた。フィリピン総督使節として来日したバウチスタ神父とゴンザロ修道士、サン・ミゲル修道士、土佐浦戸へ漂着したサン・フェリーペ号に乗っていたメキシコ人のフェリーペ修道士、そして、この年六月にマニラから来たイスパニア人のブランコ神父だった。

二

ランデーチョ司令官は、太閤に直接会って釈明するしかないと決心した。そして、積荷の返還と生存者の保護、船体の修理と帰国を求めるため、浦戸城の長宗我部元親へ再三上京することを願い出た。だが、許可はなかなか下りなかった。

十月十五日、ランデーチョ司令官は大坂屋敷へ向かう長宗我部の船に便乗することをやっと許された。サン・フェリーペ号がイスパニア人の武力侵略を前提に日本沿岸の測量を目的として渡来したと解釈するのには、確かに無理があった。サン・フェリーペ号は主檣《しゅしょう》が折れ、舵《かじ》が破損し、颶風《ぐふう》に遭ったことは明らかだった。高価な積荷を満載し、しかも乗船していたのは高額の金銀を携えた商人がほとんどだった。黒潮を利用して太平洋を北上中、土佐の沖で颶風に見舞われ自力航行できなくなれば、浦戸へ漂着するのも不自然なことではなかった。何よりランデーチョ司令官が一方的な措置にも冷静で忍耐強く、常に威厳を失わないその人柄は長宗我部元親に感銘を覚えさせていた。

ランデーチョ司令官が大坂の長宗我部屋敷に着いたのは、十一月三日だった。フランシスコ会のファン・ポーブレ神父とゲバラ修道士の二人と、増田長盛に不穏当な言を発した航海士のオランディーアも伴っていた。航海士の発言は、あくまでも過去における一般論として誘導されるままに答えたまでのことだった。サン・フェリーペ号が浦戸へ漂着したのは、颶風の被害による緊急の事態であって、武力侵略を前提にした沿岸測量など全く意図していないことを司令官は秀吉に弁明したかった。

ところが、ランデーチョ司令官が大坂の長宗我部家臣から聞かされたことは、すでに秀吉から日本に滞在しているフランシスコ会士処刑の命令が出され、フランシスコ会士が建てた大坂の「家」も、兵によって完全に封鎖されているという凶報だった。大坂のフランシスコ会修道院には、この六月にマニラからやって来たアギルレ神父がおり、彼はそこで信徒らと監禁されているという。京都のフランシスコ会修道院も軍兵に包囲され、フランシスコ会士を介して秀吉に謁見を求めることなど今さら不可能であると告げられた。

十一月六日、この日はグレゴリオ暦で十二月二十五日に当たった。この降誕祭の日、ランデーチョ司令官とオランディーア航海士らは、ともかくも大坂のフランシスコ会修道院へ向かった。その護衛として長宗我部家臣が付いて行った。

すでに修道院の周囲は竹矢来《たけやらい》が厳重に組まれ、秀吉から遣わされた十二名の兵が警戒に当たっていた。ランデーチョ司令官が中へ入ることは許されなかった。修道院の中にはアギルレ神父を始め十七人が監禁されていると聞かされたのがせいぜいのことだった。ランデーチョ司令官は、積荷返還のことなどより、まず何とかしてフランシスコ会士を救済しようと心を決めた。

十一月十三日、大坂で捕らえられたアギルレ神父ら十七人が京都へ移送された。そこにはなぜかパウロ三木《みき》らイエズス会の日本人信徒が三人含まれていた。日本人キリシタンは、ポルトガルとイスパニア両国の植民地抗争による対立など知らなかった。ポルトガル系イエズス会もイスパニア系フランシスコ会も同じ神をいただくキリシタン宗門であり、イエズス会士がフランシスコ会士を日本から排斥しようとしていることなど知るはずもなかった。

二日後の十五日、京都で捕らえられたバウチスタ神父らの七人と合わせ、二十四人が処刑されるため長崎へ送られることになった。ランデーチョ司令官は、日本で死刑を宣告された罪人は、両耳を削《そ》がれ衆人の中を引き回される慣習となっていると聞かされた。伝《つて》を求めて司令官は石田三成を訪ねる機会を得た。漂着した事情と日本侵略など企てていないことを三成に話し、フランシスコ会士の助命を嘆願した。だが、三成からも「それは無理な相談だ」と断られた。そこで耳削ぎの刑についてせめて左の耳だけにとどめてくれるよう三成に頼み込んだ。

バウチスタ神父ら二十四人は上京《かみぎょう》一条の辻《つじ》で耳削ぎの刑を受けたが、左の耳たぶだけを切り取られた。そして、八台の牛車に三人ずつ分乗させられ都大路《みやこおおじ》を引き回された。渡来したフランシスコ会の神父と修道士六名、日本人キリシタン信徒十八名がいた。その中には十二歳のルドビコ茨木《いばらき》と十三歳の洗礼名アントニオという少年二人も含まれていた。掲げられた宣告文にはこうあった。

『この者ども、呂宋《ルソン》より渡来し、長く日本に留まり、予の禁ずるキリシタンの法を広め、教会を建て、無礼なる振る舞いをなしたるにより処刑する。追って長崎において磔に処せられるべし。ここに更《あらた》めてキリシタンの法を禁ず。違《たが》うものあらば一族ことごとく死罪たるべきこと』

磔刑《たっけい》を宣告された二十四名が、刑場と定められた西海の果て長崎へと旅立ったのは、十一月二十二日のことだった。

三

十月二十七日、わずか二ヶ月余りを残して元号が「文禄」から「慶長」に改められた。豊後府内の大地震からまだ三ヶ月しか経《た》たず、余震は長崎でも依然として繰り返され、各所に設けられた神楽所《かぐらどころ》では相変わらず鉦《かね》太鼓が終日打ち鳴らされていた。時期を同じくして畿内一帯を襲った大地震の被害は伝わるごとに甚大《じんだい》なものとなって語られ、四方の山々には悪霊《あくりょう》を鎮《しず》める炬火《きょか》が絶えなかった。それでも、例年のごとく冬の北西風が吹き始めると、大型のジャンク船は次々と長崎から南方へ向かって出航した。

十一月五日、小雨の降るこの日、堺から一艘《そう》のジャンク船が入港した。櫛橋次兵衛《くしはしじひょうえ》の船だった。次兵衛に付いて長身の船方衆らしき者が一人、甚五郎の見世《みせ》へやって来た。破れた網代笠《あじろがさ》をかぶり垢《あか》じみた小袖《こそで》に襟《えり》のすり切れた刺し子の羽織を引っ掛けていた。見世土間で笠と頬《ほお》かむりした手拭《てぬぐ》いをとった。伸び放題の月代《さかやき》と無精髭《ぶしょうひげ》が人相までも変えていたが、笑った目が助左衛門その人を示していた。

船そのものはすでに助左衛門の所有ではなく、堺甲斐町《かいのちょう》の菜屋五郎右衛門名義に変えられていた。助左衛門が一族の五郎右衛門に売り払った形となっていた。しかも、このたびマニラへ渡航するに当たって、次兵衛は秀吉の朱印がある渡海許可証を携えていた。これも五郎右衛門を介して手に入れたという。秀吉の許可証は一年ごとに更新しなくてはならないが、これを手に入れたことによって、助左衛門は海外に居を置きながら、五郎右衛門名義で日本からマニラへ公然と船を送り、イスパニア貿易を続けることが可能となった。

助左衛門が手に入れた渡海許可証は、よりによって原田喜右衛門から買い取ったものだった。これまで原田喜右衛門は、秀吉にフィリピン征服を度々進言してきた。そもそもフィリピン総督使節としてフランシスコ会士のバウチスタ神父らを日本へ連れてきたのは喜右衛門だった。ところが、ポルトガル系イエズス会の猛反発を招き、サン・フェリーペ号の漂着によって、フランシスコ会士はイスパニア人による日本侵略の先兵として秀吉に位置づけられてしまった。バウチスタ神父らフランシスコ会士が処刑されることになれば、喜右衛門が以後マニラへ船を出して交易などできるはずもなかった。

朝鮮出兵で膨大な戦費を使い、秀吉にマニラへ兵を送る余力はなかった。しかも秀吉からフランシスコ会士が日本侵略の先兵と決めつけられたことで、長年にわたる原田喜右衛門の労苦はすべて水泡に帰した。秀吉に対してのものばかりか、フィリピン総督やマニラ政庁への工作資金も、すべて喜右衛門が自腹を切ってきた。フィリピン貿易の見込みが立たないとわかると、これまで喜右衛門に投資してきた大名や商人たちも手のひらをかえしたように返済を迫り、金策に窮したあげく喜右衛門は自らのマニラ渡海許可証までも売り渡すしかない苦境へと追い込まれた。

「……すべて賭《か》けみたいなものだ。喜右衛門も覚悟の上だろう」助左衛門はそう言ってむしろ寂しげな笑みを浮かべた。

「まずはマニラへ戻る。こちらの一切は甚五郎殿に任せる。何かあれば甲斐町の五郎右衛門と茜屋《あかねや》殿に話してくれればいい」

助左衛門はキリシタンの教えを口に出して語ったりすることはなかったが、それまで甚五郎が出会った日本人のなかで助左衛門が最もキリシタン宗を生きる武器として心に備えているように見えた。何が起ころうと、後悔などせず、理想も持たず、明日のことは神のみぞ知るといった徹底した割り切り方が日本人離れしていた。

バウチスタ神父ら京都と大坂のフランシスコ会士や信徒が捕らえられ、秀吉の命で長崎で処刑されるという話も、甚五郎はこの時、助左衛門から初めて聞かされた。京都で捕らえられたフランシスコ会士の中に、ゴンザロ・ガルシア修道士がいると知った。

マニラ郊外のディラオ、日本人集落の病院で、日本人の難病者に献身的な看護をしていたゴンザロ修道士を甚五郎は見ていた。長崎にバウチスタ神父が来たことは聞いていたが、ゴンザロ修道士も三年前の来日以来、ずっと日本に留まっていた。

「一番動転しているのは、ツヅ・ジョアンらイエズス会士だろう。フランシスコ会士の国外追放を願って太閤に話したことが、まさか磔刑を命じられることになろうとは……」

何事が起きても笑い飛ばす助左衛門が、珍しく長い吐息をつき、顔をうつむけて首を横に振った。

「巡り合わせが悪過ぎました。明国冊封使と朝鮮使節に自尊の心を傷つけられ、イスパニアの日本侵略説を太閤はこの上ない屈辱だと思ったに違いありません。しかし、ゴンザロ修道士がまだ日本に留まっていたとは……」思わず甚五郎も吐息が漏れた。

この時フランシスコ会士処刑の話は長崎にまだ届いてはいなかった。甚五郎の見世から北へ五丁ほど離れて時津《とぎつ》街道沿いに聖ラザロ教会があり、助左衛門が二年前マニラから船に乗せてきたリバデネイラ、アウグスチンの二人と、ルイスというフランシスコ会士がそこに住んでいた。フランシスコ会士がイスパニアの日本侵略における先兵と秀吉に決めつけられているのだから、彼らも捕らえられれば処刑される危険がある。キリシタンの修道士がこのような場合どう身を処するものかはわからなかったが、甚五郎は、京都と大坂でバウチスタ神父を始めフランシスコ会士が捕らえられ長崎で処刑されることをお綸《りん》に伝え、聖ラザロ教会まで報《しら》せに行かせた。

長崎で動きがあったのは、助左衛門を乗せた次兵衛の船がマニラへ去り、寒気も一段と厳しくなった十一月二十五日になってからだった。この日、長崎奉行所から捕方が聖ラザロ教会へ向かい、三人のフランシスコ会士は捕らえられた。リバデネイラ、アウグスチン、ルイスの三神父は全く抵抗することもなく縛《ばく》についた。三人は後ろ手に縛られたまま小舟に乗せられ、長崎に停泊中のポルトガル船へ収監された。

彼らには大坂と京都でのフランシスコ会士捕縛と処刑宣告とを伝えたのだが、それ以後も彼らは変わりなく説法や聖祭、病人の看護に日々を送っていた。先々に何が起きようと、果たすべき今日の勤めをただ一心に果たすだけだというキリシタン修道士の揺るぎない意志が、そこに感じられた。

四

十二月十四日、磔刑を宣告されたバウチスタ神父らは、この日唐津《からつ》街道を歩き続け博多に到着した。この時、捕縛されたキリシタン信徒は二人増えて二十六人になっていた。途中から加えられた一人は、ペドロの洗礼名を持つ日本人で、パウロ三木ら三人のイエズス会信徒の身の回りを世話することを使命としてオルガンチーノ老神父が京都から付けて寄こした人物だった。もう一人はフランシスコの名を持つ伊勢の大工で、彼もまたフランシスコ会士と信徒たちの世話をするために付いてきた青年だった。それがいつのまにか二十四人と同じ運命を背負って長崎へと向かっていた。

明国との講和交渉を破棄して、秀吉は小西行長ら九州と四国の諸大名に翌年春の朝鮮渡海を命じた。再出兵が決まると、肥前名護屋の各大名陣屋に再び家臣団が続々と集まり始めた。停戦中に沢瀬甚五郎が買い集めておいた鉄砲や弾丸の注文が博多の菜屋に殺到し、堺から取り寄せた火薬も飛ぶように売れた。甚五郎は、繁忙を極めている博多の吉次《きちじ》と幸造《こうぞう》の手助けに、九月半ばから政吉も博多の見世へ送り込んでいた。

吉次らは、掲げられた秀吉の処刑宣告文には記されていない、貿易がらみの抗争がその裏に隠されていることを知っていた。

菜屋の吉次と幸造、政吉《まさきち》の三人は、左の耳を傷つけられ寒風の中を粗末な麻の修道服を着たフランシスコ会士や疲れ切ったキリシタン信徒が刑吏《けいり》に追い立てられ唐津へ去っていくのを、呉服町《ごふくまち》の辻でただ見送るしかなかった。

翌十五日、唐津では、長崎奉行寺沢広高の弟半三郎がフランシスコ会士ら一行の身柄を受け取った。朝鮮再出兵をひかえ寺沢広高が物資と船の確保で肥前名護屋から離れられないために、刑を執行する役目を弟の半三郎が担《にな》わされることになった。

寺沢半三郎はルドビコ茨木とアントニオという二人の少年を呼び、棄教することを条件に解放しようとしたが、二人とも「神父様と運命を共にする」として殉教の意志を棄《す》てようとはしなかった。

十二月十八日の昼、二十六名の受難者は、唐津から陸路を南下し大村湾の彼杵《そのぎ》へ到着した。彼杵では、イエズス会から派遣され、「ツヅ」ジョアンが出迎えた。バウチスタ神父らフランシスコ会士はジョアンに対してイエズス会へ迷惑をかけた赦《ゆる》しを乞《こ》い、ジョアンもまた、フランシスコ会士に同じことを乞い求めた。そして、ジョアンは、「あなたがたの志向も目的も正しかった。また、あなたがたは間違いなく立派に行動されたと確信しております」そうフランシスコ会士に語った。

日本からのフランシスコ会士の追放を願って秀吉に話したことが、彼らの磔刑という予想もしなかった結果を招いた。日本司教としてこの時長崎に滞在していたマルチンス司教も、京都でフランシスコ会士の布教活動をしきりに妨害したオルガンチーノ老神父も、そして「ツヅ」ジョアンも、マニラから到来し左の耳たぶを切り落とされた六名のフランシスコ会士にもはや讃辞《さんじ》を送るしか術《すべ》がなかった。

同日の夕方、二十六人は後ろ手に縛られたまま小舟に乗せられて彼杵を発し、南岸の時津《とぎつ》まで寒風の吹きすさぶ大村湾を渡った。時津から長崎までは陸路約三里の距離である。

同じ十八日、土佐に漂着したサン・フェリーペ号の司令官ランデーチョは、フランシスコ会士のファン・ポーブレ神父らとともに海路で時津へ着き、港の旅宿へ上がった。十字架に向かって歩き続けるバウチスタ神父らの後を追いかけるようにして、彼らはこの日とうとう時津まで行き着いていた。司令官は、すでに身代金《みのしろきん》を用意し、バウチスタ神父らの救済を諦《あきら》めてはいなかった。

深夜になって時津の海岸に大勢の人が集まり、盛んに発せられる叫びや泣き声が聞こえた。ランデーチョ司令官が何事かと宿の者に問うと、「長崎で十字架につける宣教師を連れてきた」のだという。バウチスタ神父ら二十六人は、海上の小舟に長くとどめられたままだった。この夜、海は霧が深く立ちこめ、海岸は霜の降りるほどの寒気に満ちていた。信徒たちが時津の海岸に大勢集まっており、不測の事態を避けるための措置だとみえた。

夜更《よふ》けにもかかわらずランデーチョ司令官は急遽《きゅうきょ》長崎へ向かい、ポルトガル人のガルデスの家を訪ねた。すでに深夜丑《うし》の刻(午前二時)を過ぎていた。「バウチスタ神父らが先刻時津へ着いた。身代金は用意してある。何とかして磔だけはまぬがれられないか」とランデーチョは相談を持ちかけた。だが、ガルデスは「太閤の命令は決して変えることができない」と首を横に振るばかりだった。

甚五郎が博多の吉次から早文《はやぶみ》を受け取ったのは、受難者たちが彼杵に着いた十二月十八日のことだった。

『長崎へ向かう一行には、二十名の日本人信徒がおり、その中には十二と十三になる二人の子どもと、パウロ、ディエゴ、ジョアンの洗礼名を持つイエズス会信徒三人が含まれております』

文など、どこで誰の目に触れるかわかったものではなかった。吉次はいつも通り事実だけを伝えてきたのだが、そこにはわざわざ秀吉の処刑宣告文までが書き写されていた。

宣告文にある「呂宋《ルソン》より渡来し、長く日本に留まり、予の禁ずるキリシタンの法を広め」というのならば、バウチスタ神父らマニラから渡来したフランシスコ会士六名にとどめられるべきものを、なぜ二十人もの日本人信徒が一緒に十字架につけられるのか、しかも子どもや、フランシスコ会と対立するイエズス会の信徒が三名含まれているのはどういうことなのか、イエズス会はなぜ彼らの解放を求めないのか、吉次がそのことに憤《いきどお》っているのが言外に感じられた。

日本司教として初めて日本の土を踏んだイエズス会のマルチンス司教は、この時長崎の岬先端にある聖マリア教会に滞在していると聞いていた。同じイエズス会の准管《じゅん》区長ゴメス神父はイスパニア人で、彼もまたこの時長崎にいた。しかし、イエズス会から受難者二十六名の出迎えに彼杵へ出向いたのは「ツヅ」ジョアン一人だという。

吉次の伝えてきた通り、このたびのフランシスコ会士と信徒の処刑は支離滅裂だった。秀吉から発せられた命令は、下へ伝わるに従って保身に走る小人《しょうじん》どもによって歪《わい》曲《きょく》や拡大解釈がなされ、奇怪なものに姿を変えていた。

十二月十九日、長崎奉行所から通達された禁足令など無視し、早朝からおそらく数千名に上るだろう、信じがたい数の人々が時津街道を埋めるようにして北へ向かった。聖ラザロ教会から北へ半里ほど坂道を上った丘上に処刑場が作られているのだという。

長崎のキリシタン信徒の間では、フランシスコ会士らの刑が執行されるのは二日後の二十一日になると語られていた。処刑される場所は桜町《さくらまち》の刑場だろうと言われていた。二十日にはイエズス会による祭礼が長崎の教会で執り行われ、二十六人がそれに授かることを刑執行役の寺沢半三郎が許したのだとも聞いていた。

内町の方から絶え間なくやって来る群衆の中には大勢の女やポルトガル人の姿も見られた。お綸もキリシタンの女衆と二十六名の受難者を迎えに向かった。これほどの群衆が押しかけることになれば、桜町の刑場まで二十六人を連れて行くことはとても困難だった。キリシタンは無抵抗を旨《むね》とするが、群衆のすべてがキリシタンとは限らなかった。

ポルトガル貿易によって急速に発展した長崎は、金銭による世過ぎがどこよりも進み、貧富の差が露骨に現われている港町だった。日頃から憤懣《ふんまん》を募らせた者たちが数を頼んで、この機会に暴動を引き起こすことは充分にあり得た。おそらく処刑の日は早くからこの日に決められ、キリシタンに占められた長崎内町を引き回す愚は避けて、時津街道の途中で刑を執行することに定めていたのだろうと甚五郎は思った。

巳《み》の刻近く（午前九時頃）、聖ラザロ教会から半里ほど時津へ向かった丘上に、二十六を数える十字架が長崎市街の方角へ向けて立てられた。受難者は、鉄の輪で首と両手両足を十字架にくりつけられていた。周囲には竹柵《ちくさく》が巡らされ、その数四千ともいわれる大群衆が丘の周囲を埋めていた。

槍《やり》を手にした四人の刑吏が二組となり、東と西の端から十字架の殉教者を次々と突き刺していった。殉教者の腋下《わきした》へ左右から槍が突き立てられるたびに大群衆から一斉に悲鳴が上がり、それが半里余離れた上町の甚五郎の見世まで届いた。

ゴンザロ・ガルシア修道士は東から十四番目の十字架にかけられていた。十三番目の十字架にかけられていたのは、サン・フェリーペ号で漂着したメキシコ人のフェリーペ修道士だった。殉教者二十六名の最後に、この二人が同時に槍で突き刺された。

ゴンザロ修道士は四十年の生涯を長崎西坂《にしざか》の十字架上で絶たれた。繰り返し湧《わ》き上がっては消える丘上からの悲鳴が途絶え、重い静けさが支配した。

瘦《や》せて小柄なゴンザロ修道士は日本語で「ポルトガルの生まれです」とディラオの日本人が収容されている病院で甚五郎に話した。目が大きく彫りの深い顔立ちはしていたものの、髪も黒く瞳《ひとみ》も茶色だった。かつてイエズス会の信徒として日本で布教活動に当たっていたために日本語が巧みで、髪を伸ばし修道服の代わりに小袖でも身に着ければ日本人に成り済ますこともできそうなほどだった。信徒からしきりに寄せられる来日要請に、「今すぐにでも参りたい」と話した時の横顔を思い出した。それがこの結末だった。

ランデーチョ司令官とともに土佐浦戸から大坂を経由して長崎までやって来たフランシスコ会のファン・ポーブレ神父とゲバラ修道士の二人は、この朝、バウチスタ神父らフランシスコ会士六名に近づこうとして刑場で捕らえられ、二人とも縛られたままポルトガル船に収監された。

ランデーチョ司令官とオランディーア航海士、そして六名のサン・フェリーペ号船員は、結局バウチスタ神父らを救うことができず、フランシスコ会士六名の殉教を西坂で目《ま》の当たりにすることになった。

慶長二年（一五九七）陰暦一月

一

前年十二月十九日のフランシスコ会士とキリシタン信徒の処刑以来、長崎から時津《とぎつ》へ至る海沿いの街道は、連日人の足が絶えなかった。処刑されたバウチスタ神父がかつて滞在した聖ラザロ教会とその病院も聖地のごとくなり、礼拝のためそこへ向かう人々に道を尋ねられる日々が続いた。すでに朝鮮への再出兵が決定し、殉教を選んだ二十六名の聖なる人々は、秀吉の悪政非道に対し生命を賭《か》けて抵抗したという色彩すら帯びていた。

内藤如安《じょあん》は、長崎に三日ばかり滞在して肥前名護屋に戻って行った。その間、連日西坂を訪れては甚五郎の見世にも立ち寄った。如安の本名は忠俊《ただとし》、ポルトガル系イエズス会の宣教師ルイス・フロイスから洗礼名「ジョアン」を授けられた。最も早くキリシタン信徒となった大名の一人だった。彼はしきりに殉教したフランシスコ会士について知りたがった。

「東から数えて十四番目の十字架に磔《はりつ》けられたフランシスコ会のゴンザロ修道士はポルトガル人で、かつてイエズス会の伝道師として日本に滞在していたそうです。清貧と謙虚、苦行とを主旨とするフランシスコ修道会に入ることを望み、呂宋《ルソン》島のマニラで入会を果たしたと聞きました。マニラにいたゴンザロ修道士のもとには、彼を憶《おぼ》えている日本人信徒からの渡来要請が頻繁に届けられていたそうです」

甚五郎はあくまでも伝え聞いたこととして話した。

「日本語が話せたのか」

「バウチスタ神父が太閤《たいこう》様に謁見《えっけん》した折、通詞《つうじ》として同席したと聞いております」

如安は顔をうつむけて何度か小さくうなずき、しばらくの間、黙ったままだった。

ポルトガルのイエズス会とイスパニアのフランシスコ会とは、同じイエス・キリストを神と仰ぎながら、ポルトガルとイスパニア両国による世俗的な植民地争奪の影響を受けずにはいられなかった。内藤如安ならばその辺りのこともよく知っているはずだった。

「……時に、沖がかりしたポルトガル船へ朝鮮の者らしき衣服の男女が乗せられていくのを見たが」

「虜囚《りょしゅう》とされ朝鮮から連れてこられた人たちかと思います」

「戦が停止して足掛け四年になるが、今もそんなことを?」

確かに内藤如安が秀吉と明皇帝との講和交渉のために北京《ペキン》へ派遣されて、自然休戦の形となり三年余が過ぎていた。しかし、朝鮮人捕虜の売買はその間もずっと長崎で続けられていた。長崎に滞在するイエズス会のフロイス神父によれば、昨年までに千三百人もの朝鮮人捕虜に洗礼を施したという。ポルトガル商人は、奴隷《どれい》とされた彼ら彼女らをキリシタン信徒となし、マカオやゴア、そして自国まで連れて行くに違いなかった。

日本でも、九州や四国の農民は根こそぎ役夫として徴用され、残った者は重年貢《じゅうねんぐ》を課せられて逃亡するしかなく、田畑を耕す者の姿が失《う》せていた。その穴埋めに、捕虜とした朝鮮の人々を連れてきては農奴として送り込んでいた。九州や四国にいた朝鮮人捕虜を日本の商人が買い集め、長崎に連れてきてポルトガル商人に転売すれば、かなりの利益となるらしかった。この休戦の間も、長崎ではそんなことが繰り返されていた。

朝鮮へ攻め入って以来、出兵させられた大名たちはマカオからポルトガル商人が運んでくる火薬と硝石、鉛を買い入れ、その代わりに朝鮮で捕虜とした人々を長崎でポルトガル人に売り渡していた。渡海軍の兵糧《ひょうろう》は現地調達を原則としていながら、朝鮮の農民を捕虜として日本へ連れて来れば、糧《かて》を作る者は朝鮮からいなくなる。日本でも九州などでは米を作る者が満足にいないのだから、渡海した秀吉軍が兵糧不足に陥るのは全く自明のことだった。

かつて沢瀬甚五郎が三郎信康に仕えていた戦乱の時代、敵の城を落とせばその領民は奴隷として売り買いされた。甲斐の武田勝頼と戦を繰り返していたあの時代に逆戻りしていた。当時甚五郎は領地領民を守るため禄《ろく》を受け、人殺しの鍛練に明け暮れては出陣していた。秀吉によって天下が平定され、戦乱の時代が終わるかと思いきや、海の向こうの言葉すら通じない朝鮮国まで巻き込んでこの有様だった。

奴隷とされた人々が乗せられたポルトガル船というのは、処刑されずに済んだリバデネイラ神父らフランシスコ会士が収監された船だった。

内藤如安がわざわざ甚五郎の所へ立ち寄ったのは、朝鮮に渡っている小西行長に代わって謝意を表すためだった。甚五郎は、停戦中に博多の菜屋が買い集めていた鉄砲と弾丸を優先して小西行長のもとへ売却するよう指示しておいた。行長の弟与七郎と釜山《ふさん》から兵糧の海上輸送を試みて朝鮮水軍に襲撃され、甚五郎の乗った種子島船は追撃を振り切った。だが、与七郎のジャンク船は巨済島《きょさいとう》沖で消息を絶ったままだった。それでも、行長からは何の咎《とが》めも追及もなかった。再び朝鮮侵攻の先鋒《せんぽう》を命じられた小西の第一軍は、文禄の時と同じくキリシタン大名勢で編制された。宗義智《そうよしとし》、松浦鎮信《まつらしげのぶ》、有馬晴信《ありまはるのぶ》、大村喜前《よしあき》、五島玄雅《ごとうはるまさ》の各軍だった。

詳しいことは如安も語らなかったが、このたびのフランシスコ会士とキリシタン信徒の処刑には、渡海している行長も衝撃を受けたことは推測できた。行長らが画策した先の明国冊封使《さくほうし》による講和交渉は破綻《はたん》し、秀吉の屈辱と怒りとがイスパニアによる日本侵略の先兵と決めつけられたフランシスコ会士に向けられることになった。しかし、まさかバウチスタ神父らを磔刑《たっけい》に処することまでは、行長も想像すらしていなかったに違いない。しかもパウロ三木ら三人のイエズス会日本人信徒も十字架にかけられた。その弾圧の矛先は、いずれポルトガル系のイエズス会にも及ばないはずがなかった。何よりキリシタン宗徒として彼らの生き方そのものを問われることになった。

小西行長と同じく先手《さきて》軍として送られる加藤清正が、秀吉から密命を帯びて朝鮮へ向かう話は、如安から耳にした。

「このたびの講和についての不可解な朝鮮国の対応を詳しく調べるよう、加藤主計頭《かずえのかみ》に命じたという話だ」

すべての手違いは、七年前、朝鮮国王が対馬宗氏の求めに応じて秀吉のもとへ送った単なる友好使節を、小西行長が宗義智の企てを知りながら、服属を表明する使節として秀吉にそのまま謁見させたことに始まっていた。これまでの流れで、清正は朝鮮国王が実は服属などしていないことに思い当たったはずだった。朝鮮国王が服属使節など送っていないと考えれば、北部四道の返還と王子二人の解放に対して、朝鮮国王が人質も差し出さず謝恩の意を示さないことも、講和ばかりを唱える小西行長の不可思議な動向も説明がついた。

思えば、対馬の宗氏が秀吉の九州征伐で領地安堵《あんど》と引き替えに朝鮮国の服属を命じられてから十年になろうとしていた。この十年、小西行長は何度となく戦の回避のために力を尽くしてきた。しかし、あらゆる弥縫策《びほう》が裏目に出て、戦禍は逆に拡大するばかりだった。秀吉が死なない限り、泥沼と化した朝鮮戦役は終わりそうになかった。そして、小西行長や石田三成ら奉行衆、内藤如安らが画策してきた講和工作も破綻し、加藤清正の手によってそれらの策謀がことごとく明るみに出されようとしていた。

二

一月十日、甚五郎は肥後隈本《くまもと》の判屋《はんや》猪右衛門《いえもん》なる人物の訪問を受けた。年の頃四十五、六と見えるよく肥えた赤ら顔の商人は、長羽織に絹小袖《きぬこそで》を着込んで現れた。船宿を営み、いわゆる金貸しと倉庫業を生業《なりわい》とする人物だった。隈本城下細工町《さいくまち》の菜屋正右衛門《しょうえもん》からの紹介状を持っていた。加藤清正は、菜屋や堺屋などの上方商人を積極的に隈本へ招致して、城下町の形成に当たっていた。菜屋の一族が隈本へ見世《みせ》を出したことは助左衛門から聞いていた。

判屋の話では、これまで原田喜右衛門に依頼してイスパニア貿易を行っていたが、フランシスコ会士の処刑騒ぎで喜右衛門が没落し、マニラへ送る船の手配が付かず菜屋正右衛門に相談したところ、長崎の甚五郎に当たってみるよう言われたとのことだった。

「主計頭様はすでに朝鮮へ渡られたとか」

「はい。昨年冬に、小麦粉を呂宋《ルソン》へ運び商うよう命じられました。四斗詰めの小麦粉を三千樽《たる》ほど用意してありますが、船がないことにはどうにも……」

ちょうど種子島衆のジャンク船が長崎に来ていた。マニラへ運ぶはずだった鉄材や火薬が朝鮮再出兵によって急に国内で高値を呼び、わざわざマニラへ運んで売る必要がなくなった。佐源太たちはマニラの菜屋船として来ていたので秀吉の渡海許可証を必要とはしなかったが、索具《さくぐ》用の麻や小麦粉といったマニラへの帰り荷を甚五郎が買い集めている最中だった。すでに一月十日となり、南方へ航海するための北西風を得られるのは残りふた月というところだった。長崎奉行の寺沢広高がこのたびの再出兵における船奉行に当てられており、傭《やと》い船などにされたならばまた面倒なことになる。佐源太たちの船をいつまでも長崎に繋留《けいりゅう》させておくわけにはいかなかった。

甚五郎はその小麦粉を国内相場の二倍で買い取ることを申し入れたが、猪右衛門は首を縦にしなかった。

「海難の危険を考えれば即座にそういたしたいところですが、実のところ、主計頭様からは、わたくしと肥後伊倉《いくら》御代官の後藤様が呂宋へ渡り、じかにイスパニア商人と交易するよう命じられておりまして……」

寒い日にもかかわらず猪右衛門はしきりに汗をぬぐいながら困惑して話した。武威一点張りに見えるが、加藤清正はなかなかに計算高く、数字にも明るいことは聞いていた。「主計頭」の職名どおり、かつて秀吉財政の会計をつかさどり、堺の東に位置する大鳥《おおとり》郡の代官も務めた経験があった。小麦粉はマニラへ運びイスパニア人に売れば、日本における相場の三倍以上の値となる。とくに肥後平野の小麦粉は良質で、マニラでは四倍の値で売れる。隈本に城を築いている最中でもあり、清正としては少しでも利得を上げる必要があるようだった。

「マニラで小麦粉を売却した値の二割二分をいただければ、この航路に習熟している当方の船をすぐに隈本へ差し向けます」

「それが、主計頭様の仰《おお》せでは、イスパニアの金銀貨幣での取り引きではなく、マニラでじかに品物に引き替えよとのお達しでございまして……」

「そうは参りません。商いをすればマニラのイスパニア奉行所に売値の三分を関料《せき》として納める必要が生じます。郷《ごう》に入《い》っては何とやらです。マニラに渡ってしまえば、主計頭様の力が及ぶところではありません。イスパニア人の領地です。小麦粉を一度イスパニア銀貨に換えて関料さえ支払えば、マニラで何を買い入れようとイスパニア役人が口を差し挟むことはありません。そういうところはひどく明解な人たちです。小麦粉を売り払い、関料を納めたうえで入り用の品をイスパニア銀貨で唐人から買い入れる。その方がずっと面倒も少なくて済みます。おそらく喜右衛門殿もこれまでそうしてきたはずです。持ち帰って報じた帳面だけは、主計頭様のご所望どおり品物で引き替えした形で記したものと思われます。

わたしどもの船にはポルトガル語を話す者がおりますので、マニラ船奉行所のイスパニア役人との交渉にも差し支えはないと存じます。商いの際にはディラオに菜屋の者がおりますので、通詞などのお役に立てるものと。私からその者へ書状を書いてお渡しします」

菜屋への船賃を含め、猪右衛門は売り上げの四分の一を失うことになるが、季節風の変わる時期が迫っていることもあって、それで同意した。それでも、マニラで取り引きしてみれば、これまでの原田喜右衛門による取り引きよりも隈本の加藤家金蔵に入る収益はずっと多いはずだった。

バウチスタ神父はフィリピン総督使節として到来した。理由はどうあれ、その正使だった人物を処刑などすれば、イスパニア人の報復も充分に考えられた。ただし、マニラのイスパニア人たちが、日本人なるものをある程度知っていることが救いだった。絹市場街の唐人たちとは異なり、ディラオの日本人はキリシタン信徒で、秀吉の迫害によってマニラへ渡った人々である。ディラオの「カピタン（司長）」伊丹彦次郎《いたみひこじろう》らとの関わりで、日本人には文化度が高く理知に優れた者がおり、すべてが倭寇《わこう》のような海賊まがいの無法者ではないことも、今ではイスパニア人によく知られていた。また、彼らが主食とするパンのために日本からの良質な小麦粉はどうしても必要だった。マニラのイスパニア人が食糧とするばかりでなくノビスパニア（メキシコ）のアカプルコへも日本産の小麦を送っていた。この先のマニラ往還によるイスパニア交易を占う意味でも、加藤清正の交易がいかなる結果をもたらすのか、甚五郎もここで確かめておきたかった。

三

二月二十一日、秀吉は、権勢を一気に挽回《ばんかい》するため、再び朝鮮渡海の陣立てを触れ廻した。明皇帝が秀吉の朝鮮支配を承認せず、朝鮮国王も臣従《しんじゅ》の意を示さないのならば、自らの力で明帝と朝鮮王にそれを示すしかなかった。

日本に近い朝鮮南部四道を支配するためには、南岸に城を築いてある慶尚道《けいしょうどう》から穀倉地帯の全羅道《ぜんらどう》へ攻め込み、まずそこを征圧する必要があった。

先手となる一番手と二番手の軍として、小西行長ら一万四千七百と加藤清正の一万を当て、一番手と二番手は二日交替で先鋒を担《にな》い、非番となった軍が三番手を進む。三番手、黒田長政と森吉成《よしなり》らの兵一万。

四番手、鍋島直茂の一万二千。

五番手、島津義弘の一万。

六番手、長宗我部元親と藤堂高虎ら一万三千三百。

七番手、蜂須賀家政と脇坂安治ら一万千百。

八番手、宇喜多秀家と毛利秀元ら四万。

朝鮮南岸に築いた各城には、在番衆として二万三百九十の兵を配置し、そこから前線の各軍へ物資と兵の補給を果たすことになった。

釜山城に小早川秀秋《ひであき》。

安骨浦《あんこつぽ》城に立花宗茂。

加徳島《かとくとう》城に筑紫広門《つくしひろかど》と高橋直次《なおつぐ》。

竹島《ちくとう》城に毛利秀包《ひでかね》。

西生浦《せいせいほ》城に浅野幸長《よしなが》。

総兵数は十四万千五百。そして、肥前名護屋から対馬を経由して朝鮮までの船運を統括する船奉行として寺沢広高を当てた。

一月上旬、小西軍一万四千はすでに釜山近くの豆毛浦《とうもうほ》に上陸し、前役で普請《ふしん》した釜山城へ本営を構えるべくその修復に当たっていた。釜山城は最も対馬に近く、このたびの侵攻でも朝鮮における秀吉軍最大の兵站《へいたん》基地として位置づけられた。

一月十一日、釜山から北西へ約二十二里（八十八キロ）離れた宜寧《ぎねい》に小西軍からの密使が到着した。朝鮮軍から「要次郎《ようじろう》」の通称で知られるこの人物は、これまでも小西軍と朝鮮陣営を行き来しては密使の役目を果たしてきた。実の名を梯七太夫《かけはししちだゆう》といい、朝鮮語を自在に話すことから対馬の出身だといわれた。先に秀吉は北部四道を朝鮮国王へ返すことを明言しており、南部四道を占領し支配下に置かなければ、秀吉は何のために膨大な犠牲を出してまで朝鮮に出兵したのかわからないことになる。だが、秀吉軍が押さえているのは最も日本に近い慶尚道の海岸周辺のみとなり、慶尚道からその西へ侵攻し、穀倉地帯である全羅道を占領したいとする秀吉の意図は明らかだった。全羅道への要衝である宜寧には、朝鮮陸軍総司令官の権慄《ごんりつ》と慶尚道陸軍司令官の金応《きんおう》瑞《ずい》らが駐屯していた。

　要次郎は、以前から面識のある金応瑞の陣舎で行長の言葉を伝えた。

「我が大将の行長が言うには、このたびの講和が成立しなかったのは、すべて加藤清正がこれを阻《はば》んだためであり、講和が流れ行長は清正に恨みを抱いている。清正は軍を率いて対馬まで来ている。近日中に渡来し加徳島に宿営するはずだ。朝鮮軍は海戦に優れている。もし清正を海で迎え撃てば、朝鮮水軍の勝利は疑いない。この機会を逃すべきではない」

金応瑞はこの報を信じ、権慄も即座に漢城《かんじょう》（ソウル）へ注進した。朝鮮国王宣祖《せんそ》は、先に明国冊封《さくほう》副使として講和交渉に失敗した沈惟敬《しんいけい》を漢城において引見していた。その折、「清正にいたりては凶悪甚《はなはだ》し」と沈惟敬は清正の人となりを酷評した。朝鮮朝廷は小西行長の陣からもたらされた密告を審議し、充分に信用できるものとして、この機会に加藤清正を抹殺すべく李舜臣《りしゅんしん》に出撃を命じることにした。

李舜臣は、三道水軍統制使《とうせいし》の地位にあり、朝鮮水軍の総司令官として閑山島《かんざんとう》に司令部を置いていた。朝鮮朝廷は、李舜臣へ王命を伝える使者として、前年、謝礼使の名目で日本へ渡った黄慎《こうしん》を閑山島の水営へ差し向けることに決めた。だが、黄慎は小西行長と直接何度も会ったことがあり、行長がこのような密告を敵にもたらすはずがないとして、簡単に信用すべきではないと朝廷に具申していた。

黄慎からもたらされた出撃命令に、李舜臣はあまりに無謀だとして応じようとはしなかった。

「北西風が吹きつのるこの時期、東へ向かうこの長い航路は困難かつ危険である。倭《わ》賊《ぞく》は必ず多くの伏兵を設けて待ち受けている。大船団で向かえば目につきやすく標的とされる。少数の船で行けば襲撃されるために出向くようなものだ」

巨済島《きょさいとう》の西に位置する閑山島から釜山までは、東北へ海上約二十五里（百キロ）、清正が近日中に宿営するという加徳島はその間に位置していた。加徳島にも、その北西陸地の熊川《ゆうせん》にも倭城が築かれたように、この地域は秀吉軍に押さえられたままだった。朝鮮水軍が逆風の中を航行すれば漕手《そうしゅ》の消耗は激しく、この海域に入ってしまえば停泊し上陸できる島陰も入り江もない状況となる。疲労困憊《こんぱい》した朝鮮水軍に陸と海から秀吉軍が襲いかかることは目に見えていた。李舜臣は、これまで苦杯をなめてきた小西行長が策略をもって朝鮮水軍の壊滅を目論《もくろ》んでいるものと決めつけ、敢《あ》えて出撃しなかった。

ところが、加藤清正の本隊は、要次郎の密告どおり一月十四日に加徳島へ渡来して宿営し、翌十五日には釜山の西、多大浦《たたいほ》への上陸を果たした。

休戦も三年余が過ぎて、首都漢城の政庁ではまたも派閥抗争が蒸し返されていた。李舜臣は国王からの出撃命令を拒み、むざむざ加藤清正の上陸を許した。そもそも李舜臣は、「東人《とうじん》派」の領議政《りょうぎせい》（総理）柳成龍《りゅうせいりゅう》の推挙によって全羅道水軍司令官に取り立てられた。その「東人派」も内部分裂し、柳成龍の失脚を望む「北党」は、この機会をとらえて李舜臣の王命背反をことさらに指弾した。「西人《せいじん》派」も当然これに同調し、中には李舜臣の死刑を求める者まで現われた。朝廷は反逆罪で李舜臣を捕らえ、漢城へ送還することを決めた。

これまでの軍功から死罪こそまぬがれたものの、李舜臣は官位官職を剥奪《はくだつ》され、陸軍総司令官の権慄の配下に、一兵卒として従軍させられる身となった。小西行長が放った密使によって不世出の海将、李舜臣が結果的に失脚し、戦わずして海から退去させられることになった。宰相の柳成龍は、派閥抗争にいまさらながら愕然《がくぜん》とするばかりだった。

果たして李舜臣に代わり三道水軍統制使に就いたのは、「西人派」の推す元均《げんきん》だった。元均はこのたびの清正到来の報に、釜山沖へ朝鮮水軍を送るべきだとの上申書を出していた。かつて慶尚道の水軍司令官だった元均は、この時全羅道の陸軍司令官に転じていた。

元均といえば、秀吉軍が侵攻を開始した五年前の四月、秀吉軍の襲来を知るや、慶尚道水軍司令官でありながら、秀吉軍に兵器を鹵獲《ろかく》されることを恐れるあまり、統制下にあった七十艘《そう》の軍船を三艘のみを残して爆破して沈め、火砲などの武器と弾薬もことごとく海に投棄した。さらに配下の一万を数える水軍将兵には帰郷命令を出し、自らも陸路での逃亡を企てた。

元均は、自尊心ばかりが強く、李舜臣より五歳年長であり軍歴も長かったゆえに、三道水軍統制使となった李舜臣の下位に身を置くことを何より屈辱とした。「西人派」を自任する元均にしてみれば、「東人派」の領袖《りょうしゅう》を後ろ楯《だて》にしている李舜臣の存在そのものが面白くなかった。ことあるごとに李舜臣を批判して命令に従わず、陸軍へ転属させられた。

元均が三道水軍統制使となって閑山島の水軍基地に赴任するや、配下となった将兵の離反をすぐに招いた。朝鮮水軍の将兵は、元均の海戦における軍功なるものが、すべて李舜臣の指揮下にあった時のものであることを知っていた。

これまで李舜臣は、「運籌《うんちゅう》」と名付けた離れを設け、副官たちを集めては水軍の作戦や兵法を論じることを常としていた。李舜臣に直接海戦について具申したい者がいれば、たとえ兵卒でも離れに呼んでその話に耳を傾けた。戦の前には、副官たちを集めて作戦計画を問い、敵船の数から兵力、付近の海流や風向きにいたるまで細かく情報を積み重ねた。そうして練り上げた戦法で常に秀吉水軍を迎え撃った。

ところが元均は、かつて李舜臣が副官たちと兵法を論じ合った離れに愛妾《あいしょう》を伴って籠《こも》り、副官たちの顔を見ることさえ少なかった。酒を飲んでは乱れ、自らの行状は省みることもなく、部下たちのちょっとした過失には厳罰で報いることが度重なった。

これまで李舜臣が重用してきた副官たちもことごとく排斥した。特にひどい扱いを受けたのは、かつて元均が慶尚道水軍司令官だった際に副官を務めていた李英男《りえいだん》だった。彼は秀吉軍が襲来した五年前の、元均の醜態をじかに見知っていた。

「どうせ倭賊の船を見たら、また我先に逃げ出すだけだろう」と蔭《かげ》で部下たちは元均の行状を嗤《わら》い、訓練をおろそかにし、軍律すら満足に保たれない始末となった。

再び秀吉軍の襲来が迫っている時に、海から遠く離れた漢城府での派閥抗争は、戦う前に自らの切り札を捨てたような結果を朝鮮水軍にもたらしていた。

四

二月五日、朝鮮国王からの使者として鄭期遠《ていきえん》が北京に到着した。この朝鮮奏聞使《そうもんし》がもたらした報《しら》せは、明国朝廷に混乱を引き起こした。

「封事《ほうじ》破れ、秀吉は激怒し、清正らが朝鮮に渡って再び侵攻を開始しようとしている」

そして、鄭期遠は兵部尚書(軍務大臣)の石星《せきせい》に至急明国軍による朝鮮救援を懇願した。

これを裏付けるように、昨年十二月には山東《さんとう》や薊遼《けいりょう》の辺将からも、「朝鮮王子が日本に渡って謝礼せぬことを秀吉が怒り、再び朝鮮に兵を送ろうとしている」との報告が北京へ届けられていた。

秀吉を日本国王に任命するため日本へ向かった楊方亨《ようほうこう》と沈惟敬《しんいけい》の正副冊封使からは、一月中にその報せが北京へ届いていた。それによれば、「大坂城で封事はとどこおりなく終わり、秀吉は誥命《こうめい》（王が発する辞令）と金印、冠服を五拝三叩頭《こうとう》して受けた」という。秀吉が日本国王として明皇帝より封を受ければ、日本は朝鮮と同じく大明の属国となり、明皇帝の命令書一つで朝鮮での戦乱は終わると明国朝廷は決め込んでいた。

二月十六日、冊封正使の楊方亨がやっと北京へ戻り、日本国王に任命された秀吉からの謝恩文を提出した。

『何ぞ計《はか》らん、東海の小臣、直ちに中華の盛典《せいてん》を蒙《こう》むり、誥命《こうめい》金印、礼楽《れいがく》衣冠、盛んに恩寵《おんちょう》を忭《こう》むる』

およそ朝鮮奏聞使からの急報とはほど遠い秀吉の「謝恩文」の内容に、朝廷内から疑義が出された。秀吉が本当に「封」を受けたのか、それとも拒絶したのか。楊方亨は厳しく査問され、秀吉の「謝恩文」なるものは沈惟敬の偽作であることが暴《あば》かれることになった。楊方亨は厳罰を恐れ、ここまでの経緯を詳《つまび》らかに告白した。とくに石星と沈惟敬とが取り交わした文書を証拠として提出し、すべて沈惟敬による策謀であると訴えた。講和交渉のために沈惟敬が二万両もの銀を石星から工作資金として受け取っていたことも明るみになり、秀吉が提示した講和条件の七ヶ条は、ここに初めて明国皇帝の知るところとなった。

「一、明国の皇女を迎え我が朝の后妃《こうひ》とする」

「一、勘合貿易は近年途絶えているので官船や商船の往来を求める」

あたかも敗戦国に対するがごとき秀吉の居丈高な要求に神宗《しんそう》皇帝は激怒した。君を欺《あざむ》き続けたとして石星を反逆罪で投獄し、朝鮮に留まっている沈惟敬を捜し出して捕縛せよと厳命した。

沈惟敬は、秀吉が「封」を受け入れなかったことで、北京に戻れば厳罰が待っていると予期した。朝鮮に留まり秀吉軍の完全撤退を見届けるのだと石星に報告し、一月には北京からそれを許可する文書が届けられた。いざとなれば釜山の小西行長を頼り、日本への亡命まで考えていた。

いずれにせよ、石星や沈惟敬ら講和による解決を図ってきた北京の勢力は、これですべて一掃されることになった。

五

二月八日、博多の吉次から長崎の甚五郎宛《あ》てに文が届いた。誰の陣屋に何をどれだけ納入したかという商いの報告を並べた後、『一昨日、宗室様《そうしつ》、宗湛様《そうたん》、宗仁様《そうじん》ほか御年寄衆、こぞって上京なされ候《そうろう》』と書き添えられていた。嶋井宗室や神屋宗湛、そして柴田宗仁らの博多年寄衆が揃《そろ》って上京したのは、伏見の秀吉に呼ばれたことを意味していた。

宗室や宗湛は、以前から肥前名護屋に見世を出さないかと秀吉に誘われていた。朝鮮再出兵を間近にひかえて、秀吉が肥前名護屋に代えて博多を基地として直接稼働《かどう》させることを考えているように思われた。

秀吉直轄地《ちょっかつち》の米が不足し、渡海した朝鮮での兵糧米調達など不可能なのだから、兵站基地をどこに据えようと根本的な兵糧不足は解消されるはずがなかった。九州蔵入《くらいり》地《ち》米を兵糧米として貸し与える制度も、大坂で必要な米を受け取れる為替《かわせ》米の仕組みも作ったが、秀吉蔵入地の米不足から文禄の出兵時でさえ思うように運ばなかった。

その上、博多では厄介な問題が起こっていた。一昨年の十二月、小早川隆景が備後《びんご》三原《みはら》へ隠居し、その養子秀秋が筑前と筑後の三十五万七千余石の領地を継承して筑前名島《なじま》城主となった。小早川秀秋は、秀吉の正室北政所《きたのまんどころ》の甥《おい》であり、それまでは羽柴姓を名乗る秀吉の養子だった。後継者の拾丸《ひろいまる》が生まれると、秀吉はこの秀秋を養子として迎えるよう毛利輝元へ求めた。輝元には実子がなかった。毛利宗家に他家から後継者が入ることを危惧《きぐ》した隆景が、あえて自らの養子に乞《こ》い求めたという経緯《いきさつ》があった。

小早川隆景は、先の碧蹄館《へきていかん》の戦いで李如松《りじょしょう》提督率いる二万の明国軍を打ち破り、北京を戦慄《せんりつ》させて講和へと方針を転換させた。武功はもとより民政にも優れた手腕を持ち、博多の統治に当たっては、嶋井宗室や神屋宗湛を始めとする年寄衆の意向を尊重して、支配よりも商都としての発展をまず優先させる器の大きさがあった。その隆景と比べれば、誰が後継しようと見劣りするのは否《いな》めないが、秀秋はまだ十六という若さもあって我を通そうとするあまり、博多の年寄衆としばしば対立していた。秀吉に命じられ後見役として山口宗永《むねなが》が補佐してはいたが、秀秋はおよそ筑前を統治できる器量ではないとの悪評が専《もっぱ》らだった。

嶋井宗室からは、甚五郎に博多へ戻ってきてほしいとの便りも届いていた。だが、兵糧米不足と補給路がおぼつかないこのような戦が、いつまでも続くはずがなかった。

この先、朝鮮との交易が元に戻ることは当分なく、これまで朝鮮を経由して明国から入ってきた品々も途絶えることは明らかで、海外貿易港としての博多は、おそらく復活することはないだろうと思われた。博多は秀吉から朝鮮戦役のために丸ごと抱えられ、都合よく利用されるだけで終わることになりかねなかった。むしろ、いつ博多の菜屋を引き上げるかという時期の見定めを甚五郎は考えていた。

六

再び朝鮮に渡った加藤清正は、釜山北東の機張《きちょう》へ陣を構え、朝鮮軍が守備する北西の梁山《りょうさん》を攻めて守備兵を駆逐し、かつて居城としていた西生浦城《せいせいほ》へ入った。一時廃城としていた西生浦城の修復に取りかかるとともに、講和交渉の相手として以前会見した松雲大師《しょううんだいし》を差し向けるよう漢城《かんじょう》の朝鮮政庁に求めた。三年前の四月、清正は同じ西生浦城で義僧軍大将の松雲大師を迎え、三度にわたって会見していた。

三月一日、松雲大師は清正の要請に応《こた》えて西生浦城へ到来し、再び清正とまみえることとなった。西生浦城は慶尚道《けいしょうどう》の東岸に位置し、すぐ北を流れる回夜江《かいやこう》の河口が天然の良港を形成していた。城は海岸から半里余ほど入った梁山続きの山上に築かれていた。堅牢に組まれた石垣と、その上に巡らされた城壁、天守台と高層の櫓が見上げる者を圧した。

清正は、三年前と同じく総畳敷きの御殿に金屏風《きんびょうぶ》を巡らし、松雲大師を迎えた。大師の遠来を謝すると、清正は早速本題に入った。

「四年前の四月、朝鮮漢城において沈惟敬《しんいけい》と小西行長が和平を結ぶに当たり、私が人質とした朝鮮王子二人を返し、当方の軍兵が退去すれば、朝鮮国王は太閤殿下に謝意とあらためての帰服を表明すると取り決めたはずである。それらがかなえば、朝鮮八道を分割し北部四道を返還することも約束した。そして、漢城にいた日本軍兵は約束どおりすべて漢城を去り、慶尚道の海岸に城郭を構えて待機した。そればかりか王子二人をも解放し返還した。太閤殿下は、これによって朝鮮国王も和平に同意するものと信じ、去年の八月まで戦を停止して朝鮮国王が帰服を示すのを待った。ところが、朝鮮国王は日本に帰服する意志を示さず、朝鮮王子の一人として渡海するものはなく、謝礼を太閤殿下に表すこともない。

去年八月にいたり、明国と講和する段になって、およそ朝鮮国王の使者とは思われぬ卑賤《ひせん》の者を日本に送りつけてよこした。太閤殿下はこの非礼を大層怒り、使者とは対面しなかった。朝鮮国は我々を騙《だま》したのか。それとも明国の妨害によるものなのか。

太閤殿下はこの点をはっきり国王に問うべきであると私に厳命された。再び渡海したのはこのことを問い糺《ただ》すためである」

清正の問いに対して松雲大師は答えた。

「四年前、日本の軍兵が漢城を退去し王子二人を返還すれば、国王がみずから海を渡って謝意を表すなどということを、いったい誰が言ったのか。また、朝鮮の地を分割して日本に属するなどということも、誰が言い出したのか。沈惟敬から出た話なのか。あるいは行長が言ったことなのか。たとえ貴公らが百人の王子を捕虜として返さなくとも、国王みずからが海を渡って太閤殿下に恭順の意を示すことなど、ありうるはずがないではないか。

大上官《だいじょうかん》清正公、貴公ほどの人物が、何故《なぜ》このように出来うることと初めからなしえないこととの分別がつけられないのか」松雲大師の声には、あきれたような響きが込められていた。

「七年前、朝鮮国王は使者を日本に送り、太閤殿下に『朝鮮は日本に帰服する』と奏上した。太閤殿下は大層喜び、これによって大明国を征伐することを決心された。すなわち朝鮮軍を大明征伐の先手とし、朝鮮から道と城とを借りて、日本の軍兵を大明国へ進撃させることを決めた。ところが、いざ大明に攻め入ろうとした時、朝鮮は急に変心して、道を貸さず、また先手を務めようともしなかった。

五年前、壬辰《じんしん》の年、我々が朝鮮へ攻め入ったのは、この時の朝鮮の変心に対して、太閤殿下が『朝鮮が日本に使者を送り帰服を誓ったことはすべて偽《いつわ》りだった』と激怒された結果である。

そこで貴僧に問う。七年前、庚寅《こういん》の年、朝鮮から使者を日本に送ったのは、帰服を表明するためではなかったのか」

「庚寅の年に使者を日本へ送ったのは、隣国ゆえに、ただ互いの友好と親善とを確かめるためである。帰服の表明などではない」

松雲大師は笑いさえ含んで答えた。清正が予想していた通りだった。やはり朝鮮国王は帰属の意など一度も表明してはいなかった。

「……その折、日本のとある人物が、太閤殿下に『朝鮮は日本に帰服する』と奏上した。このことは偽りなのか」

「その時、対馬守《つしまのかみ》と行長が奏上したのは、全くの偽りである。太閤殿下ばかりか、わが朝鮮国王をも騙し欺いたのだ。真実からほど遠い話だ」

「対馬の宗と行長たちに太閤殿下が命じられたのは、『明国侵攻の道を朝鮮から借りよ』とのことだった。宗と行長は、このことを朝鮮国王に告げたのか。告げなかったのか」

「わが国王に対して、対馬守と行長がどうしてそんなことを進言できようか。できるはずがないではないか」松雲大師はあまりにも馬鹿《ばか》げた話だと失笑を漏らした。

これまでの不可解な真相が詳《つまび》らかにされ、さしもの清正もしばらく黙したままだった。高台に築かれた城には、北風に乗って海岸へ打ち寄せる波の音が繰り返し響いた。

秀吉も、清正初め日本の大名衆も、小西行長と宗義智、彼らに与《くみ》する石田三成らに欺かれていた。しかし、失ったものは今さら取り戻せない。今、清正に託されているのは一つのことだけだった。

「この交渉が決裂すれば、即座に我々の軍兵が大挙して海を渡り襲来する。そうなれば、朝鮮の国中を焼き尽くし、焦土となることは避けられない。

そこで、戦端を開くことなく和議を結ぶには、ともかく王子の一人が日本に渡り、太閤殿下に礼を尽すことではないかと考える次第だ。王子兄弟のうちの一人を日本に渡海させることで、朝鮮国の数千万におよぶ人民を救うことができる。貴僧はこのことをしっかり国王に告げるべきである。そして、貢納《こうのう》を太閤殿下に毎年献上すれば、泰平はずっと保たれることになるはずだ。もし、私のこの献言《けんげん》を受け入れるならば、四月の二十日にまた来てほしい」

秀吉は再出兵を命じたものの、再び朝鮮での戦が長引けば秀吉政権の破綻を招くことも間違いなかった。豊臣家を後継する拾丸《ひろいまる》（秀頼《ひでより》）は、この年やっと五つの幼児である。すでに小西行長による講和交渉は破綻し、朝鮮との交渉は清正にゆだねられた。あくまでも秀吉の体面を守り、講和を結ぶのが清正の使命だった。

秀吉の講和条件は、これまでの日本国内における大名統制の手順どおり、朝鮮国王が恭順を表明して領地を捧《ささ》げ、人質を差し出すことだった。朝鮮国王にとって秀吉の人質要求に応える方が、国中を焦土としてすべてを失うよりはずっと良いはずだと清正は考えていた。人質として朝鮮王子一人を差し出せば、首都漢城を含めた北部四道を朝鮮国王に返還することは以前から伝えてあった。

加藤清正は、四月二十日を朝鮮国側の回答期限として提示し、和と戦、いずれの場合にも応じると松雲大師に告げた。しかし、松雲大師にしてみれば、清正の条件も一方的な無理を押しつけられたことに変わりなかった。

慶長二年（一五九七）陰暦五月

一

五月、釜山《ふさん》城の小西行長は、「要次郎」こと梯七太夫《かけはししちだゆう》を宜寧《ぎねい》に送り、ここを守備する慶尚道《けいしょうどう》陸軍の司令官金応瑞《きんおうずい》と接触させることにした。慶尚道の宜寧は、釜山から二十里（約八十キロ）西北にあり、秀吉軍の占領する東南地域から全羅道《ぜんらどう》都の全州《ぜんしゅう》へいたる陸路の要衝だった。東に洛東江《らくとうこう》が流れ、南江《なんこう》とに挟まれた肥沃《ひよく》な地で、秀吉軍の侵略に最初の義兵隊を起こした郭再祐《かくさいゆう》の故郷として知られた。七太夫は小西行長からの新たな内報を携えていた。

『太閤の意図は、慶尚道から全羅道を攻略し、朝鮮南部四道の支配を確実にすることである。そこで、清正らの軍勢は、西生浦《せいせいほ》と蔚山《うるさん》から北上し慶州から大邱《たいきゅう》、あるいは南の密陽《みつよう》に進み、全羅道へ攻め入るはずだ。我々小西軍は、釜山から宜寧、そして晋《しん》州《しゅう》を経て全羅道へ向かう。

これらの経路に当たる山城には、壮健な者のみを選んで配置し応戦すればよい。女と老いたる者、幼少の者たちは、この経路から離れた安全な場所へ退避させよ。

慶尚道から全羅道に向かう道筋の田畑では、穀物をすべて刈り取り、秀吉軍の食糧となる物を一切残すな。秀吉軍には満足な兵糧《ひょうろう》がない。進軍経路となる地域一帯で調達すべき食糧がなければ、全羅道へ攻めこむことなどとてもできない。兵を連れて慶尚左道へ引き戻るしかなくなる。このことが太閤に伝われば、太閤は武力によって朝鮮を支配することは無理であると認め、以前のように講和を模索するしかなくなるはずだ』

この一月にも要次郎は宜寧の兵舎に金応瑞を訪ね、加藤清正の近日渡来を報《しら》せ、朝鮮水軍を使って迎撃するよう通報していた。金応瑞は上官の権慄《ごんりつ》を通じて漢城《かんじょう》(ソウル)に連絡し、海上で清正を討伐する命令が出された。だが水軍総司令官の李舜臣《りしゅんしん》は、この内報を行長が仕組んだ罠《わな》であるとして水軍を出撃させなかった。しかし、要次郎の通報どおりに清正は渡来し加《か》徳島《とくとう》に宿営した。要次郎のもたらした情報を信じなかったために、朝鮮はみすみす猛将の上陸を許した。

過去にさかのぼれば四年前（一五九三）六月の晋州城攻めにおいても、小西行長は明《みん》国の沈惟敬《しんいけい》を通じて、秀吉軍九万三千の兵が攻め寄せることを前もって朝鮮側に報じ、晋州城から民衆を退避させ城を空にすべきことを通告していた。

「わが大将行長が報じることは、すべて偽りだと決めつけ、全く信じようとしなかった。だが、常に真実を告げてきたはずだ。晋州城攻めの時も、行長の言うことを信じなかったために多大な犠牲を出し、陥落するにいたった。何の罪もない民を大勢死なせて何の益があったのか。

秀吉軍の兵は、朝鮮の山城に大勢の美しい女と財宝が山をなしていると信じ、涎《よだれ》を垂らさんばかりだ。もし城を落とし、得るものが多大であれば、ますます城攻めに力を注ぐことになる。山城を攻め落としても何の利得もないとわかれば、そんなことに命懸けで力を注ぐ者はいなくなる。城が陥落すれば、朝鮮の人が気落ちして逃げまどうことになるばかりか、秀吉の軍兵を調子づかせ欲望を煽《あお》ることにもなる。そうして山城を落とすたびに冥利《みょうり》が大きければ、やがては全羅道を侵略し、そこに留まってすべてを奪い取ることになりかねない。そうなってしまってから、朝鮮がいくら講和を乞《こ》い願っても、太閤はますます驕《おご》り、必ず無理難題を言いつけ、飽くことのない我欲を満たそうとするに違いない。

朝鮮軍の兵糧や武器弾薬、財産、女と幼少の者、老人、これらを簡単には見つけられない島嶼《とうしょ》や奥地に隠し、そのうえで野戦や夜襲に徹すればよい。今、秀吉軍が最も憂慮しているのは、兵糧の欠乏だ。進軍する先々で食糧を調達できなければ、せいぜい十日も経《た》たず慶尚道の陣城《じんしろ》へ退却するしかない。慶尚道から全羅道にいたる地は穀物が豊かに稔《みの》る。そのすべてを刈り取ってしまって構わない。もしそのままにしておくならば、盗賊に食糧をわざわざ用意するようなものだ。近日中に安骨浦《あんこつほ》倭城《わじょう》の軍が夜陰に乗じて咸安《かんあん》、晋州、鎮海《ちんかい》、固城《こじょう》へ進攻することになっている。この地の人民をまず退避させよ。耕作などさせたところで、無駄でしかない。どうせ秀吉の軍兵にすべて奪われるだけのことだ。いかなる防禦《ぼうぎょ》の手を打とうが無駄だ。まず民を安全な場所へ避難させることだ。これ以上無辜《むこ》の民を犠牲にすることは何としても避けたいというのが、我が大将行長の思いだ。近い内に、また新たな軍兵が釜山に到着すると思うが、そうなれば小西軍は馬山浦《ばさんぽ》城へ移動する。進攻することが決められた以上、我々も太閤の命令を拒むことはできない。小西軍が進発することが決まれば、たとえ当日でも進撃経路を隠さずに伝える。ただし、今話したことが漏れ、太閤の耳に入ることにでもなれば、行長は親族までも一人残らず誅戮《ちゅうりく》される。他には一切漏らさないでほしい。朝鮮が秀吉軍の内実を考慮せず、山城に民も一緒に立て籠《こも》るなどして抵抗すれば、いたずらに秀吉軍へ利得をもたらし、いつまで経ってもひどい目に遭わされるだけのことだ。以上のことは、行長の痛心から発しているのだとわかってほしい」

小西行長は、秀吉が明皇帝から日本国王に任命されることで、明皇帝の権威を背景にした豊臣王国を作ることを意図していた。老いた秀吉の願いは、つまるところ愛児拾丸の安泰と豊臣家永代の繁栄だった。そのためには秀吉亡《な》き後、拾丸が明皇帝の権威を後ろ楯《だて》にすることが最善の策だと行長は考えた。

行長は、内藤如安《じょあん》を北京に派遣し、秀吉を日本国王に任命する冊封使《さくほうし》派遣を要請すると同時に、拾丸を「世子《せいし》」すなわち日本国王の後継者として認めるよう明皇帝に奏《そう》請《せい》した。秀吉が日本国王に任命されれば、秀吉は望み通り後陽成《ごようぜい》天皇を超え、日本の最高権力者として対外的にも認められ、拾丸も明皇帝の名においてその正統後継者として認定される。秀吉亡き後、拾丸の要請があれば宗主国の明皇帝は威信をかけて軍を送ってくれることになる。

そして、拾丸を補佐し豊臣政権を運営する「大都督《だいととく》」として、行長と石田三成、増田長盛、大谷吉継、宇喜多秀家の五人に最上の官職を与えるよう明朝廷に請願した。秀吉亡き後は、明皇帝の権威を背景とし、行長ら五人によって秀吉の築き上げた中央集権による封建制を維持するという目論見《もくろみ》だった。

「大都督」となったあかつきに行長が成すべきことは、明国と朝鮮、そして日本を結ぶ海上交易の支配統制だった。内藤如安が明朝廷に官職の請願をした際、小西行長のみに添え書きをつけた。

『行長独りは、九州の支配を世襲し、末永く明国沿海の海上警固と朝鮮との友好に当たる』

秀吉が明皇帝の支配下に入り、日本国王に任命されて初めて、明国との独占貿易は許される。秀吉が明皇帝から朝貢《ちょうこう》を認められれば、日本と明国とを結ぶ東シナ海の貿易独占権を得られ、海商や海賊の一切を排除できることになる。いわゆる後期倭寇《わこう》と呼ばれる明国人、日本人、ポルトガル人の私貿易や掠奪《りゃくだつ》をこの海域から一掃し、対明国貿易を独占することによって豊臣家は莫大《ばくだい》な収益を得られる。それを実現するのが、行長の責務となるはずだった。

しかし、行長における秀吉亡き後の政権構想は、秀吉が日本国王の任命を受け入れなかった時点で消滅した。秀吉は、朝鮮支配を明皇帝が認めなかったことに逆上して、行長の構想とこれまでの労苦をすべて灰にした。だが、同時に秀吉も、自身亡き後の拾丸を世継ぎとして豊臣家の繁栄を図る方策を自ら失った。

かつての秀吉ならば、表向きはどうあれ、必ず実《じつ》を取った。秀吉の、その天性のしたたかさを行長は最後まで信じていた。秀吉に失望したことも事実だった。

バウチスタ神父らフランシスコ会士とキリシタン信徒の処刑は、行長に少なからぬ衝撃をもたらした。もちろん、ポルトガルとイスパニア両国の植民地争奪に絡《から》み、ポルトガル系のイエズス会が、イスパニア系のフランシスコ会を日本から排除するために生じた悲劇であることは行長にもわかっていた。

『何が原因で、あなたがたの間に戦いや争いがおこるのですか。あなたがた自身の内部で争いあう欲望が、その原因ではありませんか。あなたがたは欲しても得られないと、人を殺します。また熱望しても手に入れることができないと、争ったり戦ったりします。得られないのは、願い求めないからで、願い求めても得られないのは、自分の快楽のために使おうと、間違った動機で願い求めるからです』

秀吉が日本国王に封じられることを拒絶し、すべてが終わったと思った時、行長の内でこの「ヤコブの手紙」の一節が響いた。四年前の十二月、朝鮮の熊川《ゆうせん》城にて、イエズス会から派遣されてきたセスペデス神父が教えてくれた言葉だった。

秀吉は講和交渉から行長を外し、新たに朝鮮との交渉を加藤清正に一任した。清正は義僧軍を率いる松雲大師《しょううんだいし》と和平交渉を行った。が、朝鮮国王が今さら人質として王子を秀吉のもとへ送るはずがなかった。清正が朝鮮からの回答期限とした四月二十日を過ぎても、何ら具体的な返答は得られずに終わった。

秀吉が築いた日本国内の泰平を維持し、再び群雄割拠の救い難き時代に引き戻さないために、小西行長に残された使命は、国内を疲弊させるだけのこの戦《いくさ》を早急に終わらせることであり、かつて明国皇帝に請願した通りの奉行衆による集権統治の確立だった。まずは、秀吉の富を食いつぶすだけの、この愚かな戦を終わらせねばならなかった。

二

陰暦四月一日、陽暦では五月十六日に当たるこの日、サン・フェリーペ号は、前年夏の出航以来、十ヶ月にわたる長い航海の末にマニラ帰還を果たした。

去る陽暦二月五日、バウチスタ神父ら六人のフランシスコ会士が、長崎において処刑されたことは、サン・フェリーペ号のランデーチョ司令官によってマニラのイスパニア人社会へ初めて伝えられた。

マニラの新しいフィリピン総督テーリョは、かつて総督使節として送ったバウチスタ神父が処刑されたことで、秀吉のマニラ侵攻を危惧《きぐ》した。テーリョ総督は、秀吉のフィリピン侵略を阻止するため、日本とマニラの間に位置する台湾を先に占領する必要を感じた。イスパニア海軍の艦船二隻《せき》を台湾に派遣し、その島の内情と港のすべてを調査するよう命じた。

陽暦五月二十一日、マニラ湾カビテ港に一艘《そう》のジャンク船が日本から到着した。佐源太の船だった。この船には加藤清正から委託された肥後の小麦粉三千樽《たる》が積まれていた。

秀吉配下の武将として「ユキナガ」と「キヨマサ」の名は、マニラのイスパニア人にも知られていた。船には、その清正から派遣されて判屋《はんや》猪《い》右衛《え》門《もん》と伊倉代官の後藤勘兵衛なる人物が乗っていた。二人は、清正からのフィリピン総督宛《あ》て書簡を携えていた。

『このたび貴地へ向かうこの船に対し、閣下より諸般にわたる便宜を与えられるならば、これを喜びとすると同時にそのご恩に深く感謝する次第である。予は親密なる交際が結ばれることを祈ってやまない』そう記されていた。

テーリョ総督は、彼ら二人をマニラ城内に招き歓待した。フィリピン総督としては、秀吉の侵略に備えながらも、日本との交易を途絶するわけにはいかなかった。バウチスタ神父らを処刑したことによるイスパニア人の報復を恐れ、日本商人のマニラ渡航が途絶えるようなことは避けたかった。

また、秀吉から没収されたままになっているサン・フェリーペ号積荷の返還と、殉教したバウチスタ神父ら六人の亡骸《なきがら》の引き渡しを求める必要があった。秀吉の信任する有力な武将「キヨマサ」が送ってきた二人の使者を厚遇し、交易と返還交渉を円滑に運びたいという狙《ねら》いを総督は持っていた。

長崎でのバウチスタ神父らの殉教は、マニラ郊外の日本人集落ディラオにも、佐源太ら種子島衆によって伝えられた。日本語に堪能《たんのう》で、ディラオの日本人に愛され、病人には献身的な看護を惜しまなかったゴンザロ・ガルシア修道士も長崎で殉教したことを知り、皆茫然《ぼうぜん》とするばかりだった。

三

三月、明の神宗《しんそう》皇帝は、秀吉朝鮮再侵攻の報に接すると、石星《せきせい》に代わる兵部尚書(軍務大臣)に田楽《でんがく》を再任した。朝鮮における軍務を総括する軍務経略(総司令官)には邢玠《けいかい》を任命し、その経理(次官)として楊鎬《ようこう》を当てた。対秀吉軍の総指揮官には、北辺の大同《だいどう》出身で回族《かい》（イスラム教徒）の将軍、麻貴《まき》を登用した。

五月九日、麻貴提督は一万七千の明国軍を率いて遼東《りょうとう》（満洲）の郡都、遼陽《りょうよう》に到着した。朝鮮からしきりに届く援軍要請に対して、楊鎬と麻貴は、慶尚、全羅、忠清三道の要衝に配下四将を先発して送り込んだ。

秀吉軍が征圧を目論む全羅道の、慶尚道からの入り口となる南原《なんげん》には楊元《ようげん》を将として騎馬兵三千を送り、道都の全州《ぜんしゅう》には陳愚衷《ちんぐちゅう》の騎馬兵二千を向かわせた。慶尚道から漢城に向かう街道要衝の星州《せいしゅう》には茅国器《ぼうこくき》の歩兵三千、忠清道の忠州《ちゅうしゅう》には呉惟忠《ごいちゅう》の率いる歩兵四千を送って秀吉軍の侵攻に備えさせた。朝鮮へ派兵する明国軍は、最終的に十四万二千七百人を数える大軍となるはずだった。

六月の末、「要次郎」こと梯七太夫がまたも南江《なんこう》を渡って宜寧《ぎねい》に入り、慶尚道陸軍司令官金応瑞《きんおうずい》の営舎を訪れた。

「藤堂高虎、加藤嘉明《よしあき》、脇坂安治の水軍六百余艘が、釜山に集結している。目的は閑《かん》山島《ざんとう》の統制営（朝鮮水軍司令本部）を征伐することだ。海での戦ならば朝鮮水軍が負けるはずはない。水軍を差し向けて機先を制すべきだ」小西行長から託された伝言をもたらした。

調達すべき食糧が刈り取られて朝鮮の地になければ、秀吉軍は全羅道を占領するための兵糧を船によって補給しなくてはならなくなる。文禄の役を通して秀吉軍の苦戦は、この海からの補給路を李舜臣《りしゅんしん》によってことごとく断たれたためだった。朝鮮水軍を掃討しなければ、またしても文禄の役と同じ状況に陥るのは自明のことだった。朝鮮水軍の総司令部も釜山周辺の秀吉水軍に即時対応すべく、李舜臣によって巨済島西南の閑山島に移されていた。これまで苦杯をなめ続けてきた秀吉水軍が総力を挙げて閑山島の基地を攻撃し、まずは朝鮮水軍を壊滅させる必要があった。

朝鮮軍総司令官の権慄《ごんりつ》は、「要次郎」からもたらされた秀吉水軍釜山沖集結の報に、閑山島の元均《げんきん》へ出撃を命じた。李舜臣が失脚し、元均が代わって三道水軍統制使（司令長官）に就いていた。

七月八日、二百艘の軍船からなる朝鮮水軍は閑山島を発し、十里（約四十キロ）北東の熊浦《ゆうほ》へ向かった。三年余の休戦中に李舜臣は水軍力の充実を図り、軍船数を二百余艘にまで増やしていた。だがこの時、旗艦に元均の姿は見当たらず、代わりに慶尚道司令官の裴楔《はいせつ》が指揮をとっていた。裴楔の率いる朝鮮水軍は、鎮海湾《ちんかい》の熊浦まで航行し、停泊していた秀吉軍船に攻撃を仕掛けたものの、逆に陸地から秀吉軍に激しく砲撃され、閑山島まで逃げ戻るのがせいぜいのことだった。熊浦も、北に熊川《ゆうせん》、南に加徳島をひかえ、付近一帯を秀吉軍に占領されていたため、遠距離を操航し空腹と渇きに苦しむ朝鮮水軍が、上陸して水と食を取るための場がなかった。

一月前の六月十日、元均は、権慄からの指令を受け、加徳島と安骨浦《あんこつほ》の秀吉水軍を攻撃すべく閑山島を出撃した。ところが、逆風と高波に阻まれ、十里離れた加徳島へ向かうだけでも困難を極めた。漕手《そうしゅ》たちの消耗は激しかったが、加徳島付近の湾と島はすべて秀吉軍に押さえられていた。給水と食事のために上陸することもかなわず、船隊も維持できないまま、陸と海から秀吉軍の砲撃を受けて安弘国《あんこうこく》ら有能な部隊長が戦死し、元均は退却するしかなかった。陸からの攻勢を強めて慶尚道の沿岸地域を奪還しない限り、釜山周辺の秀吉水軍を先制攻撃することは不可能であると、元均もこの時身にしみて知った。

この一月、加藤清正の渡海を阻止するために釜山前面への出撃を命じられた李舜臣が、この海路の困難なことを理由に命令を拒み失脚した。その際、李舜臣を厳しく指弾したのが他ならぬ元均だった。当の元均が、釜山よりはるか手前の加徳島で風波に阻《はば》まれ敗退を余儀なくされた。六月の敗退を受けて元均は慶尚道沿岸地域の奪還を権慄へ要望したが、朝鮮陸軍は何の行動も起こさなかった。このたびの出撃命令に元均が従わなかったのは、権慄に対する反発によっていた。

元均が熊浦攻撃に向かわなかったことを知った権慄は、厳しく叱責《しっせき》し、笞《むち》打ちの刑でその任務不履行に報いた。相次ぐ朝鮮水軍の敗戦に危機感を募らせ、元均に自分自身の言葉通り実行を果たすよう命じた。元均は釜山へ向けて出撃するしかなくなった。

四

七月十五日早朝、元均《げんきん》は、慶尚道水軍の裴楔《はいせつ》、忠清道水軍の崔湖《さいこ》、そして全羅道水軍の李億祺《りおくき》、彼ら三道の司令官を従え、朝鮮水軍の総力を挙げて釜山へ向かった。

朝鮮水軍の大船団二百余艘は、巨済島《きょさいとう》の西を巡り見乃梁《けんだいりょう》海峡を通過して、加徳島《かとくとう》の北を東へ向かって航行した。慶尚道の沿岸に展開する秀吉軍は、朝鮮軍の大船団を確認し、順次各陣へ通報した。巨済島には島津義弘、加徳島には筑紫広門《つくしひろかど》と高橋直次《なおつぐ》の軍が布陣していた。

秀吉の水軍船は、熊浦《ゆうほ》から朝鮮軍船を引きつけては距離を取る動きを繰り返し、しきりに挑発して元均をいらだたせた。朝鮮水軍に給水や食事の間を取らせず、とくに漕手を疲労させる作戦だった。秀吉水軍の挑発に誘い込まれるまま、朝鮮軍船団は釜山まで十二里半（約五十キロ）の航海を休みなく続けた。

朝鮮軍船団が釜山湾口の絶影島《ぜつえいとう》まで近づいた時、すでに闇《やみ》が辺りを占めていた。逆風は強く波も高まり、朝鮮水軍の漕手たちはことごとく疲れ切っていた。かといって釜山周辺に朝鮮軍船を寄せられる入り江すらない状況は変わらなかった。陸地や島へ近づけば秀吉軍の砲撃に見舞われた。李舜臣《りしゅんしん》が釜山まで水軍を送ることを拒んだのは、この給水すらできない状況に陥るのを避けようとしたためだった。疲労と空腹、渇きには勝てず、元均は加徳島まで五里（約二十キロ）西へ退却するよう号令した。朝鮮水軍の各船団は隊形を維持する余力もなく、四散して加徳島を目指した。

加徳島にたどり着いた朝鮮水軍は水を求めて次々と上陸した。加徳島の入り江に待ち伏せていた筑紫広門と高橋直次の軍勢に急襲され、四百名が海岸で討たれた。元均は急遽《きゅうきょ》巨済島まで退却することを決し、巨済島と漆川島《しっせんとう》とにはさまれた漆川梁《しっせんりょう》まで西進すると指令した。

十六日明け方、朝鮮水軍百艘余は漆川梁に停泊して休息をとっていた。漆川梁は水深が浅く秀吉水軍の大船は侵入してこないものと思われた。ところが、藤堂高虎と加藤嘉明、脇坂安治らの五百艘を数える小型船が漆川梁に入り込み、いきなり砲撃を開始した。不意をつかれた朝鮮水軍は混乱を極めた。慶尚道司令官の裴楔《はいせつ》は、配下の十二艘を率いて軍船団から離脱し、そのまま閑山島を目指して逃走した。

朝鮮水軍も態勢を立て直して反撃を始め、海峡は火の海となった。白煙の立ち込める中、島津忠恒《ただつね》らに船内へ斬《き》り込まれ、多数の朝鮮水兵が討たれた。忠清道水軍を率いて参戦した崔湖《さいこ》、そして李舜臣とともに数々の武勲を上げた李《り》億祺《おくき》までが、この海戦で戦死を遂げた。

元均の旗艦を始め何とか西へ逃げ延びた軍船も、統営《とうえい》半島に近い春元浦《しゅんげんぽ》で再び秀吉水軍に包囲され攻撃された。元均は対岸の巨済島に逃れ、船を捨て島へ上陸した。ところが、巨済島で待ち伏せていた島津義弘の兵三千に襲われ、元均もそこで敗死するに至った。

一足早く遁走《とんそう》した慶尚道水軍司令官の裴楔は、閑山島の水軍総司令部に戻り、兵舎に火を放った。また、秀吉軍に鹵獲《ろかく》されることを恐れ、蓄えていた兵糧や武器弾薬を焼却し海中へ投棄した。とうとう閑山島までが秀吉軍の手に落ち、ここに全羅道への進撃路が開くこととなった。

水軍大敗の報は漢城にも届き、朝廷を震撼《しんかん》せしめた。国王宣祖《せんそ》は、以後の対応を朝臣らに問い、都元帥《とげんすい》（総司令官）の金命元《きんめいげん》らによる献言どおり李舜臣を再任するしかないと決心した。

八月三日、一兵卒とされて従軍させられていた李舜臣は、再び三道水軍統制使を拝命した。だが、李億祺始め優れた水軍の将士は先の海戦でことごとく戦死していた。

しかも、李舜臣が三年の歳月をかけて建造した二百余艘の軍船は、わずか十三艘を数えるのみとなっていた。

五

八月一日、総大将として小早川秀秋が博多から朝鮮に渡り釜山へ着陣したのを受けて、秀吉軍は朝鮮南部の慶尚、全羅、忠清三道を占領すべく、進攻の陣形を固めた。これまで秀吉軍は、兵糧不足から思うように全羅道へ進軍できなかったが、朝鮮水軍を壊滅させたことによって海から補給を受けながらの西進が可能となった。

左軍は宇喜多秀家を大将とし、小西行長、島津義弘、長宗我部元親らの兵力四万九千で編制された。この軍は慶尚道の沿岸づたいに西へと進み、南原《なんげん》城を攻略し、道都の全州《ぜんしゅう》を収めて、全羅道の征圧を目指すこととなった。

南原城は全羅道の門戸《もんこ》に位置し、全州の南十二里半（約五十キロ）にあり、東に雲《うん》峯《ぼう》の山岳地帯が行く手を阻んでいた。城の南を流れる蓼川《りょうせん》は南流して露梁《ろりょう》へいたり、海からの補給路ともなりえた。南原城を落とせば、全州まで一気に進撃して全羅道を占領できることになる。

南原城には、明国遼東軍の楊元《ようげん》が配下の騎馬兵三千を率いて駐屯していた。朝鮮軍の李福男《りふくだん》、金敬老《きんけいろう》らの兵を合わせ、四千人ほどが守備していた。その中には「降倭《こうわ》」と呼ばれる日本人の一群があった。彼らは文禄の役以来、捕虜となったり投降したりして朝鮮軍に身を投じていた。秀吉軍から鹵獲《ろかく》した鉄砲を携え、南原城の守備に着いていた。

八月四日、左軍の先鋒《せんぽう》となった小西行長は、海路を使って鎮海《ちんかい》湾を渡り、巨済島《きょさいとう》の北西に位置する固城《こじょう》に進攻した。行長による早期終戦の策謀はすべて裏目に出ていた。李舜臣《りしゅんしん》に取って代わった元均《げんきん》が大敗し、朝鮮水軍はほぼ壊滅したが、結果として鎮海湾周辺までも秀吉軍に征圧され、戦《いくさ》は逆に長引く様相を呈していた。

行長は、この意義のない戦いで自軍兵はもとより朝鮮人民を犠牲にする気はなかった。秀吉は、相変わらず朝鮮南部四道を自分の領土と思い込み、朝鮮における抗戦を「一揆《いっき》ばら」の反逆ととらえ、皆殺しを厳命していた。また、討ち取った首の代わりに鼻を削《そ》ぎ落として自分のもとへ送れなどという、正気の沙汰《さた》とも思われぬことまで命じていた。

行長は、上陸してまず通過することになる固城と、七里半（約三十キロ）北西の泗《し》川《せん》に使者を送り、城から退去し避難するよう勧告した。この日、小西軍は、ほとんど無抵抗の固城と泗川を通過し、二十里（約八十キロ）北西に位置する南原城へ向かって軍を進めた。進軍する先々の田畑はすべて刈り取られ、それだけは行長の勧告を守っていた。

八月十日、小西軍一万四千七百名は、南原城の南を流れる蓼川の畔《ほとり》まで迫った。小西軍は、行長の本隊に宗義智《そうよしとし》、松浦鎮信《まつらしげのぶ》、有馬晴信、大村喜前《よしあき》、五島玄雅《はるまさ》の各勢から成っていた。田の広がる中に石垣と漆喰《しっくい》の高塀で囲まれた南原の市街城が見えた。城壁の四方に楼閣を築いた城門があり、三層の櫓《やぐら》が城壁の所々に設けられていた。

南原城は、まず空堀が巡らされ、城壁の外を土塀が囲んでいた。空堀は五十間（約九十メートル）の幅があった。堀の上に橋が渡され、四方の城門に通じていた。城壁の外に巡らされた土塀には、火砲が配置されていた。

明国軍副総兵（准《じゅん》司令官）の楊元が遼東の騎馬兵三千を率いて駐屯し、朝鮮軍と合わせても四千に満たない兵で南原城の防禦に当たっていた。城下の人民も城内に避難し、一万を超える人々が立て籠っていた。行長は、明国との講和交渉の窓口となっていた沈惟敬《しんいけい》からの報せで、これら守備軍のあらましを知っていたが、明国朝廷から逮捕命が出ていた沈惟敬自身は、すでに朝鮮国内で楊元に捕らえられ北京へ送還されていた。

小西軍は五年前、平壌《へいじょう》で祖承訓《そしょうくん》率いる遼東軍を打ち破っていた。遼東の兵は、広い平原での騎馬戦には圧倒的な力を発揮するが、勝手の違う市街城内での戦いでは翼を折られた鳥のようなものだった。南原城の守備に派遣された楊元も、翌年の平壌奪還戦の際に明国東征提督の李如松《りじょしょう》配下として従軍し、行長の軍を敗走させた経験を持っていた。しかしその時は、小西軍をはるかに上回る四万の明国軍による総攻撃だった。

十二日、行長の本隊は蓼川を渡って遠巻きに南原城を望み、百人ほどの小隊を幾つか編制して繰り出した。そして、各小隊は、四方から堀まで接近しては鉄砲を放ち、遁走することを繰り返した。小型火砲と弓では小西軍本隊まではとても届かず、遊撃隊の放った鉄砲で明国と朝鮮の守備兵数名が斃《たお》された。

陽が傾く頃、白旗を掲げた小西軍の使者が西の城門に接近し、朝鮮語で「戦いを止《や》め、話し合いたい」と呼びかけた。楊元は、配下の伝報官と朝鮮人通詞に加えて、降倭の将士一名を日本語通詞として行長の陣舎へ向かわせた。

蓼川を前にして小西軍一万四千七百は集結し、すぐにでも川を越えて城攻めにかかる構えを見せていた。島津義弘の軍ばかりか、藤堂高虎や加藤嘉明らの水軍勢も南原攻略に加わり、すでに到着していた。民家ではとても足らず、ここまで進軍してきた道すがら運んできた木材で兵舎が建てられ、川岸に新たな街が出現した。秀吉軍は楊元の想像をはるかに超える大軍だった。

行長は、住人が避難し、空き家となった民家で楊元の使者を迎えた。家の周囲には槍《やり》を手にした数人の兵が警固していたが、人払いされた家の中には行長の他に通詞役の要次郎がいるだけだった。

「遼東から副総兵（准司令官）が来ていることは知っている。だが、四千に満たない兵ではとても守りきれない。戦えば城内の犠牲を増やすだけだ。城中の民をまず逃がし、本日中に城を明け渡せ。これから味方の軍は陸続と到来する。明日になってからではどうにもできない」行長はそう告げた。

伝報官は城に戻って楊元に伝えると答えた。朝鮮人通詞の他にもう一人付いてきた通詞は、朝鮮兵の白い衣を身にまとい青い細帯を締め、髪も丸髷《まるまげ》を結っていた。だが、黒塗り鉄板の臑当《すねあて》を付け、素足に草鞋《わらじ》を履いていた。朝鮮兵は臑当を付けない。草鞋も一目で日本のものだとわかる形をなして編まれていた。

「日本人か」と足まわりを見て行長がその通詞に訊《き》いた。

「はい。かつては、そうでした」その通詞は行長を見据えたまま、ためらいもなく日本語で答えた。行長が郷里を尋ねたが、「忘れました」と表情を変えずに返した。

「日本人は城内にどれほどいるのか」と行長が重ねて尋ねたのには、何も答えなかった。

捕虜となり、あるいは投降した二千もの日本人が朝鮮軍にいるらしいことは、行長も聞いていた。厳しい行軍と築城の労役、加えて食糧の欠乏から朝鮮軍に投降したり、勝手に逃亡したりする兵が絶えなかった。そして、朝鮮軍に身を投じ、到来した秀吉軍と戦うことを選択した者が目の前にいた。首の後に褌《ふんどし》の結び目があるのもわかった。甲冑《かっちゅう》を着けた時に、長くした褌の端を首に結ぶと用を足す時に便利だった。それはこの通詞が、戦いの時には鎧《よろい》を身に着ける習慣があることを意味した。徴用された雑兵《ぞうひょう》の類《たぐい》ではなかった。

朝鮮軍が鉄砲に弱いのは、将士でさえも鉄製の鎧を身に着けていないためだった。二匁《もんめ》ほどの小さな弾丸で朝鮮軍兵は撃ち倒された。だが、文禄の役の終盤には、鹵獲した日本製の鉄胴を着けている朝鮮兵をよく見かけた。おそらく朝鮮軍に身を投じた日本人が防具の必要を説いたものだろうと思われた。

「……明日になれば、総勢五万を超える兵で攻め寄せることになる。戦うな、早急に城を明け渡せと副総兵に伝えてくれ」

最後に行長はそう言って、同じ内容を書いた仮名《かな》混じりの文《ふみ》を楊元へ渡すよう通詞に託した。

六

十三日、秀吉軍は堀の外まで迫り、盛んに土塀と城壁の守備兵に鉄砲を撃ち込んで援護しながら、土砂や草木を束にしては堀を埋め始めた。秀吉軍は、降倭の放つ鉄砲と火砲の防禦に大量の竹束《たけたば》を用意し、城壁に上る長梯子《ながばしご》を多数作った。

楊元は、堀にかかった四つの橋を伐《き》り落とし、迎撃し易《やす》いよう南城門外の密集した民家に火を放って焼き払った。同時に十二里半（約五十キロ）北にある全州《ぜんしゅう》へ使者を送り、そこに駐屯している陳愚衷《ちんぐちゅう》に至急援軍を送るよう依頼した。

ところが、この時全州には、右軍の先鋒となった加藤清正軍が迫っていた。清正本隊は南原《なんげん》の北東七里半（約三十キロ）に位置する咸陽《かんよう》にあり、その先手《さきて》隊は、慶尚道から全州へいたる黄石山《こうせきさん》城に達していた。「清正迫る」の凶報に、陳愚衷は全州の防備に追われていた。南原からの援軍要請などに、とても応《こた》えられる状況になかった。

十五日、城壁の外に巡らされた土塀の守備兵は狙撃《そげき》に遭い、堀は埋められようとしていた。そして、土塀まで押し寄せてきた秀吉軍は、水軍勢までが加わり総勢五万にも達する大軍だった。西には小西軍に加えて脇坂安治。南からは宇喜多秀家と藤堂高虎。北に島津義弘と加藤嘉明、来島通総《くるしまみちふさ》。東から森吉成、蜂須賀家政、生駒一正《いこまかずまさ》。南原城は視界を埋めるほどの軍兵に囲まれた。

秀吉の大軍に、陳愚衷が恐れをなしたか、それとも途中で討たれたか、十三日中には到着するものと信じていた全州からの援軍は、十五日の昼になっても来なかった。楊元は、西城門に迫っている小西行長に使者を出し退城を打診したが、左軍の総大将は宇喜多秀家であり、もはや手遅れだった。十五夜の満月が上る頃、明国軍の騎馬兵たちは馬に鞍《くら》を着け、城から脱出する用意を始めた。

戌《いぬ》の刻（午後八時）、満月の皓々《こうこう》と照らす中、秀吉軍は四方の城壁から突入を開始した。一斉に城壁上の守備兵に鉄砲を放ち、城壁へ次々と長梯子をかけた。秀吉軍兵は、城内に入ると各城門を内側から開け、軍勢は一斉になだれ込んだ。

楊元はすでに寝床に入っていた。銃声と砲声に驚いて、着のみ着のまま裸足《はだし》で屋上へ逃げ、伝報官が運んできた軍服に着替えた。楊元は家士ら十八人と騎馬して小西行長の固めている西門に向かった。明国兵は騎馬したまま各城門を我先に脱出したが、幾重にも包囲した秀吉軍に斬りつけられ次々と斃されていった。三千の明国軍で南原城を脱出できたのは、楊元を始めわずか百十七人だけだった。

城内に留まって最後まで果敢に戦ったのは、李福男《りふくだん》らの率いる朝鮮軍と女性を含む朝鮮人民、そして降倭隊のみだった。朝鮮軍を率いていた李福男、金敬老《きんけいろう》、李春元《りしゅんげん》、鄭期遠《ていきえん》らと兵、人民、そして降倭隊も、そのほとんどが南原城で戦死した。

朝鮮王朝の正史『宣祖実録《せんそ》』は、この日の降倭隊の戦闘を次のように記録した。

『今に到《いた》りて降倭ら、皆な先登《せんとう》（先駆け）力戦し、多数賊を斬《ざん》す。その身にいたりては、傷をこうむりても顧みず。これ降倭、独《ひと》りよく忠をいたすなり』

慶長二年（一五九七）陰暦七月

一

珍奇なる鳥獣は極めて政治的な色彩を施されて海を渡り、異国の王権にもたらされた。「象」という巨獣が初めて日本の土を踏んだのは、応永十五年（一四〇八）のことだった。その年の六月、若狭《わかさ》の小浜《おばま》に突然来航した南蛮船は、亜烈進《アラジン》という帝王の国書と共に、「生象一疋《ぴき》、山鳥一隻《せき》、孔雀《くじゃく》二対、鸚鵡《おうむ》二対、其外《そのほか》色々」を「日本国王」に贈るべく舶載していた。ところが、「日本国王」の足利義満《あしかがよしみつ》は、上皇となる野望を果たせず、その五月に流行《はや》り病にかかり死去したばかりだった。ことの成り行きから象を献上されることになった足利義持《よしもち》は、三年後の応永十八年、この象を朝鮮国王へ寄贈した。義満の喪を報じた折に、義持は朝鮮国王に大蔵経《だいぞうきょう》を懇望した。時の朝鮮国王太宗《たいそう》は、義持の希望どおり大蔵経を贈った。それに対する返礼だった。亜烈進という帝王が国交を結ぶため象を載せて派遣した南蛮船がいずこの国の船だったのか、結局不明のままだった。だが、正史『李朝実録《りちょう》』の「太宗十一年」の項には、「日本国王源義持、使いを遣わし象を献ず。象、わが国に未《いま》だかつてあらざるなり。司僕に命じてこれを養う。日に豆四五斗を費やす」と初めて渡来した象の大食に驚く記述が残された。

七月二十四日、マニラからフィリピン総督使節として軍司令官ナバレーテが特派され、平戸《ひらど》を経由してこの日大坂に到着した。フィリピン総督テーリョは、サン・フェリーペ号から没収された積荷の返還とバウチスタ神父ら殉教者の遺骸《いがい》引き渡しを求め、秀吉宛《あて》の書簡をナバレーテに託していた。

この時、秀吉は堺にいた。マニラからのイスパニア船が到着したのを聞くなり、秀吉は大坂城へ戻ってフィリピン総督使節を引見すると告げ、周囲を慌《あわ》てさせた。これまで異国からの使節に対し、秀吉がこれほど敏感な反応を示したことがなかった。ナバレーテの船には、総督から秀吉への贈呈品としてイスパニア騎士の鎧《よろい》二領とテーリョ総督の肖像画、そして、何よりも秀吉が待ち望んでいた巨大な動物が載っていた。象という巨獣は、天正三年(一五七五)にカンボジアから豊後の大友宗麟《そうりん》のもとへ贈られたことがあった。だが、この象はすぐに死んでしまったため、秀吉はこれまで一度もこの珍獣を目にしたことがなかった。

この年六十一歳となった秀吉は、五歳の後継者拾丸《ひろいまる》(秀頼)の手を引いて、この巨大な獣を大坂城の表御殿で引見した。象は、象使いの命じるまま、三度ひざまずいて秀吉に拝礼し、鼻を頭の上に掲げて咆哮《ほうこう》した。

その声に驚いた秀吉が「どうしたのだ」と問うと、通詞《つうじ》は「殿下をすでに存じ上げておりましたので、あのようにご挨拶《あいさつ》をいたしたのでございます」と言上した。秀吉はいたく感心して「名前はあるのか」と問うた。「ドン・ペドロと呼んでおります」と答えると、秀吉は座敷の端まで足を運び、「ドン・ペドロ、ドン・ペドロ」と二度声を掛けた。それに応《こた》えて象はお辞儀を繰り返し、再び吠《ほ》えた。人語を聞き分け臣従《しんじゅ》の礼を表すその巨大な獣に、秀吉は興奮の色を隠せず、「さて、さて、さて」と感嘆の声を漏らし、気ぜわしく手をたたいた。

「象は何を食うのか」

「何でも食べまする」

大盆に盛られてきた桃の一つを秀吉は手に取り、「ドン・ペドロに与えよ」と渡した。象は、ひざまずいて鼻で桃を受け取り、家臣が拝受する時のようにそれを一度頭の上に掲げて、それから口にした。大盆に山をなした桃も真桑瓜《まくわうり》も、象は種一つ残さず瞬《また》く間に平らげた。

「あのように醜い獣が、素晴らしい知恵を持っておる」秀吉は象の賢さをしきりに感嘆してやまなかった。

二十七日、場を伏見に移し、秀吉はフィリピン総督使節を能や踊りの観覧を交えて饗応《きょうおう》した。同月十六日における漆川梁《しっせんりょう》での朝鮮水軍殲滅《せんめつ》の報はまだ届けられていなかったが、すこぶる秀吉は機嫌が良かった。ナバレーテ司令官が携えてきたテーリョ総督の書簡をすでに秀吉は読んでいた。その返信にはこう記させた。

『……聞くところによれば、貴国は布教をもって謀略のもとに外国を征服しようと企てているとのことである。だが、もし本邦より教師や俗人が貴国に入り、神道を説いて民を惑わすことがあれば、卿《けい》はこれを喜びはすまい。卿らは、かかる手段をもってかの地の旧主をしりぞけ新たに君主となったごとく、予に叛《そむ》き、当国を支配しようと企てたのだろう。

予がかかる憤怒《ふんぬ》の念を抱いていた折しも、本邦土佐の海に漂流する破船があった。予は積荷や財をそのまま還付する考えでいたが、貴国がすでに法を犯したために、すべて没収したまでである。予の処置が誤っているとは卿もまた思うまい。

しかし、卿は旧交を修めるため風波の危険を冒して使節を遣わし、友好を正道に導こうと望んでいる。予は異端の法を説くことを欲しておらぬまでであり、交易のために往来することは何ら差し支えなく、予の印を押した許可証を持参すれば、海陸とも何ら害をこうむることはない。また、本邦より貴地に往来する者で、貴国の人民を惑わし、法を守らぬ者があれば、刑罰を加えて構わない。

昨年の破船は貴国へ帰らせた。進貢《しんこう》の品は目録どおり拝受した。なかんずく黒象は珍しく思った……』

殉教者の遺骸を引き取る許しを秀吉から得て、フィリピン総督使節は長崎に向かった。ところが、彼らが長崎に到着した時には、すでに国内外の信者たちによってすべて持ち去られ、遺骸どころか刑台とされた十字架さえなかった。

二

七月二十一日、アビラ・ヒロンが平戸から戻り菜屋に顔を見せた。この三十を過ぎたばかりのイスパニア商人は、肩幅が広くがっしりとした大きな身体《からだ》をし、黒い髪と太い眉《まゆ》、大きな鷲鼻《わしばな》をしていた。外見は厳《いか》めしいが、いつも穏やかな声で話し、時折人懐《ひとなつ》こい少年のような笑顔を見せた。髭《ひげ》を蓄えず、淡い茶色の瞳《ひとみ》をしていた。日本に来てまだ三年だが、日本語で会話ができた。尊大なところがなく、とても礼儀正しかった。何より情報が正確で、風聞は風聞として話し、大風呂敷《おおぶろしき》を広げることがなかった。

記憶力に優れた人物で、二年前長崎で最初に会った時、「一五九三年の四月初め、マニラで貴方《あなた》を見ている」と語った。確かにその時期、甚五郎はマニラにいた。

「それは事実だが、事情があるので日本人には口外しないでくれ」甚五郎がそう告げると、ヒロンは神妙な顔で、「わかりました」と日本語で応え、五年前にマニラで仲間のイスパニア商人を殺し死刑を宣告されたという過去を自分から話した。判決を下したのは、甚五郎も会ったことのあるロハス判事だった。本人によれば、証人たちの言を全く無視し、法を歪曲《わいきょく》した不当な判決だったという。

「マニラの司法行政院でロハス判事と会った折、客のように扱ってくれたが」と甚五郎が話すと、「そういう男です。顔を二つ持っている腹黒い男です」とヒロンは真顔でそう語った。

そして、当時のフィリピン総督ゴメス・ペレス・ダスマリーニャスが、その年の十月モルッカ諸島に遠征し、唐人漕手《そうしゅ》の反乱によって殺され、ロハス判事が総督代行を務め、そのまま総督に居すわろうとしたが果たせなかったことを「良いことでした」と語った。ロハス判事はその後ノビスパニアの判事に昇進し、マニラを去ったという。

四年前の陰暦七月、ヒロンはマニラ官憲の手から逃れ、フランシスコ会のリバデネイラ神父ら第二次フィリピン総督使節団が乗った菜屋助左衛門の船に便乗して日本へ来た。フランシスコ会士が、死刑を宣告されたヒロンをかくまって日本へ連れてくるほどなのだから、本人が語るように非は殺された相手にあり、ヒロンの人柄からもうなずけるところがあった。商売に熱心で、昨年までの講和停戦期間に日本国内で行き場のなかった火薬や弾丸を買い集め、それらを日本船に託してマニラへ送り、かなりの利益を収めた。

ヒロンは、長崎では紺屋町《こうやまち》から堂門川《どうもんがわ》を渡ったところに大きな屋敷を構えていた。敬虔《けいけん》なキリシタン信徒で、遊女買いなどはもちろん酒さえ嗜《たしな》まなかった。教会への寄進を惜しまず、日曜日には正装して日本人の妻と教会へ出掛けた。秀吉軍に捕らえられ人買いにつれて来られた朝鮮人を憐《あわ》れみ、五人を買い取って下男下女として屋敷に置いていた。その下男と下女は長崎で洗礼を受け、彼らも礼拝を欠かさなかった。

「日本人はとても好きですが、良くないところが二つあります」と甚五郎に語ったことがあった。「物を売買する秤《はかり》が二つあることと、婦女を大切にしないことです」

長崎の商人が、自分の支払いの際には正しい秤を用い、金銭を受け取る時には虚偽の秤で利をむさぼることが横行していた。困窮する小商人ならばまだしも、かなりの店構えの者までが平然とやっている不正をヒロンはしきりに憤《いきどお》った。また、日本では夫がささいなことで妻を殴ったりするのも、ヒロンには許しがたい蛮行と映っていた。

このたびフィリピン総督が新たな使節を送ってきたのを出迎えるため、ヒロンは平戸まで出かけた。この第三次フィリピン総督使節は、サン・フェリーペ号の積荷返還と殉教したバウチスタ神父ら六名の遺骸引き渡しを求めて到来した。この使節は、秀吉が以前から見たがっていた象と熟練した象使いとをマニラから帯同してきたのだという。サン・フェリーペ号の積荷没収やバウチスタ神父らを磔《はりつけ》にしたため、マニラのイスパニア人が報復措置を取ることも充分考えられた。だが、テーリョ・グスマンという総督は、まず関係修復のため先手を打って友好使節を派遣してきた。テーリョ総督が勇猛で知られるサンチャゴ騎士団出身であることはヒロンから聞いていたが、緊張した関係を解きほぐしたうえで交渉すべきことは交渉するという、優れた外交能力も備えていることがうかがえた。ポルトガル貿易の独占状況を牽制《けんせい》する必要から、この先もイスパニア貿易が継続される見通しはつくように思われた。

甚五郎が引っ掛かりを覚えたのは、テーリョ総督がこの五月に秀吉のマニラ侵攻に備えイスパニア海軍船を二隻《せき》派遣して高山国《たかさんこく》（台湾）占領を企図《きと》したという話だった。イスパニア人が高山国を占領すれば、秀吉を刺激し、また面倒なことになりかねなかった。ヒロンが平戸へ出向くのに際して、甚五郎はこの情報の真偽をイスパニア人に確かめることを彼に依頼した。ヒロンがナバレーテ司令官に直接確かめたところ、「計画はあったが取りやめになった」という。

　高山国は長崎からマニラ間の航路上に位置し、長崎から琉球を経て高山国まで約十五日、高山国からマニラまではおよそ五日間の航程だった。高山国は原住民が住んでいるだけの未開の地で、かつて海賊の首領林鳳《りんぽう》が根拠地としていた時期があった。林鳳は、一五七四年十一月、七十艘《そう》の船を率いてマニラ征服を企てたが、イスパニア軍に打ち破られた。その後、高山国へ戻った林鳳は、福建や広東《カントン》の沿岸を襲撃して掠奪《りゃくだつ》を繰り返し、二年後、明国軍司令官の胡守仁《こしゅじん》の手によって掃討された。

　以後も高山国といえば海賊が出没することで知られていた。第一次フィリピン総督使節として来日したドミニコ会のコーボ神父が、天正二十年（一五九二）の冬、秀吉の書簡を携えたまま高山国付近で消息を絶った。それも、海賊による襲撃に遭ったのだろうといわれていた。甚五郎がマニラへ向かう途中で高山国に寄港した夜、船を襲撃しようと到来した連中も唐人のような語を発していた。

対マニラのイスパニア貿易はいうまでもなく、マカオとのポルトガル貿易や福建を始め唐人との交易においても、まだ支配統治の不鮮明な高山国がいずれ紛争の火種となることは避けられなかった。

三

八月十七日、北進する小西行長ら左軍と分かれ、東から全羅道《ぜんらどう》侵攻を目指した加藤清正軍は、黄石山《こうせきさん》城に迫っていた。小西行長らの左軍が陥落せしめた南原《なんげん》城と同じく、この六十嶺《ろくじゅうれい》に続く山陵に築かれた城は、慶尚道《けいしょうどう》から全羅道の道都、全州《ぜんしゅう》へ通じる陸路の要衝に位置していた。

黄石山城の主将には安陰《あんいん》の県監(町長)郭趍《かくしゅん》が当たり、朝鮮兵や山麓《さんろく》三村の人民も籠城《ろうじょう》してこの要衝を守備していた。他に前金海《きんかい》府使の白士霖《はくしりん》、前咸陽《かんよう》郡守の趙宗道《ちょうそうどう》ら地方高官がそれぞれの兵を率いて防衛に当たっていた。

加藤清正の兵は南門から突入し、鉄砲を乱射して城内を征圧した。朝鮮兵と人民は果敢に応戦したが、清正軍の兵力には及ばず、郭趍と趙宗道も城内で戦死を遂げた。白士霖は敗色濃い城を抜け出したが、肥満の体を持て余し途中でへたり込んでしまった。騎馬兵の追撃が迫った時、「沙白鴟《さはくし》」という降倭が白士霖の手を引いて石窟《せっくつ》へ身を隠させ、枝葉でその入り口を偽装して後難をまぬがれさせた。

先に南原の戦いで落城まで奮戦し全滅した降倭隊といい、この「沙白鴟」と呼ばれた日本人といい、秀吉軍の将兵として朝鮮に渡りながら、いつの間にか朝鮮将兵となって秀吉と戦う降倭の姿が各戦線で目立つようになっていた。

文禄二年（一五九三）四月、明国との講和《こうわ》交渉が開始され停戦の状況となってから特に朝鮮軍へ投降する将兵が増え始めた。朝鮮へ渡海した家臣たちが異土で戦う動機は、何よりも俸禄《ほうろく》の加増だった。加藤清正がこの戦で「二十ヶ国を拝領する」と語ったように、朝鮮軍と明国軍に勝利すれば莫大《ばくだい》な増禄がもたらされるものと信じて渡海した。ところが朝鮮で待っていたものは、乏しい食糧、築城や築陣の労役、厳しい寒気、そして負傷と死だけだった。厭戦《えんせん》気分は渡海した秀吉軍兵に満ち、いつ終わるとも知れぬ悪戦に逃亡する兵が後を絶たなかった。

翌文禄三年十月、朝鮮朝廷は、捕虜となった将兵を殺したり明国へ渡したりせず、朝鮮軍のために役立てるという方策を決めた。鉄砲射撃、剣術、弾薬製造などに優れた腕を持ち、しかも恭順する倭人は朝鮮軍にとどめて厚遇し、そうでない者は閑山島《かんざんとう》の水軍基地へ送って漕手として使うことにした。李舜臣《りしゅんしん》の献言で鉄砲の製造にも着手したが、製造するまではかなりの技術を要し、量産するめどは立たなかった。降倭からの進言によって、鉄砲を製造するよりも鹵獲《ろかく》した鉄砲を総司令官の権慄《ごんりつ》のもとに集め、それを使って朝鮮兵に射撃訓練をさせるようになった。教導官には阿蘇遺臣の岡本越後ら、統率力に富み有能な倭将に官位を与えて当たらせた。

八月十七日、左軍の先鋒《せんぽう》となった小西行長らの軍勢一万四千七百は、征服した南原城を発《た》ち、十二里半（約五十キロ）離れた全州に向かって北上した。全州まで五里三十丁（約三十三キロ）の任実《にんじつ》にいたり、行長は要次郎《ようじろう》と梯七太夫《かけはししちだゆう》を使者として全州城に走らせた。

「すでに南原城は陥落し、全州を鎮圧するため二日後には十二万の軍兵が殺到する。朝鮮人民を即刻城外へ逃がし、明国遼東《りょうとう》の兵および朝鮮軍兵は城を開け渡して退去すべし」

全州城の守備には明国遼東軍の陳愚衷《ちんぐちゅう》が二千の騎馬兵を率いて駐屯していた。小西行長らの左軍ばかりか、二手に分かれて東から全羅道侵攻を目指す右軍の加藤清正が、道境の黄石山城をこの十七日に抜き、すでに六十嶺を越えて全州城へ迫っているという報までも届いていた。南原城と黄石山城の陥落に明国将兵は浮足立ち、先を争って城外に逃れ、漢城目指して逃走するしかなかった。

八月二十四日、戦わずして全州城を占領した秀吉軍は、この日右軍と左軍が合流し軍議を開いた。秀吉は前月の末から朝鮮に侵攻した各将へ書簡を送っていた。

『明国軍が、朝鮮の都（漢城）より五、六日の行程のところまで大軍で攻め寄せ、陣を構えた折には、それぞれが陣取りして対抗したうえ、すぐに注進するよう命じておく。馬廻りの二、三十騎を従えて（秀吉）自ら渡海し、即時に明軍を蹴散《けち》らし、明国まで攻め入って征伐する。

先年渡海すると決め、すでに騎乗する馬まで釜山浦《ふさんぽ》へ送っておいたが、諸侯に引き止められ実現できなかったことを無念に思っている。このたびは、明軍進攻の注進があり次第、間違いなく渡海する。各将は、迎えと船や継ぎ馬を怠りなく用意しておけ』

これは二月に朝鮮再出兵の陣触れに際し、渡海する諸将へ示したものとほぼ同じ文面だった。これを受けて、朝鮮渡海軍の諸侯は進攻する陣立てを次のように定めた。

京畿道《けいきどう》南部の竹山《ちくさん》付近まで長駆北上するのは、加藤清正、黒田長政、毛利秀元。鍋島直茂、長宗我部元親、吉川広家《きっかわ》の三軍は、左軍に編入して途中の忠清道《ちゅうせいどう》攻略に当たる。そして、宇喜多秀家と小西行長、島津義弘らの各軍は、全州から南下し全羅道と慶尚道の平定に努める。最前線を進攻する主戦軍は、小西行長から加藤清正へと替わっていた。

これまで進軍を阻《はば》んでいた朝鮮水軍を駆逐し、制海権を手中に収めた秀吉水軍の藤堂高虎、脇坂安治、加藤嘉明らは、全羅道の平定を目的とする陸上軍に呼応して、全羅道の西南端に位置する珍島《ちんとう》からその北の多島海へ向かって進攻することになった。

八月二十九日、加藤清正と黒田長政ら三軍四万の兵は、全州から漢城までのほぼ中間に位置する忠清道の公州《こうしゅう》征圧に向かって出発した。

南原城と黄石山城が抜かれ、全羅道都の全州陥落、そして秀吉軍北上の報に、全羅道から忠清道を経て漢城へ至る市街城では、「倭賊襲来」の風聞に民衆ばかりか守将や兵までが遁走《とんそう》し、止まるところを知らなかった。朝鮮各地から相次ぐ防衛陣崩壊の報に、漢城に駐留していた明国軍の麻貴《まき》提督は、むしろ明国防衛を先決とし、漢城を放棄して国境の鴨緑江《おうりょくこう》まで撤退する許可を請《こ》う始末だった。平壌にいた明国軍務経理の楊鎬《ようこう》は、麻貴からの漢城撤退の申請に急遽《きゅうきょ》漢城まで南下した。

九月三日、楊鎬は漢城に至り、麻貴提督の弱腰を強く戒め、北上する秀吉軍を迎撃するため、解生《かいせい》、楊登山《ようとさん》、牛伯英《ぎゅうはくえい》らが率いる八千の兵を京畿道と忠清道の道境へ向けて進発させることにした。

四

北京の神宗《しんそう》皇帝は、南原《なんげん》城そして全州《ぜんしゅう》城陥落の報が届くなり、南原城を遁走した楊《よう》元《げん》と、全州から戦わずして逃れた陳愚衷《ちんぐちゅう》の守将二人を、「観望して救わざるの罪」により斬刑《ざんけい》に処し、その首を朝鮮に送るよう命じた。また、陳効《ちんこう》を軍監とし、万世徳《まんせいとく》、董一元《とういちげん》、劉綎《りゅうてい》らを部将とする五万一千余を新たに朝鮮へ派兵することを決めた。加えて、先の朝鮮水軍壊滅により朝鮮周辺の制海権を秀吉の水軍が握ったため、黄海へ侵攻してくる危機に対応すべく、陳璘《ちんりん》を提督とした一万余を朝鮮の海域へ送り込むことも決定した。

九月七日、黒田長政と毛利秀元の軍は、忠清道を北上して公州《こうしゅう》と天安《てんあん》を占領し、京《けい》畿《き》道《どう》との道境に位置する稷山《しょくさん》に進軍、漢城まで二十里(約八十キロ)の所まで到達した。

未明、黒田軍先鋒の栗山四郎右衛門率いる兵三百余は、稷山の川を渡った所で八千の明国軍と遭遇した。黒田軍の先鋒隊を確認し、西側の山を埋めつくした大軍が、川の方へ駆け降りてきた。「黒田八虎」と讃《たた》えられる筆頭家老の栗山と黒田図書助《ずしょのすけ》も、眼前に現れた明の大軍に、ひとまず退却して後続の長政本隊へ合流することを決めた。だが、物見に優れる毛屋主水《けやもんど》は「ここで我らが本隊へ向かって退却すれば、明軍は必ず追撃して来る。これほどの大軍が一気に押し寄せれば本隊も危うい。どうせ死ぬのであれば、前進し、戦って死ぬに越したことはない。死を覚悟して奮戦すれば、敵の一陣は必ず破れる。退《ひ》くならばその後だ。敵軍は鉄の楯《たて》を並べている。一斉に鉄砲を放ち、楯を押しのけて斬《き》り込むべきだ」と強攻策を語った。

毛屋主水の言どおり、栗山の先鋒隊は明国軍の第一陣を川際《かわぎわ》まで引きつけ、一斉に鉄砲を放った。抜刀した栗山四郎右衛門らは硝煙の立ち込める中を叫声を轟《とどろ》かせ大軍へ躍り込んでいった。突然銃撃を浴びせ、楯を蹴散らして斬り込んできた黒田軍の先《さき》手《て》に、解生《かいせい》の率いる明国軍第一陣は動転したまま、いったんは後退したが、圧倒的な兵力にものを言わせ、左右に開いて包み込むように反撃を開始した。

黒田長政は後方に陣していた。未明の静寂を破った銃声に本隊三千の兵へ前進を下《げ》知《ち》した。稷山の川際まで長政本隊が駆けつけた時、栗山四郎右衛門らの先手隊は橋の向こうで大軍に囲まれ、退くに退けない苦境に置かれていた。

黒田三左衛門は「明の大兵が勝ちに乗じて橋を渡り寄せてくれば、とても持ちこたえられまい。ここが死に場所だ」そう言い放ち、長政の下知を待たず、手勢の八十ほどを率いて橋を渡り、そのまま突撃を敢行した。銀の水牛角を脇立《わきだて》にした兜《かぶと》を着け、一際《ひときわ》目立つ巨漢が橋を駆け渡って突入したのを見て、黒田勢は先を争って橋を渡り、明の大軍に攻め入った。

これに対して明国軍は新手の楊登山《ようとさん》と牛伯英《ぎゅうはくえい》の軍勢を繰り出して左右から押し寄せた。後藤又兵衛と母里太兵衛《ぼりたへえ》の豪勇二騎に率いられた各隊は、戦場を裂くように東西へ突進した。寡兵《かへい》ながら黒田軍は攻勢の手を緩めず、中央に位置した解生《かいせい》の軍がこらえ切れず崩れ始めた。

李益喬《りえききょう》、劉遇節《りゅうぐうせつ》に率いられた新手《あらて》の明軍が正面から押し寄せ、解生の軍も再び息を吹き返して攻勢に転じた。後続のないまま黒田勢は疲れ切り、二十九名が討死した。

この時、南に二里半（約十キロ）離れた天安《てんあん》から毛利秀元の軍が稷山へ至り、毛利軍は渡河《とか》して右側面から明軍に突入した。黒田長政は囮《おとり》とした一隊を右手から川に向かって敗走させた。明軍がこれを追撃したところを、残りの黒田軍が中央を突破して反転し、左後方から急襲した。不意を突かれた明軍は川の前で混迷し、隊列を乱したまま山へ向かって遁走した。追撃に転じた黒田勢は百余の首級《しるし》を挙げた。

日没に至り、黒田勢も毛利勢も深追いはせず川の手前まで兵を退《ひ》いた。闇《やみ》が降り始めた空は群青紺《ぐんじょうこん》に澄んで金色の帯が山影を黒々と浮き立たせていた。すぐ西に広がる牙山《がざん》湾から吹き渡ってくる晩秋の海風は冷たさを増し、手がかじかむほどだった。朝鮮の厳しい冬が近いことを北西風が伝えていた。

明軍将の解生は、黒田長政の営舎に使いをよこし、白鷹《しらたか》一羽を贈って講和を願った。長政も毛利秀元も漢城へ撤退する明軍を追撃しないと約し、証《あかし》として印状を与えた。

ここまで北進を続けてきた黒田勢も、文禄の役と同じく兵糧《ひょうろう》の欠乏に苦しんでいた。朝鮮の田畑には調達すべき米穀は全く絶え、戦線が延びるにしたがって兵糧も弾薬も届かなくなっていた。漢城に退却する明国軍を追撃する余力はなかった。

明軍将の解生らが漢城へ持ち帰った秀吉軍の首級は二十九を数えるのみだった。だが、朝鮮では漢城の再占領を阻止したとして、この稷山の戦いを「朝鮮三大戦」のひとつに数えた。また、明国朝廷も、この戦いで秀吉軍に正面から痛撃を加え、漢城再占領の意思をくじいた勝戦として位置づけた。

五

九月の声を聞くなり、秀吉水軍は、全羅《ぜんら》道《どう》の征圧を目指す小西行長や島津義弘の軍に呼応し、全羅道沿岸を西へ向かった。李舜臣《りしゅんしん》は、三道水軍統制使（朝鮮海軍総司令官）に返り咲いたものの、配下の兵船はわずか十三艘を数えるのみだった。李億祺《りおくき》を始め歴戦の有能な水軍将兵は、ほとんどが戦死を遂げていた。

秀吉水軍の西進に合わせ、李舜臣は水軍営を朝鮮半島南西端の島、珍島《ちんとう》の碧波津《へきはしん》に置いた。碧波津は、珍島と海南《かいなん》との間、鳴梁《めいりょう》海峡の南側に位置していた。西進する秀吉水軍が、全羅道と忠清道《ちゅうせいどう》の統治を企て、やがて海峡を通って黄海に出ようとしていることはわかっていた。

だが、この時、李舜臣の体に異変が起きていた。時折、しゃがみ込んでうずくまり、額に脂汗《あぶらあせ》をかいて痛みに耐えている姿を水軍兵たちは目にしていた。李舜臣自身は「霍乱《かくらん》」と呼んでいたが、腸に激痛が走り、嘔吐《おうと》を繰り返して睡眠もままならない病状だった。せいぜい焼酎《しょうちゅう》を飲んで痛みを和らげるぐらいのことができるだけで、船で寝起きするために厳しい冷えが襲い、秋の色濃い八月の下旬から症状は悪化するばかりだった。

李舜臣は病状を隠し、自らが陣頭に立って連日水軍兵の教練に当たっていた。もはや十三艘の水軍では何の役にも立たないとして、朝鮮兵部からは水軍を廃し陸戦に徹すべしとの声も聞こえていた。だが、西進する秀吉水軍をここで止め、失った制海権を取り戻さなければ、秀吉軍は海からの物資補給が自在となる。全羅道ばかりかその北の忠清道、そして京畿道《けいきどう》の首都漢城《かんじょう》まで、秀吉軍の陸路進撃を思うがままに許すことは明らかだった。

九月十四日、秀吉水軍五十五艘が、碧波津から六里十三丁（約二十五キロ）南東に位置する於蘭浦《おらんぽ》に集結しているとの報が入った。かつて秀吉水軍に捕虜となっていた仲乞《ちゅうこつ》なる者の話では、総力を挙げて朝鮮水軍を壊滅させ、黄海を北上して漢江《かんこう》河口から漢城までの水運を支配しようとしているという。いずれにせよ両日のうちに大兵船団が目前の鳴梁に到来するのは間違いなかった。

翌十五日、空は晴れ秋の光に満ちていた。李舜臣は秀吉水軍を迎え撃つため、対岸の海南郡門内面《もんないめん》に位置する右水営へ陣を移した。招集した諸将を前にして李舜臣は語った。

「兵法にいう。死を必《ひっ》すれば則《すなわ》ち生き、生きんとすれば則ち死す。また曰《いわ》く、一夫《いっぷ》逕《みち》（要路）に当たれば、千夫を懼《おそ》れしむるに足る、と。爾《なんじ》ら各諸将は、生をもって心となすなかれ」

九月十六日早朝、物見の報告では、数えられないほどの大兵船団が鳴梁海峡に入り、まっすぐ右水営へ向かって進行しているという。李舜臣は、各船に碇《いかり》を上げさせ前洋へと進ませた。だが、潮は東から速く流れ、迎撃するためには碧波津の入り江に碇を垂らして止《とど》まるしかなかった。

現われた秀吉水軍は百三十三艘を数えた。順流に乗って秀吉水軍船は近くまで一気に押し寄せ、わずか十三艘の朝鮮水軍船を碧波津へ押し込むように囲もうとした。秀吉水軍船は、海峡を塞《ふさ》ぐほどの大船団で、李舜臣の水軍兵も青ざめた。あまりの敵船数に安衛《あんえい》や金応諴《きんおうかん》らの船は、勝手に碇を引き上げ遠方へ逃れようとした。李舜臣は招揺《しょうよう》旗を船縁《ふなべり》に立て、彼らの船を呼び寄せた。そして、板屋船《ばんおくせん》の司令楼から安衛らに諭《さと》した。

「軍法によって殺されたいのか。ここを逃れて一体どこで生きるのか」

李舜臣は碇を上げさせ、敵船団に向かって櫓《ろ》を漕がせ船を前進させた。船に備えつけたすべての地字銃筒《ちじじゅうとう》と玄字銃筒《げんじ》に水軍兵の配置を終え、急速に迫ってきた敵船に火砲を乱射させた。李舜臣の旗艦に続き朝鮮水軍は一斉に前進して火砲を放ち迎撃した。敵船は舷《げん》を接するなり熊手《くまで》や鎌槍《かまやり》で朝鮮水軍船を引き寄せ、船内に躍り込んで白兵戦を開始した。

「賊千隻といえども、我が船に敵するなし。切に心を動かすなかれ」李舜臣はそう叫んで兵を励まし、火砲を撃つ手を緩めさせなかった。丁応斗《ていおうと》、宋汝悰《そうじょそう》らの船からも激しく火砲が放たれ、海峡は白煙と火炎に埋められた。

安衛の船を三艘が囲み、一艘が接舷して熊手を引っ掛け、秀吉水軍兵が斬り込んだ。安衛の水軍兵は次々と斬り斃《たお》された。ところが、その時、突然潮の流れが変わった。鳴梁海峡は日に四度潮流の向きが変化した。秀吉水軍船は強い逆流に阻まれて隊形を維持できなくなった。李舜臣は、火砲を乱射したまま敵船の間に割って入らせ、火箭《かせん》を射込んで、包囲していた三艘を焼沈させた。

今度は朝鮮水軍が西からの順流に乗って攻勢に転じた。地字銃筒と玄字銃筒、火箭による猛攻で結局三十一隻を沈めた。藤堂高虎も腕に傷を負い、軍目付の毛利高政《たかまさ》は海に落ちてやっと助け上げられた。

李舜臣の旗艦には、「俊沙《しゅんさ》」と呼ばれる降倭が一人乗っていた。安骨浦《あんこっぽ》城から投降してきた者だった。接近した敵船に紅錦《こうきん》の陣羽織を着た人物がいた。俊沙は、安骨浦部将の来島通総《くるしまみちふさ》であると教えた。李舜臣は、その関船《せきぶね》に接舷させて鉤《かぎ》を引っ掛け、配下の金石孫《きんせきそん》と俊沙らを突入させた。白兵戦の末に来島通総を討ち取り、その家老らも斬り斃した。

来島水軍の大将が討たれ、秀吉軍は一気に戦意をくじかれた。反撃するにも鳴梁の水路は狭く、逆流に押されて思うように前進できなかった。秀吉水軍は反転し、そのまま東へ退却するしかなかった。

慶長二年（一五九七）陰暦九月

一

九月八日、朝鮮において明国軍の総指揮に当たる軍務経理の楊鎬《ようこう》と麻貴《まき》提督は、首都漢城《かんじょう》の防禦《ぼうぎょ》線としてすぐ南を流れる漢江《かんこう》を定め、兵の配置を終えた。朝鮮朝廷も国王宣祖《せんそ》の首都退避を議論し始め、翌九日にはまず王妃一行を西へ向かって出発させることになった。

前日七日早朝、漢城から二十里（約八十キロ）南の稷山《しょくさん》において、解生《かいせい》らの率いる明国軍二千と秀吉軍の先鋒《せんぽう》・黒田長政勢とが出会い頭に交戦した。その報《しら》せは、八日早朝に漢城まで届いた。忠清道《ちゅうせいどう》の稷山は京畿道《けいきどう》との道境に位置し、もし明国軍が打ち破られれば、秀吉軍は二日以内に漢城へ襲来することになる。

攻勢を強めながら北上した秀吉軍は、九月に入ると忠清道の天安《てんあん》と清州《せいしゅう》をも占領した。再侵攻よりここまで、秀吉軍は慶尚道《けいしょうどう》と全羅道《ぜんらどう》、忠清道を瞬《また》く間に席捲《せっけん》し、気がつけば京畿道の道境まで迫っていた。明国軍も朝鮮軍も為《な》す術《すべ》がなく、守備陣は「倭《わ》賊《ぞく》来たる」の風評だけでことごとく崩壊していた。

七日夜から明国軍はあわただしく馬匹《ばひつ》や兵器の撤収を始め、翌八日の夕刻には漢城の南七里半（約三十キロ）に位置する水原《すいげん》まで退却した。

解生からの停戦の申し入れに、黒田長政と毛利秀元はあっさりと同意し、誓約した通り明国軍を追撃することはなかった。秀吉軍に首都漢城を再占領する意図があれば、退却の混乱に乗じてそのまま追撃を敢行したはずだった。明国軍が漢城近くまで、京畿道の北部へ撤退すればそれでよいとするかのような右軍の動きだった。

九月十日、黒田長政と毛利秀元らは、道境を越えて稷山の北東五里（約二十キロ）の京畿道安城《あんじょう》に入り、その三里三十丁（約十五キロ）東に位置する京畿道の竹山《ちくさん》まで明国軍兵を掃討した。京畿道南部の竹山までが、四年前に秀吉が示した「自領」の境界であり、そこに明国軍兵が留まっているならば力で排除する必要があった。

四年前（一五九三）の六月二十八日、秀吉は明国皇帝に講和条件を提示した。秀吉は、「自領」とした朝鮮八道のうち、平安道《へいあんどう》、黄海道《こうかいどう》、咸鏡道《かんきょうどう》、江原道《こうげんどう》の北部四道と、漢城を含む京畿道の北半分を朝鮮国王に返還すると表明した。それ以外の、慶尚道、全羅道、忠清道の南部三道と京畿道の南半分は、秀吉の領地である。それを明国皇帝が認めないのならば、武力によって認めさせ、明国側に条件どおりの講和を迫るだけのことだった。その意味で秀吉の「領地」に侵入してくる明国軍は、徹底して掃討しなくてはならなかった。

加藤清正の軍は、全州《ぜんしゅう》から東進して九月八日には稷山《しょくさん》の十里(約四十キロ)東南に位置する清州を占領し、道境を越えて京畿道へ入った。だが、清正軍も、明国兵と朝鮮兵の掃討をしながら竹山《ちくさん》まで到《いた》ると、軍を巡らせ再び忠清道へ戻った。

右軍の目的は、秀吉の領地からあくまでも明国軍を排撃し、秀吉の支配に抵抗する朝鮮軍と義兵を壊滅させることだった。京畿道の竹山まで明国兵の掃討を果たすと、右軍はそれぞれ慶尚道を目指して南下を開始した。

小西行長を先鋒とする左軍も、秀吉の南三道支配を固めるために進撃した。全羅道の南原城《なんげんじょう》に続いて八月二十四日に道都の全州を占領し、忠清道に侵攻して文禄の出兵では占領できなかった扶余《ふよ》から黄海近く舒川《じょせん》まで掃討しながら兵を巡らせ、忠清道南部と全羅道西北部の要衝を次々と攻略していった。

九月十五日、左軍各将は全羅道の井邑《せいゆう》に集結した。井邑は、全羅道の道都全州の西南十一里十六丁（約四十五キロ）に位置した。

井邑の軍議において宇喜多秀家、小西行長、島津義弘、鍋島直茂ら十三将は、全羅道と慶尚道の沿岸へ撤収して越冬することを決めた。また、恒久支配のための統治策を確認し、秀吉領内の朝鮮人民に布告する文言を定めた。

一、今より以後、土民百姓においては、それぞれの村に帰り、もっぱら農耕に励むべきこと。

一、支配に抗《あらが》う朝鮮官人は探し尋ねて誅戮《ちゅうりく》せしむべきこと。官人の妻子と類族は誅伐し、家宅は焼き尽くすべきこと。

一、官人の潜伏する居場所を通報した者には褒美《ほうび》を与えること。

一、それぞれの村へ帰還せぬ人民は誅伐し、その家宅を焼き払うべきこと。

一、土民百姓に対し害を加える日本の兵卒等があれば、書をもって小西行長に告げ報せるべきこと。

そして、慶尚道の東南沿岸、蔚山《うるさん》から西は全羅道の順天《じゅんてん》まで、海岸づたいに新たな八城を築き、秀吉領として支配統治に当たることとした。東の蔚山から西の順天までは、陸路で六十六里半（約二百六十六キロ）、海路では八十二里（約三百二十八キロ）に及び、文禄の前役より戦線は二倍以上に拡大していた。

新たに築かれることになった八城を含め主な在番は次のように決められた。最西の順天城には小西行長。全羅道と慶尚道の境に位置する南海島《なんかいとう》に立花宗茂。慶尚道の泗《し》川《せん》城に島津義弘。洛東江《らくとうこう》の河口を押さえる金海《きんかい》の竹島《ちくとう》城に鍋島直茂。洛東江を遡上《そじょう》した梁山《りょうさん》城には黒田長政。いずれの城も、日本からの兵糧《ひょうろう》と弾薬の補給に利便の高い港湾をひかえる地が選ばれた。日本からの渡航口となる釜山浦《ふさんぽ》の城には森吉成が在番して、秀吉の命令を受け各城への伝達に当たることになった。西生浦《せいせいほ》城には従前どおり加藤清正が在番するが、清正は西生浦の北五里（約二十キロ）の蔚山に新たな城を築いていた。この蔚山城が完成すれば、清正はそこへ移り、西生浦城には黒田長政が入城する手はずとなっていた。

小西行長は、当初慶尚道内の城に在番するはずだったが、最も西に当たる全羅道の順天へ新たに城を築き、全羅道の支配を統括することになった。行長は、独自に明国と朝鮮王国との講和交渉を進めるためにも、加藤清正を始め他の大名から干渉されずに済む隔離された地に身を置く必要があった。

二

十一月十八日、鍋島直茂の軍一万余名は全羅道から六十嶺《ろくじゅうれい》の山岳地帯を越えて慶尚道の咸陽《かんよう》に入った。秀吉の各軍は、兵糧の欠乏と、朝鮮の厳しい冬を避けるため、明国兵の掃討をしながら南海岸へと移動を続けた。鍋島軍も、在番することになった金海竹島の城へ向かって南下していた。竹島城は朝鮮最長の大河・洛東江の河口をやや遡《さかのぼ》った位置にあり、鎮海《ちんかい》湾からの洛東江水運による物資輸送を押さえる場所にあった。

慶尚右道陸軍の司令官だった金応瑞《きんおうずい》は、この時十五里（約六十キロ）離れた宜寧《ぎねい》に潜伏していた。物見からの報せで、鍋島直茂の大軍が咸陽へ入城したことを知った。

金応瑞は、これまで小西行長との交渉窓口となり、宜寧に陣して秀吉軍の情報を収集し、その対応策を総司令官の権慄《ごんりつ》に上申してきた。それらがすべて裏目と出たために作戦上の失敗を責められ、解任させられるにいたった。だが、その後も金応瑞は慶尚道の宜寧周辺に留まり、日本人からなる降倭隊と朝鮮義兵とを率いて輸送隊を襲い、山野に潜んで抵抗を続けていた。

鍋島直茂が拠《よ》るところの倭城は鎮海湾の洛東江河口にある。寒気はすでに厳しく、鍋島軍の兵糧も乏しい。鍋島軍は最短の経路を取り、三嘉《さんか》から宜寧を経て、鼎津《ていしん》の渡し場へ向かおうとしていると見えた。鼎津は洛東江の支流南江《なんこう》の浅瀬を利した渡河点だった。

この渡し場は、天正二十年（一五九二）の五月、義兵将の郭再祐《かくさいゆう》が地の利を生かし、安国寺恵瓊《あんこくじえけい》の軍を破った場所として記憶されていた。この渡河地点の南江は対岸まで五十五間（約百メートル）余もあり、枯色となった葦《あし》が丈高く密生して川岸一帯を埋めつくしていた。たとえ遊撃兵が多数潜り込んでも簡単には見つからなかった。

金応瑞の指揮下で主力となった降倭隊は、阿蘇大宮司《あそだいぐうじ》惟光《これみつ》遺臣の岡本越後を始め選《え》りすぐった精鋭からなっていた。朝鮮の義勇兵に鉄砲術や剣術の訓練を施し、国王から正五品《せいごほん》の「僉知《せんち》」や従《じゅ》二品「同知《どうち》」の官位を授与されている者までがいた。

僉知の「沙也門《サエモン》」は、降倭と義兵からなる一部隊五十二名を率いていた。四十前後の古強者《ふるつわもの》で、六尺近い大柄な身に黒糸縅《おどし》の鎧《よろい》と、ヤクの毛を飾った南蛮鉢《ばち》の兜《かぶと》を着けていた。鉄砲術と剣術ばかりか騎馬術に優れ、以前から馬に乗り慣れた高禄の武士であることは明らかだった。

サエモンは、口数少なく笑顔一つ見せたことはなかった。しかし、降倭の日本人ばかりか朝鮮義兵に絶大な信頼を寄せられていた。練兵に当たっては事のほか厳しかったが、義兵が怪我《けが》を負ったり病を発したりすれば、付き切りで看病に当たった。義兵と同じものを食し、山野でも同じく毛織物や毛皮にくるまって眠った。戦いにおいては常に先頭に立って斬《き》り込み、生傷が絶えなかった。

降倭隊の編制によって岡本越後が宜寧についた時、すでにサエモンは僉知の官位を与えられていた。その過去については、仕えていた主君ばかりか、「何左衛門」なのか自らの名も明かすことはなかった。ただ、その兜は、ヤクの白毛を飾った鉄棒が鉢の天頂部から突き出ている唐《から》風のものだった。小さな吹返しと後頸部《こうけいぶ》を守る三重の錣《しころ》だけが明らかに日本の兜であることを示していた。ヤクの毛を飾った「唐の兜」といえば、三河《みかわ》武士が好んで身に着けた兜である。戦に出る時には死を目前にするため、人は心の拠り所とするものを大抵身に帯びるものだった。たまに発するサエモンの言葉も、九州や四国、東国の訛《なまり》ではなく、上方《かみがた》に近いが京坂のものでもなかった。

岡本越後は、サエモンが三河の出とあたりをつけ、薩摩《さつま》の山川《やまがわ》港で会った徳川家の旧臣について話してみた。

「十年ほど前、薩州山川で沢瀬甚五郎なる商人に鉄砲と弾薬を都合してもらったことがありました。当時、歳《とし》の頃二十五、六ぐらいだった。どことなく品《しな》が違いました。

周囲の者の話では、かつて三州岡崎で三郎信康《さぶろうのぶやす》殿に仕えていたとか。馬廻衆《うまわりしゅ》か何かではないかと……」

サエモンが珍しく顔を紅潮させ、目を見開いた。

「沢瀬甚五郎？……そうか、生きていたか。やはり、生きていたか。それも薩摩とは……甚五郎は、馬廻ではなく、三郎様の小姓衆《こしょう》だ」遠方に視線を送った目をしばたたかせ、サエモンは早口でそう語った。

岡本越後が予想した通り、サエモンは三河武士だった。しかも、主君を「三郎様」と呼び、沢瀬甚五郎を呼び捨てにした。「馬廻」にも「小姓」にも「御」を付けなかった。

サエモンが、かつて三河の岡崎城に勤め、三郎信康に仕え、しかも沢瀬甚五郎と同じ高禄の武士だったことだけは間違いなかった。徳川家康は朝鮮に渡海しなかった。なぜ高禄の三河武士だったサエモンが朝鮮に渡り、降倭となったのか、その経緯は一切話さなかった。

三

十一月二十二日早朝、金応瑞《きんおうずい》の遊撃隊と前日宜寧《ぎねい》に到来した明国軍一分隊六十名余、それに前県監の李瀞《りじょう》率いる兵、合わせて三百余名は、宜寧から移動した。

鍋島軍より先に鼎津《ていしん》を渡り、渡し場を挟む形で南北に分かれ東岸の葦原に潜んだ。

鍋島軍は一万を数える大軍で、とても金応瑞配下の手勢では太刀打ちできない。兵糧や弾薬を輸送する小荷駄《こにだ》隊が狙《ねら》いだった。小荷駄隊は、行軍の最後尾に位置し、わずかな人数の足軽が警固に当たっていた。物見に出た者の話では、朝鮮人の捕虜が百人ほどいるという。鍋島本隊の先陣、中軍、後陣をやり過ごし、最後にやって来る小荷駄隊を襲撃して捕虜となった朝鮮人を奪還するのが目的だった。

金応瑞の遊撃隊は、葦原に潜んだまま鍋島軍の渡河を見送り続けた。一万もの大軍はひっきりなく続き、後陣が渡り終えるまで一刻《とき》（約二時間）近くを要した。

降倭隊も水靴子《すいかし》と呼ぶ革製の深い沓《くつ》を履いてはいたが、川岸のぬかるみは内部まで水をしみこませた。密生した丈の高い葦は川風をやや和ませはしたものの、歯が音を立てるほどの冷えが襲った。

雲を透かして陽は南中を過ぎ、徴用した川船に米俵や火薬樽《かやくだる》を載せ、役夫《えきふ》たちが河を渡り始めた。小荷駄隊には、やはり五十人ほどの足軽《あしがる》が警固に付いているだけだった。鉄砲衆は十人おり、荷揚げ場となった東岸の広場を見下ろせる土塁から監視に当たっていた。他の警固足軽は弓の者十人、槍足軽《やりあしがる》が三十を数えた。広場の隅では火が焚《た》かれ、渡り終えた足軽や役夫たちが代わる代わる濡《ぬ》れた体を暖めていた。

小荷駄隊は徴発した小舟に米俵や味噌《みそ》樽、火薬樽を積んで南江《なんこう》を渡り、東岸の広場へそれらが次々と積み上げられた。渡し場といっても深いところで水かさは胸まであった。日本から徴用された人足と朝鮮で徴発された役夫とが、陣を設営するための材木を積んだ車を馬に引かせ、後を押しながら河を渡った。その列が延々と続いた。捕虜となって数珠《じゅず》つなぎにされた朝鮮人が百七人いるのがわかった。学術や技巧に優れた者は殺さず日本に連れて帰れとの指令が出されていた。女と子どもも半数近くいた。

金応瑞配下の朝鮮義兵、明国兵、そして岡本越後とサエモンに率いられた降倭隊は、葦原に潜んだまま小荷駄隊が渡河を終えるのをひたすら待ち続けた。

煙の臭《にお》いで気取られる危険があるため火桶《ひおけ》などを携えて葦原に潜むことはできず、降倭隊は鉄砲を持っていなかった。渡し場を挟んだ両側の葦原から一斉に矢を放って警固足軽を斃《たお》し、まず捕虜を奪還する。できれば広場の焚き火を使って、弾薬と兵糧に火を放つ。もし鍋島軍の後陣が異変に気づき船着場へ駆け戻って来た場合には、めいめいが葦原づたいに逃走すると事前に申し合わせてあった。

もし警固足軽に発砲されれば、先行する鍋島軍本隊に気付かれる。鍋島軍の後陣三千名が戻れば、葦原を包囲され、火を放たれて出ていく先から銃撃されることになる。

木材を山にした最後の荷車が西岸から川中へ入ったのを確かめるなり、東岸渡し場を挟んだ葦原からまず鉄砲足軽十人へ向けて一斉に矢が放たれた。風を切る矢羽根が川音を消し、続いて広場を囲む土塁にそれらが突き刺さる重い音が響いた。不意を突かれ鉄砲足軽十人は逃げる間もなかった。

槍足軽の一人が敵の襲撃を報せる法螺貝《ほらがい》を手にした。ヤクの白毛を飾った唐兜が、葦原から広場に飛び出し、法螺を持った足軽をまず斬り伏せた。サエモンに続いて降倭隊が広場に乱入し、矢をつがえようとした弓足軽を斬り斃した。渡し場の東岸で、降倭隊と義兵、明国兵が警固足軽に襲いかかり、入り乱れての白兵戦となった。

役夫たちは喚《わめ》きながら皆勝手な方向へ走り逃げた。東岸での光景に、渡河途中の荷車に付いていた人足たちも川中へ車を捨て、西岸へ水しぶきを上げて駆け戻った。朝鮮義兵が、捕虜の綱を切り、乗り捨てられた小舟に次々と乗せた。捕虜となった女と子どもを舟に乗せ、男たちはそのまま西岸へ向かって川中を走らせた。

捕虜が全員東岸を離れたのを確かめると、岡本越後らは焚き火から燃え上がる薪を取り出し、米俵や材木に火を移した。俵は燃えるが、米は簡単に燃え上がらない。それでも俵が用をなさなくなれば、兵糧米の運搬は容易でなくなる。

おびただしい法螺の音が東から届いた。渡し場から上がった煙に気付いた鍋島軍の姿が視界に湧《わ》き出し地響きがした。降倭隊は一斉に葦原へ飛び込み、サエモンが最後に燃えさかる薪を火薬樽の積み上げられた中へ放り込んだ。

爆発音が轟《とどろ》き白煙が上がった。火は次々に火薬樽へ引火し、爆発を誘発して側《そば》にあった数台の荷車や馬が宙を舞った。渡し場に駆け寄せた鍋島の後陣三千も、荷揚げ場の奥でその場に伏せるしか手はなかった。

爆発の火が枯れ葦に移り、葦原からも白煙を噴き上げ始めた。降倭隊は葦原づたいに下流へ逃げ続けた。南江が洛東江と合流する岐江《ぎこう》へ向かって走った。葦原は川岸に絶えることなく続いていた。だが深いぬかるみに足を取られ、思うようには進めなかった。葦原の火も川沿いの強風に乗り、降倭隊を追いかけて来た。

土手の道は大河に沿って続いていた。鍋島軍の騎馬隊が土手を先回りし、葦原一帯を包囲した。火も川風に煽《あお》られて降倭隊に迫った。鍋島軍の包囲を突破するしか生き延びる道はなかった。葦原へ強引に踏み込んできた一騎に降倭の円次郎が飛びつき、組み打ちとなって泥の中で騎馬将を討ち果たした。円次郎は傷を負いながらも、そのまま馬に飛び乗ると土手づたいに包囲した鍋島軍へ単騎駆け込んだ。円次郎は弾丸を浴びせられ、落馬したところを討たれた。円次郎に続いて孫次郎も馬を奪い、彼もまた突撃したところを一斉に銃撃された。朝鮮義兵将の楊淵《ようえん》は、月刀《げっとう》と呼ぶ朝鮮の長刀《なぎなた》で奮戦したが、鍋島の騎馬隊に囲まれ斬り死にした。鄭夢星《ていむせい》、林青玉《りんせいぎょく》らも力戦したが瀕死《ひんし》の重傷を負った。

岡本越後やサエモンは、円次郎らが捨て身の突撃を敢行したため手薄となった包囲陣に斬り込み、血路を開いた。「同知」の与七郎、念次郎らも後に続き血刀を振るって脱出した。

降倭を始め遊撃隊の犠牲も大きかったが、目的通り捕虜となった朝鮮人百七人を奪還し、大量の火薬を焼失させた。

四

沢瀬甚五郎は、イスパニア商人のアビラ・ヒロンからもらった世界図を眺めていた。十年ほど前に西洋の「フラマン」とかいう地で作られたものだと聞いた。厚紙に刷られた下絵に、赤・黄・青・緑で色が染め分けられていた。

日本は一番右端にソラ豆大の一つ島で描きこまれていた。イスパニア人のカスチリア王国も、ポルトガル王国も、右半分を占めた大陸のわずかな半島先端にしか過ぎなかった。両国を合わせても日本とほぼ同じ大きさだった。イスパニアとポルトガルが、描かれたすべての国々や人を二分して征服し支配できるはずがなかった。秀吉の明国征伐もそうだが、すべて悲惨の種子は誇大な欲望と妄想から発せられる。

「例の金銀島の伝説、あれは間違いなくこの日本のことです。ところが、ポルトガル人やイスパニア人からその話を聞いて、今では日本人が金銀島を日本の東方海上にあるものと思い込んでいる」世界図の東の隅に日本が描かれているのを示しながらヒロンはひどく可笑《おか》しそうに語った。

左半分は「新大陸」アメリカが占めていた。そのノビスパニア（メキシコ）で、近年大きな銀山が発見されたこともヒロンから耳にした。

「ヨーロッパで銀が大暴落することになるでしょう」彼はそう言った。そういえば長崎に来たポルトガル人が、支払いを銀ではなく円歩金《えんぶきん》で求めることが多くなった。円歩金は、八割九分が金、残り一割一分が銀でできていた。贈答用の天正大判などは金の含有率が七割四分弱しかなかった。ポルトガル人もイスパニア人も、そういうことにはやたらと詳しかった。

イスパニアは銀に困っていない。ノビスパニアの銀をガレオン船でマニラへ運び、唐人市場から明国産の生糸と絹織物、陶磁器を買っていく。また、イスパニア人が、呂宋《ルソン》島土着のモロ族から金を買い取っていることも甚五郎は知っていた。イスパニア商人と日本の商人とは、潤沢な銀で同じ品を買い入れようとするためどうしても競合する。いずれにせよ、これから先もポルトガル人やイスパニア人に日本の金が求められることは間違いなさそうだった。

甚五郎は、長崎に在住するポルトガル商人ガルデスに依頼し、水銀九十キンタル（約五トン）を買い入れ、堺へ転送した。伊豆の金山では手に入るだけ幾らでも水銀を欲しいところだろうが、マカオからはそれぐらいが限界だった。

マニラからは、鉄砲の袋に仕立てる大量の鹿皮《しかがわ》と、唐人市場から仕入れた火薬原料の硝石、それに水銀を七十キンタル取り寄せた。明国産の白糸や絹織物は、ポルトガル貿易がらみで内町《うちまち》を仕切る高木作右衛門らの町年寄が口うるさいためマニラから輸入などできないが、それ以外の品ならば問題視されることはなかった。

いわゆる秀吉の渡海許可証も、イスパニア当局など対外的には何の意味も価値もなく、秀吉に納める特別税のようなもので、それを持っていれば日本の港に入港でき船載品の売買が許されるだけの話だった。その程度のものなのだから銀銭さえ出せば手に入った。

この夏も、ポルトガル船はマカオからやって来て、五千斤《きん》（約三トン）もの生糸を売りさばいた。九州を始め四国や中国地方の大名衆がこぞって朝鮮へ渡海し、百姓衆は徴発されて田畑は荒れ、兵も民も飢餓に瀕しているさなかに、秀吉のいる大坂や京都では依然高価な絹織物が大量に売り買いされていた。

博多の吉次からの報せで、釜山へ渡った神屋《かみや》宗湛《そうたん》ら博多衆が帰帆《きはん》したことを知った。この七月、渡海軍総大将の名目で博多の領主、小早川秀秋が釜山に参陣し、その陣中見舞いのためだった。前領主の小早川隆景と比較するのは所詮《しょせん》無理な話だが、秀秋は名島《なじま》城主として筑前に来て以来、すこぶる評判が悪かった。秀秋は、秀吉の正室・北政所の甥《おい》であるというだけで、器量にも思慮にも欠ける凡夫に過ぎなかった。釜山の陣においても、後見役の山口宗永《むねなが》が義兵掃討のために出陣すると、何を思ったか秀秋までが勝手に手勢を率いて釜山城を離れ、手を焼いているという。

養父の小早川隆景は、この六月十二日、隠居先の備後《びんご》三原《みはら》で死去した。六十五歳だった。文禄二年（一五九三）一月の碧蹄館《へきていかん》の戦いで、李如松《りじょしょう》率いる二万の明国軍を粉砕し、明国を震撼《しんかん》させた。その武名も高かったが、民への施政においても嶋井宗室と神屋宗湛を重用して博多の復興に力を注いだ。小早川隆景を惜しむ声は長崎でも聞かれた。

陰暦九月一日、グレゴリオ暦では十月十一日に当たるこの日、冬の北西風を思わせる強風が吹き荒れた。フランシスコ会士でただ一人日本に残り長崎で監禁されていたヘロニモ神父が、マニラ行きの船に乗せられ追放されることになった。ヘロニモ神父は、三年前の文禄三年（一五九四）七月に菜屋助左衛門の船に便乗して日本に到来した。一年前の九月には十一人のフランシスコ会士が日本にいた。だが、バウチスタ神父ら六人は殉教し、リバデネイラ神父ら四人はこの年の陰暦二月初めにポルトガル船でマカオへ追放された。信徒の教導のため最後まで日本に留まっていたヘロニモ神父もまた長崎で捕らえられ、サン・フェリーペ号の残留者数人とともにマニラへ送られることになった。これでイスパニア系フランシスコ会の日本における布教活動は幕を閉じることになった。

これまで貿易商売のために洗礼を受けただけの似非《えせ》キリシタンが長崎にあふれていた。彼らもバウチスタ神父ら六人の殉教を目《ま》の当たりにし、信教も含めて自らの生き方を省みる機会を突き付けられていた。

五

十一月十日、朝鮮の東南沿岸、蔚山《うるさん》の地に新たな城が築かれ始めた。文禄の役で東端の拠点となった西生浦城《せいせいほ》のさらに北へ六里（約二十四キロ）離れた場所だった。築城普請《ふしん》には浅野幸長《よしなが》と、毛利秀元の部将宍戸《ししど》元続《もとつぐ》らが当たることになった。蔚山に城を築き次第、清正が西生浦城から移り、黒田長政が西生浦城の在番を務めるようにとの指令が秀吉から届けられていた。

蔚山城は、日本海に流れ込む太和江《たいわこう》の河口北岸に築かれ、海抜十七丈（約五十一メートル）の独立した島山《とうさん》上を本丸として、その東にも二の丸と三の丸の曲輪《くるわ》を築き、そこには石垣を巡らすよう計画された。石垣の高いところは七間半（約十三・五メートル）の高さで積み上げられることになった。

南は太和江を防禦線とし、西と北、東の三方には千四百間（約二・五キロ）におよぶ土塁と土塀の惣構《そうがまえ》を築くことにした。惣構の外にも二重に木柵《もくさく》を結んだ。

蔚山城の普請には、氷雨《ひさめ》の降る中を日本から徴発された百姓衆《ひゃくせい》や水夫《かこ》ばかりか、足軽までが動員され、多いときには数千人が当たらせられた。

築城に当たりその目付役として太田一吉《かずよし》が付けられた。丹羽長秀《にわながひで》の旧臣だった太田一吉は、豊後大野郡《ぶんごおおの》において秀吉直轄《ちょっかつ》の代官を務め、臼杵《うすき》城三万五千石を領していた。

臼杵安養寺《あんようじ》の慶念《けいねん》は、薬方や医療に通じ、この時太田一吉に命じられて渡海し従軍していた。正気の沙汰《さた》とも思われぬことが連続する朝鮮での日々に、六十二歳になる慶念は、何とか自己を見失うまいと和歌と詞書《ことばが》きによる日記を書き続けた。

鉄砲衆や幟《のぼり》持ち、徒母衣《かちほろ》の者、水夫、人足にいたるまで、明け方の霧を払って山へ材木を切り出しに向かい、夕には星が出るころになって宿所へ戻る日々である。徴用された百姓衆は、すこしでも手を抜けば処罰され、あるいは敵に殺され、たいした落ち度がないにもかかわらず勝手な理由を付けられて首を辻《つじ》にさらされたりしている。

夜を徹して人を責め立てては石を積ませ、城の普請もさらに厳しく強いられている。築城は、人々の物を奪い取ろうとする企てであり、貪欲《どんよく》以外の何ものでもない。地獄道、餓鬼道、畜生道の三悪は、目の前にある。地獄とは、どこかにあるものではない。今そのまま眼前に現われているものに相違ない。

咎《とが》もなき人の財宝盗《と》らんとて雲霞《うんか》のごとく立ち騒ぐ躰《てい》
野も山も焼きたてに呼ぶ武者の声さながら修羅の阡《ちまた》なりけり
太閤に思い給《たま》いし百姓を捨て物にするつらき心や

京都五山相国寺《しょうこくじ》の高僧、西笑承兌《せいしょうしょうたい》は、その漢詩文の知識を武器に外交僧として常に秀吉の側《そば》にあり、明国征伐と朝鮮侵略へ積極的に参画した。対馬宗家《そうけ》の手先となって欺瞞《ぎまん》外交を繰り広げた景轍玄蘇《けいてつげんそ》、小早川隆景のもとに従軍し自ら軍隊を率いる安国寺恵瓊《えけい》……僧侶《そうりょ》とは名ばかりの「政僧」どもとは異なり、豊後臼杵の一老僧は、己《おの》が感受性の捉《とら》えるまま、この戦のさまを率直に綴《つづ》った。

日本より様々な商人が来たなかで、人買い商人も来た。軍の後陣にくっ付いてまわり、老若男女を買い取っては縄で首をくくって集め、先へ追い立て、歩かなければ杖《つえ》を振り上げて追い立てる。その有様は、さながら地獄の鬼が罪人を責める光景を見ているようだ。

なかでも殊《こと》におぞましきことは、港からずっと奥の普請場まで重き荷を山のように積んだ車を牛に引かせ、やっと普請場まで着いたところ、「牛はもう必要がない」

などと人足たちが言い、その場で打ち殺して皮をはぎ、それを食べていることである。これは、もはや人間のやることではない。ただ畜生道としか言いようのない有様である。

重き荷を負《お》おせまわりて殺さるる余所《よそ》の見る目もうし（憂し・牛）と思えば

六

十一月二十九日、明国経略（総司令官）の邢玠《けいかい》が漢城に着陣した。邢玠は、軍務次官に当たる経理の楊鎬《ようこう》と麻貴《まき》提督を交え、明国軍の総力を挙げて朝鮮から秀吉軍を一掃する策を練った。そして、まずは加藤清正の西生浦《せいせいほ》城を標的とすることに決めた。

明国から見て、秀吉軍朝鮮侵略の中核は加藤清正であり、西生浦城を落とし清正を討てば、秀吉軍は壊滅するものと考えられた。加藤清正と並んで明国軍の脅威は、先の戦役で漢城と平壌を陥落させ、祖承訓《そしょうくん》率いる明軍を撃破した小西行長の軍だった。明国と朝鮮の連合軍が清正の西生浦城を攻めれば、行長が順天《じゅんてん》から救援に駆けつけることになる。邢玠は、行長の援軍を牽制《けんせい》するため、兵力を三分して進軍することにした。

明国軍総勢四万四千三百人、楊鎬と麻貴の率いる本軍を八千五百とした。左協軍《さきょう》は李如梅《りじょばい》を大将とする一万二千六百の兵。中協軍は高策《こうさく》を大将として兵数一万千六百。そして右協軍の大将には李芳春《りほうしゅん》を当て配下一万千六百の兵とし、三協軍を南へ向けて進発させることを決めた。

楊鎬と麻貴とが左右二協の兵を率い、忠清道の忠州《ちゅうしゅう》から慶尚道の安東《あんとう》に入り、そのまま南下して慶州にいたり、西生浦の清正を攻める。行長が西から救援することに備え、中協軍を宜寧《ぎねい》周辺に駐屯させ、東は左右協軍を救援し、西は全羅道から進軍してくる行長らを押さえる。同時に、騎馬兵千五百を割いて朝鮮兵とともに南下させる。全羅道の天安《てんあん》、全州《ぜんしゅう》、南原《なんげん》から順天へ向かい、これによって行長を順天へ釘付《くぎづ》けにする。

この遠征に明国軍は大砲千二百四十四門、火箭《かせん》は十一万八千本を携えていた。火箭は大砲から放つ爆薬仕掛けの銛《もり》である。用意された砲弾は総重量百七十九万六千九百六十七斤（約千七十八・二トン）、火薬は六万九千七百四十五斤（約四十一・八トン）に及んだ。兵糧は一ヶ月を充分支えるだけを用意した。

朝鮮軍は都元帥《とげんすい》（総司令官）権慄《ごんりつ》の指揮下にあり、一万二千五百の兵を三つに分けて、それぞれ明国の三協軍に属し、共に慶尚道の西生浦城の攻略を目指すことになった。

明国水軍は季金《ききん》率いる三千三百の兵だった。朝鮮の三道水軍統制使、李舜臣の水軍兵二千を合わせても心もとなく、邢玠は朝鮮国王に諮《はか》って銃手三百名と漕手《そうしゅ》百名を急ぎ補強した。

十二月四日、麻貴提督は本軍を率いて漢城を発し、明国と朝鮮の連合軍が南下を開始した。

同月二十日、楊鎬と麻貴は蔚山《うるさん》の北西八里二十七丁（約三十五キロ）に位置する古都慶州に入城し、三協軍の諸将をここに集結させた。

起工から一月過ぎた十二月二十日、蔚山の城は、その姿を島山《とうさん》の上におおむね現した。だが、度重なる朝鮮義兵の襲撃と氷雨降る悪天候下の突貫工事では完成を期せるはずもなかった。総瓦《そうがわら》のはずだった屋根は茅葺《かやぶ》きで、天井もなく、扉の欠けたままの門さえ見られた。

十二月二十二日、蔚山城引き渡しの日を前に、毛利秀元ら普請に当たった中国勢諸将は帰国のため釜山への撤収の準備を終えていた。蔚山城は、浅野幸長と目付役の太田一吉らが三千の兵で守っているだけだった。在番して守備に当たる加藤清正は、まだ西生浦城から引き移るための準備に取りかかっている最中だった。

慶長二年（一五九七）陰暦十二月

一

十二月二十二日未明、日本海へ注ぐ太和《たいわ》江《こう》の河口北岸に新たに築かれた蔚山《うるさん》城は、夜明け前の凍《い》てつく寒気に包まれていた。これまで慶尚道《けいしょうどう》の最前線だった西生浦《せいせいほ》城からさらに北へ七里離れ、孤島のような海抜十七丈（約五十一メートル）余を石垣で固め本丸とし、その東北と西北に段差を成して二の丸と三の丸を設けていた。城の南は、太和江に流れ込む支流が自然の堀を作っており、西北東の三方には、土塁に塀を築いた惣構《そうがまえ》を巡らせた。その外側にも二重の馬《ば》防柵《ぼうさく》を結んで敵襲に備えていた。

蔚山城の守備に当たる加藤清正に引き渡すため、ここまで普《ふ》請《しん》に当たった毛利秀元配下の武将や足軽たちは、釜山《ふさん》への撤収をひかえて惣構外の作事《さくじ》小屋へ分宿していた。

北側の馬防柵内に位置する作事小屋の連なりは篝火《かがりび》を焚《た》き、不寝番《ふしんばん》の兵も置いていた。だが、夜明け前の寒気はあまりに厳しく、東の空が白む前には小屋の内に皆早々と引き取り、火桶《ひおけ》の側《そば》でうたた寝していた。朝鮮義兵による襲撃は、木材の切り出しのために遠出した山道でしばしば繰り返されていたが、城近くまで敵兵が出没したことはなかった。

やっと光が差し込んだ夜明け、作事小屋の板戸が蹴破《けやぶ》られ、乱入してきた敵兵に寝込みを襲われた。冷泉元満《れいぜいもとみつ》ら毛利家重臣三名と足軽は刀を取る隙《ひま》さえなく手当たり次第に斬殺《ざんさつ》され、三棟続きの作事小屋は次々と火を放たれて炎上した。

義兵襲来の報に、惣構の内にいた目付役の太田一吉《かずよし》、城普請に当たった浅野幸長《あさのよしなが》や宍戸元続《ししどもとつぐ》ら各将は、とりもあえず具足を着け、それぞれ手勢百五十ほどの兵を率いて北の惣構へ向かった。敵兵は三百人ほどで多くが朝鮮兵の白い衣を身に着けていた。このところ城引き渡し前の撤収に忙殺され、義兵掃討のための出撃も自然ひかえられていた。その隙に乗じた朝鮮義兵による襲撃に違いないと太田一吉らは思い込んだ。

武装した秀吉軍が惣構の北門に向かって寄せくる様を見て、敵兵は鉦《かね》の音とともに北へ向かって一斉に逃走した。惣構外の作事小屋はいずれも炎に包まれ、最早手の施しようもなかった。太田一吉らは北へ走る敵兵を斃《たお》しながらそのまま追撃し、川筋を越えて気がつけば半里（約二キロ）ばかり来ていた。左手に鶴城山《かくじょうざん》が見える小川の対岸に現われたのは、視界を埋めるほどの大軍だった。馬簾《ばれん》の付いた旗をなびかせ騎馬した将士は紅の衣に同じ色の甲冑《かっちゅう》を身に着けていた。太田一吉らは、単なる朝鮮義兵による襲撃などではないことにその時初めて気づいた。

早打ちの太鼓の音に、明国軍騎馬兵が一斉に小川を越え進撃してきた。ここまで先頭をきって追撃してきた太田一吉の隊は一気に呑《の》み込まれ、太田までが深手《ふかで》を負い、城へ向かって退却するしかなかった。予想もしなかった大軍の到来に押しまくられて混乱し、負傷した太田一吉は馬防柵を自ら破って、惣構の内へ逃げ込むことになった。

惣構に襲来した明と朝鮮の連合軍は、退却した秀吉軍を追撃し、三方から包むように押し寄せた。まず高策《こうさく》率いる明国中協軍一万千六百の兵が北から惣構に迫った。西からは李芳春《りほうしゅん》率いる右協軍兵一万千六百。そして東から李如梅《りじょばい》の左協軍騎兵一万二千六百が馬防柵を一気に粉砕して殺到した。

ここまで秀吉軍は、慶尚道と全羅道、忠清道を征圧し、秀吉の版図から明国軍をほぼ駆逐したものと思い込んでいた。城内に秀吉軍はわずか三千しかいなかった。

北の防備には毛利重臣の宍戸元続と、清正から先乗りとして派遣されていた加藤与《よ》左衛門《ざえもん》らがそれぞれ手勢を率いて当たった。西は負傷した太田一吉の配下が固め、東には浅野幸長の兵がそれぞれ対峙《たいじ》した。惣構の土塀に設けられた鉄砲狭間《はざま》から銃撃で応戦したが、明国軍は途切れることなく続き視界を覆《おお》うほどの兵数だった。

蔚山《うるさん》城の北西に位置する鶴城山には、明国軍本隊が陣舎を連ねていた。そこには軍務経理の楊鎬《ようこう》と麻貴《まき》提督に率いられた八千五百の兵が固めていた。蔚山城の秀吉軍が大軍の到来を全く予期しなかったのに対して、楊鎬はすでに蔚山城の全容を調べ上げていた。

五日前の十七日、慶尚道の義城《ぎじょう》まで南下してきた楊鎬は、朝鮮応接使の李《り》徳馨《とくけい》を呼び蔚山城を探るべく密偵を放つよう求めた。李徳馨は「ヨエモン」なる降倭《こうわ》を蔚山城へ潜入させることにした。普請に当たった毛利勢が撤収を開始し、城引き渡し前の混乱で、日本人が普請人足の格好をすれば蔚山城にもぐり込むのは難しくなかった。その降倭は、城の見取り図と城内における守備陣の配置を詳細に書き記して李徳馨に渡した。

明国軍の標的は西生浦城の加藤清正だったが、蔚山の新城はその清正が近々入城する手はずとなっていた。城兵はわずかに三千、主武器は鉄砲で、大砲や火箭《かせん》などの強力な火器は備えていなかった。普請に当たった毛利秀元の主力軍はすでに帰国のため釜山に移動し、毛利勢も宍戸元続ら一部が残っているだけだった。清正配下の武将も近藤四郎右衛門《こんどうしろうえもん》や加藤与左衛門らがわずかな兵を率いて城内にいる状況だった。

蔚山城から六里離れた西生浦城に援軍要請の早馬が到着したのは、冬の早い落日が訪れた頃だった。「明の大軍襲来」の急報に、加藤清正は十五人の小姓《こしょう》衆と使番《つかいばん》五人、徒侍《かち》のわずか三十名ばかりを召し連れ、七反帆の舟を仕立てさせると、闇《やみ》を突いて回《かい》夜江《やこう》河口から蔚山城へ向かった。

清正の舟が太和江河口に着いたのは、二十二日戌《いぬ》の刻（午後八時）だった。明国軍から砲弾や火箭がおびただしく打ち込まれ、馬防柵は破壊されて戦傷者も多数出ていたが、惣構はまだ破られてはいなかった。清正は、城南の川筋から惣構の内に入り、騎馬して浅野幸長の守備する東の出丸《でまる》へと向かった。

黒糸縅《くろいとおどし》の鎧《よろい》に烏帽子《えぼし》だけを被《かぶ》った清正は、東出丸の櫓《やぐら》へ上がり、惣構まで押し寄せた明軍の篝火《かがりび》を見渡した。城の三方を埋めつくした大軍のおびただしい灯は悪い夢を見ているようだった。だが、清正は一瞥《いちべつ》するなり鼻で嗤《わら》い、顔青ざめた若い浅野幸長に落ち着いた口調で語った。

「聞いていたよりは兵数も少のうござる。唐人《とうじん》の戦《いくさ》のことはご存じなかろうが、連中の威勢がよいのは最初だけで、一度手ひどい目に遭わせてやれば明日にも退いていく」

「……今朝はいきなり寝込みを襲われ、気遅れしたままの合戦になりましたので、我らの目には敵がはるかに多数と見えたものに思われます。主計頭《かずえのかみ》殿のおおせられるとおりと思われます」

浅野幸長は、清正の落ち着きはらった様子に初めて強張《こわば》った顔をほころばせ、そう返した。

それから清正は、負傷した太田一吉を浅野幸長とともに二の丸へ見舞った。太田は数ヶ所に傷を負い、夜着をかぶって昏々《こんこん》と寝入っていた。

寅《とら》の刻（午前四時）、眼下に広がる野営の火光が倍ほどに増え、明国軍が動き始めた。未だ暗い卯《う》の刻（午前六時）にいたり、一斉に轟《とどろ》く太鼓の音とともに再び明の大軍が惣構の前面三方から押し寄せた。大砲から発せられる爆薬仕掛けの火箭が火の粉を吹き上げ、惣構の土塀に突き刺さっては爆発を繰り返した。秀吉軍は惣構から鉄砲で激しく応戦し、明と朝鮮の兵は突撃を敢行しては後退することになった。守りに使われた鉄砲の威力は絶大で、明国兵は惣構の前に折り重なって次々と倒れた。やがて明軍は鉦を打ち鳴らして退き始め、惣構の四丁（約四百四十メートル）ほど離れた位置からの砲撃に徹するようになった。

清正は島山《とうさん》上の本丸に陣取って総指揮に当たった。海路で急ぎ援兵を寄こすよう西生浦城へ使者を送ったが、太和江河口には未《いま》だ舟の帆影も現われなかった。圧倒的な敵の兵数に寡兵《かへい》で抗するには、守備範囲を狭めるしかなかった。惣構を捨て、全軍が島山上の城郭に立て籠《こも》り、城門に詰め寄ってきた明国兵を頭上から銃撃して撃退するしかないと清正は判断した。八丁余離れた東の出丸にいる浅野幸長に使番を送って本城へ引き取るよう再三勧告したが、幸長は動こうとしなかった。

浅野幸長勢は、本城から離れた東の出丸から盛んに銃撃で応戦し、惣構を死守する意思を示した。東の出丸でも撃ち込まれた砲弾と火箭によってかなりの死傷者が出ていた。明軍が接近すれば、浅野勢は銃身が焼けるまで鉄砲を放ち続け、数を頼んだ明軍も出丸へ寄せては退くことを繰り返していた。

城の北西、鶴城山《かくじょうざん》に陣取った楊鎬《ようこう》と麻《ま》貴《き》提督は、防備が手薄な惣構の北西端に砲撃を集中し、そこから兵を送り込んで突入することを決した。

巳《み》の刻（午前十時）、北西端の惣構に集中砲火を浴びせられ、とうとう一角が破られた。明軍の城内突入が開始された。清正は使番の瓦庄九郎《かわらしょうくろう》を東出丸へ送り、北西の惣構が破られたと浅野幸長に伝えた。本城から東南へ八丁ほど離れた出丸が明軍に包囲されて孤立すれば、浅野勢は全員討死し、本城での兵力はそれだけ削《そ》がれることになる。惣構が破られたことを知り、さすがに浅野幸長も本丸へ引き移るしかなかった。

すでに明国軍は惣構の内に陸続となだれ込み、本丸と二の丸口に押し寄せていた。浅野勢は、本丸口に押し寄せた明軍の背後から強引に切り割って突入した。本丸口前で加藤与左衛門の十三歳になる息子が手勢を率い、明軍兵と白兵戦を展開しているのを見つけ、浅野勢はそこに乗り割り、与左衛門の伜《せがれ》を引き連れて本丸へ入った。本丸の大手口では前日負傷した太田一吉が兵を引き連れて守備についていた。浅野幸長が清正の所在を問うと、二の丸にいるとのことだった。

清正は、二の丸東口の櫓門上で鉄砲を手にし、真下へ詰め寄った明国軍兵を自ら銃撃して退けていた。明の軍兵が二の丸西口に押し寄せると、清正は手勢の鉄砲衆を引き連れて西口に向かい、西口の櫓門上から銃弾を浴びせ二の丸への突入を許さなかった。

二十間（約三十六メートル）四方の本丸には浅野幸長と太田一吉、そして毛利勢が立て籠り、その北東に位置する二の丸は清正が守備した。北西に接する三の丸には、宍戸元続ら毛利勢と加藤与左衛門らが守りに当たった。城には合わせて十二の櫓があり、真下まで詰め寄った敵兵に銃撃で対抗した。斃されても斃されても、敵兵は尽きることなく島山を登って押し寄せた。

明国軍は、切り立った七間余の石垣を登攀《とうはん》する手立てがなく、各城門に詰め寄れば頭上からの銃撃と松明《たいまつ》や岩石の投下で死傷者を続出させていた。何度も城門を突破しようと押し寄せるが、頭上から浴びせられる弾丸の雨に死体の山を築くだけだった。

昼過ぎになって明国軍は攻撃を休止した。

闇が降りて、やっと西生浦城《せいせいほ》からの援軍が太和江《たいわこう》河口に二十艘《そう》ほど帆影を現した。だが、明国と朝鮮の連合軍は蔚山城《うるさん》を幾重にも取り巻き、城のすぐ後を流れる南の川筋までが敵兵に満ちていた。西生浦城からの援軍は、島山《とうさん》のすぐ近くまで舟を寄せたものの火箭と火砲を放たれ、とても上陸することはできなかった。舟から火砲と鉄砲の威嚇《いかく》射撃で牽制《けんせい》するのがせいぜいのことだった。

二

蔚山城は、本丸が最も高い島山頂上の位置にあり、その北東のやや下がった地に二の丸、そして北西側へ三の丸がそれぞれ段差を成して築かれていた。楊鎬《ようこう》は、最も低く北西端に突出している三の丸に攻撃を集中することにした。三の丸を落とせば圧倒的な兵数で乗り込み、二の丸から本丸まで一気に征圧できると見た。

二十四日、明国軍は降倭からの進言で多数の梯子《はしご》と防弾の竹束《たけたば》を用意した。竹束で弾丸を防ぎながら各曲輪《くるわ》に接近し、長梯子を城の石垣に掛けて総攻撃をかけることにした。

清正は、とくに明国軍が兵力を集中してきた三の丸に鉄砲衆を集め、頭上から松明《たいまつ》を投下して竹束を焼き、弾丸を激しく浴びせてこれに対抗した。戦闘は辰《たつ》の刻（午前八時）から陽の傾いた申《さる》の一刻（午後三時半頃）にまで及んだが、明国軍は峻厳《しゅんげん》な石垣を結局登ることができなかった。三の丸を落とせなかったばかりか、遊撃将の陳寅《ちんいん》が銃撃され重傷を負ったのを始め、多数の死傷者を出すことになって島山から退却した。

楊鎬と麻貴《まき》に率いられた明国軍も、一枚岩の軍隊ではなかった。遼東《りょうとう》からの北兵と浙江《せっこう》からの南兵は、武器や装備の何もかもが異なり、日頃から反目していた。北兵は騎馬兵を主力とし、南兵はほとんどが歩兵から成っていた。この日梯子を先登し銃創を受けた遊撃将の陳寅は、浙江から兵を率いて到来した南将の一人だった。負傷した陳寅は搬送された漢城で朝鮮国王に上奏した。「北兵は朝鮮を救うために来たと言いながら村落で目に余る掠奪《りゃくだつ》を繰り返し、むしろ害するために朝鮮に来たようなものだ」

この日楊鎬は、緑色の鎧下《がいか》を身に着け白い幟《のぼり》を手にした武将が盛んに号令し督戦しているのを認めた。降倭を呼んでその人物が誰なのか確かめると、間違いなく加藤清正だという。標的とした清正が、西生浦《せいせいほ》城ではなく蔚山《うるさん》城へ来ているのを楊鎬《ようこう》は知った。

城南の太和江《たいわこう》川筋にいたるまで圧倒的な兵数を利して島山《とうさん》四方を完全に包囲すれば、島山には清泉がなく、城内に井戸の用意もなかった。まだ天井板も張っていない普請中の城内には兵糧《ひょうろう》の蓄えすら満足になされてなかった。ここにいたって楊鎬は、あくまでも狙《ねら》いは清正の首であり、蔚山城の力攻めにこだわっていたずらに戦死者を出すよりも、徹底した兵糧攻めで対抗し、清正へ投降を促す戦略を採ることにした。

明と朝鮮の連合軍によって包囲され、島山上の蔚山城は完全に孤立した。籠城した加藤清正以下の秀吉軍は、車引きの牛ばかりか泣く泣く愛馬までを手にかけ、糧《かて》とするしかなかった。夜になれば渇きから太和江の川筋に向かって城を脱出し、そこに待ち構えていた降倭隊に捕らえられる兵が後を絶たなかった。また糧を求めて城を出ては、斃れた兵の腰兵糧をあさり、殺される兵も多かった。

二十六日、楊鎬は疲労の色濃い明国軍を休息させ、朝鮮軍と降倭隊に城攻めを敢行させた。降倭隊は、日本国内で城攻めに用いる鉄板製二つ折りの楯《たて》と、防弾の竹束を多数用意し、火攻めのための柴《しば》を担《かつ》いで城門に迫った。だが、頭上からの銃撃と松明の投下によってこれも阻《はば》まれた。

夕方より霙《みぞれ》混じりの雨となった。城内に捕虜となっていた四人の朝鮮兵が、この夜警固の隙《すき》を突いて脱出してきた。状況を尋問した李徳馨《りとくけい》に、彼らは城内の飢えと渇きを語った。

「城内には糧も水もありません。賊徒は、床に散らばった焼き米を拾い集めて口にし、雨が降れば衣や紙を使ってこれを濡《ぬ》らし、それを絞っては啜《すす》っている有様です」

この報告を受けて楊鎬は加藤清正へ使者を送り、降伏を勧告することにした。蔚山城のある島山を包囲して野営する明国と朝鮮の大軍も、打つ手がないまま氷雨と厳しい北風に責められ、将兵の士気は日を重ねるごとに低下するばかりだった。狙いはあくまでも清正であり、清正を生け捕りにすれば秀吉軍も戦意を喪失するはずだった。かつて清正の配下にあった岡本越後《えちご》を使者として選び、通詞《つうじ》の朴大根《ぼくだいこん》とともに蔚山城へ送った。

『清正公が降伏して城を出れば、城にいるすべての者が死をまぬがれられる。そればかりか官位叙任を朝廷に上奏し、貴公の勇気と精神を長く讃《たた》えることになるはずだ。けして約束を違えはしない』

これに対して岡本越後が持ち帰った清正からの返答は以下のものだった。

『戦うも和するも貴殿の勝手次第である。もし貴殿に講和の意あるならば、包囲している兵を退け、それがし城を出るための道を開けよ。かつまた講和のための将官をよこせば、それに応ぜぬでもない』

三

二十七日、この日も朝から霙が降り続く悪天候だった。この昼前、蔚山《うるさん》の籠城《ろうじょう》軍救出のため、釜山から陸路を使い、山口宗永《むねなが》と森吉成の兵三千七百余が、南に三里（約十二キロ）ほど離れた松山《しょうざん》まで到来した。山口宗永は早速物見を送って、城を包囲した四万二千余の明国軍を確認した。

後詰《ごづめ》となって明国軍の後方から襲撃する毛利秀元と長宗我部元親の兵四千余、そして鍋島直茂、黒田長政、蜂須賀家政ら四千四百の兵が、二日後の大晦日《おおみそか》には釜山から西生浦《せいせいほ》城を経て到着することになっていた。城攻めに前がかりとなった敵軍の背後から後詰の軍勢が急襲すれば、たとえ三倍強の兵力でも、敵兵は挟み撃ちされた混乱から総崩れとなる。

問題は満足な兵糧の用意もなく籠城している清正以下三千の兵が、あと三日持ちこたえられるかどうかにかかっていた。山口宗永は、後詰軍がすぐ近くまで来ていることとを報せるため、西生浦からの軍船に小早川本隊を示す「二段鳥毛の上に黒い駱駝《らくだ》」の馬験《うまじるし》と赤地に「一文字《いちもんじ》三星《みつぼし》」を染め抜いた軍旗を立て、太和《たいわ》江《こう》河口まで向かわせた。

二十八日、霙まじりの雨は朝から止《や》むことなく降り続けた。この日も明と朝鮮の軍は三の丸への攻撃を試みたが、鉄砲で応戦され虚《むな》しく退くしかなかった。城から脱し捕らえられた兵や捕虜だった朝鮮人の話では、城内では食糧と水ばかりか弾薬も尽きかけているというが、島山を登り各城門に詰め寄れば、依然として城門櫓から激しい銃撃が浴びせられた。

二十九日、大晦日《おおみそか》に当たるこの日、清正は、城内将兵三千の飢渇を救うため楊鎬《ようこう》へ講和の使者を送ることにした。

明国軍の狙いが己の首であることは清正もわかっていた。この年の三月、朝鮮義僧兵を率いる松雲大師《しょううんだいし》が講和折衝のために西生浦城に来た折、「貴国の宝は何か」と清正が問うと、「貴公の首をもって宝となす」と大師は真顔で応《こた》えた。それを聞いた清正は声を上げて笑い、松雲大師は憤然として帰った。

南に三里離れた松山上には山口宗永と森吉成がそれぞれの旗や幟を多数たなびかせていたが、島山《とうさん》上の城からは見えるはずもなかった。

「北からの包囲軍を退け、惣構《そうがまえ》の外に小屋掛けして、天将（楊鎬）とそれがしとで直接会見したい」と清正は申し入れた。蔚山城は兵糧が完全に尽き、弾薬もすでに乏しいものとなっていた。

清正の意思を耳にした浅野幸長は、清正が守備する二の丸へと向かった。

「城を出られることは、何としても取りやめて頂きたい。唐人は何を謀《はか》っておるかわかったものではありません。どうしても出馬なさらなくては話にならないのであれば、唐人は主計《かずえ》殿を見知ってはおりませんゆえ、それがしが出て行って会盟を果たします」

浅野幸長ばかりか、宍戸元続、加藤清兵衛《せいべえ》らまでが二の丸に足を運び清正に思い止まるよう説得した。清正も「今日のところは見合わせる」と返答するにいたった。

その夕、申《さる》の刻過ぎ（午後三時半頃）、前日に山口宗永の放った素破《すっぱ》は、霙の降りしきる薄暮の中を太和江《たいわこう》沿いに島山へ接近した。警固兵の隙をついて島山に潜入し七間半（約十四メートル）の石垣を登攀して山口からの文《ふみ》を籠城軍に渡すのが目的だった。

素破は、すぐ島山の後を流れる支流の岸沿いに朝鮮兵を装《よそお》い、戦笠に白衣をまとって進んだ。凍てつく川風が吹きすさぶ城南には、朝鮮義兵と降倭隊とが警戒に当たっていた。青の上着と長く垂らした青帯も朝鮮兵のものだったが、素破の履いていた草鞋《わらじ》が日本式だった。降倭に呼び止められ、帯に下げていた石垣登攀用の鉤縄《かぎなわ》を見つけられた。素破は捕らえられ、降倭隊の陣舎へ連行された。サエモンらが尋問したが、素破は何も答えなかった。衣服を確かめると蠟引紙《ろうびきがみ》に包まれた文が素破の襟に縫い付けられていた。

『近日中、加徳《かとく》、安骨《あんこつ》、竹島《ちくとう》、釜山等より、六万の兵を以《もっ》て後詰《ごづめ》参上いたすべく候《そうろう》。

くれぐれも堅守なさるべく候。恐々謹言

山口玄蕃《げんば》

毛利壱岐《いき》

十二月二十八日

加藤主計頭様

浅野左京大夫《さきょうのだいぶ》様

太田飛驒守《ひだのかみ》様

御城中各位

』

四

十二月二十九日の午《うま》の刻過ぎ（正午頃）、太和江《たいわこう》河口に火砲を放ちながら現われた数艘の舟は、小早川軍の赤い旗と毛利秀元本隊を示す白地に黒の「一文字三星《いちもんじみつぼし》」、「中白に永楽銭《えいらくせん》」の黒田軍旗、「白黒卍《まんじ》」の蜂須賀軍旗、そして鍋島軍の大馬験《おおうまじるし》「黒い吹貫《ふきぬき》」までが打ち振られているのを城内からはっきりと確かめられた。

「後詰来たる」の吉報に、城内の将も兵も沸き返った。瘦《や》せ細り、すっかり相貌《そうぼう》の変わったそれぞれの顔を見合わせては、笑顔とも泣き顔ともわからぬ顔で涙を流し合った。

慶念《けいねん》は城内の様子をこう詠《よ》んだ。

うしろまき（後詰援軍）幟《のぼり》の先も見えければ皆生き返る城の内かな

この夜、加藤清兵衛らの清正勢、太田勢、浅野勢が、本丸の大手口から二手に分かれ夜襲を敢行した。島山《とうさん》を包囲して野営する明軍の野営小屋を襲って九人の兵を討ち取り、火を放って城内へ引き戻った。籠城戦に徹していた秀吉軍が突然夜討ちに出た。籠城軍にとって明らかに戦況が好転したことを意味していた。

降倭隊は、後詰軍が迫っていることを朝鮮応接使の李徳馨《りとくけい》に報《しら》せ、同時に夜襲への警戒を明国軍に進言したばかりだった。

正月二日より後詰の先手軍として、鍋島直茂の兵千六百、蜂須賀家政の兵二千二百、黒田長政軍六百名、そして森吉成の兵百五十が蔚山《うるさん》城の半里（約二キロ）西に迫った。秀吉軍は島山を遠望する山々に陣を張り各軍旗を掲げて、蔚山城を包囲する明国と朝鮮軍に誇示した。

「六万の秀吉軍到来」の報に最も狼狽《ろうばい》したのは楊鎬《ようこう》だった。秀吉の援軍は城の西方から太和江を渡って、包囲した明国軍の後方を遮断し、城内の兵と挟み撃ちにする策と見えた。楊鎬と麻貴《まき》提督は、ともかくも秀吉援軍の渡河を阻止すべく、包囲軍から兵を割き、呉惟忠《ごいちゅう》と茅国器《ぼうこくき》らを将とする四千の南兵を西へ向かわせた。だが、火砲を担いで西に向かう明国兵の動きは鈍く、遅々としてはかどらなかった。雲が上がれば北からの強風が吹き荒れ、寒気は想像以上に厳しく、遠征し野営の日々を送ってきた明国兵に消耗の色が濃かった。引き連れた軍馬もあまりの寒気と餌《えさ》不足に次々と斃れ、草葺《くさぶ》き小屋に野営する明国兵は凍《こご》えきって戦どころではなくなっていた。

三日、後詰の秀吉軍は、山口宗永らの三千七百余兵、毛利秀元本隊の兵三千九百を合わせ、一万三千余の兵が城から西に半里離れた太和江《たいわこう》の上流南岸へ集結した。

蔚山《うるさん》城の東、太和江河口からも、長宗我部元親の水軍兵百六十を始め池田秀氏《ひでうじ》、清正配下の水軍船などを合わせた九十艘が、火砲を放ちながら太和江河口へと突入してきた。楊鎬《ようこう》は、水軍兵の上陸を阻止するため、支流を挟んで蔚山城の東約十丁（約千百メートル）の船着《ふなつき》へ楊登山《ようとさん》らの率いる二千の兵を送り込んだ。

秀吉軍後詰の襲来を受けて、楊鎬と麻貴《まき》は、深夜子《ね》の刻（午前零時）より城への総攻撃を仕掛けた。蔚山城を陥落させれば、後顧の憂《うれ》いなく、到来した秀吉の援軍に対抗できることになる。砲声を轟かせ火箭を大量に島山へ打ち込んで城へ迫り、四方から石垣に長梯子を掛けて各曲輪への登攀を決行させた。

降倭の進言によって用意した防弾の竹束は櫓上からの松明投下によって焼かれ、梯子で登攀した兵は登る先から斬《き》り落とされ、鉄砲で撃ち落とされた。結局この夜も石垣を登りきって曲輪内に斬り込んだ明国兵は一人としてなかった。明国軍は多数の犠牲を出し四日の夜明けとともに島山から退却せざるをえなかった。

四日朝、城の西に半里離れた太和江上流では川を挟んで明国軍の砲撃と秀吉軍の銃撃が交わされた。だが、秀吉軍の援軍一万二千余が渡河を開始する前に、呉惟忠《ごいちゅう》ら明国将と歩兵隊が戦列を離れ、北へ向かって逃走し始めた。島山を囲んでいた明国軍の野営陣舎の辺りから盛んに白煙が上がっているのが、半里隔てた上流南岸からも見えた。

前夜総力を上げての城攻めに失敗し、前後から挟み撃ちされることを恐れた楊鎬は、麻貴に全軍撤退を告げた。楊鎬は捕らえた素破のもたらした援軍兵「六万」の報《ぽうこく》に接して以来、冷静さを失っていた。太和江北岸で援軍阻止に当たっていた呉惟忠と茅国器《き》の両将に伝令を送り、殿軍《しんがり》として秀吉軍の追撃を阻むことを命じ、麻貴とともに早々と慶州《けいしゅう》へ向かった。秀吉軍に鹵獲《ろかく》されることを恐れ、陣舎の兵糧と弾薬をすべて焼却することも命じていた。

呉惟忠と茅国器らの部将たちが突然退去して混乱した北岸の明国兵は、対岸を埋める三倍の秀吉軍に浮足立った。鍋島直茂らの先手軍が渡河を開始すると、抗戦して阻止するどころか火砲を置いたまま逃走し始め、たちまち総崩れとなった。一万二千の秀吉軍は渡河して明国軍を追撃し、これを討った。

城の西を囲む李芳春《りほうしゅん》の軍一万千六百も、楊鎬と麻貴がすでに慶州へ向かって撤退したことを伝えられると、兵糧倉や弾薬小屋に火を放ち北へ向かって逃走した。楊鎬と麻貴の退去を知るなり、島山を包囲していた北と東の明国軍も驚愕《きょうがく》して撤退を開始した。

籠城していた清正らの秀吉軍は、明国軍が陣舎を焼き払って退去するのを確かめるなり、城門から一気に島山を下ってこれを追撃した。

東側の太和江河口では、楊登山や頗貴《はき》らの部将が二千の兵を率いて、長宗我部元親らの水軍船を砲撃し上陸を阻んでいた。彼らは楊鎬と麻貴が蔚山《うるさん》の陣を去ったことを昼過ぎになっても知らずにいた。

島山の東を固めていた李如梅《りじょばい》の軍が崩壊し、騎馬の将兵たちが北へ向かって逃走していくのを認めた。島山の周辺では盛んに白煙が上がり、火薬が燃える鼻を刺す臭《にお》いまでが漂ってきた。

楊登山らも、自分たちだけが戦場に取り残されようとしている状況を初めて覚《さと》った。秀吉水軍への砲撃を中止し、彼らもまた大砲を捨て慶州へ向かって遁走《とんそう》を始めた。太和江河口を守備していた明国軍の陣が突然撤退を始め崩壊してゆくのに乗じ、長宗我部元親らの水軍船は火砲を放ちながら次々と着岸し上陸を開始した。

怒りが収まらなかったのは李徳馨《りとくけい》を始め権慄《ごんりつ》ら朝鮮陣営と岡本越後らの降倭隊だった。籠城兵がようやく城門を出て島山の麓《ふもと》へ大挙降りてきたにもかかわらず、明国軍は伏兵を置くこともなければ、平原まで誘い込み反撃する素振りすら見せなかった。

皆浮足立ってただ北へ遁走するばかりで、逃げ後れた兵から次々と斬り斃されていくのみだった。

「天兵」と仰ぐ明国軍の撤退を目にした当初は、秀吉軍を追撃させて平原に誘い込み、伏兵を用意して壊滅する作戦と信じた。西からの援軍が到来したとはいっても、素破の文に記された六万などという大軍ではなく、明国軍兵に比べれば三分の一ほどの兵力に過ぎなかった。平原での騎馬戦ならば李如梅らの率いる遼東《りょうとう》の騎馬軍が充分にその力を発揮するはずだった。秀吉軍の鉄砲は、城の守りに使われた時には絶大な力を発揮するが野戦には向かない。しかも氷雨続きで火縄が湿り不発弾が多くなっていた。

ところが明国軍は退路に伏兵を置く気配もなく、権慄ら朝鮮軍に配置について何の命令も通達もなかった。楊鎬と麻貴はただ恐怖に駆られ、慌《あわ》てふためいて我先に逃亡しただけだった。明軍の各将も「大将首」を狙われることを恐れ、甲冑《かっちゅう》を脱ぎ捨て裸同然の格好でひたすら北へ走る有様で、指揮系統を失った兵たちの混乱は手のつけようもなかった。負傷兵や病兵は草葺きの野営小屋へ置き去りにされ、兵糧倉や火薬小屋の猛火が迫るばかりとなった。ここにいたって権慄は、やむなく朝鮮軍と降倭隊の蔚山撤退を命じた。

接伴役の李徳馨は、ここまで「天将」と仰いで楊鎬と麻貴に従い、命じられるまま兵糧をかき集めては供出し、彼らの進軍を支えてきた。明国軍将士の横暴や罵声《ばせい》にも耐えてきたのは、彼らが秀吉軍を朝鮮の地から駆逐し、朝鮮王国を再興させるために到来したと信じていたからだった。ところが、敵の援軍が現われると全軍総崩れとなって遁走した。戦乱によって朝鮮の田畑は荒れ、乏しい糧庫から何とか工面して提供した兵糧はただ灰とされた。朝鮮軍兵や義兵、降倭隊にいたるまで、蔚山城の攻防戦によって膨大な犠牲を出していた。

慶長三年(一五九八) 陰暦一月

一

　慶長二年十二月二日、小西行長は全羅道《ぜんらどう》の光陽湾《こうよう》へ新たに築かれた順天城《じゅんてん》を受け取り、秀吉が意図する恒久支配に向けて、その任に当たることになった。順天城には行長の他に松浦鎮信《まつらしげのぶ》、有馬晴信、大村喜前《よしあき》、五島玄雅《はるまさ》の各大名軍が配され、駐留する総兵数は一万三千人を数えた。

　順天城は、光陽湾へ東に突き出した岬の岡上に宇喜多秀家と藤堂高虎によって築かれた。本丸は高さ三十間(約五十四メートル)の頂上部に位置し、櫓門《やぐらもん》の大手口は南に設けられていた。門前には石垣で二重の枡形《ますがた》を築き、外からの侵入を厳重に防いでいた。本丸の北側には三重の天守がそびえ、北へ張り出した崖《がけ》上には出丸《でまる》が築かれた。

城の軍港は本丸の北、出丸との間の入り江に設けられた。敵の襲来に備えて船着場一帯を木柵《もくさく》で囲い、その港内には大安宅船《おおあたけぶね》も一隻繋留《せきけいりゅう》されていた。

順天城で最も特徴的なのは、本丸のある小高い岡の麓《ふもと》とその先に広がる裾野《すその》一帯を石垣と土塀からなる防禦壁《ぼうぎょ》で二重に囲い、広大な敷地を保持していたことだった。その土塁《どるい》の外郭線は十四丁（約一・五キロ）にも及び、二間（約三・六メートル）の高さで石垣を積んだ上へ土塀を築いて、想定される西からの攻めに備えていた。ほぼ直線で築かれた防禦壁には、明国軍に「蜂巣《はちす》のごとし」と言わしめた鉄砲狭間《はざま》が無数に開けられた。空堀《からぼり》も防禦壁沿いに一間半（約二・七メートル）の深さで設けられた。外郭内の広大な敷地には陣舎が軒を並べ、常時一万五千の兵を駐屯させられる規模を備えていた。

慶長の再出兵において新たに朝鮮半島南沿岸に築かれた「倭城《わじょう》」のなかでも、順天城は西の最前線に位置した。いわゆる「仕置きの城」で、内陸部への出撃拠点として位置づけられていた。兵と兵糧《ひょうろう》、武器弾薬を城内に蓄えておき、年に一度ほど出撃して秀吉が領土とした忠清道《ちゅうせいどう》の先まで侵攻し、この地域から朝鮮の勢力を駆逐する目的を持っていた。同時に大手口枡形の石垣に巨大な鏡石《かがみいし》をはめ込むなど装飾的な意匠も施され、明国軍や朝鮮軍との交渉の場としても意識された造りも見せていた。

小西行長は、南北両側の船着場を見下ろす北の出丸を住いとした。その出丸には浜へ打ち寄せる波の音が終日届いた。本丸との間にある入り江は大安宅船も繫留できる水深が得られたが、出丸北側の船着にした入り江は浅く、干潮《ひがた》の時は干潟となって小舟しか出入りできなかった。いずれの船着にも入り江沿いに木柵を厳重にめぐらし、李舜臣《りしゅんしん》率いる朝鮮水軍の襲来に備えていた。

明けて慶長三年（一五九八）正月二十日、宇喜多秀家、毛利秀元ら朝鮮在陣の十三将は安骨浦《あんこつほ》城に集まり、戦線の縮小を連署して秀吉へ願い出ることになった。蔚山《うるさん》の籠城《ろうじょう》戦では、かろうじて明国軍を撃退したものの、戦線拡大による朝鮮領土支配の困難は、いよいよ現実のものとして渡海軍各大名に重くのしかかっていた。清正の蔚山城、行長の順天城、黒田長政の梁山《りょうさん》城の三城を破却《はきゃく》し、救援軍派遣と物資補給の可能な慶尚道沿岸に「仕置きの城」を集中することで十三将は合意を見た。そして、清正を従前のまま西生浦《せいせいほ》城へ、行長は泗川《しせん》城に移動させ、泗川城在番の島津義弘を南の固城《こじょう》へ移動させる。また、順天城を放棄すれば宗義智《よしとし》が在番する南海《なんかい》城も、順天城と泗川城とを海から継ぐ意味をなさなくなり、この城の破却も案件に加えられた。ただし、破却と移動の対象となった小西行長と加藤清正、黒田長政および島津義弘、宗義智は、この安骨浦での談合に出ていなかった。

秀吉が朝鮮に築いた「仕置きの城」のうちで順天城は全羅道に置かれた唯一《ゆいいつ》のものだった。島津義弘の在番する慶尚道の泗川《しせん》城は東へ十二里半（約五十キロ）離れ、泗川城との間には蟾津江《せんしんこう》の大河が横たわり、順天の一城だけが突出した形となっていた。そこで泗川城と順天城とを中継するために光陽湾口の南海島へ城を築き、そこには行長の娘婿《むすめむこ》である宗義智を在番させた。だが、南海城も、順天城からは海を隔て七里半（約三十キロ）の距離があった。明国と朝鮮の大軍から包囲されれば、陸路からの救援が難しく、順天城の北に位置する船着から岡上の本丸までは距離があり、出丸を落とされて船着と遮断されることになれば本城は兵糧攻めにさらされる危険が高かった。

秀吉配下の武将として「ユキナガ」と「キヨマサ」の名は明国軍にもよく知られていた。全羅道と忠清道への出撃拠点となる順天城は、慶尚道の東北端に位置する清正の蔚山城と同じく、明国と朝鮮王国にとって最大の脅威となり、次の標的とされる危険性が最も高い城だった。

二

宇喜多秀家から順天城の破却について打診されたが、行長は同意しなかった。秀吉における慶長の再出兵は、豊臣政権の崩壊を防ぐ最後の賭《か》けのようなものだった。それは行長や石田三成らと豊臣政権の存続について見解を共有する宇喜多秀家も充分にわかっているはずだった。しかし、蔚山《うるさん》城が厳しい籠城戦を強いられたことによって、朝鮮在陣のほとんどの大名はすでに朝鮮支配を不可能なものと感じており、秀家も彼らの意向を押さえ込むことができなかった。だが、やっと築いた順天城をただ破却することは、朝鮮での支配統治を秀吉が放棄したも同然の結果になる。ここまで多大な犠牲を払いながら朝鮮の領土支配を放棄するような姿勢を示せば、日本国内で押し進めてきた秀吉における平定の論理が根底から崩れ、豊臣政権は日本国内における大名統制の崩壊を自ら招くことになるのは明らかだった。

「太閤《たいこう》御渡海」の報は再三流されたものの、ここまで一度も実現を見なかった。思えば秀吉が肥前名護屋《なごや》へ在陣していたのは六年前の文禄元年と翌二年（一五九三）までの足掛け二年ほどの間だけだった。文禄二年の八月、拾丸《ひろいまる》の誕生を聞き急遽《きゅうきょ》大坂城へ戻ったのを最後に、秀吉は明国征伐の本陣と定めた肥前名護屋城へ戻ることはなかった。それ以後は朝鮮へ兵を送った張本人が、はるか離れた大坂と伏見を往復しているだけのことだった。それはそのまま渡海軍の士気に反映した。

すでに秀吉も明国征伐は内心諦《あきら》め、これまで占領した慶尚道・全羅道・忠清道の、朝鮮南部三道の支配統治を命じ、それを明国皇帝に認めさせることに切り替わっていた。こうなった以上、行長はあくまで豊臣政権を維持するために順天城を守り抜く腹を固めていた。

順天城に居を定め、行長は秀吉の支配に抵抗する朝鮮軍兵や義兵を武力で押え込むだけでなく、占領した全羅道南海地域の支配を強化し農耕をうながす必要に迫られた。全羅道は土地が肥沃《ひよく》で、いわば朝鮮の穀倉地帯である。兵糧を日本からの補給船に頼ってばかりでは、恒久支配などおぼつかない。まずは戦禍によって離村を余儀なくされた朝鮮の民を村へ帰らせ、安心して農耕に従事させることだった。

順天海南《かいなん》地区の帰村した朝鮮人が、日本の兵によって掠奪《りゃくだつ》などの被害を受けた場合には行長まで通報するよう高札《こうさつ》を立てて示した。熊谷直盛《くまがいなおもり》らの軍目付に申し入れ、朝鮮農民からの年貢《ねんぐ》収納は収穫高の四分の一に止《とど》めることにした。秀吉の支配に抵抗する官吏や義兵将を捕らえるか居場所を通報した民には、年貢免除の名田《みょうでん》を与え褒賞《ほうしょう》することも高札で公示した。また、帰村した順天地方の農民には「免死帖《めんしちょう》」を発給した。腰に「小西摂津守《せっつのかみ》」名の木札を下げさせて身の安全を保障し、穀物や綿花の栽培と収穫に当たらせた。

侵略戦の回避と早期終結を画策してきた小西行長が、皮肉なことに朝鮮領土の恒久支配に向け、西の最前線でただ一人奮闘する状況となっていた。

加藤清正も、秀吉の命令がない限り、誰が何と言おうと蔚山城《うるさん》を破却して西生浦城《せいせいほ》に引き戻ることはないと思われた。清正は、行長に代わって朝鮮王国との講和交渉を任されていた。「朝鮮王子の一人を人質として日本へ送り、年ごとに秀吉へ使者を派遣して貢納《こうのう》することを約束すればこの戦《いくさ》は終わる。そして朝鮮と日本、明国の三国ともに泰平を得られる」という筋書きで、朝鮮との和議を結ぼうとしていた。もし和睦《わぼく》に至れば、清正は日本に戻って秀吉と会見し、一将を釜山《ふさん》に留めるだけで残りの軍はすべて引き上げるとしていた。しかし、その清正の講和なるものも、朝鮮の南部三道を秀吉が領土支配することを大前提としての話だった。

三

沢瀬甚五郎が嶋井《しまい》宗室《そうしつ》に呼ばれ博多へ着いたのは一月の二十七日だった。予想した通り博多は戦景気でごったがえしていた。寒風の吹きすさぶ中、北の浜から石堂川《いしどうがわ》や那珂川《なかがわ》を行き来する小舟が荷を満載してひしめき合い、道は積荷を山となした牛車や荷を背負って行き交う人の波であふれていた。

博多から出兵基地と定められた肥前名護屋までは十五里（約六十キロ）ほど離れていた。名護屋の地にも諸国から商人が寄り集《つど》い城下町のさまは呈していたが、兵糧米の貸し付けと決済を滞りなく処理できるほどの力量を備えた商人はおらず、長年海外の窓口として輸出入を手がけ、堺を始め京都や大坂商人との関係も深い博多商人に頼らざるをえなかった。とくに慶長の再出兵以後は、わざわざ名護屋まで陸送する手間をはぶき、博多湾沖に止めた船へ物資を小舟で積み込み、博多湾から釜山へ直接輸送することが多くなっていた。

甚五郎は菜屋《なや》の出店《でだな》にまず立ち寄った。魚町《うおのまち》と東町《ひがしまち》筋の交差するところに菜屋の出店を構えて、気がつけば九年になろうとしていた。博多の菜屋は、魚町の通りに向かって庇《ひさし》と本屋《ほんや》の軒を平行に並べ、本瓦《ほんがわら》で屋根を葺《ふ》き外壁は漆喰《しっくい》で塗り籠《こ》めていた。

吉次《きちじ》たちは突然の甚五郎の来訪にかなり驚いたようだったが、「宗室様に呼ばれた」と話すと不安そうな表情を浮かべた。旅装を解き、羽織《はおり》と袴《はかま》に着替え、東町を北へ向かった。そのゆるやかな坂道は、かつて「息浜《おきのはま》」と呼んだ旧《ふる》い砂丘の面影を確かに留めていた。空は鉛色の雲に覆《おお》われ、海から吹きつける北風が痛いほどだった。

甚五郎が宗室屋敷の玄関先で声を掛けると手代ばかりか番頭の吉兵衛《きちべえ》と嗣子《しし》の徳左《とくざ》

衛門《えもん》までが現われた。宗室は持病の痛風が一向に良くならず、関節が腫《は》れ依然として左足を引きずって歩かなくてはならないことは聞いていた。

宗室は奥の離れで待っていた。その漆喰天井には陰暦二月の星夜が瑠璃《るり》硝子《ガラス》と螺鈿《らでん》で描かれていた。甚五郎と風貌《ふうぼう》がよく似ていたという亡息の茂左衛門《しげざえもん》が死去した日の夜空だと思われた。それ以外の内部はすっかり様変わりし、イスパニア人やポルトガル人の客間のごとくなっていた。

足の具合がよくない宗室のために、甚五郎が長崎から送ったイスパニア製の肘掛《ひじか》け椅子《いす》と円卓が置かれていた。床の上に敷かれた濃紺の縁取りと赤の毛織絨毯《じゅうたん》は唐人船が長崎へ運んできたペルシア製で、羊歯《しだ》や灌木《かんぼく》の模様がちりばめられていた。

「この椅子は助かる。足の具合がおかしくなって良いこともある」そう言って宗室は笑った。足袋を履き、芥子色《からしいろ》の角帽子をかぶっていた。かなり冷え込みの厳しい日だったが火桶《ひおけ》を置いているだけだった。宗室の顔色は悪くなかった。年が明けて齢《よわい》六十、宗室も還暦を間近にしていた。

「本来なら私が長崎へ行くべきところをわざわざ出向いていただき申し訳ない。

去年暮れの二十二日、蔚山《うるさん》に新城を築いてまだ満足に完成しないうち、明の大軍に攻められ、加藤主計《かずえ》殿始め三千の兵が籠城戦を強いられることになった。蔚山まで明軍が南下してくるのに気付かず、後詰《ごづめ》の兵も遅れ、明軍を撃退するのに十二日を要した。中納言様《ちゅうなごん》（小早川秀秋）はその咎《とが》めを受けて呼び戻され、名島《なじま》城に戻るとすぐ伏見へ向かって発《た》たれた」

小早川秀秋は、一月半ばに名島城へ戻った。後見役の山口宗永《むねなが》と小早川家臣団はそのまま釜山に留まり、わずかな小姓衆ばかりを連れての帰還となった。渡海軍の大名が肥前名護屋にいったん帰還すれば、博多で慰労のための饗応《きょうおう》の席を設けるのが常だった。ところが、領主の帰還とはいえ、とても祝宴など開ける雰囲気ではなかった。朝鮮での行状を秀吉に指弾され、渡海軍総大将を罷免《ひめん》されて日本へ召還されたに等しいものだった。すでに宗室には石田三成からそれとなく報《しら》せが届いていた。小早川秀秋は、名島城へ入ったものの、すぐに秀吉のもとに来るよう呼びつけられ、博多へ立ち寄る間もなく伏見へと向かったという。

「釜山浦《ふさんぽ》城に残られた山口玄蕃《げんば》殿より急ぎ二千俵ほど米を送ってくれと求められた。米は何とかかき集める。船と船方衆がほしい。長崎で何とか調達できないものだろうか」

宗室初め博多商人たちは、朝鮮に渡海した各将からの兵糧米や鉄砲弾薬の催促に追い立てられていた。わざわざ長崎で船を買い入れるというのは、遠洋航海も可能なジヤンク船を想定していることを意味した。だとすれば、最も西に位置する小西行長の順天城《じゅんてん》か、もしくは宗義智が在番する光陽湾《こうよう》口の南海城《なんかい》への兵糧入れを考えてのことだろうと思われた。特に小西行長は全羅道と忠清道から朝鮮国王の勢力を排除するために、順天城からの出撃をこの先繰り返すことになる。そのためには順天城に兵糧を充分に蓄えて置く必要があった。宗室と行長の結びつきを考えれば、釜山浦城へ運んだ米を、さらに行長の順天城まで運び入れることになりそうだった。

「米を運ぶ船は調達できるかと思いますが、船方衆が難しいと存じます。渡海軍が沿岸一帯を押さえている慶尚道の釜山港までならば無難な航海ですが、西へ向かうほど危険は増します。釜山へ渡ってしまえば、現地の船奉行の手配に従わざるを得ません。空き船でそのまま日本に戻れるはずもなく、いずこかの仕置きの城へ兵糧入れに向かわされることになろうかと。しかし、太閤様の軍が陸地を確かに押さえているのは慶尚道の泗川《しせん》までかと思われます。蟾津江《せんしんこう》を越え行長様の順天まで兵糧入れに向かうようなことになれば、何が起こるかわかりません。これまで船方衆として徴用され渡海しました九州や四国の漁民や水夫《かこ》たちは、ほとんど故郷に帰っていない。今では朝鮮に渡ることは死地に赴くようなものだと船稼ぎたちに思われております。朝鮮で殺されるよりはと、逃亡する者が絶えません」

米二千俵、八百石積み級のジャンク船ならば、新造船でなければ金千五百両も出せば長崎で手に入る。ジャンク船は、逆風帆走《はんそう》を苦にせず、隔壁《かくへき》構造によって浸水にも強く、外洋を航海するには優れた船だった。だが、帆操作が難しく、明国と戦をしている最中に唐人の船乗りを雇い入れられるはずもなかった。ジャンク船に慣れた種子《たねが》島《しま》の佐源太《さげんた》たちのことを当てにしての話かもしれないが、甚五郎は今さら彼らを釜山へ行かせる気はなかった。もし前回の船方衆を呼べと言われたら、マニラへ向かってすでに長崎を発ったと答えるつもりだった。

蔚山《うるさん》城での籠城戦を何とか切り抜けたといっても、朝鮮の宗主国として明国軍がこのまま引き下がるはずがなかった。秀吉軍の海上からの補給路を断つため、これまで苦杯を嘗《な》めさせられてきた朝鮮水軍ばかりか明国水軍までが朝鮮海域へ出張ってくる危険が高かった。

「この長い戦役によって朝鮮の村には人影もなく、田畑は荒れ、渡海軍はいずれも兵糧不足に陥って久しい。米は日本から送る以外に手はない。だが、太閤様のもとに金銀はあっても、国内蔵入地《くらいりち》の各村には百姓衆がおらず、朝鮮に送るはずの米は収納できないままだ。これまで渡海軍の大名衆に貸した米は戻らない。備蓄してあるはずの太閤様の蔵入米も底をつき、船もない有様だ」宗室は嘆息を漏らし首を横に振った。

秀吉の明国征伐における兵糧は、当初畿内《きない》とその周辺の秀吉直轄地《ちょっかつち》からの蔵入米が当てられた。だが、甚五郎が行長の弟与七郎《よしちろう》とともに鉄砲と弾薬を運び入れるため釜山へ渡った翌文禄二年（一五九三）の正月初めには、すでに底をついていた。明国軍の参戦によって、行長が平壌《へいじょう》を奪還されたこのとき、黄海道《こうかいどう》の鳳山《ほうさん》城に在番していた大友義統《よしむね》は、平壌陥落を聞くなり城を捨てて逃亡した。秀吉はその非を責め、豊後《ぶんご》の大友領四十二万石を召し上げ、そこを直轄領とした。

豊臣政権の中枢《ちゅうすう》を占める石田三成や増田《ました》長盛《ながもり》ら吏僚《りりょう》派奉行は、秀吉亡《な》き後の豊臣政権維持のため、自派の基盤強化をしきりに国内で画策していた。豊後の旧大友領四十二万石は、太田一吉《かずよし》らの吏僚派奉行に代官を兼務させ、朝鮮渡海の軍功褒賞として毛利輝元と分け、加えて三成の娘婿、福原直高《なおたか》ら渡海した目付衆の所領として割かれていた。結局、このたびの再出兵時には豊後における秀吉の蔵入地は七万五千石ほどしかなかった。その村々は苛政《かせい》によって百姓衆の逃亡が相次ぎ、田畑は荒れて久しかった。四十二万石の豊後直轄地から一体どれほどの米が渡海軍十四万の兵へ送られたものか、はなはだ怪しいものだった。

今は石田三成らの吏僚派奉行衆が豊臣政権を切り盛りし、秀頼《ひでより》を後継者に定めてはあるものの、あくまでも秀吉が存命していての話である。秀吉亡き後、三成ら吏僚派がそのまま豊臣政権を維持できるものなのか。秀吉は、すでに五大老を指名してその筆頭に家康を据えていた。それは、秀吉にもしものことが起きた場合には、家康を中心に政権の運営に当たるよう秀吉が命じたことを意味していた。三成らに反感を募らせ家康に接近している大名も多かった。

石田三成らの策動は、敵対する加藤清正に対して露骨なものとなっていた。三成は、肥後における秀吉直轄地の年貢未納分六万石と、これまで清正に貸付けた兵糧米を合わせ至急大坂へ運び納めるよう、隈本《くまもと》城の留守居を務める下川又左衛門らに求め、もし従わない場合は罰金を科すとまで通告していた。清正が朝鮮に渡海し戦っているさなかのことである。清正は肥後における秀吉直轄領の代官も務めながら二年分の年貢を秀吉へ全く納めないばかりか、文禄年間に兵糧米を借りておきながらそれを返す気配もなかった。三成から見れば、清正は忠義の仮面をかぶりながら、実は己の野心のために秀吉の財貨をただ食い潰《つぶ》している不逞《ふてい》の輩《やから》としか映らなかった。

宗室を始め博多商人は、石田三成ら吏僚派奉行衆との結びつきが強かった。三成もかつて文禄の出兵に際し、博多に到来して宗室の家に宿泊した。三成らは、秀吉の命あるうちに明国と講和を結び、国内では自分たちによる秀頼後継の政権基盤を固めようとしていた。だが、明帝と朝鮮国王が南部三道の統治支配を秀吉に譲渡するはずがなかった。そんな和議は成立するはずもなく、三成ら集権派の吏僚は、秀頼の政権基盤を固めるためにも外征で窮乏した豊臣家の財政を早急に立て直す必要に迫られていた。渡海した秀吉軍に兵糧米が届かないのは、それが国内で金銀に替えられ大坂城の金蔵に納められていたためだった。嶋井宗室がそんなことに気付かないはずがなかった。

「……やはり、私の船で釜山へ米を持っていくしかないな。後のことは宗湛《そうたん》殿に万事頼んでおくが、甚五郎殿も以後、徳左衛門の力になってもらえれば有り難い。なにとぞよろしくお願い申す」そう言って宗室は深々と甚五郎に頭を下げた。

「宗室様が自ら釜山へ？」

「当然の報いだ。もう六十だ。充分生きた。死ぬる時には死ねばよい。太閤様が亡くなれば、おそらく博多も終わる。生き長らえて博多の衰亡を見るよりは……」宗室はそう言って笑った。

宗義智ら対馬の弥縫《びほう》策に宗室が加担し、偽りの「服属使節」を仕立てたために、結果として日本の民にも朝鮮の民にも多大な犠牲を生じさせた。取り返しのつかない大罪を犯したと、宗室が悔いていることは常々甚五郎も感じてきた。

秀吉が死ぬことになれば博多はどうなるのか。すでに宗室の中には、その問題が重くのしかかっているようだった。博多は兵站《へいたん》基地として位置づけられ、商人たちは今のところ戦景気で眠るひまもないほどだが、秀吉が没すれば朝鮮の南部三道支配にこだわる必要はなくなる。まっ先に来るのは朝鮮からの撤兵だろう。博多の復興も、すべて秀吉の明国征伐を前提にしたものだった。その戦が終われば博多の盛況も果てる。

肥前名護屋へ新たに出兵基地を設けたように、長年の土砂の堆積《たいせき》によって博多湾は浅く、大船は湾沖の深みに停泊するしかなくなっていた。戦景気などというものは、一過性の熱病のようなもので、むしろその後には病後の消耗ばかりが残される。明や朝鮮との貿易は再開など見込めるはずもなく、この戦景気が終息すれば博多はありふれた港町の一つとなってしまうことが危惧《きぐ》された。現に博多とならんで海外からの窓口として栄えた堺は、秀吉が大坂に居を定め城下町を築くために商家の大坂移転を命じ、往時の面影すらなくなった。ポルトガルとイスパニアの進出によって、今や日本の窓口となった長崎が急速な発展を見せていた。

「朝鮮は寒さが違います。そのお体では無理です。船さえご用意いただけますならば、代わりに私が参ります。これまで宗室様はもちろん、宗湛様、宗仁《そうじん》殿、宗列《そうれつ》殿、宗暦《そうれき》殿、御年寄の皆様方に格別のお計らいを頂きました。ずっと博多に住み暮らしていた者のごとく。ここで、お役に立たせていただければ有り難く存じます」

「いや、今度ばかりは私が渡海しないわけにはいかない。去年、中納言様（秀秋）の陣中見舞いに宗湛殿と年寄衆に釜山へ渡ってもらった。朝鮮の地で何が起こっているのか、最後に確かめるのは、こんなことを引き起こした己の責務と思う」

「戦を引き起こしたのは太閤様であって、宗室様ではありません。当の太閤様は肥前名護屋にも下向なさらない。どうしても宗室様が渡海なさるというのであれば、わたくしも同行させて頂きます」

「……甚五郎殿が一緒に渡ってくれれば心強いが、今度ばかりは本当に戻ってこられないかもしれない」

「その時は、その時です」

甚五郎は平然と答えた。武家に生まれた者にとって、戦場に向かう時は、戻って来られないことを前提としていた。

「ときに、太閤様の御加減はいかがなものですか」

甚五郎は率直に訊《き》いてみた。四、五年前から失禁しただの、卒倒しただのと、秀吉の体調が良くないことは巷間《こうかん》でも語られていた。

「……良いとの話は聞こえてこない」宗室はうつむき加減にそれだけを返した。

秀吉も当年六十二歳を迎えるはずだった。これまで「御渡海」の話は何度も聞いたが、再出兵を諸大名に命じておきながら本陣と定めた肥前名護屋へ下向する気配もなかった。それが何より秀吉の体調と気力の衰えを物語っていた。

宗室は甚五郎を見送るために玄関まで来たが、屋敷内でも杖《つえ》を頼り、ゆっくり歩を運ばなくてはならなかった。額に脂汗《あぶらあせ》をかき、上がりがまちに立っているのも難儀そうだった。

四

菜屋の出店に戻り、甚五郎は吉次と幸造、政吉の三人を見世奥の座敷に呼んだ。

「急なことで相済《あいす》まんが、幸造には再び長崎の見世へ戻ってもらう。人手の欠ける分は、宗室様の所より手代二人を廻してくれることになっている。何か入り用があれば、これまで通り、宗室様の所へ行き吉兵衛殿に申し出ればいい。万事取り計らってくれるはずだ。幸造は、長崎で何かあれば絲屋《いとや》随《ずい》右衛《え》門《もん》殿の所へ相談に上がれ。随右衛門殿には私から書状をしたため、長崎へ持って行ってもらう。

私は、宗室様と近々釜山へ渡らなくてはならない。釜山浦《ふさんぽ》城へ兵糧米を納める。米の用意が出来次第、博多から発つ。慶尚道《けいしょうどう》の沿岸一帯は太閤様の軍勢が押さえている。

釜山周辺までは朝鮮の水軍も出張ってくることはない。ただし、戦のさなかゆえに、戻ってこられるかどうかは行ってみなくてはわからない。

太閤様のお加減は依然よくないそうだ。何人《なんぴと》も老いには抗《あらが》えない。太閤様が亡くなれば、この外征は終わり、同時に補給地としての博多も役目を終えることになる。これだけのことを引き起こし、明や朝鮮との交易など再び行えるはずもない。博多は、商いの上で何の変哲もない港町のひとつになると思う。私が長崎へわざわざ見世を設けたのも、この外征もそう遠くない時期に終わるとにらんでのことだ。

朝鮮での戦が終われば様々なことが引き起こされるだろうが、吉次と政吉は、躊躇《ちゅうちょ》することなく、すぐに博多の見世をたたみ、長崎へ引き移れ。送れるものから少しずつ長崎へ移しておき、身一つですぐに移れるよう用意しておけ。太閤様の訃報《ふほう》が博多に届いた時点で、家族をまず長崎へ移せ。誰に何と言われようと長崎の菜屋から呼ばれたと、それだけでいい。残した金銭の決済など長崎で行えばいいだけのことだ。義理だの、しがらみだのは一切断ち切り、即座に長崎へ発て。十四万渡海軍の帰還に伴う混乱に巻き込まれたら身動きが取れなくなり、ろくなことがない。

マニラのイスパニア人との交易はしばらく難しそうだが、それも太閤様のお命次第だと思う。次がどうなるのかは今のところわからないが、ポルトガル人の独占する一方的な白糸交易を考えれば、イスパニア人との交易を絶ったままにはしておけないものと思う。いずれにせよキリシタン国の交易船が長崎へ向かう流れだけは、当分変わることはない。今では福建《ふっけん》などの唐人商も長崎へ多数来航している。何か訊きたいことはあるか？」

「お話はよくわかりました。おっしゃる通りにいたします。ですが、親方様がどうして釜山へ渡らなくてはならないのですか」吉次が沈んだ表情で言い、幸造と政吉も小さくうなずいて甚五郎を見た。

「宗室様をお独りで釜山へやるわけにはいかない。あの足では、とても動けない。船奉行の寺沢志摩守《しまのかみ》とも長崎で目通りしたことがある。何かの役に立てるかもしれない。物事はなるようにしかならぬものだ。もしもの時には、相済まんが後のことはよろしく頼む」

そう言って甚五郎は三人に頭を下げた。

三人とも肩を落とし、何か言いたそうだったが、顔をうつむけたまま長嘆息を漏らしただけだった。

見世の者が帰り、下男と下女もそれぞれの居部屋に戻った。甚五郎は、見世奥の中ノ間で文机《ふづくえ》を前に燭台《しょくだい》の灯で筆を取った。絲屋への文の他に、もう一通をお綸に宛《あ》てた。先日宗室から博多へ急ぎ来てほしいとの便りをもらった時点で、すぐには戻れないかもしれないことはお綸にも伝えておいた。

吉次たちには戦の混乱を極力避けるよう語っておきながら、己が再び釜山へ渡ろうとしていることが可笑《おか》しかった。

五

二月四日、博多湾沖に停泊した宗室の八百石積みの船に米二千俵を積み終えた。かつての遣明船のような大船だった。主檣《しゅしょう》と弥帆《やほ》柱に網代帆《あじろほ》を用い、嶋井家船頭の市郎《いちろ》兵衛《べえ》は、これまで何度も対馬《つしま》経由で釜山《ふさん》との交易に出向き、この航路に精通していた。操舵手《そうだしゅ》二人を含め二十五人の船乗り、そして宗室に付き添って手代の助右衛門《すけえもん》が乗り込んだ。甲板上には弥帆柱と主檣の間に木皮葺《こはだぶ》きの主屋形《おもやかた》が築かれていた。宗室はそこに犬の毛皮を腰に巻いて座した。歩くのは難儀そうに見えたが、宗室の強い意志が歩を運ばせ、小舟から乗り移る際にも、人手は借りずに両手と右足だけで縄梯子《なわばしご》を登り切った。

翌五日午《うま》の刻過ぎ、西方はるかに、人のうつ伏せになったような見覚えのある山が見えてきた。それが有明山《ありあけやま》で、対馬の府内《ふない》、与良《よら》港の目印だった。

嶋井宗室が来たとあって、宗家《そうけ》重臣の吉賀大膳《よしがたいぜん》が与良の船着《ふなつき》まで出迎えた。宗室は上陸せず、乗船したまま釜山へ向かうことを船頭の市郎兵衛に伝えた。代わって甚五郎が下船し、兵糧入れのため釜山浦《ふさんぽ》城へ向かうことを吉賀大膳に伝えることになった。宗室の気持ちとして、船乗りの食糧分に積んだ米百俵のうち五十俵を割き対馬宗家に贈ることにした。

吉賀大膳は甚五郎を憶《おぼ》えていたらしく、荷揚げ舟から船着に上がり一礼すると笑みを浮かべ応じた。大膳もすっかり髪が白くなっていた。

「宗室は痛風が出まして、左の足首が腫《は》れ、思うように歩くことができません。御無礼いたしますこと御容赦ください」

「いやいや、大儀なことで。ご無理をせぬようお伝えください」

「宗室の志といたしまして米五十俵をお納めしたいと申しております。些少《さしょう》ですが御受納いただきますれば幸甚《こうじん》です」甚五郎がそう申し出ると、大膳は「まことに有り難い」と応《こた》えた。かつて朝鮮国王から年ごとに対馬へ下賜《かし》された米は当然のことながらこの六年間全く途絶えていた。

吉賀大膳に伴われ与良港の船番所に向かった。大膳は、かつて何度も朝鮮に渡り、朝鮮の地理にも通じていた。対馬島主の宗義智《そうよしとし》が慶尚道と全羅道との道境海上に位置する南海島《なんかいとう》に築いた城を守備していることは宗室から聞いていた。外地の戦況など実際に渡ってみなければ全くわからないものだった。届くのは戦勝の話ばかりで、都合の悪いものは途中でみなかき消されるのが常だった。

秀吉軍に陸地を押さえられていれば、長時間航行してきた朝鮮水軍は停泊地がなく、水も補給できなければ食事も取れない状況となる。特に水軍船は、逆風の場合、櫓《ろ》を使っての航行となり、漕手《そうしゅ》の消耗が激しく、停泊地を確保できない海域に現れることはなかった。陽暦では三月に入ったが、まだ風は北から吹いていた。珍島《ちんとう》で秀吉水軍を破った朝鮮の水軍船が慶尚道の海域に至るとすれば、逆風の航行を強いられることになる。甚五郎としては、万が一釜山浦城から他の城へ兵糧入れに遣わされた時のため、どこまで秀吉軍が陸地を押さえているのか確実なところを聞いておきたかった。三郎信康《さぶろうのぶやす》の小姓《こしょう》衆だった甚五郎の過去は大膳も知っており、一介の商人とは異なる扱いを心得ていた。船番所の奥座敷で白湯《さゆ》をもらった。

「大膳様に折入ってお尋ね申し上げたき儀がございます。前年七月には巨済島《きょさいとう》の漆川梁《しっせんりょう》で藤堂様や脇坂様の水軍が朝鮮水軍を壊滅させ、朝鮮南部の制海権を奪ったと聞いておりました。ところが、二月後の九月に、西の端に当たる珍島の鳴梁《めいりょう》では朝鮮水軍に大敗したともうかがいました。巨済島と珍島では、東西はるかに離れておりますが、光陽湾《こうよう》の義智様の南海城《なんかい》と行長様の順天城《じゅんてん》は、その丁度中間に位置しています。清正様の蔚山城《うるさん》から行長様の順天城まで、これだけ戦線が拡大いたしますれば、はたしてどこまで船の航行が可能なのか、皆目見当がつきかねます。あえてお尋ねいたしますのも、このたび釜山浦城に兵糧を入れましても、いずこかの城へさらに兵糧入れに遣わされないとも限りません。朝鮮水軍が巨済島で潰滅《かいめつ》したというのが事実ならば、珍《ちん》島《とう》の鳴梁《めいりょう》で来島《くるしま》水軍を破ったのは黄海からの明国水軍ではありませんか」

大膳が朝鮮の絵図を持ち出し、甚五郎の目の前に広げた。

「率直に語れば、釜山から航行が可能なのは東北は西生浦《せいせいほ》、西は泗川《しせん》まで、慶尚道の海域と考えてよいと思う。聞くところによれば、漆川梁の海戦で采配《さいはい》をとった敵将は元均《げんきん》。鳴梁で指揮をとった敵将は李舜臣《りしゅんしん》だという。六年前、巨済島沖で奇怪な軍船を繰り出し、わがほうを大破させ、また去年九月の鳴梁海戦では村上水軍の名将、来島通総《くるしまみちふさ》を討ち取った李舜臣が三道の統制使に復帰したとの話だ。李舜臣はけして無謀な攻めをしない。その意味でも、対岸の泗川城に薩摩様（島津義弘）が布陣しておられるゆえ、お館《やかた》様の在番する南海城はまだしも、摂津守様の順天城までならば、かなり危険な航行となろう。明国水軍の話は今のところ耳にしていない」

この外征の中継地となった対馬には、水以外に補給できる物は何一つなかった。五年前に寄港した際にも、かつて船着に群れていた犬の姿がなく、到来した兵たちにみな食われてしまったと聞いた。浜には小舟も見当たらず、かつて軒を連ねていた浜小屋なども、戸板や壁板を薪とされて石置きの屋根と柱だけが残っている有様だった。対馬の府内をひかえながら与良の津は一層さびれ、寒風ばかりが吹き募っていた。

六

二月六日の夕暮れ、嶋井宗室は船から降り、杖を手にして対馬与良の船着を甚五郎と歩いた。府内の町を流れる本川《ほんかわ》が湾に流れ込むその手前の波打ち際《ぎわ》に、一本の若い松が立っていた。

「佐須景満《さすかげみつ》殿が反乱を起こしたかどで討たれ、晒《さら》されたのはこの辺りだ」宗室はそう言って夕闇《ゆうやみ》の迫る浜を眺め渡した。

「去年十月、京へ上った。誰にも会わず、山城《やましろ》の方広寺《ほうこうじ》へ行ってみた。『耳塚』などと呼んでいるが、あそこに埋められたのは、ほとんどが南原《なんげん》などの城に籠って討たれた朝鮮の民百姓《ひゃくせい》の鼻だ。何の罪もなく、追い詰められて……。

太閤様は高野山から木食応其《もくじきおうご》を呼んで施餓鬼供養《せがきくよう》をしたのだそうだ。御用坊主《ぼうず》の西笑承兌《せいしょうしょうたい》が神妙な顔で導師をつとめ『相国《しょうこく》（秀吉）怨讐《おんしゅう》の思いをなさず、かえって慈愍《じみん》の心を深む』などと恥も知らず卒塔婆《そとば》の文句を書いた。あきれ果てて今さら言葉もない。

このたびの再出兵では、目録にある首級《しるし》の数では信用できないと、殺した『一揆《いっき》ばら』の鼻を切って送れと命じた。朝鮮から戦果の報せは届くものの、在地支配は全くはかどっていない。何より『一揆ばら』というのが難問だ。太閤様は、慶尚道や全羅道での戦いを、やはり自領における百姓衆の反抗に過ぎないものと決めつけて疑いもしていない。国内での奥州《おうしゅう》平定の時、検地に逆らうならば『一郷《ごう》も、二郷も、ことごとくなで斬《ぎ》りにせよ』と命じたのと同じ理《ことわり》だ。抗う民百姓ごときはたとえ絶え果てても構わないというのが、もう一つの顔だ。

寅《とら》年（一五九〇）の十二月、私らが単なる友好の祝賀使節を朝鮮国王の服属使節と偽り、聚楽第《じゅらくてい》で謁見《えっけん》して以来、太閤様の内では朝鮮国がすべて自身の版図《はんと》となり、それは動かせないものとなった。その間の事情を知らない他の大名衆はいうまでもない。権謀術数を弄《ろう》した義智殿や柳川調信《やながわしげのぶ》殿ら対馬宗家《そうけ》の家中と景轍玄蘇《けいてつげんそ》、そのからくりを知っている行長殿始め三成殿ら奉行衆……何人かの大名や奉行はその重大な錯誤には気付いたが、知っていながら誰もそれを太閤様に正せないまま、とうとう『鼻塚』まで来てしまった」

対馬宗氏の筆頭家老だった佐須景満が、反乱を企てたとして討たれた一件は、対馬における権力争いから発した御家騒動のごとく語られ、そのまま月日の流れに葬《ほうむ》られた。だが、景満は、朝鮮王国に対する秀吉の誤認を正そうとし、同時に対馬島主の詐《さ》術《じゅつ》を秀吉に通報しようとしたのだった。

秀吉は、島津征伐を終えて博多近くの筥崎《はこざき》へ逗留《とうりゅう》し、恭順の意を示した対馬島主の宗義調《よししげ》と義智に対馬一国を安堵《あんど》することを伝え、同時に朝鮮国王を服属させるよう命じた。

恭順して豊臣大名となった対馬宗氏は、次の標的となった朝鮮国王を服属させるか、抗う場合には先兵となって攻め滅ぼすか、その選択を迫られた。朝鮮国王が秀吉に恭順するはずがなく、さりとて秀吉軍の先兵となって朝鮮へ攻め込むことになれば、朝鮮貿易で露命を繋《つな》いできた対馬は滅亡の危機に瀕《ひん》する。窮地に追いやられた宗氏は、朝鮮から友好親善のための使節を送らせ、それを服属の使者と偽って秀吉のもとへ遣わすことにした。その折、嶋井宗室も宗義智に請《こ》われるまま漢城まで交渉に赴いた。

その策謀に異を唱えたのが佐須景満だった。先に対馬宗氏が恭順の意を示し、秀吉から人質を求められた時に、宗家にはふさわしい男児がおらず佐須景満の一子、彦八《ひこはち》郎《ろう》を差し出した。八歳の彦八郎を見た秀吉は、「対馬の父母のもとに返してやれ」と言って人質に取ることはなかった。人質として差し出した彦八郎の幼さを憐《あわ》れみ、秀吉は息子を返してくれた。景満はその恩義も深く感じていた。

その佐須景満は、「関白様は朝鮮王国を対馬の属国のごとく考えておられる。そうではなくて、朝鮮王国は明の属国であり、関白様に恭順して盟主である明の征伐を手助けなどするはずがない。対馬は朝鮮王国と長年友好を保ち、対馬が飢餓に瀕した時にはいつも助けてくれた。その恩義を忘れ朝鮮王国に武力侵攻するなどということは、何としても避けなくてはならない。だが、対馬一国を安堵され、それと引き換えに関白様が大明征伐を望む以上、対馬も兵船を仕立て攻め入るしか術《すべ》はない。だが、その攻め入る先は釜山ではない。寧波《ニンポー》だ。大明征伐を決行されるというのであれば、関白様に朝鮮経由の陸路などではなく、海路で寧波から直《じか》に攻め込むべきだと進言するのが、対馬の道義である。舟山《しゅうざん》及び寧波への航路は対馬の者ならばよく知っている。使者としてわたしが大坂へ上ってもよい。

朝鮮経由では兵線が長く延び、何より兵糧、そして兵も弾薬も、北京《ペキン》まではとても持たない。朝鮮を経由する陸路は長く、その先には遼東がひかえ、それから山海関《さんかいかん》を越えて北京まで攻め入らなくてはならない。第一、朝鮮国王が恭順するはずがなく、これまでの日本における関白様の戦とは全く異なるものとなる。小西摂津守にも、その事実をはっきりと伝えるべきである。それを、かかる詐術を用いて当座の危機を回避しようとすれば、むしろ事態を複雑にし、結果として対馬一国ばかりか朝鮮王国にも、関白様や日本の諸国にも取り返しのつかない惨禍を及ぼすことになる」そう主張して譲らなかった。

宗義調と義智は、秀吉の威光を恐れるあまり直面する朝鮮との戦の回避しか念頭になかった。景満の倭寇《わこう》まがいの策を狂気の沙汰《さた》として取り合わなかった。そこで景満は、明帝と朝鮮王との冊封《さくほう》関係、そして兵船を仕立て直接海路から寧波へ攻め込む戦略をしたためて大坂城へ伝えようとした。その結果、宗氏が刺客《しかく》に送った手勢と景満の一党は戦闘となり、佐須景満以下が討たれ一味反乱のかどで海辺に梟首《きょうしゅ》されるにいたった。

「……あれから対馬の企てに巻き込まれた行長殿は弥縫《びほう》策に奔走したものの、戦は回避できず、むしろ戦禍を広げるばかりとなり、対馬も、朝鮮王国も、日本の諸国も荒廃した。朝鮮出兵以来、太閤様も失うものばかりで何も得られていない。義士は闇に葬られ、何もかもその語った通りになった。わしも、何とか戦だけは避けようと奔走したが……。わしも罰を受けなくてはならない。

新たに和議を任された清正殿は、太閤様の誤った思い込みには一切踏み込むことはなく、あくまでも朝鮮南部三道を太閤様の領土とした上で和議を結ぼうとしているらしい。もちろんそんな和議など、明であれ、朝鮮であれ、通るはずのない無理な話だ」

佐須景満が討たれ首を晒された場所に詣《もう》で、宗室がしきりに目をしばたたかせているのがわかった。

七

翌七日夕、嶋井宗室の船は曇天の薄日差すなかを釜山浦《ふさんぽ》に到着した。釜山浦城は湾の最も奥に位置し、海辺に築かれた子城とその西方高地に位置する母城の二つの城からなっていた。三層の天守を築いた母城は標高四十三丈余（約百三十メートル）の高地にあり、その尾根を利用した母城から扇型に防禦壁を海辺まで延ばし、子城を含む広大な敷地を厳重に囲い込んでいた。その内にはおびただしい兵舎や兵糧蔵、武器弾薬庫が軒を連ね、市街城の趣を呈していた。

子城は、海辺の丸山《まるやま》と呼ばれる高さ十二丈（約三十六メートル）ほどの独立した岡上へ築かれ、船着はそのすぐ西側に設けられていた。天正二十年（一五九二）四月に小西行長ら先手軍が攻め落とした釜山鎮城《ちんじょう》の東南に当たり、朝鮮侵攻以前にはここに倭《わ》館《かん》があった。日本の肥前名護屋城に対して、朝鮮ではこの釜山浦城が秀吉軍の兵站基地に位置づけられていた。すべての兵糧や武器弾薬はひとまず釜山浦城に運び込まれ、ここから朝鮮南岸の各城へ補給される仕組みとなっていた。

近づいてきた番船に来航した用件を告げ、甚五郎は嶋井家手代の助右衛門と一足先に船番所へ向かうことにした。釜山浦城の船着で、帰還することの決まった毛利秀元配下の一部隊や役夫が待機しているのに出会った。彼らは髪を結い直し、頬はすっかり削《そ》げ落ちていたものの、皆晴れやかな顔をしていた。朝鮮の地に残らざるをえない者と日本に戻る者は、その表情だけで見分けがつくほどだった。

毛利秀元は、元就《もとなり》の四男元清《もときよ》の子で、幼少の頃から豪胆怪力で知られた。当年二十歳ながら右軍の総大将に抜擢《ばってき》されていた。秀吉の期待に応え、秀元は遠路に及ぶ掃討戦と築城とにその非凡さを発揮した。加藤清正が籠城を強いられた蔚山《うるさん》城の戦いでも、援軍を采配し明国の大軍を敗走させた。小早川隆景の跡目を継いだ秀秋の不甲斐《ふがい》なさが際立ったのは、似たような年齢ながら百戦錬磨の老将のごとく渡海軍を統率した秀元の存在があったためだった。

釜山浦の母城は、小早川秀秋がその不行跡により秀吉から召還され、後見役の山口玄蕃頭宗永《げんばのかみむねなが》と小早川家臣団、それに森吉成が二千の兵で守っていた。子城には船奉行に任じられた寺沢広高が千名の兵を率いて在番していた。寺沢志摩守《しまのかみ》広高は、当年三十六、唐津《からつ》城主であり長崎奉行を兼任し、慶長の再出兵においては兵と物資輸送のすべてをつかさどる重責を負っていた。

釜山浦城の船番所には古野《ふるの》という寺沢家臣が詰めていた。

「山口玄蕃頭様より米二千俵を急ぎ運び入れよとのお達しを頂き、博多より嶋井宗室が運んで参りました。荷揚げ舟の御手配をお願いいたします」

甚五郎がそう告げると古野の表情が急に明るくなった。

「それは大儀であった。宗室殿も遠路を？」

「はい。足を少々痛めておりまして、わたくしどもがとりもあえず参上しました」

「それはそれは重ねて大儀。志摩守もきっと喜ぶに違いない。博多からの兵糧米だが、当城には千俵を入れ、残りの千俵は船から下ろし次第、カトカイへ運び入れてほしい。荷車や人夫、また警固の兵は当方で手配する」

「カトカイには、まだ城がありますので？」

「今、中国衆が修復に当たっている。カトカイからは黒田甲斐殿の方で船を出し、梁山《りょうさん》まで運び込むことになっている」

「カトカイ城」こと亀浦《きほ》城は、洛東江《らくとうこう》が海に流れ込む手前で分流する地点に築かれていた。釜山浦から陸路で北西へ二里（約八キロ）ほどのところである。文禄の出兵時に小早川隆景と立花宗茂によって構築された城だった。だが、文禄五年（一五九六）の明国冊封使来日にともなう秀吉軍の撤収によって破却されたと聞いていた。亀浦から北へ洛東江をさかのぼって三里のところに梁山城があり、そこには黒田長政が在番していた。黒田長政の借米《しゃくまい》という形を取るためなのか、船番所の帳面には博多から釜山浦城に米二千俵を搬入したことを記し、釜山浦城から千俵を別途梁山城の黒田長政へ運び出して届ける形にすると言われた。確かなことは、渡海軍の本営に定めた釜山浦城ですら備蓄米がすでに底をつきかけ、兵糧不足に苦慮しているという事実だった。

秀吉は兵糧が不足なく朝鮮の各城に送られているものと思い込んでいるらしいが、寺沢広高はそのやりくりに苦心していた。先の蔚山《うるさん》で過酷な籠城戦を強いられたのも、築城に人員を回すのが精一杯で、とても物見にまで兵を配する余裕がなく、兵糧の蓄えも城内になかったためだった。朝鮮の実情を知らない秀吉は、加藤清正や浅野幸長らの単なる落ち度と決めつけ叱責《しっせき》したが、すべては兵糧米不足に起因するものだった。

百姓衆の逃亡による田畑の荒廃や年貢未進が相次ぎ、渡海軍に当てられる太閤直轄領の米は、博多にすら思うように届いていないのが実情だった。朝鮮まで満足に届くはずもなかった。釜山まで来てみれば、朝鮮南部三道の支配どころか、南部沿岸に築いた城の維持すらすでに難しい状況にあった。

「実は、中国衆が帰国するのに船が足りない。帰り船で百五十人ほど何とか乗せられないものか」古野は何のためらいもなくそんなことを求めた。

「はい。その御人数ならば乗船できると存じます」甚五郎もありのままを返答した。

釜山浦には帰国する兵を送る船さえ満足になかった。再出兵以来、秀吉軍は、朝鮮水軍を撃破し、黄石山《こうせきさん》城と南原《なんげん》城を陥落させ、蔚山から順天《じゅんてん》まで戦線をやたらと延ばしたものの、逆に秀吉軍は苦境に追いやられていた。

このたび博多から船に乗ってきた二十八人分の食糧として五十俵の米、味噌《みそ》と酒とをそれぞれ十樽《たる》、炭も三十俵を積んで来た。それらをすべて寺沢広高に預け渡すことを甚五郎は伝えた。古野は、嶋井船で来た二十八人の宿泊所として船着近くの兵舎四棟を当てた。

五年前、甚五郎が小西与七郎と釜山に来た時には、まだ釜山浦の周辺に朝鮮の民が暮らしていた。朝鮮の女将《おかみ》が営む旅宿もあった。防禦壁で仕切られた内側はもちろんのこと、その外にも朝鮮の民の姿が全く見当らないことは、在地支配の失敗以外の何ものでもなかった。

八

入港の記帳を済ませ、船番所を出るなり、嶋井家手代の助右衛門が「カトカイとはいずこにありますので？」そう強張《こわば》った顔で訊いてきた。

「ここから北西へ陸路で約二里。亀浦《きほ》城のあった所だ。その北の梁山《りょうさん》城までは三里ほどある」

「陸路を行かなくてはなりませんので？」

「確かに陸路は危険だが、亀浦は梁山城と釜山浦《ふさんぽ》城との間に位置する。そこまで明や朝鮮の大軍が突然押し寄せることはない。その前に梁山城を落さなくてはならない。黒田家の御当主のことはよく知らないが、栗山四郎、井上九郎、母里太兵衛《ぼりたへえ》、後藤又兵衛、黒田兵庫《ひょうご》に図書《ずしょ》、修理《しゅり》、三左《さんざ》、一騎当千で聞こえた古強者《ふるつわもの》が梁山城には揃《そろ》っている。そう容易《たやす》くは抜かれまい。まあ、船荷の揚げ下ろしにもよるが、一日もあれば戻って来られる」

それを聞いても助右衛門は表情を硬くしたままだった。すぐに博多へ戻れるはずがなく、助右衛門も朝鮮南岸のいずこかの城へ兵糧入れに向かわされるものと内心危惧していたにちがいなかった。水の手を奪われ小便まで飲んだなどという蔚山《うるさん》での過酷な籠城戦の話は、すでに博多にも伝わっていた。明国軍の戦死者一万七千余名などと語られていたが、それだけの死者を出すほどの大軍が秀吉軍の城を目指し、慶尚道の沿岸まで南下して来るようになったことを裏付けていた。

宿所として当てられたのは、木皮葺《こはだぶ》きに漆喰《しっくい》壁の何の調度もない建物だった。板敷きに藁《わら》むしろが一枚敷いてあり、暖を採るものは火桶が六畳に一つずつあるだけだった。この年はいつまでも冬季の北風が止《や》まず、吹き込んでくる隙間風《すきまかぜ》が厳しかった。

嶋井宗室は寺沢広高と山口宗永に招かれて子城に行き、甚五郎たちに出された夕餉《ゆうげ》の膳《ぜん》は、魚の干物に干し大根の汁、香の物に飯だった。寒さしのぎとして一人に三合の冷や酒を付けられた。自らの食糧や燃料までを携えて到来したわけだから、それでも恵まれた応対のはずだった。

賄《まかない》係は、伝十《でんじゅう》とかいう唐津から徴用されてきた五十歳ほどの小柄な百姓衆だった。去年の四月から釜山浦城に留め置かれていると語った。甚五郎たちが博多から来たと知ってなじみ易《やす》かったらしく、「太閤様はお具合が良くないとか……」白湯を出しながらそんなことを甚五郎に漏らした。秀吉が死ねばこの惨憺《さんたん》たる外征は終わる。役夫として徴用され渡海を強いられた唐津の百姓衆の果てまで、今やただ秀吉の死を願っていた。

宗室が宿所へ戻ったのはすっかり暗くなってからだった。かなり寒気がこたえた様子で顔が青白く見えた。甚五郎は米千俵を亀浦まで陸送する話をした。

「亀浦城を修築しているとか、船番所で聞きましたが」

「広高殿の話では、場所の悪い梁山城は破却し、亀浦《きほ》城の補繕を終え次第、黒田殿が在番に入るとか。蔚山での籠城戦で明らかとなったように、半島の中央部へ突出した梁山《りょうさん》城は、もし敵の大軍から囲まれれば援軍を送ることが困難だ。梁山城のほか、蔚山城と行長殿の順天《じゅんてん》城を廃することを朝鮮在陣の諸将が談合して取り決め、先月の末、太閤様に認めてくださるよう願い出たという」

梁山城は漢城へ向う北方への進撃拠点として築かれた。釜山から亀浦までは陸路での往来が容易いが、亀浦から洛東江《らくとうこう》をまた三里さかのぼる梁山までは、途中に金井山《きんせいさん》があるため陸路をたどるのは困難だった。明国と朝鮮の大軍に包囲されることになれば、梁山城は釜山から陸路で援軍を送るのが極めて難しい位置にあった。すでに秀吉は漢城を含め京畿道《けいきどう》の北部は朝鮮国王へ「返した」ものとしており、梁山城はかつての存在理由を失っていた。むしろ洛東江の分流点に位置する亀浦城《きほ》の方が、大河の水運を掌握する上でも、亀浦の南西下流に位置する金海竹島城《きんかいちくとう》への連絡や輸送においても、はるかに都合のよい位置にあった。

「明日、わたしも亀浦まで同行する。馬に乗れば行ける」

「いや、宗室様が出向かれるまでもありません。誰か一人、黒田家への引き渡しに立ち会えばよいだけのことです。わたし一人で充分です」

甚五郎がそう返したのを聞き、宗室の後にひかえていた助右衛門が思わず安堵の吐息を漏らした。

朝鮮王国軍は、秀吉軍の本営となった釜山浦城《ふさんぽ》の動向を常に注視しているはずだった。釜山浦城から北西三里離れた亀浦城の補修には、毛利秀元配下の役夫が三千人近く送り込まれていた。朝鮮義兵が監視に当たり、襲撃の機会をうかがっているのは間違いないと思われた。宗室が馬などに乗っていけば格好の標的とされる。また、助右衛門のように戦の経験がなければ、突然の敵襲に出くわした際に恐怖に駆られ逸走《いっそう》などして、輸送隊全員に危険を招くことになりかねなかった。

九

二月、明国軍務経略（総司令官）の邢玠《けいかい》は、蔚山《うるさん》城攻撃の失敗と明国軍の潰走《かいそう》を隠《いん》匿《とく》し、神宗《しんそう》皇帝に戦勝を奏上した。この戦いで明国軍は清正に致命的な打撃を与え、城攻めに当たった明国と朝鮮軍五万六千余人の損害は、戦死者わずか千四百名、負傷三千余人と偽って伝えた。漢城《かんじょう》まで兵を撤退させたのは、「連日の悪天候によって兵も馬も疲弊し、鋭気を養った後に再び賊衆を壊滅させんがため」であり、部下の軍務経理（次官）楊鎬《ようこう》は自ら矢面《やおもて》に立って督戦し、麻貴《まき》提督は用兵にその才を充分に発揮したとも上申した。

神宗は、「堅城を攻め、賊衆を首切り、国威を大いに彰《あらわ》した。鋭気を養い再挙するのは、誠に万全の策である」と賞賛して、邢玠始め楊鎬と麻貴ら将士に銀十万両を下賜し、戦労をねぎらった。

だが、楊鎬は、一月に蔚山城攻撃で敗走せざるをえなかった原因を朝鮮兵の裏切りによるものと漢城において断定し、朝鮮王国の応接使、李《り》徳馨《とくけい》を呼びつけ、「蔚山城に到来した援軍は倭人ではない。数千の高麗《こうらい》人が数百の倭人と協同して軍旗を振り、声を荒らげて押し寄せたものだ。軍船に乗ってきたのも、倭人はわずか五、六人しかおらず、残りはすべて高麗人である」と叱責した。しかも、この報は、楊鎬が捕らえた素破《すっぱ》を自ら尋問し吐かせたことだと語った。

蔚山《うるさん》から敗走した明国兵は暴徒と化し、漢城までの退路に位置した各村落に甚大《じんだい》な害をもたらした。蔚山城攻撃の際、銃撃された明国浙江《せっこう》の遊撃将陳寅《ちんいん》は、負傷して運ばれた漢城で朝鮮国王に次のように語った。

「朝鮮兵は形勢不利とみるとすぐに敗走するなどと言いますが、遼東《りょうとう》兵の潰走するざまは遥《はる》かにひどいものでした。しかも、遼東の北兵は朝鮮の村落を襲って暴虐《ぼうぎゃく》の限りを尽くしました。本来、天兵は朝鮮を救うために差し向けられたはずですが、実際は朝鮮を荒らしに来ているようなものです。憐れむべきは何の罪も咎《とが》もない朝鮮の民です」

明国軍は、兵数ばかり多いが戦意に欠け、しかも遼東からの北兵と浙江《せっこう》からの南兵が互いに反目し合っていた。文禄の役における平壌《へいじょう》での戦いに、北兵の提督李如松《りじょしょう》が、城に一番乗りをした兵には銀一万両を与えると布告しておきながら、南兵がそれを果たしたにもかかわらず、約束の褒賞銀は下されることがなかった。しかも、北兵司令官の一人だった王保《おうほ》は、南兵に対して遺恨を含み、千三百人もの南兵を誘殺したとまで語られていた。

蔚山城から敗走し朝鮮の村々に暴虐を尽くしたのは韃靼《だったん》兵だと言われていた。明国ではこのたびの招集にも応ずる者が少なく、明国内ばかりか周辺の部族からも駆り集めて来るしかなかった。その者たちはただ掠奪を目的として朝鮮王国に襲来した盗賊団のようなものに過ぎなかった。

朝鮮王国軍として金応瑞《きんおうずい》の指揮下に入り蔚山城攻撃に参戦した降倭《こうわ》隊は、明国軍の敗走に伴い慶州《けいしゅう》を経て永川《えいせん》まで撤退した後、洛東江《らくとうこう》に近い大邱《たいきゅう》の公山《こうさん》城まで移動した。そこは朝鮮全軍司令官の権慄《ごんりつ》が以前本営を置いていた場所だった。参戦した二千余名の降倭隊も、蔚山城攻撃で五百人もの死傷者を出した。

明国軍はただ数に任せて蔚山城に迫り、そのたびに激しい銃撃を浴びせられて死傷者を出すばかりだった。麻貴《まき》提督は、平原での騎馬戦しか知らず、日本式築城による山城からの鉄砲には何の対抗策も持たなかった。防弾の鉄製楯《たて》や竹束、また石垣を登るための梯子《はしご》の用意もなかった。明軍兵は、岡に取りつけばせいぜい弓矢の援護があるだけで、逆茂木《さかもぎ》が並べ置かれた岡の斜面を登り、石垣を素手で登攀《とうはん》しようとした。

蔚山城の秀吉軍は、城の高みからそれを次々と狙《ねら》い撃ちした。麻貴が大軍を投入すれば、城門の下まで引きつけ鉄砲狭間《はざま》からの一斉射撃で応じ、死傷者の山を築くことになった。一向に城内突入できないことにいらだった麻貴《まき》は、明軍兵に多くの死傷者を出した原因を朝鮮の金応瑞《きんおうずい》が城内と内応して誘殺したものと決めつけ、金応瑞を処刑しようとした。

降倭隊の岡本越後《えちご》やサエモンら主立った者が蔚山《うるさん》城の攻略を誓い、金応瑞の助命を麻貴に願った。降倭隊は、防弾の竹束と石垣を登るための梯子を用意し、蔚山城三の丸の城門に再三迫った。だが、火矢と松明《たいまつ》の投下によって竹束を焼かれ、梯子に取りつく先から激しい銃撃を浴びせられて城内突入を阻《はば》まれた。降倭隊はそれまで鹵獲《ろかく》した三百挺《ちょう》ほどの鉄砲を備えていたが、雨天続きに火縄が湿り、城門櫓《やぐら》の鉄砲狭間から撃ってくる敵兵の姿は捕らえにくく、城攻めでの鉄砲はさほどの効果をもたらさなかった。降倭隊も死傷者を続出することとなった。

「天将」などと仰いできた楊鎬と麻貴が、またしても敗北の責めを朝鮮王国軍に転嫁《てんか》したことも耳に入ってきた。「天兵」は頼りにならないばかりか、かえって害を及ぼすだけのことだった。権慄《ごんりつ》は、秀吉軍に内陸部への大がかりな出撃をさせないために、南部沿岸の倭城に対し執拗《しつよう》に野戦を仕掛けるしかないと決めていた。特に権慄の気になっていたのは、洛東江《らくとうこう》の分流点西岸に以前破却された倭城があり、そこへ人夫を大量に投入して修復に当たっていることだった。亀浦《きほ》に再び城を構えられれば、洛東江を天然の堀とし、釜山浦《ふさんぽ》城の背後にもう一つ砦《とりで》を築かれるようなものだった。

十

二月に入るなり明国経略の邢玠《けいかい》は再挙を期し、まず江南《こうなん》の水軍兵を朝鮮へ送り込むことにした。

蔚山城の援軍が海路からも到来したことに邢玠は衝撃を受けていた。秀吉軍の倭城はいずれも海辺に築かれ港を備えていた。陸路を圧倒的な兵力で封じても、各倭城は海路で兵站物資を補給し、援兵を送ることも、いざとなれば船で脱出し移動することもできた。倭城を征圧するためには、明国軍も強力な水軍を編制し、朝鮮の南部海域を押さえなくては話にならなかった。そこで邢玠は、陳璘《ちんりん》を水軍大将に任じ、鄧子龍《とうしりゅう》、藍芳威《らんほうい》らの将士と五百余艘《そう》の軍船を用意した。それに浙江《せっこう》・広東《カントン》・直隷《ちょくれい》などからの水軍兵一万三千余を配し、黄海を渡って忠清道《ちゅうせいどう》の唐津《とうしん》へ駐屯させることを決めた。唐津の地は南陽湾《なんよう》に近く、首都漢城を擁する京畿道《けいきどう》との道境に位置した。

二月十七日、朝鮮水軍を率いる李舜臣《りしゅんしん》は、仮本営とした珍島《ちんとう》の碧波津《へきはしん》から十三里

(約五十二キロ)東南に進み、本営を古今島《ここんとう》へと移動させた。それでも、小西行長の守る順天《じゅんてん》倭城までは海路三十五里(約百四十キロ)ほど離れていた。蔚山《うるさん》城での敗戦に懲《こ》りて、明国朝廷も水軍を朝鮮に送るとは耳にしたものの、とても無条件に喜べるものではなかった。海戦は兵船と水軍兵の数だけで圧倒できるほど単純ではなかった。

これまで陸における明国軍の戦いを見る限り、「天兵」は総じて戦意に欠け、「天将」は兵力を過信して強引な力攻めを敢行し、自ら墓穴を掘ることばかりを繰り返していた。「天将」たちは、朝鮮軍のことを形勢不利とみればすぐに敗走するなどと嘲《あざけ》るが、それは彼ら自身のことだった。そして敗戦の原因を常に朝鮮軍へ転嫁した。海戦でも「天将」が指揮権を握ることになれば、結果はすでに見えていた。だが、漆川《しっせん》梁《りょう》の海戦で元均《げんきん》の失った水軍将兵と兵船は簡単に回復できるものではなかった。前年九月の鳴梁《めいりょう》海戦で、全羅《ぜんら》道《どう》沿岸から黄海にまで制海権を延ばそうとする秀吉水軍を何とか打ち破ったものの、李舜臣《りしゅんしん》配下の朝鮮水軍はわずか十数艘の兵船しかなかった。

三月に入るなり邢玠《けいかい》は楊鎬《ようこう》と共に、朝鮮王国から秀吉軍を駆逐する戦略を練った。そして全軍を三手に分けて陸路を進撃させ、倭城のなかでも最前線に位置し慶尚、全羅両道支配の拠点となる城を同時に征圧すると決めた。

加藤清正の蔚山城を標的とする東路軍は、引き続き麻貴《まき》を大将とし二万四千人の軍を編制する。中路軍は、島津義弘の拠《よ》る泗川《しせん》倭城を標的として李如梅《りじょばい》に兵一万三千五百を付けてこれに当たらせる。西路軍は、劉綎《りゅうてい》を大将とし、一万三千六百の兵で小西行長の順天倭城征圧を目指す。また、それに呼応して陳璘《ちんりん》の兵船五百艘を朝鮮の南海《なんかい》へ送り込み、秀吉軍の海上活動を封殺する。明の陸路三軍と水軍とに、それぞれ朝鮮王国軍を加え、陸と海との四手から一気の征伐を図ろうとした。

十一

三月十五日、連日の雨がやっと上がり、京都は格好の花見日和《びより》を迎えた。醍醐《だいご》寺の三宝院《さんぽういん》前から槍山《やりやま》にかけての三百五十間（約六百三十メートル）には、この日のために近江《おうみ》、大和《やまと》、河内《かわち》から移植された七百本の名木が競うように咲き誇っていた。三宝院を中心とした五十丁(約五・五キロメートル）四方の山内には、趣向を凝らした八棟の茶席が前田玄以《げんい》や長束正家《なつかまさいえ》らによって建てられた。秀吉は、当年六歳になる秀頼と北政所《きたのまんどころ》を始め、淀殿《よどの》、松の丸殿《まつのまるどの》らの側室、三千人の女房衆を付き従えて一日の行楽に憂《うれ》いを晴らすことになった。

この日の通達には、『一、百姓以下、往還の旅人等、迷惑せざるように、これあるべきこと』という注意書きが形ばかりは添えられていた。だが、伏見から醍醐に至る道は、両側に木柵が設けられ、武装した小姓衆と馬廻りの者たちが槍足軽を引き連れて物々しい警戒を敷いていた。それればかりか、醍醐山の五十丁四方には三丁置きに番所小屋が建てられ、その二十三を数える番所には鉄砲衆《てっぽうしゅ》と弓足軽が詰めていた。秀吉一行以外には、通行路と山内への侵入を一切許さないという厳重な構えだった。

文禄の朝鮮出兵以来、疲弊した民は「家康が反旗をひるがえす」などという噂《うわさ》をしきりに囁《ささや》いていた。また、秀吉の暗殺を企てた者たちの風聞も絶えなかった。淡路島《あわじしま》の江善寺《こうぜんじ》に数人の漁民が義民として祀《まつ》られていた。文禄の役が始まると海上輸送のために淡路島の多くの漁民が船ごと徴発された。働き手を奪われた民の暮らしはたちまち困窮した。島の窮状を見かねた漁民数名が秀吉の暗殺を企て、それが発覚して殺されたのを弔うものだという。その江善寺を参拝する者が後を絶たないといわれていた。

また、凶悪な盗賊一味が、秀吉によって極刑に処せられたために、いつの間にか義賊として語られるようなことも起きていた。

文禄三年（一五九四）八月二十三日、京都三条橋南の河原で、盗賊団の首領、石川某とその息子が油の入った釜《かま》で煮られるという惨刑に処された。党類の十九人も同日磔《はりつけ》にされた。彼らは、朝鮮出兵による治安の悪化をよいことに、伏見《ふしみ》・京都・大坂・堺で富商豪戸《ごうこ》に夜間押し入り、家族や使用人を皆殺しにして財貨を奪うという凶行を繰り返していた。日中は目立たぬ格好で市中を徘徊《はいかい》し、目をつけた家に夜間押し入ったものだという。

翌文禄四年二月一日、何者かによって大坂城の金蔵《きんぞう》が破られ大量の金銀が盗み出されるという珍事が起きた。何でも前年秋に極刑に処された石川の一味で、捕り方の手から逃れ、生き残った者の仕業であると語られた。その正月、秀吉は草津《くさつ》温泉に御座所を建てさせた。九州・四国・中国に至る大名衆がこぞって朝鮮出兵に駆り出され、その領国はことごとく荒廃し、豊後《ぶんご》などでは百姓衆の逃亡により四割もの田畑が荒れ地となっていた。農民と漁民は役夫として片端から徴発され、残された者への年貢率は二公一民などという信じがたいものだった。そんな時に、大坂城には金銀が蓄えられ、朝鮮出兵を企てた張本人は湯治や茶の湯三昧《ざんまい》の享楽《きょうらく》にふけっていた。秀吉の妄想によって、無辜《むこ》の民が日本でも朝鮮でもどれほど殺されたものか。富家《ふうか》を襲い殺人のあげく金品を強奪するのは凶悪な犯罪であるが、大坂城に忍び込み秀吉が天下の民から搾《しぼ》り取った金銀を盗み出すのは、それだけで義挙である。いたるところで快哉《かいさい》を叫ぶ声が聞かれた。必死の探索にもかかわらず大坂城金蔵破りの「義賊」はとうとう捕まらなかった。

しばらく鳴りを潜《ひそ》めていたその義賊は、昨慶長二年の四月十九日、再建のなった伏見城に再び現われた。そして、またもや厳戒をあざ笑うかのように金蔵を破り、大量の金銀を盗み出し姿をくらました。大坂城でも、伏見城でも、苦もなく忍び込み、やすやすと金蔵を破る盗賊が、釜茹《かまゆ》でにされ磔に処された石川一味の生き残りであるならば、その復讐《ふくしゅう》のため醍醐山へ潜入しないとは限らなかった。たかが花見に異常なほどの警戒ぶりを見た民からは、逆に義賊の醍醐山潜入を待望する声ばかりが聞かれた。

慶長三年（一五九八）陰暦二月

一

二月九日辰《たつ》の刻（午前八時）、甚五郎は百台の牛車を連ね釜山浦《ふさんぽ》城を出発した。警固には、寺沢家から中島忠左衛門《ちゅうざえもん》ら騎馬十士と鉄砲衆二十人を含む足軽六十人が付いた。釜山から山に挟まれた道を西に一里進み洛東江《らくとうこう》の岸へ出て、その大河沿いに亀浦《きほ》まで北上するという合わせて二里（約八キロ）ほどの道のりである。釜山港から海上へ出、洛東江の河口から亀浦にさかのぼる水路は七里の距離となるため、以前から亀浦までは陸路を使っていたという話だった。だが、洛東江ほどの大河ならば帆でさかのぼることができ、中ぐらいの川船を使えば四艘《そう》で簡単に千俵を運べる。釜山周辺は秀吉軍が征圧しているとはいっても、黒田長政が在番する上流の梁山《りょうさん》城までは釜山から五里

（約二十キロ）も離れていた。無防備に大量の米俵をさらして陸路を行くことは、わざわざ危険をたぐりよせるようなものだと甚五郎には思われた。

梁山城《りょうさん》は、沿岸から一城だけ北の内陸へ突出していた。もし明国《みんこく》と朝鮮王国の大軍に包囲されれば、金井山《きんせいさん》の山塊が途中に張り出しているため、釜山から陸路で援軍を送るのは容易ではなかった。東の西生浦《せいせいほ》城からも梁山城までは山づたいに九里の距離があった。そこで朝鮮在番の諸将は談合のうえ、あえて戦線を縮小し三里下流に位置する亀浦《きほ》城の補修に着手した。亀浦城の補修が済めば、梁山城を守備する黒田長政が亀浦城へ移る手はずとなっていた。

だが、朝鮮と明国側は、再び亀浦に堅城を構えられることになれば、釜山の背面防備を強化され、釜山浦《ふさんぽ》城と梁山城とを分断しにくくなる。しかも、亀浦から二里下流の洛東江《らくとうこう》西岸には、鍋島直茂の在番する金海竹島《きんかいちくとう》城が位置していた。日本から釜山浦城に集められた武器弾薬と兵糧《ひょうろう》は、陸路でいったん亀浦城に運び込まれ、洛東江を使って北の梁山城と西の竹島城へと常時供給される。もちろん洛東江の水運も、金海竹島、亀浦、梁山の三城によって秀吉軍から完全に押さえられることになる。

雲は低く垂れ込め、釜山を発《た》ってまもなくして霙《みぞれ》が降り出した。寒風はいまだ止《や》まず、洛東江沿いに北から吹き下ろしていた。右手には北の金井山に連なる山が張り出し、左手は小高い山を一つ隔てて釜山湾の海岸にいたる。ただでさえぬかるんだ悪路に氷雨《ひさめ》にも祟《たた》られ、牛車の歩みは自然遅れて、洛東江の岸辺に出るまで半刻《とき》(約一時間)以上を要した。背中まで泥をはね上げた牛引き人夫たちの疲労が目立ち、東から山裾《やますそ》が張り出した場所で北風を避け、小休止を取ることになった。牛引き人夫たちは数人を残して笠《かさ》をかぶったまま松林の樹下へと駆け込んだ。それぞれが大樹の下で火を起こし、腰の瓢《ふくべ》や竹筒から水を飲んだりしていた。甚五郎も、大きな松の根元へ腰を下ろした。大河の岸辺は丈《たけ》高い枯れ葦《あし》に一面覆《おお》われ、その葦原越しに鉛色の川面《かわも》が海のように広がっていた。氷雨に靄《もや》って中洲《なかす》の影までは見えなかった。

突然、大量の矢羽根《やばね》が風を切る音が聞こえ、甚五郎は瞬間身をひるがえして松大樹の蔭《かげ》へ入った。矢は川辺の葦原から一斉に放たれ、米俵を覆った雨除《あまよ》け板の上へ乾いた音を響かせ次々と刺さった。いななく馬の声が響き、倒れたまま起き上がれなくなり宙をしきりに蹴《け》り上げている何頭かが目に入った。敵襲来の報を釜山浦城と亀浦城に送らせないため、矢はまず寺沢家臣の乗馬十頭を標的として放たれた。その時警固に当たっていた騎馬衆五名は、路上に投げ出された。乗馬とともに標的とされた鉄砲衆は鉄陣笠と腹当《はらあて》ぐらいなもので、矢を突きたてられたまま何人かが路上に倒れた。山放たれた矢数は葦原内に五十人ほどの敵兵が潜んでいることを甚五郎に教えた。

裾で暖をとっていた護衛の足軽たちや人夫は、矢傷を負っている者を路上に残したま
ま、我先に山中へと逃げ込んだ。葦原の伏兵が五十人いるとすれば、少なくとも同数
の敵兵が山中に潜んでいると考えてよかった。甚五郎は大松の幹裏に留まって、前方
の葦原に潜む敵の動きをまずうかがった。敵は一斉に矢を放った後、葦原に潜んです
ぐに道へ出て来ようとはしなかった。輸送隊の反撃する能力を確かめていた。かなり
戦《いくさ》の経験を積んだ者たちだとわかった。

葦原の敵兵が一呼吸置いたのを見計らい、甚五郎は他の者とは逆に路上へ向かって
走った。左手の葦原と、右手の山と、敵兵はじきに双方から路上へ寄せ来て、挟み撃
ちに遭うことは目に見えていた。大河沿いの道は、流れ矢を受けた牛が血を流しなが
ら逸走し、積まれた米俵ごと横倒しになったり、前後の牛車を巻き込んでひっくり返
ったりしていた。倒れた牛馬の苦しげな鳴き声が聞こえた。

横倒しになった牛車の蔭に身を隠し、甚五郎は矢を受けて路上に投げ出された寺沢
家臣の側《そば》へ駆け寄った。その馬乗り衆は、投げ出された時に路上の石へ頭部を打ちつ
け、兜《かぶと》の鉢《はち》が割れてかなりの血が出ていた。まだ息はあったが、呼びかけても目を半
開きにしたまま反応しなかった。その腰刀を鞘《さや》ごと引き抜き、己の後腰《うしろごし》に差し込んだ。

警固に付いた鉄砲衆が矢を受け路上に倒れ込んでいた。その周囲だけで七人を数え

た。首を射抜かれてすでに息絶えた者の鉄砲を拾い上げた。右腰に付けられた胴乱《どうらん》の中に早合《はやごう》が二十発分あるのを確かめた。発火薬の容器など小道具の付いた帯を解いて輪にし、首から襷《たすき》に掛けた。弾丸を押し込める槊杖《カルカ》も二本拾い上げ、後腰に差した。鉄陣笠の紐《ひも》を解き、それまでかぶっていた菅笠《すげがさ》と替えた。鉄傘のついた火桶《ひおけ》を探した。投げ出されたために中の炭は残り少なかったが、まだ火種《ひだね》の残っていた火桶を拾い、手に提げて山裾の松林へ駆け戻った。

背後の山上から次々と銃声が響いた。三十数発放たれた。山中で待ち伏せされ、足軽や人夫が逃げ込んだ先から狙《ねら》い撃ちされているものと思われた。それにしても、この氷雨のなかである。鉄砲に革製の雨覆いを懸けているばかりか、表面に漆《うるし》を塗った特殊な火縄を使っているとわかった。これまで秀吉軍の鉄砲にさんざ苦杯を嘗《な》めさせられ、明国や朝鮮の兵も鉄砲を体得したとは思うが、それにしても雨中に待ち伏せして放てるというのは、鉄砲に関するかなりの知識と経験を要するものだった。

甲冑《かっちゅう》の打ち合う音を鳴らし土手を駆け上がってくる多人数の足音がした。山上からの銃声を聞き、路上や山裾からの反撃はないと見て、敵兵が葦原から土手を登り、道に出てきた。

松大樹の蔭で身を隠している甚五郎の耳に、その時意外な言葉が飛び込んできた。

「牛を押さえろ。牛車を止めろ」

紛れもなく日本語だった。惨禍を逃れた二十数台の牛車が、引き手がないにもかかわらず北へ向かって列を作り動き出していた。倒れた仲間の鳴き声で危険を察知した牛は、以前行き来した道を憶《おぼ》えていたらしく米俵を積んだ牛車ごと勝手に北へ向かっていた。

路上に散開した敵兵は、手負いとなって倒れ込んでいる寺沢家臣や足軽を確かめ、片端からとどめを刺していった。

「役夫《えきふ》は殺すな。傷の浅い者は介抱せよ」また日本語が発せられた。

四里ほど上流の梁山《りょうさん》城にも、一里先で亀浦《きほ》城補修を警固しているはずの毛利勢にも気付かれず、百人ほどの敵兵がここまで到来した。金井山《きんせいさん》から尾根づたいに南下し、尾根筋の切れる沢などを夜陰にまぎれて渡ってきたはずだった。敵はこの辺りの地理に精通した朝鮮王国軍か朝鮮義兵だろうと甚五郎は思っていた。

投降したり捕虜となったりして朝鮮王国軍に寝返った日本人将兵は、数千名に及ぶとは聞いていた。その「降倭《こうわ》」と呼ばれる者たちは、秀吉軍の本営となった釜山浦《ふさんぽ》城の動きを常に監視し、この日、大量の兵糧米が補修中の亀浦城まで輸送されることを知っていたに違いなかった。渡海させられた人夫にまぎれ込み、釜山浦城や亀浦城に潜入している者も多数いるはずだった。

降倭の二十人ほどが、生き残った兵を掃討しようと山へ向かおうとしていた。甚五郎は、すでに早合の装塡《そうてん》を終え、点火した火縄を火縄挟みに止め、火蓋《ひぶた》を開いてその中の一人へ照準を定めていた。

抜き身にした刀を右肩に載せて不用意に山へ入ろうとした降倭の一人が、松林からいきなり発せられた鉄砲で弾《はじ》き飛ばされ路上に倒れ込んだ。山に向かいかけた者たちは、慌《あわ》てて道へ逃げ戻った。予想しなかった銃撃に、路上にいた降倭も身を低くし、牛車の蔭へ隠れた。氷雨は上がったが鉛色の雲はとれず、甚五郎の潜んだ松林に幸い光は差し込まなかった。降倭たちは矢をつがえ、鉄砲が放たれた松林へ向け闇雲《やみくも》に矢を放ってきた。甚五郎は松林内を藪《やぶ》づたいに北へ移動し、新たな松の根元で銃口から早合を押し込んだ。敵は少数と見て路上の降倭たちは弓を手に、道に沿って散開した。松林を包み込むようにして左右から寄せられれば、一人ではとても手の打ちようがなかった。山上であらかた掃討を終えた降倭の鉄砲衆も、山裾からの銃声で輸送隊の生き残りがいることを察知し、じきに降りてくるはずだった。降倭たちは、身をかがめながら松林に接近した。甚五郎が二発目を放った。やや遅れてそれより北側の松林からも銃声が発せられ、降倭の二人が弾かれるように路上へ倒れ込んだ。

鉄砲が放たれた方へ甚五郎は走った。十間ほど離れた松の根元に中島忠左衛門がいた。忠左衛門は松根に腰を下ろし、新たな早合の装塡を終え、起こされた火縄挟みからも煙が立ち上っていた。藪《やぶ》を漕《こ》いで駆け寄ってきた甚五郎に気付くと、右頰から銃床を離し、首を横に振った。まだ三十前の唐津《からつ》武士は、左の膝上《ひざうえ》を矢で射抜かれていた。すでに矢は自分で折り捨てたものの、傷口を縛った腰帯はすっかり血に染まっていた。駆け寄った甚五郎に、忠左衛門は息を吐き切り音声を殺して「敵は、日本人か」と囁《ささや》いた。

甚五郎はうなずきかえし、同じように戦場で使う無声音で「降倭だ」と答えた。忠左衛門は一瞬口元をほころばせ自分の不運を笑った。甚五郎は、北の方を指し一緒に移動しようと指で伝えたが、忠左衛門は伸ばしたままの左足を指し首を横に振った。そして、勝手に動きだした牛車の列を指さし、「取り付け」と言い、甚五郎の鉄砲をよこせと手で示した。鉄砲と襷掛けにした小道具の帯、火桶と槊杖《カルカ》を忠左衛門に手渡した。忠左衛門は「葦原へ逃げろ」と囁き、最後に自らの腰刀を渡した。甚五郎はうなずき返すしかなかった。

甚五郎は松林を北へ走り出した。「牛車を早く止めろ」という声がまた聞こえた。再び道を横切り山裾へ寄せて来ようとしていた隊列に忠左衛門が鉄砲を撃ち込み、降倭の一人がまた倒れた。降倭が身を伏せた隙《すき》に甚五郎は路上へ駆け上がり、牛車の一つを追いかけて、葦原側から雨覆いを縛りつけた麻綱に飛びついた。

甚五郎がしがみついた牛車は、先を行く牛の後を追いかけ北へ向かって進んでいた。川沿いの道は狭く、せいぜい牛車二台が通れる幅しかなかった。降倭が道を横切れば、甚五郎の姿はすぐ目に止まる。牛の足が止まった時点で、川の方へ一気に走り葦原へ飛び込むしかないと心に決めた。左腰に差していた打ち刀と、後腰に差し込んだ腰刀二本を確かめた。後方の松林で十数発の銃声を聞いた。山裾に降りてきた降倭の鉄砲隊に忠左衛門が見つけられたものと思われた。

甲冑の鉄片を打ち鳴らす音を立て降倭の一人が牛車を止めようと松林の中から出て来た。その降倭は甚五郎のしがみついた牛車に追いつき、牛の角から鼻に渡した頭絡《とうらく》に手をかけた。甚五郎は麻綱から手を離し、身をかがめたまま牛の横腹まで近づいた。甚五郎が積荷にしがみついていたとは想像もせず、降倭は頭絡をつかんで何とか牛を止めようとし、苦しがった牛が鳴き声を発して鼻先を上に向けた。籠手《こて》と胴具で身を固めた降倭の左脇《ひだりわき》が瞬間開き、襦袢《じゅばん》の緑色地が目に入った。甚五郎は後腰から短い腰刀を右手で引き抜き、飛び込みざま逆手に持った腰刀を敵の左脇下、胴着の隙間深くへ突き込んだ。

降倭が叫び声を挙げ、甚五郎は腰刀を引き抜いて道を横切った。仲間の異変と川へ向かって走る人影に気付き、「あそこだ。逃すな」の声が上がった。何人かが抜刀して追いかけてきた。甚五郎は土手を一気に駆け降り、葦原へ飛び込んだ。

後方で葦を刀でなぎ倒す音が聞こえた。数人の降倭が甚五郎を追いかけ、そのまま葦原へ分け入ってきたのがわかった。強い北風は一面の枯れ葦を揺るがせ、土手の上から甚五郎の居場所は特定できない。しかも、追手となった降倭たちが葦原へ入れば、土手上から闇雲に矢や鉄砲を放つこともできなくなるはずだった。葦原の中は泥が堆《たい》積《せき》して脛《すね》の半ばまで足が埋まった。降倭たちは、重い甲冑を身に着けその分体力を消耗する。追いつかれれば殺される。ともかく体力の続く限り葦原を上流へ向かって歩き続けるしかなかった。

二

足はすぐに冷えて感覚がなくなった。枯れ葦をかき分け歩を運ぶごと、生臭い泥の匂《にお》いが立ち上った。白骨化した犬や魚の死《し》骸《がい》ばかりか、数体の人骨まで流れ着いているのを見かけた。戦場の中に身を置いていることを更《あらた》めて思い知らされた。襲撃された場所から亀浦《きほ》城までは一里未満の距離のはずだった。葦原内はぬかるみ、視界は葦に覆われてどれほど歩いたものか見当もつかなかった。甚五郎を追いかけてきた降倭たちが刀で葦を払う音はしばらく聞こえていたが、それも届かなくなった。川風に煽《あお》られ枯れ葦の打ち合う音ばかりがした。ともかく歩を前に運ぶことだけを考えた。

どれほど歩いたものか、葦の間から左手前方に岸から二丁ほど（約二百二十メートル）離れて中洲の影が見えた。右手からは洛東江《らくとうこう》へ流れ込む沢音がした。わずかに光が差していた。葦原は沢の手前で途切れることがわかった。沢の向こうに黒い山の影が見え、洛東江へ東から張り出した尾根上は不自然な段差をなして、明らかに城郭らしきものが築かれているのがわかった。それが「カトカイの城」こと亀浦《きほ》城だと思われた。目前の沢から城の麓《ふもと》までは目測で五丁ほど（約五百五十メートル）の距離があった。二間幅（約三・六メートル）の沢は岩に囲まれ速い流れで周囲の音をかき消していた。

沢の流れにまず足を入れて草鞋《わらじ》に着いた泥を洗い流した。鉄陣笠を投げ捨て、降倭を刺した時に浴びた返り血を顔から落とした。古釘《ふるくぎ》に似た血の匂いが鼻を突き、吐き気を催した。歩きながら口にした焼き握り飯を吐き出した。背後で人の気配がし、振り向きざま打ち刀の鞘を払い、上から斬《き》り込んできた相手の刀を受けた。ずっと甚五郎を追跡し葦原を追ってきた降倭がいた。相手の刀を受けた衝撃で甚五郎の手にした刀の目釘《めくぎ》が緩んだ。強い力で上から刀を押しつけられ、そのまま押し斬られると思った瞬間、兜と頬当《ほおあて》で人相を隠した降倭が、驚いたような声を漏らし急に力を抜いた。甚五郎はその隙を逃さず、右手で後腰の腰刀を引き抜くと、降倭の左太腿《ひだりふともも》を護《まも》った佩楯《はいだて》と草摺《くさずり》の間に突き刺し、相手の右足首を左足で外から引っ掛けて仰向けに倒した。馬乗りになり、忠左衛門から譲り受けたもう一振りの腰刀を抜いて頬当ごと顎《あご》を押し上げ、頬当の垂《すが》の間に突き立てた。返り血が顔にかかり、それを流れで洗い落とそうとして、また吐き気に襲われた。

葦原から後続の降倭が沢へ出てきた。八人いた。亀浦《きほ》城への通報を何としても阻止しようとしていた。甚五郎にもはや余力はなかった。だが、物心ついて以来身に染《し》みついた習癖は、刺殺した降倭の手から打ち刀を奪い取り身構えさせた。具足兜で身を固め、頬当で目だけがのぞいている八人のうち、日輪《にちりん》の前立《まえだて》を兜に飾った武者が、何か大声を発し、他の降倭が打ちかかるのを突然制止した。日輪の前立兜は鞘に刀を納め、兜緒を解き始めた。兜を脱ぐと頬当も外した。

「薩州山川《さっしゅうやまがわ》の、沢瀬甚五郎殿では？」いきなりそう発した。

刀は清眼《せいがん》に構えたまま甚五郎は「そうだ」と答えた。

「阿蘇大宮司惟光《あそだいぐうじこれみつ》が臣、岡本慶次郎です。以前、山川で鉄砲と弾薬を融通していただきました」

名乗られてみれば面立《おもだ》ちに見覚えがあった。阿蘇大宮司が隈本《くまもと》で自刃《じじん》させられた話を耳にした時に、岡本のことを思い出していた。甚五郎も主君三郎信康《さぶろうのぶやす》を家康に殺され、人ごとではなかった。

甚五郎は手にしていた刀を投げ捨てた。この日四人の降倭を殺した。ここで殺されても仕方なかった。

「このお人には、ご恩がある。薩州の商人だ。刀を納めろ」岡本がそう命じ、七人の武者も刀を鞘に納めた。

岡本が沢岸に横たわった骸《むくろ》の兜緒を解き始めた。三河《みかわ》武士が好んで身に着ける唐《からの》頭《かしら》の兜だった。頭巾《ずきん》を取り去り、頬当の紐を解いた。

「ご存じの者では？」悲痛な面持《おもも》ちで岡本は問いかけた。

甚五郎は血の気が引いていくのを覚えた。生え際《ぎわ》から髪を伸ばした顔は、すっかり頬が削《そ》げ別人のように変わっていたが、色浅黒く額が広かった。黒々とした眉《まゆ》に細い目、小造りの鼻に尖《とが》った顎、確かによく見知った人物の特徴をとどめていた。打ち刀の目釘が緩んで、相手の刀を支えきれず殺されると思った瞬間、突然相手は何かに打たれたように力を抜いた。力任せに圧《お》し切ろうとして甚五郎であることに気づき、驚愕《きょうがく》したに違いなかった。

三郎信康に仕え最後に二俣城《ふたまた》へ向かわされた途中、葦原の中で磯貝小左衛門《いそがいこざえもん》と刺客《しかく》たちを迎え撃った時のことが不意に甦《よみがえ》った。気がつけば十九年もの歳月が流れていた。あの時、小左衛門と二人で共に泥まみれになり、刺客を斃《たお》した。三郎信康に最後まで仕えた小姓《こしょう》仲間で、小左衛門の消息だけが途絶えていた。三郎信康が二俣城で自刃させられた後、小左衛門は家康の家臣団に編入されたものの、程なくして駿府から出奔《しゅっぽん》したと聞いていた。

「朋輩《ともがら》です」甚五郎はそれだけを返した。立っているのが堪《た》えがたく、骸となった小左衛門の側に腰を下ろした。何もかもが現実離れして、ひどく悪い夢を見ているとしか思えなかった。

岡本は、甚五郎が捨てた小左衛門の打ち刀を拾い上げ、骸の腰帯から鞘を引き抜いて納めた。そして、小左衛門が後腰に差していた腰刀も鞘ごと引き抜き、何を思ったかそれを甚五郎へ向けて差し出した。両手で甚五郎は受け取った。甚五郎をその場で処刑する気はなさそうだった。

三

牛車は一台も亀浦《きほ》までたどりつくことはなかった。降倭らによって松林近くまで引き戻された。降倭たちは土手上で火を焚《た》き、濡《ぬ》らした獣皮で時折火を覆い、煙を途切れさせた。その煙を合図にどこからともなく沢山の小舟が洛東江《らくとうこう》を渡ってきた。言葉から朝鮮義兵らしいとわかった。彼らは葦原から現われ、米俵を小舟に次々と運んだ。鉄砲衆の鉄砲と弾薬、諸道具の一切も持ち去った。秀吉軍が本営と定めた釜山浦《ふさんぽ》城のわずか一里ほど離れた場所で、こんなことが平然と行われていた。秀吉の考えている在地支配など、どこにも見当たらなかった。

「甚五郎殿、私どもと一緒に来ていただくしかないが」岡本が最後にそう問いかけた。

甚五郎はうなずいた。武家に生まれた者が物心ついてまず教えられるのは「望みや願いを一切持つな」ということだった。同時に「後悔するな」ということも叩《たた》き込まれる。要するに「生への執着を絶て」ということだった。戦場での生き死には、己の意志や力などではどうにもならないのだから、すべてを天運に委《ゆだ》ね預けるしかないものだった。もはや武士などではなくなって久しかった。が、己に染みついた思考は変わらなかった。拒めば死しかない。生きるならば、彼らに従うしかなかった。

甚五郎が振り返り、「骸《むくろ》はこのままに？」と岡本に尋ねた。

「野ざらしは皆覚悟のうえだ」

牛車は北へ向かって追い立てられた。牛たちは空になった車を引いてやがて亀浦城《きほ》へたどり着くことだろう。足軽はもとより、逃亡しようとした役夫は城への通報を阻《はば》むために皆殺された。甚五郎は縄目を受けることもなく、岡本らと山へ分け入った。

この日、釜山《ふさんぽ》浦城からの輸送隊襲撃を担《にな》ったのは、岡本を始め「国衆《くにしゅう》」と呼ばれた肥後《ひご》旧土豪の家臣たちが主力となった降倭隊だった。北里《きたざと》、田浦《たうら》、薗田《そのだ》といった旧土豪城主たちの一族も、加藤清正から小禄《しょうろく》を給される家臣となり、渡海したものの降倭隊に身を投じていた。

岡本などは「戦ゆえ、こんなことも起こる」と言い、小左衛門を殺すことになってしまった甚五郎の不運な巡り合わせをいたわりさえした。他の降倭たちも、小左衛門の死を悼《いた》みはしたが、甚五郎を咎《とが》める気配はなかった。結局一度も縄目を懸けられることはなかった。

小左衛門が、朝鮮王国軍部からは「沙也門《サエモン》」と呼ばれ、これまで降倭隊を率いて秀吉軍と戦った武功によって、「僉知《せんち》」なる正五《せいご》品《ほん》の官職を受けていたことを知った。小左衛門がなぜ渡海し、降倭隊に身を投じることになったのか、誰も知らなかった。文禄三年（一五九四）二月に岡本が出会った時には、すでに鹵《ろ》獲《かく》した鉄砲で朝鮮兵に射撃の指南をしていたという。

　サエモンは自らの来し方について固く口を閉ざしていたが、ただ一度きり、出自のわかることを洩《も》らし、目を潤《うる》ませたことがあったと岡本は甚五郎に語った。

「この唐の兜は、三河武士が好んで身につけると聞き及んだことがあって、サエモン殿がいとおしんで使っているようにも見えました。三河と言えば沢瀬殿に思い当たり、不躾《ぶしつけ》ながらお名前を出してサエモン殿に訊《き》いてみたことがあります」

　唐の兜を手にして語る岡本の話に自分の名前が出てきて、甚五郎は言葉を失った。

「サエモン殿は平生、何があっても動じず、寡《か》黙《もく》で声の調子も変わりませんでしたが、そのときばかりは『沢瀬甚五郎は、やはり生きていたか、それも薩摩とは』とうわずった声をあげ、笑みを浮かべました。沢瀬殿は三河の馬廻衆《うままわりしゅ》か何かではなかったかと申しあげたら、『馬廻でなく、三郎様の小姓衆だ』と」

　実直な磯貝小左衛門の姿が甦った。声までが聞こえてくるようだった。

その夜、亀浦《きほ》城から東に半里ばかり離れた沢のほとりで野営した。金井山塊《きんせい》が北にひかえ吹き下ろす風は厳しかったが、降倭たちは岩蔭で火を焚き、鉄陣笠で煮炊《にた》きをした。イワシの干物や海草のアラメ、米も味噌《みそ》もすべて輸送隊から奪ったものだった。寒さしのぎに濁り酒まで出てきた。亀浦の毛利家臣団は城補修の警固に付いているだけで、輸送隊が襲撃されたことを知ったとしても、掃討のために出撃する兵までは配置されていないという。何もかも秀吉軍は調べ上げられていた。

岡本が甚五郎にかさのある旗袋を手渡した。中の旗を広げて見よと言う。言われるまま引き出した旗は、乳《ち》付きの幟《のぼり》旗で、一丈ほどの白布に「南無観世音菩薩《なむかんぜおんぼさつ》」の七文字が大きく墨書されていた。

「この文字に見覚えはありませんか」岡本がそう尋ねた。

「小左衛門が？」

岡本が頷《うなず》いた。

「わたしどもに、小左衛門殿が繰り返し語ったのは、『わしらは、降倭などではない。日本人でもない。わしらは観世音菩薩の化身なのだ。この戦乱で最も苦しんでいるのは、衆生《しゅじょう》、下々の民である。この朝鮮でも、日本でも、恐らく明国でも、最も厄災《やくさい》をこうむるのは、いずこによらず民草《たみぐさ》なのだ。この秀吉が起こした戦乱によって、親兄弟を殺され、夫や妻や子を失い、疫病《えきびょう》は蔓延《まんえん》して皆飢餓に瀕《ひん》している。観世音菩薩は、十方《じっぽう》諸国土、あらゆる国、あらゆる場所にその姿を現わし、苦しむ衆生を救う。この朝鮮、日本、明国、大多数の苦しむ民草を救う方法は、一つしかない。秀吉の軍を一刻も早くこの地から撃退することだ』と。

甚五郎殿には、是非鉄砲術の指南をしていただきたい。日本人の足軽衆や役夫、それに朝鮮義兵と朝鮮王国軍の兵にも。これまで秀吉軍から鹵獲した鉄砲で使える物は、すべて取ってあります。火薬は充分にあります。弾丸も造っています。小左衛門殿は、朝鮮義兵ばかりか王国軍の将たちにも絶大な信頼を寄せられておりました。経緯《いきさつ》はどうあれ、かつて小左衛門殿の僚友であったと知れば、それだけで皆が従うはずです。もちろん貴殿の腕前は、わたしがよく存じあげております」

もしあの時、襲ってきた武者が小左衛門でなかったならば、甚五郎は生きていなかった。甚五郎に気付いたがゆえに、小左衛門は死ぬことになった。

「わかりました。それぐらいのことならば、お役に立てるかと存じます」

小左衛門が食べるはずの糧《かて》を甚五郎が食し、小左衛門が眠るはずだった毛皮にくるまって甚五郎は寝入ろうとしていた。

衆生被困厄《しゅじょうひこんやく》（衆生、困厄《こんやく》を被《こうむ》りて）
無量苦逼身《むりょうくひっしん》（無量の苦しみ身に逼《せま》るも）
観音妙智力《かんのんみょうちりき》（観音の妙《たえ》なる智力は）
能救世間苦《のうぐせけんく》（能《よ》く世間の苦しみを救わん）

具足神通力《ぐそくじんつうりき》（観音は神通力を具《そな》え）
広修智方便《こうしゅうちほうべん》（広く智の手だてを修《おさ》めて）
十方諸国土《じっぽうしょこくど》（あらゆる国土に）
無刹不現身《むせっふげんしん》（その姿を現わさずにはいない）

小左衛門の声が聞こえた。確かに小左衛門の声だった。

いずれ罰を受けなくてはならない。甚五郎にはそんな想《おも》いがあった。それを恐れてもいたが、心のどこかで待ち望んでもいた。それにしても、これほどの罰が下されようとは。

時を引き戻せるものならば、小左衛門が甚五郎だと気づくことなく、そのまま斬り殺されたかった。

四

蔚山《うるさん》城での悪戦によって朝鮮在陣の宇喜多秀家ら十三将が安骨浦《あんこつほ》城に集い、蔚山、梁山《りょうさん》、順天《じゅんてん》の各城を破却して戦線を縮小することを合議し、秀吉に願い出た。それに対する秀吉の返答書が石田三成らより渡海した各将に届けられたのは、二月の末だった。

『一、先年、明国の使者が謝罪を申し入れるため到来した節、城が多くては緊張に欠け、警固についた下々の者が自然にたるむのではと上様は危惧《きぐ》され、十ヶ所ほど城を引き払い、海辺の各城を手堅く守るよう仰《おお》せつけられたものである。そのうえで、二、三年に一度ずつ遼東《りょうとう》の国境まで兵を進撃させ、敵を掃討すべきであるとお考えなされ、あえて城数を少なくするよう仰せつけられたものである。ところが、このたびはその仕置きの城についてもご考慮いただきたいとの申し入れである。

上様がご覧になったことのない場所であるので、それぞれの思惑次第に任せおいたところ、敵が弱いためにどこまでも城を広げた。蔚山などでは城が完成せぬうちに、弾薬の用意も不十分なままで、明国と朝鮮の一揆《いっき》同然の者どもに攻めて来られたものである。しかも、敗走した明国と朝鮮の者どもは、ことごとく討ち果たすべきところを、結局敵を取り逃がすという失態にいたった。そればかりか、御意をうかがわず蔚《うる》山《さん》、順天《じゅんてん》、梁山《りょうさん》を引き払うべきであるなどと申しよこすことは、まことにけしからんとの仰せである。

一、兵糧は、日本の都へ届くよりも朝鮮の方へ存分に届けられているはずである。ただでさえ過分の知行をくだされておるわけで、それぞれがよく自覚し用意すべきことである。そのうえで、城に蓄えておく兵糧弾薬も手抜かりなく用意しておくべきである。城を一、二ヶ所維持することは、たやすいはずである。

一、来年は、新たに大軍を渡海させ、朝鮮の都までも陥落させるべく仰せがあるはずである。そのことをよく心得、兵糧弾薬を充分に用意し、それぞれが在城いたすべきである』

秀吉は、朝鮮における在地支配が一向に進展しないことにいらだち、渡海した諸将にその不満をぶつけるばかりで、朝鮮在陣の諸将が直面している危機を全く理解していなかった。石田三成ら奉行衆も、うすうすは渡海軍の窮地を知りながら全く絵空事のごとき指令書を送りつけてきた。

三月十三日、秀吉は、黒田長政が梁山から亀浦《きほ》城へ撤退することを許可した。ところが、黒田長政が入城して二ヶ月に満たない五月二十二日には、秀吉から破却せよとの命令が急遽《きゅうきょ》届いた。

『カトカイのこと、いらず所に候間《そうろうあいだ》、破却せしめ、黒田甲斐守《かいのかみ》は西生浦《せいせいほ》の城へまかり移り、在番つかまつるべきこと』

毛利秀元らが修復に当たり大量の資材と人夫とをつぎ込んでやっと修復が完了した亀浦城だった。秀吉は、ほとんど思いつきで城を補修したり、破却したりしているとしか思われなかった。故郷を離れて朝鮮に渡海させられ重労役を強いられたあげく、やっと築き上げた城を紙一枚で簡単に破却させられる。築城に駆り出された役夫《えきふ》たちの逃亡も絶えなかった。

五

明国経略の邢玠《けいかい》は、蔚山城での敗北を隠蔽《いんぺい》し、神宗《しんそう》皇帝に戦勝報告をしたものの、六月になって幕僚の丁応泰《ていおうたい》らによりその失態が暴露されることになった。

丁応泰は、特に蔚山で直接指揮に当たった軍務経理の楊鎬《ようこう》に関し、罪に該当する失策二十八件、羞《は》ずべき行為十件を列挙し、皇帝に奏上した。楊鎬と麻貴《まき》提督、大将李《り》如梅《じょばい》らは、多くの兵を失い潰走《かいそう》したにもかかわらず、その事実を隠蔽して戦勝報告をなしたと指弾した。

また、徐観瀾《じょかんらん》は蔚山《うるさん》での惨状を次のように上奏した。

『島山《とうさん》からの攻撃は激しく、鳥銃《ちょうじゅう》によって撃たれ死する者は城下に山をなした。連日の雨雪によって凍死する者が続出し、数えようもないほどだった。三軍が敗走するにおよんで、紀律もなく、その混乱によって死者は道を埋めるほどとなった』

皇帝は、「楊鎬《ようこう》ら、軍を毀損《きそん》し、国を辱《はずかし》め、同類を扶助して欺蔽《きへい》（欺《あざむ》き覆い隠す）した」と怒り、楊鎬を解任した。

慶長三年(一五九八) 陰暦五月

一

沢瀬甚五郎は、亀浦《きほ》で捕虜となった二月以来、慶尚道《けいしょうどう》の大邱《たいきゅう》から北東へ四里(約十六キロ)入った山中にいた。八公山《はっこうざん》が間近にそびえ、晴れた日には巨大な石斧《いしおの》に似た山頂の岩場が望めた。八公山の南には、新羅《しらぎ》時代に創建された古刹《こさつ》、瑜伽寺《ゆかじ》があり、その東側山中には銀海寺《ぎんかいじ》を初め幾つもの寺や僧坊が点在する仏教の聖地であった。だが、侵略戦に直面するこの時にあっては山陵一帯が義僧兵の出撃拠点となっていた。前年八月に加藤清正を主将とする右軍が掃討した行路から西に外れ、首都漢城《かんじょう》に向かう街道筋の星州《せいしゅう》までは、洛東江《らくとうこう》を越えて西に七里半ほどの距離があった。「降倭《こうわ》」と一口に言っても、武士や足軽ばかりではなかった。大名に一万五千人の軍役が課せられれば、いわゆる侍と呼ばれる者は千人、足軽が七千五百人、そして役夫《えきふ》が六千五百人ぐらいの割合いだった。有無を言わせず徴発されて渡海させられ、築城や架橋などの苦役を強いられ、食事も満足に与えられず、秀吉軍から逃亡し、朝鮮軍に投降してきた役夫は相当な数に上っていた。彼らは、鉄砲どころか刀さえ満足に扱えなかった。役夫は言うまでもなく、足軽も兵乱のない時には専《もっぱ》ら農耕や漁猟で暮らしを立てている者たちである。朝鮮軍に投降したり逃亡してきたりした役夫と足軽の三百五十八名に槍剣《そうけん》術と鉄砲術を仕込み、いわゆる降倭隊に鍛え上げるのが、小左衛《こざえ》門《もん》になり代った甚五郎の役目だった。誰もが、小左衛門の鎧兜《よろいかぶと》を身に着けた甚五郎を見るなり「サエモンドノ」と呼び、声を弾ませた。沢山の人々がどうしても小左衛門を必要としているのがわかった。

八公山の東側には多くの寺院とそれに付随する僧坊が無数にあった。義僧将の義厳《ぎげん》から高床で建てられた僧坊の幾棟かを降倭隊の宿舎として割り当てられた。山岳地帯ゆえに朝夕はかなり冷え込んだ。秀吉軍から奪ったものとわかる炭俵が届けられ、青銅の火桶《ひおけ》で暖を採った。食糧は不足なく届けられた。秀吉軍から鹵獲《ろかく》した米と味噌《みそ》、干し魚、アラメなどだった。義僧兵たちは自給自足を旨《むね》とし、彼らが山畑で作る麦や稗《ひえ》、菜種、小振りな大根、そのほかに山中から採集してくる片栗《かたくり》やゼンマイ、野蒜《のびる》などの野草もふんだんに分け与えられた。義僧兵は薬草にも精通し、練兵中に怪我《けが》や病気の日本人が出れば、その治療や看病に献身してくれた。

「私も、お前たちも、ここに生きているはずのない者である。『倭賊』で、朝鮮軍に囚《とら》われた者ばかりなのだから、朝鮮兵や義僧兵にいつ処刑されてもおかしくない身である。朝鮮の官民が、我々を生かしておくのは、『倭賊』と戦うがゆえだろう。だが、我々の使命は、観音の化身となり、秀吉の軍を撃退し、日本と朝鮮、明国の、苦しむ衆生を救うことにある。それを忘れるな」甚五郎は配下となった三百五十八名に繰り返しそう語った。

聖なる山中にあっても降倭隊は鉄砲での射撃訓練が許された。周辺には、雉子《きじ》や山鳥、ノロという角の短い小振りな鹿《しか》がかなり棲息《せいそく》していた。山岳地帯での狩猟は、身をもって地形を知ることにもなり、何よりの鍛練となった。弾込めと発砲の訓練を一通り終えると、甚五郎は降倭隊を連れて山へ入った。火薬も弾丸も充分にあった。甲《かっ》冑《ちゅう》を着け刀を帯びた重装備で鉄砲を手に、鹿を追って山道を一里も走れば立っていられないほど体力を消耗した。聖なる山域だが、降倭隊は必要ならば鳥獣を撃って煮《に》炊《た》きしても構わないとの許可を得ていた。獲物の半分は五里離れた公山山城《こうざんさんじょう》の避難民へ届けさせた。

戦闘は昼間ばかりとは限らない。だが、さすがに夜間に鉄砲を放つわけにもいかなかった。そこで、天候の良い五月に入ると松明《たいまつ》を手に弓による山狩りをやらせてみた。鉄砲とは違い、弓には相当な修練が要《い》った。ノロを追って一晩中駆けずり回ったが、にわか仕立ての弓狩人《ゆみかりゅうど》が獲物を仕留めることはなかった。

昔、三河岡崎で三郎信康に仕えていた頃、夏の終わりから秋にかけて石川修理亮《しゅりのすけ》や小左衛門らと山に入り、「照射《ともし》」を行った。夜間、篝火《かがりび》に鹿の目が青く反射したところを弓で射るのだが、容易に当たるものではなかった。一度見事な牡鹿《おじか》を射倒した時に、小左衛門と甚五郎の矢が突き刺さっていたことがあった。小左衛門の矢は鹿の臀《でん》部《ぶ》に矢羽根を突き立てていた。矢柄にはそれぞれの印が付けてあった。甚五郎の矢が前脚の付け根に刺さっているのを見て、小左衛門は「これは甚五郎の獲物だ」と譲ってくれたのを思い出した。何もかも、前世での出来事のように思われた。

二

六月五日、甚五郎は配下の三百五十八名に甲冑を着けさせ鉄砲を持たせて、公山山城まで行軍した。公山の山城《やまじろ》は、谷を隔てて八公山《はっこうざん》の北西に位置していた。

前年の秀吉軍再侵攻に際し、朝鮮軍最高司令官の権慄《ごんりつ》らは「清野待変《せいやたいへん》」の策を採った。兵糧《ひょうろう》の欠乏に苦しむ秀吉軍の侵攻路に食糧となるものを一切残さないという作戦である。侵攻路に位置する村落の民には、食糧と家財をすべて山城に運び込み、そこへ避難するよう命じた。公山の山城にも、戦火を逃れて二千五百人余の民が依然暮らしていた。

東南海岸に築かれた秀吉の「仕置きの城」は、年に一度ほど出撃して、抵抗する朝鮮王国軍や義兵を掃討し、秀吉が領土と思い込む南部三道から朝鮮王国の勢力を駆逐するために築かれていた。いざ秀吉軍が公山山城に来襲してきた時には、甚五郎が率いる降倭隊が防衛に当たるよう岡本慶次郎から指図されていた。各仕置きの城から公山山城までの侵攻路を考えると、来襲するとすれば蔚山《うるさん》の加藤清正軍か泗川《しせん》の島津義弘軍になると思われた。

降倭隊は、秀吉軍から鹵獲した当世具足を着け、鉄砲を携え、腰には日本刀を帯びていた。外見からは秀吉軍と見分けがつかない。そこで降倭隊であることを示すために、全員が鎧《よろい》の上から白い木綿布を襷《たすき》掛けにした。切り石を弓形に組んだ公山山城の城門をくぐると、集まっていた朝鮮の民は歓声を上げ、鉦《かね》や太鼓を打ち鳴らして甚五郎たちを迎えた。大邱《たいきゅう》の牧使《ぼくし》（地方長官）だという白髪の老人は、「サエモンドノ」といきなり呼んだ。甚五郎の通詞《つうじ》には対馬《つしま》出身の権太郎《ごんたろう》という二十三になる若衆が当てられていた。籠手《こて》をつけたままの甚五郎の手を老人は両手で握り、届けられるノロや山鳥の礼を述べ、「降倭隊の方々が近くにいることはとても心強い」と付け加えた。

昨年八月十六日、南原《なんげん》城での戦いにおいて、宇喜多秀家、小西行長、島津義弘、藤堂高虎らの精兵に攻められ、南原城は陥落した。南原城防衛のため明国軍から派兵された守将の楊元《ようげん》は、敗色濃厚と見るや配下の明国兵といち早く城を脱出した。城に立て籠《こも》り兵を率いていた朝鮮軍の李福男《りふくだん》、金敬老《きんけいろう》、申浩《しんこう》、呉応井《ごおうせい》らはすべて戦死し、民衆は婦女子にいたるまで戦闘に加わって死んでいった。なかでも降倭隊は、城壁に先登して秀吉軍を迎え撃ち、死力を尽くして奮戦した。彼らもまた南原城と運命を共にしたが、降倭隊による捨て身の力戦は朝鮮民衆の語り種《ぐさ》となっていた。

公山の山城は、北西から東南へ延びる山頂を石壁で囲み、四方の城門と西南に中門が設けられていた。山城の民衆を守るためには、鉄砲での迎撃が不可欠だった。が、日本の城とは違い、朝鮮の山城は城壁に鉄砲狭間《はざま》など空けられていない。城門に迫った敵を横から掃射できるような城壁構造もなかった。城壁といっても、山頂をとりまくように石の塀がめぐらされているだけで、迎撃するには死角が多く、敵の銃撃から身を守る遮蔽物《しゃへいぶつ》も設けられていなかった。救いは峻厳《しゅんげん》な山陵上に築かれていることで、よほどの大軍で襲来しない限りは、そう簡単に城壁までたどり着けない立地にあった。ともかく、崩れかけた石壁を補修し、少しでも高く石壁を築くことにした。甚五郎の降倭隊は、役夫として渡海させられた者がほとんどで、彼らは各地の築城に当たっており、石を選んで組み合わせ堅牢《けんろう》に積み上げる技術を持っていた。山城に避難していた朝鮮の民も、こぞって石運びや石積みに手を貸した。香辛料の強い、温かい食事を避難民たちが用意してくれた。

秀吉軍の動向は、逐一義僧兵から伝えられた。三月末には洛東江河口から五里さかのぼった梁山《りょうさん》城が破却され、梁山の黒田長政軍は三里下流の亀浦《きほ》城に入った。ところが、五月の末に黒田長政軍は東海岸の西生浦《せいせいほ》城へ移動し、修復したばかりの亀浦城も破壊されたという。ここへ来て、秀吉軍は戦線を縮小し内陸部から東南海岸にへばりつくことを始めていた。

それに対して明国軍も一大掃討戦を計画していた。明国軍は十四万もの大軍を朝鮮へ送り込み、三路に分けて陸上から進撃し、水軍が海上からも秀吉軍の各城を攻撃するという。当然のことながら朝鮮軍もそれに参戦することになる。にわか仕立ての甚五郎の降倭隊も動員されるに違いなかった。

立地に恵まれた山城でまとまった数の鉄砲があれば、守りの戦《いくさ》はある程度できる。

だが、城攻めとなれば容易ではなかった。蔚山《うるさん》城での戦いでも、明国軍は四万の大軍で包囲しながら結局秀吉軍の一城を落とすことができなかった。日本の城は、切り立った崖《がけ》の上に峻厳な石垣を築き、崖の斜面には畝堀《うねぼり》を刻んで敵の横移動を妨げ、無数に開けられた鉄砲狭間から敵軍を撃ち下ろす。何とか城門までたどりつけたとしても、斜めと横から敵兵を撃ち殺す構造が初めから備えられていた。

何より指揮系統が問題だった。宗主国の明から軍隊が到来すれば、明国将がすべての指揮権を持ち、朝鮮軍はその指揮下に入らざるをえなかった。蔚山城を攻めた麻貴《まき》提督は、遼東《りょうとう》の平原における騎馬戦を専らとし、複雑な仕掛けをめぐらした日本の城の攻め方を知らなかった。数に任せ、強引に寄せては兵を失って撃退された。

「天兵（明国軍）など何をしに来ているものか、全くわからない」義僧兵からも、そんな声を何度も聞いた。明国軍は、城攻めに何らの有効な手段を持たず、撃退されればすべて朝鮮兵に責任を転嫁《てんか》し、退路の村落では掠奪《りゃくだつ》の限りを尽くした。

明国軍による一大掃討戦が開始されれば、甚五郎の降倭隊もそれに参戦し、明国将の指揮下で戦うことになる。日本式の倭城は、それこそマニラのイスパニア軍が擁するような攻城用の大砲を用いなくては簡単に攻略できない。またも兵数だけを頼んで力攻めを敢行すれば、蔚山城での惨敗《ざんぱい》を再び味わわされることになると思われた。

三

四月十八日、秀吉は六歳になった秀頼をともない御所に参内《さんだい》した。三月十五日醍醐寺三宝院での花見からこの日まで、秀吉が伏見城を出ることはなかった。前年、秀頼は五歳で元服し、この二日後の四月二十日には中納言に任官された。

文禄二年（一五九三）閏《うるう》九月に伏見屋敷に居を移して以来、秀吉はほとんどの日々をこの地で過ごした。秀吉が隠居所として伏見屋敷を構えることを決めたのは、朝鮮へ軍を侵攻させた文禄元年の八月だった。文禄三年三月になって、伏見の指月《しげつ》に築城が開始されたが、それは単に一つの城を築くことにはとどまらなかった。

秀吉は京都の水門を一手に伏見で掌握しようと考えた。文禄三年十月、秀吉は前田利家に命じ、巨椋池《おぐらいけ》の東岸沿いに堤を築かせ宇治川の流れを延長させた。これによって、それまで大津に通じ東国へ向から門戸となっていた東の岡屋津《おかのやのつ》は、宇治川の急流に阻まれ廃港に追い込まれた。巨椋池の西岸に位置した淀津《よどのつ》も、京都への水門として重要な港だったが、伏見築城によって意味の失《う》せた淀城を破却し、加えて淀から伏見までの北西岸に舟が入れないよう堤防で塞《ふさ》いだ。結果として大坂から都へさかのぼる淀川の水運は、伏見の一港のみに集中されることになった。また、伏見の港は、淀川を通じて大坂湾に出、瀬戸内海から玄界灘《げんかいなだ》、そして朝鮮半島へ通じる起点にも位置づけられていた。

陸路においても、京都と奈良とを結ぶ大和《やまと》大路は、古来巨椋池の東岸を迂回《うかい》する形で南北に延びていた。岡屋津を塞ぐ形で東岸沿いに堤を築かせると同時に、秀吉は巨椋池東岸の小倉《おぐら》から伏見までの堤を築き、湖水上に南北を結ぶ一本道を通した。大和大路が宇治川を渡河する橋を撤去して、奈良から巨椋池東岸の小倉にいたり湖上縦断路を渡って伏見城下に、そして京都へいたるものに改変してしまった。これによって山城《やましろ》盆地を貫通する大和大路ばかりか、大津から東国へ向かう要路も、伏見城において一望のもとに把握されるものとなった。

文禄五年（一五九六）閏七月十三日の京畿《けいき》大地震によって指月の伏見城は倒壊した。だが、翌日には巨椋池の北、木幡山《こはたやま》へ新たな城を築く作業が着手された。その前年、関白秀次《ひでつぐ》の失脚にともない京都の豊臣家政庁であった聚楽第《じゅらくてい》は破却されていた。木幡山上に築かれた巨大な伏見城は、朝廷の置かれた京都と商都大坂の間に君臨する秀吉の力の象徴にほかならなかった。

秀吉の体調不安は、伏見に築城を開始した文禄三年の春頃より囁《ささや》かれていた。その年五十八を数えた秀吉は、神経痛と思われる手足の痛みに悩まされていた。秀吉が失禁したことを関白秀次の祐筆《ゆうひつ》が記したのは、その年の四月十五日夜である。翌四年には昼夜咳《せき》が止まらず、八月に卒倒して一時意識を失った。その以前にも何度か目眩《めまい》に襲われ倒れていた。失禁や卒倒は慢性病の末期にしばしば現出するものだった。

それから三年を数え、秀吉もこの慶長三年には六十二歳を迎えていた。伏見城で五月五日の節句を祝ったあたりから病状は重くなり、五月七日に予定されていた有馬《ありま》への湯治も中止された。六月二日より足腰が立たなくなり床に伏せるばかりとなった。だが、同月十六日には、木食上人応其《もくじきしょうにんおうご》の願いに応《こた》え高野山金剛峯寺《こうやさんこんごうぶじ》の金堂を伏見に移すことになり、その普請《ふしん》場へ足を運んだ。十五日間満足に食事も採れない病状だったが、秀吉の尋常ならざる気力は病床での鬱気《うっき》を払おうとさせた。それが病状を一段と深刻なものにした。

六月二十七日、秀吉は朝鮮の戦況と在地支配の状況を気にし、「朝鮮のことは加藤主計頭《かずえのかみ》(清正)に一任する。朝鮮国王が詫《わ》びるならばこれを許す」と朝鮮在陣の清正はじめ大名衆に伝えた。明国征服どころか、朝鮮南部三道の支配すら遠いものとなっていた。朝鮮に関して秀吉が公式に指令したのは、これが最後となった。

七月二日、秀吉は意識を失い一時昏睡《こんすい》状態となった。京都や大坂、伏見をはじめ各寺社ではしきりに病平癒《へいゆ》の護摩《ごま》が焚《た》かれ祈禱《きとう》が行われた。「太閤重篤《じゅうとく》」の報は、いよいよ巷間《こうかん》にも知れ渡ることになった。

七月十三日、正式に五大老と五奉行の制度を定め、自身亡《な》き後の世継ぎ秀頼と豊臣家の安泰を彼らに託した。政権を担《にな》う五大老として、徳川家康、前田利家、毛利輝元、上杉景勝、宇喜多秀家の五大名が定められた。五奉行には、石田三成、前田玄以《げんい》、浅野長政、増田長盛、長束正家《なつかまさいえ》が任じられ、従前どおり政務の執行に当たることとなった。

七月十五日、朝鮮に在陣する大名を除き、日本にいる西国大名は伏見城に、東国大名は大坂城へすべて集められた。それぞれ秀頼と豊臣政権への忠誠を神前に誓う起請《きしょう》文《もん》を記し、伏見城では家康に、大坂城では利家に提出した。

七月二十五日、秀吉は、禁中《きんちゅう》を初め公家《くげ》と門跡《もんぜき》、諸大名へ遺物として金銀や刀剣を分配した。禁中には銀千枚、門跡と公家にはそれぞれ黄金三枚。諸大名あてに黄金三百枚、太刀や名刀なども男女の別なく与え、総額数千万両にもおよぶといわれた。

八月に入ると「太閤薨去《こうきょ》」の噂《うわさ》が畿内一円に流れた。絶対的な権力と軍事力を保持した秀吉が死去すれば、再びの乱世である。この五月以来、家康は伏見城に詰めていた。以前から家康が反旗をひるがえすとの噂が絶えなかった。また逆に太閤の恩顧を語ってやまない者もいた。いずれにせよ一働きして身を立てるのはこの時とばかりに、諸国の浪人をはじめ代官や大名家の給人《きゅうにん》までもが武具を備え、徒党を組んで伏見城下に到来するようになった。二十九を数える町人町は早々と大戸を閉ざし、都とを結ぶ京町通りや両替町《りょうがえまち》通りも人の足が遠のいた。太閤のお膝元《ひざもと》として大層な賑《にぎ》わいを見せていた伏見城下も灯の消えたような有様だった。伏見城からも再三警固の人数を出して悪徒を追い返すことが繰り返された。前田玄以らの五奉行は、これらの輩《やから》はもちろんのこと、主人のある場合にはその者も厳罰に処すとの触れを出さざるをえないほどとなった。

八月五日、秀吉は五大老に宛《あ》て遺言状をしたためた。

『返す返す、秀頼事、たのみ申し候《そうろう》。五人の衆たのみ申し上げ候、たのみ申し上げ候。委細五人の者に申しわたし候。なごりおしく候。以上。

秀頼事、成りたち候ように、此《こ》の書付候衆として、たのみ申し候。なに事も、此のほかには、おもいのこす事なく候』

八月十八日、秀吉は伏見城にて息を引き取った。享年《きょうねん》六十二だった。

八月二十二日、家康と利家ら大老は、朝鮮在陣の全軍撤退を早々と決定し、使者として徳永寿昌《ながまさ》と宮城豊盛《とよもり》の二人を朝鮮へ派遣することにした。豊臣政権にとって最も重荷となっていたのは、朝鮮の在地支配なるものだった。秀吉亡き今、朝鮮の南部三道支配にこだわる者は誰もいなかった。いかにして朝鮮から全軍を撤退させるか。問題はそれだけだった。

この時、朝鮮にはまだ六万四千七百余人の秀吉軍が駐留していた。慶尚道《けいしょうどう》の各城と主な在番は、蔚山城《うるさん》に加藤清正、西生浦《せいせいほ》城に黒田長政、釜山浦《ふさんぽ》城に森吉成、金海竹島《きんかいちくとう》城に鍋島直茂、固城《こじょう》に立花宗茂、泗川《しせん》城に島津義弘、南海《なんかい》城に宗義智、そして、全羅《ぜんら》道《どう》の順天《じゅんてん》城を小西行長が守っていた。

家康は、上方《かみがた》にいた前田利家と毛利輝元、宇喜多秀家の三大老に諮《はか》り、朝鮮から撤退する際の要件として次のことを決め、徳永と宮城に指令した。

『和睦《わぼく》については、先に太閤様は加藤主計頭（清正）に一任すると命じられた。とはいえ、加藤の手に余るならば、誰かが成し遂げねばならぬものゆえ、必ず話をまとめるように。才覚が何より肝要である。油断してはならない。

和睦の子細は、朝鮮王子が人質として日本に来れば何よりだが、それが無理であるならば貢《みつ》ぎ物でよしとする。あくまでも日本の外聞に関わるだけのことなので、貢ぎ物の多寡《たか》は問わない。おのおので相談し、しかるべき形になるよう定めること。

各軍を迎える船については、太閤様が仰《おお》せつけになった新たな百艘《そう》と諸港の舟二百艘、合わせて三百艘を順次朝鮮へ差し向ける。また、安芸宰相《あきさいしょう》（毛利秀元）と浅野弾《だん》正《じょう》（長政）、石田治部《じぶ》（三成）の三名を博多へ遣わすので、そちらの都合により、渡海するなりして相談していただきたい』

四

「秀吉死す」の報が朝鮮に伝わったのは早く、まだ八月中のことだった。漢城の国王宣祖《せんそ》のもとには次々と各地から早馬が到着した。八月二十日、慶尚道司令官の成允文《せいいんぶん》が密書を送ってきた。

『捕虜となっていた者が逃げ戻って申しますには、関白（秀吉）の病が重く、凶賊は陣を撤収し日本へ帰ろうとしています』

同日、全羅道の水軍司令官李純信《りじゅんしん》からも密書が届けられた。

『日本から逃げ戻った者が来て申しますには、関白は七月の初めに病死し、凶賊は退却して日本へ戻るとのことです』

慶尚道の観察使鄭経世《ていけいせい》からも八月二十三日、速報が届いた。

『関白は重病であると言われています。あるいは、すでに死すとも耳にしました』

最高司令官の権慄《ごんりつ》は、八月二十七日になって国王宣祖に上奏した。

『間諜《かんちょう》の者が申しますには、本月八日、西生浦《ソセンポ》の賊が釜山《プサン》に移り、兵糧や様々な物品を連日、船で日本へ運び出しているとのことです。関白がすでに死んだためだと申します。あるいは、南蛮人の軍が日本に襲来し、それと戦うために、朝鮮に駐屯する軍を収めて帰るのだと申す者もおります』

いずれにせよ秀吉の身に重大なことが起こり、朝鮮に駐留する秀吉軍が急ぎ撤収して日本へ戻ろうとしているのは確実だと思われた。その報《しら》せは漢城から即座に北京《ペキン》へ伝えられた。

北京の総督（軍務相兼最高司令官）邢玠《けいかい》は、三月に朝鮮の秀吉軍を駆逐するため、軍務経理（次官）の楊鎬《ようこう》と全軍を四路に分けて進撃させる計画を立てていた。ところが、楊鎬は蔚山《うるさん》での敗北を隠蔽《いんぺい》し皇帝に戦勝報告をした非を指弾され、六月に罷免《ひめん》されていた。後任には万世徳《まんせいとく》が就いた。

漢城から次々と届けられる秀吉死去と秀吉軍撤退の報は、邢玠にいよいよ全軍進撃の時機が到来したことを教えた。九月に入ると邢玠はその陣立てを各軍に指令した。

東路軍は、加藤清正の蔚山城攻略を目指し、引き続き麻貴《まき》提督が指揮する。配下の明国軍は兵二万四千、それに朝鮮軍の五千五百名が参加する。

中路軍は、島津義弘の泗川《しせん》新城攻略を目指し、董一元《とういちげん》提督が率いる。これには明国軍一万三千五百名に朝鮮軍二千三百名が加わる。

西路軍は、小西行長らが在番する順天倭城《じゅんてんわじょう》の攻略を目指し、劉綎《りゅうてい》を大将として、明国軍一万三千六百名、朝鮮軍一万名を差し向ける。

これら三路の軍に、海から秀吉軍の補給路と退路を断つため、陳璘《ちんりん》率いる浙江《せっこう》・広《カン》東《トン》・直隷《ちょくれい》の明国水軍一万三千二百名が出撃する。これには李舜臣《りしゅんしん》率いる朝鮮水軍七千三百名が参加することになった。

三道水軍統制使（朝鮮水軍最高司令官）李舜臣は、この年五十四歳を迎えていた。二月半ば、李舜臣は水軍本営を海南《かいなん》の珍島《ちんとう》から十二里半（約五十キロ）東の古今島《ここんとう》に移していた。それでも、最も近い順天倭城まで海路三十五里（約百四十キロ）の距離があった。

前年七月の漆川梁《しつせんりょう》海戦で元均《げんきん》が大敗し、朝鮮水軍の二百余艘を数えた兵船はわずかに十三艘を残すだけとなっていた。七年におよぶ秀吉軍の侵攻で国土は荒れ、兵船を建造したくとも、漢城府からその資金を引き出せるはずもなかった。

古今島は、全羅道康津《こうしん》の南海上に位置した。東に助薬島《じょやくとう》、西に莞島《かんとう》、そして南には薪智島（しんちとう）が控え、四島に挟まれた長直路（ちょうちょろ）湾は波穏やかで、格好の停泊地となっていた。

李舜臣《りしゅんしん》は、この長直路を行き来するあらゆる船に通行税を課した。大船は米三石、中船二石、小船一石とし、数ヶ月にして一万石余の軍資を得た。不世出の水軍将「李舜臣」の名は、戦火から逃れて離島山野にひそむ人々を古今島に集め、その中には優れた腕を持つ船大工や鋳造工がいた。長直路の通行税で得た収益をつぎ込み、李舜臣は兵船と大砲を造らせた。

七月十六日、明国水軍都督（司令官）陳璘《ちんりん》は、総勢一万三千余名のうち五千人の水軍兵を率いて古今島《ここんとう》に海路到来することになった。陳璘については、すでに朝鮮でも暴猛で知られ、気に入らないことがあれば所構わず部下を殴打《おうだ》し、忠清道の唐津《とうしん》に進駐してからも朝鮮軍将兵を虐待《ぎゃくたい》してやまなかった。

陳璘が、朝鮮士官の礼を欠いたことに怒り、顔面が血で染まるまで引きずって痛めつけたことがあった。その様を見た領議政（総理）の柳成龍《りゅうせいりゅう》は、許してくれるよう通訳官を通して申し入れたが陳璘は受け付けなかった。明国水軍の総督である自分が、朝鮮王国軍の怯懦《きょうだ》を戒めるのは当然であると言う。明国水軍の掃討戦に李舜臣の朝鮮水軍が組み込まれてしまえば、「李舜臣の軍は敗れるしかない」と柳成龍は嘆いた。この明国の猛将と李舜臣が協同戦線を組めば、必ず指揮権を陳璘が独占し、朝鮮の海域を知り尽くした李舜臣の作戦に横から口を出して反古《ほご》にするに違いなかった。逆らえば怒り狂い、従えばとことん暴虐を尽くす。朝鮮水軍は秀吉軍と戦う前に陳璘によって破壊させられるとしか見えなかった。

その十六日、李舜臣は自ら徳洞《とくどう》の船着まで足を運び、陳璘を出迎えた。李舜臣は朝鮮国王から提督に対して下賜《かし》される黄土色《おうどいろ》の鎧衣《がいい》を身に着け、頭頂に玉鷺《ぎょくろ》の付いた鉄《てつ》兜《かぶと》、腰には黄金の虎《とら》を飾った革帯を締めていた。満面に笑みを浮かべ、遠路の到来を李舜臣は陳璘に感謝した。そして、陳璘以下の将士を港近くの館《やかた》に自ら案内し、大量の美酒と山海の珍味でもてなした。陳璘の到来に合わせ、狩猟と漁獲を部下の兵に命じて盛宴を準備していた。

李舜臣の武名は、陳璘も常々耳にしていた。李舜臣は礼を尽くしながらも、威風を失わず、まるで旧知の友を迎えるがごとき余裕すら感じられた。それまで目にした朝鮮将とは、漂う雰囲気からして異なっていた。李舜臣配下の将士たちもまた、船着《ふなつき》から迎賓の館まで道脇《みちわき》に軍装で整列し、微動だにしなかった。館での酒や料理も、それまで駐留した唐津などとはまるで違っていた。陳璘は酒杯を交わしたが、李舜臣がその威厳と余裕とを失うことはなかった。明国水軍の鄧子龍《とうしりゅう》や陳蠶《ちんさん》ら副将以下もしたたか美酒に酔い、「聞いていたとおりの良将である」と李舜臣を讃《たた》えた。

たとえ相手が暴虐で聞こえた陳璘《ちんりん》であっても、李舜臣《りしゅんしん》の意志は変わらなかった。いかに陳璘と合意の枠組みを生み出すかにかかっていた。その合意とは、戦功はすべて陳璘に譲るが、朝鮮の海域における指揮権は自分が握るというものにほかならなかった。そのためには、李舜臣の立場はあくまでも崩さず、李舜臣と組むことによって陳璘に利点を与える必要があった。それを陳璘に呑《の》ませる機会はほどなくして到来した。

二日後の十八日早朝、李舜臣は迎賓館に出向いて陳璘と会った。古今島《ここんとう》を目指して来たと思われる倭賊の一船団があり、すぐに出撃することを告げた。

「これより以後、朝鮮海域における戦功は、すべて陳提督のものです。朝鮮の海域は島が無数にあり、海岸線が複雑に入り組んで潮流は乱れ、なかなか一筋縄では船を運べません。まずは朝鮮水軍の戦をご観覧いただきたい」

連日の盛宴のうえに、戦功はすべて陳璘に捧《ささ》げるというのだから、陳璘はうなずき返すしかなかった。軍監として副官の陳蠶《ちんさん》を李舜臣の旗艦に同乗させることにした。

この早朝、秀吉水軍の十六艘からなる一船団が、光陽《こうよう》半島麗水《れいすい》の南西里半（約十八キロ）の岬に停泊しているのを見たと漁民が李舜臣のもとへ報《しら》せに来た。おそらく秀吉軍船団は順天倭城か南海倭城から、突山島《とつざんとう》との海峡を西に抜け、そのまま南西に向かって航行し、その岬で一泊したものと思われた。船数から、古今島の朝鮮水軍を掃討する前に偵察するための船団だろうと李舜臣は判断した。光陽半島の北西奥に順天倭城は築かれていた。順天倭城から光陽半島の東側に張り出した岬をめぐり、突山島との海峡を過ぎて西側の岬までが十二里半（約五十キロ）、つまり一日の航行距離である。

追い風と海流とを考えれば、秀吉水軍は十二里半ほど西進し、夕刻には居金島《きょきんとう》の南海上に達する。そのまま居金島の南側の湾へ入り、上陸して食事と休息に入るものと思われた。古今島の徳洞から居金島までは七里半（約三十キロ）、これから出撃すれば、昼過ぎには李舜臣の水軍が先に居金島へ到着する。

日没が近い酉《とり》の刻（午後六時）過ぎ、中型の関船《せきぶね》七艘と小型の小早船《こばやぶね》九艘からなる秀吉水軍は、居金島南側の湾に入ろうとしていた。ここまでに李舜臣が古今島で建造した亀甲船《きっこうせん》十五艘と、中型の挟船《きょうせん》八艘、そして大型の板屋船《ばんおくせん》一隻《せき》が、先に到着していた。板屋船の船楼の上には李舜臣とともに明国水軍の副将、陳甕の姿があった。

すでに朝鮮水軍は食事を終え、満潮に合わせて出撃するばかりとなっていた。それに対して、十二里半を航行し続けた秀吉水軍は、漕《こ》ぎ手や操舵《そうだ》、操帆に当たった水夫が疲れ切っていた。どの軍船も給水と食事のために一刻も早く居金島に上陸することのみを考え、船列隊形を乱していた。

月が沈んで、少し経った戌《いぬ》の刻（午後八時）頃、攻撃を促す太鼓の乱打が響き、湾口から乱雑に侵入してきた秀吉軍船に朝鮮水軍が襲いかかった。最初に湾口へ到来した小早船三艘と関船一艘が、亀甲船三艘にそれぞれ取り囲まれ玄字砲《げんじ》を浴びた。亀甲船の一艘は関船に体当たりして船板を突き破り、挟船からは地字砲《ちじ》の火箭《かせん》が放たれた。鉄板の装甲を持たない関船は炎上した。

前年七月の漆川梁《しつせんりょう》の海戦で壊滅したはずの朝鮮水軍がすっかり甦《よみがえ》っていた。停泊するために入った湾で予想もしなかった待ち伏せを食らい、秀吉軍船は恐慌《きょうこう》したまま圧倒されて、一方的な攻撃にさらされることになった。小早船には鉄砲十挺《ちょう》があるだけで、関船にも大砲がせいぜい三門、鉄砲二十挺ほどしかなかった。李舜臣《りしゅんしん》は、光陽半島より西の海域に進出してきた秀吉軍船は二度と帰還できないことを教えればよかった。自軍の兵を失う危険は避けて、敵船に乗り込んでの白兵戦は最低限にとどめるつもりだったが、及び腰になった秀吉水軍の関船に船舷《せんげん》を合わせるなり朝鮮兵は次々と躍り込んで兜首《かぶとくび》の四十を挙げた。朝鮮水軍にも重傷の者三名を含む二十八名の負傷者は出したが、秀吉軍の兵が陸地に逃れようとして放棄した関船六艘を拿捕《だほ》し、残る関船一艘と九艘の小早船はすべて焼き討ちした。

軍監として旗艦に同乗した陳璘《ちんさん》は、李舜臣が、まるで秀吉水軍がそこへ来ることを予見していたかのように居金島《きょきんとう》の南の湾へまっすぐ軍船を進めたことにまず驚いていた。しかも、李舜臣が案出したという奇怪な形をした亀甲船の性能と、自軍兵は最小限の被害にとどめ敵の偵察船団を全滅させたその手腕に声もなかった。

翌十九日の昼、徳洞《とくどう》に帰還した陳罍は、李舜臣から渡された四十の首級《しるし》をすべて携えて陳璘提督にまみえ、驚嘆すべき李舜臣の才をありのままに上申した。拿捕した関船六艘も四十の兜首も、李舜臣の前言通り、すべて陳璘の戦功とした。

『統制使、経天緯地《けいてんいち》の才、補天浴日《ほてんよくじつ》の功あり』陳璘は朝鮮国王に対しこの報告書をしたため、李舜臣の天与の軍才を絶賛した。

慶長三年（一五九八）陰暦九月

一

寒気の迫る九月下旬、明国の軍務経略（総司令官）邢玠《けいかい》による四路進撃は、朝鮮王国から秀吉軍を一気に駆逐すべく開始された。

九月二十一日、東路軍は、前年十二月と同じく麻貴《まき》提督を大将として、加藤清正の守る蔚山《うるさん》城を目指し、慶州《けいしゅう》より進発した。最も凶悪な賊将は「キヨマサ」であり、その城を焚滅《ふんめつ》しない限り秀吉の野望も死滅することはない。兵力を四路に分散したため、東路軍の兵数は、当初の計画では明国軍二万四千名に加え朝鮮王国軍五千五百名、合わせて二万九千五百余だった。だが邢玠は、七千五百名の明国兵を増員し、このたびの蔚山城征圧に三万七千余名を差し向けた。

東路軍が前線基地となす慶州から東南海岸の蔚山城までは八里二十七丁（約三十五キロ）離れていた。蔚山城に在番する加藤清正軍は一万の兵。清正は、苦戦を強いられた前年冬の経験から、明国軍の再襲来に備え、慶州の監視を怠らなかった。同時に蔚山城の周囲にめぐらせた三重の防禦柵《ぼうぎょさく》を補修し、兵糧《ひょうろう》や武器弾薬も八ヶ月の籠城《ろうじょう》にも耐えうるだけ城内に備蓄した。それでも、平野から独立した島山《とうさん》上の城に水の手がないことは変わりなく、城のすぐ南を流れる太和江《たいわこう》に頼らざるをえなかった。物見から「慶州に大軍集結」の報を受けると、城内に用意した桶《おけ》と樽《たる》に水を貯《た》め置くことを始めた。

この日、慶州より大軍出撃の報《しら》せに、清正は千名の兵を防禦柵に配置した。防禦の木柵は、太和江の流れる南側を除き、島山の麓《ふもと》を西北東の三面にわたって築かれていた。柵の外には、幅三間半（約六・四メートル）、深さ二間（三・六メートル）の空堀《からぼり》をめぐらしてあった。

未《ひつじ》の刻（午後一時半頃）、明国軍の先鋒《せんぽう》は、蔚山城の防禦柵に迫った。先鋒軍を率いていたのは解生《かいせい》と楊登山《ようとさん》の両将だった。二人とも前年九月、忠清道《ちゅうせいどう》の稷山《しょくさん》において黒田長政軍との悪戦を味わっていた。

朝鮮王国では三大勝利に数えられる「稷山の戦い」も、実際に解生の軍が挙げた首級《しるし》はわずかに二十九を数えるのみだった。解生《かいせい》と楊登山《ようとさん》には、白兵戦における黒田勢の猛攻が脳裏深く刻まれていた。

楊登山は、前年十二月の第一次蔚山《うるさん》城攻撃にも兵を率いて参戦していた。

いずれの戦いも、朝鮮国王と神宗《しんそう》皇帝には大勝として上奏されたが、実状はかなり異なるものだった。しかも、「ナガマサ」の軍が、蔚山城から南に六里半（約二十六キロ）ばかり離れた西生浦《せいせいほ》城に在陣していることを解生も楊登山も知っていた。

解生と楊登山は、蔚山城の北から防禦柵に迫り、城の西と東に軍勢が到着するのを待って攻撃を開始した。ここに再び蔚山城攻略の火蓋《ひぶた》が切られた。明国軍は一斉に大《だい》将軍《しょうぐん》砲を始めとする火砲を放ち、三方から攻めたてた。防禦柵の清正軍兵は、こらえきれず島山上の城に撤収した。明国と朝鮮の大軍が防禦柵を破壊し、空堀に板を渡して島山の麓を包囲した。

翌二十二日、いよいよ麻貴《まき》は島山上の蔚山城攻略に取りかかった。北側の三の丸城門と東に面した二の丸城門を目指して麓から兵を進撃させた。島山の大樹は切り倒されて枝を下にし、山の斜面に並べられていた。枝が邪魔になって直登《ちょくとう》は難しく、登りやすい経路をたどって石垣の下に出ようとすると、待っていたように頭上からの狙撃《そげき》にさらされた。何とか石垣の下にたどりついた明国兵が下から火砲を放っても、城壁が弾丸を吸い込むばかりでほとんど城兵には当たらず、逆に鉄砲狭間《はざま》から撃ち下ろされ、明と朝鮮軍の側が死傷者を重ねるばかりだった。清正の兵が出入りする城門を強引に突破するしかなく、北に面した三の丸の門と、東に面した二の丸の門へ明と朝鮮の軍兵は殺到した。すると、城門前の枡形《ますがた》へ明国兵が集まるのを見計らったように、前方の櫓《やぐら》ばかりか、横の城壁に開けられた無数の狭間から鉄砲が一斉に放たれ、逃げ場もないまま明国と朝鮮の兵は撃ち斃《たお》された。前年冬の蔚山城攻めと同じことの繰り返しだった。島山の麓は押さえても、山上に位置する倭城《わじょう》はまたしても攻略できなかった。

朝鮮王国からの報せでは、すでに秀吉が死に、朝鮮に在陣する兵も近々日本へ引き上げるという。麻貴は、朝鮮に在陣する秀吉の全兵数は七万に満たないことを知っていた。しかも、四路から進撃することによって、順天の「ユキナガ」と泗川《しせん》の「シマヅ」も釘付《くぎづ》けにされ、蔚山城への援軍は容易《たやす》く出せなくなる。配下部将の解生や楊登山がしきりに気にする西生浦の「ナガマサ」も、せいぜい五千ほどの兵しか持っていないため、蔚山城攻めの最中に敵の大軍に背後を遮断され、城兵との挟み撃ちに遭うという危険だけはなかった。だが、前回と同じく持久戦に持ち込み籠城した城兵を干し殺しにするには、厳寒の季節が差し迫っており時間がかかり過ぎた。

二

九月二十五日、すでに朝夕の冷え込みは一段と増していた。蔚山《うるさん》の冬がいかに厳しいものか、麻貴《まき》は身をもって知っていた。海が近く直接吹きつける北風は野に陣する人も馬も凍えさせ、戦う前に病馬と病死者を続出させた。蔚山で陣を共にした軍務経理(次官)の楊鎬《ようこう》は、敗北を隠し戦勝を上申したために罷免《ひめん》されていた。手をこまいて再び敗走を重ねれば、次は麻貴自身が同じ目に遭わされる。前回の蔚山城攻撃で全軍を指揮した麻貴も、実は楊鎬と同罪だった。明国朝廷があえて麻貴を罷免せず、再び蔚山へ差し向けたのは、ここで功を立て罪を償えとの意味であることは麻貴にもよくわかっていた。城に籠《こも》られれば打つ手はなくなる。ともかく清正の兵を城外へおびき出し、追走させて、途中に潜ませた伏兵によってたたくしかないと麻貴は決心した。清正軍を城外へおびき出すためには、まず攻めに徹する必要があった。

翌二十六日早朝、麻貴は、配下全軍に山斜面の逆茂木《さかもぎ》を撤去せよと厳命した。秀吉軍には銃身のやたらと長い狙撃用の大狭間《おおはざま》鉄砲があり、多少の犠牲を出すことは覚悟の上だった。前年冬の城攻めでは、朝鮮軍や降倭《こうわ》隊の進言などに耳も貸さなかったが、兵数に任せて強引に力攻めを敢行して失敗した。その経験は麻貴に防弾の竹束《たけたば》を多数用意させ、四つ車を付け鉄板を張り付けた大楯《おおだて》を四十台造らせていた。いずれも、日本の城攻めで用いる防具である。大楯を押し上げて城門に迫り、そのまま城門を突破する構えだった。

多数の兵を動員して北側斜面の逆茂木を取り除き、段差をなして築かれた空堀を埋めていった。櫓《やぐら》から散発的な狙撃に遭い死傷者こそ出したものの、昨冬における迎撃に比べれば不気味なほど静かだった。城門から兵が突撃してくる気配もなく、大楯を押し上げて最も低い北西側三の丸の城門に迫った。

大楯を押し入れようと空堀に板を渡し、城門にいたる枡形に入った時、投げ焙烙《ほうろく》が頭上から投下された。薄い銅製の球に火薬と鉄片を詰め、導火線に火を点《とも》して投下するその兵器の爆発によって、大楯を押していた五人の兵と、楯の内にいて火箭《かせん》を撃ち込もうとしていた砲手までが斃れた。後方に続いていた大楯の三台も、櫓の上から次々と投下される焙烙によって死傷者を出し、残りの大楯を放置したまま島山の麓へ退却するしかなかった。城兵が追撃してくることを前提に伏兵隊を麓へ待機させていたが、城門から兵が出てくる気配もなかった。

明国兵も、朝鮮兵も、まるで前年冬の悪夢をそのまま見続けているようだった。島山の麓に丸木の小屋掛けをして野営の日を重ねるごと、寒風にさらされた馬が倒れ、病臥《びょうが》する兵が続出した。麻貴の無能は、すでに前年の敗走で明らかになっていた。城に籠られれば打つ手なく、野営のために戦わずして明兵と朝鮮兵に甚大《じんだい》な損害が出た。おのれの無能を棚に上げ、麻貴はささいなことで配下の将兵を処刑した。すでに解生や楊登山《ようとさん》らの明国部将も、麻貴の指揮能力を見限っていた。

清正は不気味なほど動かなかった。明国軍が仕掛けてきた時に、城へ引きつけるだけ引きつけて鉄砲や焙烙で撃退することに徹していた。明軍兵が島山から下りても、麓まで追撃することは一度もなかった。城兵は夜討ちにさえ出てこない。今度は幾日でも籠城する用意があるとばかりに、清正の方から使者一人送ってくることがなかった。

十月二日、明国と朝鮮の軍は、島山麓《とうさんろく》の野営を撤収し始めた。慶州への街道沿いに伏兵を配置し、追撃してくる清正軍を急襲するしかなかった。野営小屋に火を放ち、三万数千の軍列は白煙の中を慶州へと撤退していった。その麻貴の擬装撤退にも、清正は追撃の兵を出すことはなかった。

麻貴による再三のおびき出しにも、清正は引っ掛かることなく不要な出撃を一切ひかえていた。再びの籠城戦に持ち込んでも苦戦するのはまたも明国軍であり、幾らでもそれに応じるとの意志さえ感じられた。釜山浦《ふさんぽ》城に送り込んである密偵からの報せで、日本からの使者が十月二日に到着し、秀吉が死んだのは間違いない事実であるという。清正は秀吉の死をすでに知っており、朝鮮からの帰国を待っているだけのように見えた。霖雨《りんう》を境に蔚山には冬の北風が吹き募った。野営小屋を燃やしたために、露営《ろえい》する兵たちの消耗も激しかった。十月六日、麻貴は、蔚山城攻略を諦《あきら》め、仕方なく慶州への全軍撤退を命じた。

三

泗川《しせん》の地は、慶尚道南部沿岸の西端に近く、北西へ陸路を進めば全羅道の南原《なんげん》と道庁のある全州《ぜんしゅう》を経て首都漢城にいたる。また、海路を南にとれば南海島《なんかいとう》に通じ、海陸通行の要衝に位置した。

前年十二月、島津義弘は、泗川湾の船津浦《せんしんぽ》に新たな城を構えた。陸続きは東のみで、北西南三方は海が囲んでいた。海を城に取り込む形で天然の堀となし、その船着場には千艘《そう》とも語られるおびただしい数の船が停泊できた。

この泗川新城を中心として、北東一里半（約六キロ）の地に泗川の旧館があり、近くには島津軍の兵糧倉が置かれていた。旧館から北二里十丁（約九キロ）の望晋《ぼうしん》、そして旧館の北東二里半（約十キロ）の永春《えいしゅん》にそれぞれ出城を構えた。望晋と永春の出城は、すぐ北を蛇行する南江《なんこう》の大河を天然の堀とし、南下してくる明国軍の防波堤となるべく築かれたものだった。島津義弘はまた、新城から西へ船津浦《せんしんぽ》を隔てて昆陽《こんよう》の地にも出城を設けた。新城を取り巻く泗川旧館を含め四ヶ所の出城は、南江より南部の船津浦一帯を城塞《じょうさい》のごとくになしていた。また新城から東南へ六里十三丁（約二十五キロ）離れて固城《こじょう》があり、そこには立花宗茂《むねしげ》と高橋直次《なおつぐ》が二千の兵で在番していた。泗川新城から見て固城は外城の位置にあり、いざという時には後方から敵の背後を断つ備えをなしていた。

島津義弘は、この泗川新城を拠点とし、精強な薩州《さっしゅう》兵八千を率いて、北方の陜川《きょうせん》、宜寧《ぎねい》、咸陽《かんよう》、高霊《こうれい》に出撃し、周辺地域より朝鮮王国の勢力をことごとく駆逐した。抗《あらが》えば村落皆伐《かいばつ》も辞さない烈《はげ》しさで恐れられ、「石曼子《シマヅ》」の名は、朝鮮王国はもとより明国軍にも知れ渡っていた。

九月十九日、董一元《とういちげん》提督を大将とする中路軍は、前線基地とした星州《せいしゅう》から南下を続け、この日南江北岸の晋州《しんしゅう》城に到着した。明国兵一万三千五百余名に加え鄭起龍《ていきりゅう》率いる朝鮮王国軍二千三百余、合わせて一万五千八百余名の大軍だった。

翌二十日早朝、董一元は進撃を命じ、晋州城より三手に分けて南江を渡河させた。大河を隔てて島津の望晋城が位置し、寺山久兼《てらやまひさかね》が三百の兵で守備していた。また望晋の東、永春の出城には、守将として川上久智《かわかみひさとも》が三百余の兵を率い任に当たっていた。両出城からの明と朝鮮の大軍襲来の報に、島津義弘は「敵は大勢、味方は小勢なり。されば、その勢力を新城に結集するにしかず」として、寺山久兼と川上久智へ即座に撤退することを命じた。ここまで寺山久兼は、わずか三百の兵で対岸の晋州城からの侵攻を防いできた。寺山は自ら望晋城に火を放った。そして、永春の川上久智ともども泗川旧館まで退却した。また、船津浦を隔てた昆陽の出城でも、駐屯していた兵は明の大軍が寄せてくるのを見るなり、湾を渡り新城へ早々と引き取った。

まず出城を落とし、防波堤を失って丸裸になった本城に迫る。董一元は、攻城戦の王道を邁進《まいしん》していると信じて疑うこともなかった。残るは泗川旧館と「石曼子」の拠《よ》る海岸の新城だけである。泗川旧館には川上忠実《ただざね》がとどまり、三百の兵で守備していた。泗川旧館近くには島津軍の兵糧を蓄積した倉が軒を連ねていた。

九月二十八日夜、翌朝泗川旧館を総攻撃することを決定し、明と朝鮮の連合軍は占領した望晋の周辺に野営していた。先駆として明国軍参将の李寧《りねい》が一隊四百余兵を率いて望晋を発し、泗川旧館へと向かった。

明の一軍が旧館に迫っていることを知った川上忠実は、三百の城兵を武装させ泗川《しせん》旧館市街の各所に配置した。李寧《りねい》の一隊は旧館城門から突入したものの、迎撃されるどころか城門を守る兵すらなく、市街には明かり一つなかった。望晋《ぼうしん》と永春《えいしゅん》の出城と同じく、島津の兵は皆新城へ逃げ込んだものと李寧には思われた。明国兵は松明《たいまつ》を手に、もぬけの殻となった家々を物色し始めた。李寧は手勢を率い旧館城内に伏兵のいないことを確かめて巡った。

明国将兵が城内を詳細に知るはずがなかった。馬上の明軍将は格好の標的となり、待ち伏せていた薩州兵が急襲した。配下の明国兵三十人が斬殺《ざんさつ》され、馬上の李寧も左右から槍《やり》を突き込まれた。落馬した李寧は白刃《はくじん》を浴びせられ絶命した。掠奪《りゃくだつ》に奔走していた李寧配下の明軍兵も、不意を突かれ街路上で次々と討たれた。危機に瀕《ひん》していることに気付いた明軍兵の一団が城門へ向かって遁走《とんそう》したところ、待ち構えていた城兵に襲撃され、五十人余が殺された。旧館城外に逃れることができた明軍兵は二百五十名ほどだった。

二十九日、夜明けと共に明と朝鮮の大軍が陸続と旧館へ到来した。川上忠実は包囲を突破しようと城門から突撃したが、明軍騎馬兵の騎射《きしゃ》によって全身三十六ヶ所に矢を浴びせられた。この時、明国騎馬兵千を率いていた遊撃将盧得功《ろとくこう》は、薩州兵の銃撃によって討死した。

新城から伊勢貞昌《いせさだまさ》が救援に向かい、深手を負った川上忠実以下を何とか新城に収容した。旧館を守っていた島津の城兵は百五十人が討たれ、生き残った兵も一人残らず負傷していた。明国軍は旧館の兵糧倉に火を放った。火は二日二晩燃え続けたが、島津軍が新城から出撃してくる気配はなかった。

二十九日夜、董一元《とういちげん》提督は占領した泗川旧館にて形ばかりの軍議を開いた。晋州城《しんしゅう》から進撃してここまで、望晋と永春、昆陽の三出城と泗川旧館を落とし、防波堤をすべて取り除いて新城を丸裸にしたと董一元は信じて疑わなかった。あまりにも容易《たやす》い出城の陥落に、猛将で聞こえる「石曼子《シマヅ》」も、明国の大軍に恐れをなし、逃げ腰になっているものと思い込んだ。あとは新城を総攻撃し「石曼子」の首を手土産に漢城へ戻るだけだと董一元は語った。

それに異をとなえたのは、遊撃将の茅国器《ぼうこくき》ただ一人だった。

「確かに、わが軍は連勝し、幾つかの城を抜いた。だが、捕虜や討ち果たした兵はあまりに少なく、倭兵は戦わずしてことごとく新城へ帰った。ここまでの倭との戦いを振り返ってみると、守りに入った時の倭軍城兵は力を示し、城攻めを強行してうまくいった例《ため》しがない。しかも、必ず倭の援軍が到来した。

このまま新城の総攻撃にかかるのではなく、まず東の固城《こじょう》を攻め落とすべきだと思う。固城の城は小さく、敵兵も少ない。破るのは容易い。しかも、これまでどおり新城からの援兵が固城へ送られてくることはないと思われる。固城を落としておけば、新城に攻めかかっても援軍は来ない。固城を落として後に、新城の総攻撃に取りかかるのが上策と思う」

「石曼子」は、前年八月全州を陥落させた後北上し、忠清道の南部へと侵攻した。過ぐる所の家々をことごとく焚焼《ふんしょう》し、明国や朝鮮の兵はもちろんのこと抗《あらが》う者は人民まで容赦なく殺戮《さつりく》した。益山《えきさん》、龍安《りゅうあん》、石城《せきじょう》、扶余《ふよ》、そして黄海沿岸の韓山《かんざん》と舒川《じょせん》まで、無人の野を行くがごとく攻略した。その薩州兵が、いとも簡単に新城へ退却したのには、必ず「石曼子」の策略があるに違いなかった。

蔚山《うるさん》での敗戦の後、茅国器《ぼうこくき》は、北京の兵部より全羅道の全州守備将として任命された。だが、彼は、「石曼子」を斃すため、自ら志願して董一元《とういちげん》の中路軍に身を投じた。この八月には先んじて晋州《しんしゅう》城に入り、南江を隔てた望晋《ぼうしん》の出城と対峙《たいじ》してきた。董一元の到着を待ったのは、望晋の出城に島津の大軍が駐屯していると思い込んでいたためだった。

寺山久兼は、朝夕の炊飯時に望晋からおびただしい煙を上げ、門番兵を交替させる際にも、裏門から表門まで何度も行軍させていた。寺山が望晋出城を焼き撤退した時に、わずか数百の兵しかいなかったことを茅国器は初めて知った。その寺山があっさり出城を棄《す》てたことも、茅国器には引っ掛かるものがあった。

ところが、董一元は、ここまでの連勝に酔い、満足な抵抗らしきものもない有様に「石曼子」を見下していた。

「新城を見るところ、倭どもは所詮《しょせん》たいしたことはない。今、新城を攻めれば瞬《また》く間に落とせる。固城など問題にもならない。新城さえ落とせば、固城など戦う前に皆逃げ出して自滅するに違いない」

茅国器は、前冬の蔚山城攻撃にも四千の歩兵を率いて参戦した。日本の城には攻め寄せた敵兵を殺戮する巧妙な仕掛けがめぐらされていることに気づいていた。逆茂木や空堀で攻城路が限定され、石垣の下へたどりつくまでに多くの兵が狙撃され生命を落とした。石垣を築いてさらにまたその上へ高層の城郭を建てており、倭軍が主武器とする鉄砲は高所から放つ方が遠くまで届くことが計算されていた。しかも、高所にある城壁の鉄砲狭間は小さく、石垣の下から火砲や鉄砲を放っても敵兵には届かない。城門にいたる登城路は幾つもの曲がり角を作り、そこでも高所からの銃撃にさらされるよう造られていた。なんとか城門前にいたれば、櫓上《ろじょう》と横に張り出した城壁には死角がなく、そこから発せられる鉄砲には全く逃げ場がなかった。

董一元《とういちげん》が、嘉靖《かせい》、隆慶《りゅうけい》帝の世以来、各地を転戦し様々な武勲《ぶくん》を上げてきたことは茅《ぼう》国器《こくき》も知っていた。が、日本式の城を甘く見て強引に力攻めすれば、蔚山城の二の舞になることは目に見えていた。

遊撃将の彭信古《ほうしんこ》は、いまさら作戦など顧慮する気にもならなかった。これまで前線から遠い北京にあって実戦の経験がほとんどなく、彭信古は初めから秀吉軍をあなっていた。蔚山城での敗退に茅国器はすっかり怖《お》じ気《け》づいているに違いなかった。彭信古も董一元に同調し、泗《し》川《せん》の新城など恐るに足らずと断じた。

「自分で新城まで出向き確かめたが、城中には火を焚《た》く煙さえ満足に上っていなかった。ろくに兵などいない。強攻あるのみだ」

結局、董一元の思惑どおり、十月一日に泗川新城への総攻撃が決行されることになった。

四

十月一日夜明け、明の大軍は太鼓の音とともに地響きをたて、一気に泗川新城の大手へと押し寄せた。先鋒として茅国器の歩兵三千、彭信古の歩兵三千、葉邦栄の歩兵千五百が、そして先鋒軍の両翼となって、郝三聘《かくさんへい》の騎馬兵千と師道立《しどうりつ》の歩兵三千が右手に、馬呈文《ばていぶん》の騎馬兵千、そして藍芳威《らんほうい》の歩兵三千が左に展開した。卯《う》の刻（午前六時）、茅国器の軍は、これまでの経験からまず大手門から四丁半（約五百メートル）離れた北西の岡上に陣取り、次々と火箭を発した。砲撃音と火箭が風切る音を立てて、白煙の尾を引きながら大手の門扉《もんぴ》めがけて立て続けに発射された。葉邦栄《ようほうえい》もこれに倣《なら》い、不用意に鉄砲の射程距離内に入ることを避けて火箭による砲撃に徹した。火箭は大手門扉を爆破し、城門櫓の数ヶ所を破損させた。島津軍は砲撃されるに任せ、これまでの出城陥落の時と同じく、一切の迎撃をひかえていた。

巳《み》の刻（午前十時）、いつまでも岡上にとどまって距離を詰めない茅国器に、島津軍を軽く見た彭信古は、大破した大手門近くまで歩兵三千を前進させた。楯を押し並べて前進した彭信古の軍兵が、大手門の手前約半丁（約五十メートル）にまで迫った。城兵の鉄砲で確実に殺傷できる距離だった。その時、左右の櫓上から一斉に鉄砲が発せられた。しかも、城門内から大砲が咆哮《ほうこう》を発した。明国軍が予想もしなかったポルトガル製の青銅大砲が泗川新城には備えられていた。島津義弘は、かつて大友宗麟《おおともそうりん》との戦いにおいてポルトガル製大砲で砲撃されたことを忘れていなかった。「国崩《くにくず》し」

などと呼ばれた青銅製の大砲は、殺傷力こそ見かけほどではないが、押し寄せてきた敵軍を驚乱させる威力は絶大だった。

彭信古《ほうしんこ》軍は、城門前に押し寄せたものの、突然の鉄砲掃射と、並べた楯を吹き飛ばした大砲の直撃に多数の死傷者を出し驚愕《きょうがく》した。しかも、彭信古ばかりか配下の兵も実戦の経験がほとんどなく、自在に意志を持って挑んでくる敵というものへ即応する能力を持たなかった。大砲や火箭の扱いにも充分に習熟しておらず、すでに点火した火箭が発射されないまま大砲の中で暴発した。その火が火薬樽に飛び火し、次々と誘爆を起こした。大将軍砲、仏狼機《フランキ》砲、火砲、火筒、三眼銃、付近に設置していたそれらの砲が台車ごと吹っ飛び、馬も兵も爆風で宙を舞った。爆発音と共に大量の黒煙が噴き上がり、陽光をさえぎるほどだった。泗川《しせん》新城に押し寄せた明国と朝鮮連合軍は何が起こったのかわからぬまま恐慌《きょうこう》に陥った。

島津義弘は敵軍の混乱を見逃さなかった。嫡男忠恒《ちゃくなんただつね》が再三訴えても許さなかった出撃を、この時に至って許可した。島津忠恒を先頭に薩州騎馬団は北門の脇木戸《わききど》を馬ごと内から押し破るようにして突き出し、彭信古の軍勢に襲いかかった。彭信古の一軍はたちまちにして崩れた。彭信古軍三千の兵で、大手門前から逃走できたのはわずかに五十を数えるほどだった。

郝三聘《かくさんへい》と馬呈文《ばていぶん》の騎馬兵二千は、両翼から城壁を巡って騎射していたが、彭信古軍が烈しい爆発と共に崩壊し、中軍に位置した董一元《とういちげん》提督や副司令官張榜《ちょうぼう》らの本隊までが崩れ始めたのを見て取ると、両遊撃将は勝手に北へ向かって馬を駆り遁走した。

郝三聘の騎馬軍と共に右翼へ展開していた師道立《しどうりつ》率いる歩兵軍三千も、連続して起こった爆発とわき上がる黒煙に浮足立ち、郝三聘の騎馬軍につられて我先に北へと逃走した。左翼にあった藍芳威《らんほうい》は、ひとまず自軍の歩兵三千を城から一里三十丁（約七キロ）離れたところまで後退させ、追撃してくる島津軍を伏兵となって横から突く腹づもりだった。だが、追撃してきた島津忠恒ら薩州騎馬団の勢いに、後方を断たれることを恐れ、再び北へ走るしかなかった。

董一元の中路軍は総崩れとなった。董一元は明国軍を押し止めることもできず、島津軍の追撃に泗川旧館と永春《えいしゅん》の間を流れる深い川に追い落とされ、溺死《できし》する明国兵が後を断たなかった。

茅国器《ぼうこくき》は、島津の大砲と引き続いて起こった彭信古軍の崩壊にも動じず、泗川新城の西北に位置する岡上にとどまって城内に突撃する機をうかがっていた。島津忠恒ら騎馬軍団と歩兵の二千が城外へ出撃したのを見て取ると、入れ違いに城内へ突入すべく茅国器は進撃を命じた。岡上にひかえていた明国と朝鮮の連合軍六千七百余兵が城に向かって進撃を開始した。それを待っていたかのように島津図書頭忠長《ずしょのかみただなが》率いる騎馬団と歩兵隊二千が城門より出撃した。

茅国器ら明国軍は、城への侵攻を防ぐべく迎撃してきた図書頭忠長勢と白兵戦になった。寡勢《かせい》ながら島津軍の勢いは烈しく、茅国器らの大軍を押し返し、逆に圧倒しつつあった。左右両翼から茅国器らを援護するはずの馬呈文《ばていぶん》と郝三聘《かくさんへい》の両騎馬軍はその影もなく、師道立《しどうりつ》と藍芳威《らんほうい》の歩兵六千の姿もなかった。そればかりか、中軍として背後にひかえているはずの董一元《とういちげん》の本隊軍営すらどこにも見当たらなかった。気がつけば島津軍と新城近くで交戦していたのは、茅国器と葉邦栄《ようほうえい》の二軍勢、それに鄭起龍《ていきりゅう》率いる朝鮮王国軍のみだった。

泗川新城から上がるはずの火の手も、煙さえ見られなかった。新城を攻めるに際して、茅国器は麗水《れいすい》まで到来した明国水軍司令官、陳璘《ちんりん》のもとへ使者を出しておいた。九月中には番船を泗川新城近くに廻し、いざ城攻めとなった時には城兵が出払った隙《すき》に乗じて水軍兵を上陸させ、城を焼き払うよう伝えていた。しかし、陳璘は船津浦《せんしんぽ》へ兵船を送って来ることはなかった。

茅国器の軍兵もすでに四分の一近い七百名を失っていた。敗走した本隊を追撃していった島津の騎馬団が戻れば、前線に孤立した茅国器らは挟み撃ちに遭い全滅をまぬがれない。茅国器は、葉邦栄に退却を告げ、鄭起龍のもとへ「退却せよ」との伝令を走らせた。茅国器の軍勢が殿軍《しんがり》を担《にな》い、追撃してくる図書頭忠長軍を牽制《けんせい》しながら北へと退いて行った。

この一月の蔚山城での敗戦と同じことが起きていた。あの時も、茅国器は蔚山城の南、太和江《たいわこう》の岸に陣取り、駆けつけた毛利秀元ら援軍の一万余兵を渡河させまいとして盛んに砲撃していた。ところが、軍務経理の楊鎬《ようこう》と麻貴《まき》提督は、何を思ったか六万の敵軍が襲来したと錯覚し、すでに島山麓の営舎に火を放ち慶州《けいしゅう》に遁走していた。泗川旧館攻めで戦死を遂げた呉惟忠《ごいちゅう》と茅国器の軍勢だけが、前線に取り残された。結局、あの時も茅国器勢が殿軍となり、追撃してくる秀吉軍を牽制しながら退却するしかなかった。

明国と朝鮮の連合軍は敗走を重ね、夜になって南江《なんこう》の望晋《ぼうしん》までたどりついた。茅国器は、南江を天然の堀としたこの地を死守し、島津の北への侵攻をここで防ぐべしと、董一元に訴えた。

「この望晋の天険を失えば、再び手に入れるのはとても難しい。もしここを我々が棄てて北へと去れば、また倭軍の拠点となり、侵略をほしいままにされる。ここまでの戦いはすべて無駄となる。諸将を集め、散り散りとなった兵を収め、ここを死守すべきである」

ところが董一元はすでに闘志を失い、南江を渡河して星州《せいしゅう》へ帰還することしか頭になかった。

「この地は孤立している。もし固城《こじょう》の倭軍がシマヅと力を合わせて攻め来れば、どうやってそれを防ぐのだ。ひとまず星州に帰り、再挙を期すしかない」

茅国器《ぼうこくき》以外に望晋《ぼうしん》を死守すべしと訴えた将士は、朝鮮王国軍の鄭起龍《ていきりゅう》だけだった。

十月二日、中路軍の敗残兵は望晋を棄て南江《なんこう》を渡り、星州目指し落ちて行った。すでに寒気が訪れ、兵糧もなく、山伝いに二十里（約八十キロ）離れた星州を目指した。島津軍と固城倭軍の追撃を恐れ、昼は山野に隠れ、夜を待っての敗走だった。十五里（約六十キロ）離れた陜川《きょうせん》にたどりつくまでに、負傷兵や病兵は次々と路上に倒れ置き去りにされて、数百人の明国と朝鮮の兵が屍《しかばね》を野にさらした。

泗川新城の敗戦はほどなくして北京へ届いた。茅国器は次のように上申した。

『このたびの泗川倭城において勝利を失せる根元は五つあり。

第一、望晋において敵将が種々奇計をめぐらすことにより、出城に大勢ありと見誤り、六月二十日より九月下旬まで晋州《しんしゅう》にありながらついに河を渡らずして、新城の普請《ふしん》を堅固に調えせしめたこと。

第二、国器は、まず固城を攻めるべしと言えども、一元は、国器の言を用いず、泗川の新城を攻めて敗北せしこと。これ慮《おもんぱか》りなきゆえなり。

第三、合戦の時にあたり、番船を廻し城兵の出《いで》たる虚に乗じて火兵をもって城を焼き払うべき旨《むね》、陳璘《ちんりん》の方に申しつかわすといえども、陳璘が船を廻さざりしこと。

第四、楯を突き並べ仕寄《しよせ》たところ、敵は大鉄砲にて打ち通し、あまつさえ火薬器等にいたるまで打ち破るのゆえ、味方は進むことをえざりしこと。敵にこれほどの大鉄砲あること、思慮の外なり。

第五、国器、城の虚を見て、入れ違わんと欲したところ、島津図書にさえぎられて術《すべ》を失えること』

敗北の報を受けた神宗皇帝は怒りを隠せなかった。

『中路軍勝利を失う。ある将は驕《おご》りゆえに敵を軽んじ、またある将は怯懦《きょうだ》によって敵を恐れる。主将はといえば、配下各将の驕りを捨てさせ怯懦の性向を鼓舞できない。万事において厳しさに欠け、軍律も命令も行き届かない。よって一軍がわずかに退却したのを見て取ると、全軍が雪崩《なだれ》をうって奔解《ほんかい》するにおよんだ。この有様は国を辱《はずかし》め、国威を損すること、はなはだしきものである。深く痛恨となすものである。郝三聘《かくさんへい》と馬呈文《ばていぶん》は、軍前において処刑し梟首《きょうしゅ》せよ。彭信古《ほうしんこ》らには、処刑する代わり軍功を立てさせ、その罪を贖《あがな》わせよ。董一元《とういちげん》は降格のうえ軍功を立てさせよ。これらの者どもはなべて斬刑に処すべきものである。なお、戦いの最中に軍の内で大火が起こった原因を究明せよ』

五

十月八日、この日釜山《ふさん》から兵船に守られて泗川《しせん》新城にやって来たのは、徳永寿昌《ながまさ》と宮城豊盛《とよもり》だった。二人は、島津義弘以下の将士に次のことを口頭で伝えた。

「去る八月十八日、太閤殿下が伏見城にて薨去《こうきょ》された。ひいては兵を収め、十一月十五日を期限として釜山浦に集結し、速やかに日本へ帰国すべし」

そして、徳川家康、前田利家、宇喜多秀家、毛利輝元の大老連署による訓令書を義弘に手渡した。そこには、帰国するに際して朝鮮王国側と和議をまとめ、人質として朝鮮王子を差し出させ、人質が無理であれば貢《みつ》ぎ物を調えさせ、ともかくも面目を全うして帰国せよとの指令が記されていた。

島津家は、この遠征で当初から一万五千人の軍役を課せられた。そのうち知行をあてがわれていた、いわゆる武士は二千人、あとの一万三千人は足軽と人夫だった。彼らは、島津領国を支える農漁民にほかならなかった。残った農民が、出征した者の農地を耕すことを命じられていたが、所詮《しょせん》無理な話だった。農民の逃亡が相次ぎ、農地は荒廃するにまかされた。漁民も、朝鮮に渡り船上での越冬を強いられたため大半が犠牲となった。島津領国はすでに壊滅的な打撃をこうむっていた。島津家も、領民も、この長い遠征で得られたものは何一つなかった。

慶長三年(一五九八)陰暦十月

一

九月十五日、明国《みんこく》と朝鮮の連合水軍は、古今島《ここんとう》の徳洞《とくどう》を発し、針路を東へ採った。朝鮮半島の東南沿岸に倭城《わじょう》を構える秀吉の諸将らが、日本へ撤退しようとしているとの報が舞い込んだ。突然の釜山《ふさん》侵犯以来この七年、朝鮮王国は人も田畑も蹂躙《じゅうりん》され、ことごとく荒野にされた。明国水軍司令官の陳璘《ちんりん》から指揮権を委《ゆだ》ねられた李舜臣《りしゅんしん》は、この機を逃さずすべての秀吉軍船を焼沈させ、一艘《そう》たりとも日本へ帰還させないという意志を固めていた。連合水軍は千艘の兵船を擁し、明国水軍一万三千二百名、そして李舜臣率いる朝鮮水軍七千三百名で編制されていた。

同月十九日、明国と朝鮮の連合水軍は、麗水《れいすい》半島と突山島《とつざんとう》の海峡を抜け、かつて李舜臣が本営を置いていた左水営《さすいえい》の前洋に至った。小西行長の拠《よ》る順天倭城《じゅんてんわじょう》まで海路七里半（約三十キロ）ほどの距離に迫った。

陸から攻略を目指す西路軍は、提督の劉綎《りゅうてい》を大将とし、明国軍二万六千余名に加えて権慄《ごんりつ》率いる朝鮮王国軍一万名、合わせて三万六千余の兵で編制された。大将軍砲、火箭《かせん》、仏狼機《フランキ》砲、三眼銃、火筒などの兵器はもちろん、雲梯《うんてい》や飛楼《ひろう》など攻城用の設具も用意されていた。陸海から呼応して麗水半島の付け根に位置するこの倭城を挟撃《きょうげき》する構えだった。

順天倭城を守る秀吉軍は、小西行長を始め松浦鎮信《まつらしげのぶ》、有馬晴信《はるのぶ》、五島玄雅《はるまさ》、大村喜前《よしあき》の諸将と、兵一万三千余名が守りを固めていた。

この倭城は、光陽湾《こうようわん》へ東に突き出た岬先端の高い岡上に本城を築き、地続きの西には広大な麓《ふもと》の全域を囲って石垣と土塀からなる二重の防禦壁《ぼうぎょへき》を設けていた。この外郭をなす防禦壁は十四丁（約一・五キロ）におよび、それに沿って幅五間、深さ一間半の空堀が穿《うが》たれていた。日本の外郭とは異なって防禦壁には複雑な曲がりを作らず、ただでさえ高低差のあるその高みから鉄砲の一斉射撃で西からの敵兵を迎撃する構えだった。

三重の天守を備えた本城は東の切り立った岸壁上に位置した。海面から三十間（約五十四メートル）の崖《がけ》上にあり、その北側に張り出したもう一つの岬先端にも出丸を築いて、小西行長はそこに居住していた。本城と出丸の間に挟まれる湾には港が築かれていた。出丸のさらに北側の浜にも船着を設け、海岸沿いに木柵《もくさく》と防禦壁とをめぐらし、井楼櫓《せいろうやぐら》を多数配置して海からの攻撃に備えていた。

九月二十日、辰《たつ》の刻（午前八時）、明国と朝鮮の連合水軍は順天倭城の前洋に達し、小西行長らが兵糧《ひょうろう》を貯《たくわ》え置く柚島《ゆうとう》を襲撃した。警固の兵を殺し米穀を奪って兵糧倉に火を放った。連合水軍の到来に合わせ、陸続きの西からは劉綎《りゅうてい》の西路軍が、外郭の防禦壁へ攻め寄せた。

陸海からの挟撃に、順天倭城は混乱を極めた。外郭の防禦壁に配された鉄砲衆は具足もつけぬまま堀上の高みから一斉に銃撃し、騎馬兵の馬を射斃《いたお》した。斜面をよじ登ってくる明国兵にも弾丸を浴びせ、明国陸兵は空堀内へ突入する先から討死した。再三の波状攻撃も、秀吉軍の激しい銃撃に阻《はば》まれ、西路軍は外郭を突破できぬまま退却するしかなかった。

二十一日、連日の晴天に連合水軍は早朝から倭城に迫った。海からの砲撃に対して、倭城の兵は鉄砲で迎撃した。引き潮の海は水深が充分に得られず、兵船は港湾内深くまで侵入できなかった。昼近くなって、前日からのおびただしい砲声に、南海島《なんかいとう》の宗《そう》宗義智《よしとし》が送った物見舟が到来した。李舜臣配下の許思仁《きょしじん》らがこの小早船を挟船《きょうせん》で追撃し、宗義智の兵は逃げきれず舟を捨てて陸に逃れた。朝鮮水軍はこの舟を鹵獲《ろかく》し持ち帰った。手柄はすべて陳璘《ちんりん》に帰すことを李舜臣は堅く守り、積荷ごとそれを陳璘のもとへ送った。

二十二日、この日も朝から晴れた。連合水軍は、満ち潮に乗って本城と出丸間の港湾内へ突入した。倭城の兵は本城と出丸から激しく鉄砲で応戦した。三十間（約五十四メートル）の高みから撃ち下ろされる弾丸は平地で放たれるものよりはるかによく飛び、逆に海から仰角で放つ砲弾は城まで届かなかった。苦戦を強いられ、明国遊撃将や朝鮮水軍兵の多くが負傷し、明国水軍兵十一人が戦死することになった。

李舜臣は、陸からの攻撃がひどく鈍いことに気づいていた。海からの砲声や銃撃音は西路軍にも届いているはずだった。水軍は犠牲を出しながらも港湾内に突入して火砲を放ち奮戦した。倭城の秀吉軍は上陸されることを恐れ、兵力を海辺の本城と出丸、そして港の防禦壁に集中した。その隙《すき》に、陸兵が西側の防禦壁を突破し、本城と出丸へ西から押し寄せなくては敵の兵力を分散できない。倭城の秀吉軍は始めから西の陸兵を軽んじ、海からの攻撃に備えていたように思われた。結果として、連合水軍は城の高みから鉄砲の一斉掃射を浴びせられることになった。

西路軍提督の劉綎《りゅうてい》には秀吉軍を討伐するという意志が欠け、小西行長と講和を結んで専《もっぱ》ら撤退を画策しているらしいことは、李舜臣《りしゅんしん》も耳にしていた。先に劉綎と直接会った朝鮮義兵将の林懽《りんかん》は、『劉公、戦心無く、必ずや和をもって退《しりぞ》かん』とその危惧《きぐ》するところを総司令官の権慄《ごんりつ》に伝えていた。

春二月、劉綎は秀吉軍を朝鮮から駆逐するため一万三千余の明国軍を率いて朝鮮に入り、九月には補充部隊を含めた二万六千余の大軍を引き連れて水原《すいげん》地方まで南下した。

標的とする順天倭城の立地と兵力については朝鮮王国軍から報告を受けていた。「ユキナガ」の倭城は、光陽湾へ東に張り出した岬の高台に築かれ、背後に港と船着を構えて海からの補給にも万全の態勢を布《し》いていた。陸続きの西側は広大な丘陵斜面を二重の城壁で囲い、岬全体が要塞《ようさい》のようなもので、一筋縄ではとても抜けそうにない構えだった。兵も一万三千を数え、「キヨマサ」の蔚山《うるさん》城や、「石曼子《シマヅ》」の泗川《しせん》新城より、はるかに強力な陣容である。

八月中旬に小西行長から朝鮮国王へ和睦《わぼく》を求める書状が送られてきた。行長は相も変わらず錯乱した要求を当然のごとく送りつけていた。

『朝鮮国王は前関白の秀吉に恭順を示し、その証《あかし》となる大臣を派遣せよ。また後々末代まで機会に応じて御礼の勅使を日本へ送り、貢《みつ》ぎ物を捧《ささ》げれば、順天倭城をはじめ朝鮮の陣をすべて引き払う』

秀吉配下の武将として、「ユキナガ」と「キヨマサ」の名は、六年前より明国軍にも知られていた。六年前、「ユキナガ」は、先鋒《せんぽう》として釜山《ふさん》を攻め、朝鮮王国の首都漢城《かんじょう》を落として北進し、平壌《へいじょう》までを陥落させながら明国に講和の働きかけを行った。それ以後も、事あるごとに朝鮮国王へ馬鹿《ばか》げた条件を飲めとの「和睦」を持ち込んでいた。常に「泰平」を口実にしながら「ユキナガ」は率先して朝鮮王国を荒廃させた。それならば和睦を餌《えさ》に、「ユキナガ」をおびき出し、生け捕りにして順天倭城の武装を解除させる。それが最も犠牲が少なく、順天倭城を攻略するに手っとり早い方策だと劉綎には思われた。劉綎は、小西行長と講和談判すべく呉宗道《ごそうどう》らの使者を送った。

順天倭城に入った呉宗道は、劉綎の思いを行長へ語った。

「貴公は、かつて冊封《さくほう》を天帝に乞《こ》い、当国と盟約することを誓った。それは本心からの誠であると信じる。清正のたくらみが前関白を惑乱したために、今日の戦乱をもたらした。我ら天兵は遠く異国に来た。貴公らもまた海を渡って本国から遠く隔たった。今、両国ともに、天帝も前関白も老い、財は乏しく、このまま戦い続けることは得策ではない。劉提督は直接貴殿と会ってよしみを通じ、かつての盟約を結び、和睦と終戦とを遂げたいと考えている」

小西行長は、その劉綎《りゅうてい》の意向を受け、講和締結の証人となる朝鮮王国の要人を受け取る期限を九月十九日に定めた。順天倭城《じゅんてんわじょう》から北西へ二里半（約十キロ）離れた古順天《こじゅんてん》という旧市街に茶屋を設け、家老の小西作《こにしさく》右《え》衛門《もん》を遣わして要人らを饗応《きょうおう》することにした。

九月十九日、小西作右衛門らは兵を引き連れて古順天へ向かった。途中の山尾坂《さんびはん》という難所を抜けて視界が開け、左右に水田が広がる道に入った。古順天まで残り半里（約二キロ）ほどに至った。突然、数十発の銃声が前方の山中から響いてきた。作右衛門はいぶかりながらも馬を進めると、またもや数十発もの発砲音がした。

今回の和睦申し入れが、明国軍の謀略ではないかという危惧を小西作右衛門は抱いていた。明国側の罠《わな》であれば、講和締結の証人を受け取るどころか、作右衛門が捕虜とされる。さすがに作右衛門も馬を進めるのをひかえた。後方から呼ぶ声がして、振り返ると松浦鎮信が手勢の五十人ばかりを引き連れ、騎馬にて追いかけてくるのがわかった。

「ただいまの鉄砲は不審である。唐人が作右衛門殿をたばかったものと思われる。身

ども が殿軍《しんがり》をつかまつる。急ぎお引き取りを」松浦鎮信は追いつくなり、息を切らしてそう言った。そこで小西作右衛門らは、順天倭城に引き返すことになった。

この日、順天倭城の鉄砲兵三十人ほどが、「和睦を結ぶならば、我々は順天の陣を引き払い帰国することになる。高麗《こうらい》の名残《なごり》に狩りをやろう」と申し合わせた。兵たちは早朝に順天倭城の兵舎を抜け出し、山づたいに鹿《しか》やノロを追いかけているうち古順天近くの山まで来ていた。そこには講和締結に到来する小西行長を生け捕りにしようと劉綎の配した明国軍の伏兵が多数潜んでいた。その中に、鉄砲を持った秀吉軍兵がいきなり飛び込んだ形となった。倭城の鉄砲衆は武装した明国の大軍出現に肝《きも》を潰《つぶ》したが、明国軍の伏兵たちも驚き慌《あわ》て、思わず火砲を放った。倭城の鉄砲衆は刀を振り回して山林に逃げ込み、そのまま山伝いに城へ駆け戻った。

和睦の話はそれで立ち消えとなったが、策を弄《ろう》して切り抜けようとする劉綎の弱腰は、権慄《ごんりつ》ら朝鮮王国軍にこの提督に対する不信の念を強くさせた。

二

九月三十日夕方、王遊撃将ら明国水軍の後発部隊が、百余艘の兵船を連ねて光陽湾《こうよう》に到着した。明国と朝鮮連合水軍の陣容はこれで調《ととの》った。後は、陸戦における西路軍の奮闘だけだった。

翌十月一日夜明け、陳璘《ちんりん》は上陸して山尾坂《さんびはん》に向かい、直接劉綎《りゅうてい》の幕営を訪ねた。翌二日夜明けに陸海が呼応して順天倭城を一気に攻略すべく申し入れ、劉綎もそれに合意した。

十月二日卯《う》の二刻（午前五時半）、連合水軍は、前日の作戦どおり、本城と出丸間の港湾から侵入し攻撃を開始した。先陣を朝鮮水軍が担《にな》い、港湾内へ突入した。火砲を放ち、港を守る倭城兵の鉄砲と激しく撃ち合った。午《うま》の二刻（午前十一時半）まで戦い続け、港に繫留《けいりゅう》されていた秀吉軍の兵船数艘を焼沈させ、港を守る倭城兵を多数斃した。だが、左右崖上の本城と出丸から激しく弾丸を浴びせられ、僉使《せんし》の黄世徳《こうせとく》と李清一《せいいつ》とが戦死した。また、部隊長格の朱義寿《りぎじゅ》、蛇梁万戸《だりょうばんこ》の金声玉《きんせいぎょく》、珍島郡守《ちんとうぐんしゅ》の宣義卿《せんぎきょう》、康津《こうしん》県監の宋尚甫《そうしょうほ》らも重傷を負った。

この日の戦闘でも、西の陸側から砲声が聞こえたのは、夜明けの短い間だけだった。時が過ぎるにつれ倭城の鉄砲兵が海側の城壁に詰めかけて来たのを、李舜臣《りしゅんしん》は板屋船《ばんおくせん》の司令塔から確認していた。倭城の外郭内に西路軍が突入していれば、こんなことは起こり得なかった。これ以上戦闘を続けても水軍兵の上陸は難しく、犠牲を重ねるばかりとなる。李舜臣は引き潮を機に撤退することを陳璘へ告げた。

前日の軍議どおり劉綎の西路軍は、この卯の刻に順天倭城の地続きとなった西から太鼓とともに押し寄せ、崖下からまず砲弾を放った。広大な敷地を囲った外郭の防禦壁に沿って明国騎馬兵は左右に展開し騎射《きしゃ》にかかった。

岬から続く岡の裾野《すその》をすっぽりと囲った外郭の防禦壁には秀吉軍の鉄砲兵が張りつき、崖下から這《は》うようにして接近してきた明国歩兵を引きつけるだけ引きつけて一斉に弾丸を放った。明国軍の先鋒となった呉広《ごこう》の兵は、崖の斜面に楯《たて》を並べ地に伏せたまま撃ち下ろされる弾丸に耐え、劉綎の突撃命令を待った。だが、劉綎の軍旗はいつまでも伏せられたままだった。火砲を備え防弾の鉄板を張り付けた楯車《じゅんしゃ》も多数用意し西の外郭門下に寄せていた。ところが、突撃命令は一向になく、明国兵はそこでも楯の蔭《かげ》でただ銃撃に耐えているしかなかった。

陽が高くなって、外郭城壁の崖下で進撃を止めたまま何の攻撃も仕掛けない明国軍に、秀吉軍は外郭門から崖下に出て、いきなり呉広の兵を横から襲撃した。明国兵二十余人が斬《き》り殺され、混乱した先鋒軍は山尾坂へ向かって一斉に退却した。秀吉軍は、西路軍の先鋒が置き去りにした大砲や楯車、飛楼や雲梯を破壊し焼き棄てた。

朝鮮王国の右議政《うぎせい》（副総理）となっていた李徳馨《りとくけい》は、この日の劉綎の無策を『当日の所為《しょい》、児戯《じぎ》に同じ』と怒りを込めて国王宣祖《せんそ》に上申した。
五年前の文禄二年（一五九三）六月、秀吉軍の晋州《しんしゅう》城攻撃に際し、劉綎《りゅうてい》は明国軍兵を率いて大邱《たいきゅう》に駐留していた。大軍の襲来に晋州城を守る金千鎰《きんせんいつ》は、劉綎へ使者を送り援軍要請を行ったが、劉綎は秀吉軍を恐れるあまり軍を動かそうとはしなかった。宇喜多秀家、加藤清正、小西行長ら七万の兵に包囲され、籠城《ろうじょう》した七千の朝鮮王国軍と義兵、そして五万数千の民衆は、満足な武器もないまま投石や熱湯を浴びせて奮戦し、全滅させられた。朝鮮の民にとって晋州城陥落の怨念《おんねん》は忘れられるものではなかった。

十月一日夜、降倭軍鉄砲隊の指揮をとる沢瀬甚五郎は、権慄《ごんりつ》に呼ばれた。朝鮮王国軍最高司令官の権慄もまた、甚五郎を「サエモン」と呼んだ。磯貝小左衛門と甚五郎は、顔立ちも背格好も違い、一目で別人とわかるはずだった。それにもかかわらず、権慄は初めて会った時から「サエモンドノ」と呼び、ずっと以前から親しかった者のごとく話しかけた。この時も通詞を介しながらの会話だったが、甚五郎の目をまっすぐ見つめ、視線を動かさずに話した。

権慄の話では、先月下旬の攻城戦で、鉄砲の威力に驚愕《きょうがく》した劉綎が、翌二日の先鋒として同じく鉄砲を使いこなす降倭軍を当てようとしているという。

「そもそも劉提督には、本当に行長の倭城を落とそうという意志があるとは思われない。天兵はただ数にまかせて押し寄せ、鉄砲の餌食《えじき》となるばかりだ。鉄砲に通じた貴殿に何か良策はないか」

権慄は怒りを通り越し、あきれたような顔で甚五郎に問いかけた。そこには、もはや明国軍など当てにできず、朝鮮王国軍と降倭軍とで戦うしかないという権慄の思いが感じられた。

権慄ら朝鮮王国軍ばかりか、甚五郎ら降倭軍千名も、劉綎の戦闘意欲と戦略そのものに疑念を隠せなかった。

「順天倭城は、西側の外郭部と、東の主郭部からなっています。陸側の外郭部を征圧し、そこを占領するのが先決であることは確かです。ただし外郭の城壁は高い。石垣そのものは二間（約三・六メートル）ほどですが、崖下から見れば五間（約九メートル）ほどの高さになります。その高所から鉄砲を使われれば、低地から攻める側は為す術《すべ》がありません。鉄砲も攻城戦で下方から使うのでは、まるで役に立ちません。城壁に開けられた鉄砲を放つ小窓は、奥に広く作られています。つまり下から撃っても、窓の奥にいる鉄砲兵には届かないようにできております。弾丸はすべて厚い壁にさえぎられるだけのことです。

火器は、その性能を有効に活かせる状況で用《い》いなくては、持っていたとしても何の意味もありません。わたくしどもの有します鉄砲千挺《ちょう》を有効に使いますならば、城兵を外に出撃させる機会を作ることです。それを待ち受けて、迎え撃つ。そのためには、まず城の北に位置する崖上に砲台を築いて明国軍の大将軍砲を置き、連日連夜、城壁へ向けて間断なく砲撃を続ける必要があります。北の崖上から北の外郭の端までおよそ五丁（約五百五十メートル）、砲弾は届くはずです。ひっきりなく撃ち込まれてくる砲弾は城兵をいらだたせ、必ずや砲台を破壊するために城から出てきます。そうなれば、こんどはわたくしどもが崖の高所に位置し、下方から攻め登ってくる敵兵を撃つことになります。鉄砲がその力を発揮します。

同時に、城から見て西南にある岡上にも砲台を築きたいものです。そこにも大将軍砲を据え、昼夜間断なく打ち込む。西側の外郭には秀吉軍の兵舎が並び建っております。城を出て攻めてくるまで眠らせない。それぐらいの心持ちで砲撃することが肝要です。拝見しましたところ明国軍には砲弾も火薬も充分にあります。ところが城攻めに取りかかった際、城西側の城壁に一時撃ち込むばかりです。それでは、何の効果もありません。飛楼や雲梯などは使う機会すらないまま、ただの飾りに過ぎません。まず兵を城外に引き出すことです。城兵が出撃した機には、城へ乗り込む隙《すき》も生まれてきます。

わたくしどもは、すでに死んだ身です。本国では全員がそういうことになっているはずです。どうしても城攻めに使うというのであれば、ご命令を受け次第、出陣します」甚五郎はそう語った。

「倭城の周囲に砲台を築く話は、わたしも劉《りゅう》提督に何度もしている。ずっと前から。ところが、何もやろうとしない。天将といい、天兵といい、何をしにここへ来ているのかわからない」

薄い頭髪も髭《ひげ》も真っ白くなった朝鮮の老将は、頬の削《そ》げた顔に朱をみなぎらせ怒りをあらわにした。「……よくわかった。確かに、童《わらわ》の遊戯ではあるまいし、鉄砲で撃退されたから、こちらも鉄砲を使えばよいという話ではない。以後、貴殿らはこの山《さん》尾《び》坂《はん》の陣営を守備してくれ。誰が何と言おうと動くな。わしの命令だ。天兵が奔解《ほんかい》し退却することになれば、倭軍は追撃してくる。ここで食い止められるだけ食い止めてほしい」

権慄には西路軍の敗退がすでに見えているようだった。

「承知しました。この地形ならば、わたくしどもの鉄砲が多少お役に立てます。殿軍《しんがり》を承ります」甚五郎はそう返答した。

兵舎の一つに甚五郎が戻った時、夜番の歩哨《ほしょう》と警固の者以外、ほとんどの兵は寝入っていた。十二畳敷きほどの板張り床に荒筵《あらむしろ》を敷き、空き俵を積み、犬や鹿の毛皮と襤褸《らんる》にくるまって皆寝息を立てていた。青銅製の火鉢が二つ置かれているだけで、有り合わせの板で建てた兵舎はすきま風がひどかった。

権慄が語ったように、明国軍は何ら有効な攻撃もできず、崩壊したまま一斉退却することになるだろう。いずれ秀吉軍が城を出てここまで追撃してくる展開になりそうだった。そうなれば、このうちの半数以上は生きていられない。老いたる者も、若き者も、この者たちの無事と生還を祈っている家族が日本にいる。だが、降倭軍の者たちは、すべて朝鮮で死んだことになっているはずだった。甚五郎も同じだった。秀吉の兵や役夫として渡海させられ、朝鮮王国軍や義兵軍の捕虜とされ、あるいは逃亡し、気がつけば秀吉軍と戦う身となっていた。

三

十月二日夜、形ばかりの攻撃で撤退した劉綎《りゅうてい》から、何介島《かかいとう》の陳璘《ちんりん》の陣営へ密使が送られてきた。翌三日戌《いぬ》の刻(午後八時)に夜襲を決行するという。

秀吉軍の倭城には、敵兵を殺すための様々な仕掛けがめぐらされていることは、李《り》舜臣《しゅんしん》も気づいていた。それは外敵を防ぐという目的だけのために高い城壁で市街を囲った朝鮮や明国の城とは、根本から築城の狙《ねら》いが異なるものだった。「キヨマサ」の蔚山《うるさん》城でも、三万七千もの明国と朝鮮連合軍が攻撃を仕掛けるたびに、一万ほどの倭城兵から銃撃され結局は敗退を余儀なくされた。「ユキナガ」の順天《じゅんてん》倭城も、本城と出丸の間に設けられた港は水深が得られるために、ついそこからの上陸を試み、左右の崖上からの掃射に遭う。「ユキナガ」は初めからそういう立地を選び左右の岬高台に築城していた。

順天倭城には、出丸の北にもう一つ船着が設けられていた。だが、そこは遠浅の浜で、満潮時以外には板屋船などの大型船舶は出入りできない。秀吉軍は、出丸北の砂浜にまず木柵をめぐらし櫓《やぐら》を二基構えていた。その奥に防禦壁が築かれ、櫓門が構えられていた。その船着も左右が崖に挟まれてはいたが、本城と出丸の標高からみればかなり低いものだった。放たれる場所が高ければ高いほど砲弾や弾丸が遠くまで飛ぶことは、李舜臣も経験から知っていた。逆に海上から仰角で放つ砲弾は飛ばなかった。水深さえ得られれば出丸北の船着からならば出丸を攻略できると李舜臣は考えた。

満潮時に出丸北の船着から侵攻し、そこから上陸するしかないというのが李舜臣の結論だった。翌三日夜の満潮に乗って、出丸北の船着を砲撃し、その浜から上陸して外郭内に突入する。そしてまず出丸を落とし占拠する。陳璘もその作戦に同意した。

三日戌の刻、明国と朝鮮の連合水軍は、満潮に乗じて出丸北の船着へ押し寄せた。これまで明国と朝鮮の水軍は座礁《ざしょう》することを恐れ、干潮でも水深が得られる本城と出丸間の港湾にのみ攻め寄せてきた。夜間に不意を突かれた秀吉軍は、井楼櫓《せいろう》から迎撃する間もなく、いきなり火箭を浴びせられた。出丸北の船着に繋留していた関船《せきぶね》は錨《いかり》を引き抜く余裕もなく、十艘が火箭を撃ち込まれ炎上した。船着の出入り口となった城門櫓には大将軍砲が撃ち込まれた。浜に建てられた井楼櫓も炎上し、その火光の照らす中を明国と朝鮮の水軍兵は続々と浜から上陸した。船囲いの木柵を破られ、船着奥の城門櫓も砲撃されて、順天倭城は初めて防禦壁を突破された。

西の方からも進撃を促す太鼓の連打と喚声、砲撃音が聞こえた。船着前の兵船上で陳璘《ちんりん》は西から劉綎《りゅうてい》の西路軍が外郭を突破し、本城と出丸へ向かって進撃しているものと思い込んだ。陳璘は進撃を促す太鼓を打たせ続けた。明と朝鮮の水軍兵は、東に位置する出丸を占拠すべく東進し、外郭内の兵舎に手当たり次第火を放った。出丸手前の二重に設けられた防禦壁で倭城兵との激しい砲撃戦が開始された。

子《ね》の刻（午前零時）近くなって、潮が引き始めた。李舜臣は、陳璘にそのことを報《しら》せ、船着前の兵船を深みへ引き戻すよう伝えた。だが、陳璘はこの機に出丸を陥落させるべく船着に張りついたまま進撃を命じ続けた。海戦での指揮権は李舜臣に委ねたが、上陸した水軍兵は陳璘の指揮下にあった。

夜襲を持ちかけておきながら、劉綎の西路軍は威嚇《いかく》の砲撃と太鼓の音を打ち鳴らしただけだった。外郭の防禦壁を突破するどころか攻撃すら仕掛けようとしなかった。この日、劉綎は、泗《し》川《せん》新城の攻略を目指した董一元《とういちげん》の中路軍が、一昨日大敗したという事実を知った。

中路軍は、四倍近い兵力を持ちながら「シマヅ」に壊滅させられたという。「シマヅ」は、明国軍の予想もしなかった大砲を備えており、その砲撃で彭信古《ほうしんこ》らの先鋒軍が楯ごと吹き飛ばされ、自軍の火薬までが爆発して惨憺《さんたん》たる有様だったと聞かされた。ここまで何の方策もとらずただ倭城を眺めているだけの劉綎に、権慄《ごんりつ》ら朝鮮王国軍ばかりか西路軍の将士からも非難の目が向けられていた。明国と朝鮮の水軍を束ねる陳璘も、劉綎の弱腰に憤《いきどお》りを隠さなかった。とうとう軍監の王士琦《おうしき》に戦犯として懲罰をほのめかされるにいたり、仕方なく夜襲は決めたが、中路軍大敗の報に劉綎はすっかり怖《お》じ気《け》づいていた。

陸側からの攻撃がなく、秀吉軍は出丸前の防禦壁内で反撃の態勢を調え、鉄砲衆を海側へつぎ込んで激しく応戦した。出丸へ押し寄せた明国と朝鮮の水軍兵は、西から援軍が寄せて来るものと思いこんでいたが、逆に西からは秀吉軍の鉄砲兵が木柵へ殺到してくるばかりだった。船着の防禦壁は突破したものの、明国と朝鮮の水軍兵は気がつけば外郭内で孤立していた。東の出丸防禦壁と西の木柵から鉄砲で挟撃され、全滅の危機に陥った。明国と朝鮮の水軍兵は、北に位置する船着城門まで退却するしかなかった。

潮の引きが速まり、陳璘《ちんりん》もやっと座礁の危険に気づき、小舟だけを残して兵船を沖へ出すよう命じた。だが、すでに遅かった。明国の兵船二十艘と朝鮮の水軍船七艘が干潟《ひがた》に打ち上げられた。秀吉軍は、船着まで退却した連合水軍兵を追撃し、小舟はおろか干潟に取り残された明国と朝鮮の兵船二十七艘をすべて焼き打ちした。

明国と朝鮮の連合水軍は、秀吉軍の関船を十数艘焼沈させ、数艘を鹵獲《ろかく》したが、結局この夜襲も失敗した。夜襲を持ちかけておきながら、劉綎が全く城攻めにかからなかったことを知った陳璘の憤りは収まらなかった。

明けて四日暁、小西行長は、本城と出丸間の港から追撃の兵船百余艘を発進させた。李舜臣《りしゅんしん》は光陽《こうよう》湾の深みで兵船団を二手に分けて反転させ、追撃してきた秀吉軍船を左右から挟み込むように砲撃した。沖に待機していた兵船団も含め千艘もの明国と朝鮮の連合水軍の包囲に、秀吉水軍は慌てて反転し港湾へ逃げ戻るしかなかった。前夜からの戦闘に朝鮮水軍は兵も漕手《そうしゅ》も疲れ切っていた。が、李舜臣は港湾に逃げ込む秀吉水軍をそのまま追尾することを命じた。夜を徹しての戦いで疲労しているのは敵兵も同じだった。一艘たりとも秀吉軍船を帰還させないという李舜臣の意志は、配下の朝鮮水軍に浸透していた。朝鮮水軍船は、李舜臣の命令どおりぴったりと秀吉水軍船を追尾し、入り乱れて港湾内に突入した。

眼下に到来した朝鮮水軍船に本城と出丸の城壁から銃撃すれば、舷《げん》を接した味方の水軍兵にも流れ弾が当たることは避けられない。これまでとは全く異なる状況に左右崖上の鉄砲兵は乱射するわけにも行かず、銃撃を控えざるをえなかった。それに乗じて李舜臣の兵船は港へなだれ込み、火箭を放って二基の井楼櫓を炎上させた。港正面の防禦壁に激しく砲撃を続け、港を守備する秀吉軍兵がひるんだ隙に乗じて、船囲いの木柵を破壊し、繋留されていた秀吉水軍の関船十数艘を新たに焼き打ちした。陳璘らの明国水軍も、再び北の船着へ押し寄せ、激しく砲撃した。満ち潮になれば再度上陸して侵攻する明国水軍の構えに、倭城兵は鉄砲隊を出丸北の船着にも投入する必要が生じた。連合水軍は終日東の海際《うみぎわ》から攻め続けたが、この日も西の陸側からの攻撃がなく、引き潮を機に退却するしかなかった。

朝鮮半島には冬の強い北風が吹き始めていた。十月五日より海は荒れ、兵船を出すのが難しい大時化《おおしけ》の天候が続いた。

四

十月八日夜、劉綎《りゅうてい》は夜陰にまぎれて山尾坂《さんびはん》の陣舎を引き払い、古順天《こじゅんてん》へ退却することを決めた。突然の退却令に、明国兵も朝鮮王国軍も武器弾薬を運び焼却するのが精一杯で、兵糧までは手が回らず、焼き捨てられなかった米穀は、順天倭城の秀吉軍に奪い取られた。

九日早朝、順天倭城からの一隊が、退却した西路軍を追撃してきた。騎馬の将士百五十人と足軽六百名からなる隊は、倭城から半里（約二キロ）ほど北西に位置する山尾坂を過ぎて小坂を下った。視界が開け、上がり勾配《こうばい》の斜面に沢が走り水田の広がる所へさしかかった。田の中に幅二間（約三・六メートル）ほどの川が流れ、道を塞《ふさ》いで俵が積み上げられていた。見慣れた当世具足の将士と鉄陣笠《てつじんがさ》の鉄砲衆が居並び、火縄に点火して秀吉軍に銃口を向けているのを認めた。抜刀した将士は白の木綿布を唐《からの》兜《かぶと》に巻き付け、同じく白の布を鎧《よろい》の上から襷《たすき》に掛けていた。鉄砲衆の鉄陣笠にも白の帯が塗り付けてあった。「南無観世音菩薩《なむかんぜおんぼさつ》」の七文字が墨書された旗幟《きし》が翻《ひるがえ》っていた。沢瀬甚五郎率いる八公山《はっこうざん》の降倭隊三百五十余名だった。田中の道は上がり勾配で降倭隊は坂の上に位置していた。左手の山裾《やますそ》にも田原七左衛門《しちざえもん》を将とする降倭の鉄砲衆二百人が配されていた。田原七左衛門は、かつて宇喜多秀家の家臣だった。田原隊背後の山林には、岡本越後《えちご》配下の四百五十名余が伏兵として潜んでいた。八公山降倭隊の固めている坂上から追撃隊との距離はまだ二丁四十五間（約三百メートル）ほどあった。

　空き俵に土砂を詰め、それを積み上げて遮蔽物《しゃへいぶつ》とし、鉄砲を構えている降倭隊のほとんどが、かつての足軽や役夫であることは秀吉軍の追撃隊も知っていた。ならば、鉄砲で威嚇し、ひるんだ隙に騎馬の将士が斬り込めば簡単に蹴散《けち》らすことができるはずだった。

　秀吉軍鉄砲衆が左右横へ展開し、前かがみになって田の中を前進してきた。坂上の降倭隊も、左手山裾の田原隊も発砲せず、秀吉軍が接近するのにまかせた。追撃隊の鉄砲衆は、およそ一丁五十間（約二百メートル）まで距離を詰め、前列は尻《しり》をついて左膝《ひだりひざ》を立て、その上へ銃身を支える左の肘《ひじ》を置き、点火した火縄を火縄はさみに差し込んだ。後列は、しゃがんで開いた右膝だけを地面に突き、前列より高い位置に銃口を構えた。

「放て」の声とともに、追撃隊は一斉に銃撃し、八公山《はっこうざん》降倭隊は積み上げた土嚢《どのう》の蔭に身を伏せた。

田は刈り取られた後で水も落とされ、秀吉軍の騎馬将士は道から広がって横に展開した。白煙の立ちこめるなか抜刀した騎馬将士が叫び声とともに一斉に駆け出した。

「まず馬を射ろ。徒《かち》で寄せてきた者には後列が放て。よく引きつけろ」甚五郎の落ち着き払った声が、土嚢の蔭に身を潜めた降倭隊へ響いた。

秀吉軍の騎馬将士は勢いにまかせ、田の中を駆け上がってきた。だが、田の表面は乾いて見えるものの、中はぬかるんだ泥土で、馬は足を取られ駆け上がる速度がにぶった。しかも、朝鮮の水田は日本の田よりはるかに不定形だった。田の畦《あぜ》も入り乱れ、馬はそれを気にして一直線に駆け上がれず、斜行を繰り返した。

甚五郎の「構えろ」の声に、降倭隊は身を起こし、前列二百名がしゃがんで右膝を突く「中放し」に構えた。騎馬将士は三十三間（約六十メートル）ほど前までに迫っていた。

「放て！」の響きとともに、坂上から降倭隊の鉄砲が火を噴いた。馬が倒れ、将士は田の中に投げ出された。立ち上がって抜刀し突撃しようとする将士を左手の山裾に潜んでいた降倭隊が横から銃撃した。土嚢に迫ってきた将士には後列百五十名が、第二波の銃撃を浴びせた。弾丸が鉄板胴を貫くビシ、ビシという音が響いた。

秀吉軍の鉄砲衆と足軽は、騎馬の将士が壊滅するさまを目にするなり、小頭《こがしら》の命令を待たず我先に倭城へ向かって逃げ出した。

五

十月十三日、泗《し》川《せん》新城の島津義弘のもとへ白旗を掲げて到来したのは、明国軍参謀の龍涤《りゅうてん》と与《よ》友理《ゆうり》だった。二人は、島津義弘に和議を申し入れた。しかるべき明国側の要人を人質として差し出し、和睦が成立すれば島津義弘も泗川新城を引き払い日本へ帰ることができる。

五日前の八日、すでに徳永寿昌《ながまさ》と宮城豊盛《とよもり》が泗川新城に到来していた。家康以下五大老から遣わされた二名は、秀吉の死を告げ、和睦の早期締結と朝鮮からの撤退とを命じていた。この日、去る九日に西路軍を撃退した順天倭城《じゅんてんわじょう》の小西行長と、船奉行として渡海していた寺沢広高も、泗川《しせん》新城を訪れた。小西と寺沢の二人も、龍添《りゅうてん》らと会見し、ここに和議が成立する運びとなった。

翌十四日、明国側は人質として茅国科《ぼうこくか》を連れて泗川新城に到来した。茅国科は、先に泗川新城を攻めた中路軍の遊撃将、茅国器《こくき》の弟だった。人質受け渡しの時、郭国安《かくこくあん》という明国人医師が同席していた。郭国安は、島津家の侍医として従軍させられていた。和議を結び、双方の警戒心が緩んだのを見計らって、郭国安は茅国科に母国語で囁《ささや》いた。

「日本では秀吉死去の大事があった。そのため倭軍は急いで帰国しようとしている。頼りとしているのは、釜山の食糧だが、それも数ヶ月分しかない。密《ひそ》かに人を送って一挙にそれを焼くがよい。倭軍の食糧はすでに乏しく、ますます帰心《きしん》を募らせている。清正などは、食糧がなく、島津に人を遣わし食糧を借りようとした。が、島津にも食糧がなく、断るしかなかった。朝鮮の倭軍営は皆同じ状況にある。それで和睦を結び撤退しようとしているのだ」

これまで、秀吉の死は、あくまでも噂《うわさ》の域を出るものではなかった。明国も朝鮮王国も、ここにいたって初めて、秀吉の死去を事実として知ることになった。

古順天の沢瀬甚五郎ら降倭軍が秀吉死去を知ったのは、翌十月十五日のことだった。秀吉が死んだという話は、かなり真実味があった。順天倭城から山尾坂《さんびはん》先の沢田まで十五丁ほどしかなかった。すぐ目と鼻の先に朝鮮軍の殿軍《しんがり》として降倭軍が待機していたにもかかわらず、一度撃退されただけで、後続の討伐軍が送られてくることはなく、城からも一向に出撃してこなかった。極めて異例のことだった。小西行長の講和談判は今に始まったことではなかったが、順天倭城は出撃を前提とした典型的な「仕置きの城」で、劉綎《りゅうてい》の体《てい》たらくを見れば、明軍の退却に乗じて古順天へ押し寄せてしかるべきだった。朝鮮の陣を引き払い帰国するため、何としても明国軍との講和を結ぼうとしているに違いなかった。

問題はその講和を結ぶ相手にあると甚五郎は思った。小西行長は、明国側との講和が成立すればそれで無事帰還の運びとなると考えているだろうが、焦土とされた朝鮮王国はけしてそれでは収まらない。海には李舜臣《りしゅんしん》が健在であり、陸においても王国軍の権慄《ごんりつ》や鄭起龍《ていきりゅう》、義兵の郭再祐《かくさいゆう》や義僧兵を率いる松雲大師《しょううんだいし》らがいた。明国側が講和を結べば属国の朝鮮もそれに追随すると思い込んでいるのならば、とんでもない間違いだった。朝鮮は秀吉軍の二度にわたる侵攻によって、ほぼ全土が蹂躙され、秀吉軍を遥《はる》かに上回る朝鮮の民が命を落としていた。戦で死んだ朝鮮の武将や兵は首級《しるし》のかわりに耳や鼻を削がれ、奴婢《ぬひ》の類《たぐい》や技術者は日本に連行され、朝鮮国王の墓は暴《あば》かれるなど、暴虐《ぼうぎゃく》が繰り広げられた。そのうえ明国軍が敗走のたびに朝鮮各村を荒し回り、秀吉の倭賊と何の変わりもない賊徒であることが明らかとなった。民衆の間には秀吉軍だけでなく明国に対する敵意すら生まれていた。明国と講和を結んでも、それで無事の帰国などありうるはずがなかった。

秀吉が死に、軍が撤退するにしろ、現在朝鮮にとどまっている秀吉軍は約六万五千名ほどになると甚五郎は聞いていた。しかし、海戦で多くの船が沈められ、全員が戻れるだけの船はなかった。順天倭城を見ても、城兵一万三千余に対して最大の安宅船《あたけぶね》は一艘だけで、あとは関船と小早船《こばやぶね》ばかりだった。安宅船でさえ二百五十人ほどしか乗れない。関船なら百人、小早なら四十人乗るのがせいぜいのはずである。順天倭城には関船や小早など八十数艘が残っているだけだった。

日本から新たに船を寄こしたとしても、何とか連れて帰れるのは大名家臣と給人《きゅうにん》格の三千人ぐらいなものになる。残りの五千人近い足軽や役夫は置き去りにされる。残留している秀吉軍の全体で推し量れば、五万人近くは日本へ帰る船がない状況となる。

そもそもが秀吉の野心と妄想で始まった出兵であり、それぞれの大名は自家の安泰を願って追従しているに過ぎない。彼らは自家の権益さえ保持できれば領民などどうなってもよい。足軽や役夫には何も知らされていないが、撤退時の混乱に五万ほどの日本人がこの地に置き去りにされるに違いなかった。

慶長三年（一五九八）陰暦十一月

一

十月三十日、朝鮮からの秀吉軍総退陣に際し、泗川《しせん》新城において申し合わせが結ばれた。これには、泗川の島津義弘、順天《じゅんてん》の小西行長、固城《こじょう》の立花宗茂と高橋直次、南《なん》海島《かいとう》の宗義智、船奉行の寺沢広高が連署のうえ確認した。

覚《おぼえ》

一、東目《とうもく》の衆（右軍）が日本へ引き揚げた後、十一月十五日を期限として、順天、南海、泗川、固城、四ヶ所の衆は唐島《とうとう》（巨済島《きょさいとう》）まで引き揚げること。

一、順天と泗川の和議においては、双方共に講和が成立すればそれに越した事はないが、どちらか一方でも講和を進め、一日でも早く人質を受け取り和議を成立させること。
一、引き揚げに際しては、先に引き揚げられる所から順次引き揚げるべきこと。
付、順天には泗川と固城の船を差し向けること。泗川の（島津）船は南海島まで、固城の（立花）船は唐島の瀬戸まで、順天からの引き揚げ者を送り届けること。


蔚山《うるさん》の加藤清正、金海《きんかい》の鍋島直茂、西生浦《せいせいほ》の黒田長政、釜山《ふさん》の森吉成ら慶尚道《けいしょうどう》の東部に在陣する各将は、一足先に釜山港から帰国するとして別行動を採ることになった。

十月十八日、小西行長らの拠《よ》る順天倭城の攻略に失敗した西路軍は、倭城から二里半（約十キロ）離れた古順天《こじゅんてん》に軍営を置いていた。この日、西路軍を率いる劉綎《りゅうてい》の営舎に岡本越後が呼ばれた。これまで降倭《こうわ》軍に対する命令は、朝鮮王国軍の権慄《ごんりつ》を経由して下されるものだった。

岡本越後は、行長との講和交渉の使者として順天倭城へ向かうよう劉綎から命じられた。

劉綎の幕営から戻った岡本は、沢瀬甚五郎の営舎に立ち寄った。

「小西行長からの和睦《わぼく》申し入れは今に始まったことではない。小西は以前から順天倭城と武器弾薬の一切を劉提督に引き渡し、代わりに退路を確保するための人質を求めていた。劉提督は、このたび人質として劉天爵《りゅうてんしゃく》を倭城へ送り、倭城と武器弾薬をこちらに引き渡すことで小西らとの和議を成立させることを決した。甚五郎殿にも一緒に行ってもらえれば有り難いが」

「いや私は同行できない。かつて宇土《うと》で小西摂津守と会っている。宇土の家臣たちに鉄砲術の指南をしたこともある。顔を憶《おぼ》えられている危険がある。死んだはずの者が生きて敵軍にいるとわかれば、日本に残された者が何かとやっかいなことに巻き込まれる」

小西行長の使者が順天倭城から再三劉綎《りゅうてい》のもとを訪れ、宝剣や銀貨などの贈与があったことは、岡本越後はじめ沢瀬甚五郎ら降倭軍も知っていた。秀吉が伏見城で死去し、行長らが帰国しようとしていることは明らかだった。この機会に海陸から挟撃《きょうげき》して小西行長らを討ち順天倭城を占領するなら話もわかるが、劉綎には戦意がなく行長の講和申し入れに便乗し、無血で順天倭城を手に入れようとしていた。

「小西行長は、劉提督との間で和議が成立すれば、藩属する朝鮮王国の諸軍も追随して朝鮮からの退路を開けるものと思い込んでいるが、果たしてそう容易に運ぶかどうか。順天倭城の秀吉軍は海路を用いるわけだから、朝鮮水軍を率いる李舜臣《りしゅんしん》が和議に従わず、小西らの船を攻撃することは充分にありうる」岡本も行長と劉綎の講和など朝鮮王国軍には無視されかねないと危惧《きぐ》した。

「そもそも順天には船が足りない。倭城にはまだ総勢一万三千人はいるだろう。どう見ても五千人ほどは乗る船がない。釜山や各地から順天へ船を廻すことになるのだろうが、朝鮮水軍が和議に従わなければ、また面倒なことになる」甚五郎はそう話した。

「劉提督は、小西の城を受け取り、それを戦功として北京《ペキン》へ帰ることしか考えていない。権慄《ごんりつ》将軍らは、この和睦交渉を黙認はしても、今さら和議などに同意するはずもない。まして海上では何が起こってもおかしくない……」

小西行長は、和議をあまりにも単純に考えているようだった。朝鮮王国軍ばかりか、明国《みんこく》水軍を率いる陳璘《ちんりん》は、攻撃一つ仕掛けなかった劉綎の体《てい》たらくに怒り収まらず、劉綎につかみ掛からんばかりの勢いだったという。その劉綎が小西行長と和議を結び戦功として順天倭城を受け取ることになれば、陳璘はそれに反発して破談に持ち込むため、李舜臣と行動を共にするはずだった。

十月二十日、岡本越後は、侍烏帽子《さむらいえぼし》を着け、直垂《ひたたれ》に括袴《くくりばかま》、腰刀だけを帯び、騎馬して順天倭城へ向かった。

岬一帯の広大な丘陵を囲い込んだ順天倭城は、厳重な造りをなしていた。外郭を形作る二重城壁の櫓門《やぐらもん》を三つくぐり抜け、やっと本城の丘下へたどりついた。大手門は西側に開き、二重枡形《ますがた》が設けられて、本城の防禦《ぼうぎょ》には細心の注意が払われていた。門の外に床几《しょうぎ》が置かれ、岡本はそこで馬を預け、待つことになった。

小西行長が家老の小西作右衛門を伴って大手門より現われた。

「阿蘇《あそ》大宮司《だいぐうじ》惟光《これみつ》が旧臣、岡本越後と申した者です。このたび明国西路軍の劉提督より遣わされ、最前の和議につきまして御返答申し上げるべく参上いたしました」

「大儀でござる。まずは掛けられよ」小西行長はそう言って自らも対面の床几に腰を下ろした。

「以前より武略智略《ちりゃく》をめぐらし討ち果たし申すべくたばかって参りましたが、かなわぬことでございました。この上は先のお約束のごとく、御居城ならびに武具道具を相違なくお引き渡しいただきとう存じます。明国から人質の官人は、御門外に召し連れ、お渡しいたします」

「来《こ》し方の事は、少しも心に掛けてはおりません。お渡しいただいた御仁を日本にお連れいたし、また、後々末代までも高麗《こうらい》の帝王より御代替わりの継ぎ目ごと勅使を立てられ、御礼として貢《みつ》ぎ物を捧《ささ》げていただくことをお約束くださるならば、秀吉公へその通りに申し上げる所存です」行長は真顔でそう語った。

侵略の元凶、秀吉が死んだことは、明国でも朝鮮王国でもすでに知っており、それがゆえに行長らは朝鮮から軍の撤退を許ろうとしていた。明国からの人質は、行長たちが安全に帰国するための保証であり、それ以上の意味はなかった。行長は朝鮮国王の代替わりのたびに勅使を立て貢ぎ物を献上せよなどと言うが、朝鮮王国が秀吉の属国になったはずもなく、秀吉亡《な》き今、誰に対して勅使を立て貢ぎ物を捧げるのか。もはや行長は錯乱しているとしか言いようがなかった。劉綎《りゅうてい》が戦功として順天倭城を受け取り北京へ帰る必要があるように、行長もまた日本へ帰国してからの立場を保持するため、そのような言質《げんち》を今さら求めているのだろうと岡本は思った。岡本としては、行長の講和条件を劉綎が飲むという返答をし、その人質引き渡しの段取りを伝えるだけのことだった。

「当月二十五日、官人を召し連れましてこの門外に参ります。御受取り下さるべく願います。その折、上下三十二人にて参上いたします」

十月二十五日、人質となった劉天爵《りゅうてんしゃく》は、金糸《きんし》を施した黒い紗帽《しゃぼう》をかぶり紅の朝服《ちょうふく》に身をつつんで輿《こし》に乗った。供の者が絹の天蓋《てんがい》を差し掛けた。その後に二列になった楽隊が鉦《かね》太鼓を響かせ、笙《しょう》や篳篥《ひちりき》を吹き鳴らして古順天を出発した。岡本越後は黒の唐《とう》冠《かん》に白の儒服《じゅふく》で騎馬し、赤い馬簾《ばれん》の縁取りを施した竜の旗を掲げて先導した。

西の外郭門から入ると、兵舎が建ち並ぶ中から大勢の兵が通路に押し寄せ一行を出迎えた。一万人を超える兵と人夫は、大手門へ向かう通路で一斉に歓声を上げた。どの顔も、これで日本へ帰れるという喜びにあふれていた。その様を見るにつけ、岡本には暗然たる思いがした。これは、あくまでも西路軍を率いる劉綎との講和が成立したにすぎない。甚五郎が語っていたように船が足りず、このうちのどれほどの者が日本の土を踏めるかわかったものではなかった。

大手門の前にいたり、劉天爵は輿から降り小西作右衛門に導かれて門内に入った。岡本と楽隊はそのまま門外にとどまった。小西行長は岡本をねぎらった後、最後にこう語った。

「城を明け渡し日本に引き取る際、船出する時に狼煙《のろし》を上げる。それを合図として城へ参られよ」

「確かに承りました」岡本はそう返答し、ここに明国西路軍と順天倭城との間で講和が成立した。

三

十一月八日、和議の証《あか》しとなる人質を受け取ってから十四日目、乗船の触れ状が小西行長から順天倭城内の松浦鎮信、有馬晴信、大村喜前ら各大名家に廻された。

『明九日、おのおの船に御乗り候《そうらい》て、明後十日に船出申すべく候』

人質の劉天爵《りゅうてんしゃく》が秀吉軍に引き渡されて十三日が過ぎていた。この間、行長は物思いにふけっている様子で、出航の決断をためらっているように見えた。

確かに人質は劉綎《りゅうてい》より差し出されたものの、朝鮮国王の代替わりに勅使を立て豊臣家へ貢ぎ物を捧げるという行長の要請については、明国側からも朝鮮王国側からも証文はおろか返答一つなかった。

いざ朝鮮の陣を引き払い帰国する段になってみれば、何一つ得るものがなかったという事実のみが厳然として行長の目の前にあった。この足掛け七年は一体何だったのか。秀吉の明国征伐という野望に引きずられ、その先兵となって釜山《ふさん》に侵攻し、平壌《へいじょう》まで攻め上り、朝鮮各地を転戦してきた。朝鮮王国は焦土と化し、交易再開など不可能に近い状況となっていた。その間、行長は、大勢の兵を失い、宇土《うと》の領地も荒廃するに任せた。

先に秀吉薨去《こうきょ》の知らせをもたらした徳永寿昌と宮城豊盛らは、徳川家康を筆頭とする五大老の命令書によって、講和を結び早期の撤退を指令した。豊臣家を後継する秀頼はわずか六歳の幼児である。すでに日本の政権は、秀吉の遺言どおり家康や前田利家ら五大老にゆだねられ、行長と意を同じくする石田三成ら五奉行はその支配下に置かれていた。これまで行長とことごとく対立してきた加藤清正、鍋島直茂、黒田長政らは、行長の講和失敗によって秀吉の野望は潰《つい》え、すべてが徒労となったと指弾してはばからなかった。帰国してから己はどこに位置し、どう身を処せばよいのか。明国征服どころか朝鮮の一角も手にせずこのまま帰国するのは、自身の敗北を認めることにほかならなかった。

帰国のための期限とした十一月十五日は間近に迫っていた。泗川《しせん》の島津義弘、固城《こじょう》の立花宗茂、南海島《なんかいとう》の宗義智らは、集合地点とする昌善島《しょうぜんとう》へすでに到着しているかもしれなかった。順天倭城内の全員が乗るには船が足らず、申し合わせた泗川と固城からの船もまだ届いていない。先に覚書《おぼえがき》で示し合わせたとおり、泗川と固城から船を差し向けてもらわなければ、足軽や人夫として徴用された者を含めた全員の帰国はとてもかなわない状況だった。

順天倭城内では、いつまでも引き揚げ準備にとりかからない行長に対して、松浦鎮信ら諸大名からも不審の声が上がっていた。不足する足軽や人夫の船は、泗川と固城より差し向けられることを触れ廻し、行長はとりあえず先発隊だけでも集合地点の昌善島へ出航させることにした。小西行長から出航指令が出たと知り、順天倭城内の約一万三千の将兵と人夫は沸き返った。

十日早朝、先発船団は南海島の東北に位置する昌善島をまず目指すことになった。各大名家の家臣団も、それぞれ関船《せきぶね》などに乗り込み、船には各家の幕を引き回して夜通しの酒宴が繰り広げられた。

夜が明け、潮が満ちてきた。いざ解纜《かいらん》して沖へ向かった関船が目にしたものは、おびただしい水軍船が色とりどりの軍旗をたなびかせ順天の湾口を塞《ふさ》いでいる光景だった。明国と朝鮮の連合水軍五百艘《そう》余が砲口をそろえ、湾口の柚島《ゆうとう》付近を封鎖していた。各船内は祝宴の酔いも一度に醒《さ》め、皆顔青ざめた。和議を結んだことで誰もが帰国しか頭になく、秀吉軍は鉄砲と弾薬も西路軍に引き渡すため船には持ち込んでいなかった。慌《あわ》てて港へ戻った船からの報《しら》せに、小西行長は、全員上陸してそれぞれの持ち場を固めるよう指示した。

松浦鎮信ら各大名は鉄砲や武器を携え強行突破を図るべく主張したが、小西行長は和議を結び撤退を決めた以上、全員の無事帰国を優先するとして、新たに明国水軍司令官の陳璘《ちんりん》へ講和交渉を持ちかけることを選択した。

行長は陳璘に向けて使者と贈呈の金品を載せ小早船《こばやぶね》を出した。

「劉綎《りゅうてい》提督との和議が成立し、それを約する官人を受け取り帰朝するところである。何を思われて兵船を出したのか委細を承りたい」

それに対して、翌十一日、陳璘からの使者が順天倭城へ到来し、海路の封鎖を解除する条件として順天倭城を陳璘に引き渡すよう求めた。

「すでに劉提督へ城を引き渡すことを決め、それによって和議を結んでいる。陳都督《ととく》にはその代わりとして南海城と唐島《とうとう》の瀬戸城とを引き渡す」と行長は告げた。

十月二日から四日の戦いにおいて劉綎は何ら有効な攻撃をせず、激戦のうえ多数の犠牲を払ったのは明国水軍である。陳璘にしてみれば、倭賊が撤退するにいたり、戦功は水軍に帰せられてしかるべきものであり、順天倭城は水軍を率いた陳璘が受け取るべきものであった。

「もしわが方に順天倭城を引き渡さないのであれば、貴殿らの帰朝をさえぎるのみである」と陳璘は通告した。

十三日、行長は前日に引き続き陳璘へ多額の銀貨や宝剣、酒肴《しゅこう》とを贈り、「兵の生命は貴く流血は避けたい。退路を開けていただきたい」と願い出た。

陳璘は、倭城を築いて居すわる秀吉軍を朝鮮王国から駆逐することを目的として遠征してきた。撤退を決めた秀吉軍とあえて海戦を構える必要はなかった。陳璘に必要なのは、北京の兵部省に自軍の勝利を示す証しだった。これを受けて、陳璘は南海城と巨済島《きょさいとう》の瀬戸城とを引き渡し、同時に南海島にある武器弾薬もすべて差し出すことを条件として、退路保証の人質を行長へ送ることを約束した。

十四日昼、明国兵船二十艘が順天倭城の港へ到来した。船にはあでやかな唐織りの幕を引き回し、乗船した楽隊が管弦を奏《かな》でた。行長らの退路を保証する人質として、紅の朝服で正装した陳文同《ちんぶんどう》と六人の従者が乗っていた。船からは空砲が三発撃たれ、順天倭城内からも同じく空砲を三発放ってこれを迎えた。

翌十一月十五日、この日が順天倭城から巨済島へ引き揚げる期限となっていた。ところが、明国と朝鮮の水軍船は、退路を開けるものと思いきや、依然として順天倭城の湾口を固め、立ち退く気配もなかった。劉綎《の》との和議条件では武器弾薬の一切を倭城に残し出航するしかないのだが、もし明国と朝鮮の水軍が違約して攻撃してくれば、海上で皆殺しとなるのは避けられない。

五年前、文禄二年(一五九三)一月、行長は、沈惟敬《しんいけい》の講和確認を口実にした延引策に引っ掛り平壌《へいじょう》において苦杯を喫した。明国皇帝が講和を許したとの報せとは裏腹に、李如松《りじょしょう》率いる四万三千の明国軍が平壌に押し寄せ、行長ら秀吉軍は敗走するしかなかった。平壌における痛恨の経験は、たとえ明国側から人質を得たといっても安易に信用すべきではないことを行長に教えていた。

十六日になっても、明国と朝鮮の兵船は去る様子もない。行長は陳璘《ちんりん》に宛《あ》てて使者を送り、「帰朝いたしたく存じますゆえ、海上の唐船を退かせ下され」と要請した。

それに対して、陳璘からは「和議の官人をお渡ししたうえは、別に気に掛ける必要はありません。お通りください。帰朝の御船を見物いたすまでのことです」との返信が送られてきた。陳璘の真意を計りかね、倭城内では出航に踏み切れないまま時ばかりが過ぎていった。

いずれにせよ、撤退期限の十五日は過ぎていた。行長はこの日も、陳璘に駿馬《しゅんめ》と高価な馬具、武具類を船に積んで贈呈し、同時に一艘の小早船を昌善島《しょうぜんとう》へ向けて発した。順天倭城を撤退しようにも、海上を封鎖されて身動きがとれない窮状を島津義弘らに通報するためだった。陳璘はこの小早船が東へ向かうのを黙認した。

三

朝鮮水軍は、順天倭城から発せられた小早船が光陽《こうよう》湾から東の露梁《ろりょう》海峡へ向かうのを確認した。明国の兵船はそれを攻撃も拿捕《だほ》もせず、通過するままにまかせた。小西行長から泗川《しせん》の島津義弘らへ援軍を要請する船であることはわかりきった話だった。

この報せを受けた李舜臣《りしゅんしん》は即座に軍議を開き、東から到来するだろう秀吉水軍への対策を練った。李舜臣の片腕、宋希立《そうきりつ》は主張した。

「順天倭城の前洋に兵船を配置したまま、背後から秀吉の水軍を迎える形となれば、前後からの挟撃にさらされることになり、苦戦はまぬがれません。まず先に、東から来る倭城の援軍を露梁海峡で粉砕すべきものと考えます」

朝鮮に在陣する秀吉軍は帰国を急いでいた。北西の季節風が吹き荒れ、泗川や固城《こじょう》の東方から来る援軍の兵船団は、逆風を突いて南海島の南を迂回《うかい》し、麗水《れいすい》海峡経由で順天倭城に到来する余裕はない。宋希立が言うように、最短の露梁海峡を抜け光陽湾に入ってくるはずだった。

陳璘のもとを訪れた李舜臣は、やがて襲来するであろう秀吉水軍を露梁海峡で迎撃することを告げ、陳璘《ちんりん》にも出撃を促した。

「将は和を言うべからず。讎《しゅう》（仇敵《きゅうてき》）は逃すべからず。この賊、また天朝（明国）の赦《ゆる》しがたき賊なり。しかるに提督は、むしろその和を欲するか」

李舜臣の訴えに陳璘は沈黙したままだった。が、確かに李舜臣《りしゅんしん》が語るように「ユキナガ」の首を挙げれば、陳璘の戦功は疑いを入れない証しとなる。このまま和議に従い「ユキナガ」の帰国を見逃せば、劉綎《りゅうてい》のごとき無能な腰抜けと何の違いもないことになる。これまで李舜臣は戦功のすべてを陳璘にもたらした。李舜臣の海戦における天与の才は疑いを入れない。このたびも、李舜臣の作戦に乗じて、露梁海峡で「シマヅ」を粉砕し、「ユキナガ」を順天倭城に孤立させれば、ほどなくして食糧も尽き、「ユキナガ」の生け捕りも可能となる。

東路軍の麻貴《まき》、中路軍の董一元《とういちげん》、西路軍の劉綎、彼ら三路の提督は、いずれも大軍を擁しながら寡兵《かへい》の秀吉軍に歯が立たず、ぶざまな敗退を繰り返していた。ここで水軍が「シマヅ」を叩《たた》き、「ユキナガ」を捕虜にすれば、陳璘の英名はいよいよ北京に鳴り響くことになる。陳璘は、露梁海峡を通過してきた「シマヅ」を北と南から挟撃するという李舜臣の作戦を受け入れ、出撃することを決した。

十一月十五日夕、島津義弘は、南海島《なんかいとう》の北東に位置する昌善島《しょうぜんとう》に着いた。十月末の申し合わせでは、より東に位置する巨済島《きょさいとう》で落ちあうはずだったが、不足している引き揚げ船を順天倭城に送る必要から、泗川《しせん》沖のこの島にいったん諸将が集合することになった。すでに島津義弘は、明国側からの人質として茅国科《ぼうこくか》を受け取っていた。泗川新城を引き払い、後は帰国するばかりとなっていた。

撤退期限と定めた十五日が過ぎた。固城からは立花宗茂と高橋直次の兄弟が到来し、南海島の宗義智と船奉行の寺沢広高も昌善島に着いていた。ところが、とうに到着しているはずの小西行長らがまだ来ていない。寺沢広高のもとには先月二十五日に西路軍を率いる劉綎との和議が結ばれ、人質を受け取ったという報せが行長から届いていた。だが、それ以後は期限に遅れるという連絡さえなかった。

遠征してきた明国将が北京に戻るうえで、「ユキナガ」の首は何よりの戦勝の証しとなる。たとえ陸の西路軍提督との講和は成立したとしても、小西行長らが順天倭城から退去する機会を狙《ねら》って連合水軍の襲撃がないとは言い切れなかった。泗川における和議は、島津勢の圧勝によって明国軍から申し入れられた。城は明け渡したものの島津勢の武器弾薬は引き渡さず、武装したまま昌善島へ着いていた。

十六日朝、島津義弘は順天倭城から窮状を訴える報せを受け、小西行長らを迎えるため順天倭城のある光陽湾へ向かうことを決断した。義弘は、余計な荷を磯島《いそじま》に陸揚げし、武器弾薬を備えて兵船を仕立て光陽湾へ向かうと寺沢広高らに告げた。

昌善島から順天倭城までは西へ海路十里（約四十キロ）、逆風をついて最短距離を行くには晋州湾《しんしゅう》から南海島北端の露梁海峡を通過し光陽湾へ入る必要があった。救援のため順天へ向かう島津義弘に、立花宗茂、高橋直次、寺沢広高らも兵船を仕立て、同行すると決めた。秀吉水軍は兵一万二千、五百艘の船で昌善島から西へ向かって出航することになった。

十一月十六日夜、島津義弘率いる兵船団の先鋒《せんぽう》百艘余は、露梁海峡を通過し、光陽湾の入り口に当たる露梁里近くの小湾に船を停泊させ夜明けを待った。

露梁海峡の光陽湾口を挟んで、北の水門洞《すいもんどう》沖に明国水軍、南の南海島は観音浦《かんのんほ》沖に李舜臣《りしゅんしん》率いる朝鮮水軍が待機していた。明国と朝鮮の連合水軍は、兵船五百艘、水軍兵一万五千を数えた。

丑《うし》の刻(午前二時)、倭軍襲来の報に明国水軍の副司令官鄧子龍《とうしりゅう》は先陣を切って、停泊する島津船団に突入することを決した。さえざえと月光の照らす中、明国兵船で最大を誇る福船《ふくせん》を押し立て、露梁里沖へ向かって東進した。

先鋒となった島津船百艘余が停泊している中に、高楼《こうろう》のごとき巨大な船が押し寄せ、いきなり高みから火箭《かせん》を発し、仏狼機《フランキ》砲と半弓《はんきゅう》を一斉に放って先制した。後続の虎船《こせん》も、舷《げん》を接近させるなり半弓と火砲、投げ焙烙《ほうろく》で攻めかかった。突然の夜襲に、島津兵船は応戦する間もなく次々と炎上した。島津の兵は炎上する船から海中へ飛び込んで逃れようとした。が、海中の兵にも容赦なく矢弾が浴びせられた。島津の先鋒船団は五十人が戦死し、兵船団は散り散りとなった。

露梁海峡西の出口で激しい砲撃音が聞こえ白煙と火光とが夜空に映える様に、後続の島津船と立花宗茂らの兵船団は、錨《いかり》を引き揚げると西を目指し急ぎ発進した。

十一月十七日未明、後続の島津兵船は、海峡を抜け出る先から火箭を浴びせられた。明国水軍司令官、陳璘《ちんりん》の旗艦をはじめ鄧子龍と陳蠶《ちんさん》の福船三隻《せき》に備えられた大将軍砲による砲撃だった。総沈理《そうちんり》らも虎蹲《こそん》砲を乱射し北から攻め立てた。

李舜臣はそれに呼応し、南の観音浦沖から朝鮮水軍を発進させ、天字《てんじ》、地字《ちじ》、玄字《げんじ》、黄字《おうじ》の各大型火砲を放って秀吉水軍の直進を止めた。北と南から挟撃され、砲火の猛攻に秀吉水軍は光陽湾を西進することができず、南海島の西岸へ押しつけられる格好で南下するしかなかった。

李舜臣の作戦は、南海島観音浦の狭い湾内へ秀吉水軍を追い込むことだった。距離を取って激しく砲撃され、攻め立てられるままに秀吉水軍は観音浦の内へ入り込んだ。そこは奥に行くに従って狭くなり、どこかへ抜け出られる水路ではないことが明らかとなった。

これまで李舜臣《りしゅんしん》率いる朝鮮水軍に苦戦したのは、充分に距離を取っての強力な火砲による攻撃に手を焼いたためだった。日本での水軍戦は、船を接近させて舷を接し、敵の船に乗り込んで白兵戦へ持ち込むものだった。狭い観音浦内における海戦となれば、明国と朝鮮の大型火砲は同士討ちの危険が伴い自在に放つことはできなくなる。しかも鉄砲の射程距離に入り、敵船に乗り込んで戦う秀吉水軍に利がある。島津兵船をはじめ秀吉水軍は、連合水軍を湾内で迎え撃つため観音浦内で反転し、舳先《へさき》を湾口へと向けた。

十七日の早朝、観音浦の湾口を半円状に包囲した連合水軍に、秀吉水軍は横隊を作って湾口へ進撃した。夜襲の勢いにまかせ鄧子龍《ていしりゅう》の福船が、先陣を切って湾内へ突入した。大将軍砲から火箭を放ち、仏狼機砲を撃って秀吉水軍船の横隊に正面から割って入った。総沈理《そうちんり》らの虎船も虎蹲砲を放ってそれに続いた。

島津兵船は鄧子龍の巨艦を取り囲み、至近距離から船縁《ふなべり》に鉄砲をそろえて応戦した。後続の虎船には、舷を接して熊手《くまで》で引き寄せ、抜刀して躍り込んだ。狭い湾内で敵味方入り乱れ、矢や砲弾が飛び交った。焙烙や燃え上がる薪《まき》を敵船へ投げ込み、熊手で敵船を引き寄せては甲板での白兵戦が繰り広げられた。炎上する船、舳先を上にして焼沈する船、観音浦は炎と煙に包まれ、いたるところで水中に漂う兵の姿が見られた。

後続の明国兵船が放った火箭が鄧子龍の福船に飛び込み爆発した。船縁に二百人を数える明軍兵が押し寄せ福船の巨体が一気に傾いた。島津兵船は炎上する鄧子龍の巨船に一斉に漕《こ》ぎ寄せた。鉤縄《かぎなわ》を引っ掛け、垣立《かきだつ》をよじ登っては続々と船内に躍り込み、齢《よわい》七十の老将鄧子龍とその臣下二百名を斬殺《ざんさつ》した。

鄧子龍の巨艦が炎上し、襲いかかる秀吉水軍に明国兵船団が浮足立ったのを見て、李舜臣率いる朝鮮水軍が三艘の亀甲船《きっこうせん》を先頭に湾内へ突入した。亀甲船は、玄字砲を放ちながら明国兵船に押し寄せた秀吉軍船を後方から攪乱《かくらん》した。李舜臣の乗る板屋船《ばんおくせん》も湾内へ進撃し、天字銃筒を放って関船を砕いた。

明国水軍司令官の陳璘《ちんりん》は、苛烈《かれつ》な気性そのままに自ら乗る福船を湾内へ進攻させた。秀吉水軍は陳璘の乗る巨船を取り囲み、激しく銃撃して攻め立てた。板屋船の望楼からそれを見た李舜臣は、自ら火砲を持ち陳璘の福船を取り囲んだ秀吉軍船に割って入った。板屋船から火箭を放ち、兵は各字銃筒から砲弾を浴びせて、陳璘の船を囲みから脱出させようとした。

今度は李舜臣の板屋船が標的となり、秀吉軍船に取り囲まれて鉄砲を撃ち込まれた。甲板上の望楼から太鼓を打ち続け督戦に努めていた宋希立《そうきりつ》が、肩と胸部に被弾した。

倒れたものの宋希立《そうきりつ》は立ち上がり、裂いた戦袍《せんぽう》で傷をつつむと再び太鼓の音を響かせた。朝鮮水兵たちは各持ち場から銃筒を放ち続け、点火した焙烙を次々と投げ込んで力戦した。

この戦いの始まる前、李舜臣《りしゅんしん》は船上で香を焚《た》き天に祈った。「もしこの讎《しゅう》を殲《つく》さば、死もまた憾《うら》みなし」たとえ生命を捨てようとも秀吉軍を殲滅《せんめつ》するとの決意だった。すでに帰国を決め戦意に欠ける秀吉水軍と、李舜臣の魂が乗り移った朝鮮水軍の闘志は歴然として、船上における白兵戦でも朝鮮水軍が圧倒し始めた。

出血しながらも進軍太鼓を打ち続けていた宋希立が卒倒し、再び起き上がることはなかった。望楼に登って指揮する李舜臣の左腋《わき》に弾丸が炸裂《さくれつ》した。弾丸は破裂したまま背中に抜ける重傷だった。左右の者が望楼から李舜臣の身を助け下ろし帳《とばり》の内に入れた。

甥《おい》の李莞《りかん》が駆け寄ると、李舜臣は「戦いまさに急なり、わが死を言うなかれ」と語り、骸《むくろ》を楯《たて》で覆《おお》い隠すよう命じて息を引き取った。

李莞は、李舜臣の兄の子で当年二十歳だった。だが、若さに似合わず叔父譲りの胆力と怜悧《れいり》さとを備えていた。李莞は動揺の色も見せず、李舜臣の亡骸《なきがら》を楯板で覆い隠した。そして、戦死した宋希立に代わって督戦の太鼓を打ち続け、「統制使より指令」

としてあたかも李舜臣が生きているかのごとく攻撃命令を水軍各船に下した。

李舜臣が乗る旗艦の奮戦に、後続の挟船《きょうせん》も攻撃の手をゆるめず、火砲を放ち続けて秀吉軍船団に割って入り、焙烙を投げ入れては炎上させた。陳璘の旗艦は囲みから脱け出た。

午《うま》の刻過ぎ、島津義弘は何とか五十艘ばかりで観音浦《かんのんぽ》を脱出した。だが義弘の旗艦は帆柱が折れ、両舷の垣立は崩され、そこら中に矢が突き刺さっている有様だった。島津兵船の樺山権左衛門《かばやまごんざえもん》や喜入《きいれ》摂津守らは、炎上した船を岸に寄せ南海島に上陸して逃れるしかなかった。島津家臣の多くが討たれ、立花宗茂と高橋直次の兵船も矢玉を浴びせられて多くの兵を失った。帰国を目前にした露梁《ろりょう》海戦で、秀吉水軍は二百余艘を焼かれ三千余兵が討死することとなった。

陳璘は、自分の船を救出してくれた礼を述べるため李舜臣のもとへ使いを出した。その時になって初めて、李舜臣の戦死を知らされた。「統制使死す」の報せを受け取るなり、陳璘は椅子《いす》から倒れ伏し、地を叩いて慟哭《どうこく》した。朝鮮水軍の陣中はもとより、明国水軍の陣舎からも号哭《ごうこく》の響きが漏れ、不世出の海将を悼《いた》む声が絶えなかった。

四

十六日深夜丑《うし》の刻（午前二時）、順天倭城《じゅんてんわじょう》から東へ六里余（約二十五キロ）離れた露《ろ》梁《りょう》海峡でおびただしい砲撃音と火光とが確かめられた。夜明け前には、順天倭城沖を封鎖していた明国と朝鮮の兵船が姿を消した。人質をもたらした劉綎《りゅうてい》が、いまさら軍を動かす様子もなかった。順天倭城を脱出するならこの時しかなかった。

十七日夜明け、小西行長は、松浦鎮信ら各将に乗船命令を出した。全員が乗るには順天倭城の船ではとても足らず、足軽や人夫ら約五千人は城に残すしかなかった。ともかく行ける者だけで巨済島《きょさいとう》へ行き、残留者の引き揚げ船手配を講じることにして、あわただしく順天を出航した。

東の露梁海峡付近では前夜から戦闘が続けられていた。小西行長らは船を南下させ麗水《れいすい》海峡を通って、南海島《なんかいとう》の南を迂回し、閉麗《へいれい》水道から巨済島へ向かうことにした。

小西行長らの船が南下し麗水半島と南海島に挟まれた麗水海峡にいたったとき、東へ二里半（約十キロ）離れた観音浦《かんのんほ》で凄《すさ》まじい砲撃音が聞こえ、白煙が上がっているのが確かめられた。小西らは劉綎との和議どおり大砲や鉄砲は順天倭城に残したため、船にはそれぞれが身に帯びた刀以外の武器はなかった。観音浦での戦闘を遠望して、小西らの船団はそのまま麗水海峡を南下していった。

十一月十七日夜明け、倭城から二里半離れた古順天《こじゅんてん》の明国西路軍宿営に早馬が駆け込んできた。小西行長の大安宅船《おおあたけぶね》が再び荷物を積み込み始めたという。

前月二十五日に西路軍と和議を結んだ後も、順天倭城に引き揚げ船が到着した様子はなかった。前夜から順天倭城沖を固めていた明国と朝鮮の連合水軍が封鎖を解き、光陽湾を東へ向かっていることが確かめられた。

岡本越後や沢瀬甚五郎らが危惧していたように、少なくとも五千人余の足軽や人夫がそのまま置き去りとされる。劉綎と行長との和議では、順天倭城と武器弾薬を劉綎に引き渡すことになっていた。行長らが去れば、明国軍も帰国することになる。その時には、敵兵の首級《しるし》が武功の証しとされる。順天倭城を接収する時に、無防備の「倭賊」が五千人余もいれば、明国兵によってどんな惨劇が引き起こされるか、火を見るより明らかだった。すでに倭城では食糧が欠乏し、足軽や人夫たちが、明国兵から刀や槍《やり》などと引き替えに米や麦などを買っていた。西路軍を率いた劉綎はそれを黙認していた。「倭賊」を生かすためではなく、いずれ殺すことを前提に、その時まで生かしておく必要があった。明国西路軍を率いる劉綎《りゅうてい》については、右議政《うぎせい》（副総理）の李《り》徳馨《とくけい》も「提督の行うこと、まさに魂を奪われたる人のごとし」とまで酷評していた。

行長は順天城に置き去りにされた者たちの行く末に考えが及ばなかったのか。彼は秀吉の臣である前に「アゴスチーニョ」の洗礼名を持つキリシタンで、ひとりの人間なのではなかったか。行長は、人として失ってはならない自省の神火をすっかり消し去り、禽獣《きんじゅう》の類《たぐい》に堕してしまったとしか思われなかった。

沢瀬甚五郎は田原七左衛門と岡本越後を伴い、通詞の権太郎《ごんたろう》を連れて朝鮮軍総司令官権慄《ごんりつ》の陣舎に急いだ。権慄に対し、全員が引き揚げるには順天倭城の船がとても足らず、日本から徴用されてきた足軽や人夫が城に多数取り残されていることを伝えなくてはならなかった。

「かの者たちは日本で農や漁を専《もっぱ》らとする者たちです。この侵略戦のため、有無を言わさず行長らに連れて来られた者ばかりです。私どもに預けていただければ、土地を開墾し糧《かて》を生むことができます。ここで天兵による殺戮《さつりく》を許さず、この朝鮮王国で生かすことをお考えいただきたく存じます」と甚五郎は権慄に訴えた。

足掛け七年の戦乱で朝鮮の国土は荒れ、大勢の民が殺されていた。甚五郎は、残留せざるをえなくなった日本人を率いて、土地を開墾し村を作ることを権慄に説いた。

そして、「いざ国難が起こりました時には、武備を調えいつでも権将軍のもとへ馳《は》せ参じます」と語った。

「私に何をせよと言うのか」権慄は甚五郎を見て尋ねた。

「天兵より先に将軍が順天倭城に入っていただきたく存じます。そして、朝鮮王国軍への投降を促し、投降した者だけでもお救いいただきたく存じます」甚五郎は権太郎を通じてそう答えた。

「秀吉の軍を撃退すれば、天将も天兵も明国へ引き揚げます。明への帰国に際して、何よりの武功の証は『倭賊』の首級となります。船で立ち去った小西行長らとは異なり、順天倭城に置き去りにされた者は、戦いを宿業《しゅくごう》とするサムライではありません。しかし、足軽や人夫も、『倭賊』には相違なく、ほとんどが帰国する天兵らの戦功の証しとして殺されるにちがいありません。天将の軍が順天倭城に入城した時に、取り残された五千人余の『倭賊』がそこにいれば、天兵は手当たり次第斬殺して、首を狩り集めることになります」甚五郎はそう訴えた。

降倭軍は、日本人ながら秀吉軍相手に奮戦し、朝鮮王国軍の一翼を担《にな》ってきた。権慄をはじめ金応瑞《きんおうずい》ら朝鮮王国軍の将士ばかりか、松雲大師《しょううんだいし》らの義僧将、そして民衆まで、降倭軍を頼りとしてきた。そして降倭軍はその信頼を一度も裏切らなかった。

それに対して「天兵」と仰ぐ明国軍は、戦では頼りにならず、あくなき要求と強奪を繰り返すばかりで、そのため朝鮮人民の疲弊は一層深刻なものとなった。

領議政（総理）の柳成龍《りゅうせいりゅう》は、明国軍の兵糧《ひょうろう》供給と外交折衝に当たってきたが、明国軍の徴求のひどさに耐えきれず、国王宣祖《せんそ》に啓上していた。

『近く南下して以後、明の遼東《りょうとう》、薊州《けいしゅう》、宣府《せんぷ》、大同《だいどう》などから来た北兵は、そこらじゅうで騒ぎを起こし、思いどおりにならないと当国の官吏を殴打《おうだ》し、下人を縛りつけ、酒食を強要し、日を追うごとに増長してその行状はひどくなるばかりです。そのやりたい放題は手の付けようもないほどです。馬を宿駅ごとに新しく替えると言い出して、怒鳴りつけては持ち出し、勝手に乗り去り、それらの馬は一頭も戻ってきません。毎朝毎晩、強奪を行い、民間の牛馬がほとんど尽きてしまっても、まだ恫喝《どうかつ》して出させようとします。生民の災難たるや語るに忍びないほどです』

沢瀬甚五郎や岡本越後が、日本の名家で重用されていた高位の武士であることも、権慄はよく知っていた。彼らは、漢文での筆談ができ、武術はもとより品性にも優れていた。求めるもの少なく、功を誇ることもなかった。敵兵だった降倭たちが、これほど朝鮮の民衆に受け入れられたのは、彼らを率いる甚五郎らが統率力に富み、厳しく配下の行動を律してきたためにほかならなかった。彼らならば置き去りにされた兵をまとめ、荒れ地を開墾し、村を作ることもできると権慄《ごんりつ》にもうなずけた。

行長らは出航の合図として狼煙《のろし》を上げることになっていた。狼煙が上がれば劉綎《りゅうてい》は西路軍を率いて順天倭城へ向かうことになる。

「権将軍、時の猶予《ゆうよ》がありません。夜が明ければ、行長たちは出帆します。合図の狼煙が倭城から上がり、天兵が倭城へいたる前に、なにとぞご出馬をいただきたくお願い申し上げます」甚五郎はそう訴え、岡本越後と七左衛門ともども頭を下げた。

慶長三年（一五九八）陰暦十一月

一

十一月十七日の夜明けとともに降倭《こうわ》軍千と朝鮮王国軍の兵三千が宿営地の古順天《こじゅんてん》を発し、東南へ向かった。霧氷がきらめく厳寒の中を二里（約八キロ）ほど行軍し、先月上旬まで陣を布《し》いていた山尾坂《さんびはん》に到着した。東南に半里（約二キロ）ほど離れた岬の高台には順天倭城の三層からなる天守が望めた。低く垂れ込めた雲を透かして太陽は水平線のかなり上に位置し、すでに巳《み》の刻（午前十時）近いことを教えていた。

ここまで劉綎《りゅうてい》は、順天倭城の堅牢《けんろう》な構えと鉄砲での迎撃を恐れ、攻撃らしきものを行わなかった。形ばかりの砲撃を試み、迎撃されれば即座に退却する。倭城の本丸から遠く離れた西外郭の城壁で、それを繰り返しているばかりだった。攻撃を極力ひかえたために自軍の兵は損なわず、しかも順天倭城から小西行長を退却させ、倭城と武器弾薬を丸ごと受け取る。そのうえ、秀吉軍兵の首を多数北京《ペキン》に持ち帰れば、劉綎ほどの「名将」はいないことになる。

劉綎と行長が結んだ講和の条件は、あくまでも順天倭城の明渡しと武器弾薬の供出だけである。置き去りになった五千人の足軽や人夫を救出してもらいたいという沢瀬甚五郎の請願に、都元帥《とげんすい》(総司令官)の権慄《ごんりつ》は降倭軍千名に朝鮮王国軍の兵三千を付けて倭城へ送り、足軽と人夫を城外へ退出させることを命じた。「倭城の外へ出た者は、朝鮮王国軍の捕虜として迎え入れよ」それが権慄の返答だった。

山尾坂には、劉綎から派遣された三百名からなる明兵が駐留していた。部隊長らしき長刀を帯びた者が、朝鮮王国軍を率いる金応瑞《きんおうずい》に到来した目的を問いかけたが、金応瑞は騎馬したまま無視し何も応《こた》えなかった。突然現われた四千人もの朝鮮王国軍に圧倒され、西路軍の駐留兵はただそのさまを眺めているしかなかった。

前慶尚道《けいしょうどう》陸軍司令官の金応瑞は、昨年十二月の蔚山《うるさん》城攻めでも岡本越後らと戦陣をともにしてきた。秀吉軍の襲来以来、金応瑞は「戦《いくさ》のための城」を築く必要を切に感じ、国王にそれを奏上し、権慄にも再三上申してきた。順天倭城へ置き去りにされる足軽や人夫の多くは、直接築城に当たってきた者たちである。その築城技術は必ず朝鮮王国でも役立つものとなる。また、人夫として徴用されて来た者も、いざ戦ともなれば従軍し、鉄砲が放てた。中には鉄砲や刀の製造技術を持っている者もいるはずだった。明国軍兵の戦功ごときのために、むざむざ殺させるわけにはいかなかった。

降倭軍を率いる沢瀬甚五郎らは、前夜から順天倭城の北に位置する岡上へ数人の物見を送り込んでいた。山尾坂《さんびはん》でその一人から報告を受けた。

小西行長の大安宅船《おおあたけぶね》をはじめ順天倭城に繫留《けいりゅう》された船は、人と荷を積み、潮が満ち次第、解纜《かいらん》するばかりとなっている。倭城の西側に当たる広い外郭内の兵舎には、おびただしい数の兵や人夫がまだ残っており、それら約五千を数える者たちの乗る船は、港や浜に見当たらない。西側の外郭内では置き去りにされる人夫たちが所々で集まり、不安げに何か話し合っているという。

半刻《とき》(約一時間)ほど過ぎて、新たな物見が山尾坂まで駆けつけ、倭城から大安宅船と多数の関船《せきぶね》や小舟が出航したとの報をもたらした。船団は、すべて猫島の南側を通って沖へ向かったという。猫島は倭城本丸からすぐ正面に位置する島だった。その南側を航行したということは、小西行長らは、前夜から戦闘を続けている東の露梁《ろりょう》海峡を避け、麗水《れいすい》海峡を抜けて南海島《なんかいとう》の南を迂回《うかい》し釜山《ふさん》の方へ向かう航路を選んだように思われた。

甚五郎が聞いた話では、順天倭城を引き払う際に小西行長らが狼煙《のろし》を上げ、それを合図に西路軍が倭城へ入ることになっていた。急な脱出を余儀なくされ、幸いにして倭城からの狼煙は上げられなかった。西路軍の到来は遅ければ遅いほどよい。山尾坂に駐屯する西路軍の兵が狼煙を上げたり古順天へ急使を送ったりすることのないよう金応瑞に後事を託し、岡本越後と沢瀬甚五郎らは順天倭城へ急いだ。

二

順天倭城で人足頭の一人に伝四郎《でんしろう》なる者がいた。伝四郎は、前年三月に物資輸送のため徴用されるまで、天草上島《あまくさかみしま》の栖本《すもと》で半農半漁の暮らしを営んでいた。栖本は上天草の中心地であり、天草水軍の根拠地として知られた。変転のすえ小西行長領となったその栖本に、伝四郎は妻女と幼い男女一人ずつの子を残して朝鮮へ渡海させられた。まだ二十五歳ながら体力知力ともに優れ、人足頭《がしら》の一人として天草出身者からなる二百八十余人を束ね、運搬や普請《ふしん》の作事《さくじ》に当たらせるまでになっていた。明国と朝鮮の軍が襲来すれば、天草の衆を率いて鉄砲を手に外郭城壁で迎撃した。

「天草五人衆」と称された天草諸島の豪族五氏も、天正十五年（一五八七）の秀吉による九州征伐には抗しきれず、そろって恭順した。秀吉から送り込まれた佐々成政《さっさなりまさ》による過酷な太閤《たいこう》検地によって肥後国衆一揆《ひごのくにしゅういっき》が引き起こされ、かろうじて生き残った天草五氏は新たに入封《にゅうほう》した小西行長の支配下に組み込まれた。ところが、行長の宇土《うと》城修築の夫役《ぶえき》に反発して蜂起《ほうき》した志岐麟泉《しきりんせん》が滅ぼされ、栖本、大矢野《おおやの》、上津浦《こうつうら》の各氏は、ともに小給《しょうきゅう》の武士におとしめられ、行長の宇土城下へ移住させられた。天草久種《ひさたね》のみが在城地の本渡《ほんど》に残されたが、所領は大幅に減らされ小西行長直轄領の一代官として処遇されたものだった。

　朝鮮出兵に際してかつての天草諸氏も小西行長に従軍し、天草久種、大矢野種基《たねもと》、上津浦種貞《たねさだ》、栖本通隆《みちたか》が、順天倭城に在陣していた。当然のことながら小西領となった天草の民は、所有する船ごと足軽や人足として根こそぎ徴用され、朝鮮へ渡海させられた。

　伝四郎の旧領主、栖本通隆は、この十月の連合水軍との戦いで大矢野種基、種量《たねかず》父子とともに重傷を負い、帰国の声を聞くこともなく朝鮮順天の地で没した。栖本通隆は、旧懐を覚えるためか伝四郎ら栖本からの人足たちに何かと声を掛け気づかってくれた。その通隆が三十二歳で戦死した。伝四郎らにできたことは、「ジョアン」の洗礼名を持つ通隆のために、有り合わせの材木を削り簡素な十字架を立ててやるぐらいのことだった。同じくキリシタンだった大矢野種基父子の十字架と並べて、順天の凍《い》てついた地に旧栖本城主嫡男の亡骸《なきがら》を埋葬した。

広大な岬の丘陵を丸ごと抱え込んだ順天倭城は、地続きの西側に広がる外郭部と、光陽《こうよう》湾に面した東の本城部とに分かれていた。城を東西に分けるように中央には潮入りの堀が設けられ満潮時には海水が満ち天然の堀となった。橋を渡して東西の城郭を行き来したため、朝鮮王国ではこの城を「倭橋《わきょう》」とも称した。足軽や人夫の兵舎は西側外郭に設けられ、本丸と出丸の間に位置する港の状況は、岬の高台にさえぎられて西外郭の兵舎からはうかがい知ることができなかった。

去る十一月八日、小西行長から「明日、順天城を引き払い帰国する」との触れが廻された。西側の兵舎にも酒肴《しゅこう》が配られ、足軽と人夫たちも、大名や武将とともに乗船して帰国の途につけるものと信じ、疑いもしなかった。

ところが、翌九日、乗船する段になって初めて「全員が帰国するには船が足らず、西外郭に居住する足軽および人足衆は泗川《しせん》と固城《こじょう》から差し向けられる船を待つように」との信じがたい報《しら》せが入った。順天倭城には、一万三千余の将兵と人夫たちがいた。十月の初め、明国と朝鮮の水軍から東の港と出丸北の船着《ふなつき》を執拗《しつよう》に攻撃され、繋留していた多くの船が焼沈させられたことは伝四郎も知っていた。

泗川《しせん》と固城《こじょう》から船が送られて来るといっても、それはいつのことなのか。それまでの食糧はあるのか。明国軍大将との和議が成立したといっても、朝鮮王国の方とはどうなっているのか。これまで小西行長を信じ城内の普請や荷運びに当たり、敵の襲来には鉄砲を持って迎撃した。しかし、いざ順天城を引き払い帰国する段になってみれば、西側の外郭に駐屯する足軽や人足の乗る船はないと言う。それを聞かされた者たちは、皆怒りを通り越して、ただ茫然《ぼうぜん》とするばかりだった。それに追い打ちをかけるように、「小西摂津守が、明国軍の大将に順天城の明渡しと武器弾薬の引き渡しを約束した」との話までが聞こえてきた。

将士はすべて去り、城の明け渡しの時に外郭へ残された者たちはどうなるのか。しかも、武器弾薬をすべて引き渡すとなれば、無防備で残された者は皆殺しにされる。秀吉の手先となって行長らが馬鹿《ばか》な戦を始め、有無を言わせず領民を徴発し、ここまで連れて来た。いざ退却する段になると、領民は置き去りにし、自分たちだけが船に乗って帰国するのだという。

こうとなれば、外郭に置かれた武器庫の鉄砲と弾薬、そして食糧も自分たちが生き延びる分を奪い取り、自力で脱出するしかないとの声が上がった。伝四郎を始めとする天草諸島出身の者は、元来海賊衆として知られた一族である。秀吉の「ばはん（海賊)禁止令」によって半農半漁の暮らしを強いられてきただけで、八挺櫓《はっちょうろ》ほどの小舟があれば、天草まで自力で帰れるだけの航海技術はそれぞれが身に付けていた。置き去りにされて明国軍や朝鮮軍に殺されるのならば、北浜の船着に繋留されている小舟を奪って逃亡するしかなかった。

あれほどの苛政《かせい》を天草にもたらした秀吉が死に、小西行長の身上も日本に戻ればこの先どうなるかわかったものではない。人足衆が小舟を奪い勝手に帰国したとしても、行長に責められ罪に問われるとは思えなかった。

ともかくも、人足頭となっている者が、それぞれの領主筋に不明な点を問いただし、それで以後の行動を決しようとの運びとなった。翌十日の夜明けを待って伝四郎たちが橋を渡り本城部の城門にいたると、小西行長の鉄砲頭芳賀新吾《はがしんご》が現われ、すぐに外郭の城壁を固めるよう命じられた。

明国と朝鮮の兵船が順天からの帰還船を阻《はば》み海上を封鎖しているとの報せだった。そのため乗船した将兵たちも上陸して、それぞれの部署に着き、城は再び戦闘態勢に戻ったという。和議が結ばれたのは明国軍陸将の劉綎《りゅうてい》とだけで、海上には明国と朝鮮の連合水軍が押し寄せていた。倭城本丸の東南湾内に向き合う形で猫島《びょうとう》があり、連合水軍がそこに陣取っているとの報せも、芳賀新吾より伝四郎らに告げられた。海上と呼応して陸側からの攻めも考えられるため、足軽や人足はすぐに戻って西側城壁の配置に着けとの指令だった。

帰国することを決めたものの、海上にはおびただしい敵の兵船がひしめいており、小西行長らは身動きがとれないままだった。今度は明国と朝鮮水軍の大将に行長が銀や宝剣を贈り、退路を開けてくれるよう交渉を持ちかけることになった。これまでも行長は陸の明国軍大将に多量の銀子《ぎんす》や武具を度々贈呈し、結果として人質を受け取り西路軍との和議を結んだ。それらのことは、伝四郎らも見聞きしていた。

いざとなれば置き去りにされることが明らかとなり、伝四郎ら天草衆は、倭城から脱出するための方法を再び練り始めていた。出丸北の船着は本城部城壁の外側に位置していた。その浜には八挺櫓ほどの荷船が三十艘《そう》陸揚げされていた。一艘に十五人前後は乗れる。監視のための浜に建てられた二基の井楼櫓《せいろうやぐら》は、十月初めの戦闘で明国と朝鮮の水軍に火箭《かせん》で焼かれ、再築されないままになっていた。北浜の城門櫓も全焼し、代わりに柵《さく》で囲い板で門扉《もんぴ》は作ったものの、撤退することが決まってわざわざ建て直す理由がなくなっていた。

北浜の城壁も段差のある場所が選ばれ、浜から城壁の上までは三間半（約六・三メートル）ほどあった。外部からの侵入にはただでさえ難しくできているが、城内から浜に出るのは二間（約三・六メートル）の城壁を越えるだけとなって、踏み台や簡単な梯子《はしご》さえあればさほど難しくはなかった。西側外郭の兵舎から出丸北の浜に出て、荷舟を奪い、海へ出る。倭城に置き去りにされ、殺されるのを待っているよりは、それを決行する方がずっと生き延びられる可能性があった。

足軽や人足の糧《かて》は、港に近い本丸東北の崖《がけ》下に並んだ兵糧《ひょうろう》倉に運ばれ、そこから西の外郭部へ運び込むことになっていた。十月初めから明国と朝鮮水軍の攻撃が激しくなり、釜山《ふさん》からの兵糧船も来航せず、食糧の運び出しも厳しく監視されていた。本城部南西の兵舎に火を放ち、侍どもの注意をそちらに向けておいて兵糧倉を襲う計画も立てた。

だが、北の浜から漕《こ》ぎだしたところで、明国と朝鮮の水軍と出くわせば簡単に焼き沈められる。目の前に敵の兵船がひしめいていては、人足たちも動きようがなかった。

十四日になって、芳賀新吾から「明国の水軍大将とも和議が調《ととの》い、帰国のための船を求めて泗川《しせん》新城へ使者を乗せた小早《こばや》が送られた」との報せを伝四郎らは受け取った。新吾はいつになく晴れやかな表情で「これで皆が一緒に帰れる」とも語った。

七十人が乗れる関船の六十艘もあれば、西側外郭の五千人も帰国の途につける。泗川新城の島津軍が、明国中路軍を破り潰走《かいそう》させたという報せは、伝四郎らも知っていた。充分に実現しうる話だと思われた。明国と朝鮮の水軍将と和議が成立し、帰国する船が泗川《しせん》新城から送られてくるのならば、人足たちもそれに越したことはなかった。「本城にいる連中の言うことなど信用できない」との声もあったが、北浜の船着から荷舟を奪って脱出するという天草衆の計画は、それでひとまず見送ることになった。

果たしてその日のうちに明国水軍の大将から海路で行長のもとへ人質が送られてきた。伝四郎ら人足頭となっている者二十人も本城部へ出向き、本丸大手門前でそれを確かめた。人質は黒い紗帽《しゃぼう》と紅の朝服《ちょうふく》を身に着け、六人の供を連れて本丸へ入った。

ところが、翌十五日になっても、明国と朝鮮の水軍船は海上の封鎖を解こうとしなかった。本丸から見下ろせる猫島《びょうとう》の周囲を多数の敵兵船が周回しているという。本城の方でも何がどうなっているのか混乱したままで、船を出せずにいる状況だった。

十六日の深夜、しきりに遠雷に似た砲撃音が西外郭の兵舎にも届いた。雲ひとつない晴天の月夜にもかかわらず東の空には不自然な光が度々映え、陸なのか海なのかわからなかったが明らかに戦闘が行われていることを示していた。東から来るとすれば救援のための島津船で、どれほどの船数が到来するかで帰国できる人足の数も決まる。ともかく、夜明けを待って本城部へ行き、状況を探ってくるしかないと伝四郎は決めた。

十七日の夜明け、伝四郎ら人足頭の二十人は、西側外郭から本城部へと向かった。西側外郭の出口となる城門から出ると、潮入りの堀には海水が満ちていた。橋を渡って本城部の櫓門にたどりついた。その門は北向きに作られ、これまで昼夜を分かたず二人の門兵が立っていた。ところがこの朝、門兵の姿がなかった。門扉を叩《たた》いてみたが、階上の城門櫓からも何の反応もなく、誰も出て来ない。本城部の城壁内は奇妙に静まり返っていた。

有馬と松浦の人足頭、直吉《なおきち》と庄蔵《しょうぞう》の肩を借りて、長身の伝四郎がまず櫓門脇《わき》の城壁上へよじ登ることになった。港はそこから東の位置にあり、城壁上からは一段低くなった港の全貌《ぜんぼう》を見渡せた。船着を囲っていた木柵が破壊され、行長の大安宅船はもとより木柵内を埋めるように繋留されていた八十数艘がすべて姿を消していた。直吉と庄蔵らも城壁の上に登ってきたが、彼らもその光景に声もなくただ青ざめるだけだった。海洋民特有の遠視力が、猫島脇を南へ遠ざかっていく船影をわずかにとらえただけだった。

砲声はいまだ止《や》むことなく、その時もしきりに東方から聞こえていた。島津軍はもとより固城《こじょう》の立花軍も陸戦ならば力負けすることはない。だが、海戦は勝手が違う。明国と朝鮮の水軍は千艘の兵船を数え、特に朝鮮水軍は半島近海で手強《てごわ》かった。

「出城の北浜に小舟が三十艘あるはずだ」伝四郎はそう声を掛け、城壁から飛び下り、北へ向かって走り出した。救援船の到来を信じ、ただ待っている余裕はなかった。出丸北側のそこに並び建てられた兵舎や蔵にも人影ひとつなく、いつまでも覚めない悪夢の中にいるようだった。

外郭の城壁を越え、北浜の焼かれた城門にたどり着いてみれば、昨日まで浜に並べられていた荷舟までが姿を消していた。昨日まで湾を回遊していたはずの明国と朝鮮の兵船は沖に一艘も見当たらなかった。順天倭城の救援に東方から航行してきた島津や立花の船を迎え撃つため、露梁《ろりょう》海峡の方へすべて移動したものだろう。戦闘が開始され、敵兵船が一斉にそちらへ向かったのを好機として、小西行長らは本城の家臣団を船に乗せ、急ぎ脱出したに違いなかった。

小西行長が明国の陸将と約した通り、倭城と武器弾薬を受け取るため明国と朝鮮の陸兵がじきに到来する。救援船が来るのを待つにせよ、それまで持ちこたえなくてはならない。こうとなったからには、まず人足衆を西側の外郭から、本城部へ移動させ、岬上の本丸と二の丸に立て籠《こも》り、到来する明国と朝鮮の陸兵を迎え撃つしかなかった。

それぞれの人足頭は、西側外郭へ駆け戻り、すでに小舟一艘もなく本城には全く人がいないことを報せ、残された全員が本城へ立て籠るしかないことを告げた。また、城と武器弾薬を引き渡すことが小西行長と明国軍陸将との和議条件であり、じきに明国と朝鮮の大軍が襲来することも報せた。

それぞれの人足頭が籤《くじ》を引き、伝四郎ら天草の人足衆は本丸の大手門を固めることになった。伝四郎は天草からの人足衆へ語った。

「これから急いで本城へ引き移り、我々が大手の城門を固める。先日の鉄砲頭の話では、泗川《しせん》と固城《こじょう》から救援の船が来るとのことだった。だが、昨夜から東方で砲撃の音がしている。この湾口を固めていた明と朝鮮の水軍がおそらく東へ向かい、島津様や立花様の御船衆と戦火を交えているものと思われる。我々のために船がどれほど来るのか見当がつかない。全く来ないかもしれない。どちらにせよ、明や朝鮮の軍兵にただ殺されるのを待っているわけにはいかない。こうとなった以上は、火器蔵にある鉄砲と弾、玉薬《たまぐすり》、兵糧倉にある米や味噌《みそ》、それらを本城に運び込み、籠城《ろうじょう》して戦うしかない」

天正十六年（一五八八）閏《うるう》五月、肥後の国侍《くにざむらい》による一揆《いっき》が鎮定され、「刀狩り令」と「ばはん（海賊）禁止令」が布かれるまで、天草の民はそれぞれが武装して戦を繰り返してきた。先月順天で戦死した栖本通隆の父、旧栖本城主親高《ちかたか》は、文禄元年（一五九二）六月、梅北国兼《うめきたくにかね》の叛乱《はんらん》に加担して敗れ、逃亡先の薩摩《さつま》において妻と次男ともども殺された。嫡男《ちゃくなん》の通隆が朝鮮へ出征しているさなかのことだった。梅北国兼の佐敷《さしき》城乗っ取りは、秀吉による朝鮮出兵へあからさまに反旗を翻《ひるがえ》したものとして記憶され、それにいち早く呼応した栖本親高の挙兵も、天草の民には不屈の海賊魂として語られていた。伝四郎の一族にも、親高の挙兵に馳《は》せ参じ、佐敷で敗死した者がいた。

外郭からの移動は、混乱したまま遅々としてはかどらなかった。灰色の雲が天を覆《おお》い、今にも雪が舞うような赤味を帯びていた。この朝は誰一人食事を取っていなかった。吹きつける北風は空腹の人足たちを凍えさせ、異邦に置き去りとされた衝撃は多くの者から生きる気力を奪った。

「大軍が来る！」の声に北西の方角を眺めると、山尾坂《さんびはん》の方から隊列を組み、坂道を埋める軍団が西外郭へ向かってくるのが見えた。離れた本城部まで全員が駆け込める余裕はとてもなかった。伝四郎ら天草衆は、鉄製の小火桶《ひおけ》に炭火を移すと、火器蔵から運ぼうとしていた鉄砲と弾薬を手に外郭の西城門へ向かった。

外郭部の突端に設けられた馬出《うまだ》しの井楼櫓に伝四郎が登ってみると、坂を下りきった敵軍が下方から再び城門目指し急坂を登ってくるのが見えた。距離は十丁近くあったが、伝四郎の遠視力は、その千余名の一軍が、明国や朝鮮の軍兵とは異なる風体をしていたのをとらえた。

その千を数える一軍は、これまでとは異なり攻城戦に用いる雲梯《うんてい》や飛楼《ひろう》などの設具も、明国軍の大将軍砲や朝鮮軍の天字銃筒《てんじじゅうとう》、虎蹲砲《こそんほう》などの大型火砲も一切携えていなかった。騎馬した将士は、よく見慣れた日本の当世具足で、槍《やり》や鉄砲を持った足軽たちも鉄陣笠《てつじんがさ》に腹当《はらあて》という格好だった。ただし、当世具足の将士はそろいの白い布を兜《かぶと》に巻き、白の襷《たすき》を鎧《よろい》の上から掛けていた。歩卒の鉄陣笠も、下半分は白に塗られていた。明国や朝鮮軍の馬簾《ばれん》縁取りを付けた軍旗も一切見当たらなかった。先頭の旗持ちが掲げていた幟旗《のぼりばた》には、「南無観世音菩薩《なむかんぜおんぼさつ》」の七文字が墨書されていた。

外郭の城門は、馬出しの右手後方に位置した。敵軍襲来の急報に、人足たちは鉄砲を手に馬出しや城門周辺の城壁へ続々と集結してきた。外郭突端の馬出し前で、一軍は行軍を停止した。先頭中央にいた騎馬将が、馬出しの城壁下に進んだ。火炎の立物《たてもの》を飾った頭成兜《ずなり》だった。

「順天倭城の衆に申し上げる。拙者、阿蘇大宮司惟光《あそだいぐうじこれみつ》が遺臣、岡本越後と申した者である。主君、阿蘇惟光は、六年前の八月十八日、肥後隈本《くまもと》で太閤に誅戮《ちゅうりく》された。六年前の冬、身どもら阿蘇の旧臣は、朝鮮王国軍に降《くだ》り、以来ここまで太閤の差し向けた諸勢と戦を交えてきた。太閤には恨みしかないゆえ、うしろめたいことは何らない。

明の西路軍提督と小西摂津との和議は、この城を明け渡し、武具、玉薬をすべて引き渡すというものである。小西摂津を初め、松浦刑部、有馬修理、大村新八郎、五島大和、いずれの大名も、皆の衆を置き去りにしてこの地をすでに去った。じきに明軍が到来する。明軍は一万三千余の大軍である。籠城しても武器弾薬のほとんどはすでに明軍に引き渡され、到底勝ち目はない。また、明軍はおぬしたちの首級《しるし》を戦功の証《あか》しとして北京へ持ち帰ろうとする。

わが軍に投降し、その城門を出た者は、朝鮮王国の捕虜として遇し、明軍には一切手出しさせない。朝鮮王国の権慄《ごんりつ》将軍が、皆の身の安全を約し、身どもらと朝鮮王国軍とが投降した者のすべてを護《まも》る。殺されたり、奴婢《ぬひ》の類《たぐい》として売り渡されるようなことは一切ない。ここにいるわが軍のすべての者が、皆の衆と同じく日本各地で暮らしていた者である。現に目の前にいる身どもら千名余は、こうして生き長らえている。

救援の船も、露梁《ろりょう》で明と朝鮮の水軍に破られ、おそらく来ない。この城に立て籠り、抗戦しても、全員討死は避けられない。時の猶予《ゆうよ》はない。すぐに城門を出て、わが軍に投降してもらいたい」

眼下に押し寄せた大軍は、その顔立ちや表情、醸《かも》し出す雰囲気からして日本人であることはわかった。いずれも日本の防具を身にまとい、下げた太刀や腰刀の差し方も角度が浅く、不自然なところがなかった。十月下旬に西路軍から和議申し入れの使者として、「岡本」という降倭の将が来たことは伝四郎らも聞いていた。その姿も遠目にした。だが、かつて肥後の豪族として勢力を誇った阿蘇家の重臣であったことまでは、知らなかった。

岡本越後が、秀吉の軍勢に抗戦する理由は伝四郎に理解できた。伝四郎ら天草五人衆の家臣筋の者も、秀吉から全く同じ目に遭わされた。朝鮮に渡海させられた伝四郎が、この地で見たものも、故郷栖本で味わわされたのと同じだった。岡本越後も、おそらく蹂躙《じゅうりん》される朝鮮の民に同じものを見て、身につまされたに違いなかった。

ここで降倭軍に投降しなければ、岡本越後の言うようにやがて襲来する明国の大軍に殺される。置き去りにされた足軽や人足たちを帰国させるため、救援の船がここに到着することはおそらくないだろう。後は、五千人のそれぞれが自分の意志で生き死にを選択するしかなかった。

「降倭軍に降るか、それとも籠城して戦うか、それぞれにまかせる」伝四郎は二百八十名の天草衆に井楼櫓の上から告げた。

井楼櫓から降りると、伝四郎は馬出しから外郭城門へ向い、城門を開け放った。天草衆のほとんどが伝四郎に続いて外郭西門を出て馬出し前の降倭軍へ向かった。

伝四郎らの姿を見ると、騎馬していた将士も全員が下馬した。伝四郎は、岡本越後の前へ進み、一本差しにしていた刀を鞘《さや》ごと腰帯から抜き、鉄砲と併せて両手に抱え持って差し出した。岡本が受け取り、脇にいた沢瀬甚五郎にそれを渡した。甚五郎がいったん受け取った刀と鉄砲を、再び伝四郎の手に返した。伝四郎に続いて天草衆のほとんどが降倭軍に投降した。

明軍が古順天《こじゅんてん》を出発したとの早馬の報せが届き、甚五郎が投降した人足衆をともなって山尾坂《さんびはん》の陣跡に着いたのは昼過ぎだった。投降した人足衆は結局千五百人ほどだった。半数以上が「降倭など信用できない」として本城での立て籠りを選択した。投降した千五百人の者たちは緊張から解放され、それぞれが握り飯を頬張ったり、音たてて汁を啜《すす》ったりしていた。ある者は安堵《あんど》の表情で吐息をつき、ある者は満面の笑みを浮かべ、また涙を流している者もいた。確かなことは、目の前にいる者たちが生きているということだった。甚五郎は朝鮮に取り残された日本人に思いを馳せた。彼らを今後いかに生き延びさせるか。むしろ新たな戦いが始まろうとしていた。目の前に秀吉の妄想と暴走によって踏み荒らされた大地が広がっていた。まずは権慄《ごんりつ》に伝えたように荒れ果てた土地を耕すところから始めなくてはならない。おそらく五万人ほどは朝鮮に置き去りにされるはずだった。
しばらくして明軍が道を埋める大軍で到来した。小西行長を始め将士たちはすべて城を脱出し、残されているのは召集されて来た足軽衆と徴用された百姓衆だけだった。戦の習いで力なき者にまたしても大きな惨禍が訪れようとしていた。そのまま明の大軍が順天倭城へ行軍していく様を、山尾坂の岡上から甚五郎は見送るしかなかった。

三

十一月二十三日、小西行長ら順天からの船は、熊川《ゆうせん》の港に入り、島津義弘、立花宗茂、宗義智たちと合流した。そこにもたらされた報せは、この朝巳《み》の刻(午前十時)、加藤清正ら東目《とうもく》衆が釜山浦《ふさんぽ》の城を焼き、一足先に帰国の途についたというものだった。熊川から釜山までは東へ約五里余、去る十月末に連署して定めた掟《おきて》では、朝鮮在陣の諸将はこぞって釜山浦に集合し、吉日をもってともに博多へ向け出帆するはずだった。加藤清正のほかには、黒田長政、鍋島直茂、森吉成、相良頼房《さがらよりふさ》らが同行したという。

果して小西らが釜山浦に着いてみれば、港口の出崎や椎木島《ついぼくとう》の端城《はじろ》から、丸山の子城も、その西方の母城も焼け落ち、煙が空を覆っているばかりだった。小西行長らは家臣数名を子城と母城へ確かめに行かせたが、兵一人残ってはいなかった。同二十六日早朝、小西行長ら西目《さいもく》の将士も釜山を解纜《かいらん》し、博多を目ざして朝鮮の国土を後にした。

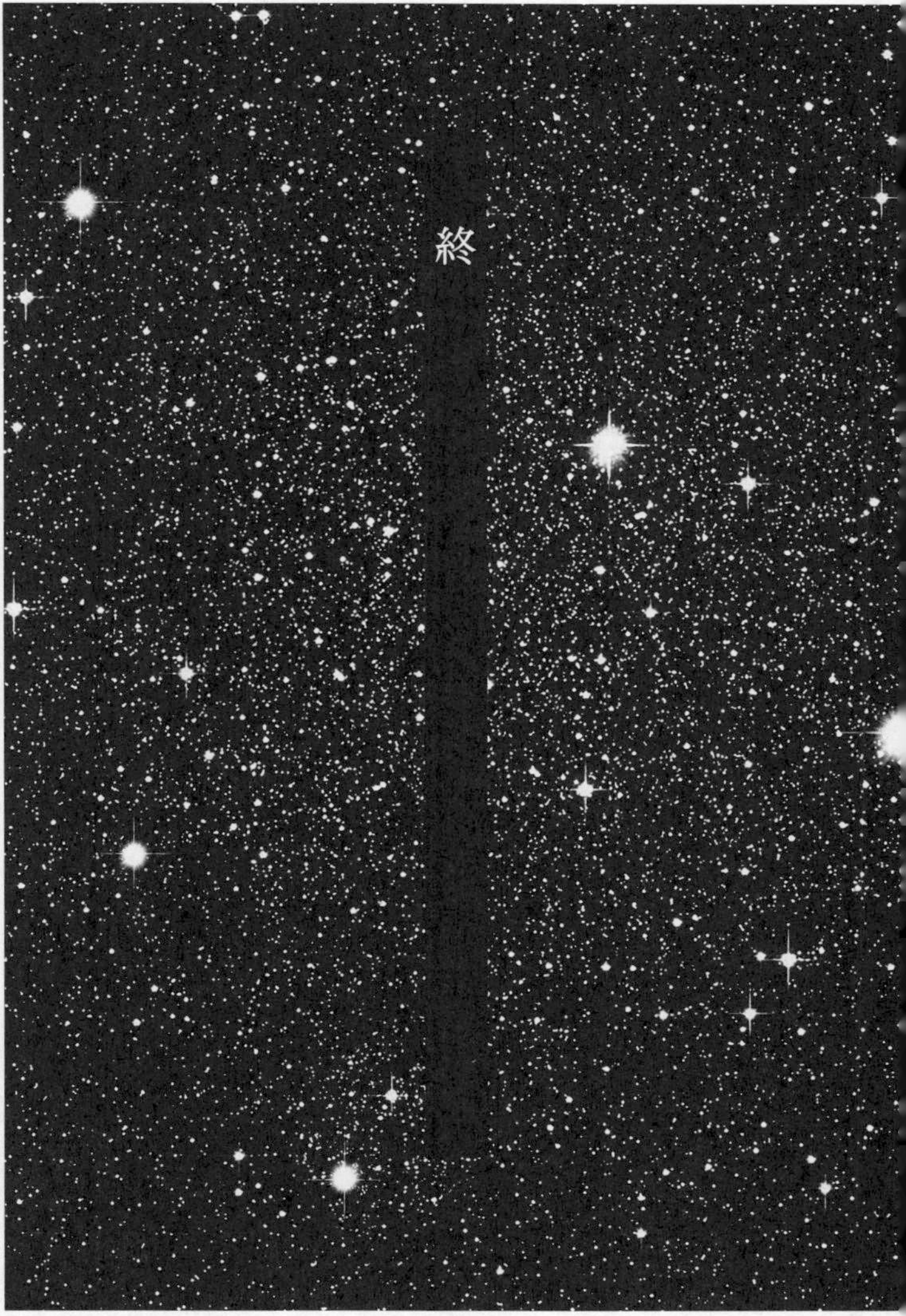
終

慶長十二年(一六〇七) 陰暦五月　―八年後―

二月二十九日、断絶していた日朝両国の国交を再び回復するため朝鮮使節が対馬《つしま》の土を踏んだ。「回答兼刷還使《かいとうけんさつかんし》」という名称の、朝鮮国王宣祖《せんそ》に遣わされた正副使以下四百六十七名からなる大使節団だった。「刷還」とは、秀吉による二度の出兵時に捕虜として日本に連れ去られた人々を探し連れ帰るという意味である。朝鮮に侵攻した小西行長ら秀吉軍が釜山《ふさん》港から引き揚げて八年の歳月が流れていた。

五月六日、朝鮮国王の勅使三名は、江戸城で将軍徳川秀忠《ひでただ》に謁《えっ》し国書を取り交わした。

帰国の途についた通信使一行は箱根を越えて東海道を西にたどり、隠居した家康が移り住む駿府《すんぷ》へ五月十九日に到着した。

慶長五年（一六〇〇）九月の関が原役において東軍が勝利し、西軍を主導した石田三成は斬首《ざんしゅ》。小西行長は切腹を命じられたものの、自殺を禁じるキリシタン宗の教えに従い、それを拒んで斬に処された。三年後の慶長八年二月、家康は征夷《せいい》大将軍の宣《せん》下《げ》を受けた。征夷大将軍は、鎌倉幕府開闢《かいびゃく》以来、武士の最高位として確立し、ここに家康は政事《まつりごと》の実権を握ることになった。しかし、大坂には秀吉の嫡子《ちゃくし》、豊臣秀頼が健在だった。豊臣秀頼は別格の存在で、いかに征夷大将軍といえどもその支配下に組み入れられる人物ではなかった。豊臣政権による支配体制は依然として存続し、豊臣秀頼がいずれ関白《かんぱく》に就任することは既定の路線だった。確かに将軍家康は軍事総統としてすべての武家領主に軍事的統率力を有する。だが、秀頼が秀吉を後継し関白となれば、天皇の代行者として日本全土の人民に対する統治権をも有することになる。征夷大将軍に就いたとはいえ、家康の立場は幼君豊臣秀頼の後見人および政務代行者であることに変わりはなかった。

しかも、関東以北の東国は家康の支配下にあるが、西国一帯は豊臣恩顧の諸大名に占められていた。関が原役で加藤清正や福島正則らは家康を推戴《すいたい》して東軍を編制し、石田三成らと戦ったものの、彼らの主君はあくまで豊臣秀頼であり豊臣家に対する忠節はいささかも失われていなかった。加藤清正ら西国大名は家康個人に心酔している だけであって、二代将軍秀忠に臣従《しんじゅう》するいわれはなかった。秀頼が関白に就任してしまえば、そのまま豊臣政権が存続し、秀頼の支配下に家康が組み込まれることになる。家康が、名実ともに「天下びと」となるためには、秀吉の築いた豊臣家の政治支配体制を脱し、徳川家による永続支配の仕組みを新たに構築する必要があった。

家康が将軍職を秀忠に譲り自ら駿府へ移ったのは、慶長十二年三月十一日のことだった。永井右近大夫直勝《うこんのたいふなおかつ》は、家康側近の一人として本多正信の息《そく》、正純《まさずみ》らと家康につき従い、江戸から駿府へと移り住んだ。永井直勝は当年四十五歳を数えた。かつて長《おさ》田伝八郎《だでんぱちろう》を名乗った十代には、沢瀬甚五郎とともに徳川三郎信康《さぶろうのぶやす》の小姓《こしょう》として岡崎城に仕えた。

家康が朝鮮通信使一行へことさらに気を配り、駿府に到着した前日には安宅船《あたけぶね》まで用意して三勅使に三保《みほ》の松原を観光させた。彼ら一行が日本に滞在するにおいても、その旅費や宿泊費の一切は、徳川家が請け負った。一日分の旅費として、勅使三名には一人一石《こく》の米、上々官の僉知《せんち》両名には各五斗ずつ、上官三十人には一人につき三斗ずつ、中官の百五十余人には一人一日一斗五升を給付した。宿泊地ごとに、鞍《くら》を置いた乗馬は百五十頭、荷を運ぶ駄馬は二百頭余、道中の人足も三百人余を出すよう道筋の各領主や代官に命じた。饗応《きょうおう》は徳川家直轄《ちょっかつ》領の代官にまかなわせ、料理のなかでも最上のものを用意した。特に勅使三名に対しては、七五三膳《ぜん》に吸い物、菓子類の高盛までが供された。上等な豚や鶏、新鮮な鯛《たい》や鯉《こい》などをふんだんに用意させ、酒や茶菓子にも気を配らせる念の入れようだった。

徳川家による支配を考えた時に、このたびの朝鮮使節来訪が極めて重大な意味を持つことを永井直勝は知っていた。朝鮮国王と国書を取り交わしたのは、江戸の二代将軍徳川秀忠であって大坂の豊臣秀頼ではなかった。徳川家の手によって捕虜を送還し朝鮮との国交回復を果たすことは、侵略を引き起こした豊臣政権とは異なる新たな政権の樹立と正当性を内外に示す何よりの機会にほかならなかった。

五月二十日、早朝から降り続いた小雨が上がり、昼前には夏の陽光が差し込んだ。

この日、朝鮮の勅使は駿府城へ参上し大御所家康に謁見する運びとなった。正使の呂祐吉《ろゆうきつ》、副使慶暹《けいせん》、従事官丁好寛《ていこうかん》の三勅使、それに僉知である金《きん》と朴《ぼく》の上々官二名、あわせて五名だった。拝謁前に家康への献上品として、高麗人参《こうらいにんじん》・白麻布・蜂蜜《はちみつ》・蜜《みつ》蠟《ろう》が対面所の広縁に並べられ披露された。

午《うま》の刻、木の香が漂う駿府城の対面所で家康は座敷の奥を背にした上壇に緑の装束で座し、座敷側の下壇には本多正純を始め大沢基宿《もといえ》、永井直勝らの側近が居並んだ。黒に金糸の入った紗帽《しゃぼう》と紅の朝服《ちょうふく》を身に着けた呂祐吉ら勅使三名が対面所に進み、庭側を背にした下壇に着座した。上々官二名は座敷外の広縁に着いた。家康の前で勅使三名が二度半の拝礼を行い、次いで広縁の二名もその場で拝礼して退出した。駿府城では国書の奉呈もなく酒茶などの応対もなかった。

謁見を終えた勅使たちは、二の丸内の本多正純邸に移り、そこで昼食を摂《と》る手はずとなっていた。午餐《ごさん》の終わる頃合い、永井直勝は本多邸へ向かった。朝鮮使節に引物《いんぶつ》を渡す役目を仰《おお》せつかり、大沢基宿と行くことになっていた。正使の呂祐吉ら三勅使には、三領の具足、太刀三振《ふり》、白銀各三百枚。上々官の僉知二名に刀二腰と白銀各百五十枚、そして、上官にむけて白銀を計二百枚、中官以下の者には銭で計五百貫を引物とした。かさばる具足箱や重い銀銭は一行の荷駄につけさせ、太刀と刀だけを五人それぞれに手渡し、あとは目録で済ませる手はずだった。

本多正純の屋敷は、二の丸四つ足門の左手にあった。家康の隠居所として駿府城はこの年春から工事にとりかかり、天守台や三の丸もいまだ普請《ふしん》のさなかだった。永井直勝の屋敷も二の丸内にあった。

直勝が足を踏み入れた本多邸の居間で、正副の二勅使はすでに着替え、両翼のついた黒い冠帽と黒の広袖《ひろそで》を身に着けていた。従事官も同じ服装だったが、襟元からのぞく下着の色が二勅使の赤に対して白色だった。二人の僉知は、青灰色の広袖に黒の折帽をかぶっていた。

家康に謁見した三使と二僉知のほかにもう一人いた。同知《どうち》である上判事だという。僉知二名と同じ服飾だった。その新たに加わった末席の者を見た時、永井直勝は血の気が引いていくのを覚えた。口と顎《あご》一面に髭《ひげ》をたくわえてはいたが、顔だちから体つき、何もかもがよく見知った人物とあまりに似ていた。

かの男が生きていれば当年四十七になるはずだった。その歳《とし》の頃も一致した。末席にいた人物は目を上げず、始終うつむき加減で端座していた。大沢が慰労の口上を述べ引物や目録を一人一人に手渡している間も、永井直勝にはすべてが現実離れして、夢の中の出来事を見ているように感じられた。

「喬《きょう》同知殿」の声に、末席の人物はその場で一礼し、先の五人と同様立ち膝《ひざ》で大沢の前に進み、目録を受け取ると目の上に高く差し上げたまま一礼した。動作は変わらないものの、ほかの五名とは異なって腰回りが大きく、顎を深く引いてやや猫背に見えた。広袖のゆるやかな朝鮮服ごしだったが、なで肩の体型も、よく直勝の目になじんだものだった。

　永井直勝が、沢瀬甚五郎と最後に会ったのは十四年前、博多の地だった。甚五郎は博多で立派な店を構え商人となっていた。その後、嶋井《しまい》宗室《そうしつ》と朝鮮に渡り、甚五郎は慶尚道《けいしょうどう》の亀浦《きほ》城へ兵糧《ひょうろう》入れに向かったのを最後に消息を絶ったと知った。秀吉軍がまだ朝鮮に進駐しているさなかの時期だった。その話を聞いた折も、甚五郎に限って死んだりするはずがないと直勝は思った。これまで直勝は、砲術や剣術、馬術において、甚五郎の上をゆく人物に会ったことがなかった。肥前《ひぜん》名護屋《なごや》の陣を引き払い江戸に戻る前に、直勝は博多へ立ち寄り嶋井宗室に会って確かめた。嶋井宗室も甚五郎に同行した手代も、やはり甚五郎の遺体までは確かめていなかった。

　だが、まさか生きて朝鮮通信使一行に加わり、朝鮮王国の使者として目の前に現われる日が来ようとは夢想だにしなかった。徳川家臣団で、甚五郎の顔を見知っている者は何人もいた。しかし、長い年月が記憶をあいまいなものにしてしまい、目の前に通信使節の一員として朝鮮服飾で現われれば誰も気づかない。それでも、若き日に三郎信康の小姓衆として寝起きをともにし、同じ釜《かま》の飯を食べて過ごした直勝の目には、疑いもなく甚五郎に違いないと映った。そして、甚五郎も直勝には気づいている気がした。

博多に残された甚五郎の家族も、嶋井宗室がずっと暮らし向きの面倒を見ていることは直勝も聞いていた。一女は、すでに他家へ嫁《か》したという。朝鮮出兵の基地として異様な繁盛《はんじょう》を得ていた博多も黒田長政《ながまさ》領となり、すでに昔日《せきじつ》の面影はなかった。肥前名護屋の地も元の竹藪《たけやぶ》と林に戻ったと耳にした。

直勝は一足先に本多邸を退出して四つ足門で待ち受けた。家臣たちが直勝の後を追いかけて来たが、「わしを一人にさせよ」と言って屋敷へ去らせた。

やがて本多の屋敷を後にした勅使ら六名が足軽衆に前後を護《まも》られて現われた。六人目の男は、やはり腰のすわった上下動の少ない摺《す》り足で、ほかの五人とは明らかに歩運びが異なっていた。勅使たちを見送るふうを装《よそお》い、先の五人は会釈《えしゃく》してやり過ごし、六人目の男が目の前に来た時、「いずれの行《ぎょう》も及び難《がた》き身なれば——」かつての合言葉を直勝はいきなり大声で呼びかけた。先を行く五人が直勝の声に一瞬振り向いたのに対し、六人目の男は何の反応も示さず、ただ直勝の目の前を通りすぎた。会釈ひとつ返さず視線を直勝に向けることもなかった。

直勝は六人の後から追いかけた。普請中の三の丸を過ぎ、新しい大手門を出た南の通りは、人垣で埋まっていた。四百五十人を超える朝鮮の大使節団とその警固の足軽や荷駄人足、道中案内役として対馬宗家《そうけ》の家臣団までが控えていた。そのうえ駿府の町衆《まちしゅう》が見物のために大勢集まっていた。まるで市日《いちび》のにぎわいだった。

朝鮮使節団一行は、この日五里離れた藤枝宿まで行き、そこで一泊する予定だと聞いた。三勅使は輿《こし》に乗り担《かつ》がれて移動するが、上々官と主立った者は騎馬して旅する。騎乗するさまを見れば何もかもはっきりすると直勝は思った。

ポルトガル人や唐人、朝鮮人も、左の鐙《あぶみ》にまず左足を掛け、必ず馬の左側から鞍にまたがる。馬の右側から騎乗するのは日本人だけだった。直勝は岡崎城時代に甚五郎から騎馬術の手ほどきを受けた。幼かった頃に馬から蹴《け》られ、直勝は馬術がとりわけ苦手だった。甚五郎は、日本の馬は右側が人を受け入れる表の面として馴致《じゅんち》されているので必ず右前方から馬に近づくよう直勝に教えた。このたびの朝鮮使節団も、用意された日本の馬に朝鮮人が乗ろうとするとひどく暴れ、つくづく閉口していると耳にした。朝鮮の官人が習慣どおり左側から乗ろうとするため、敏感な馬がそれを拒み、しきりに抗《あらが》うせいだと思われた。

直勝は、人でごったがえす通りをかき分けるようにして六番目の男の後を追った。三人が同じ服飾だったが、ほかの二人と見間違えるはずがなかった。すでに朝鮮人が騎馬しようとしてこの日新たに用意された馬が抗い、そこここでいななきと馬をなだめる口取りの声とが飛び交っていた。

六番目の男は、馬の左側を通ってやはり右前方から近づいた。右手で手綱《たづな》を受け取り、左の手のひらで右首筋を軽くたたいて鹿毛《かげ》の馬に挨拶《あいさつ》した。手綱を手にした右手で鞍の前輪《まえわ》を押さえ、左逆手《さかて》で鞍の後輪《しずわ》をつかみ、右足先を右の鐙に掛けてやすやすと跨《また》がった。背筋をまっすぐにしたまま周囲の喧騒《けんそう》に興奮する馬をなだめようと、左右の手に手綱を持ち替えてはしきりに掌《てのひら》で首筋をやさしく叩《たた》いた。それら仕種《しぐさ》のすべてが、直勝には懐《なつ》かしかった。暴れる馬に難渋する朝鮮使節団のなかで、一人だけ鞍座りがよく馬上にあって背を直《す》ぐにし、泰然と構えているその後ろ姿が何度もぼやけてきて直勝は困った。背中にも眼がついているような甚五郎だったから、おそらく直勝が見ていることにも気づいているに違いなかった。

日本の馬に乗り慣れない朝鮮の官人たちも、何とか暴れる馬の鞍上《あんじょう》に押し上げられた。人が鞍に乗ってしまえば、馬はそれほど抵抗しない。赤い馬簾《ばれん》の縁取りがついた竜図の形名旗《けいめいき》が立てられ、風にひるがえった。鍔広笠《つばびろがさ》に孔雀《くじゃく》の羽を飾った楽隊が、鉦《かね》や太鼓、笛を鳴らし、行進を始めた。道脇《みちわき》に人垣を作った見物たちから一斉に歓声があがった。六番目の男が、左手に持った手綱を長めに繰り出し、鐙で鹿毛の馬に進めを合図した。

冠帽と広袖の朝鮮服飾を身に着けていたものの、往時と変わらぬ馬上の後背が次第に遠ざかっていくのを見つめながら、永井直勝は思わず笑った。冷静になってみれば、何もかもが甚五郎らしかった。直勝はおのれを納得させるようにうなずき、「幸《さき》くあれ」とつぶやいた。

（完）

本作品を書くにあたり、主に左記の著作から恩恵を受けました。ここに記して感謝いたします。

『近世日本国民史「朝鮮役」上・中・下』徳富蘇峰著（明治書院）
『豊臣秀吉の朝鮮侵略』北島万次著（吉川弘文館）
『日鮮関係史の研究　中巻』中村栄孝著（吉川弘文館）
『太閤と外交』松田毅一著（桃源社）
『秀吉が勝てなかった朝鮮武将』貫井正之著（同時代社）
『小西行長』鳥津亮二著（八木書店）
『謎の海将「小西行長」の実像に迫る』佐島顕子著（「歴史群像」第17号所収、学習研究社）
『織豊政権と東アジア』張玉祥著（六興出版）
『懲毖録』柳成龍著／朴鐘鳴 訳注（平凡社）
『国衆、天下統一に抵抗』森山恒雄著（「新・熊本の歴史」所収、熊本日日新聞社）
『フィリピン諸島誌』モルガ著／神吉敬三・箭内健次訳（岩波書店）
『日本王国記』アビラ・ヒロン著／佐久間正・会田由訳（岩波書店）
『文禄慶長の役』（「歴史群像シリーズ㉟」、学習研究社）
『太閤の手紙』桑田忠親編著（文藝春秋新社）
『李舜臣と秀吉』片野次雄著（誠文堂新光社）
『秀吉　朝鮮の乱』金聲翰著（光文社）

『鷗外選集　第四巻』石川淳編（岩波書店）
『鷗外　歴史小説　よこ道うら道おもて道』神澤秀太郎著（文芸社）
『日本戦史　朝鮮役』参謀本部編（村田書店）
『日本キリシタン殉教史』片岡弥吉著（時事通信社）
『日本のやきもの　2　薩摩』沈壽官著（淡交社）

解説

佐久間文子

壮大な物語である。三州・岡崎から堺《さかい》、薩摩《さつま》、博多、長崎、琉球《りゅうきゅう》、対馬《つしま》、ルソン（マニラ）、朝鮮。はじめのうち、限られた場所を区切って写すかのようだったカメラの高度がみるみる上昇し、ダイナミックに西へと移動、やがては日本を離れて、東アジアの、見慣れぬ風景を次々に写し出していく。

飯嶋和一の歴史小説を読む楽しみのひとつに、この寡作《かさく》の作家が、今度は誰を書くのだろう、ということがあり、いつも期待しながらページを開く。

誰もが知るような著名な人ではなく、無名であっても、自分の信ずる道を歩んだ唯一無二《ゆいいつむに》の人物が選ばれる。歴史の激流にその人を立たせ、思いがけない角度から光を当てて描き出す。

『星夜航行』の沢瀬甚五郎《さわせじんごろう》もまた、飯嶋作品の主人公にふさわしい、型にはまらない魅力をそなえた人物である。

単行本の刊行時に版元による著者インタビューを読んで知ったことだが、森鷗外《おうがい》の「佐橋甚五郎」という短篇に描かれた人物（姓は沢瀬、佐橋の両説あるらしい）だそうだ。詳細はほとんど伝わっていないらしい。

興味を持たれたかたは、本書を読んだあとで、ぜひ「佐橋甚五郎」にも目を通してほしい。「佐橋甚五郎」に出てくるエピソードが、『星夜航行』の最後の場面にみごとにいかされているが、甚五郎の人物像は、鷗外作品とはまったく異なる造型がされていることがわかる。『星夜航行』に出てくる道のりを歩んだ甚五郎ならば、支配者の視点で描く史書には違った書かれ方をするかもしれないと思わされる。

明治維新を経験して、「一身にして二生を経《ふ》るが如《ごと》く」と述懐したのは福沢諭吉だが、甚五郎は、二生どころか、三生、四生以上の変転をその身に経る。

『星夜航行』で描かれる時代は、十六世紀終わりから十七世紀初めにかけてである。統一を目前にして信長が本能寺の変に倒れ、その後を襲った秀吉が天下統一をなしとげるが、各地の戦乱は続く。秀吉は朝鮮に出兵、ポルトガルとイスパニア（スペイン）の貿易圏をめぐる争いも激しくなり、朝鮮出兵の決着を見ないまま、秀吉は死に、家康が権力を掌握する。それまでのすべての体制が大きく変わろうとする時期である。

武士の家に生まれた甚五郎は、家康に弓を引いた「逆臣の遺児」であったことから、出仕はかなわず、田を耕して生計を立てていた。

馬の扱いに非凡な才能を示し、家康の嫡男《ちゃくなん》で岡崎城主である徳川三郎信康《さぶろうのぶやす》の小姓《こしょう》に取り立てられて、再び「沢瀬」の姓を名乗ることを許される。

もと農民の甚五郎は異色の武士で、武士に戻ってからも、米作りをしていたときの自分を忘れない。役高で米をもらうことを当然だと思わず、収穫を上げるまでにどれほどの労力が必要だったか、農民の苦労に思いをはせることができる。

指導者としてもすぐれた資質を持つ甚五郎だったが、信康が、父家康の不興を買って切腹を命じられたことで、彼の運命も暗転する。信康の母で、家康の正室である築《つき》山殿《やまどの》も、敵の武田勝頼《かつより》と通じたという理由で謀殺され、甚五郎を見出《みいだ》した、小姓頭の石川修理亮《しゅりのすけ》も追い腹を切る。出奔した甚五郎は、修理亮殺害と彼の刀を盗んだという汚名《おめい》を着せられ、追われる身になる。

家康の視点でもなく、疎《うと》んじられた信康や、築山殿の視点でもなく、ふつうの歴史小説なら脇役《わきやく》か背景で終わりそうな、信康に仕えてそれほど時間がたっていない小姓の視点、というのがまず面白い。謀略も、追い落としも、全貌《ぜんぼう》がつかめないまま、受け身で巻き込まれざるをえない。

故郷を失った流浪《るろう》の甚五郎がはじめに身を寄せるのが観音寺《かんのんじ》という山寺であるのも象徴的だ。観音寺は無間山《むけんざん》の山号を持ち、この寺の鐘を撞《つ》いた者は来世で無間地獄に落ちると語られる荒れ寺である。

進んでその山門をくぐった甚五郎にとっては、来世どころか、現世もすでに地獄と化していた。

「いずれの行《ぎょう》も及び難《がた》き身なれば」

「とても、地獄は一定住処《いちじょうすみか》ぞかし」

信康の命を狙《ねら》う刺客を倒したあと、甚五郎は、小姓仲間の磯貝小左衛門《いそがいこざえもん》とふたりで、一向一揆《いっこういっき》以降、三河では禁じられたはずの浄土門の言葉を口にする。そして、このやりとりは、この後も思いがけない場面でくりかえされることになる。

観音寺の僧に助けられ、僧に姿を変えた甚五郎は、貿易都市である堺へと向かい、ルソン貿易をいとなむ菜屋助左衛門《なやすけざえもん》の知遇を得る。海商人《うみあきゅうど》となって、菜屋の見世《みせ》がある博多へと移る。

武士から農民になり、再び武士になり、僧になり、商人になる。みずから選びとってというよりは、大きな流れにからめとられるようにして、ひとつの場所から別の場所へと移動していく。

どの場所にいても、甚五郎はわが身ばかりの安全をはからず、大局を考えたうえで、自分に求められた責務を誠実に果たそうとする。その誠実な態度と天賦《てんぷ》の才が、新たな人に巡り合わせ、甚五郎をまだ見ぬ場所へと連れていく。海商人として琉球や種子《たね》島《しま》の海の民と航海しているあいだだけは、つかのま、呼吸が楽になるのを感じている。

天下統一をはたした秀吉は、明国《みんこく》にかわってアジアの盟主たらんと、天正二十（一五九二）年、朝鮮出兵を決意する。

文禄《ぶんろく》・慶長の役として知られるこの無謀な朝鮮出兵が、日本側の記録だけでなく、朝鮮や中国の史料も踏まえて、圧倒的なボリュームで詳細に描かれる。

朝鮮出兵にいたるまでの経緯や、出兵後の講和交渉など、独裁的な権力者と、なんとかその意に沿おうと腐心する官僚とのあいだの綱引きは、現代でもほとんど変わっていないように見える。

朝鮮との外交交渉にあたる肥後《ひご》の大名・小西行長《ゆきなが》や、行長の娘婿《むすめむこ》で対馬島主の宗義智《そうよしとし》は、無益ないくさを避けようと奔走するが、都合の悪い真実を秀吉に伝えることができず、嘘《うそ》に嘘を重ねていく。

行長が弥縫策《びほう》に終始するなか、出兵は強行され、いくさは泥沼化する。日本側にも、朝鮮側にも、すぐれた指導者もいれば、無能な指導者もいる。小説の中に絶対的な存在はひとりも出てこず、朝鮮水軍の名将、李舜臣《りしゅんしん》すらも、派閥争いのあおりを受け失脚したことがある、というのはいずこも同じ、という思いにとらわれる。

朝鮮出兵は、双方におびただしい数の死者を出し、何も得るもののないまま、国土は荒廃をきわめる。いくさが長引くあいだ、甚五郎はしばし、小説の表舞台から姿を消しているが、運命の糸にあやつられて、行長軍への武器と食糧を運ぶため、死地と思われた朝鮮に赴く。

「降倭《こうわ》」という、歴史の中でなかば忘れられた存在に光を当てているのが、何と言ってもこの小説のすぐれたところだ。

投降したり、捕虜になったりした日本人将兵の中には、朝鮮軍の一員となって、日本軍と戦った者もいたことが朝鮮の史書には記されているという。作中に出てくる阿《あ》蘇大宮司《そだいぐうじ》の重臣だった岡本慶次郎は、そうした記録に名前が残る人物で、甚五郎に重なる柔軟さを持つ存在として描かれる。

秀吉が死ぬと、家康は即座に全軍の撤退を決めるが、限られた数の船に乗りきれない人々がいた。日本から無理やり渡海させられた足軽や人足の多くが、そのまま朝鮮に取り残されたという。小説では、その数を五万としている。

文庫化にあたり三年ぶりに『星夜航行』を再読して、巻頭に、第十四代沈壽官《ちんじゅかん》の句「咲く命一つなり　萩《はぎ》も朝顔も」がさりげなく掲げられていることにいまさらながら気づいた。

司馬遼太郎《しばりょうたろう》が『故郷忘《ぼう》じがたく候』で描いたこの人の祖先は、慶長の役の際に朝鮮から連れてこられた陶工だった。朝顔は、朝鮮の花、むくげのことだろう。

日本に沈壽官が残ったように、朝鮮にもまた、自分の意に反して人知れず残された多くの人がいた。そのことに気づかせてくれる掲句であり、歴史の彼方に忘れ去られた人々に思いをはせる小説である。


（二〇二一年八月、文芸ジャーナリスト）

この作品は二〇一八年六月新潮社より刊行された。

リルケ
大山定一訳
マルテの手記

青年作家マルテをパリの町の厳しい孤独と貧しさのどん底におき、生と死の不安に苦しむその精神体験を綴る詩人リルケの魂の告白。

ユゴー
佐藤朔訳
レ・ミゼラブル（一～五）

飢えに泣く子供のために一片のパンを盗んだことから始まったジャン・ヴァルジャンの波乱の人生……。人類愛を謳いあげた大長編。

S・モーム
中野好夫訳
人間の絆（上・下）

不幸な境遇に生まれ、人生に躓き、悩みつつ成長して行く主人公の半生に託して、誠実な魂の遍歴を描く、文豪モームの精神的自伝。

T・マン
高橋義孝訳
魔の山（上・下）

死と病苦、無為と頽廃の支配する高原療養所で療養する青年カストルプの体験を通して、生と死の谷間を彷徨する人々の苦闘を描く。

M・ミッチェル
鴻巣友季子訳
風と共に去りぬ（1～5）

永遠のベストセラーが待望の新訳！　明るく、私らしく、わがままに生きると決めたスカーレット・オハラの「フルコース」な物語。

H・マロ
村松潔訳
家なき子（上・下）

自らが捨て子だと知ったレミは、謎の老芸人に引き取られて巡業の旅に出る。別れることのない真の家族と出会うことができるのか。

ヘッセ
高橋健二訳
車輪の下
子供の心を押しつぶす教育の車輪から逃れようとして、人生の苦難の渦に巻きこまれていくハンスに、著者の体験をこめた自伝的小説。

ヘミングウェイ
高見　浩訳
老人と海
老漁師は、一人小舟で海に出た。やがて大物が綱にかかるが。不屈の魂を照射するヘミングウェイの文学的到達点にして永遠の傑作。

C・ブロンテ
大久保康雄訳
ジェーン・エア（上・下）
貧民学校で教育を受けた女家庭教師と、狂女を妻にもつ主人との波瀾に富んだ恋愛を描き、社会的常識に痛烈な憤りをぶつける長編小説。

P・バック
新居　格訳
中野好夫補訳
大　地（一〜四）
十九世紀から二十世紀にかけて、古い中国が新しい国家へ生れ変ろうとする激動の時代に、大地に生きた王家三代にわたる人々の年代記。

ディケンズ
加賀山卓朗訳
大いなる遺産（上・下）
莫大な遺産の相続人となったことで運命が変転する少年。ユーモアあり、ミステリーあり、感動あり、英文学を代表する名作を新訳！

ドストエフスキー
原　卓也訳
カラマーゾフの兄弟（上・中・下）
カラマーゾフの三人兄弟を中心に、十九世紀のロシア社会に生きる人間の愛憎うずまく地獄絵を描き、人間と神の問題を追究した大作。

トルストイ
工藤精一郎訳
戦争と平和（一〜四）

ナポレオンのロシア侵攻を歴史背景に、十九世紀初頭の貴族社会と民衆のありさまを生き生きと写して世界文学の最高峰をなす名作。

スタインベック
伏見威蕃訳
怒りの葡萄（上・下）
ピューリッツァー賞受賞

天災と大資本によって先祖の土地を奪われた農民ジョード一家。苦境を切り抜けようとする、情愛深い家族の姿を描いた不朽の名作。

サン＝テグジュペリ
堀口大學訳
夜間飛行

絶えざる死の危険に満ちた夜間の郵便飛行。全力を賭して業務遂行に努力する人々を通じて、生命の尊厳と勇敢な行動を描いた異色作。

J・オースティン
小山太一訳
自負と偏見

恋心か打算か。幸福な結婚とは何か。十八世紀イギリスを舞台に、永遠のテーマを突き詰めた、息をのむほど愉快な名作、待望の新訳。

カフカ
高橋義孝訳
変身

朝、目をさますと巨大な毒虫に変っている自分を発見した男――第一次大戦後のドイツの精神的危機、新しきものの待望を託した傑作。

カミュ
窪田啓作訳
異邦人

太陽が眩しくてアラビア人を殺し、死刑判決を受けたのちも自分は幸福であると確信する主人公ムルソー。不条理をテーマにした名作。

J・アーヴィング
筒井正明訳
ガープの世界
全米図書賞受賞（上・下）

巧みなストーリーテリングで、暴力と死に満ちた世界をコミカルに描く、現代アメリカ文学の旗手J・アーヴィングの自伝的長編。

イプセン
矢崎源九郎訳
人形の家

私は今まで夫の人形にすぎなかった！ 独立した人間としての生き方を求めて家を捨てたノラの姿が、多くの女性の感動を呼ぶ名作。

O・ヘンリー
小川高義訳
賢者の贈りもの
—O・ヘンリー傑作選Ⅰ—

クリスマスが近いというのに、互いに贈りものを買う余裕のない若い夫婦。それぞれが一大決心をするが……。新訳で甦る傑作短篇集。

ルナール
高野 優訳
にんじん

赤毛でそばかすだらけの少年「にんじん」を、母親は折りにふれていじめる。だが、彼は負けず生き抜いていく——。少年の成長の物語。

E・レナード
村上春樹訳
オンブレ

「男」《オンブレ》の異名を持つ荒野の男ジョン・ラッセル。駅馬車強盗との息詰まる死闘を描いた傑作西部《ウェスタン》小説を、村上春樹が痛快に翻訳！

I・マキューアン
小山太一訳
贖罪
全米批評家協会賞・W・H・スミス賞受賞

少女の嘘が、姉とその恋人の運命を狂わせた。償うことはできるのか——衝撃の展開に言葉を失う現代イギリス文学の金字塔的名作！

井上靖著　あすなろ物語

あすは檜になろうと念願しながら、永遠に檜にはなれない〝あすなろ〟の木に託して、幼年期から壮年までの感受性の劇を謳った長編。

井上ひさし著　父と暮せば

愛する者を原爆で失い、一人生き残った負い目で恋に対してかたくなな娘、彼女を励ます父。絶望を乗り越えて再生に向かう魂の物語。

池波正太郎著　真田太平記（一～十二）

天下分け目の決戦を、父・弟と兄とが豊臣方と徳川方とに別れて戦った信州・真田家の波瀾にとんだ歴史をたどる大河小説。全12巻。

遠藤周作著　海と毒薬

毎日出版文化賞・新潮社文学賞受賞

何が彼らをこのような残虐行為に駆りたてたのか？　終戦時の大学病院の生体解剖事件を小説化し、日本人の罪悪感を追求した問題作。

大江健三郎著　燃えあがる緑の木（第一部～第三部）

森に伝承される奇跡の力を受け継いだ「新しいギー兄さん」。だが人々は彼を偽物と糾弾する。魂救済の根本問題を描き尽くす長編。

川端康成著　雪国

ノーベル文学賞受賞

雪に埋もれた温泉町で、芸者駒子と出会った島村――ひとりの男の透徹した意識に映し出される女の美しさを、抒情豊かに描く名作。

星《せい》夜《や》航《こう》行《こう》（下）

新潮文庫　い－142－2

令和三年十月一日発行

著者　飯《いい》嶋《じま》和《かず》一《いち》

発行者　佐藤隆信

発行所　株式会社新潮社

郵便番号　一六二－八七一一
東京都新宿区矢来町七一
電話　編集部(〇三)三二六六－五四四〇
読者係(〇三)三二六六－五一一一
https://www.shinchosha.co.jp

価格はカバーに表示してあります。

乱丁・落丁本は、ご面倒ですが小社読者係宛ご送付ください。送料小社負担にてお取替えいたします。

印刷・大日本印刷株式会社　製本・株式会社植木製本所

ISBN978-4-10-103242-9 C0193